तुलनात्मक भाषा-विज्ञान

(INTRODUCTION TO COMPARATIVE PHILOLOGY)

मूल लेखक

डॉ॰ पाण्डुरंग दामोदर गुणे

एम॰ ए॰ (बम्बई), पी-एच॰ डी॰ (लिप्जिग)
(संस्कृत प्राध्यापक, फर्गूसन कॉलेज, पूना)

अनुवादक

डॉ॰ भोलानाथ तिवारी

संपादक

डॉ॰ उदयनारायण तिवारी

मोतीलाल बनारसीदास

दिल्ली, मुम्बई, चेन्नई, कोलकाता,
बंगलूरू, वाराणसी, पटना

तृतीय पुनर्मुद्रण : दिल्ली, 2018
द्वितीय संशोधित संस्करण : 1974
प्रथम संस्करण: 1963

ISBN: 978-81-208-2952-7 (सजिल्द)

मोतीलाल बनारसीदास

41 यू.ए. बंग्लो रोड, जवाहर नगर, दिल्ली 110 007
236, नाइंथ मेन, III ब्लॉक, जयनगर, बंगलूरू 560 011
1-बी, ज्योति स्टुडियो कम्पाउन्ड, केन्नेडी ब्रिज, नाना चौक, मुम्बई 400 007
203 रायपेट्टा हाई रोड, मैलापुर, चेन्नई 600 004
8 कैमेक स्ट्रीट, कोलकाता 700 017
अशोक राजपथ, पटना 800 004
चौक, वाराणसी 221 001

आर.पी. जैन के द्वारा एन ए बी प्रिंटिंग यूनिट,
ए-44, नारायणा, फेज़-1, नई दिल्ली 110 028 में मुद्रित
एवं जे.पी. जैन द्वारा मोतीलाल बनारसीदास
41 यू.ए., बंगलो रोड, जवाहर नगर, दिल्ली-110 007, के लिए प्रकाशित

ॐ

बृहस्पते प्रथमं वाचो अग्रं
यत्प्रैरत नामधेयं दधानाः ।
यदेषां श्रेष्ठं यदरिप्रमासीत्
प्रेणा तदेषां निहितं गुहाविः ॥

सक्तुमिव तितउना पुनन्तो
यत्र धीरा मनसा वाचमक्रत ।
अत्रा सखायः सख्यानि जानते
भद्रैषां लक्ष्मीर्निहिताधि वाचि ॥

यज्ञेन वाचः पदवीयमायन्
तामन्वविन्दन्नृषिषु प्रविष्टाम् ।
तामाभृत्या व्यदधुः पुरुत्रा
तां सप्त रेभा अभि सं नवन्ते ॥

अधेन्वा चरति माययैष
वाचं शुश्रुवाँ अफलामपुष्पाम् ॥
यस्तित्याज सचिविदं सखायं
न तस्य वाच्यपि भागो अस्ति ।

यदीं शृणोत्यलकं शृणोति
नहि प्रवेद सुकृतस्य पन्थाम् ॥

इमे ये नार्वाङ् न परश्चरन्ति
न ब्राह्मणासो न सुतेकरासः ।
त एते वाचमभिपद्य पापया
सिरीस्तन्त्रं तन्वते अप्रजज्ञयः ॥

सर्वे नन्दन्ति यशसागतेन
सभासाहेन सख्या सखायः ।
किल्बिषस्पृत् पितुषणिर्ह्येषा-
मरं हितो भवति वाजिनाय ॥

ऋचां त्वः पोषमास्ते पुपुष्वान्
गायत्रं त्वो गायति शक्वरीषु ।
ब्रह्मा त्वो वदति जातविद्यां
यज्ञस्य मात्रां वि मिमीत उ त्वः ॥

बृहस्पतिराङ्गिरसः ।
—ऋग्वेदे, १०. ७१

अनुवादक की ओर से

स्वर्गीय डॉ० गुणे की यह पुस्तक, अपनी कमियों के बावजूद, भाषा-विज्ञान के क्षेत्र में, भारतीय विद्वानों द्वारा लिखी गई पुस्तकों में, अपना अत्यन्त महत्वपूर्ण स्थान रखती है । बहुत दिनों से मेरी यह इच्छा रही है कि इसे हिन्दी में अनूदित किया जाय। कुछ थोड़े स्थानों पर, अनुवादक ने अपनी ओर से भी कुछ बातें जोड़ी हैं। इस प्रकार के और भी परिवर्धन और संशोधन किए जा सकते थे, किन्तु उनके बिना भी पुस्तक का अपना मूल्य है। अनुवाद करना अत्यन्त कठिन कार्य है। मेरी अपनी सीमाएँ हैं, और मैं नहीं कह सकता कि विद्वान् लेखक के अभिव्यक्त विचारों के साथ मैं कहाँ तक न्याय कर सका हूँ।

इस पुस्तक के आरम्भिक थोड़े ही फर्मे छपे थे, कि, मुझे सोवियत सरकार के निमंत्रण पर, विजिटिंग प्रोफेसर के रूप में, ताशकंद विश्वविद्यालय में आना पड़ा और इस प्रकार, छपाई में, मैं इस का साथ पूरी तरह न दे सका। यदि उसका अवसर मिलता, तो निश्चित ही पुस्तक कुछ और सुन्दर बन पाती। ग्रीक तथा कुछ अन्य भाषाओं के कुछ अक्षरों तथा कुछ अन्य चिह्नों के टाइप उपलब्ध न होने के कारण, अन्य अक्षरों या मिलते-जुलते चिह्नों से काम चलाना पड़ा है। बलाघात बहुत से स्थानों पर उड़ गए हैं। ये सब, हमारे भारतीय प्रेसों की कमजोरियाँ हैं, जो टेकनिकल पुस्तकों की त्रुटिरहित छपाई असंभव कर देती हैं। फिर भी, इस पुस्तक की छपाई के दौरान प्रकाशक और मुद्रक का जो सहयोग मुझे मिला, उसके लिए वे दोनों ही मेरे धन्यवाद के पात्र हैं। इस कार्य में, मुझे अपने प्रिय छात्र-मित्रों श्री बहादुरसिंह, श्री चिरजीतसिंह जोसन तथा श्री योगिराज महानुभाव से अनेक प्रकार की सहायताएँ मिली हैं। सत्य तो यह है कि यदि इनका यह सहयोग न मिलता, तो पुस्तक इतनी जल्दी सामने न आती। मैं इन लोगों का अत्यन्त कृतज्ञ हूँ।

सुझावों एवं त्रुटि-निर्देशों के लिए आभारी हूँगा।

प्राच्य संकाय
ताशकंद यूनिवर्सिटी
२६ जनवरी, १९६३

—भोलानाथ तिवारी

आमुख

यह छोटी पुस्तक एक स्नातकोत्तर व्याख्यान-माला का परिणाम है जो मैंने १९१६-१७ में बम्बई विश्वविद्यालय में दी। अध्यापन पक्ष-को सुव्यवस्थित करने के लिए सिनेट ने भारतीय क्लासिकल भाषाओं, दर्शन, भारतीय इतिहास, एवं अर्थशास्त्र पर स्नातकोत्तर व्याख्यान-मालाओं की स्थापना की है। मुझे तुलनात्मक भाषा-विज्ञान एवं निरुक्त पर चौबीस व्याख्यान देने के लिए निमंत्रित किया गया था। वे अट्ठारह व्याख्यान, जो मैंने तुलनात्मक भाषा-विज्ञान पर दिए थे, प्रस्तुत पुस्तक के आधार हैं। यों पुस्तक का रूप देने के लिए पूरी सामग्री को पुनर्व्यवस्थित करना पड़ा है और अंशतः फिर से लिखना भी पड़ा है।

मुझे विश्वास है कि प्रस्तुत पुस्तक लिखने के लिये किसी क्षमायाचना की आवश्यकता नहीं। विश्वविद्यालय ने भाषाविज्ञान को उन विषयों में सम्मिलित कर लिया है जिन्हें भाषाओं में एम० ए० करनेवाले विद्यार्थी पढेंगे। तुलनात्मक भाषाविज्ञान की कुछ अच्छी प्रारम्भिक पुस्तकें पहले से हैं, किंतु दुर्भाग्य से वे हमारे विद्यार्थियों को प्राप्य नहीं हैं, क्योंकि वे फ्रेंच, जर्मन और रूसी भाषाओं में लिखी गयी हैं। दूसरे, वे सामान्य प्रकार की हैं और नियमतः यूरोपीय क्लासिकल एवं आधुनिक भाषाओं को दृष्टि में रखकर ही लिखी गयी हैं। गाइल्स की Manual of Comparative Philology ही अंग्रेजी में एकमात्र उपादेय पुस्तक है, परन्तु इसका संबंध ट्यूटानिक और क्लासिकल भाषाओं से है। ऐसी स्थिति में एक ऐसी पुस्तक की आवश्यकता थी, जो भाषा-विज्ञान के सिद्धान्तों को, भारत-जर्मनिक परिवार की भारतीय शाखा से लिये गये व्यावहारिक उदाहरणों से संपृक्त करती। मैंने प्रस्तुत पुस्तक के रूप में इसी आवश्यकता की पूर्ति करने का प्रयास किया है।

पुस्तक पाँच भागों में विभक्त है। पहले भाग में, भाषा-विज्ञान के सिद्धान्तों का कुछ विस्तार से विवेचन है। इस भाग में अन्य भाषाओं के साथ भारतीय भाषाओं से भी उदाहरण दिये हैं। दूसरा भाग छोटा है, परन्तु यूरोपीय और भारतीय-आर्य भाषाओं का सम्बन्ध दिखाने के लिए यह आवश्यक था। मैंने इस अध्याय का शीर्षक 'भाषाओं का परिवार' रक्खा है। तीसरे भाग में, अवेस्ता और प्राचीन संस्कृत का विवेचन है। इस भाग का उद्देश्य है, दोनों पुरानी भाषाओं का एक तुलनात्मक चित्र प्रस्तुत करना।

चौथे भाग का सम्बन्ध भारतीय भाषाओं के विकास की अगली अवस्था से है। इस भाग को 'पालि एवं शिलालेखीय प्राकृतें' कहा गया है। अंतिम भाग का शीर्षक है, साहित्यिक प्राकृतें एवं आधुनिक भारतीय आर्य भाषायें'। इस भाग का परवर्ती अंश आवश्यकतया संक्षिप्त, और कुछ स्थानों पर केवल सांकेतिक है, क्योंकि अधिकांश आधुनिक भारतीय आर्य भाषाओं में अच्छे ऐतिहासिक व्याकरणों का अभाव है। इनकी विस्तृत एवं वैज्ञानिक तुलना तभी संभव हो सकेगी जब इसप्रकार के व्याकरण उपलब्ध हों। ग्रियर्सन का 'भाषा-सर्वेक्षण', अन्य दृष्टियों से चाहे कितना भी मूल्यवान क्यों न हो, इसप्रकार की तुलना का आधार नहीं हो सकता क्योंकि वह स्वभावतः संक्षिप्त है, और आधुनिक भारतीय आर्य-भाषाओं के जो नमूने उसमें हैं, वे उनकी अंतिम प्राप्त स्थिति के ही हैं।

मुद्रण की सुविधा की दृष्टि से, संस्कृत शब्दों के स्वराघात को चिह्नित करने के लिए मैंने ग्रीक पद्धति का अनुसरण किया है और केवल 'उदात्त' को ही चिह्नित किया है।

इस क्षेत्र में काम करने वाले पूर्ववर्ती विद्वानों की सहायता को सहायक पुस्तकों की सूची में स्वीकार किया गया है। मैं सबसे अधिक आभारी लिप्जिग विश्वविद्यालय के प्रो० ब्रुगमान और प्रो० विंडिश का हूँ, जिन्होंने क्रमशः मुझे तुलनात्मक भाषा-विज्ञान और पालि शिलालेख-विज्ञान की ओर प्रवृत्त किया।

मेरे साथी, प्रो० के० एन० द्रविड़ और श्री एन० बी० उत्गीकर, प्रूफों के कुछ अंश कृपा कर देखने के लिये तथा प्रो० जी० सी० भाटे और प्रो० जी० एच० केलकर, जिन्होंने आद्यंत देखकर ऐसी अशुद्धियों को सुधारा जो अन्यथा संभवतः रह जातीं, भी धन्यवाद के पात्र हैं, शब्दानुक्रमणिका का पूरा श्रेय, मेरे मित्र श्री उत्गीकर को है। अन्त में, आर्यभूषण प्रेस के मैनेजर श्री अनंत विनायक पटवर्धन के प्रति भी कृतज्ञता-ज्ञापन मेरा कर्त्तव्य है। पटवर्धनजी ने कुछ ग्रीक, गोथिक और अवेस्ता शब्दों के नये टाइप बनवाए, साथ ही, सामान्यतः मेरी सुविधा और मेरे समय का विशेष ध्यान रक्खा। पुस्तक के प्रकाशन का सारा श्रेय ओरियन्टल बुक सप्लाइंग एजेंसी के डा० सरदेसाई को है। यदि उन्होंने इसे प्रकाशित करने का उत्तरदायित्व नहीं लिया होता तो इसे प्रकाशित करने की मेरी इच्छा इच्छा ही रह गई होती।

फर्गूसन कालेज, पूना —पी० डी० गुणे

जुलाई, १९१८

द्वितीय अंग्रेजी संस्करण का प्राक्कथन

तुलनात्मक भाषा-विज्ञान पर यह सुविधाजनक पुस्तक सर्वप्रथम १९१८ में छपी थी, परन्तु शीघ्र ही आउट ऑफ प्रिंट हो जाने के कारण इसका मिलना दुष्कर हो गया। फिर भी इसकी माँग बहुत दिनों तक बनी रही क्योंकि नए विद्यार्थी को, भारोपीय एवं भारत आर्य-भाषा-विज्ञान के नियमों एवं सिद्धान्तों से परिचित कराने के लिए यह पुस्तक बहुत ही अच्छी है। दृष्टि की व्यापकता, आगम पद्धति, हठधर्मिता का अभाव, स्पष्टता, एवं प्रभूत उदाहरण इसके प्रमुख गुणों में से थे जिनके कारण यूरोपीय आलोचकों का भी ध्यान इसकी ओर आकर्षित हुआ। इसके, इस दूसरे संस्करण का मुद्रण पूरे संशोधन के साथ किया गया है। इस प्रकार इस नए रूप में, यह, मेरे पूज्य पिता के ग्रंथ का सुन्दर पुनर्मुद्रण है। मैंने इसका प्रकाशन एक स्मारक संस्करण के रूप में किया है, जिसकी कि निश्चित ही, बहुत पहले से आवश्यकता थी। मैंने इस कार्य के लिए प्रेरणा डा० एस० के० चटर्जी, डा० एस० एम० कत्रे और प्रो० पी० के० गोडे से ग्रहण की। वस्तुतः डा० कत्रे ने ही मुझे सूचित किया कि कई प्रमुख भारतीय भाषाशास्त्रवेत्ताओं की सम्मति में इस पुस्तक का पुनर्मुद्रण आवश्यक है।

उपर्युक्त विद्वानों के परामर्श और आशीर्वाद से, मैंने पुस्तक के संबंध में प्रकाशित सारी समीक्षाओं को पढ़ा और उनमें तथा अन्य स्थानों पर प्राप्त सुझावों के प्रकाश में ही यह संस्करण तैयार किया। प्रो० सिल्वाँ लेवी और प्रो० ए० ए० मैकडानल की समीक्षाएँ मुझे रचनात्मक दृष्टि से सर्वाधिक सहायक प्रतीत हुई; विशेषतया ग्रीक शब्दों के शुद्ध मुद्रण में मुझे उनसे बहुत ही सहायता मिली। मैंने ग्रीक भाषा एवं वर्णमाला पर एक टिप्पणी भी जोड़ दी है जो विद्यार्थियों को पुस्तक समझने मे बहुत ही उपयोगी सिद्ध होगी। इसी प्रकार अंग्रेजी के विद्यार्थी, आर्य भाषा से संबंधों और अंग्रेजी के मूलाधारों को समझने में, भारोपीय, जर्मनिक और अंग्रेजी पर दी गई टिप्पणी को पर्याप्त उपादेय पायेंगे।

पुस्तक को आधुनिकतम बनाना और इस प्रकार इसकी उपादेयता में वृद्धि करना आवश्यक था, अतः मैंने दो अध्याय अथवा परिशिष्ट, अपेक्षाकृत आधुनिक विषयों, जैसे 'भारत आर्य और हिट्टाइट', और 'भारोपीय लोगों का निवास-स्थान : एक नूतन दृष्टि' पर जोड़ दिये हैं। इसमें मुझे डा० चटर्जी

से बहुत प्रेरणा मिली, जिन्होंने इस पुस्तक का भूमिका-लेखन भी सहर्ष स्वीकार कर लिया। इसके लिए मैं उनका आभारी हूँ। पूना विश्वविद्यालय के डा० आर० एन० डांडेकर का भी उनके सुझावों तथा टिप्पणियों में उनके कुछ लेखों के कुछ अंशों के प्रयोग की अनुमति के लिये मैं आभारी हूँ।

पाठकों की चाक्षुष सहायता के उद्देश्य से, मैंने आज के भारत में भारत आर्य प्रभाव के विस्तार, और यूरोप और एशिया में भारोपीय सम्बन्धों को द्योतित करने वाले दो मानचित्र भी जोड़ दिये हैं। डा० एस० के० चटर्जी के भारत की भाषाओं के मानचित्र के समावेश की अनुमति के लिये, आक्सफोर्ड यूनीवर्सिटी प्रेस (भारतीय शाखा) के जनरल मैनेजर मेरे धन्यवाद के पात्र हैं। दूसरा रेखाचित्र, भाषा सर्वेक्षण वाले मानचित्र की सहायता से, मेरे द्वारा बनाया गया है, परन्तु मैंने घास के मैदानों, बलख और प्रिपेट क्षेत्रों की पहली आबादियों और मध्य पूर्व में हिट्टाइट 'धक्के' को दिखाने का प्रयास किया है। इनसे विद्यार्थियों को दृश्य-कल्पना करने में बड़ी सुविधा होगी।

मैं, पूना ओरिएन्टल बुक हाऊस के मालिक श्री डी० के० गोंधलेकर और कर्नाटक प्रिंटिंग प्रेस के श्री बी० जी० धावले के प्रति अपने आभार का उल्लेख किये बिना इस प्राक्कथन को समाप्त नहीं कर सकता, जिन्होंने युद्ध के बाद के इन कठिन वर्षों में अपने समय की अपेक्षाकृत अत्यावश्यक अधिक माँग होने पर भी इस पुस्तक के मुद्रण का उत्तरदायित्व अपने ऊपर लिया।

प्रूफ संशोधन के कार्य में डेकन कालेज रिसर्च इंस्टीच्यूट के डा० एम० एम० पटकर ने मेरी सहायता की। इस पुस्तक में वर्णान्तरकरण की जिस अवस्था का अनुसरण किया गया है, वह वही है, जिसका प्रायः कोशों एवं शब्दकोशों में प्रयोग होता है। आज की परिस्थितियों में, भारत में रोमन लिपि में ग्रीक शब्दों का ध्वन्यात्मक लेखन संभव नहीं था, इसीलिए विद्यार्थियों को ग्रीक उदाहरणों पर निर्भर करना चाहिए। ग्रीक पर टिप्पणी में ग्रीक वर्णमाला एवं उच्चारण की एक तालिका दे दी गई है। मुझे नागरी वर्णमाला को सर्वथा छोड़कर, संस्कृत, मराठी और हिन्दी शब्दों तथा अवतरणों को भी रोमन लिपि में देने का सुझाव दिया गया था, किन्तु यह सोचकर कि इससे हमारे भारतीय विद्यार्थियों को बड़ी असुविधा होगी, नागरी अवतरणों और शब्दों को ज्यों का त्यों रहने दिया गया है। हाँ, इस विषय के यूरोपीय और अमरीकी पाठकों और विद्यार्थियों की सुविधा के लिए नागरी शब्दों और अवतरणों को रोमन में भी दे दिया गया है। संशोधन कार्य में, डा० पटकर के धैर्य, उत्साह और उनकी सतर्कता के लिये मुझे उन्हें धन्यवाद देना है।

विद्यार्थियों को पारिभाषिक (glossary) शब्दों से—पुस्तक के अंत में जिनकी संक्षिप्त एवं स्पष्ट परिभाषा दे दी गई है—भली प्रकार परिचित हो जाना चाहिए।

कायाकल्प, एफ० सी० रोड,
पूना, २८ फरवरी, १९५०.

—एन० पी० गुणे

तृतीय अंग्रेजी संस्करण का प्राक्कथन

पुस्तक के दूसरे संस्करण का इस विषय के विद्यार्थियों ने समुचित स्वागत किया जिसके लिए मैं कृतज्ञ हूँ। यह पुस्तक का तीसरा संस्करण है। यह सौभाग्य का विषय है कि इस संस्करण की प्रेस-कापी को मेरे मित्र डा० एम० ए० महेन्देल ने, जो डेकन कालिज पोस्ट-ग्रेजुएट रिसर्च इंस्टीच्यूट, पूना के भाषाविज्ञान विभाग के अध्यक्ष हैं, आद्यंत संशोधित किया है, जिससे पुस्तक की उपादेयता पर्याप्त बढ़ गई है। मैं उनका अत्यन्त आभारी हूँ।

सर्वदा की भाँति मैं, पूना ओरिएन्टल बुक हाउस के मालिक श्री डी० के० गोंधलेकर और समर्थ भारत प्रेस के मैनेजर श्री एस० आर० सरदेसाई, बी० ए० एल-एल बी० को उनके लगातार प्रोत्साहन और सहयोग के लिए धन्यवाद देता हूँ। बिना उनके इस तृतीय संस्करण का प्रकाशन संभव नहीं था। इस संस्करण का प्रूफ संशोधन भंडारकर ओरिएन्टल रिसर्च इंस्टीच्यूट, पूना के श्री एस० एन सावड़ी बी० ए० (आनर्ज) ने किया। उनके प्रति भी मैं आभारी हूँ।

ग्रीक शब्द, ग्रीक और इटैलिक, दोनों ही अक्षरों में दिये गये हैं। इसी प्रकार नागरी के अवतरण भी नागरी और इटैलिक दोनों में हैं।

दयानंद कालेज, शोलापुर
१० जनवरी, १९५८

—एन० पी० गुणे

भूमिका

मुझे तुलनात्मक भाषाविज्ञान पर स्व० प्रो० गुणे की सुविख्यात कृति के दूसरे संस्करण की भूमिका लिखने के लिये कहा गया है। इसे मैं अपने लिए बहुत बड़ा सम्मान समझता हूँ।

अपने प्रथम प्रकाशन (१९१८ ई०) से ही प्रो० गुणे की यह पुस्तक, जो भारत में अपने ढंग की पथ-प्रदर्शक कृति थी, पूरे भारत में विशेषतः संस्कृत और भारतीय भाषाओं के विद्यार्थियों द्वारा पढ़ी जाती रही है, और लगभग दो पीढ़ियों तक भारत के अधिकांश विश्वविद्यालयों में यह एक प्रामाणिक पाठ्य पुस्तक रही है। इसका दूसरा संस्करण बहुत दिनों से अपेक्षित था। भारतीय भाषा-विज्ञान के एक विद्यार्थी और अध्यापक के नाते, मुझे यह देख कर व्यक्तिगत रूप से बहुत संतोष हुआ है कि पूना के एक उत्साही प्रकाशक की सहायता से स्वर्गीय प्रो० गुणे के पुत्र प्रो० एन० पी० गुणे ने, अपने लब्धप्रतिष्ठ पिता की स्मृति में पुत्र-भक्ति की भावना से प्रेरित होकर अंततः यह दूसरा संस्करण प्रकाशित कर दिया है।

प्रो० गुणे की यह पुस्तक, अपनी त्रुटियों, भूल-चूकों और कमियों तथा अपनी मुद्रण संबंधी असुविधाओं (जिनका निर्देश आक्सफोर्ड के स्व० प्रो० ए० ए० मैकडानल जैसे समर्थ आलोचकों ने,––जो अन्यथा इस पुस्तक के गुणों की प्रशंसा करते थे,––किया है) के बावजूद भारतीय विद्यार्थियों के लिये और भारत से बाहर भी भारतीय भाषा-विज्ञान के विद्यार्थियों के लिये ऐसे सामान्य सिद्धान्तों के मूल तत्त्वों का विवेचन करने वाली सर्वाधिक सुविधाजनक संक्षिप्त पुस्तक रही है, जो भाषाओं के किसी विशिष्ट वर्ग अथवा परिवार के विशेष अध्ययन के आधार या उसकी पृष्ठभूमि हैं। साथ ही इसमें, भारत में आर्यभाषा की––प्राचीन, मध्यवर्ती एवं आधुनिक––तीनों ही अवस्थाओं में, उसके विकास का पर्याप्त, पूर्ण तथा अनेक व्याख्यात्मक उदाहरणों द्वारा स्पष्टित विवरणात्मक इतिहास भी है। प्रो० गुणे के एक बहुत विद्वान् पूर्वज थे, जो भारतीय आर्य भाषा-विज्ञान के 'पथिकृत' अथवा पथनिर्माताओं में से एक थे। ये थे स्व० रामकृष्ण गोपाल भंडारकर, जिन्होंने विलसन फिलॉलॉजिकल लेक्चर्स दिये थे। ये व्याख्यान बम्बई विश्वविद्यालय में, १८७७ में ही दिये गये थे और १९१४ में बम्बई से पुस्तक रूप में अपने अंतिम

प्रकाशन के पूर्व तक 'जनरल आफ दि बाम्बे ब्रांच आफ दि रायल एशियाटिक सोसाइटी', (खंड १६ तथा १७) के पृष्ठों तक ही सीमित थे। वस्तुतः प्रो० गुणे की यह कृति अपने मध्य एवं आधुनिक भारतीय आर्य भाषा के विवेचन में हमें बार-बार महान् रामकृष्ण भंडारकर का स्मरण दिलाती है। परन्तु मूल भारोपीय की पृष्ठभूमि के ज्ञान के कारण, प्रो० गुणे की दृष्टि अपेक्षाकृत अधिक व्यापक थी। गुणे के बाद ही विभिन्न भारतीय विद्वानों ने विद्यार्थियों की आवश्यकता को दृष्टि में रखकर सामान्य भाषा-विज्ञान एवं भारतीय आर्य भाषा के वैज्ञानिक अध्ययन पर पुस्तकें लिखी हैं। इनके अतिरिक्त मात्र किसी एक भाषा के इतिहास के विस्तृत अध्ययन द्वारा भारतीय आर्य-भाषा के विकास पर विशेष कृतियों की भी रचना हुई है। इस प्रसंग में हम डा० आई० जे० एस० तारापोरवाला की अंग्रेजी पुस्तक (कलकत्ता विश्व-विद्यालय से १९३२ में प्रथम प्रकाशित, दूसरे संस्करण के भी शीघ्र निकल आने की आशा है), और भारतीय भाषाओं की निम्नलिखित पुस्तकों का उल्लेख कर सकते हैं: प्रो० मंगलदेव शास्त्री, नलिनी मोहन सान्याल, बाबूराम सक्सेना तथा श्याम सुन्दर दास और पद्मनारायण आचार्य की पुस्तकें हिन्दी में, एस० जी० मुईनुद्दीन कादिरी की पुस्तक उर्दू में सुकुमार सेन की बंगाली में। इन सभी में, तथा डा० वटकृष्ण घोष की Linguistic Introduction to Sanskrit तथा प्राकृत और भारतीय आर्य के सामान्य इतिहास पर डा० एस० एम० कत्रे की पुस्तकों, जैसे कुछ अन्य ग्रन्थों में पिछली तीन-चार पीढ़ियों में, पाश्चात्य विद्वानों द्वारा प्रतिष्ठापित भाषा-विज्ञान के क्षेत्र में आधुनिक भारतीय मनीषा का कार्य समाहित है। प्रो० पी० डी० गुणे की प्रस्तुत पुस्तक इस भारतीय भाषावैज्ञानिक वाङमय में, जो क्रमशः परिमाण में (और महत्व में) वृद्धि कर रहा है, मूर्धन्य है।

प्रस्तुत दूसरा संस्करण, पुनर्मुद्रण-मात्र नहीं है, इसका उद्देश्य पहले संस्करण का, कई दृष्टियों से क्षेत्र-विस्तार करना भी है। तीन परिशिष्ट और सात टिप्पणियाँ पूर्णतः नए हैं, और ये निश्चित ही बड़े उपयोगी सिद्ध होंगे क्योंकि इनका उद्देश्य आधुनिक अनुसंधान के कुछ विषयों की दृष्टि से, मूलकृति को पूर्ण बनाना है। उच्चारण-अवयवों का चित्र, तालिकायें, चार्ट, भारत का भाषिक मानचित्र, अतिरिक्त ग्रंथसूची तथा पारिभाषिक कोश, इन सभी से ग्रंथ की उपयोगिता में वृद्धि होगी।

इस प्रकार यह कृति पहले से ही सुविख्यात है। इन अतिरिक्त अध्यायों से इसकी उपयोगिता और भी बढ़ गई है। यह वह पुस्तक है, जिससे कोई तीस वर्ष पहले, जब मैं भारतीय आर्यभाषा-विज्ञान के विद्यार्थी एवं अनुसंधाता

के रूप में अपने जीवन के प्रथम चरण में था, मुझे बहुत सहायता मिली थी। प्रथम संस्करण के कुछ आलोचकों ने, ग्रीक शब्दों के मुद्रण में दोष निकाले थे, और एक समालोचक को तो इसके लिए बड़ा ही दुःख था; किन्तु यह प्रसन्नता का विषय है कि, मूल ग्रीक शब्दों एवं रूपों का मुद्रण, इस संस्करण में सामान्यतः ठीक है, यद्यपि कोष्ठकों में दिये, रोमन प्रतिलेखों के अपेक्षाकृत अधिक सतर्क मुद्रण की आवश्यकता थी। विद्यार्थियों को चाहिए कि वे ग्रीक अक्षरों को सीख लें, और अधिक अच्छा हो यदि वे रोमन का सहारा न लेकर मूल ग्रीक रूपों पर ही ध्यान दें। (इसके लिए ग्रीक भाषा से संबद्ध टिप्पणी में एक तालिका दे दी गई है) कुछ प्रतिलेखों का मुद्रण अशुद्ध हो गया है, जिन्हें अध्यापक बड़ी सरलता से ठीक कर सकते हैं, और जिन्हें पुस्तक के तीसरे संस्करण में ठीक किया जा सकता है। अच्छा हो यदि इस सम्बंध में अधिक ध्यान दिया जाय।

दोषों के होने पर भी प्रस्तुत संस्करण एक अत्यन्त उपयोगी पुस्तक को अत्यन्त उत्कृष्ट रूप में प्रस्तुत करता है, यद्यपि आज सुन्दर एवं निर्दोष मुद्रण विशेषतः भारत में कठिन और महँगा है। कागज और छपाई दोनों ही सुन्दर और आकर्षक हैं। पुस्तक के सुन्दर स्वरूप से, उसके सहज और सरुचि पठन में सहायता मिलेगी। मुझे विश्वास है कि, यह पुस्तक, एक ऐसे विज्ञान के अध्ययन में और भी उपयोगी सिद्ध होगी, जो इसके रचयिता को बहुत ही प्रिय था, जैसा कि हम भारत में बहुतों को है, तथा जिसके अध्ययन में लेखक अपने देशवासियों का पथ-प्रदर्शक था। यह पुस्तक उनकी स्मृति के सुन्दरतम कीर्ति-स्तम्भों में से है। मेरी यही कामना है कि Introduction to Comparative Philology के और भी संस्करण निकलते जायें और उनके द्वारा विद्वान् एवं शिक्षक के रूप में, डॉ० गुणे की स्मृति सदैव ताजी बनी रहे।

कलकत्ता विश्वविद्यालय, —सुनीतिकुमार चटर्जी

२० फरवरी, १९५०

संक्षेप सूची

अं०, अंग्र०, अंग्रे०—अंग्रेजी
अनु०—अनुवादक
अप०—अपभ्रंश
अर्द्धमा०—अर्द्धमागधी
अवे०—अवेस्ता
आ० भा० आ०—आधुनिक भारतीय आर्य (भाषाएँ) ।
उ०—उच्च
एक०—एकवचन
कश०—कश्मीरी
गुज०—गुजराती
गो०—गोथिक
ग्री०—ग्रीक
चेक०—चेकोस्लावाकिअन
जर्म०—जर्मन
जैन म०—जैन माहाराष्ट्री
दे०—देखिये
पंज०—पंजाबी
प० हिंदी—पश्चिमी हिंदी
पा०—पालि
पू० हि०—पूर्वी हिन्दी
पै०—पैशाची
प्रा०—प्राकृत
फ़ा०—फ़ारसी
बंग०—बंगाली
बहु०—बहुवचन
भा० आ०—भारतीय आर्य भाषा
भारो०—भारोपीय
भा० हि०—भारत-हित्ती
म०—माहाराष्ट्री
मरा०—मराठी
मा०, माग०—मागधी
राज०—राजस्थानी
लिथु०—लिथुवानियन
लै०—लैटिन
वि०—विशेषण
शौ०—शौरसेनी
सं०—संस्कृत
संपा०—संपादक
हिं०—हिंदी
हिट्टा०—हिट्टाइट

विषय-सूची

तुलनात्मक भाषा-विज्ञान की भूमिका

भाग १

सिद्धान्त

१. **नाम** :—तुलनात्मक वाङ्मीमांसा (Comparative Philology) या केवल वाङ्मीमांसा (Philology) 'भाषा का विज्ञान' है। यथार्थतः 'फ़ाइलॉलजि' का अर्थ किसी भाषा का साहित्यिक दृष्टि से अध्ययन है। जर्मनी में, यूरोप के अन्य देशों की भांति ही, 'फ़ाइलॉलजि' का अर्थ अब भी 'किसी भी साहित्य का अध्ययन' है। उदाहरणार्थ वहाँ हर जर्मन विश्वविद्यालय में Klassiche Philologen अर्थात् 'क्लासिकल साहित्य के प्राध्यापक' और Romanische Philologen अर्थात् 'रोमांस साहित्य के प्राध्यापक' होते हैं, जिन्होंने इनका अध्ययन किया है और अब इनका अध्यापन कर रहे हैं। यह नया विज्ञान उन अनेक उपलब्धियों में से एक है, जो १९ वीं सदी से हमें उत्तराधिकार में प्राप्त हुई। आरम्भ में ही इसका नाम 'तुलनात्मक वाङ्मीमांसा' (Comparative Philology) पड़ा। इस नाम की तुलना में 'तुलनात्मक व्याकरण' (Comparative Grammar) नाम कम व्यापक, किन्तु सम्भवतः कम सदोष है। इसे कुछ लोगों ने 'भाषा-विज्ञान' (Science of language) नाम से भी अभिहित किया है। यह नाम व्यापक एवं सटीक है। इसीलिए कुछ विद्वान् तुलनात्मक (वाङ्मीमांसा) की अपेक्षा इसे अधिक पसन्द करते हैं।

२. **लक्ष्य और उद्देश्य** :—संस्कृत, फ़ारसी, ग्रीक, लैटिन, केल्टिक, ट्यूटॉनिक, स्लैवोनिक, लिथो-लेटिश, आर्मेनियन और अल्बानियन भाषाओं में व्याकरण और शब्द-भांडार की समानता दृष्टिगत होती है। इसीप्रकार, ऐसा प्रतीत होता है कि हिब्रू, असीरियन, अरबी, इथियोपिअन तथा सीरियन का भी अपनी आपसी समानता के कारण एक वर्ग है। पूर्वोक्त वर्ग की किसी भी भाषा से इनकी समानता नहीं है। कुछ अफ्रीकी लोग भी ऐसी भाषाएं बोलते हैं, जो व्याकरण और शब्द-भांडार में एक-दूसरे से बहुत मिलती-जुलती हैं। इसीप्रकार तेलुगु, तमिल, मलयालम तथा कन्नड़ आदि, हमारी दक्षिण भारतीय भाषाओं का भी अपना एक वर्ग है।

इन समानताओं के आधार पर हम भाषाओं के अनेक वर्ग या परिवार

बना सकते हैं, जैसे भारोपीय (Indo-European) अथवा जिस नाम से इसे प्रायः अभिहित किया जाता है : भारत-जर्मन (Indo-Germanic), सेमेटिक, बांटू और द्रविड़। इसीप्रकार कई और भी वर्ग बनाए जा सकते हैं, उदाहरणार्थ, मंगोलियन वर्ग, फिनिश वर्ग तथा दक्षिणी अमरीकी वर्ग।

भाषाओं के किसी विशेष वर्ग के तुलनात्मक वाङमीमांसा का उद्देश्य है, उनकी पारस्परिक समानताओं का अन्वेषण एवं उनकी व्याख्या।

वाङमीमांसा का क्षेत्र उतना ही व्यापक है, जितनी कि सम्पूर्ण मानवता, क्योंकि इसका सम्बन्ध संसार भर के मनुष्य की भाषा से है। वाङमीमांसा का सम्बन्ध किसी भाषा के किसी विशेष काल के तथ्यों से ही नहीं है। साथ ही, यह केवल उन्हें एकत्र, व्यवस्थित, वर्गीकृत और संनियमित ही नहीं करता, क्योंकि यह कार्य तो वर्णनात्मक व्याकरण का है। इसे किसी भाषा का दर्शनशास्त्र या तर्कशास्त्र कहा जा सकता है। इसका सम्बन्ध तथ्यों से उतना नहीं है, जितना कि सिद्धान्तों से है। किन्तु तुलनात्मक वाङमीमांसा का सम्बन्ध भाषा के अतीत और वर्त्तमान के तथ्यों से है। यह भाषा के जीवन के विभिन्न कालों के तथ्यों का तुलनात्मक अध्ययन करके उसका इतिहास प्रस्तुत करता है। वस्तुतः इसे ध्वनियों का उच्चारण, अक्षर-रूप में उनका संयोग, उन अक्षरों का शब्दरूप में संयोग तथा अंततः शब्दों से वाक्यों का निर्माण आदि भाषा-विषयक विभिन्न बातों का विचार करना पड़ता है। इसमें भाषा की उत्पत्ति तथा उसमें विकास एवं परिवर्तन के कारण आदि अन्य बड़े प्रश्न भी आते हैं। इस प्रकार इसकी समस्या गत्यात्मक है। यह केवल भाषा की चिर-परिवर्तनशीलता का ही अध्ययन नहीं करता, अपितु परिवर्तन के कारणों का भी पता लगाने का प्रयास करता है। दूसरे शब्दों में यह विज्ञान ऐतिहासिक और तुलनात्मक दोनों ही है; बल्कि यह ऐतिहासिक है, इसीलिए तुलनात्मक है। संस्कृत, ग्रीक, लैटिन जैसी भाषाओं की तुलना, वस्तुतः एक भाषा का उसके विभिन्न कालों में होते आगे बढ़ने के ऐतिहासिक अध्ययन का ही प्रवर्द्धित रूप (extension) है। उसीप्रकार, जैसे हम महाराष्ट्री प्राकृत का विकास प्राचीन पूर्व-ज्ञानेश्वर मराठी से होते आधुनिक मराठी में दिखाते हैं। कोई भी भाषा स्थिर और अपरिवर्तनशील रूप में नहीं ली जा सकती। भाषा चिर विकासशील होती है, जिसकी विभिन्न अवस्थाएं आनुक्रमिक कालों (Succesive periods) की सम्बद्ध शृंखला के रूप में वर्णित की जानी चाहिएं। कुछ भाषा-शास्त्रविदों का किसी मूलभाषा (Parent Language) के पुनर्निर्माण का प्रयास इस ऐतिहासिक अध्ययन का ही परिणाम है।

ह्विटनी के शब्दों में, यह विज्ञान पशुओं के संवाद-वहन से भिन्न, मानव अभिव्यक्ति के साधन के रूप में उसकी एकरूपता एवं उसकी सामग्री और

संरचना की आन्तरिक विविधता—इन दोनों रूपों में भाषा को समझने का यत्न करता है। समानता की प्रक्रिया को निर्दिष्ट कर एवं असमानता की सीमा को निर्धारित कर यह भाषाओं की समानता एवं असमानता के कारणों को खोजने का तथा भाषाओं को वर्गीकृत करने का प्रयास करता है।

३. **भाषा क्या है ?**—प्रश्न यह उठता है कि जब हम वाङ्मीमांसा (-भाषा-विज्ञान) की बात करते हैं, तो भाषा से हमारा ठीक आशय क्या है? यदि हम कहें कि इससे हमारा आशय उस 'साधन' से है, जिसके द्वारा हम अपने विचार दूसरों पर अत्यन्त सुस्पष्ट ढङ्ग से व्यक्त करते हैं, तो हम उसे अपेक्षाकृत अधिक व्यापक बना देते हैं। वाङ्मीमांसक भाषा को प्रायः इतने विस्तृत अर्थ में नहीं लेते, क्योंकि हम अपने विचार तो अंग-विक्षेप (gesture) और मुख-विकृति (grimaces), चित्रात्मक या लिखित चिन्हों या अंततः उच्चरित ध्वनियों आदि किसी से भी अच्छी तरह व्यक्त कर सकते हैं। इनमें प्रथम साधन का प्रयोग गूंगों द्वारा होता है। कभी-कभी अन्य लोग भी इसका प्रयोग करते हैं, जब उन्हें किसी ऐसे व्यक्ति से बात करनी होती है, जिसकी भाषा वे नहीं समझते। दूसरा साधन बहुत उपयोगी है, किन्तु तीसरे जैसा नहीं। तीसरा या अन्तिम साधन ही विचारों की अभिव्यक्ति के लिए समुचित तथा सबसे महत्वपूर्ण साधन है। अंग-विक्षेप पर आधारित भाषा (gesture-language) में मुख या अन्य अंगों का विक्षेप या उनकी चेष्टाएं स्वयं विचारों की प्रतीक होती हैं, किन्तु उच्चारण पर आधारित या कथित भाषा (Spoken language) में इसप्रकार की चेष्टाओं के परिणाम प्रतीक बनते हैं। इस तरह अपने व्यापकतम रूप में भाषा का अर्थ है, हमारे विचारों और मनोभावों को व्यक्त करने वाले ऐसे संकेतों का कुल योग, जो देखे या सुने जा सकें और जो इच्छानुसार उत्पन्न किए एवं दोहराए जा सकें।

४. **भाषा के भौतिक और मानसिक पक्ष**—इसप्रकार, भाषा एक ओर स्पष्ट उच्चरित ध्वनियों और दूसरी ओर हमारे विचारों और मनोभावों पर आधारित है। आशय यह हुआ कि भाषा के भौतिक और मानसिक दो पक्ष हैं। भाषा को उच्चारण-अवयवों की शारीरिक चेष्टामात्र मानना ही पर्याप्त नहीं है, वरन् साथ ही यह भी स्मरण रखना चाहिए कि भाषा एक मानसिक क्रिया भी है, क्योंकि जब हम 'आम' या 'लाल' शब्द बोलते हैं, तो यह केवल उच्चारण-अवयवों का ही कार्य नहीं है। हमने केवल कुछ ध्वनियाँ ही उत्पन्न नहीं की हैं, बल्कि 'आम' शब्द

---

१. Life and Growth of Language, पृष्ठ ४

२. Porzezinski—Boehme, Einleitung in die Sprachwissenschaft. पृ० १

के उच्चारण से पूर्व विचार-सामग्री को मूलतत्त्वों में खंडित करने और उनके संकेताक्षर निश्चित करने की विस्तृत मानसिक प्रक्रिया भी घटित हुई है। 'आम' शब्द से विभिन्न नैत्रिक,[1] स्पर्शज्ञेय तथा अन्य इन्द्रियानुभूतियाँ संयुक्त होकर एक इकाई बन जाती हैं; और 'लाल' शब्द से, विशिष्ट रंग, आकार एवं आकृति के पदार्थ द्वारा उत्पन्न मिश्र इन्द्रियानुभूति का तत्त्व, शब्द-प्रतीक 'लाल' से सम्बद्ध होने के कारण खंडित हो जाता है और पृथक् सत्ता ग्रहण कर लेता है। वांछित प्रभाव उत्पन्न करने के लिए विचार-सामग्री का यह विन्यास और प्रकटन उच्चरित ध्वनि से अनिवार्यतः सम्पृक्त होना चाहिए। इसप्रकार हम देखते हैं कि भाषा में भौतिक और मानसिक तत्त्व साथ-साथ चलते हैं।

उच्चरित ध्वनि नहीं, अपितु विचार-सामग्री ही भाषा को विशिष्ट स्वरूप प्रदान करती है। इसीलिए भाषा में मानसिक पक्ष के महत्त्व की मान्यता ने भाषा-वैज्ञानिकों को अपना ध्यान भाषा के मनोविज्ञान की ओर मोड़ने के लिए प्रेरित किया। मुख्यतः जिस वस्तु ने इस कार्य की ओर प्रवृत्त किया वह ओर्टल (Oertel) के अनुसार निम्नाङ्कित हैं :[2]—

सादृश्य का, प्रविध्यात्मक सिद्धान्त (Methodological principle) के रूप में प्रयोग और जिसे आज हम 'अर्थ-विज्ञान' कहते हैं, उसका प्रारम्भ, इन दोनों विषयों का हम आगे विवेचन करेंगे।

उन सभी मानसिक प्रक्रियाओं का, जो कि भाषा के महत्त्वपूर्ण अङ्ग हैं, न तो पता लगाया जा सकता है और न उनका निरीक्षण ही किया जा सकता है। उनमें से बहुत-सी वक्ता की स्पष्ट चेतना के बिना ही घटित होती हैं, और जो कुछ भी व्यक्ति की चेतना में से होकर गुज़रता है, वह अर्द्ध-चेतनावस्था में सशक्त अवयव के रूप में विद्यमान रहता है। वाक्-प्रक्रिया की सभी अभिव्यञ्जनायें इस अर्द्ध-चेतन अवस्था से ही आत्मा में प्रवाहित होती हैं। यद्यपि यह ध्यान देने योग्य है कि कुछ प्रसिद्ध मनोविज्ञानवेत्ता आत्मा में चेतना के अतिरिक्त किसी अन्य वस्तु की सत्ता स्वीकार नहीं करते।

(क) **बाह्य भाषाः**—भाषा किस प्रकार बनती और विकसित होती है, इस पर विचार करने से पूर्व, सब से पहले हम यह देखेंगे कि भाषा-ध्वनि कैसे उत्पन्न होती है। फेफड़ों में साँस लेने पर ही हम ध्वनि उत्पन्न करने में समर्थ होते हैं। उच्चरित ध्वनि फेफड़ों से बाहर निकाली गई वायु की प्रक्रिया के अतिरिक्त कुछ नहीं है। यह प्रक्रिया ध्वनि-अवयवों के द्वारा परिचालित होती है। जब श्वास फेफड़ों से होकर स्वर-यंत्र (जिसे सामान्यतः टेंटुआ कहते हैं) में

१. Oertel, Lectures on the Study of Language, पृ० ६५

२. वही, पृ० ६८

से गुजरता है, तो उसमें स्थित स्वरतंत्रियों में कम्पन आरम्भ हो जाता है। बोलते समय गले पर हाथ रख कर हम इसका अनुभव कर सकते हैं। इन कंपनों का संचार निकलते हुए श्वास-प्रवाह में हो जाता है। जब हवा गले के ऊपरी भाग में से गुजरती है, तो वह दो मार्ग ग्रहण कर सकती है; नाक में से होकर, जो कि मुख बन्द होने की अवस्था में इसकी स्वाभाविक गति है (उदाहरणतया जब हम मुख बन्द करके 'म्' का उच्चारण करते हैं) और मुंह में से होकर। पहली अवस्था को सम्भव बनाने के लिए अलिजिह्व के साथ कोमलतालु सीधा नीचे गिरा रहना चाहिए। जब वे कंठ के पश्च की ओर दबाए जाते हैं, तो श्वास-वायु मुख-विवर में से हो कर गुजरता है। यह इस स्थिति में श्वास-वायु, जो अब ध्वनि बन चुका होता है, अभी स्पष्टतः उच्चरित नहीं होता। मुंह में से गुज़रने पर इसका जीभ द्वारा कई स्थानों पर अवरोध हो सकता है, जैसे मुख के ऊपरी भाग (या कोमल तालु), कठोर तालु, ऊपरी दांतों के कठोर मसूढ़ों और अन्त में होठों पर। यह अवरोध जीभ के कई भागों जैसे पश्च, मध्य और नोक द्वारा होता है। उदाहरणार्थ जब हम क्, च्, त् ध्वनियाँ धीमे क्रम में उत्पन्न करते हैं, तो हमें जीभ के अवरोध-स्थान के क्रमिक परिवर्तन का अनुभव होता है। जब श्वास अवरोधों से आगे बढ़ने का प्रयास करता है और स्फोट होता है, तो विभिन्न व्यंजनों की उत्पत्ति होती है। स्वरों की उत्पत्ति में जीभ वस्तुतः साँस को अवरुद्ध नहीं करती, वरन् केवल उसके मार्ग को विवृत अथवा संवृत करने में सहायता देती है और इसी पर स्वरों की प्रकृति निर्भर करती है। स्वर और व्यंजन दोनों मिल कर भाषा की ध्वनि-सामग्री का निर्माण करते हैं।[1] विभिन्न वर्गों के सभी स्वर और व्यंजन मिल कर 'अक्षर' का निर्माण करते हैं और इन अक्षरों के योग से शब्दों का निर्माण होता है।

(ख) **बलाघात** (stress) **अथवा आघात** (accent):—किसी भी शब्द के सभी अक्षर समान महत्त्व के नहीं होते। प्रायः उनमें से किसी एक को प्रमुखता दी जाती है। ऐसा कई प्रकार से किया जा सकता है—अक्षर का विशिष्ट सुर में

---

१. Indogermanische sprachwissenschaft, (पृ० १३–२१) में Meringer का भाषा की भौतिक प्रक्रिया का सुन्दर वर्णन देखिए। भाषाविज्ञानविद् हर ध्वनि के उच्चारण-कंपन को गिनने में भौतिक शास्त्र की सहायता लेते हैं। प्रत्येक व्यक्ति की ध्वनि-तरंग-दीर्घता में अन्तर एकसा नहीं होता है। हम ध्वनियों को ध्वनिग्रामों (phonemes) या ध्वनि-परिवारों में विभाजित कर सकते हैं और diaphones को एक ही भाषा बोलने वालों के विशेष वर्गों से सम्बद्ध कर सकते हैं। (और जानने के लिए अंत में दिया गया पारिभाषिक कोश देखिए)

अथवा अधिक बल के साथ उच्चारण करके । जर्मनी के उत्तर में ये दोनों एक साथ आते हैं जैसे vater शब्द में, इसके प्रथम अक्षर में केवल बल ही नहीं अपितु स्वराघात भी है। अक्षर की यह विशिष्टता आघात कहलाती है। दूसरे अर्थात् स्वराघात (Pitch accent) को संगीतात्मक आघात भी कहते हैं। संस्कृत और अधिकांश भारतीय-जर्मन (भारोपीय) भाषाएं मूलतः संगीतात्मक थीं । ऋजि-'श्वंन्, गायत्रम्, इन्द्रः, इन्द्राग्नी', में संगीतात्मक आघात हैं । मराठी काम देऊल, गुजराती वारणु इत्यादि में भी । किन्तु इसकी ओर ध्यान नहीं दिया जा सकता, क्योंकि इन भाषाओं में इसका कोई विशेष महत्त्व नहीं रह गया है। यह आवश्यक नहीं है कि एक ही अक्षर पर दोनों हों । उदाहरण के लिए जब हम प्रश्न पूछते हैं, 'तूं कामाला गेला होतास', बलाघात 'का' पर है, किन्तु 'मा' का उच्चारण अधिक ऊंचे स्वराघात में किया जाता है। इस सम्बन्ध में एक बात स्मरण रखने योग्य है कि कभी-कभी एक अक्षर अपेक्षाकृत नीचे स्वराघात से प्रारम्भ होकर ऊंचे स्वराघात में समाप्त हो सकता है या इसके विपरीत भी। यह संस्कृत और अंग्रेजी में स्वरित (circumflex) है : ब्रह्मणस्पतिः, इन्द्रशत्रुः आदि ।

५ **आंतरिक भाषाः**—अब हम मानसिक पक्ष अर्थात् विचार अथवा भाषा के आन्तरिक पक्ष की ओर आते हैं, क्योंकि वस्तुतः बोले जाने वाले शब्द, हमारे विचारों के परिधान मात्र हैं ।

हम अपनी भाषा बाल्यावस्था में सीखते हैं । यह क्रमिक अर्जन की प्रक्रिया है, किन्तु सीखते समय हम अपने अग्रजों के बने बनाए शब्दों को ग्रहण नहीं करते । हम उन लोगों को कुछ शब्दों की बार-बार आवृत्ति करते हुए सुनते हैं और उनकी ठीक ध्वनि को पकड़ने का प्रयास करते हैं। हम उच्चारण-अवयवों की स्थिति एवं स्थान पर भी ध्यान देते हैं और इसप्रकार उसका अधिक से अधिक अनुकरण करते हैं । अतः जब कोई बालक 'घंटी' शब्द सुनता है, तो उसे सर्वप्रथम ध्वनिक संवेदना होती है, साथ ही वह उच्चारण अवयवों की गति को देखता है और उनका अनुकरण करता है। यहां उसके मस्तिष्क पर एक गत्यात्मक प्रभाव पड़ता है । इसप्रकार हमारी भाषा, उच्चरित शब्दों के ध्वनिक एवं गत्यात्मक प्रतिबिम्बों से बनती है । दूसरे शब्दों में, आंतरिक भाषा हमारे द्वारा सुने गए (और बोले गए) शब्दों और वाक्यों के स्मृति-प्रतिबिम्बों पर निर्भर करती है । ये स्मृति-प्रतिबिम्ब (Erinnerungsbilder) भाषा या ध्वनि-विचार (Lautvorstellungen) कहलाते हैं ।

जब एक बच्चा 'काका' शब्द का अनुकरण करते समय उसे वस्तुतः 'टाटा' कहता है अथवा कैट (cat) को टैट (tat) कहता है, तो उसे यह ध्यान नहीं रहता कि उसने शब्द का अशुद्ध उच्चारण किया है । उसने तो उसका यथासाध्य शुद्ध उच्चारण करने का प्रयास किया है । ज्यों-ज्यों

बच्चा बढ़ता जाता है, उच्चारण-अवयवों का प्रयोग बढ़ता जाता है और धीरे धीरे वह शब्द का प्रामाणिक या शुद्ध उच्चारण ग्रहण कर लेता है।

बच्चा केवल अनुकरण करने का ही प्रयास नहीं करता किन्तु अनुकरण करते समय सुने हुए शब्दों के सादृश्य पर वह नए शब्द और रूप भी बनाता है। बच्चे ने बार-बार 'धरलें' और 'भरलें' जैसे रूप सुने हैं, अतः वह, 'करलें' और 'मरलें' जैसे अन्य रूपों का निर्माण करता है। वह भूतकाल के अधिक शुद्ध 'केलें' इत्यादि के स्थान पर नए रूपों का आविष्कार करता है। इसप्रकार व्यक्ति की भाषा परम्परागत है, फिर भी विशिष्टरूप से उसकी निजी है। यह बात विरोधात्मक भले ही प्रतीत हो, किन्तु यही वह तथ्य है जो रूढ़िवादी तत्त्व के रूप में कार्य करता है और साथ ही भाषा के परिवर्त्तन में सहायक होने वाले कारणों में से भी एक है।

चूंकि भाषा भावों या विचारों के आदान-प्रदान का साधन है, अतः हर व्यक्ति यथासाध्य नवीनता से बचने का प्रयास करता है और इसी कारण दूसरों के ऐसा करने पर वह बुरा मानता है। फिर भी यह उन गतियों और इंद्रियानुभूतियों (दृष्टि, श्रवण, घ्राण एवं स्पर्श इत्यादि-सम्बन्धी) के संसर्गों की व्यवस्था है, जो कि प्रत्येक व्यक्ति की अपनी विशिष्ट होती है। किन्तु इसकी यह भी एक विशेषता है कि समाज की अपेक्षा व्यक्तियों के किसी समूह के सभी सदस्यों में ये संसर्ग अधिक दृढ़ होते हैं। इसप्रकार, यद्यपि एक अर्थ में भाषा व्यक्ति पर निर्भर करती है, किन्तु व्यक्ति भी अपने रूप में भाषा की सृष्टि है, जो कि उसे शैशवावस्था में (समाज से) सीखनी पड़ती है।

६. **भाषा एक अर्जन**:—अतः भाषा न्यूनाधिक रूप में परम्परागत एवं सामाजिक है। किन्तु इसे जातिगत विशेषता की भाँति उत्तराधिकार में प्राप्त नहीं माना जाना चाहिए, जैसा कि कभी-कभी माना जाता है।[1] बालक किसी अन्य भाषा को भी उसीप्रकार ग्रहण कर सकता है जैसे कि अपनी मातृ-भाषा को। उदाहरण के लिए यदि गुजराती माता-पिता का बच्चा किसी मराठी आया के पास रखा जाए, तो निश्चितरूप से वह आया की भाषा को ग्रहण कर लेगा। यदि पिता एक भाषा बोलता है जैसे मराठी और मां दूसरी जैसे कन्नड़, तो बालक दोनों भाषाओं को सीख लेगा। और दोनों पर उसका समान अधिकार होगा। भारतवर्ष में मिशनरियों के बच्चे बड़ी सरलता से अपनी आया की भाषा सीख लेते हैं।

इतिहास में कुछ बहुत रोचक उदाहरण हैं, जो इस सिद्धान्त के विरुद्ध हैं कि भाषा जातिगत विशेषता है और अन्य विशेषताओं की भाँति उत्तराधि-

१ Whitney, Life and Growth of Language, पृ० ८

कार में प्राप्त की जाती है। फ्रांस के निवासी रोमन युग के केल्ट जाति के वंशज हैं। किन्तु आजकल वे कौन-सी भाषा बोलते हैं? अपनी भाषा केल्टिक नहीं, जो कि रोमन विजेताओं की अपेक्षाकृत अधिक संस्कृत भाषा से भी बहुत पूर्व फ्रांस से लुप्त हो चुकी है। वे फ्रेंच भाषा बोलते हैं, जो कि मूलतः लैटिन भाषा की एक बोली है और इसीकारण यूरोप की रोमांस भाषाओं में परिगणित की जाती है। दूसरा उदाहरण भारतीय पारसियों की भाषा है। वे जो भाषा बोलते हैं उसका यद्यपि उनकी प्राचीन भाषा से दूरवर्ती एवं परोक्ष संबन्ध है, किन्तु वह वस्तुतः उनके लिए उतनी ही विदेशी या विजातीय है जितनी कि कोई अन्य भारतीय भाषा। सतपुड़ा और मध्यभारत के भील भी—जो यद्यपि भारत के आदिवासियों की कोटि में हैं और इसप्रकार उन्हें मुंडा वर्ग की कोई विभाषा बोलनी चाहिए—भीली भाषा बोलते हैं, जो कि खानदेशी से बहुत मिलती-जुलती है।

यह सिद्धान्त भी उतना ही अमान्य है कि भाषा की उत्पत्ति प्रत्येक व्यक्ति द्वारा स्वतन्त्ररूप से होती है। जो कुछ हमने ऊपर कहा है, वही तर्क इसके विरुद्ध यथेष्ट है। भाषा प्रत्येक व्यक्ति द्वारा अर्जित की जाती है, उत्पन्न नहीं। दूसरी स्थिति में अर्थात् यदि व्यक्ति भाषा को उत्पन्न करे, तो उसे अपना सारा जीवन उन वस्तुओं की खोज करने में व्यतीत करना पड़ेगा, जिन्हें कि दूसरों ने बहुत पहिले से उसके लिए खोज लिया है और वैसी स्थिति में वह तनिक भी उन्नति न कर सकेगा। साथ ही उसका कार्य और भी दुष्कर हो जाएगा, क्योंकि जो कुछ भी वह निर्मित या उत्पन्न करेगा, वह दूसरों के लिए अबोधगम्य होगा और वे उसे स्वीकार नहीं करेंगे।

७. **भाषा की उत्पत्ति**:—अब हम थोड़ा रुक कर भाषा की उत्पत्ति के प्रश्न पर विचार करें। आज भाषा हमारे लिए एक उपलब्धि है, एक अर्जन है। हमने इसे विचारों के आदान-प्रदान द्वारा पूर्व पीढ़ियों से ग्रहण किया है, किन्तु मानव ने आदि-रूप में इसे किस प्रकार अर्जित किया? 'भाषा ईश्वरीय देन है' अथवा वह 'आदिम मानव-समुदाय के सदस्यों द्वारा सोच-समझ कर दिए गए समझौते का परिणाम है, आदि सिद्धान्त सर्वथा अमान्य हैं। कोई भाषा-वैज्ञानिक आज इनमें विश्वास नहीं करता।

यहां विकासवाद के सिद्धान्त से हमें मुख्य सहायता मिलती है। हम जानते हैं कि आज का सभ्य मानव, आदिम स्तनपायी से—जो पशु के समान केवल एक ध्वनि उत्पन्न कर सकता था—विकसित हुआ है। वस्तुतः हमारे सभी उच्चारण-अवयव अत्यन्त धीमे प्राकृतिक विकास के परिणाम हैं। अतः हम उस समय की कल्पना कर सकते हैं जब मानव निम्न श्रेणी के पशुओं की तरह केवल चिल्ला सकता था। यह चिल्लाहट हर्ष अथवा विषाद की भावनाओं का

द्योतन भलीप्रकार कर देती थी। निस्सन्देह यह बुलाने में भी काम आती थी। इस सम्बन्ध में पेरिस के मानव-शास्त्री लेफ़ेवर[1] (Lefevre) की कुछ रोचक उक्तियों का सविस्तर उल्लेख किया जा सकता है: "जब अनुभव एवं आगमन (Induction) पारस्परिक सहयोग से मानवता के वंश-वृक्ष का पता लगाने में समर्थ हुए, मानव-शास्त्र में एक शुभ आविष्कार हुआ। गर्भ-विज्ञान में युग-युग से खोजे गए अथवा अनुमानित रूपान्तरण (transformation) का संक्षिप्त रूप प्राप्त हुआ। अनुवीक्षण यंत्र की सहायता से भ्रूण में कोषाणु, अण्डे तथा उस अतिसरल पदार्थ-समुदाय की अवस्थाओं के क्रमिक विकास का अवलोकन किया जा सकता है जो आगे चलकर मनुष्यता का गौरव प्राप्त करता है, अर्थात् हजारों शताब्दियों के कार्य को कुछ महीनों में स्पष्ट कर देता है। ऐसा प्रतीत होता है कि भाषा का भी एक प्रकार से अपना गर्भ-विज्ञान है। इसका आशय यह नहीं कि हम कभी भाषा की रचना को देख सकते हैं; यह बात सम्भव नहीं, किन्तु निश्चितरूप से वह जीवाणु, भाषा का वह असंदिग्ध गर्भ-विज्ञान—चिल्लाहट—हममें है, जो अधिकांश उन्नत जीवों में और स्वयं मनुष्य में भी एक स्वतन्त्र उच्चारण-इकाई के रूप में विद्यमान है और जो कतिपय मनोभावों एवं थोड़े से विचारों की भी अभिव्यक्ति के लिए पर्याप्त है। वह चिल्लाहट भाषा के अविकसिततम रूपों का प्रथम मूलतत्त्व है।" और भी "आवृत्ति, निरन्तरता (Continuance), तथा तान के उतार-चढ़ाव, अपेक्षाकृत विविध एवं अधिक स्पष्टरूप से अनुभूत भावों की अभिव्यक्ति के साधन थे। जैसे-जैसे मानव का विकास होता गया, ध्वनि का उतार-चढ़ाव—जो प्रायः अनिश्चित था तथा जिसका स्थिरीकरण न्यूनाधिक रूप से प्रचलन या अभ्यास पर आधारित था—भावाभिव्यक्ति के मौखिक ध्वनियों पर आधारित साधनों में वृद्धि करने लगा। प्राचीन शब्द-भाण्डार में विशिष्ट चिल्लाहट के पांच, छः या दस प्रभेद हो सकते थे और इनमें हर एक प्रभेद के सबल और निर्बल दो-दो भेद हो सकते थे। आज जिसप्रकार विभिन्न प्रकार के शब्दों के समस्त पद बनाकर या मूल से साधित शब्दों के आधार पर अभिव्यक्ति की जाती है, उसीप्रकार उनके भी योग आदि से अभिव्यक्ति संभव थी। इसप्रकार भाषा हर्ष-विषाद, भय-आकांक्षा, रुग्णता-स्वास्थ्य, भूख अथवा प्यास, तापमान में परिवर्तन तथा दिन अथवा रात का आगमन आदि अभि-व्यंजित करती थी। आह्वान की चिल्लाहट[2] जिसका पशु प्रयोग व्यापक रूप से करते हैं इसका विकास आदेश तथा संख्या, व्यक्ति, लिङ्ग आदि सूचक अभिव्यक्तियों में

१. Race and Language, पृ० २२
२. Ibid. पृ० २८

कर लिया गया है। जहां तक चिल्लाहट की भावुकतापूर्ण विशेषता का सम्बन्ध है, स्वयंचालित एवं अनैच्छिक होने के बावजूद, यह संभवतः बहुत महत्त्वपूर्ण है। उपर्युक्त हर्ष-विषाद आदि की सभी चेष्टाओं से सम्बद्ध होने के कारण, यह एक स्थिति, एक स्थिति से दूसरी स्थिति में परिवर्तन, और तदनन्तर एक क्रिया तथा उसके परिणाम का निश्चित बोध कराती है।"

भाषा के विकास का अगला चरण, प्रागैतिहासिक काल में ही, प्राकृतिक चीज़ों और जीव-जन्तुओं का अनुकरण है। ध्वनि-अनुकरण या ध्वन्यात्मक शब्दों के इस सिद्धान्त का ह्विटनी, पाल तथा अन्य भाषा-विज्ञानविदों ने समर्थन किया है। यद्यपि, भाषा की आज की अत्यंत विकसित अवस्था में, इसके बहुत थोड़े, प्रायः नहीं के बराबर अवशेष रह गए हैं, किन्तु इसमें सन्देह नहीं कि आरम्भिक अवस्था में ये ध्वनि के अनुकरण पर आधारित ध्वन्यात्मक शब्द भाषा के महत्त्वपूर्ण अङ्ग थे। विचारों का पारस्परिक आदान-प्रदान और एक दूसरे को समझना ही भाषा का एक मात्र उद्देश्य है, ऐसी स्थिति में अत्यन्त आदिम मानव के लिए इससे अधिक स्वाभाविक एवं सरल और क्या होगा कि वह विभिन्न पशुओं और प्राकृतिक पदार्थों का द्योतन उनकी पृथक्-पृथक् ध्वनियों के अनुकरण द्वारा करे। ह्विटनी[1] के अनुसार "इस प्रकार यदि हम विचारों के आदान-प्रदान की प्रेरणा को भाषा के विकास का मूल तत्त्व मानें तथा ध्वनि को साधन, जिसकी प्रक्रिया की हमें विशेष खोज करनी है, तो अत्यन्त प्रारम्भिक इतिहास की अन्य बातों को निश्चित करना कठिन नहीं होगा। उस आदिम काल में एक-दूसरे को समझने के लिए जो भी सर्वाधिक व्यवहार्य साधन उपस्थित हुआ, तुरंत स्वीकार कर लिया गया। यह बात निश्चित है कि प्राकृतिक ध्वनियों एवं चिल्लाहटों का उनसे सम्बद्ध वस्तुओं या जीव-जन्तुओं के द्योतन के लिए प्रयोग, भाषा के प्राचीनतम काल का है। शीघ्र ही इसी का विकास ध्वन्यात्मक शब्दों के रूप में हो गया। वस्तुतः अनुकार शब्दों का पुनरुत्पादन स्वय एक प्रकार से अनुकरणमूलक है। ये ध्वनियाँ या चिल्लाहट सहजरूप में जिस वस्तु या जीव-जन्तु से उत्पन्न होती थीं, उसका प्रत्यक्षतः द्योतन करती थीं। उसी के अनुकरण पर जब मानव उन ध्वनियों या चिल्लाहटों का उन वस्तुओं या जीव-जन्तुओं के लिए प्रयोग करने लगा, तो वे गौणतः मूल-ध्वनि या चिल्लाहट की भाँति ही, उनका द्योतन करने लगीं। ज्यों ही इनके आधार पर किसी भी प्रकार के वैचारिक आदान-प्रदान के महत्त्व का पता चला होगा और इस अनुकरण क्रिया का प्रयोग कुछ अधिक सजगता से किया जाने लगा होगा, अनुकरण के क्षेत्र का विस्तार हो गया होगा। उपर्युक्त सिद्धान्तों का यह प्रत्यक्ष उपनियम है। भाषा के प्रयोग का उद्देश्य

१. Life and Growth of Language, २९४-५

था एक-दूसरे को समझाना और इसके लिए श्रव्य ध्वनियों (मुखोद्‌गीर्ण) का प्रयोग होता था। ऐसी स्थिति में दूसरों से उद्‌भूत श्रव्य ध्वनियों के अनुकरण के आधार पर उनसे सम्बद्ध वस्तुओं या जीव-जन्तुओं आदि का द्योतन बहुत सहज[1] है। ठीक उसी प्रकार जैसे कोई यदि किसी साधन का प्रयोग करता हो और उसी प्रकार का उसे दूसरा साधन मिल जाय, तो वह बड़ी सरलता से उस दूसरे का उपयोग कर लेगा। इस प्रसङ्ग में एक अत्यन्त घिसे-पिटे और पुराने किन्तु अभिव्यंजक दृष्टान्त को दुहराया जा सकता है। यदि हमें किसी कुत्ते की धारणा व्यक्त करनी हो और हमारे पास साधन चित्र-विषयक हों तो उसका रेखाचित्र खींच दिया जाएगा, यदि साधन अंग-विक्षेप हों तो कुत्ते के किसी दृश्य कृत्य (जैसे काटना या दुम हिलाना आदि) का अनुकरण किया जाएगा और यदि साधन मुख-ध्वनि हों, तो हमें 'बाउ बाउ' (भों-भों) कहना पड़ेगा। भाषा-निर्माण की प्राथमिक अवस्था में ध्वनि अनुकरणमूलक सिद्धान्त के महत्त्व की, जिसका कि वह अधिकारी है, यह सरलतम व्याख्या है।"

चिल्लाहट एवं ध्वनि-अनुकरण पर आधारित शब्दों, उनके विभिन्न योगों या समासों, तथा साहचर्य (association) एवं रूपक द्वारा, हमें एक ऐसा शब्द-भांडार प्राप्त होता है, जो आदि-मानव के प्रयोजन के लिए पर्याप्त था। आदिम आखेटक के लिए, जैसा कि मनुष्य आरम्भ में था, बहुत व्यापक शब्द-समूह की आवश्यकता नहीं थी। किन्तु ज्यों-ज्यों उसका खानाबदोश का जीवन व्यतीत करने वाले चरवाहे या पशुपालक के रूप में विकास हुआ, प्रारम्भिक शब्द-भांडार उसके लिए अपर्याप्त सिद्ध होने लगा। ऐसी स्थिति में नए शब्दों के निर्माण के लिए आपसी समझौते की आवश्यकता हुई। हुआ यह कि नई वस्तु या नए विचार के द्योतन के लिए किसी व्यक्ति ने किसी नए शब्द का प्रयोग किया और धीरे-धीरे पूरे कबीले या जाति ने उसे अपना लिया और वह चल पड़ा। यह स्मरण रखना चाहिए कि इस प्रकार के नए शब्दों का आधार सदैव कबीले या जाति का अपना छोटा आदिम शब्द-समूह होता है। विभिन्न प्रकार के साहचर्य एवं रूपकों पर आधारित कई प्रकार के जोड़-तोड़ से, इसी में सुधार एवं वृद्धि की जाती है।

८. **भाषा प्राणिक (Organic) विकास नहीं है** :—उपर्युक्त विवेचन के पश्चात् इस सिद्धान्त का निराकरण करने के लिए बहुत अधिक कहने

---

१ इसके दो कारण हैं। एक तो इसमें स्वतः एक ध्वनि या ध्वनि-समूह है, बनाने या कल्पना करने की आवश्यकता नहीं; और दूसरे इस ध्वनि का किसी वस्तु या जीव-जन्तु आदि से सम्बन्ध भी प्रायः सहज है। भाषा या शब्द में ये ही दो बातें आवश्यक हैं।—अनुवादक

की आवश्यकता नहीं है, कि 'भाषा पौधों और पशुओं की भांति एक प्राणिक विकास है'। हमने ऊपर देखा है कि यह मनुष्य के मानसिक-भौतिक एवं शारीरिक प्रकृति या प्रवृत्ति का परिणाम है और न्यूनाधिक रूप में एक सामाजिक चीज़ है। फिर भी यह बात बहुत रोचक है कि इस सिद्धान्त का उद्गम भाषा और प्राणिक जीवन के विकास की कुछ समानताओं पर आधारित है। प्राणिक जीवन के विकास में व्यक्तियों, उपजातियों (Species) एव गणों (genus) की श्रेणीबद्धता मिलती है, यद्यपि वर्ग, उपजाति एव गण न्यूनाधिक रूप से विषयीगत (Subjective) हैं और कोई वास्तविक अस्तित्व नहीं रखते। ठीक उसी प्रकार व्यक्ति की भाषा होती है, जो किसी बोली के अन्तर्गत आती है और भद्र बोली भी किसी भाषा से सम्बन्ध रखती है, जिसके अन्तर्गत इस प्रकार की कई बोलियाँ होती हैं। एक अन्य सादृश्य भी है। किसी भी जीव का विकास दो बातों—उसके माता-पिता एवं उसके वातावरण—पर निर्भर करता है। ठीक वही स्थिति भाषा की भी है। यह एक तो उस समाज[1] पर निर्भर करती है, जिसमें बोलने वाला रहता है और दूसरे उसकी अपनी मानसिक एवं शारीरिक विशेषताओं पर। जीव अथवा जाति की भांति ही इसका जन्म, विकास तथा ह्रास आदि होता है। किन्तु यहीं यह समानता समाप्त हो जाती है और हो भी जानी चाहिए, क्योंकि भाषा का व्यक्ति की मानसिक-भौतिक प्रकृति से अलग कोई पृथक् अस्तित्व नहीं है।

९. **भाषा में निरन्तर परिवर्तन**:—यद्यपि कुछ आश्चर्यजनक लगता है, किन्तु यह बिल्कुल सत्य है कि भाषा प्रतिक्षण परिवर्तित होती रहती है। भाषा के उतने ही भिन्न-भिन्न[2] रूप होते हैं, जितने व्यक्ति उसे बोलते हैं। इसका कारण यह है कि भाषा कुछ मानसिक-भौतिक प्रक्रियाओं पर निर्भर करती है। ये प्रक्रियाएं विभिन्न व्यक्तियों में, चाहे कितने भी सूक्ष्म रूप में क्यों न सही, अनिवार्यतः भिन्न होती हैं। यह हम देख चुके हैं कि भाषा एक उपलब्धि है। उसे अर्जित करने में ही कुछ भाषिक (linguistic) तथ्य छूट जाते हैं और कुछ नए जुड़ जाते हैं, क्योंकि एक सफल उपलब्धि व्यक्ति की श्रवण एवं उच्चारण-क्षमता तथा उसके वातावरण एवं परिस्थितियों पर निर्भर करती है, और ये बातें सभी के साथ एक-सी नहीं होतीं। "हर व्यक्ति में आन्तरिक भाषा अथवा भाषा-विचारों (Speech-ideas) के वर्ग परिवर्तित होते रहते हैं" इस प्रसंग में पाल[3] द्वारा गिनाए गए तीन कारण द्रष्टव्य हैं : (१)

१. Paul, Prinzipien der Sprachgeschichte, पृ० ३७-८
२. वही, पृ० २७
३. वही, पृ० २७

प्रत्येक गतिशक्ति (impetus) जो चेतनावस्था में प्रभाव के पुनर्नवीकरण अथवा अपनी आवृत्ति द्वारा समर्थित नहीं की जाती, धीरे-धीरे क्षीण होती जाती है। (२) बोलने, सुनने अथवा सोचने की प्रत्येक क्रिया भाषा-सामग्री में कुछ न कुछ नवीनताएं जोड़ती है। यहां तक कि मूलभूत क्रिया के बिलकुल ठीक-ठीक पुनरुत्पादन में भी भाषा के कम से कम कुछ तत्त्व अपेक्षाकृत सबल बन जाते हैं। (३) पुराने भाषा-तत्त्वों के सबल होने एवं नए तत्त्वों के जुड़ जाने से भाषा का अंतस् परिवर्तित होता रहता है।

इसप्रकार हमारी मराठी अथवा गुजराती भाषा की उतनी ही भिन्न-भिन्न बोलियां होंगी, जितने कि उन्हें बोलने वाले व्यक्ति हैं। भिन्न-भिन्न बोलियाँ इसी कारण यथार्थ बोलियाँ नहीं बन सकी हैं कि उनके बीच एक-दूसरे को पूर्णतः समझ लेने की वह कड़ी वर्तमान है, जो उन्हें जोड़े हुए है।

१० **बोलियां**:—उपर्युक्त बातों के आधार पर कहा जा सकता है कि बोली (dialect) उन व्यक्तियों के वर्ग (group) की भाषा का नाम है, जो एक दूसरे को सरलता से पूर्णरूपेण समझ सकते हैं। दूसरे अधिक ठीक शब्दों में, बोली उन सभी व्यक्तियों की भाषा का सामूहिक रूप है, जिनमें आपसी अन्तर लक्षित नहीं होते या उनकी ओर ध्यान नहीं जाता।

वैयक्तिक अंतरों के अतिरिक्त, विभिन्न धार्मिक, सामाजिक, राजनीतिक तथा आर्थिक वर्ग के लोगों की बोलियों में भी अन्तर होता है। ये अन्तर वैयक्तिक अंतरों की तुलना में अधिक स्पष्ट होते हैं। हमें इनका पता चल जाता है और इन्हें बोलीय अन्तर माना जाता है। इसी रूप में एक ब्राह्मण की सामान्य बोली उच्चस्तर के मराठे की बोली से कुछ बातों में भिन्न होती है, और मराठे की बोली कुली की बोली से भिन्न होती है। यद्यपि इन विभिन्न वर्गों के लोग एक दूसरे को समझ लेते हैं, फिर भी, इनमें एक दूसरे की तुलना में व्याकरण, शब्द-समूह और यहां तक कि अनुतान' (intonation) की दृष्टि से विशेषताए होती हैं, जिनको सुनने वाला तुरंत पकड़ लेता है। उदाहरणार्थ श्रमिकों का 'बेस्तर्वार' वही है जो ब्राह्मण स्त्रियों का 'ब्रष्पतवार' तथा ब्राह्मणों का 'बृहस्पतिवार'। मूलतः ये तीनों शब्द एक ही हैं, किन्तु रूप कैसे बदल गया है। कोल्हापुर ज़िले में एक विचित्र प्रयोग प्रायः सुनाई पड़ता है—तो तूम्हांला कोण पाहिजे, तो आम्हांला पाहुणा पाहिजे। आश्चर्य है कि उस ज़िले में 'सोयरा' का बुरा अर्थ विकसित हो गया है। अहमदनगर जिले में 'ओढें निघाले' कहते हैं, जिन्हें सुन कर पूना के लोग हंसते हैं, क्योंकि वहां 'उट्टें निघाले' कहा जाता है। कर्नाटक के पास के मराठों में प्रचलित 'रट्टा धरला' सुन कर भी उन्हें हंसी आती है। 'कैरेज' का पूना की मराठी में 'खटारा' अर्थ होता है और बरार की मराठी में 'खाचर'। मराठी की ही बोलियों से

अन्य उदाहरण भी लिए जा सकते हैं ; दक्खिनी मराठी 'होता' के स्थान पर कोंकणी मराठी में 'अशिल्लों' होता है। अंतिम चार उदाहरण ऐसे लिए गए हैं जो वर्गों के अन्तर नहीं, अपितु क्षेत्रों या प्रदेशों के अन्तर प्रकट करते हैं। महाराष्ट्र के हर ज़िले में इस प्रकार के अन्तर मिलते हैं, जिन्हें बोलीय अन्तर कहा जाता है।

शिक्षा और सामान्य संस्कृति के कारण भी बोली में अंतर मिलता है। आज के उच्चतम शिक्षाप्राप्त व्यक्ति की बोली, एक अनपढ़ देहाती से स्वभावतः भिन्न होगी। देहाती शिक्षणक्रम, सनदशीर, निसर्गसिद्ध हक्क, प्राप्ति निधिक, संसारसुधारा, परिषद्, केळवणी, तत्त्ववाद आदि शब्दों को नहीं समझेगा। दूसरी ओर शिक्षा प्राप्त व्यक्ति वाहातुक, खोती, राब बेणें जैसे देहाती शब्दों को समझने में अपने को असमर्थ पाएगा। देहाती या असंस्कृत लोगों द्वारा प्रयुक्त कुछ शब्द तथा वाक्यांश, अशुद्ध उच्चारण तथा व्याकरण और वाक्य-गठन की अशुद्धि के परिणाम होते हैं : बखल, हायती, ईतभर, ऊच, वराल्डा, पल्डा।

इनको बोलीय अन्तर कहने का आशय यह नहीं है कि ये भाषा या भाषा के अङ्ग नहीं हैं। ये भेद, तत्त्वतः प्रकार-भेद (differ-in kind) न होकर अंश (degree) भेद हैं। दो बोलियों को बोलने वाले व्यक्ति, एक दूसरे को उतनी सरलता एवं पूर्णता से न समझ सकेंगे, जितनी सरलता और पूर्णता से अपनी बोली वाले को। किन्तु सामान्यतः वे एक दूसरे को समझ लेंगे, क्योंकि छोटे-मोटे बोलीय अंतरों को छोड़ कर, उनकी भाषा एक है। ह्विटनी[1] के शब्दों में 'संप्रेषण (communication) की संभावना भाषा में ऐक्य लाती है।' एक ही भाषा और समुदाय (community) के बोलीय या उपबोलीय भेद, वर्ग-भेद और स्तर-भेद में वृद्धि के साथ-साथ बढ़ते जाते हैं। एक दूसरे की भाषा समझना ही वह शक्ति है, जो एक ओर तो बोली-भेद को रोकती है और दूसरी ओर नवीनताओं को प्रसारित कर उनको बढ़ाती है। इसी आधार पर नवीनताए फैलती तथा दूसरों द्वारा स्वीकृत होती हैं। संप्रेषण (communication) में सहायक शिक्षा, समाचार-पत्र, व्यापार, यात्रा रेल आदि जो-जो भी साधन हैं, वे भाषा को कई बोलियों में बंटने से रोकने में सहायक होते हैं। लोगों का सर्वनिष्ठ (common) इतिहास, राष्ट्रीय-भावना, राष्ट्रीय-कविता, लिखित साहित्य आदि भी उसी प्रकार सहायक होते हैं। दूसरी ओर वे सारी बातें, जिनके कारण आपसी सम्पर्क या संप्रेषण (communication) में कमी आती है बोलीय अंतरों की वृद्धि में सहायक होती

---

१ Life and Growth of Language, पृ० १५७

हैं। इसी कारण, यद्यपि असंस्कृत कबीलों में नवीनताओं के विकसित होने की संभावना बहुत कम होती है, किन्तु जब आपसी झगड़े या स्थानान्तरण आदि के कारण कबीले टुकड़ों में बंट जाते हैं, या नदी, घाटी, पहाड़ आदि के कारण उनके बीच का सम्पर्क समाप्त हो जाता है, तो अंतर इतनी शीघ्रता से बढ़ने लगते हैं कि धीरे-धीरे, कुछ दिनों में एक ही भाषा से कई का विकास हो जाता है जो एक दूसरे से पूर्णतः भिन्न होती हैं। किस प्रकार आपसी संप्रेषण की कमी बोलियों को अलग-अलग कर देती है, इस बात का सर्वोत्तम उदाहरण बरारी और कोंकणी बोलियां हैं। इनके बोलने वाले मूल मराठों से किसी कारण अलग होकर अन्य भाषा-भाषियों से घिर गए एवं मूल मराठों से उनका सम्पर्क छूट गया। परिणामतः उनकी बोलियों में यदि और प्राचीन नहीं तो कम से कम १३वीं सदी की प्राचीन मराठी का रूप अब तक सुरक्षित है। हुआ यह कि महाराष्ट्र में जिन कारणों से मूल मराठी में विकास या परिवर्तन हुआ, वे यहाँ नहीं थे। द्रविड़ भाषा 'ब्राहुई' जो पश्तो, बलूची आदि ईरानी भाषाओं के बीच में है, भाषा-पार्थक्य (Isolation) का एक अच्छा उदाहरण है।

बोलियों के आपसी अन्तर कितने भी सशक्त क्यों न हों, उनमें बहुत सी ऐसी भी सर्वनिष्ठ बातें होती हैं जो उन्हें एक में बांधे रहती हैं। विशाल सामान्य शब्द-समूह, विभक्ति और क्रिया-रूपों की एकरूपता (जिनसे समान स्रोत का पता चलता है) तथा स्पष्टतः सम्बद्ध स्वन-प्रक्रिया-बोलियों की एकता को स्पष्ट कर देते हैं। मेये ने निम्नाङ्कित रूप में बहुत थोड़े में बोलियों की इस विशेषता को व्यक्त किया है:[१] 'एक ही भाषा अपने क्षेत्र के हर समुदाय में, उच्चारण, व्याकरण और शब्द-समूह-विषयक कुछ विशेषताओं से युक्त होती है। हर पीढ़ी पिछली पीढ़ी से इन विशेषताओं को ग्रहण करती है और स्वयं भी कुछ नई विशेषताओं को जोड़कर इनकी संख्या बढ़ाती चलती है। बोली, किसी भी भाषा के इसप्रकार के परिवर्तनों का ही कुल योग है। बोलियाँ पूर्णतः एक-सी नहीं होतीं, किन्तु उनमें कुछ सर्वनिष्ठ सामान्य विशेषताएं एवं समानताएं होती हैं। बोलीय विकास के कुछ बड़े सुन्दर उदाहरण योरोप में रोमान्स और जर्मनिक भाषाओं में तथा एशिया में भारतीय आर्यभाषाओं में मिलते हैं। भाई के लिए लैटिन शब्द Frater है। फ्रेंच भाषा में यही frere, confrere रूप में मिलता है। इटैलियन में यही Fra है जो अर्थ-परिवर्तन के साथ कुछ व्यक्तिवाचक नामों (जैसे Fra Bartholomeo) में मिलता है। स्पैनिश Fray (अंग्रेज़ी friar) भी अर्थ की दृष्टि से परिवर्तित है। इसी कारण, इटैलियन में भाई के लिए नया लघुत्वार्थक

---

१. Einfuhrung in die Vergleichende Grammatik, पृ० २२-२३

शब्द fratello मिलता है । स्पैनिश में इसके लिए एक पूर्णतः नया शब्द, लैटिन germanus (जो अंग्रेजी german में है) से hermano आ गया है। जर्मन वर्ग की भाषाओं में भी इसीप्रकार के भेद मिलते हैं, जो ऐक्य की ओर संकेत करते हैं: डच broeder, जर्मन, bruder, आंइसलैंडक brothir, स्वेडिश broder, अंग्रेजी brother, डैनिश bror। जर्मन भाषाओं में दूसरा उदाहरण पत्नीबोधक शब्द का है : अंग्रेज़ी, wife, जर्मन weib (अर्थ-परिवर्तन के साथ) तथा vif एक ही मूल जर्मन शब्द के बोलीय भेद हैं।

भारतीय बोलियों से उदाहरण :—मराठी में मेरा के लिए प्रयुक्त शब्द के रोचक बोलीय रूपान्तर मिलते हैं : कोंकणी 'मोजे,' कारवारी 'मागेलें,' रत्नागिरी 'माझा', पूना 'माहा', बरारी 'माहा' । इन सभी का सम्बन्ध महाराष्ट्री प्राकृत 'मज्झा' से है । 'मागेलें' पर सीमावर्ती कन्नड़ भाषा का प्रभाव है । भाई के लिए कोंकणी में 'भाव', कारवारी में 'भावु', रत्नागिरी में 'भाऊस' और पूना में 'भाऊ' है। इनका सम्बन्ध संस्कृत 'भ्रातृजाया' से जैन महाराष्ट्री में विकसित 'भाउज्जा के 'भाउ' से है । संख्यावाचक विशेषण, सर्वनाम तथा निकट सम्बन्ध द्योतक शब्द ही इस दृष्टि से सर्वोत्तम होते हैं। अन्य शब्दों के समान होने की स्थिति में, आपसी सम्मिश्रण तथा दूसरी भाषाओं से गृहीत होने की संभावना समस्या को कठिन बना देती है । किन्तु उपर्युक्त वर्गों के शब्द तो ऐसे होते हैं, जिनके आदिम जातियों में भी गृहीत होने की संभावना नहीं है । इनकी तुलना बड़ी रोचक है । 'दो' के लिए मराठी में 'दोन', हिन्दी में 'दो', गुजराती में 'बे' है । गुजराती में संस्कृत 'द्वौ' का दूसरा व्यंजन सुरक्षित है । 'ग्यारह' के लिए मराठी 'अकरा', गुजराती 'अग्यार', अथवा 'एग्यारह', हिन्दी 'ग्यारह' है। ये शब्द संस्कृत द्वौ द्वा, तथा एकादश के रूपान्तर हैं। 'हम' के लिए मराठी शब्द 'आह्मी', गुजराती 'अमे', हिन्दी 'हमें', बंगाली ''आमि' हैं । संस्कृत के कर्मकारक के रूप 'अस्मान्' का मूल ('अस्म') इन सभी में है । 'बहिन' के लिए मराठी 'बहीण', हिन्दी 'बहिन' तथा गुजराती 'बहेन', 'बेन' है । ये सभी संस्कृत 'भगिनी' से हैं।

११. **बोलियां एक सामान्य मूल भाषा की ओर संकेत करती हैं** :—विभिन्न बोलियों की ये समानताए स्पष्टतः इनके मूलतः एक भाषा से विकसित होने की ओर संकेत करती हैं । लैटिन, ग्रीक, और संस्कृत जैसी प्राचीन भाषाओं के विषय में केवल समानताओं की ओर संकेत ही किया जा सकता है, सनिश्चय इनके किसी सर्वनिष्ठ स्रोत (common source) या मूल भाषा को लक्षित नहीं किया जा सकता । किन्तु आधुनिक बोलियों से प्राप्त सिद्धान्तों को प्राचीन बोलियों पर लागू किया जा सकता है । इसीलिए, लैटिन, ग्रीक, संस्कृत आदि प्राचीन बोलियों के सम्बन्ध में, जिनमें विभिन्नताओं के बावजूद आश्चर्य-

जनक समानताएँ हैं, आधुनिक भाषाओं की भाँति ही निश्चय के साथ कहा जा सकता है, कि, ये भारत-जर्मन या हिन्द-यूरोपीय कही जाने वाली एक मूल भाषा की बोलियाँ हैं।

मूल भाषा में किसी ध्वनि के उच्चारण-वैभिन्न्य की व्याख्या किस प्रकार की जा सकती है? ऐसा क्यों है कि मूल भारोपीय भाषा का 'भ' अंग्रेज़ी और जर्मन में ब (b), संस्कृत में भ तथा ग्रीक और लैटिन में फ (ph) हो गया है? इसका कारण यह हो सकता है, कि अलग होने वाली जातियों ने अपने आवास और वातावरण में परिवर्तन के साथ-साथ धीरे-धीरे अपने उच्चारण के आधार को भी परिवर्तित कर लिया। किन्तु यह भी सम्भव है कि मूल ध्वनि ही इतनी अनिश्चित थी कि विभिन्न जातियाँ इसका उच्चारण भिन्न-भिन्न रूपों में किया करती थीं। यदि आप अकस्मात् अपरिचित लोगों के बीच चले जाएँ, तो आप देखेंगे कि उनके कुछ शब्दों के उच्चारण में आपको कठिनाई होगी। यदि आप म्यूनिख में ट्राम गाड़ी में हों तो बहुत सम्भव है कि आप यह न समझ पावें कि परिचालक (Conductor), Parer Stresse कह रहा है या Barer Strasse। इसीप्रकार लिपज़िग में आप यह नहीं समझ सकते कि भाषाओं के सर्वोत्तम प्रोफ़ेसर Kossel कह रहे हैं या Gossel (व्यक्तिवाचक नाम)। इस गड़बड़ी के पीछे दो ही बातें सभव हैं: (१) या तो उच्चारण ही अनिश्चित है, या फिर (२) उच्चारण से उत्पन्न ध्वनिक प्रभाव (acoustic effect) अनिश्चित है।

१२. **भाषिक परिवर्तन का व्यावहारिक उदाहरण** :—यदि हम किसी भाषा के जीवन-क्रम का अध्ययन करें, तो—जैसाकि ऊपर संकेत किया जा चुका है—हम यह स्पष्टतः देखेंगे कि कोई भी भाषा स्थिर अवस्था में नहीं रहती, वह सदैव परिवर्तित और विकसित होती रहती है।[1] उदाहरणार्थ अवेस्ता—भारत जर्मन परिवार की वह भाषा जो संस्कृत से सर्वाधिक निकट है—को लें। हम देखेंगे कि यह सर्वदा परिवर्तित होती रही है: डैरियस के शिलालेखों की भाषा; पारसियों के धर्मग्रन्थों की भाषा, जिसे अवेस्ता कहा जाता है; बाद की टीकाओं की भाषा, जो पहलवी कहलाती है; तथा फ़िरदौसी आदि कवियों की प्राचीन फ़ारसी। इन रूपों से ईरानी भाषा में परिवर्तनों का स्पष्ट पता चलता है। भारत में भी यही बात मिलती है। वैदिक संस्कृत, परवर्ती धर्मग्रन्थों की भाषा, रामायण-महाभारत की भाषा, तथा लौकिक संस्कृत, विकास की सीढ़ियां हैं।

---

१ भाषा सदा प्रवाह की स्थिति में रहती है। जिस प्रकार गणित में रेखा बिन्दु का प्रवाह है, उसी प्रकार भाषा मस्तिष्क का प्रवाह है। —सम्पादक

हमारी अपनी मराठी के पीछे भी कम से कम एक हजार वर्षों का विकास छिपा है। मराठी का प्राचीनतम प्रामाणिक साहित्य यदि और पूर्व का नहीं तो कम से कम तेरहवीं शती ई० का अवश्य है। इसका आशय यह है कि बोली जाने वाली भाषा के रूप में मराठी का अस्तित्व इससे कुछ शताब्दियों पूर्व अवश्य रहा होगा। आज जब हम ज्ञानेश्वर की मराठी से वर्तमान मराठी की तुलना करते हैं तो देखते हैं कि उसमें आश्चर्यजनक परिवर्तन हो गया है। यहाँ तक कि यदि प्राचीन मराठी की तुलना दो-तीन शताब्दियों बाद की एकनाथ की मराठी से भी करें, तो दोनों की, न केवल शब्दावली में, अपितु उनके व्याकरण में भी बहुत बड़ा अन्तर दिखाई पड़ता है।

प्रत्यक्ष उदाहरण के रूप में ज्ञानेश्वरी के १५वें अध्याय (छन्द ४७—) से निम्नाङ्कित अंश लिया जा रहा है :—

तो हा जगडम्बरु। नव्हे येथ संवसारु। हा जाणें महातरु। थावला असे॥ परी येरां रुखां सारिखा। तलीं मुलें वरी शाखा। तैसा नव्हे म्हणौनि लेखा। नये कव्हणा॥ आगी कां कुर्‌हाडी। होए रिगावा जरी बुडीं। तरी होकां भलें तेव्हडी। वरचील वाढी॥ जे खुटलेयां मुलांपासीं। उलंडैल कीं शाखांसी। पहीं तैसी गोठी कायसी। हा सोहण नव्हे॥ अर्जुना हें क्वतिक। सांगतां असे अलौकिक। जें वाढी अधोमुख। रुखा या॥ आणि आथि नाथि तितुकें। रुंधलें असें एणेंचि एकें॥। कां रवीचां अस्तमानीं। अंधारेन कोंदे रजनीं।

इस अवतरण से कुछ रूपों का विश्लेषण किया जा रहा है। रूप ये हैं : संवसारु, जाणें, थावला, येरां, रुखां, म्हणौनि, भले तेव्हडी, उलंडैल, आथि रवीचां, अंधारेन।

(क) **संवसारु**—इस शब्द में जिस बात की ओर हमारा ध्यान विशेष रूप से जाता है, वह है इसकी कर्ता एकवचन विभक्ति 'उ'। यह संस्कृत 'स्' का अवशेष है। मृदु व्यंजन वर्णों के पूर्व यह 'ओ' हो जाता था। प्राकृत में यह प्रवृत्ति सामान्य हो गई। पुंल्लिग अकारांत शब्दों का कर्ता एकवचन रूप ओकारांत होने लगा: गोदमो, बुद्धो। मागधी में यह ए हो जाता है। महाराष्ट्री में यह 'ओ' संक्षिप्त होकर 'उ' हो गया : पुत्तु, पूतु। आधुनिक मराठी में 'उ' का भी लोप हो गया और अब केवल 'अ' रह गया है। विकास की इन सीढ़ियों को इसप्रकार दिखाया जा सकता है : संस्कृत संसारः, प्रा० संसारो, प्राचीन मराठी संवसारु, आधुनिक मराठी संवसार अथवा संसार। इसप्रकार 'स्' विभक्ति परिवर्तित हुई है। इसके अतिरिक्त, मूल शब्द में भी ध्वनि-परिवर्तन हुआ है। संस्कृत 'संसार' में नासिक्य व्यंजन और स के बीच एक व का आगम हो गया है। इसका कारण उच्चारण-सौकर्य है। 'व' नासिक्य और ऊष्म ध्वनि के बीच संक्रमण ध्वनि (transitional sound) के रूप में है।

संक्रमणकालीन स्थिति संभवतः सौंसार है, जैसे सौंगडी आधुनिक संवगडी। संस्कृत 'भ्रमर' का अपभ्रंश 'भंवर' 'भमर' भी द्रष्टव्य है। वर्तमान मराठी में प्रयुक्त 'संसार' प्राचीन 'संवसार' का विकसित रूप नहीं है। यह संस्कृत से गृहीत शब्द है। प्राचीन भाषा से इसप्रकार शब्द-ग्रहण तथा उसके प्रभाव पर बाद में विचार किया जाएगा।

गुजराती में पुंल्लिग अकारांत शब्दों का कर्तारूप में सामान्यरूप से ओकारांत होता है, जैसे घोडो।

(ख) **जाणें**—यह शब्द और भी रोचक है। इसमें प्रत्यय या रचनात्मक तत्व ईं अथवा एं ज्ञात होता है। यह मध्यम पुरुष एकवचन विध्यर्थ है, जो परवर्ती मराठी में 'जाण' रूप में मिलता है। इस प्रत्यय का उद्गम स्पष्ट नहीं है। वृत् धातु के मध्यम पुरुष एकवचन विध्यर्थ के सभावित रूप[1] प्राकृत में वट्ट, वट्टसु, वट्टेसु, वट्टहि, अर्द्धमागधी में वट्टाहि, अप० में वट्टु, वट्टहि हैं। संस्कृत 'ज्ञा' से विकसित 'जाण' के इतने अधिक रूप नहीं हो सकते। 'जाणहि' और संभवतः 'जाणेहि' से भी 'जाणें-इँ' होते 'जाणें' विकसित होगा। 'सु' के साथ इसका प्रयोग नहीं मिलता। 'हि' के लुप्त होने पर हमें वह रूप प्राप्त होता है। महाप्राण के लोप की कमी अनुनासिक पूरा कर देता है। यह रचनात्मक तत्त्व के विकास के सम्बन्ध में था। अब मूल शब्द में परिवर्तन का प्रश्न उठता है। मूल शब्द का संयुक्त व्यंजन प्राकृत में ही खंडित हो गया और खंडितांश दो स्वतन्त्र अक्षर बन गए। इसप्रकार एकाक्षरी, दो अक्षर का हो जाता है। अथवा क्रियारूप बनाने वाला चिन्ह, जैसाकि सं० 'जानाति' में है, सुरक्षित रहता है और प्रत्यय जोड़ दिया जाता है। प्राकृत में कृ से 'कुणइ' रूप मिलता है, जिसका सम्बन्ध वैदिक कृणोति (प्राचीन पंचम क्रियारूप) से है।

(ग) **थावला**—यह भूतकाल का अन्य पुरुष एकवचन है। सं० 'स्था' की प्रेरणार्थक धातु स्थाप् से 'थाव' का सम्बन्ध है। इस बोली में सयुक्त व्यंजन के प्रारम्भ में ऊष्म ध्वनि नहीं आती, उसका लोप हो जाता है। सं० स्फुट से 'फुड', सं० स्थविर से 'थविर' होते 'थेर' इसके अन्य उदाहरण हैं। सं० 'स्थ' का विकास प्राकृत में बहुत निश्चित नहीं है।[2] कभी तो 'ठाव' मिलता है और कभी 'थाव' भी। ज्ञानेश्वरी में 'थाउ' भी है। अनाद्य 'प्' 'व्' हो जाता है: पाप-पाव, रूप-रूव, आतप-आअव, कोप-कोव, दीप-दीव। भूतकाल, संस्कृत की भाँति आगम और कालबोधक प्रत्ययों की सहायता से नहीं बनता। यहां प्रत्यय जोड़कर धातु से कृदंत बना लिया जाता है, जैसा कि अधिकांश वर्तमान

१ Pischel, Grammatik der Prakrit Sprachen, पृ० ३३१

२ Ibid. पृ० २१२

कालिक प्रत्ययों के सम्बन्ध में होता है। एक मत से भारतीय भाषाओं में प्राप्त ध्वनि-नियम—ड् और ल् समान ध्वनियाँ हैं—के अनुसार कुछ प्राकृतों में यह सम्भवतः संस्कृत के भूत कर्मवाच्य कृदंत के 'त्' से द्, ड् होता आया है। "प्राकृतों में भूतकाल ऐतिहासिक वर्तमान (historical present) से या परोक्षरूप में भूत कर्मवाच्य कृदंत द्वारा, व्यक्त किया जाता है। ऐसी दशा में सकर्मक क्रियाओं का कर्ता, करण कारक के रूप में प्रयुक्त होता है।"[1] शौरसेनी प्राकृत में संस्कृत 'त' 'द' हो जाता है: सुदम्, अनुचिट्ठिदम्। कुछ बोलियों में यह 'ड' भी हो जाता है, किन्तु कुछ विशिष्ट स्थितियों में ही: जैन महाराष्ट्री अर्द्धमागधी आदि में 'कृत' का 'कड'। तुलनीय 'मृत' से 'मड', 'हृत' से 'हड'।[2] इसी बाद वाले से 'ल' भूतकालिक कृदंत प्रत्यय रूप में सामान्य[3] हो गया। हार्नले[4] इस रूप को अलांत, इलांत भूत कृदंती प्रत्यय रूप में मानते हैं।

एक दूसरा और अधिक सम्भव सिद्धान्त यह है कि कृदंती काल का यह रूप संस्कृत से पृथक् स्वतन्त्ररूप से विकसित हुआ है। यह, मराठी के अतिरिक्त उड़िया, बंगला, बिहारी और यहाँ तक कि असमिया में भी, जो ग्रियर्सन के अनुसार बहिर्वृत्त की भाषाएँ हैं, पाया जाता है। उदाहरणार्थ, मराठी उठिला या उठला, उड़िया उठिला, लेखिल, बंगला उठिल, कहिल, बिहारी उठल, कहलु, असमिया उठिल। गुजराती में भी इसका सीमित प्रयोग मिलता है। सिंधी में भी। इन परवर्ती भाषाओं में यह पूर्व निर्मित भूत कृदंतों के साथ जोड़ा जाता है, अतः इसे उनसे पृथक् समझना चाहिए। यहाँ तक कि प्राचीन मराठी में भी यह कुछ भूत कृदंतों के अंत में मिलता है, जैसे दीन्हला, हाणितला, भिन्नला (भिन्न होते)। राजवाडे[5] के अनुसार यह भूत कृदंतों के साथ लगने वाला स्वार्थे 'ल' प्रत्यय है।

(घ) **येरां रुखां** :—ये कर्मकारक बहुवचन के रूप हैं। 'न्स्' से अंत

---

१ Pischel, Grammatik der Prakrit Sprachen, पृ० ३६१; Bhandarkar, Philological lectures, पृ० २१९; राजवाडे (Jñāneśvarī Grammar, पृ० ८०-१) भूत के लिए प्रयुक्त वर्तमान रूपों को संस्कृत लङ् से सम्बद्ध करने का प्रयास करते हैं: आसम्, आसीत्, आसीः से क्रमशः असें, असे, असस। उनके अनुसार लङ् के आने पर संस्कृत धातुओं से जो आगम होता है, प्राकृत तथा मराठी में नहीं मिलता। इस प्रकार के विकास की सभावना कम है।

२ Pischel, Grammatik der Pr. Sprachen, पृ० १५७

३ Bhandarkar, Philological lectures, पृ० २२१

४ Gaudian languages, पृ० १३८, ३५०

५ Jñāneśvarī Grammar, पृ० ९६

होने वाला पुराना कर्मकारक बहुवचन, जिसमें से संस्कृत में 'स्' का लोप होकर केवल 'न्' रह गया था (जैसे देवान्), इस रूप में केवल 'सारखा' 'प्रमाणें' आदि जैसे शब्दों के ही पूर्व मिलता है। सामान्यतः इसे छोड़ दिया जाता है और आधार रूप (base form) ही बहुवचन का काम करता है। इस प्रकार 'येर रुख' कर्म बहुवचन होगा। अन्य कारकों के बहुवचन रूपों में पाए जाने वाले 'अनुनासिक' का कारण यही रूप है।

आज निस्संदेह 'येराँ' और 'रुखाँ' को सामान्य या मूल रूप माना जाएगा क्योंकि किसी भी प्रत्यय के पूर्व के मूल रूप (stem) उनमें जोड़ दिए जाते हैं।

'येर' 'एर' से है। मागधी[1] (पालि) तथा अन्यों में 'ए' के पूर्व 'य' का आगम हो जाता है, जैसे, 'येव'। आज की कुछ मराठी बोलियों में सामान्य बोल-चाल में 'एवढें' 'एक' जैसे रूपों के स्थान पर 'येवढें' 'येक' जैसे रूप मिलते हैं। संस्कृत 'इत्था' तथा प्राकृत 'एत्थ' से निकले हुए 'एथें' के स्थान पर 'येथें' प्रचलित हो गया है। यद्यपि 'एवढ़ें' और 'एक' के अनुसार यहाँ भी 'एथें' होना चाहिए। ज्ञानेश्वरी में 'ए' और 'ये' दोनों मिलते हैं : एकोल येकोल। 'भिक्षु' से 'भिक्खु' की तरह सं० 'वृक्ष' प्राकृत 'रुक्ख' होते 'रुख' निकला है। 'वृ' का 'रु' हो जाना बड़ा रोचक है। यहाँ विपर्यय और संप्रसारण काम कर रहा है।

(ङ) उपर्युक्त उद्धरण में 'म्हणौन' सबसे रोचक रूप है। यह 'म्हण' और 'औन' से बना है। 'औन' पूर्वकालिक प्रत्यय है। 'कृत्वानम्' के स्थान पर महाराष्ट्री में प्राप्त 'काऊण' के ऊण[2] का यह विकास है। गुजराती में 'करीनें' 'लईनें' आदि हैं। 'जित्वा' से जैन महाराष्ट्री जिणि-ऊण जेऊण भी। वर्तमान मराठी में यह 'औन' न होकर 'ऊन' है। प्राचीन संस्कृत में प्रत्यय 'त्वा' या 'त्वी' और 'त्वानम्' या 'त्वीनम्' था। मराठी 'ऊण' का सम्बन्ध बाद वाले से है। नागाँव के शिलालेख (१३६७ ई०)[3] पर 'म्हणौनि' 'लागौनि' भी है। इस प्रकार हम देखते हैं कि, महाराष्ट्री ने प्रचलित संस्कृत प्रत्यय को छोड़कर नए प्रत्यय को अपना लिया है। यह प्रत्यय, संभवतः किसी ऐसी प्राचीन संस्कृत बोली से लिया गया है, जो वैदिक की समकालीन थी।

दूसरे 'म्हण' संस्कृत 'भण्' का विकास है, जो मराठी 'म्हटले' तथा 'म्हणजे' में भी है। इसमें केवल ध्वन्यात्मक ही नहीं अपितु आर्थिक विकास भी हुआ है। वस्तुतः इस शब्द का अर्थ 'वह कह चुकने पर' होना चाहिए। फिर अर्थ, 'क्योंकि हमने वह कहा है' हो गया, और उसके बाद केवल 'क्योंकि'

---

१ Pischel, Grammatik der Prakrit Sprachen, पृ० २२९

२ Pischel, वही पृ० ३९६

३ राजवाडे, संकीर्ण लेख संग्रह, नं० २३

या 'इसलिए' हो गया। इस प्रकार इस शब्द के अर्थ में पर्याप्त ह्रास हुआ है। मूलतः यह शब्द था और अब केवल एक समुच्चयबोधक अव्यय रह गया है। ठीक उसी प्रकार जैसे हिन्दी में प्राचीन पूर्वकालिक कृदंत 'करि' 'कर' अब केवल उसे बनाने वाला प्रत्यय रह गया है : लेकर, करकर[1]।

(च) 'भले तेव्हडी' सामासिक पद है। यह दो दृष्टियों से महत्त्वपूर्ण है। सर्वप्रथम 'भले' शब्द को लें। ज्ञानेश्वरी में यह 'भले' शब्द कई अन्य शब्दों के साथ भी सम्बद्ध मिलता है : भलतेव्हां, भलतेथें (यहाँ 'भलतें तेथें' होना चाहिए; फिर पूर्ववर्ती 'ते' का समध्वनिलोप (haplology), भलतेतुकें, भलतेउतें। अतः समास का पहला अंश या तो 'भलतें' अथवा 'भलें' हैं। यह शब्द अकेला भी 'भलतें' या 'भलेंतें' रूप में ज्ञानेश्वरी में कई स्थलों पर आया है। पूर्ववर्ती समास में 'भलें' संक्षिप्त होकर 'भल' हो गया है। 'भलें' का विकास 'भद्रक' 'भल्लअ' से है। राजवाडे द्वारा हवल् से दी गई व्युत्पत्ति[2] मान्य नहीं हो सकती। महाराष्ट्री तथा पालि में 'द्र' का कभी-कभी[3] 'ल्ल' हो जाता है : आर्द्र का अल्ल, छिद्रित का छिल्ल। तुलनीय चुल्लवग्ग-क्षुद्रकवर्ग 'भलें' या 'भलतें' का अर्थ है 'अच्छी वस्तु' और केवल अच्छी वस्तुएँ ही चुनी या पसन्द की जाती हैं, अतः 'भलतें' का अर्थ हो गया 'जिसे आप चुनें'। इस प्रकार बाह्य रूप के साथ-साथ भीतरी अर्थ भी परिवर्तित होता है।

'भलें' शब्द इस विशिष्ट अर्थ में महाराष्ट्र के कुछ भागों में अब भी सुरक्षित है। हम प्रायः इस प्रकार की अभिव्यक्ति सुनते हैं : मीं तुमची सोय केली आहे; मग तुम्हांला भीक मागायची असली तर भले मागा।

इस प्रकार 'भलतें तेथें' का अर्थ होगा 'जहाँ तुम चाहो' या 'किसी भी जगह'। इसी प्रकार 'भलतेव्हडी' का अर्थ होगा 'किसी भी आयाम का'।

मराठी 'तेव्हडी' का अर्थ संस्कृत 'तावती' से मिलता-जुलता है। किन्तु 'तेव्हडी' संभवतः 'तावती' से व्युत्पन्न नहीं है। सं० तावत्, प्राकृत में 'दाव' और कभी-कभी 'ताव' हो जाता है। यह, 'ढ' प्रत्यय, और 'आ' का 'ए' में परिवर्तन (जिसका कारण देना असम्भव है), इन तीनों से 'तेवढी' बनेगा। 'एवढी', 'केवढी' 'जेवढी' आदि के लिए भी इसी प्रक्रिया का अनुमान करना पड़ेगा। 'वृद्ध' का नियमतः 'वुड्ढ' बनना चाहिए और यही बनता भी है, क्योंकि ओष्ठ्य के बाद 'ऋ' आता है। किंतु यहाँ कोई निरपेक्ष ध्वनि-नियम

---

१ इसका शुद्ध रूप 'करके' है। 'कर्' धातु के साथ 'कर' न आकर 'के' आता है। —अनुवादक

२ Jñāneśvarī Grammar, पृ० १२६

३ Pischel, Grammatik der Prakrit Sprachen, पृ० २०२

नहीं है, क्योंकि 'मृत्यु' से 'मच्च', 'मृद्वी' से 'मउई' और 'वृकी' से 'वगी' जैसे रूप विकसित हुए हैं। स्वयं 'वृद्धि' से भी 'वड्ढा' और बुड्ढी बनते हैं। इनमें अर्थ-भेद—रुचि और वृद्धि—बहुत तर्कसम्मत नहीं है, क्योंकि 'परिवड्ढी' मिलता है, जबकि वस्तुतः, 'परिवुड्ढी' मिलना चाहिए। तुलनीय मराठी वाढ। कर्पूर-मंजरी (१.३४) में वृद्धि और विस्तार के लिए वस्तुतः 'वअणवड्ढिमा' है। यहाँ 'वड्ढी' के भाववाचक संज्ञा होने का भाव समाप्त हो गया और एक अन्य भाववाचक शब्द उसके साथ जोड़ दिया गया है। यह बहुत सम्भव है कि 'ते' 'त्यत्' होते निश्चयबोधक 'तत्' से निकला है (तियत्, इयत्, कियत्, त्यत् की ओर संकेत करते हैं।) 'वढी' वृद्ध वृद्धि, से आया है, जिनसे 'वड्ढ' 'वड्ढी' और अंततः 'वढी' है। अपभ्रंश रूप जो राजवाडे[1] के अनुसार 'तेवड' है, इसका समर्थन करता है। तुलनीय है जैन महाराष्ट्री 'एवड्ड', जिसे वेबर और उन्हीं के आधार पर पिशेल[2] 'इयत्' से निकला मानते हैं, और जो ठीक है। यहाँ 'इ' 'ए' हो जाता है।

एक बात और। 'तेवढी' और 'तेव्हडी' में समय का अंतर नहीं है। ये भिन्न बोलियों के रूप हैं, जो एक ही समय में प्रचलित थे। दूसरे रूप में महाप्राण का आगम है। यह प्रवृत्ति किसी भी भाषा में असामान्य नहीं है। 'केव्हडा' 'एव्हडा' 'जेव्हडा' जैसे रूपों में भी यही प्रवृत्ति मिलती है।

(छ) **उलंडैल** :—यह भविष्यार्थी कृदंती प्रत्यय 'ऐल' अथवा 'ईल' से युक्त 'उलंड' धातु का भविष्यत् रूप है। यह भी आधुनिक भारतीय बोलियों की उसी विशेषता का एक साक्ष्य है, जिसे हम ऊपर भूतकालिक रूप 'थावला' में देख चुके हैं। गुजराती (जिसमें करीश, करशे, करिशुं, करशो जैसे रूपों में) हिंदी (करिहौं) तथा एक मराठी रूप 'करशील' (जिसमें प्राचीन संयोगात्मक काल और आधुनिक प्रत्यय 'ईल' मिले हुए हैं) को छोड़कर आधुनिक भारतीय बोलियों ने पुराने रूपों का त्याग कर दिया है, और उसके स्थान पर नया रूप गढ़ लिया है। अकारांत धातु के साथ यह 'ईल' 'ईन' तुकाराम में मिलता है : त्याच्या पायीं ठाव मागईन।

शेष बोलियों में केवल प्राचीन हिंदी[3] ने प्राचीन संयोगात्मक काल के इस अवशेष को सुरक्षित रखा है, जैसे करिहौं, करिहैं।

यह 'उलंड' धातु विशुद्ध प्राकृत रूप प्रतीत होती है। इसका सम्बन्ध संस्कृत 'उल्लंघ्' से नहीं है, जैसाकि कुछ लोगों का अनुमान है। इसका मूल अर्थ 'गिरना' 'अस्त व्यस्त गिराना' 'गिर पड़ना' 'गिराना' है। मराठी ओलांडणें

---

१ Jñāneśvarī Grammer, पृ० ६३

२ Pischel, Grammatik der Prakrit Sprachen, पृ० ११३

३ Beams, Comparative Grammar, पृ० ३, ११२

का, जिसमें यह रूप सुरक्षित है, अर्थ बदल गया है। हाँ, तुकाराम के 'उलंडिलें तक्राचें' तक में पुराना अर्थ अवश्य सुरक्षित है।

(ज) 'आथि' संस्कृत अस्ति से है। इसमें ऊष्म शब्दांत में चला गया है और उसने पूर्ववर्ती व्यंजन को महाप्राण कर दिया है। 'हस्त' से गुजराती 'हाथ', 'हस्ती' से गुजराती 'हाथी', प्राचीन मराठी 'हाथिरुँ, 'पुस्तक' से 'पोत्थअ' होते पोथी आदि में भी वही बात दिखलाई पड़ती है। 'अस्ति' ही मराठी 'आहे', गुजराती 'होय', हिन्दी 'हो' हो गया है। सिंधी में भी 'आहे' है।

(झ) 'रवीचाँ' आधुनिक 'रवीच्या' है, जो सम्बन्धसूचक (possessive) विशेषण 'रवीचा' का विकृत (oblique) रूप है। मूल उसी का अधिकरण रूप लगता है। इसी को प्रलंबित रूप में हम 'चिये' में पाते हैं : 'देवाचिये द्वारीं' आदि। यह 'देवाचिये' देवाच्या का ही अंत्याक्षर में स्वरभक्तियुक्त दूसरा रूप है।

यह 'चा' एक प्रत्यय है, जिससे संज्ञा शब्दों से संबंधवाचक विशेषण बनते हैं। इसकी व्युत्पत्ति अब भी विवादास्पद है। कृष्ण शास्त्री चिपलूणकर[१] ने संस्कृत तद्धित 'ईय' से इसकी व्युत्पत्ति मानी। कृष्णशास्त्री गोडबोले[२] ने इसका समर्थन किया। डा० भंडारकर[३] के अनुसार यह संस्कृत प्रत्यय 'त्य' से उद्भूत है। डमले[४] और राजवाडे[५] इसी का अनुसरण करते हैं। 'त्य' से व्युत्पति मानने में कठिनाई यह है कि, यह 'संस्कृत में केवल कुछ अव्ययों के साथ जोड़ा जाता है। सिंधी 'जो' 'जी' की भाँति 'ईय' से "इज्ज' 'ज्ज' होते 'चा' 'ची' का विकास मानने में भी कुछ कठिनाई होगी। फिर भी यह तो है ही कि 'ईय' प्रत्यय संज्ञा शब्दों के साथ जोड़ा जाता है। यह बात विचित्र है कि १३६७ के नागाँव के यादव शिलालेख में 'जा' और 'चा' दोनों मिलते हैं। हां, १२०८ के पाटन शिलालेख में सर्वत्र 'चा' ही है।

(ञ) 'अंधारेन' सामान्य करण कारक है। विपर्यय द्वारा विभक्ति को 'नें' कर दिया गया है। अन्य रूप 'जाणतेन' 'मागिलेन' हैं।

हिन्दी और गुजराती में भी यही परिवर्तन हुआ है। यह मूलतः सार्वनामिक प्रत्यय है, जिसे संस्कृत में भी अकारांत संज्ञाओं ने ग्रहण कर लिया है। गुजराती में यह 'तेणें', 'जेणें' जैसे कुछ सर्वनामों में सुरक्षित है। 'अधार' शब्द 'अंधकार' से 'अंधआर' होते हुए आया है। इस उदाहरण में यहाँ तक हुआ

---

१ मराठी व्याकरणावरील निबन्ध, पृ० ६२

२ नवीन मराठी व्याकरण, पृ० ६३

३ Philological Lectures, पृ० २५७

४ शास्त्रीय मराठी व्याकरण, पृ० ३४७

५ ज्ञानेश्वरी मराठी भाषेचे व्याकरण, पृ० १४

है कि एक पूरा अक्षर लुप्त हो गया है। यह परिवर्तन मध्याक्षर लोप (Syncope) कहलाता है।

राजवाडे[1] का कथन है कि 'संक्षेप में, आधुनिक मराठी में करण बहुवचन से करण एकवचन बना है।' पुत्तेंहिं, पूतेन्हि, पूतेनि, पूतांनि, पूतांनि, रूप में बहुवचन बनता है। फिर 'पूतां' से 'पूता' तथा 'निं' से 'नें' होने पर 'पूतानें' एकवचन बन जाता है। इसके सम्बन्ध में कम से कम कहा जाए तो यह कहा जा सकता है कि इसमें अन्तर्निहित तर्क बहुत दुर्बोध है। १९१२ से उन्होंने डामले की व्याकरण की आलोचना करते हुए अपना मत बदल दिया है, और संस्कृत 'न' 'एन' को करण एकवचन की विभक्ति मान ली है। वस्तुतः राजवाडे ने अपनी अधिकांश व्युत्पत्तियाँ बड़ी जल्दबाजी में दी हैं।

उपर्युक्त शब्दों के सविस्तर परीक्षण से हमने क्या जाना? हमें पता चला: (१) कि शब्दों में स्वनिक परिवर्तन होते हैं और अर्थ की दृष्टि से वे अपरिवर्तित रहते हैं, जैसे अंधार, थाव, रुख आदि; (२) शब्द-रूपों में या विभक्तियों आदि में परिवर्तन होता है, जैसे संवसारु, जाणें, थावला, अंधारेत; (३) अर्थ परिवर्तित होता है, किन्तु रूप या ध्वन्यात्मक रूप अपरिवर्तित रहता है: म्हणौनि, भलें। किन्तु इसका आशय यह नहीं कि स्वनिक और अर्थ सम्बन्धी परिवर्तन किसी शब्द में साथ-साथ नहीं हो सकते। (४) और अंतिम यह कि वाक्य रचना में परिवर्तन होता है। उपर्युक्त पूरा अवतरण वाक्य-गठन प्रणाली की दृष्टि से वर्तमान मराठी से भिन्न है।

१३. **परिवर्तन के कारण** :—तब फिर उस परिवर्तन के कारण क्या हैं जो वाक्य की किसी भी इकाई—ध्वनि, अक्षर, शब्द और स्वयं वाक्य—को अछूता नहीं छोड़ते? धातु या मूल शब्द तथा रचनात्मक तत्त्व (Formatic element) में ध्वनि-परिवर्तन क्यों होता है? शब्दार्थ क्यों परिवर्तित हो जाता है?

जहाँ तक ध्वनि-परिवर्तन का सम्बन्ध है, इस प्रश्न के उत्तर का संकेत आरम्भ में ही किया जा चुका है। यही तथ्य, कि 'भाषा ग्रहण की जाती है', भाषा के परिवर्तन का पूर्वानुमान कर लेता है, क्योंकि कोई भी पीढ़ी अपने पूर्वजों से ठीक उसी रूप (बाह्य) में भाषा को ग्रहण नहीं कर सकती। यह परिवर्तन किसी एक व्यक्ति द्वारा भाषा उच्चरित करने में या एक व्यक्ति से दूसरे व्यक्ति तक भाषा के प्रेषण में हो सकता है। (१) इस प्रकार अनुकरण में परिवर्तन का एक प्रबल कारण निहित है। किंतु, जैसाकि हम देख चुके हैं, वक्ता, भाषा का उच्चारण करते समय स्वयं अपना भी अनुकरण करता है। इसे ओर्टल ने

---

१ Jñānesvarī Grammar, पृ० २७

अंतर्वैयक्तिक अनुकरण (intra-individual imitation) कहा है । (२) कुछ ज्ञात रूपों के सादृश्य पर कुछ अन्य रूप बनाए जाते हैं । इस प्रकार, साहचर्य, (association) पर आधारित 'सादृश्य' परिवर्तन का दूसरा कारण है। यदि पहला कारण मुख्यतः शारीरिक है, तो दूसरा मनोवैज्ञानिक है। पहला शारीरिक इसलिए है कि ध्वनियों को ठीक से सुनना व्यक्ति की श्रवण-शक्ति पर, उच्चारण-अवयवों की स्थितियों को देखना नेत्र-शक्ति पर, और तीसरे देखी हुई स्थिति के आधार पर ध्वनियों का पुनरुत्पादन स्वय उच्चारण-अवयवों पर निर्भर करता है। बच्चों की भाषा से दिए गए उदाहरणों के अतिरिक्त और भी उदाहरण दिए जा सकते हैं। जैसे 'एकादश' का 'आ' 'द्वादश' के 'आ' के सादृश्य के कारण हैं। दोनों में साहचर्य होने से यह प्रभाव पड़ा है। 'द्वादश' का 'आ' द्विवचन रूप के कारण उचित है। इसके और उदाहरण आगे दिए जाएंगे। (३) बलाघात (accent) एक अन्य कारण है, जिससे परिवर्तन होता है। बलाघात के आगे या पीछे की ओर स्थानांतरण से पूरे अक्षर का लोप हो जाता है। उदाहरणार्थ लैटिन frater से फ्रेंच frere ; संस्कृत 'अष्टमांगल्य' से मराठी 'अठंगळें'; 'उपानह' से 'पाहाणओं' होते 'वाहाण'; या उपर्युक्त अवतरण में 'अंधकार' का 'अंधार'। संस्कृति की सामान्य स्थिति, जाति-मिश्रण, विजय, बोलियों का मिश्रण आदि अन्य कारणों से भी परिवर्तन होता है, किन्तु उपर्युक्त कारणों की तुलना में ये कारण बहुत सशक्त नहीं हैं, क्योंकि, जहाँ जाति-मिश्रण, विजय तथा इसी प्रकार की अन्य सांस्कृतिक परिस्थितियाँ नहीं होतीं, वहाँ भी भाषा में परिवर्तन होता रहता है। द्रविड़ भाषाएँ, जो अपेक्षाकृत शान्त तथा बाह्य आक्रमणों से सुरक्षित रहीं, इसका अच्छा उदाहरण हैं ।

(अ) **परिवर्तन के शारीरिक और श्रावणिक कारण :**— पूरा परिवर्तन कुछ निश्चित दिशाओं में होता है। कुछ कारणों से जिनका पहले ही उल्लेख किया जा चुका है (एक भाषा-भाषी समुदाय के व्यक्ति की मानसिक-शारीरिक प्रकृति, उस भाषा के जीवन काल की किसी एक अवधि में सामान्यतया वही होती है), किसी रूप के मूल भाग अथवा उसकी विभक्ति आदि में परिवर्तन —ध्वन्यात्मक या रूपात्मक—उस प्रकार के अन्य रूपों या विभक्तियों आदि को भी समान रूप से प्रभावित करता है। जैसाकि पहले संकेत किया जा चुका है, ऐसा, भाषा के एक व्यक्ति से दूसरे, और एक पीढ़ी से दूसरी को किए गए प्रेषण से होता है। यह प्रेषण, मात्र ध्वनियों का हीं हो सकता है, शारीरिक या मानसिक प्रक्रियाओं का नहीं, क्योंकि ये प्रक्रियाएँ हर व्यक्ति की अपनी अलग या निजी होती हैं। जब श्रोता की ध्वनियाँ, वक्ता की ध्वनियों के अनुरूप हों, केवल तभी यह कहा जा सकता है कि वह शुद्ध बोल रहा है। इस प्रकार

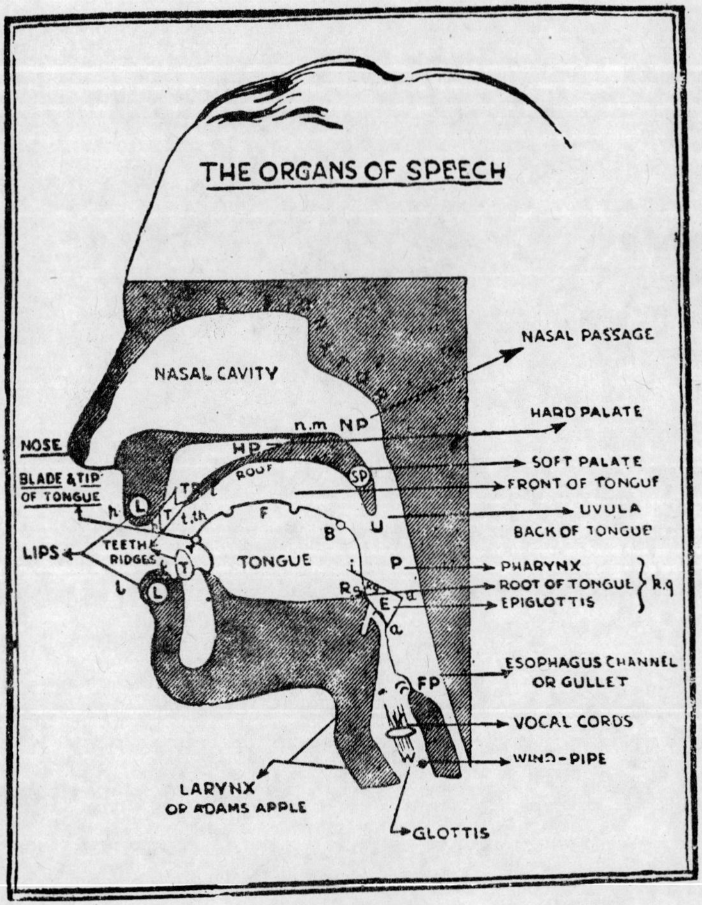

उच्चारण-अवयव

N नासिका
Nasal Cavity नासिका-विवर
Resonator अनवादक
Roof मूर्द्धा
NP नासिका-मार्ग
HP कठोर तालु
SP कोमल तालु
Front of Tongue जिह्वा-फलक

U अलिजिह्वा
Back of Tongue पश्च-जिह्वा
P गलबिल
R जिह्वामूल
E अभिकाकल
FP भोजन-नालिका
V स्वर तंत्रियाँ
W वायु-नालिका

Glottis काकल
Larynx स्वर- यंत्र
Tongue जिह्वा
Teeth Ridges वर्त्स
T दंत
L ओष्ठ
F जिह्वाग्र तथा जिह्वा-नोक

जब कोई समान ध्वनि उच्चरित की जाए, तो निश्चित रूप से यह अनुमान लगाया जा सकता है कि उच्चारण के पूर्व का चेष्टावह स्फुरण (motary sensation) भी समान है। यों उच्चारण-अवयवों की भिन्न चेष्टाओं से भी प्रायः समान ध्वनि उच्चरित करना सम्भव है। अतः इसे भी अवश्य संभव मानना चाहिए कि श्रोता के चेष्टावह स्फुरण (feeling of movement गत्यानुभूति), वक्ता के स्फुरण से किंचित् भिन्न रूप में निर्मित हो सकते हैं। मुख्यतः इसी कारण, 'ट' और 'त', उच्चारण की दृष्टि से भिन्न होने पर भी, इतनी समान ध्वनियाँ हैं। चेष्टावह स्फुरण ही प्रधानतया किसी ध्वनि के उच्चारण का निर्धारण करता है,[1] सौकर्य (ease) का कार्य अत्यन्त नगण्य है।

व्यक्तिगत रूप में किसी वक्ता द्वारा किया गया इस तरह का परिवर्तन जब पूरी भाषा के इस प्रकार के सारे रूपों को प्रभावित कर लेता है तो वह एक नियमित परिवर्तन बन जाता है। परिवर्तन तथा अपरिवर्तन या प्राचीन सामग्री

---

१ Paul, Prinzipien der Sprachageschichte, पृ० ५७

ध्वनि के सिद्धान्तों का जिस विज्ञान में अध्ययन किया जाता है, उसे ध्वनि विज्ञान (Phonetics) कहते हैं। आधुनिक वैज्ञानिक औज़ारों की सहायता से, शब्दों के उच्चारण में उद्भूत कंपनों को अब ठीक-ठीक गिना जा सकता है। moon के दोनों 'ओ' का प्रति सेकंड कपन २२५ है। mā के दीर्घ 'आ' का कंपन १०५० प्रति सेकंड है। हमारी स्वरतंत्रियाँ वायलिन के तारों की भाँति हैं। वे पूर्ण या अंश रूप में कंपित होती हैं। इस प्रकार यदि पूरी तंत्री का कंपन प्रति सेकंड १०० होगा, तो आधी तंत्री का २००। अब हम स्वर को शुद्ध ध्वनि (pure voice) के रूप में परिभाषित कर सकते हैं, जिसमें किसी अन्य तत्त्व का मिश्रण नहीं होता। व्यंजन एक रव (noise) है, जिसके उच्चारण के समय शुद्ध कंपन उच्चारण-अवयवों द्वारा रोक दिए जाते हैं। रुकावट दो प्रकार की होती है: आकस्मिक (sudden) और आनुक्रमिक (gradual)। इन्हीं को पारिभाषिक शब्दावली में क्रमशः स्फोट या स्पर्श (explosive) और संघर्षी या घर्षण (frictional) कहते हैं। प, त, क, स्पर्श हैं, श, ष, ज, संघर्षी तथा च्, ज्, स्पर्श-संघर्षी, क्योंकि इनके उच्चारण में संघर्ष भी होता है। हमारी स्वर-तंत्रियाँ बहुत कोमल होती हैं। हमारा मुंह बोलने में अनुनादक के रूप में कार्य करता है। इसकी अनुनादक-शक्ति उच्चरित ध्वनि को ३०० गुना ऊँची कर देती है। अंतर्मुखी ध्वनियाँ (implosive sounds) भी होती हैं, जैसे सिंधी 'क्'॥

—सम्पादक

के संरक्षण की नियमितता ही भाषा के वैज्ञानिक अध्ययन को संभव बनाती है। ऐसे समव्यापी परिवर्तन अथवा संरक्षण के आधार पर बनाए गए नियम ही 'ध्वनि नियम' कहलाते हैं। उदाहरण के लिए, जब किसी शब्द की कोई एक ध्वनि परिवर्तित हो जाती है या अपरिवर्तित रहती है, तो उस प्रकार के सभी शब्दों में, वैसी स्थितियों में वैसा ही होता है। जैसे, 'सात' 'साडें' 'सर्व' जैसे मराठी शब्दों में संस्कृत का आद्य स—सप्त, सार्ध, सर्व– सुरक्षित रहता है—किन्तु कुछ गुजराती बोलियों (सूरत) में यह 'ह' हो जाता है : हात, हाडा। संस्कृत शब्द का आद्य व, जो वीस, वीष, वाद्य, वेत जैसे शब्दों में मराठी में सुरक्षित है, हिंदी में ब—बीस, बिख, बाद्य, बेंत—हो जाता है। यदि पहला परिवर्तन (संस्कृत 'स' गुजराती 'ह') शारीरिक कारण से है—ऊष्म के उच्चारण में जो स्वयं शिथिल है, मसूड़ों के पास साँस का अवरोध उसे दोनों पार्श्वों से निकलने को बाध्य करता है अतः वह और भी शिथिल हो जाता है अथवा पूर्णतया हट जाता है, और इस प्रकार महाप्राण ध्वनि आ जाती है—तो दूसरा (सं. व हिन्दी तथा बंगाली ब) शारीरिक से अधिक श्रावणिक कारण से है। जब जर्मन अंग्रेजी the, there, that में th का उच्चारण करने का प्रयास करते हैं, तो यही होता है। वे ze, zere, zat कहते हैं, और सोचते हैं कि वे ठीक उच्चारण कर रहे हैं। जापानियों द्वारा विदेशी शब्दों में र् के स्थान पर ल् के प्रयोग में भी संभवतः ऐसा ही होता है। इस स्थिति में जापानी के उच्चारण के आधार (उच्चारण-अवयवों की बनावट तथा स्थिति) ऐसे परिवर्तित हो गए हैं, कि वह शारीरिक दृष्टि से इन दोनों ध्वनियों का अंतर नहीं जान सकता, और उसके कान भी ल् के इतने अभ्यस्त हो गए हैं कि, उन्हें भी ल् र् के भेद का पता नहीं चलता। ऊपर दी गई म्यूनिख की प् और ब् के उच्चारण की गड़बड़ी भी इसका अच्छा उदाहरण है। इस प्रकार, कान और उच्चारण के आधार, ऐसे परिवर्तनों में जैसेकि दो ऊपर दिए गए हैं, परस्पर हस्तक्षेप करते रहते हैं।

१४. स्वन नियम :— ध्वन्यात्मक परिवर्तन जिसका उल्लेख ऊपर किया गया है, संबद्ध ध्वनियों की उच्चारण-स्थिति में परिवर्तन के कारण घटित होता है। उदाहरणार्थ मूल भाषा में पाया जाने वाला घोषमहा प्राण ग्रीक में अघोष महाप्राण में परिवर्तित हो जाता है। जैसे सं० नभस्, ग्री० néphos; सं० भ्रातर, ग्री० phrāter सं० भंजति, ग्री० phagein सं० धर्षति, ग्री० thársos; सं० मधु, ग्री० methu। निष्कर्षतः कहा जा सकता है कि शारीरिक कारणों से एक ही ध्वनि दो भाषाओं में भिन्न रूप धारण कर लेती है। उपर्युक्त उदाहरणों के आधार पर हम सामान्य नियम बना लेते हैं कि ग्रीक में मूल भाषा के घोष महाप्राण सदैव अघोष महाप्राण में परिवर्तित हो जाते हैं।

भाषा में नियमित प्रक्रिया पर आधारित इसप्रकार के सामान्य नियम स्वन-नियम कहलाते हैं। सं० भ॑रति, लै० ferō; सं० भ॑वति लै० fuam, futuras; सं०, धूमः ग्री० thumós, प्राचीन आइरिश dumacha (=कोहरा), लै० fūmus; सं० ध॑यति; धेना, लै० fe-lare femina जैसी अनुरूपताओं को देखकर भी उसीप्रकार का सामान्य नियम बना लिया जाता है। बाद के केवल दो उदाहरणों में पुरानी इतालवी बोलियों में उच्चारण-स्थान बदल गया है, और इसप्रकार दंत्य 'ब' ओष्ठ्य 'फ' हो गया है। सं० तु॑-भ्यम् और लै० ti-bi सं० रुधिरं (=लाल), ग्री० eruthrós, प्राचीन आइरिश ruad और लै० rubros; सं० इध (इह का मूल) और लै० ibi सं० न॑भस् और लै० nebula की तुलना के पश्चात् हम यह सामान्य नियम बना सकते हैं कि लैटिन में मूल घोष महाप्राण के स्थान पर आया हुआ, अघोष महाप्राण भी दो स्वरों के बीच अल्पप्राण घोष हो जाता है। इसप्रकार मूल ध्वनि के अगल-बगल की ध्वनियों में परिवर्तन के कारण मूल नियम में परिवर्तन हो जाता है। इसके विपरीत, लै० for-es और सं० द्वा॑र लै० fortis और सं० दृढ, लै० of-fendimentum और सं० बन्धः की तुलना से यह पता चलता है कि मूल घोष महाप्राण का लैटिन प्रतिरूप अघोष महाप्राण, सं० में घोष अल्पप्राण द्वारा प्रकट किया जाता है। इसप्रकार मूल नियम के अनुसार सं० रूप निश्चय ही धृढ, ध्वार, भन्ध, रहे होंगे। गृध्, बुध्, बध्, दभ्, दह् और अन्य धातुओं के आरम्भ में मूल रूप में घोष महाप्राण रहा होगा, जो परवर्ती महाप्राण अथवा ह के पूर्व होने के कारण विस्थापित हो गया। यहाँ गॉथिक, gredus अंग्रेजी greed; गॉथिक biudan, जर्मन, bieten, जर्मनिक binden आर्मेनियन davel पुरानी अंग्रेजी daeg (तुलनीय सं० निदाघ), जर्मन tag, गॉथिक dags, अंग्रेजी day इत्यादि की तुलना से स्पष्ट हो जाता है कि इनका आदि वर्ण मूल घोष महाप्राण के अनुरूप है। इन धातुओं के कुछ सं० रूप भी इस तथ्य पर प्रकाश डालते हैं जैसे अभौत्सीत्, बुध्, अभान्त्सीत्, (बन्ध) अधक् (दह् का वैदिक)। दह् के लिए, प्राकृत ढज्जति से भी यह स्पष्ट है। इन आधारों पर हम यह नियम निर्धारित करते हैं कि संस्कृत में जब एक ही शब्द में एक घोष महाप्राण के बाद यदि दूसरा घोष महाप्राण आता है तो प्रथम अल्पप्राण हो जाता है। यह विषमीकरण है, जिसका विवेचन आगे किया जाएगा।

आर्य वर्ग में सं० त्वम् और अवेस्ता θwam, सं० त्रि और अवे० θri, सं० मित्र अवे० Miθra सं० चत्वारः अवे० Caθwara की तुलना करने पर हमें पता चलता है कि अवेस्ता में जहाँ दंत्य संघर्षी है संस्कृत में वहां अघोष स्पर्श है।

सप्त, सत्य, सिन्धु आदि का सं० स, अवेस्ता में महाप्राण ह् द्वारा व्यक्त

किया जाता है, जैसे hapta, haiθya, hindu । इस दृष्टि से ग्रीक अवेस्ता के अनुरूप है, उदाहरणार्थ hepta, hédos सं० सदस् ।

ग्राम्य गुजराती के हगडा हाडा और हात रूप भी तुलनीय हैं ।

(अ) ग्रिम-नियम अथवा वर्ण-परिवर्तन :— उपर्युक्त स्थानीय परिवर्तनों को यदि छोड़ दिया जाए तो संस्कृत, ग्रीक, लैटिन और स्लैवोनिक भाषाओं ने सामान्यतया व्यंजनों को उसीरूप में सुरक्षित रखा है, जैसेकि वे मूल रूप में थे, किन्तु जर्मनिक भाषाओं में, जैसाकि नीचे की तालिकाओं से स्पष्ट हो जाएगा वे सारे के सारे परिवर्तित हो गए हैं ।

१. अघोष

सं०	ग्री०	लै०	गॉथिक	जर्मन	अंग्रेज़ी
पशु:	—	pecus	faihu	vieh	fee
नपात्	—	nepos	—	neffe	nephew
तृणम्	—	—	thaurnus	dorn	thorn
वर्तते	—	verto	wairthan	werden	—
त्रय:	—	tres	threis	drei	three
शुनः	kunós	—	hunds	hund	hound
(प्राचीन क् के लिए श्)					
दिशति	deiknumi		gateihan	Zeigen	—
क: (वेद) कद्		quod	hwas	was	what[1]

---

१ इस शब्द का उच्चारण इसकी व्युत्पत्ति के अनुरूप है । इसका शुद्ध उच्चारण ह्वाट (hwat) रूप में किया जाता है ।

ट्यूटनिक वर्ग के अन्य उदाहरण अंग्रेज़ी भाषा के विद्यार्थियों के लिए रोचक होंगे :

सं०	ग्री०	ट्यूटनिक
क:	—	गॉथिक hwas, प्राचीन अंग्रेज़ी hwa=who
तृर्षा	tersomai	,, thairsan=सूखा होना प्रा० अं० thurst=thirst
श्वश्रू	hekurá swekúrá	प्रा० अं० sweger=सास
घर्मः	θermos	,, ,, wearm नार्स varmr=warm

संपा०

महाप्राण

सं०	ग्री०	ऐंग्लो सैक्शन	जर्मन	अंग्रेजी
फे॑न	—	fam	feim	foam
—	θrezomai	— गॉथिक	thragjan	thrall
ख	—	— ,,	haben	have

इसप्रकार हम देखते हैं कि मूल अघोष अल्पप्राण और अघोष महाप्राण प्राचीन जर्मनिक भाषा में समान रूप से अघोष संघर्षी हो गए हैं। अर्थात् प्, त्, क् और फ्, थ्, ख् प्राचीन जर्मनिक (उदाहरणतः गॉथिक) में f, th, x, (उच्चारण ch) रूप में मिलते हैं।

२. घोष

सं०	लै०	गॉथिक	जर्मन	अंग्रेजी
—	duco	tiuhan	Ziehen	tie, tow
द॑श	decem	taihun	zehn	ten
जा॑नु	ग्री० gónu	kniu	knie	knee
अ॑ज्रः	,, ágrós	akrs	—	acre
युग॑म्	,, zugón	juk	joch	yoke
महाप्राण				
भ॑रामि	,, phérein	—	bairan	bear
(व॑सु) धितिः	,, thèsis	—	ge-deds	that deed
हं॑सः (ह=घ)	,, khen		प्राचीन उच्च जर्मन gans	goose
व॑हामि	लै० veho	gawigan	bewegen	weigh

इसे जर्मन भाषा का वर्ण-परिवर्तन कहते हैं जिसके लिए जर्मन शब्द Lautverschiebung है। परम्परागत आविष्कर्ता ग्रिम के नाम पर इसे केवल ग्रिम नियम भी कहा जाता है।[1] यह केवल प्रथम वर्ण-परिवर्तन है जो ई० सन् से भी पहले घटित हुआ था जैसाकि प्राचीन रोमन इतिहासकारों के कुछ संदर्भों से प्रकट होता है। दूसरा वर्ण-परिवर्तन, उत्तरी जर्मन लोगों से ऐंग्लो-सैक्सन लोगों के पृथक् होने के बाद लगभग सातवीं या आठवीं सदी में हुआ।

(आ) **द्वितीय वर्ण-परिवर्तन**——यदि हम ग्रिम के अनुसार प्रथम वर्ण

---

१. डेन रास्क इस नियम के मूल आविष्कर्ता थे। उन्होंने अपने अनुसंधान कार्य के परिणामों को १८१८ में प्रकाशित किया, जिन्हें ग्रिम ने १८२१ में अपनी Deutsche Grammatik के दूसरे संस्करण में ग्रहण कर लिया।

परिवर्तन के उदाहरणों में अंतिम तीन स्तम्भों पर दृष्टि डालें तो पता चलता है कि अधिकतर अवस्थाओं में गॉथिक अथवा जर्मनिक के अन्य रूप ऐंग्लो-सैक्सन और अंग्रेज़ी रूपों से मेल खाते हैं परन्तु जर्मन अर्थात् उच्च जर्मन के रूप भिन्न हैं।

गॉथिक में	अंग्रेज़ी में	किन्तु जर्मन
thaurnus	thorn	dorn
threis	three	drei
ga-teihan	—	zeigen
dags	day	tag
helpan	help	helfen
plegen	play	pflegen

इससे यह नियम बनता है कि पुरानी जर्मनिक में प् त् क् का स्पर्श संघर्षी pf, ts, (लिखित रूप z) kx (लिखित रूप h) हो जाता है, और कठोर संघर्षी f, th, और x कोमल संघर्षी b, d, और g बन जाते हैं। यह द्वितीय वर्ण-परिवर्तन कहलाता है। ऐंग्लो-सैक्सन, तथा कुछ निम्न जर्मनिक बोलियाँ, इस परिवर्तन से बची रहीं। यह एक महत्त्वपूर्ण तथ्य है। इससे हमें स्वन-नियमों की सीमाओं का पता चलता है। इसप्रकार स्वन-नियमों में समय और स्थान की सीमा होती है, अतः उनका निर्धारण करने में हमें बहुत सतर्क रहना पड़ता है। इसीलिए जब हम किसी स्वननियम का प्रतिपादन करते हैं, तो हमें उसकी सारी सीमाओं का निर्देश कर देना पड़ता है। यह वस्तुतः, निरूपित भाषा वैज्ञानिक तथ्यों पर आधारित तथा केवल विशिष्ट परिस्थितियों में लागू होने वाले सामान्य नियमों के अतिरिक्त कुछ नहीं है।

(इ) **वर्नर-नियम** :— अब एक दूसरा उदाहरण लें, जिसमें स्थितियाँ उपर्युक्त उदाहरणों से किंचित् भिन्न हैं। पिता, ग्री० patér लै० pater, गॉथिक में fador अंग्रेज़ी में father हो जाता है, जहाँ वस्तुतः d के स्थान पर th की संभावना होनी चाहिए, जैसाकि गॉथिक brothar में है, जोकि सं० भ्राता, लैटिन frater, अंग्रेज़ी brother इत्यादि के अनुरूप है।

प्राचीनकाल में इसे एक अपवाद समझा जाता था और इसके कारणों पर विचार नहीं किया जाता था किन्तु जब स्वन-नियम का सिद्धान्त सामने आया और उसकी छानबीन होने लगी तो भाषा-वैज्ञानिकों को केवल यह कह कर ही संतोष नहीं हुआ कि यह एक अनियम है। वे इसका कारण खोजने का प्रयास करने लगे और वर्नर ने उसे खोज निकाला। उन्होंने अन्य समान उदाहरणों, जैसे गॉथिक sibun, संस्कृत सप्त; गॉथिक halsagga, संस्कृत अंकः, haidus (जर्मन heit), संस्कृत केतुः, प्राचीन उच्च जर्मन swigar, संस्कृत श्वश्रू' जिसमें 'श्' पुराने 'क्' का स्थानापन्न है, की परीक्षा करके एक अन्य नियम

बनाया जिसके अनुसार, शब्द के मध्य अथवा अंत के अघोष संघर्षी f, th, x केवल तभी घोष बनते हैं जब मूल भारत-जर्मनिक बलाघात उसके पूर्ववर्ती अक्षर पर न हो। यह ग्रिम-नियम का ही एक उप-सिद्धान्त है। अपने आविष्कर्ता के नाम पर यह वर्नर-नियम कहलाता है।[1]

अब तक हम लोग स्वन-परिवर्तन का ही विवेचन करते रहे हैं और वह भी व्यंजनों में। इस परिवर्तन पर निकटवर्ती ध्वनियों की प्रकृति का बिलकुल प्रभाव नहीं पड़ता और इसीकारण इसे स्वयंभू ध्वनि-परिवर्तन कहते हैं।

(ई) स्वयंभू ध्वनि-परिवर्तन—अब हम आर्य वर्ग से स्वर-परिवर्तन के उदाहरण लेंगे।

(१) जब हम सं० भरामि—जिसके प्रथम पदांश में अ है—की ग्री० phérō, लै० fero आर्मेनियन berim गॉथिक baira और प्राचीन स्लैवोनिक bera से; सं० अहम्, अवेस्ता azem की ग्री० ego, लै० ego, आर्मेनियन es, गॉथिक ik से; अथवा सं० अश्वः, अवेस्ता aspah की लै० equos, गॉथिक aihwa, से तुलना करते हैं तो हमें पता चलता है कि भारत-ईरानी 'अ' इन तथा अन्य उदाहरणों में भारत-जर्मनिक परिवार की अन्य सभी भाषाओं में ए (e) के रूप में मिलता है। इस प्रसङ्ग में सं० अस्ति लै० esti गॉथिक ist भी देखा जा सकता है।

∴ संस्कृत और अवेस्ता अ = e अन्य भारत-जर्मनिक भाषाओं में

(२) अन्य शब्द

सं० अविः	लै० ovis	ग्री० óis	प्राचीन आयरिश oi
,, अष्टौ	octo	,, oktṓ	,, ocht

---

१ कार्ल एडल्फ वर्नर ने १८७५ में यह नियम बनाया। यह ग्रिम-नियम के कुछ प्रत्यक्ष अपवादों की व्याख्या करता है। ग्रिम-नियमों के अपवादों की एक षट्पद तालिका है :

भारोपीय और संस्कृत पद	अज्रस्	शतं	भर्	धे या	धो दीधिति
ग्रीक	turbe, pódas agrós	katón	phére	thetá	khórtois
	(én) (é)	(e)	(t)	(ete)	(ó)
लैटिन	turba pedes agris	centum	fert	facta	kortis
प्राचीन अंग्रेजी ट्यूटानिक तथा जर्मन	thorp feet acres	hundred	beareth	deed	garth
डच	dorp				

संपा०

सं० कः लै० quod ग्री० pò-then
„ भरन्ति „ phérousi (foronti)
तुलनीय डोरिक phèronti,
प्राचीन फ़ारसी barantiy
„ असचत „ sequitur ग्री० eípeto
„ तत् „ is-tud „ tó गॉथिक thata
„ वृकः „ lúkos

हम अपना नियम इसप्रकार बना सकते हैं : भारत-ईरानी 'अ' (a) अधिकांश अन्य भारोपीय भाषाओं के कुछ शब्दों में ओ (o) द्वारा व्यक्त किया जाता है। केवल जर्मनिक में संस्कृत से कुछ अनुरूपता दिखाई पड़ती है।

. . संस्कृत और अवेस्ता अ (a) =o जर्मनिक के अतिरिक्त अन्य भारोपीय भाषाओं में

उदाहरणार्थ
सं० जम्भः ग्री० gómphos किन्तु गॉथिक chamb
„ ददर्श „ dédorka
„ भरन्ति „ डोरिक phéronti किन्तु „ bairand

(३) और अन्त में

सं० अजति ग्री० „ ago लै० ago आर्मेनियन acem
प्राचीन आयरिश agat
„ अश्मन् „ ákmon अवेस्ता asman
„ (चतु'र्) अश्र „ ákros „ acus
„ अनिति „ ánemos „ animus गॉथिक us-anan
„ अज्रः „ ágrós „ ager „ akrs अं० acre

इत्यादि की तुलना करने पर हमें पता चलता है कि भारतीय-आर्य अ (a) परिवार की अन्य भाषाओं में अ (a) द्वारा ही व्यक्त किया जाता है। इसप्रकार हम देखते हैं कि भारतीय-आर्य अ (a) अन्य भाषाओं में कभी ए (e) कभी ओ (o) और कभी अ (a) रूप में मिलता है। आ (ā) के विषय में भी यही बात है।

(४) सं० आदिवः, ग्री० êdeós, लै० edimus
„ प्रातः „ pléto
[प्रा (भरना) का कृदंतीय रूप]

सं॰ मा॑स्   ग्री॰ mḗn   लै॰ mēnsis   गॉथिक mena
अं॰ month

„ स्ना॑वन्   „ nīma   „ némen   गॉथिक nethla
अं॰ needle

∴ सं॰ आ (ā)=e (अन्य भारोपीय भाषाओं में)

(५) सं॰ द॑दाति ग्री॰ dídōsi लै॰ dōnum
„ द्वा॑ „ dúō „ duo
„ प्रा॑तः „ prōi ओस्कन (इताली, प्राचीन उच्च जर्मन की बोली) prūterthan
fruo (प्रातःकाल)

∴ सं॰ आ=ō (पश्चिमी भारोपीय भाषाओं में)

(६) म॰ मा॑तर् ग्री॰ (डोरिक) mátēr लै॰ māter प्राचीन ईरानी Māthir
„ स्वा॑दुः „ hadùus, hēdús „ suāvis
„ भ्रा॑तर् „ phrấter „ frāter „ brāthir

∴ सं॰ आ=ā (ग्री॰ लै॰ और अन्य पश्चिमी भाषाओं में)।

जब भाषा-विज्ञान अपनी शैशवावस्था में था, बॉप, ग्रिम, एवं उन जैसे अन्य विद्वानों का यह मत था कि मूल भारोपीय भाषा के स्वर भारत-ईरानी शाखा में सुरक्षित हैं; और 'अ' ही आगे चल कर a, e, o बन गया।

बहुत समय तक यह मत ठीक माना जाता रहा। किन्तु किसी भाषा के जीवन में ऐसा होना अभूतपूर्व था और एमेलुंग, ब्रुगमान तथा कोलित्ज जैसे नए भाषा-वैज्ञानिकों ने इसको अस्वीकार करते हुए यह दिखाने का प्रयास किया कि ग्रीक भाषा ने मूल भाषा के स्वरों को अपने मूलरूप में सुरक्षित रखा है और इसप्रकार वह मूल भारोपीय स्वरों का संस्कृत की अपेक्षा अधिक यथार्थ स्वरूप प्रस्तुत करती है।

उनके निष्कर्ष मुख्यतः निम्नलिखित तर्कों पर आधारित हैं। (१) अ (a) का, अ (a) ए (e) ओ (o) रूप में विकसित होना ध्वन्यात्मक दृष्टि से प्रमाणित नहीं किया जा सकता। (२) उन स्थितियों में जहाँ भारतीय-आर्य वर्ग की 'अ' ध्वनि ग्रीक 'e' के अनुरूप है, उस स्वर के पूर्व कंठ्य के स्थान पर तालव्य आ जाता है।

उदाहरणतः सं॰ च ग्री॰ tĕ (ग्रीक में कुछ कारणों[1] से kw के लिए

---

१ Hirt Handbuch der Geriechischen laut-und Formenlehre पृ॰ २०२। भारत-जर्मनिक कंठ्योष्ठ kw=लै॰ qu गॉथिक hw t); सं० संचते, ग्री० hépetai लै० sequor; सं० चिंतिः (प्रायश्चित) ग्री० tésis; poiné, अवे० kaena, प्राचीन बुलगेरीय cna (fine); सं० चित् ग्री० ti, ले० quid; सं० जनस् ग्री० génos; सं० चत्वारः ग्री० iéttarĕs; सं० पञ्च, ग्री० pĕntĕ; ले० quinque.

किंतु जब अ ग्री०, लै० आदि के a अथवा o के अनुरूप होता है, यह परिवर्तन नहीं होता; सं० कतरः, ग्री० pótĕros, लै० quod; सं० कटः प्रश० kortos (अंग्रे० Court); सं० क्रविः लै० cruor, जर्म० roh, प्राचीन सेक्सन hrā, सं० कर्कः; कर्कटः; ग्री० karkinŏs ले० cancer.

इन अनुरूपताओं से पता चलता है कि मूलतः सं० 'अ' जो जर्मन लैटिन इत्यादि में e को प्रकट करता है वही 'अ' नहीं है जो ग्री० और लै० इत्यादि में ए (e) अथवा ओ (o) के लिए प्रयुक्त होता था तथा आदिभारतीय-आर्य युग में यह प्रायः 'इ' की प्रकृति का था, क्योंकि मूल कंठ्यों का तालव्यीकरण केवल इ (i) अथवा य् (y) के पूर्व ही घटित होता है। कंठयों का तालव्यों में यह परिवर्तन कुछ विशिष्ट स्थितियों में स्वतः सं० में भी उपलब्ध होता है। लिट् में जहाँ द्विरुक्ति स्वर e है उदाहरणतः ग्री० dédŏrka, gégona, लै० tetigi वहाँ हमें सं० में द्विरुक्त करने वाले पदांश में तालव्य किन्तु मूल द्विरुक्त पदांश में कंठ्य ही मिलता है, जैसे सं० चकार, जगाम, जघान आदि।

'अ' प्रत्यय के पूर्व भी जो ग्री० और लै० के अनुरूप नहीं है, यही बात दिखाई पड़ती है। इसके पूर्व मूल कंठ्य दिखाई देता है, उदाहरणतः शुचिः किन्तु शुक्रः, रोचते, लोचन, किन्तु रोक और लोक; ओजस् किन्तु उग्रः। यह सं० का प्रसिद्ध तालव्य नियम है।

यह अवश्य स्मरण रखना चाहिए कि e और o मूलस्वर हैं, सं० ए और ओ की भाँति संध्यक्षर नहीं। फिर भी यह ध्यान देने योग्य बात है कि सं० के विपरीत, प्राकृतों में, ए (e) और ओ (o) मूलस्वर के रूप में मिलते हैं।[1] सं० a, i अथवा e के स्थान पर संयुक्त व्यंजनों के पूर्व e आती है, जैसे प्राकृत एत्थ सं० इत्था; मरा० पेण्ड सं० पिण्ड; प्रा० गेण्हइ, सं० गृह्णाति; प्रा० तेत्तीस, सं० त्रयस्त्रिंशत्। उसीप्रकार संयुक्त व्यंजनों से पूर्व प्रा० o सं० उ को प्रकट करता है जैसे मरा० तोण्ड, सं० तुण्ड; सोण्ड, शुण्डा; प्रा० पोक्खर,

---

सं० क् या च्, प्राचीन Bul. k या c लिथ० k किंतु ग्री० p जिसमें ओष्ठ्य की प्रधानता है और e में i से पहले एक t।

१ पिशेल Grammatik der Prakrit Sprachen पृ० ४७ द.कं.बी, Erzählungen in Māhārāṣṭrī पृ० (xxi) २१

पुष्कर; मोग्गर, मरा० मोद्ग, सं० मुद्गर। दीर्घ 'ई' और दीर्घ 'ऊ' भी प्राकृतों में इसीप्रकार प्रकट किए जाते हैं, जैसे जानीयात् के लिए जाणेज्जा (मरा० जाणिजे); कर्पूर के लिए कोप्पर, मूल्य के लिए मोल्ल।

मूल e और o का सं० अ में परिवर्तन एक स्वयंभू परिवर्तन है और e के अ में होने वाले परिवर्तन के फलस्वरूप कठ्यों का तालव्यों में परिवर्तन स्वयंभू न होकर परिस्थितिजन्य परिवर्तन है। स्वयंभू परिवर्तन के अन्य उदाहरण इसप्रकार हैं:—प्रा० पीढ, बोलचाल की मरा० पिढें, सं० पीठ; मिग, सं० मृग; हियय, मरा० हिया, सं० हृदय; वेराग्ग, सं० वैराग्य; सीह सं० सिंह और अंसु सं० अश्रु। इनसे हमे पता चलता है कि दीर्घ एवं अनुनासिक स्वर बहुत मात्रा में समान समझे जाते थे। किन्तु ऐसे परिवर्तन के लिए किसी विशेष स्थिति या कारण का पता नहीं चला है। पूर्वोक्त व्यंजन-परिवर्तन और स्वर-परिवर्तन जिसका अभी उल्लेख किया गया, स्वयंभू परिवर्तन कहलाते हैं। ब्रुगमान[1] ने स्वयंभू परिवर्तन की परिभाषा इसप्रकार दी है: "स्वयंभू ध्वनि-परिवर्तन किसी विशिष्ट ध्वनि में होने वाला वह परिवर्तन है, जो किसी विशेष प्रकार की पार्श्ववर्ती ध्वनियों, बलाघात और सुर या भाषा-लय के प्रभाव के बिना घटित होता है, किन्तु परिस्थितिजन्य परिवर्तन में इसप्रकार के प्रभाव दिखाई पड़ते हैं।"

सोपाधिक स्वन-परिवर्तन:—शब्द में ध्वनि का आदि, मध्य या अन्त्य स्थान, बलाघात या सुर तथा वाक्य में दो शब्दों का संयोग अथवा संधि इत्यादि समीपवर्ती ध्वनियों का प्रभाव परिस्थितिजन्य परिवर्तन के कारण है।

(१) उदाहरणतः ग्री० में n, s, r को छोड़ कर शब्द के अंत में व्यंजन नहीं आते जैसे ग्री० ĕphĕrĕ सं० अभरत् किन्तु ग्री० ĕpherŏn सं० अभरन्। सं० में शब्द के अंत में दो व्यजन नहीं आने पाते। क्, ट्, ड्, त् इसके अपवाद हैं, यदि वैदिक भाषा[2] में उनसे पूर्व र् आता हो: वृज् का लुङ् अन्य पुरुष एक व० वर्क, ऊर्ज का कर्त्ता एक व० उर्क्, अमार्ट्, अमार्ड्, वृत् का लुङ् अन्य पुरुष एक व० आवर्त्, सुहार्द् के लिए सुहार्त्। नियम के उदाहरण इसप्रकार हैं—वांक् (वांक्+स्) क्रीडन् (क्रीडन्त्+स्) अभरर्न्त् से अभरन्।

ग्री० की तरह प्राकृतों (विशेषकर महाराष्ट्री) में शब्द के अत में व्यंजन नहीं आ सकता, जैसे पच्छा, सं० पश्चात् जाव-यावत्, पुण-पुनर्, सम्मं-सम्यक्। अनुनासिक व्यंजन अनुस्वार बन जाते हैं।

प्राकृतों में आदि वर्ण ऋ, रि अथवा कभी कभी 'रु' में परिवर्तित हो

---

१ कुर्ज Vergleichende, Grammatik पृ० ३८

२ मेक्डोनल Vedic Grammar पृ० ६१

जाता है। रिण (मराठी रीण) सं० ऋण; रिक्ख (मरा० रीस)—सं० ऋक्ष; रुक्ख (मरा० महारुक्ख) सं० वृक्ष।

(२) स्वर में होने वाले बहुत से परिवर्तन आघात पर आधारित हैं जैसे पितर् के लिए गॉथिक fadar किंतु भ्रातर् के लिए brothar। वर्नर-नियम इसप्रकार के परिवर्तनों का एक अच्छा उदाहरण है। भारत-जर्मनिक अघोष अल्पप्राण p, t, k का वर्ण-परिवर्तन के नियम अर्थात् ग्रिम-नियम के अनुसार, f, th, h में बदलने के बजाय b, d, z में बदल जाना पूर्णतः बलाघात पर निर्भर करता है। मूल p, t, k केवल उसी अवस्था में b, d (h, x) बनते हैं जब पूर्व के घोष वर्ण पर आघात न हो, जैसे गॉथिक hund सं० शतम्; प्राचीन उच्चजर्मन swigar सं० श्वश्रूः, ग्री० hekurá, प्राचीन अंग्रेजी sweger।

अवश्रुति[1] (ablaut), अर्थात् उस प्रक्रिया को, जिसका अधिकांश भारत-जर्मन[2] भाषाओं के संरचना-काल में महत्वपूर्ण योग है, विद्वानों ने सर्वथा आघात पर निर्भर माना है। अवश्रुति का अर्थ है संबद्ध शब्दों अथवा शब्दों के अंशों में स्वर का गुणीय अथवा परिमाणीय परिवर्तन, जैसे pétŏmai, pŏtáomai, éptómēn। यहाँ पहले में e पर बलाघात है। दूसरे में इसके स्थान पर o है और तीसरे में वह भी समाप्त हो गया है। ये e, o और शून्य क्रम कहलाते हैं।

dĕrkŏmai, dédorka, ĕdrakôn.

सं० दर्दर्श, दृष्ट

यहां ĕr, ŏr, r क्रम मिलते हैं।

रूपों की श्रेणी जिसमें e अथवा o आते हैं सबल वर्ग तथा जिसमें i, u, l, r अथवा शून्य आते हैं निर्बल वर्ग कहलाती है। संयुक्त-स्वरों में भी क्रम-बद्धता मिलती है:

बली वर्ग	निर्बल वर्ग
e : o	(nil) शून्य
ei : oi	i
eu : ou	u
em : om	m
en : on	n
er : or	r
el : ol	l

१ मेरींजर Indogermanische Sprachwissenschaft पृ० ८८ ff.

२ फ्रांस और इंगलैण्ड में भारोपीय नाम अधिक पसन्द नहीं किया जाता। आगे (पूरी पुस्तक में) भारत जर्मनिक=भारोपीय।

उदाहरण —

ग्री०[1]	péda	pôda	épíbda
ग्री०	eídomai	oída	íděin
	—	वे॑द	विद्म॑
	patéres	apátorěs	patrŏs
पित॑र:	त्व॑त्पितार:	T. S.	पित्रा॑, पितृ॑षु
phérō		phorós	díphrŏs
भ॑रे		बभा॑र	(इर्व) भ्र, बिभ्र॑ति, भृति:
est		sunt	
अस्ति		सन्ति	(जहाँ 'अ' का लोप निर्बल क्रम है)
		प॑पात प॑प्तिम (क्लासिकल पेतिम)	
		न॑पात् नप्ती वैदिक	
		nepos	
ज॑नस्		जजा॑न	जज्ञे
gěnŏs		gégŏna	gígnŏmai
चत्वा॑र:		तुरीय॑	
		(कतुरीय के लिए)	

और भी :—

ए॑मि	इम॑:
दद॑र्श	ददृशु॑:
बिभ॑राणि	बिभृहि॑

संस्कृत में सम्प्रसारण कहलानेवाले परिवर्तन इसी वर्ग के अंतर्गत आते हैं। सं० वैयाकरण उपर्युक्त अवश्रुति से परिचित थे। इसी कारण कुछ आधुनिक विद्वान् इस अवश्रुति[2] को केवल सम्प्रसारण कहते हैं।

---

१ वाकरनागल Altindische Grammatik I ६१ ff.

२ अवश्रुति=नियमित स्वर-क्रम-बद्धता। डा० सुनीतिकुमार चटर्जी ने Ablaut के लिए Indo-Aryan and Hindi (१९४२) में अपश्रुति प्रयुक्त किया है। इधर इसके लिए अवश्रुति शब्द का प्रयोग होने लगा है। अंग्रेजी में अपश्रुति के उदाहरण हैं: Sing–Sang–Sung, Song। यहाँ बली क्रियाओं में काल-परिवर्तन सूचित करने के लिए स्वर में परिवर्तन है। इसी-प्रकार अंग्रेजी में बहुवचनों की रचना में भी यह नियम लागू होता है man, men; mouse, mice; goose, geese; foot, feet तथा money,

य, व, र का परिवर्तन इ, उ, ऋ में; यँष्टवे, यज्ञ का इष्ट में; वँक्तवे का उक्त में; ग्रँभे का गृभे, गृहीत में; सुष्वाप का सुषुप्वांस् में; वँष्टि का उष्मसि में; स्वँप्नः का ग्री० húpnōs, प्राचीन स्लैवोनिक sûnû; तथा वँचंस् का परिवर्तन उल्का में हो गया ।

आघात से प्रभावित सम्प्रसारण के अन्य उदाहरण ये हैं--वँक्षस्, उक्षा, उक्षति; अवस्रन्, उस्र, उर्षस्; वँरीयस्, वँरिष्ठ, उरु; (सं) वत्सरं ग्री० fétes, परुत् pĕrusi स्वधा, स्वँधित, क्ला० (सु) सुधा, राँजि, रँजिष्ट, ऋन्, ऋञ्जति; प्रँथति, पृथिवी, पृथु; चत्वाँरः चतुरः; श्वँन् शुनः ।

वाकरनागल[1] ने आघात से प्रभावित अवश्रुति के बहुत से उदाहरण दिए हैं।

(३) गुण और वृद्धि की प्रक्रिया (जिसके अनुसार एक ही धातु में उसके अर्थ अथवा रचना के प्रकार के अनुसार कभी इ, उ, ऋ और लृ अथवा य्, व्, र्, ल्, कभी ए, ओ, अर्, अल् और कभी ऐ, औ, आर्, आल् मिलता है) हमारे वैयाकरणों को भली-भाँति ज्ञात थी।

भाषा-विज्ञान वेत्ताओं ने भी मूल-भारत-जर्मनिक भाषा में इसके अस्तित्व को स्वीकार किया और सम्प्रसारण के साथ ही उन्होंने इसे अवश्रुति नाम से अभिहित किया। गुण अथवा वृद्धि और अमिश्र अथवा मूलस्वर में परिवर्तन प्रायः आघात पर ही निर्भर करता है। और यह एक प्रकार से एक सामान्य नियम है कि धातु के उस अक्षर में जिस पर बलाघात हो गुण होता है, तथा बलाघात से पूर्व के अक्षर में केवल अमिश्र या मूलस्वर मिलता है।

एँमि, एँषि, एँति; इमः, इथ, यँन्ति, आप्नोँमि, आप्नोँषि, आप्नोँति, आप्नुमँ, आप्नुथँ, आप्नुवँन्ति; ददँर्श, ददँर्शिथ, ददँर्श, ददृशिमँ, ददृशँ, ददृशुः; वँर्धायः वृधाय; द्विँद्वेष; दिद्विँष ।

उस निर्बल रूप (जिसमें ऋ पर स्वराघात हो जैसे वृँक) के समान कुछ अपवादों के विषय में यह कहा जा सकता है कि वे कुछ तो सम्बद्ध रूपों के स्वर के स्थानान्तरण के कारण हैं तथा कुछ आघात के स्थान-परिवर्तन के कारण।

---

mint; book, beech; doom, deem; brother, brethren का उदाहरण रोचक है, क्योंकि इसमें वस्तुतः दोहरा बहुवचन है। भारोपीय में अपश्रुति के दो प्रकार हैं (१) गुणीय (२) परिमाणीय। सं० वैयाकरणों ने गुण, वृद्धि और सम्प्रसारण के रूप में केवल परिमाणीय अपश्रुति का उल्लेख किया है।

१ वाकरनागल Altindische Grammatik पृ० ६४

ये सिद्धान्त कि, मूलस्वर के गुण का भी कुछ योगदान था अथवा कि यह परिवर्तन प्रत्ययों के कारण हुआ केवल पुराविद् की दृष्टि से ही रोचक है।

(४) किसी शब्द के किसी अक्षर में अन्य अक्षर के प्रभाव के कारण भी स्वन-परिवर्तन होता है। लै० quinque के पहले अक्षर में कंठ्य-ओष्ठ्य विशेषता अन्तिम अक्षर के प्रभाव के कारण है।

सं० श्वश्रू: का आदि श् दूसरे श् के कारण आया है जैसा कि लै० Socer, प्राचीन उच्च जर्मन Swigar जैसे शब्दों से प्रकट है। पहला उदाहरण एक पूरे अक्षर के दूसरे पर प्रभाव का है। मूल या अमिश्र ध्वनियाँ अन्य अमिश्र या मूल ध्वनियों को प्रभावित करती हैं, जैसे ग्रीक में ei जो ee हो जाती है=ē, ou, oo=ō। स्वर, स्वरों को प्रभावित करते हैं, जैसे गॉथिक gasti के लिए प्राचीन उच्च जर्मनिक gesti में i ने a को प्रभावित किया है, और व्यंजनों को भी जैसे ग्रीक si जो ti से निकला है; एवं ग्रीक te, भारत-जर्मन qwe में भी। quo में o कंठ्योष्ठ को ओष्ठ्य बना देता है और वह po बन जाता है। व्यंजन भी व्यजनों को प्रभावित करते हैं जैसे ग्रीक में opma के लिए omma; सं० ऊर्णा, लिथु० vilna, गॉथि० wulla, जर्मन wolle।

ये स्थानाश्रित परिवर्तन कहलाते हैं।

(५) समीकरण :—हम केवल गॉथिक gasti में प्राचीन उच्च जर्मन gesti, स्वप्न से सुविण के माध्यम से प्रा० सिविण और pinque से लै० quinque में होने वाले परिवर्तनों का विवेचन करेंगे। ये समीकरण द्वारा होने वाले परिवर्तन कहलाते हैं। यह समीकरण दो प्रकार का होता है (अ) पुरः समीकरण—जब पूर्ववर्ती ध्वनि अथवा अक्षर पश्चवर्ती ध्वनि अथवा अक्षर को प्रभावित करता है। उदाहरणतः स्तृणोति जिसमें पूर्ववर्ती ऋ ने मूलदंत्य 'न' को प्रभावित करके मूर्द्धन्य ण् में बदल दिया है। पाणिनि[1] इससे परिचित थे। उन्होंने 'रषाभ्यां नो णः समानपदे' सूत्र में इसे नियमबद्ध कर

१ पाणिनि का जन्म सालातुर (आधुनिक लाहौर) में हुआ था तथा उनकी शिक्षा तक्षशिला में हुई थी। ये दोनों उदीच्य क्षेत्र में थे जहाँ संस्कृत के लोक प्रचलित रूप (अथवा भाषा) जो मूल की तुलना में विकृत था, का प्रचार था। पाणिनि ने आर्य भाषा की क्लासिकल संस्कृत को नियमबद्ध किया, जिसका लगभग ३ हजार वर्षों तक बोलबाला रहा। उनका समय संभवतः ५वीं शताब्दी ई० पू० था क्योंकि वे ईरानियों और यूनानियों से परिचित थे— सं०

दिया है। जैकोबी[1] जैसे प्राकृत विद्वानों ने भी इसे मान्यता दी है।

सं० चक्र से प्रा० चक्क (मरा० चाक) में भी पुरोगामी समीकरण दिखाई पड़ता है। वज्र से वज्ज, चत्वर से चच्चर, सपत्नी से सवत्ती (मरा० सवत) आत्मन् से अत्ता (अप्पा भी), मुक्क-मुक्त, वेरग्ग-वैराग्य, अग्नि से अग्गी (मरा० आग) तक्र से तक्क (मरा० ताक) व्याघ्र से वग्घ (मरा० वाघ) गर्भ से गब्भ (मरा० गाभा, गाभण) रूप में प्राकृतों पर इस नियम का व्यापक प्रभाव दिखलाई पड़ता है।

(आ) पश्च समीकरण—जब कोई पश्चवर्ती ध्वनि अथवा अक्षर पूर्ववर्ती ध्वनि अथवा अक्षर को प्रभावित करके उसे अपनी विशेषता प्रदान करता है। उदाहरणार्थ लैटिन octo, victorio एवं pinque के लिए इता० otto, vittorio quinque, सं० कार्य के लिए प्राकृत कज्ज (मराठी काज) जहां 'र' (जिसका तालव्यीकरण हो गया है) 'य' में अपना रूप मिला देता है। मूल स्वशुर से सं० श्वशुर (जैसा कि ग्रीक hekurós लैटिन socer गॉथिक swaihra आदि से प्रकट है) सं० श्मश्रू, प्राचीन आयरिश smech; छिद्+न और अद्+न से छिन्न अन्न, पश्चगामी समीकरण के अन्य उदाहरण हैं। इसीप्रकार स्वप्न से सुविण के माध्यम से प्राकृत सिविण, इक्षु से उच्छ (मराठी ऊस), सार्थ से सत्थ।[2]

इस तथ्य की व्याख्या में विशेष कठिनाई नहीं है। यद्यपि कोई शब्द अथवा वाक्य उच्चारण-चेष्टाओं के अनुक्रम से उत्पन्न किया जाता है, तो भी जहाँ तक बोलने वाले का सम्बन्ध है ज्योंही शब्द अथवा वाक्य के उच्चारण का आरम्भ करता है, उसकी चेतना में समग्र आ जाता है।

उसे ध्वनि एवं उसके अर्थ, दोनों का बोध एक साथ घटित होने वाली क्रिया के रूप में होता है। इसीकारण समीकरण के समय प्रक्रिया कुछ इसप्रकार की होती है।

कोई विशिष्ट-ध्वनि-विचार, जो किसी अन्य ध्वनि-विचार से कुछ उत्कृष्ट होता है, उसका स्थान ग्रहण कर लेता है। इसप्रकार उच्चारण सम्बन्धी चेष्टा जो पहले वाले के अनुरूप है उस दूसरे का स्थान ले लेती है।

प्राकृतों के लिए बोलेनसन ने समीकरण का एक नियम बनाया है, जिसके अनुसार सं० मृग-तृष्णिका से मिअतिण्हिआ अथवा मअतण्हिआ, हो जाएगे। अर्थात् यदि तृष्णा, प्राकृत में तण्हा में परिवर्तित हो तो उसके पूर्व के 'मृग' शब्द में समीकरण द्वारा 'अ' आ जाएगा, किन्तु यदि तिण्हा में परिवर्तित

१ याकोबी, Erzahlungen in Māhārāṣṭrī p. xxxi.

२ अंग्रेजी से उदाहरण हैं God+sib=Gossip; ad+sedere=assize. सम्पादक

हो तो 'मृग', 'मिअ' हो जाएगा। यद्यपि पिशेल ने यह ठीक ही कहा है कि इसको अधिक महत्व नहीं दिया जा सकता क्योंकि वैयाकरणों एवं मूलपाठ में कभी कोई रूप मिलता है तो कभी कोई। उदाहरण के लिए मृगांक से निकले हमें दो रूप, मअंक, मिअंक, तो मिलते ही हैं साथ ही तीसरा रूप मियक भी मिलता है। मृग के लिए मग रूप भी मिलता है, किन्तु मृगया के लिए मिअआ, अन्य के लिए अण्ण और कल्य के लिए कल्ल अन्य उदाहरण हैं।

(६) विषमीकरण—समीकरण का उलटा विषमीकरण है। कभी-कभी स्वभावतः दो समान ध्वनियाँ किसी एक के विस्थापन अथवा परिवर्तन द्वारा साथ आने से बचाई जाती हैं। यह भी समीकरण की भाँति ही पुरः और पश्च दोनों प्रकार का हो सकता है।

हमारी प्राकृतों में दूसरे प्रकार का समीकरण पर्याप्त मात्रा में मिलता है, जैसे, मउड, सं० मुकुट, गरुअ (उदाहरणार्थ गरवी गुजरात)—गुरुक, नेउर-नूपुर, पुरिस-पुरुष, नांगल, मराठी नांगर-लांगल; therter के लिए ग्रीक (theleter), cerebrum के लिए लैटिन celebrum। पुरःविषमीकरण के उदाहरण हैं:—वघ्र के लिए वैदिक व्रध्र; phratria से ग्रीक phatira नपात् के चतुर्थी बहुवचन नब्द्भ्यः से नद्भ्यः; स्था से तिष्ठति, तस्थौ; स्कन्द् से चस्कन्द। वस्तुतः ये सभी संयुक्त व्यंजनों के अभ्यस्त (reduplicative) रूप हैं।[1]

यह रोचक है कि लैटिन में अभ्यस्त अक्षर में पूरा संयुक्त व्यंजन मिलता है। उदाहरणतः तिष्ठति, तस्थौ के विपरीत लैटिन में spondere के लिए spopondi, stare के लिए steti, scindo के लिए scicidi है। फिर भी यह विषमीकरण के नियम से अछूता नहीं है। यही तथ्य किंचित् परिवर्तन के साथ ग्रामीण मराठी के अतिशयताबोधक में दिखाई पड़ता है जैसे क्लासिकल मरमरून से म-मरून, क्लासिकल मारमारून से मा-मारून। निस्सदेह, घे-घेऊन, खा-खाऊन जैसे रूपों ने, जिनमें एकाक्षर का नियमित अभ्यास मिलता है, म-मरून जैसे रूपों को अवश्य प्रभावित किया होगा। वाक्यों में शब्दों के अथवा धातुओं या प्रातिपदिकों और प्रत्ययों के सम्बन्ध—जिसे संधि कहते हैं—के विषय में कुछ कहने की आवश्यकता नहीं। संस्कृत के विद्यार्थी इससे पूर्ण परिचित हैं। संस्कृत में हमें संधि के कारण एक प्रकार का समीकरण प्राप्त होता है जैसे हरि+इच्छा=हरीच्छा, अथवा जगत्+जीर्णता=जगज्जीर्णता।

---

१ अंग्रेजी opposal, puzzle, poser; मूल cinnamom के लिए cinnamon और मोम के लिए मराठी मेण—सपा०

प्रस्तुत विषय के इस अंग को समाप्त करने से पूर्व हमें स्वन की कुछ अन्य प्रक्रियाओं का भी विवेचन करना होगा, जिसके बिना यह प्रसंग अधूरा रहेगा।

(७) आदि निहिति--कुछ भाषाओं में कुछ व्यजनों के पूर्व कुछ स्वरों का आगम हो जाता है। उदाहरणार्थ ग्रीक में r, n, m, l जैसे वर्णों से आरम्भ होने वाले शब्दों के पूर्व e आता है; जैसे संस्कृत रुधिर, लैटिन ruber, जर्मन roth, अंग्रेजी red, प्राचीन आयरिश ruad किन्तु ग्रीक eruthrós; सं० रंज: गॉथिक riquis, ग्रीक hérebos; सं० लघु, लैटिन levis, किंतु ग्रीक elakus; सं० नृ, ग्रीक anér, जर्मनिक melken, लैटिन mulgeo; किन्तु ग्रीक amélgō; सं० नख, ग्रीक ónuch; नामन्, ग्रीक onoma।

संस्कृत स्त्री से प्राकृत इत्थिया, इत्थी, भी इसके अच्छे उदाहरण हैं। पंजाब और उत्तरप्रदेश में लोग अब भी इस्त्री, इस्कूल बोलते हैं। ग्रामीण कुणबी मराठी में स्नान के लिए अस्नान और स्त्री के लिए अस्तुरी है। संभवतः शब्दारभ में ऊष्मयुक्त सयुक्त व्यंजन का उच्चारण करने मे कठिनाई थी, अतः सतुलन के लिए उससे पूर्व स्वर का उच्चारण होने लगा। मुसलमान सदा स्कूल इत्यादि के लिए इस्कूल, इस्टेशन, इस्टांडर्ड, इस्पीक बोलते हैं। लैटिन Schola के लिए फ्रेंच ecole में भी यही बात दिखाई पड़ती है। इस प्रक्रिया को आदि निहिति कहते हैं।

(८) स्वरभक्ति—इसीप्रकार की एक अन्य प्रक्रिया है, जिसमें ऐसी ध्वनियों के मध्य में, जिनका उच्चारण करना कठिन होता है, स्वर का आगम हो जाता है; जैसे प्राचीन hêbdmos से ग्रीक hêbdomos। अंग्रेजी elm का उच्चारण वस्तुतः elem होता है। इसे स्वरभक्ति कहते हैं। ऋग्वेद की कुछ ऋचाओं में इन्द्र, त्र्याक्षर इन्दर है, इसीप्रकार दर्शन--दरशन है। इसका ग्रामीण भाषा में बहुत प्रचलन है जैसे मराठी में प्रकार के लिए परकार, भ्रम के लिए भरम, विप्र के लिए इपर। पृथ्वी और पृथिवी, सुवर् और स्वर, सुवर्ण और स्वर्ण, तो ऐसे उदाहरण हैं, जिनके दोनों रूपों का संस्कृत में प्रयोग मिलता है। १३वीं और १६वीं सदी ई० के मराठी शिलालेखों में धर्म के लिए धरम मिलता है, इसीप्रकार सं० क्लांत और स्निग्ध के लिए प्राकृत किलिन्त और सिणिद्ध। इसी प्रक्रिया का एक प्रकार वह है जिसमें भिन्न उच्चारण-स्थानों वाले दो व्यंजनों के मध्य में किसी व्यंजन का आगम हो जाता है। यह नया व्यजन वस्तुतः एक संक्रमणकालीन ध्वनि (transitional sound) होता है, जो जीभ को एक स्थान से दूसरे स्थान तक जाने में सहायता देता है। जैसे ग्रीक ándros-áner, मराठी तुम्बळ, सं० तुमुळ; कमल के लिए ग्रामीण मराठी कम्बल; सुन्दर,

वैदिक सं० सूनरी; ग्रामीण मराठी वान्दर, वानर; ताम्र के लिए मराठी ताम्बड़ा; हुम्बरी-तुम्बरी, कम्बर, अंबळ, तारांबळ, उबर। हणलें के लिए हण्टलें, म्हण्टलें आदि अन्य उदाहरण हैं। आम्र से आम्बा, ऊपर से ऐसा दीखता हुआ भी पुरः समीकरण के अन्तर्गत आता है।

(९) मध्य स्वर लोप—मध्य स्वरागम का उलटा मध्य स्वरलोप है। स्वर के लोप के लिए यह नाम प्रयुक्त होता है। अक्षर के लोप को अक्षरलोप या समाक्षर लोप कहते हैं। deksiteros के लिए लैटिन dexter, गम् से जग्मुः, ज्मा, ग्मा; राजन्+आ से राज्ञा। में अ का मध्य स्वर लोप है। भूम्ना, प्रेम्णा अन्य उदाहरण हैं। 'अपप्तत्' अ के मध्य स्वरलोप का एक विशिष्ट उदाहरण है। ग्रामीण मराठी पल्डा, वराल्डा हैं। संस्कृत कारकरूप और क्रियारूप में स्वरलोप के अनेक उदाहरण मिलते हैं।

(१०) समाक्षरलोप[१] (Haplology)—ब्लूमफील्ड ने Haplology नाम उस प्रक्रिया को दिया है, जिसमें साथ-साथ आने वाले दो समान अक्षरों में से एक का लोप हो जाता है। समाक्षरलोप के लिए यह आवश्यक है कि एक साथ आने वाले दो अक्षरों में एक ध्वनि समान हो, जैसे Semimodius से Semiodius; ग्रीक amphiphorús से amphoreús, शेव-वृधः से शेवृधः, जहीहि से जहि (हा=छोड़ना, त्यागना का विधिलिङ); शष्प+पिंजरः से शष्पिञ्जरः। इसीप्रकार गेलों-होतों के लिए ग्रामीण मराठी गेल्तो, वितस्ति के लिये मराठी वीत, गुराखी=गुरें+राखी; सुकें+केळें से सुकेळें।

(११) विपर्यय—ध्वनि-परिवर्तन में विपर्यय अत्यत महत्वपूर्ण कार्य करता है। विपर्यय वहाँ होता है जहाँ शब्द की दो ध्वनियाँ स्थान-परिवर्तन करती हैं। यह किसी शब्द की ध्वनियों अथवा उसके वर्णों का क्रम-परिवर्तन[२] है। आत्मा से 'आत्पा' होकर आप्त शब्द का निकलना पिशेल[३] के अनुसार विपर्यय का उदाहरण है। इसके स्पष्ट उदाहरण हैं महाराष्ट्र के लिए मरहट्ट (प्राकृत और क्लासिकल दोनों), मराठी, मरहाटें (प्रायः ज्ञानेश्वरी में); वाराणसी के लिये वाणारसी (अंग्रेजी शब्द बनारस का मूल); दीर्घ से (दी-

---

१ ब्रुगमैन Kurze VergleichendeGrammatik, p. 244

२ किसी वाक्य अथवा वाक्यांश में आने पर यह Spoonerism कहलाता है। ऑक्सफोर्ड डिक्शनरी में oiled bicycle के लिए boiled icicle दिया गया है। Many people think so के लिए Man thinkle peep so; beautiful church के लिए ceautiful birch और "missing my history lectures" के लिए "you are hissing my mystery lectures"—संपा०

३ Grammatik der Prakrit Sprachen पृ० १९२

रह होते) दीहर, हिन्दी दैर; पाहाणओ (मराठी वाहाण), सं० उपानहो; मराठी हळू, सं० लघु; ललाट, विषमीकरण द्वारा नलाट हो जाता है और फिर विपर्यय द्वारा नटाल-नडाल-निडाल जैसा कि आधुनिक मराठी निढल में दिखाई पड़ता है। जैसे निढळाचा घाम; बोलचाल की मराठी फाकट के लिये बोलचाल की मराठी फाटक; ग्रामीण मराठी पल्डा, वराल्डा; चिकटणे और चिटकणें, डोक्सें डोसकें, तिलक के लिये टिकला, मुहूर्त के लिये माहोतर। सं० प्रत्यभिज्ञान से पच्चहिआण के माध्यम से (जान पछान में पछान, सं० स्ना से ण्हा के माध्यम से) नहाणें; लखनऊ के लिये ग्रामीण हिन्दी नखलौ, संगमनेर के लिये समंगनेर, प्राकृत तण्हा (जो विपर्यय के कारण ही तृष्णा से बना है) से मराठी तहान।

(१२) लय और मात्रा के आश्रय से होने वाले परिवर्तन—नियमित परिस्थितिजन्य परिवर्तनों के दो अप्रधान वर्ग हैं—(१) लय के लिये किया जाने वाला परिवर्तन अर्थात् अंत्य अ का छद विषयक दीर्घीकरण जैसा कि वैदिक 'विदा मघवन् विदा' में दिखाई पड़ता है। (२) मात्रा-भेद से होने वाला परिवर्तन उदाहरणार्थ नित्य से निच्च के माध्यम से नीच। यहाँ मात्रा को सुरक्षित रखने के कारण प्रथम अक्षर का दीर्घीकरण हो गया है। इस नियम, मात्र नियम का प्राकृतों की ध्वनि-प्रक्रिया पर बहुत प्रभाव पड़ा है। पक्व से पिक्व के माध्यम से पीक बनता है; पृष्ठ-पट्ठ-पाठ, ऋक्ष-रिछ-रीस भी इसीप्रकार है। 'वितस्ति-वीत' समाक्षरलोप और मात्रा-नियम दोनों ही का सुन्दर उदाहरण है। एक अन्य उदाहरण है वातका—वत्तिआ—वात।

इनमें से कुछ ध्वनि-नियम पाणिनि से बहुत पहले के संस्कृत वैयाकरणों को ज्ञात थे। उदाहरणतः यास्क ने जिनका समय ७वीं शताब्दी ई० पू० रहा होगा, कुछ का अपने निरुक्त के दूसरे अध्याय में इसप्रकार उल्लेख किया है। (अ) अथाप्यस्तेर्निवृत्तिस्थानेषु आदिलोपो भवति स्तः सन्तीति। इसमे स्वराघात को ध्वनि-परिवर्तन के कारण के रूप मे स्वीकार किया गया है। (आ) अथाप्यन्तलोपो भवति गत्वा गतम् इति। यह योगात्मक परिवर्तन है। (इ) अथाप्युपधालोपो भवति जग्मतुर्जग्मुरिति। यह आधुनिक भाषा में मध्य स्वरलोप है। (ई) अथाप्यादिविपर्ययो भवति ज्योतिः घनः। यह अशतः समीकरण है और अशतः विषमीकरण। (उ) अथाप्याद्यन्तविपर्ययो भवति स्तोका रज्जुः सिकता इति। यह विपर्यय है। (ऊ) अथापि वर्णोपजनः आस्थत् भरूजा इति। यह मध्यस्वरागम है।

(१५) स्वन-नियम प्राकृतिक नियमों की भाँति निरपेक्ष नहीं—यदि हम ऐतिहासिक दृष्टि से किसी भाषा के स्वन-परिवर्तनों की व्याख्या उसके जीवन-क्रम की विभिन्न अवस्थाओं की परस्पर तुलना करते हुए करें तो हमें हजारों

नियम उपलब्ध होंगे। उदाहरणतः संस्कृत में तालव्य नियम है, जिसका विवेचन हम आगे करेंगे। इसके अतिरिक्त प्राकृतों में मात्रा-नियम है, जिसके अनुसार अक्षर की मात्रा को अक्षत रखने के लिए पूर्ववर्त्ती स्वर को दीर्घ कर दिया जाता है जब मूल संस्कृत शब्द का संयुक्त व्यंजन असयुक्त हो जाता है। हमें यह स्मरण रखना चाहिए कि ये नियम वैज्ञानिक नियमों की भाँति चिरन्तन और स्थिर नहीं हैं। जब हाइड्रोजन और ऑक्सिजन का एक निश्चित अनुपात में रासायनिक मिश्रण किया जाता है तो उनसे सदैव पानी ही बनता है। ऐसी निश्चित अनिवार्यता और अवश्यम्भावी परिणाम की बात स्वन-नियम के विषय में नहीं कही जा सकती। फिर भी पिछली शताब्दी के आठवें दशक में लेस्कीन द्वारा ज़ोरदार शब्दों में प्रतिपादित इस सिद्धान्त को कि ध्वनि-नियमों में अपवाद की कोई गुंजाइश नहीं होती, ग़लत नहीं समझना चाहिए। जहाँ भी स्वन-नियम के अपवाद होते हैं वे सकारण होते हैं। उदाहरणतः कुछ ग्रीक बोलियों में hoktó (उच्चारण hocto) रूप मिला जो सं० अष्टौ अथवा अष्टा, लैटिन octo, गॉथिक ahtau, जर्मन acht के अनुरूप नहीं था। इसके कारणों की खोज हुई और पता चला कि hoctó का महाप्राण heptá के सादृश्य के कारण आया। इस सादृश्य के कारण परिवर्तन का कारण यह था कि वक्ता की चेतना में ये दोनों शब्द पूर्णतः संबद्ध थे। इसप्रकार स्वन-प्रक्रिया या ध्वनि-परिवर्तन में सादृश्य एक प्रबल साधन या कारण के रूप में स्वीकृत हुआ। हम देख चुके हैं कि गॉथिक fadar जैसे शब्दों ने, जो ग्रिम-नियम के अपवाद प्रतीत होते थे, अध्येताओं का ध्यान खींचा और उनका सन्तोषजनक कारण ढूँढ लिया गया। किन्तु किसी ने इस बात को स्पष्ट करने की ओर ध्यान नहीं दिया कि प्रथम वर्ण-परिवर्तन घटित ही क्यों हुआ। इसप्रकार जहाँ स्पष्ट अपवादों के कारणों की खोज हुई और उन्हें स्वीकार किया गया, वहाँ सामान्य नियमों का निर्धारण ध्वनि-परिवर्तन के सामान्य कारणों द्वारा ही हुआ।

(क) स्वन-परिवर्तन के कारणों की आवृत्ति :—सामान्यरूप से स्वन-परिवर्तन का प्रसंग आने पर प्रायः वे ही कारण दिए जाते हैं, जिनका कि पूर्ववर्ती भाग में उल्लेख किया गया है। दैनिक सम्पर्क में होने वाला आदान-प्रदान, जो पॉल के शब्दों में verkehr अथवा usus है, तथा जिसके कारण कोई भी भाषा-सामग्री अक्षत नहीं रहने पाती, उच्चारण का आधार, अर्थात् किसी विशेष समुदाय के भाषण-अवयवों की विशिष्ट स्थिति और बनावट, जो कुछ कारणों के परिवर्तनों के लिए शारीरिकरूप से उत्तरदायी है, गत्य इन्द्रियानुभूतियाँ (motory sensations) जो स्वभावतः ही एक ही भाषा-समुदाय के दो व्यक्तियों में भी समान नहीं हो सकतीं, ये सभी आन्तरिक कारण तथा सामाजिक, राजनैतिक, धार्मिक उथल-पुथल, विजय,

देशान्तरगमन, व्यापारिक तथा अन्य सम्बन्धों के कारण सम्पर्क एव भाषा-मिश्रण जैसी बाह्य परिस्थितियाँ संक्षेप में ध्वनि-परिवर्तन के लिए सामान्यरूप से उत्तरदायी है ।

परन्तु कुछ भाषा-विज्ञानवेत्ता इस साधारण उत्तर से संतुष्ट नहीं हैं । ओर्टल[1] ने प्राय: असतोष के स्वर में प्रश्न किया है, 'स्वय स्वन-नियम की क्या स्थिति है ?' क्या उसकी सकारण व्याख्या आवश्यक समझी जाती है ? कदापि नहीं । स्वन-नियम की मान्यता उसकी कारणसहित व्याख्या पर नहीं वरन् उसकी सापेक्षिक सार्वभौमिकता पर आधारित है । कहने का अभिप्राय यह है कि कोई विशेष स्वन-परिवर्तन बहुत व्यापकरूप से दिखाई पड़ता है और उसे स्वन-नियम का नाम दे दिया जाता है । यह प्रश्न उठाया ही नहीं जाता कि ऐसा परिवर्तन क्यों हुआ । केवल अपवादों के विषय में ही हम कारण सहित व्याख्या की आवश्यकता का अनुभव करते हैं । यह विवेचन करने के पश्चात् कि किस प्रकार ब्रुगमान और अन्य विद्वान् संसर्ग अर्थात् सादृश्य रूपों के कारण होने वाले यत्रवत् स्वन-परिवर्तन में भेद करते थे, (जिन परिवर्तनों की व्याख्या अन्य विद्वानों ने "शारीरिक" और "मानसिक" कारणों, द्वारा की है); उन्होंने 'स्वन-नियम' नाम रखे जाने के द्विविध परिणामों की ओर ध्यान दिलाया है ।

'इसका हितकर परिणाम यह हुआ कि इससे स्वन-विचार सम्बन्धी अनुसंधान की ठोस वैज्ञानिक पद्धतियों का प्रचलन हुआ ।' परन्तु, इसका घातक परिणाम भी हुआ । उन्होंने इस प्रसंग में प्रसिद्ध दार्शनिक यूकेन (Eucken) के शब्दों को उद्धृत किया है, "नियम शब्द के व्यापक प्रयोग से अत्यन्त जटिल समस्याएं ऐसी प्रतीत होती हैं मानों वे बहुत सरल हों और उनके अधिक विश्लेषण की आवश्यकता न हो ।"

ओर्टल ने इस प्रसंग में एक दुहरी समस्या का उल्लेख किया है: स्वन-परिवर्तनों में मिलने वाली एकरूपता की मात्रा क्या होती है तथा उस एकरूपता का कारण क्या होता है । ध्वनि-परिवर्तन की एकरूपता का कारण प्राय: बहुत से व्यक्तियों के उच्चारण में एक ही साथ एक ही दिशा में परिवर्तन हो जाना माना जाता है । ओर्टल इस बहु-प्रचलित मत की आलोचना करते हुए कहते हैं कि यह मान्यता तीन मूलभूत भ्रान्तियों पर आधारित है : (१) भाषिक तथ्यों को सामाजिक उत्पत्ति न मान कर वैयक्तिक मानना, (२) समाज में होने वाले पारस्परिक आदान-प्रदान में केवल परिवर्तन-विरोधी कारणों को

१ Lectures on the Study of Language, पृ० २६०

देखना, जबकि वास्तव में सामाजिक सम्पर्क और तज्जन्य अनुकरण भी परिवर्तन के मूल में होते हैं, (३) परिवर्तन के उद्भव और उसके प्रसार में भेद न कर पाना।

उपर्युक्त दूसरी समस्या का उन्होंने एक मात्र ठोस समाधान प्रस्तुत किया है, और वह है, अत्यधिक महत्व, जो वे सामाजिक अनुकरण को अनुचित रूप से देते हैं। वस्तुतः ह्विटनी, पॉल और ब्रुगमान जैसे प्रख्यात भाषा-विज्ञान के वेत्ताओं ने, जिन्होंने अनुकरण को उचित महत्व दिया, कभी इस बात से इन्कार नहीं किया।

इसके अतिरिक्त, यह भी उतना ही सामान्य कारण है, जितने कि अन्य लोगों द्वारा दिए गए स्वन-परिवर्तनों के कारण; यों ओर्टल ने जर्मन-वर्ण-परिवर्तन के कारण की खोज करते हुए विशिष्ट कारण देने का प्रयास किया है। स्वन-परिवर्तन के व्यक्तिगत कारणों पर विचार करते हुए और अनेक कारणों – जैसे निष्कर्मण्यता अथवा व्यर्थता के सिद्धान्त को असंतोषजनक बताते हुए, उन्होंने उच्चारण की शीघ्रता को परिवर्तन के एक कारण के रूप में कुछ महत्व दिया है। उनका कथन[1] है, "यह (शीघ्रता) भी एक प्रत्यक्ष कारण है जिससे उन शब्दों में जो प्रायः प्रयोग में आते हैं, स्वन-परिवर्तन हो जाते हैं, किन्तु जिनका प्रयोग अपेक्षाकृत कम होता है अपेक्षाकृत अधिक धीमे उच्चरित किए जाते हैं।" यों ओर्टल के 'इस कारण' से हम सहमत नहीं भी हो सकते, क्योंकि किसी ऐसे शब्द के प्रयोग की आवृत्ति (frequency) जो पहले ही सीखा जा चुका है, और स्मृति में सुरक्षित है, उसके उच्चारण के लिए आवश्यक समय को प्रत्यक्षरूप से प्रभावित नहीं कर सकती। उनका यह कहना ठीक है कि हमारे पास यह मानने का कोई आधार नहीं है कि, कई भाषाओं में समय के साथ-साथ बोलने की गति की मात्रा में वृद्धि हो गई। उन्होंने प्रायः क्षमा-याचना करते हुए एक अन्य सम्भव[2] कारण दिया है, जो इस परिवर्तन के लिए प्रत्यक्षतः उत्तरदायी हो सकता है। वह कारण है "निकलने वाले प्रवाह की शक्ति में वृद्धि।" यदि हम यह मान लें कि ऐसा सचमुच उस समय घटित हुआ था तो यह एक अच्छा कारण हो सकता है। परन्तु शाश्वत 'क्यों' फिर भी बना रहता है। केवल जर्मनिक जातियों ने ही निकलने वाले प्रवाह की शक्ति में वृद्धि करना आवश्यक क्यों समझा? क्या यह देश की जलवायु थी या सामान्य वातावरण जिसके कारण उन्हें ऐसा करना पड़ा? अथवा कोई शारीरिक असमर्थता थी जिसके कारण वे ऐसा करने को विवश हुए। ठीक वैसे ही जैसे दक्षिणी अमरीका के अबीपोनियों

१. वही पृ० २०९
२. वही पृ०२१३

के विषय में कहा जाता है कि उनकी भाषा में ओष्ठ्य ध्वनियाँ नहीं थीं, क्योंकि वे अपने ओठों को बन्द करने में असमर्थ थे।

१६. साहचर्य का महत्व:—वे शब्द जिनको हम दूसरों को बोलते सुनते हैं अथवा स्वयं बोलते हैं, हमारे मन में किसी पृथक् रूप[2] में सुरक्षित नहीं रहते; अपितु वे जैसे ही सुनाई पड़ते हैं, मस्तिष्क में एक दूसरे को आकर्षित करते हैं और उनके कई वर्ग बन जाते हैं। ये वर्ग और भी बड़े वर्गों का निर्माण कर लेते हैं। किन्तु यह नहीं समझना चाहिए कि ये वर्ग स्वयं परस्पर सम्बद्ध नहीं होते। उनका आपस में अंतर्गमन होता रहता है। इस प्रकार साहचर्य के एक जाल की रचना हो जाती है, जिससे व्यक्ति के लिए यह सम्भव हो जाता है कि वह जो कुछ सुनता है, उसमें से अधिकांश को स्मरण रख सके, तथा जो कुछ सीखता है, उसका पुन: स्मरण कर सके और साथ ही नए शब्दों और रूपों की रचना में भी उनसे सहायता ले सके।

मस्तिष्क में यह विचारों का साहचर्य या शब्दों की छाप ही सादृश्य पर आधारित सारी संरचना का आधार है। यह सादृश्य पर आधारित संरचना भाषा-परिवर्तन का दूसरा महत्वपूर्ण प्रकार है।

मनोविज्ञान के एक प्रयोगात्मक विज्ञान—जिसकी सत्यता की परीक्षा की जा सके—के रूप में स्वीकृत होने से पूर्व भाषा का कोई भी ऐसा परिवर्तन, जिस के लिए कोई कारण नहीं मिलता था, अपवाद एवं अबोध्य माना जाता था। यदि कोई विशिष्ट रूप अथवा रूपों का समूह किसी मान्य स्वन नियम के विरुद्ध जाता प्रतीत होता तो केवल अपवाद के रूप में उसे छोड़ दिया जाता था। यहां तक कि ज्यों-ज्यों भाषा-विज्ञान ने प्रगति की, अपवादों की संख्या, जिनके लिए कोई कारण नहीं दिया जा सकता था, बढ़ती गई। और ऐसी आशंका होने लगी कि अब इसे 'विज्ञान' नाम का अधिकारी नहीं माना जा सकता, परन्तु पिछली शताब्दी के आठवें दशक के आस-पास नए भाषा-विज्ञानविदों—ब्रुगमान, ऑस्थफ एवं अन्य— का एक दल उठ खड़ा हुआ जो साहस के साथ तथाकथित अपवादों का समाधान लेकर आगे आया। उन्होंने साहचर्य पर आधारित सादृश्य को भाषा के विकास की प्रक्रिया में सिद्धान्त के रूप में स्वीकृत किए जाने के दावे को निश्चयात्मक रूप से सिद्ध किया। इस अनुसंधान के जोश में उनमें से कुछ आवश्यकता से अधिक आगे बढ़ गए और वे मान्य नियम के विरुद्ध किसी भी अपवाद को सादृश्य के कारण होने वाला मानने लगे। उनके उत्साह के ठंडा होने पर भी यह तथ्य तो बना रहा कि

२. Paul, Prinzipien der Sprachgeschichte पृ० १०६

किसी भाषा की ध्वनि-प्रक्रिया, रूप-रचना वाक्य-गठन एवं अर्थ में होने वाले बहुत से व्याघातों के पीछे सादृश्य के इस मनोवैज्ञानिक सिद्धान्त का हाथ होता है। इसे कुछ समय तक मिथ्या-सादृश्य भी कहा गया। भाषा-सामग्री का ध्वनि अथवा अर्थ, अथवा दोनों के कारण निर्मित विभिन्न वर्गों में होने वाला साहचर्य सारे सादृश्यमूलक परिवर्तन का आधार है।

अतः भाषा के इस पक्ष को अधिक अच्छी तरह जान लेना श्रेयस्कर होगा, क्योंकि एक शब्द अथवा वाक्यांश द्वारा दूसरे शब्द अथवा वाक्यांश में अथवा एक शब्द के किसी रूप द्वारा उसी शब्द के दूसरे रूप में किया जाने वाला सादृश्याधारित व्याघात "किसी न किसी प्रकार के साहचर्य-मूलक सम्पर्क के बिना असम्भव है।"[1] यों यह भी ध्यान में रखने योग्य है कि इसका उलटा सदैव सत्य नहीं होता। "संसर्ग" अपने विस्तृततम रूप में जैसा कि ओर्टल ने कहा है "किसी चेतन तत्त्व द्वारा एक अथवा अधिक मानसिक तत्त्वों का, जो चेतना से निकल चुके हैं, चेतना में पुनःस्मरण है"। साहचर्य प्रत्यक्ष अथवा अप्रत्यक्ष होता है। भाषा-विज्ञान में प्रायः प्रत्यक्ष साहचर्य मिलता है। इसे ध्वनि-साहचर्य और अर्थ-साहचर्य इन दो में विभाजित किया जाता है। पहला, ध्वनि-प्रक्रिया, रूप-रचना और वाक्य-गठन में सादृश्यमूलक व्याघातों या गड़बड़ियों का आधार है और दूसरा, अर्थ के व्याघातों का। ओर्टल ने कार्यविषयक साहचर्य (functional association) के एक तीसरे वर्ग की कल्पना की है क्योंकि कुछ सादृश्यमूलक व्याघात पहले दो के अन्तर्गत ठीक से नहीं आ सकते। उदाहरणार्थ 'S' जिसे 'Sometimes' जैसे कुछ क्रिया-विशेषणों ने 'always' 'lengthways' (wise), 'sideways' जैसे संज्ञा-क्रिया विशेषणों के सादृश्य पर ग्रहण कर लिया है, इन शब्दों के ध्वनि अथवा अर्थ के साहचर्य के कारण नहीं है वरन् कार्य के साहचर्य के कारण है, अर्थात् ये सब क्रिया-विशेषण हैं।

सादृश्य-मूलक परिवर्तन, ध्वनि-परिवर्तन की भाँति पूरी भाषा के उच्चारण को प्रभावित नहीं करता। यह मुख्यतः शब्द-रचना, रूप-रचना, वाक्यांश-रचना, और शब्दों के अथवा शब्द-वर्गों के अर्थ को प्रभावित करता है। अर्थ पर प्रभाव के सम्बन्ध में अर्थ-परिवर्तन के विवेचन के समय विचार किया जाता था। ध्यान दीजिए यहाँ हमने जान-बूझकर 'पूरी भाषा' का प्रयोग किया है, क्योंकि सादृश्य के कारण विरल ध्वनि-परिवर्तन ही होते हैं, जैसे कि ग्रीक में épetai जो étetai होना चाहिए था। उसमें p épomai जिसमें कि 'p' नियमानुरूप है, के सादृश्य पर है। द्विवचन वाचो एवं बहुव० वाचः अनियमित

१. Oertel, Lectures on the Study of Language, पृ० १५०

हैं क्योंकि वाकौ और वाकः होना चाहिए। ये वाचौ, वाचः 'वाचम्' (जिसमें 'च' नियमानुकूल है) के सादृश्य पर बने हैं।

(१) शब्दरचना में सादृश्यमूलक परिवर्तनः–ऊपर उद्धृत 'Sometimes' उदाहरण के रूप में लिया जा सकता है। Always जैसे क्रियाविशेषणों के 's' को रचनात्मक तत्त्व समझा गया और वहाँ से पृथक् करके 'sometimes' जैसे शब्दों के साथ भी उसका प्रयोग होने लगा जो कि स्पष्टतया ही क्रियाविशेषण हैं।

ऋतस्पति और रथस्पति के विषय में भी यही कहा जा सकता है। इनका 'स्', बृहस्पति, जास्पति, ग्नास्पति, (जहां स् इन शब्दों— जो समास बन गए हैं—की षष्ठी विभक्ति के रूप में नियमानुकूल हैं,) के सादृश्य पर आया है। इसे ऐसा पृथक् रचनात्मक तत्त्व समझा गया जिसे अलग किया जा सके, और इस प्रकार यह रथ ऋतु जैसे शब्दों में जहां नियमतः इसे नहीं होना चाहिए, लगा दिया गया।

एकादश पर भी यही बात लागू होती है। इसमें क का 'अ' द्वादश के सादृश्य पर दीर्घ हो गया है। द्वादश का दीर्घ 'आ' द्विवचन होने के कारण नियमानुकूल है। किन्तु बाद में वह अर्थ समाप्त हो गया और इसका प्रयोग एकादश के साथ भी किया जाने लगा। heptákis के सादृश्य पर ग्रीक hoktàkis से भी वही द्योतित होता है। बाद के दोनों उदाहरण कार्य विषयक साहचर्य के न हो कर सम्पर्क द्वारा होने वाले साहचर्य के हैं, क्योंकि एकादश और द्वादश, heptá और hoctó वक्ता के मस्तिष्क में आपस में घनिष्ठ रूप से सम्बद्ध रहते हैं। यही बात तब भी देखने में आती है जब बच्चा गिनती दोहराते समय एकावन, बावन, के सादृश्य पर त्रेपन, चौवन के स्थान पर तेवन चौवन कहता है। एकावन और बावन से बच्चा यह सोचता है कि दूसरा भाग 'वन' ही वह अंश है, जो दुहराया जाता है और इसप्रकार परवर्ती रूपों के साथ उसे जोड़ देता है। एक अन्य परिवर्तन, बल्कि गलती, जिसका हमें पता चलता है, एकावन से अट्ठावन और एक्याण्णव से अट्ठ्याण्णव की दो दशकों की भ्रान्ति है, जिसके कारण बालक अनजाने ही पञ्चावन के स्थान पर पञ्चाण्णव कहने लगता है। यह साहचर्य के बाधक प्रभाव के कारण है। यहां साहचर्य ध्वनि का है जिसमें विपर्यय का योग है। दूसरा रोचक उदाहरण 'अग्नामरुतौ' समास है। यह अनियमित है क्योंकि यहां अग्निमरुतौ अथवा अधिक से अधिक 'इ' के दीर्घीकरण सहित अग्नीमरुतौ होना चाहिए। यह इन्द्रामरुतौ जैसे रूपों द्वारा उत्पन्न सादृश्यमूलक व्याघात के कारण है। स्वय इन्द्रामरुतौ भी संभवतः इन्द्राग्नी (जिसमें दीर्घ आ उचित है) के कारण है, उदा-

हरणतः द्यावापृथिवी । 'पाश्चिमात्य' शब्द, जो शुद्ध 'पाश्चात्य' के स्थान पर मराठी में मान्य होता जा रहा है, दाक्षिणात्य के साहचर्य के कारण है।

(२) कारकरूप और क्रियारूप में सादृश्यमूलक विकार :—सादृश्यमूलक विकार या परिवर्तन के लिए बड़ा व्यापक क्षेत्र है, क्योंकि एक शब्द के रूप केवल उसी शब्द के अन्य रूपों को ही प्रभावित नहीं करते बल्कि अन्य शब्दों के रूपों को भी प्रभावित करतेहैं ।

(अ) अकारान्त स्त्रीलिंग सज्ञाओं के करण, संप्रदान, सम्बन्ध और अधिकरण रूप ईकारान्त संज्ञाओं के सादृश्य पर बनाए जाते हैं। अतः देव्या, देव्यै, देव्याः, देव्याम् का आ, ऐ, आस् और आम् प्रत्ययों द्वारा बनना उचित ही है। किन्तु प्रियया, प्रियायै, प्रियायाः और प्रियायाम् उचित नहीं हैं। प्रत्यय वही हैं, अतः इन रूपों को प्रिया, प्रिये, प्रियाः, प्रियाम् होना चाहिए । वैदिक भाषा ने मूल अकारान्त करण को सुरक्षित रखा है, उदाहरणतः दक्षिणा, गुहा किन्तु सम्भवतः यह समझा गया कि यै, याः, याम् प्रत्यय हैं और इसी कारण प्रियायै, प्रियायाः इत्यादि के समान रूप बनाये गये। इन रूपों ने प्राचीन शुद्ध रूपों को निकाल बाहर किया। करण एकवचन के कुछ रूप जैसे गुहा[1], जिसमें प्राचीन करण क्रियाविशेषण समझा जाता है, अपवाद स्वरूप ही शेष रह गए हैं। दक्षिणायाति भी इसीप्रकार है।

बाद में यह एकवचन के लिए प्रयुक्त प्रत्ययरहित रूप समझा गया और इसके सादृश्य पर प्रत्ययरहित ईकारान्त, संज्ञाओं से करण कारक के रूप बनाये गये। उदाहरणार्थ सुनीत्या के लिए सुनीती[2]; प्रणीत्या के लिए प्रणीती[3], अचित्या के लिए अचित्ती[4]।

(अ) नपुंसक अकारान्त संज्ञाओं के कर्ता और कर्म बहुवचन के रूप 'अन्' अंत वाली संज्ञाओं के सादृश्य पर बनाए गए प्रतीत होते हैं। इस प्रकार कर्माणि, सद्मानि शुद्ध हैं किन्तु प्रियाणि, दिनानि नहीं। इनकी रचना कर्माणि, सद्मानि के सादृश्य पर हुई है। वस्तुतः सभी नपुंसक संज्ञाओं के कर्त्ता, कर्म बहुवचन रूप 'अन्' अंतवाली संज्ञाओं के सादृश्य पर बनाए जाते हैं। इसप्रकार सादृश्य सबको एक प्रकार का बनाने वाला है । यह एक ऐसी शक्ति है जो एकरूपता की ओर उन्मुख है, ठीक उसीप्रकार जैसे स्वन-परिवर्तन विभेद और अनेकरूपता की ओर बढ़ता है।

---

१. RV. II 4. 9
२. RV. VI 45.1.
३. RV. III 51.1.
४. RV. IV 54.3.

(इ) यहां सादृश्य में अनुपात का पता चलता है क्योंकि जो अभी ऊपर कहा गया है, उसे हम अनुपात के रूप में रख सकते हैं :—

देवी : प्रिया : देव्यै : प्रियायै

सद्म : प्रिय : सद्मानि : प्रियाणि

(ई) यही बात क्रियारूप में भी बहुतायत से मिलती है। अञ्ज्, अर्च्, अर्ध् (ऋध्) जैसी दीर्घ अ (संयुक्त व्यंजन के पूर्व आने के कारण) वाली धातुओं से आनञ्जे, आनर्च, आनर्ध जैसे, लिट् बनते हैं। उसी सादृश्य पर ऋच् अश् जैसी दीर्घस्वर रहित धातुएं भी उसीप्रकार अ का दीर्घीकरण तथा न का आगम कर लेती हैं जैसे आनृचुः, आनशे।

अञ्ज् : अश् : आनञ्जे : आनशे।

(उ) वैदिक शब्द 'नपात्' एक विचित्र उदाहरण है। इसका प्राचीन नियमित रूप एवं सादृश्य द्वारा निर्मित नया रूप दोनों ही अब भी मिलते हैं।

नपात्, नपातम्, किन्तु स्वयं वेद में नप्त्रा, नप्त्रे, नप्तुः भी (तनूनपात्), (तनूनपातम्)। बाद वाला सादृश्य के आधार पर बना रूप है। चूंकि नपात् पारिवारिक सम्बन्धसूचक शब्द है, और इस वर्ग के शब्दों में तृ, तर, तार (ग्रीक tr, ter, tor) प्रत्यय मिलता है। इसी कारण, इनके सादृश्य पर 'नपात्' को 'पितृ' जैसा (जो क्लासिकल संस्कृत में प्रचलित है) दूसरा रूप 'नप्तृ' दिया गया, जिसके रूप नपात् के साथ-साथ चलते हैं।

नपातम्, नद्भिः (मूल नब्भिः से), नप्तारम् इत्यादि। पति और सखि के विकृत (oblique) रूपों के विषय में भी यही बात है : पित्रे, पितुः के सादृश्य पर पत्ये, पत्युः, सख्ये, सख्युः बनाए गए हैं।

अनुपात द्रष्टव्य है : पितृ : पतिः :: पित्रे : पत्ये :: पितुः पत्युः। यह भाव साहचर्य पर आधारित आंशिक सादृश्य है।

अकारान्त संज्ञाओं के करण एकवचन की रचना सर्वनाम के अनुकरण पर की जाती है। जैसे तेन, अनेन के सादृश्य पर रामेण। नियमतः इसकी रचना आ को जोड़ कर होनी चाहिए जैसे कि 'राज्ञा' में।

(३) अब हम साहचर्य पर आधारित हस्तक्षेप के कारण होने वाले परिवर्तनों के तीसरे वर्ग को लेते हैं। इसे कभी-कभी सम्मिश्रण (contamination) भी कहते हैं। एक ही विचार को थोड़े रूप-भेद से व्यक्त करने वाले दो वाक्यांशों अथवा वाक्यों का इसप्रकार मिल जाना सम्भव है कि उनके अंशों का अदल-बदल हो जाये। फिर भी उनकी एक सामान्य धुरी होगी जिसके चारों ओर दोनों वाक्यांशों के वे दोनों भाग घूमते प्रतीत होंगे। ओर्टल ने जर्मन विद्वानों मेरिंजर, मीयर द्वारा बड़े मनोयोग एवं श्रम से संगृहीत कुछ जर्मन उदाहरणों को उद्धृत किया है। उसमें अंग्रेजी उदाहरण केवल एक है—

"Living in what to the Chinese is regarded as wealth' यह निम्न वाक्यांशों का एकीकरण है :—

'Living in what by the Chinese is regarded as wealth' तथा living in what to the Chinese seems wealth.

किसी क्रुद्ध ईसाई प्रचारक का कथन— "अरे, तूं हें मनावर ठेवशील", उसी प्रकार "तू हें मनांत ठेवशील" तथा "तू हें मनावर घेशील" का एकीकरण है। "मला तें काम होत नाहीं" भी "मला तें काम करवत नाहीं" तथा "माझ्याने तें काम होत नाहीं" के एकीकरण का सुन्दर उदाहरण है।

"तो जावे सें ह्मणतो" दो अच्छे-भले वाक्यों "त्याला जावेसें वाटते" तथा "तो जाऊ ह्मणतो" का एकीकरण है।

"मला तें काम करवतें", जो कि सुन्दर क्लासिकल मराठी है, "मला तें काम करायचें आहे" तथा "माझ्याने तें काम करवतें" का मिश्रण है। वक्ता के मस्तिष्क में वाक्यों के अत्यन्त निकट साहचर्य की संभावना किए बिना इस विलय की व्याख्या नहीं की जा सकती।

मोरोपंत का यह उदाहरण भी काफी सुन्दर है—"पाहूनि तत्कलत्रें स्मरलें मुनिवच मनांत सत्वर तें। यह "तत्कलत्राला स्मरलें" और "तत्कलत्रें आठवलें" का एकीकरण है।

१७ अर्थ-विज्ञान— परिवर्तन के जिस वर्ग का हमें अब विवेचन करना है, वह है अर्थ-परिवर्तन अथवा शब्दों के अर्थ का परिवर्तन। भाषा-विज्ञान के इस अंश पर आरम्भ में बहुत कम ध्यान दिया गया, जिस का कारण स्पष्ट है। भाषा के ध्वनिपक्ष की ओर सबसे अधिक ध्यान दिया गया, क्योंकि उसमें प्रचुर सामग्री प्राप्त थी और साथ ही यह बहुत रोचक भी था। अर्थ के विषय में यह बात नहीं थी। किसी विशिष्ट शब्द अथवा शब्दों का प्रागैतिहासिक अथवा, ऐतिहासिक काल में भी, क्या अर्थ था, ऐसा निश्चित करना सम्भव नहीं था। साथ ही प्राचीन अर्थ—वह चाहे जो भी रहा हो—तथा अर्वाचीन अर्थ के बीच सम्बन्ध, का ठीक से स्थापन भी प्रायः असंभव-सा था। वेद के अध्येता इस कथन की सत्यता को प्रमाणित कर सकते हैं। वयुन, वेदस् जैसे शब्दों के अर्थ के सम्बन्ध में तो बहुत बड़ा मतभेद है ही, किन्तु कुछ शब्द ऐसे भी हैं, जिनका अर्थ जानना आज भी सम्भव नहीं है जैसे 'नद' और 'लोध'।

इन कठिनाइयों के बावजूद भी भाषा के इस पक्ष को अध्ययन की तर्कसंगत शाखा का रूप देने का कार्य निराशाजनक नहीं था और पॉल ने अपनी Prinzipien में इस पर एक पूरा अध्याय लिखा है। फ्रांसीसी विद्वान्

ब्रील ने इसे अपना विशेष विषय बनाया। उहोंने अर्थ-विज्ञान पर एक निबन्ध लिखा जिसे बाद में पुस्तकाकार प्रकाशित किया। कस्ट द्वारा किया गया इसका अंग्रेजी अनुवाद उपलब्ध है।

भाषा के बौद्धिक-नियम—अपने ग्रंथ के पहले भाग में ब्रील ने कुछ नियमों का, जो उनके अनुसार भाषा के बौद्धिक नियम हैं, प्रतिपादन किया है। वे नियम हैं— (१) विशेषीकरण (Specialization) का नियम, (२) भेदीकरण (Differentiation) का नियम, और (३) उद्योतन (Irradication) का नियम।

(१) विशेषीकरण के नियम के उदाहरण स्वरूप उन्होंने तुलनात्मक एवं सर्वोत्तमात्मक विशेषणों को लिया है।

प्राचीन भाषाओं में तुलनात्मक रूप (जैसे संस्कृत उपरः, लैटिन Superus, सं० अधरः लैटिन inferus); tero (जैसे सं० अन्तरः, लैटिन Interus), ior (जैसे सं० वरीयस्, लैटिन Purior) प्रत्ययों द्वारा तथा सर्वोत्तमतासूचक mo (जैसे सं० अधम, उपम, लैटिन Infimus) और temo (जैसे सं० अंतिमः, लैटिन Intimus : issimo (सं० नेदिष्ठ), लैटिन dulcissimus प्रत्ययों द्वारा लक्षित किया जाता था।

किन्तु स्वयं प्राचीन भाषाओं ने एक के विरुद्ध दूसरे प्रत्यय वर्ग को सामान्य बनाने का प्रयास किया है—उदाहरणतः सं० ईयस्, इष्ठ, लैटिन ior issimus सरलता की ओर यह प्रथम चरण है।

किन्तु बाद की भाषाओं, उदाहरणतः फ्रेंच, जर्मन, मराठी ने प्राचीन ढंग के कुछ तुलनात्मक रूपों को सुरक्षित रखते हुए भी निर्जीव प्रक्रिया का त्याग कर दिया है। जैसा कि ब्रील ने उचित ही कहा है, "यह ध्वनिनियम के परिणामस्वरूप नहीं है।" उनके अनुसार, यहाँ लागू होने वाला नियम विशेषीकरण का नियम है। एक अकेला शब्द इन सभी तुलना एवं सर्वोत्तमतासूचक अंशों का कार्य करने लगता है। फ्रेंच में यह plus, अंग्रेजी में more जर्मन में mehr तथा मराठी में 'अधिक' है। यह ध्यान देने योग्य है कि यह विशेषीकृत शब्द कई स्थानों पर स्वयं भी तुलनासूचक होता है। ब्रील के शब्दों में, 'किसी विशिष्ट व्याकरणिक छाप से युक्त विशेष प्रकार के सभी शब्दों में सदैव एक ऐसा होता है जो धीरे-धीरे अपने वर्ग से पृथक् होता जाता है। अंततः यह उस व्याकरणिक धारणा, जिसकी कि उस पर छाप है, का सर्वोत्कृष्ट प्रतिनिधि बन जाता है। किन्तु साथ ही स्वतंत्र शब्द के रूप में इसका निजी मूल्य समाप्त हो जाता है और यह एक व्याकरणिक साधन—वाक्यांश के तत्त्वों में से एक-से अधिक कुछ नहीं रह जाता।

प्राचीन कारक-रूपों के स्थान पर पूर्वसर्गयुक्त रूपों का प्रयोग इसी

का दूसरा उदाहरण है, जैसे सं० मत् अथवा मन्तः के लिए मजपेक्षां, सं० मह्यम् के लिए मजकरितां। भूतकालिक प्रत्यय ed, जो वस्तुतः do क्रिया का भूतकालिक रूप था जैसे dide hunger–dide, hungerde, अब भूतकाल के प्रत्यय के रूप में ही सीमित हो गया है। असें, असस, असें, जो स्वयं अस् के वर्तमान के (इतिहासप्रयुक्त) रूप हैं, अभ्याससूचक भूत को प्रकट करने के लिए विशिष्ट हो गए हैं और धातुओं के वर्तमानकालिक कृदन्त के साथ प्रयुक्त होते हैं, जैसे 'मी करीत असें'।

(२) भाषा में भेदीकरण उस प्रक्रिया को कहते हैं जिसके द्वारा पर्यायवाची प्रतीत होने वाले शब्द भी भिन्न अर्थ ग्रहण कर लेते हैं और उनका एक दूसरे के स्थान पर मनमाना प्रयोग नहीं किया जा सकता। यह प्रवृत्ति विश्व की सभी भाषाओं में मिलती है।

उदाहरण के लिए, 'माता' और 'आई' शब्द लिए जा सकते हैं। इन दोनों का मूल अर्थ माँ है। 'आई' शब्द द्रविड़ भाषाओं से ग्रहण किया गया है। माँ के लिए यह 'आई' अपेक्षाकृत अधिक घरेलू और स्नेहपूर्ण नाम है, जबकि उसी के पर्यायवाची 'माता' में आदरमिश्रित भय एवं श्रद्धा की भावना है। सं० कार्य, से निकले शुद्ध प्राकृत-मराठी शब्दों, कज्जा और काज को लें। जब संस्कृत से कार्य शब्द भी मराठी में ग्रहण कर लिया गया तो ये तीनों केवल पर्यायवाची ही नहीं रहे, बल्कि 'कार्य' का अर्थ हो गया 'उत्सव या संस्कार का कार्य', और कज्जा का होगया 'झगड़ा' या 'कानूनी झगड़ा'। वही प्रक्रिया फ्रेंच chose (=वस्तु) तथा cause (=कारण, वैधानिक कार्य) में भी द्रष्टव्य है। कुछ और उदाहरण लिए जा सकते हैं। 'मनस्', मनुष्, मति, मनन, मन्यु, इन सबका सम्बन्ध 'मन्' धातु से है जिसका अर्थ है 'सोचना'। अंतिम शब्द में 'भावना' पक्ष पर बल दिया गया है, किंतु पहले तीनों का सम्बन्ध 'विचार' से है। यहां तक कि उन तीनों में भी अर्थभेद है, क्योंकि 'मनस्' का अर्थ है 'मन', मति का विचार, और मनन का सतत चिंतन, एकाग्रता। अंतिम रूप मन्यु की ओर संक्रमण है। तत्सम 'हृदय' और तद्भव 'हिया' भी अच्छे उदाहरण हैं। 'हिया' जो ज्ञानेश्वरी में भी अपने मूल ('हृदय' के) अर्थ में प्रयुक्त है, परवर्तीकाल में 'साहस' के अर्थ में प्रयुक्त होने लगा; हृदय के लिए सं० हृदय ग्रहण किया गया। यही बात 'पुस्तक' और 'पोथी' तथा 'मार्ग' और 'माग' के सम्बन्ध में भी है। 'मार्ग' का अर्थ है, खोज, अथवा पद-चिह्न (जैसे किसी चोर का)। स्थान और ठाण, स्नान और नहाणे के विषय में भी ऐसा ही है। 'नहाणे' के प्राकृत रूप 'ण्हाण' का अर्थ केवल 'स्नान' था। किन्तु अब इसका एक विशेष अर्थ में प्रयोग किया जाता है। 'वेदना'

से प्राकृत 'वेअणा' से होते विकसित 'वेणा' और तत्सम 'वेदना' भी अच्छे उदाहरण हैं।

(३) तीसरी प्रक्रिया वह है जिसे दृढ़ता से स्थापन कहते हैं। इसके अन्तर्गत अनेक प्रकार की बातें आ जाती हैं।

उदाहरणार्थ 'च्छ' अंतवाली संस्कृत क्रियाओं को लें जो inchoatives कहलाती हैं, क्योंकि वे 'कार्य' का 'प्रारम्भ' अथवा 'क्रमशः घटित होने वाले कार्य' को सूचित करती हैं, जैसे गच्छति। यहाँ पर प्रत्यय अपने उचित रूप में प्रयुक्त हुआ है। किन्तु ऋच्छति, यच्छति, जैसी क्रियाओं में इसका वह अर्थ बिलकुल नहीं होता। प्रत्यय को अपने उचित धातुओं से पृथक् कर लिया गया है और अन्य धातुओं में जहाँ मूलतः उन्हें नहीं लगना चाहिए, जोड़ दिया गया है। लैटिन maturesco सर्वथा उचित है, क्योंकि यह क्रमशः घटित होने वाली एक क्रिया अथवा प्रक्रिया को द्योतित करता है। किन्तु nosco[1] (मैं जानता हूं) pasco (मैं पोषण करता हूं) में यह अपने मूल अर्थ से भिन्न अर्थ देता है।

कुछ अन्य भाषा-सिद्धान्तों—जैसे विभक्तियों के अवशेष का नियम, मिथ्या प्रतीति का नियम (जिससे एक अन्य नियम 'सादृश्य' का पता चलता है), नए अर्थ लाभ का नियम, और निरर्थक रूपों के लोप का नियम—का विवेचन करने के उपरान्त ब्रील ग्रन्थ के दूसरे भाग में अपने निबन्ध के वास्तविक विषय अर्थात् 'शब्दों का अर्थ' की ओर आते हैं।

शब्दों में अर्थ-परिवर्तन-विषयक विभिन्न प्रवृत्तियों का विवेचन करने से पूर्व हम एक या दो अन्य सामान्य बातों की ओर ध्यान दिलायेंगे, यद्यपि उनका अर्थ-परिवर्तन से बहुत निकट का सम्बन्ध नहीं है। ऐसा करने का कारण यह है कि इसके लिए सर्वोचित स्थान यही है।

वे सामान्य बातें हैं: (१) विशिष्ट विचारों को द्योतित करने वाले पुराने शब्दों का लोप तथा (२) नये शब्दों का आविर्भाव। शब्दों का लोप हो जाता है क्योंकि वे विचार भी, जिनके कि वे शब्द प्रतीक हैं, लुप्त हो जाते हैं। कभी-कभी उनका इसलिए भी लोप हो जाता है कि उनके द्वारा प्रकट किए जाने वाले विचारों को नए प्रतीक या शब्द मिल जाते हैं। ऐसी स्थिति में कुछ समय तक लुप्त होते हुए, तथा नये प्रतीक का अस्तित्व भाषा में साथ-साथ रहना चाहिए, अन्यथा नए प्रतीक का अबोध होने के कारण लोप हो जाएगा।

(१) लुप्त हो जाने वाले शब्दों के उदाहरण :—सैकड़ों संस्कृत शब्द, जो याजकीय पदार्थों और विचारों का द्योतन करते हैं, संस्कृत से विकसित

१. अन्य उदाहरण के लिये देखिए ब्रील, सीमेंटिक्स, पृ० ४२

भाषाओं से निकल गए हैं, क्योंकि वे पदार्थ एवं विचार परवर्ती युगों में शेष नहीं रहे। वेदी, दर्वी, आसंदी, होता, पुरोडाश तथा ऐसे ही अनेक शब्द बिना अपना कोई चिह्न छोड़े लुप्त हो गए हैं। शब्दों का क्षय सदैव सभ्यता के महा-परिवर्तनों, लोगों के देशांतरगमन तथा ऐसी महत्वपूर्ण घटनाओं से सम्बद्ध रहता है। स्लाव तथा जर्मन भाषाओं में, इनके बोलने वालों के ईसाई बन जाने के पश्चात् सम्पूर्ण अख्रीस्तीय शब्दावली का लोप एक सुन्दर उदाहरण है।

(२) अपने जन्म के लिए इतने अधिक शब्द, क्रान्ति, धर्म-सुधार, भौगोलिक खोजों, एवं वैज्ञानिक आविष्कार के ऋणी हैं कि उन्हें गिनना वस्तुतः असंभव है। राज्य-संघ, प्रतिनिधित्व मताधिकार तथा अन्य सामाजिक-राजनैतिक शब्द नए हैं, यद्यपि निस्सन्देह वे पुरानी सामग्री से गढ़े गए हैं। भाषाओं का सम्पर्क— पड़ोसी होने के कारण अथवा विजेताओं एवं विजितों की भाषाएँ होने के कारण— किसी भी भाषा में बहुत से नए शब्दों के लिए उत्तरदायी होता है। उदाहरणतया यदि हम शिवाजी अथवा पेशवाओं के समय के पत्र पढ़ें तो हमें किन्हीं दस शब्दों में फारसी अथवा अरबी के पांच शब्द अवश्य मिल जाएंगे। बंदा, गुलाम, तबियत, बन्दोबस्त बिगर, बिन्, बेशरम, बरदास्त किराया, शुरू, इलाज, ऐना, हवालदिल, पागल, वास्तपूस्त, कलमदान, अत्तर-दाणी, गुलाब, स्वारी, बादशाह, तख्त, वजीर, पेशवा तथा रवाना जैसे शब्द हमारे लिए इतने सुपरिचित हो गए हैं, कि हम उनके रूप इस प्रकार बनाते हैं मानो वे सुन्दर मराठी शब्द हों। वे अब सदैव हमारे साथ रहेंगे। कॉलेज, मार्कीट, टेसन, (स्टेशन के लिए), कूली,[१] टेम, मास्तर, बूट, रैन, वार्निश, अब कुलियों को भी ज्ञात हैं। पोष्ट हापिस ,तिकीट ष्टाम्प, इस्पितळ, जैसे शब्दों में तो हमें इनको अपनी ध्वनि -प्रक्रिया के अनुरूप बना कर स्वाभाविकता प्रदान करने की प्रवृत्ति का भी पता चलता है। अन्य उदाहरण हैं— रपोट, मोटार, इष्टिक, अथवा इष्टक। नए विचारों का द्योतन करने के लिए नए शब्द पुराने शब्दों के आधार पर भी बनाए जाते हैं।

अब हम अर्थ-विज्ञान में परिलक्षित होने वाली अनेक प्रवृत्तियों का विवेचन करेंगे। उनकी अनुपूर्ति करना निस्सन्देह सम्भव है। अर्थ का संकोच एवं विस्तारः—हम प्रायः देखते हैं कि शब्द, जो मूलतः किसी विशिष्ट अर्थ अथवा विचार को वहन करते थे या तो (अ) संकुचित हो जाते हैं, उदाहरणतः साईं (साधु या धर्म के नाम पर भीख मांगने वाला) का मूल अर्थ 'स्वामी' था, शेज (पुआल की तह, घोड़े के लिए) का मूल अर्थ सामान्यतया "बिछावन"

---

१. अंग्रेजी 'कुली ' हिंदी 'कुली' से गृहीत शब्द है। — सं०

था; अथवा (आ) विस्तृत हो जाते हैं[1]। उदाहरणार्थ 'गोसावी' (जिसका मूल अर्थ केवल "गौओं का धनी" था) का अर्थ आधुनिक मराठी में "स्वामी" है। "शहर" का किसी ग्रामीण के लिए अर्थ उसके गांव के निकट का नगर, मात्र है। किसान और निम्न वर्ग के लोग 'चाहरी (शहरी) गेल्तो' कहते सुनाई पड़ते हैं, जबकि उनका अभिप्राय केवल होता है, "संगमनेरास गेलों होतों" या फिर (इ) अन्य शब्दों को अपना अर्थ स्थानान्तरित कर देते हैं।

निंदात्मक (Pejorative) प्रवृत्ति :—ब्रील ने निंदात्मक प्रवृत्ति का उल्लेख किया है, जिसके कारण जो कुछ भी अप्रिय अथवा घृणाजनक होता है, प्रच्छन्न रखा जाता है अथवा घुमा फिरा कर प्रकट किया जाता है। उदाहरण के लिए हम कुछ देसी रियासतों में लोगों को 'बादशाह के दुश्मन की तबीयत अच्छी है कहते पाते हैं जबकि उनका वास्तविक अभिप्राय होता है,' 'बादशाह बीमार हैं'। 'शौच' शब्द जिसका अर्थ केवल 'स्वच्छता' अथवा 'सफाई' है, अप्रिय किन्तु साथ ही नित्य-प्रति की शारीरिक आवश्यकता पर आवरण डालने के लिए प्रयुक्त होता है। 'अमक्याला देवआज्ञा झाली' अथवा 'अमका निवर्तला' की भी वही स्थिति है। इनमें 'देवआज्ञा झाली' और 'निवर्तला' 'तो मेला' (वह मर गया) के स्थान पर उसकी अमंगलता छिपाने के लिए प्रयुक्त होते हैं। "बांगड़ी फुटली" किसी सनातनी स्त्री को अरुचिकर प्रतीत होगा; वह "वांगडी बाढवली" (बांगली बढ़ गया) कहेगी। शिष्ट-भाषा में "राव साहेब घोडयावरून पडले" जैसे अप्रिय प्रयोग के स्थान पर "रावसाहेब खालीं आले" जैसे प्रयोग पर्याप्त मात्रा में मिलते हैं। इस प्रवृत्ति का उलटा तब दिखाई पड़ता है जब ऐसे शब्दों का जो मुख्यतया नम्र अथवा प्रिय नहीं होते, ऐसे अर्थ में प्रयोग होता है जो उनके रूप से कहीं अधिक गौरवशाली होता है। "तासडपट्टी केली" अथवा "हजामत केली" जो "सेव हुज्जत की" के लिए बलशाली अभिव्यक्ति है, ऐसी ही है।

साहचर्य के कारण अर्थ में परिवर्तन:— साम्य एवं सम्पर्क दोनों ही के द्वारा साहचर्य अर्थ में पर्याप्त परिवर्तन अथवा स्थानान्तरण होता है। 'निरुक्त' के रचयिता यास्क इस नियम से परिचित प्रतीत होते हैं, जब वे कक्ष्या की व्युत्पत्ति इस प्रकार करते हैं "कक्ष सेवते अयमपीतरो मनुष्यकक्ष एतस्मादेव बाहुमूलसामान्यादश्वस्य"।

यहां निश्चय ही साम्य पर आधारित साहचर्य के कारण कुछ अर्थ-विस्तार

---

१. Budget शब्द का वास्तविक अर्थ था 'झोला', (bulga) अब इसका अर्थ है 'अर्थ-सचिव द्वारा प्रस्तुत किसी राज्य की आय और व्यय का अनुमान'। —संपा०

हो गया है। उदाहरणार्थ 'पत्रम्' का पहला अर्थ "पत्ता" है, बाद में साम्य पर आधारित साहचर्य द्वारा अर्थ हो गया : कागज, पत्र। इसीप्रकार पहले 'पाद', 'पैर' है, बाद में 'भाग' जैसे "निरुक्त---पादः पद्यतेः अयमपीतरः प्रभाग-पादः पशुपादप्रकृतिः"। "काय बाजार भरला आहे" में 'बाजार' का अर्थ है 'शोर' और 'अस्तव्यस्तता' जो बाजार से सम्बद्ध है।

सम्बन्ध पर आधारित साहचर्य के कारण होने वाले अर्थ-परिवर्तन के कुछ उदाहरण लिए जा सकते हैं :-- सं० मषी, पहले अर्थ था काजल या कालिख बाद में 'स्याही'; सं० आम्र, पहले पेड़, बाद में उसका फल; मराठी ताट, पहले तश्तरी या प्लेट बाद में उसमें खाए जाने वाले "भोज्य पदार्थ" (मराठों की भाषा में); दिवा, पहले 'प्रकाश' बाद में 'बत्ती'; गांव पहले 'ग्राम' बाद में "गांव के लोग"। नगर के जनसमूह के लिए मृच्छकटिक (१) में "उज्ज-यिनी" का प्रयोग (विषमभराक्रान्ता नौरिव पर्याकुला उज्जयिनी आसीत्) इसप्रकार का, संस्कृत साहित्य में प्राप्त बहुत सुन्दर उदाहरण है।

रूपक :- इसमें तथा स्थानान्तरित अर्थ के भाव में बहुत अधिक अन्तर नहीं है। कभी-कभी यह प्रतीत नहीं होता कि रूपक हैं अथवा नहीं किन्तु वे प्रायः बहुत स्पष्ट होते हैं। 'हात' (हाथ) का अर्थ "प्रधान सहारा" अथवा 'सहारा' भी होता है : "तो माझा उजवा हात आहे"। गाली वाले अधिकांश शब्द इसी वर्ग के हैं। गाढव, बल, म्हसोबा उनमें से कुछ हैं। 'सज्ज' (तैयार) जैसे शब्दों में रूपक की प्रतीति नहीं होती और शब्द का प्रधान अर्थ वही समझा जाता है जो केवल उसका गौण अर्थ है। इसका मूल अर्थ है "डोरी चढ़े धनुष सहित"। चर्वित चर्वण (आवृत्ति) चर्‌हाट (नीरस भाषण) कीस काढणें (सूक्ष्म भेदों का पता लगाना अथवा थकाने वाले शुष्क विवरण देना) तिलांजली घेउन बसला आहे (किसी व्यक्ति को बर्बाद करने की प्रतीक्षा करना), हातघाईवर आला (बहुत अधिक चिढ़ा हुआ था), ब्राह्मण के लिए 'देव', जब कोई गांव का किसान किसी ब्राह्मण से कहे-- 'देवा मोहोतर सांगा' भी इसी के उदाहरण हैं। इनमें भी यह विचार कि यह प्रधानतया रूपक है, ध्यान में नहीं रखा जाता। उदाहरणों की सूची जितनी भी चाहे बढाई जा सकती है।

ऐसे शब्द जो मूलतः केवल एक ही वस्तु का द्योतन करते हैं, बाद में उस वर्ग की अन्य वस्तुओं का भी द्योतन करने लगते हैं। दूसरे शब्दों में व्यक्ति-वाचक नाम जाति-वाचक नाम बन जाते हैं। बच्चे के लिए 'पिता' शब्द का अभिप्राय केवल उसका अपना पिता है, किन्तु बाद में यह एक सामान्य सम्बन्ध बोधक शब्द के रूप में विस्तृत हो जाता है। इसीप्रकार 'गंगा' भी जो मूलतः केवल एक नदी का नाम है, गोदावरी, कृष्णा, कावेरी जैसी बड़ी और संभवतः

पवित्र नदियों के लिए प्रयुक्त होता है। सांगली की कोई भी स्त्री सदैव "गंगेवर गेलें होतें" कहेगी, जबकि उसका अभिप्राय केवल 'कृष्णेवर' इत्यादि होता है। ग्रामीण नारी, गांव की निकटवर्ती छोटी नदी का नाम पूछे जाने पर सदा "गंगा" कहेगी। "सोनें नाणें आमचे जवळ कांही नाहीं" के नाणें शब्द में अर्थ विस्तार है। यह वही है जिसे ब्रील ने "विस्तार" कहा है और जिसका ऊपर उल्लेख किया गया है।

इसके विपरीत संकोच है। इसका भी ऊपर उल्लेख किया गया है। इसमें कोई शब्द, जो प्रधानतया किसी वर्ग का वाचक होता है, केवल किसी व्यक्ति अथवा वर्ग की विशिष्ट वस्तु का द्योतन करने लगता है, जैसे ऊपर उल्लिखित शहर (नगर)। "सोनें" (स्वर्ण) "स्वर्ण के आभूषण", अर्थ में संकुचित हो गया है। 'देश' (सारा देश) देश के एक भाग का, बल्कि किसी गाँव का भी, जहां का कि कोई व्यक्ति रहने वाला होता है, अर्थ देता है, जैसे 'वायदेस'।

कुछ शब्दों में यह प्रवृत्ति पाई जाती है कि वे अपनी स्वतंत्र-सत्ता खो देते हैं तथा कुछ अन्य शब्दों पर, जिनके साथ कि वे जुड़े हुए होते हैं, निर्भर हो जाते हैं। सहायक क्रिया 'होना' (मराठी असणें) इसका अच्छा उदाहरण है। यह शब्द अपना प्रमुख अर्थ (अस्तित्व, होना) खो देता है और संयुक्त कालों की रचना में केवल एक सहायक शब्द बना जाता है। जैसे "तो करीत आहे" और "तो आहे"। यह अंत्यनिषेधार्थी के साथ सबसे अच्छे रूप में दिखाई पड़ता है: "तो तेथें नाहीं आहे", इसमें 'आहे' केवल एक निरर्थक उपकरण बन गया है।

इस वर्ग के अन्तर्गत पूर्वसर्ग (preposition), समुच्चयबोधक, अव्यय तथा पुरुषबोधक प्रत्यय (personal termination) आते हैं। वे मूलतः संज्ञाओं और सर्वनामों की भांति ही लोचवान और अर्थपूर्ण शब्द थे किन्तु अब, कारक तथा अन्य सम्बन्धों की रचना में, उनका महत्व केवल गौण रह गया है। निरुक्त के रचयिता यास्क ने जब "न निर्बद्धा उपसर्गा अर्थान्निराहुः, नामाख्यातयोस्तु कर्मोपसंग्रहद्योतका भवन्ति" कहा था तो यह बात उनके मस्तिष्क में थी। 'अभितः' और 'परितः' (जिनका प्रत्यय रूप में प्रयोग होता है तथा जो केवल 'अभि' और 'परि' रह जाते हैं) की भांति ही पूर्वसर्ग 'पश्चात्' भी प्राचीन अपादान कारक है। क्रियाविशेषण विशेषेंकरून (विशेषतया) तुमन्त फ्रेज़ था तथा उसमें अब भी इसके स्पष्ट चिह्न हैं। संस्कृत पूर्वसर्ग "उद्दिश्य" जो कर्मकारक को शासित करता है, पूर्वकालिक के अतिरिक्त कुछ नहीं है। समुच्चयबोधक अव्यय 'यत्' मूलतः एक सर्वनाम था। मराठी 'कीं' भी इसी प्रकार मूलतः 'किम्' सर्वनाम था।

अनेक क्रियाविशेषण भी इसी वर्ग के अन्तर्गत हैं। 'ततः' मूलतः निश्चय-

वाचक सर्वनाम 'तत्' का अपादान रूप था। शनैः, नीचैः, के 'ऐः' में उनकी तृतीया की विभक्ति अब भी सुरक्षित है। 'सुखं' क्रियाविशेषण में 'सुख' संज्ञा का कर्मकारक रूप स्पष्ट प्रतीत होता है। 'हेलया', जिसका पुरानी मराठी का रूप 'हेळा' है, (उदाहरणतया 'एकीहेला' ज्ञानेश्वरी ४, ३९; ९; १३० आदि) पुराना करण कारक है। इनमें अर्थ की अपेक्षा कार्य का परिवर्तन अधिक है। 'मि', 'सि', 'ति' इत्यादि प्रत्ययों के साथ भी यही हुआ है जो वस्तुतः सर्वनाम थे।

कभी-कभी एक ही भाषा में किसी शब्द के दो रूपों का प्रचलन एक साथ दिखाई पड़ता है। यह बात निश्चित है कि मूलतः दोनों शब्द एक ही वस्तु का बोध कराते रहे होंगे, किन्तु यह व्यर्थ था, इसीलिए बाद में अर्थ में भेद हो गया। उदाहरणार्थ संस्कृत 'कार्य' से, प्राकृत कज्ज के माध्यम से बने मराठी 'काज', गृहीत शब्द 'कज्जा' और संस्कृत से उसीरूप में लिया गया 'कार्य' एक शब्द के इन तीन रूपों को लें। भेद इसप्रकार किया गया : 'काज' का अर्थ हो गया साधारण 'काम-काज' अथवा 'उद्देश्य'; 'कज्जा' का 'कानूनी कार्य' या 'झगड़ा', तथा 'कार्य' का धार्मिक सस्कार या उत्सव। ऊपर उद्धृत फ्रेंच Chose भी इस प्रसग में दर्शनीय है। किसी विचार अथवा वस्तु का द्योतन करने वाले शब्द का प्रयोग, कभी-कभी भाव-द्योतन के लिए किया जाने लगता है। जैसे, 'अरेरे', 'अबब' के समान विस्मयबोधकों के साथ ही साथ 'रामा रामा', 'देवा, देवा', 'आई आई' 'अरे बाप रे' का प्रयोग होता है। कभी कभी सम्पूर्ण वाक्यांश भी अशक्त होकर विस्मयबोधक बन जाते हैं : विष्णवे नमः; रामाय तस्मै नमः; हरा शिवा गोविन्दा।

इन परिवर्तनों से यह बात स्पष्ट है कि ये ध्वनि-परिवर्तन पर किंचित् भी निर्भर नहीं करते। किन्तु कभी-कभी ध्वनि-परिवर्तन और अर्थ-परिवर्तन साथ-साथ भी देखे जाते हैं। जैसे 'man' का अर्थ है। 'एक आदमी' और 'men' का 'बहुत से आदमी', 'foot' का अर्थ है एक पैर किन्तु 'feet' का 'एक से अधिक पैर', 'हरि' का अर्थ है एक (व्यक्ति) किन्तु 'हरयः' का 'बहुत से'। फिर भी अर्थ का यह परिवर्तन इसप्रकार का नहीं है कि इसे उपर्युक्त अर्थ-परिवर्तन के समान माना जा सके, क्योंकि यहां अर्थ में परिवर्तन केवल मात्रा का है, प्रकार अथवा प्रकृति का नहीं।

१८. वाक्यविज्ञानः— प्रयोग द्वारा निश्चित पारस्परिक सम्बन्ध के अनुसार वाक्य में शब्दों की व्यवस्था वाक्य-रचना है। इसे प्राचीन यूनान, रोम और भारत में व्याकरण का युक्तिसंगत भाग माना जाता था। किन्तु तुलनात्मक भाषा-विज्ञान में स्वतन्त्र रूप से इसका समावेश अभी कुछ ही समय पूर्व हुआ है। पहले भाषा के ध्वनि एवं रूपात्मक पक्ष को सर्वाधिक महत्वपूर्ण

समझा गया था और वाक्य को, उसकी सभी संभावनाओं सहित, अलग रख दिया गया था। बॉप के समय में ऐतिहासिक वाक्यविज्ञान की अनुचित उपेक्षा की गई। जिस समय विंडिश और डेलब्रुक ने अपनी Syntaktische Forshungen (१८७१–८८) में तुलनात्मक वाक्य-विज्ञान का अध्ययन करना आरम्भ किया, उस समय तक १८५२ में लिखे गए लेंज के निबन्ध के अतिरिक्त इस विषय पर कोई साहित्य नहीं था। ब्रुगमान तथा डेलब्रुक द्वारा लिखित Vergleichende Grammatik में वाक्य-विज्ञान को पूरी मान्यता मिली। उक्त पुस्तक का Verglei chende syntax (१८९३) शीर्षक पांचवां भाग वाक्य-विज्ञान पर ही है। आज भी भाषाओं के तुलनात्मक व्याकरण की पाठ्य-पुस्तकों में सामान्यतया दो ही भाग होते हैं Lautlehre अथवा स्वन-विचार तथा Formenlehre अथवा रूपविचार, जैसा कि सोमर, हर्ट तथा थुम्ब की लैटिन, ग्रीक और संस्कृत भाषाओं की पुस्तिकाओं में है।

वाक्य-रचना पर विचार करने का अभिप्राय है विभिन्न व्याकरणिक शब्दों (Parts of speech) की बनावट और उनके कार्यों पर विचार करना। अत्यन्त आदिम भाषाओं में भी पदार्थों के नाम अथवा संज्ञायें, विशेषतया दर्शकों के नाम अथवा विशेषण, और कार्यों एवं स्थितियों के नाम अथवा क्रियायें अवश्य मिलती हैं। उनको इसरूप में अलग-अलग किया गया है अथवा नहीं यह एक दूसरा प्रश्न है। कुछ ऐसी भाषाएं हैं जो इनमें भेद नहीं करतीं और यह सर्वथा असंभव नहीं है कि हमारी भाषाओं में भी मूल रूप में इनमें कोई भेद न रहा हो।

कुछ शेष व्याकरणिक शब्दों (Parts of speech) जैसे क्रिया-विशेषण सम्बन्धबोधक तथा समुच्चयबोधक से हमें वाक्य की क्रमिक रचना का अच्छा परिचय मिलता है, क्योंकि इनका निर्माण प्राचीनकाल में हुआ था तथा इनमें इनकी उत्पत्ति के स्पष्ट चिह्न उपलब्ध होते हैं। इनमें से प्रथम एवं सर्वप्रमुख क्रियाविशेषण हैं। किम्, दक्षिणा (दायीं ओर), एना, दिवा, शनैः (धीरे-धीरे), कामं, तत् (अतः) कुत्र और यत्र, उपाजे और अन्वाजे (समर्थन करने के लिए), हेलया (सरलता से), सहसा (बलात्), साकं (सहित), सुखं, अथवा सुखेन (सुखपूर्वक) जैसे शब्दों से पता चलता है कि वे संज्ञाओं, सर्वनामों अथवा विशेषणों के कर्म, करण, अपादान और अधिकरण कारक हैं। ये जिस रूप में क्रियाविशेषण के रूप में निश्चित हो गए, वह प्रक्रिया कुछ इसप्रकार की रही होगी। मूल रूप में, कारक-रूप के रूप में, इनकी कार्यकारिता उतनी ही सक्रिय रही होगी जितनी कि अन्य शब्दों की। किन्तु अन्य रूपों की अपेक्षा ये रूप क्रियाओं के निकट अधिक थे, अतः ये उनकी ओर झुक गये। फिर वे पृथक् हो गये और संज्ञाओं, अथवा सर्वनामों अथवा विशेषणों के विभिन्न

कारकों की अपेक्षा उन्हें क्रियाविशेषण समझा जाने लगा । ग्रीक oíkoi, pédoi, kakós लैटिन rechte primium, अवे० yaθa, θwato daśiṇa, āāt (तब), मराठी कधीं, हलके, झटदिशी पलीकडे, आरती, भी इसप्रकार के क्रियाविशेषणों के उदाहरण हैं। आज मराठी में हम तृतीया का 'नें' जोड़ कर संज्ञाओं से क्रियाविशेषण बना सकते हैं। 'मोठ्यानें ओरडली', 'झटक्यानें गेला' इत्यादि । ब्रील का कथन है, "यदि किसी शब्द का अर्थ थोड़ा भी अस्पष्ट हो जाता है और विशेषतया, उसमें अनियम का थोड़ी मात्रा में भी आभास दिखाई पड़ने लगता है, तो उस शब्द का पृथक् वर्गीकरण कर दिया जाता है।" हमारे क्रियाविशेषण तथा कुछ अन्य व्याकरणिक शब्दों (parts of speech) के विषय में वस्तुतः यही स्थिति रही है ।

इस तथ्य से कि भारत जर्मनिक भाषाओं में, वे कारक-रूप, जो क्रिया विशेषण के रूप में पृथक् कर दिए गये, कोई समानता नहीं है, ब्रील ने यह निष्कर्ष निकाला है कि क्रिया विशेषण आधुनिक समय के हैं, यद्यपि क्रियाविशेषण के रूप में इसप्रकार परिवर्तन करने का विचार मानव बुद्धि में बहुत पहले से रहा होगा। सम्बन्धबोधक-अव्यय की भी यही स्थिति है। सम्बन्धबोधक अव्यय, मूल क्रियाविशेषण है, जैसा कि 'कृते' 'ऋते', 'पश्चात्', 'सत्रा', 'सार्ध', 'समं', मराठी 'पाशीं', 'कडे' से प्रकट है । इस सम्बन्ध में ह्विटने[1] का कथन उचित है — "सम्बन्ध-बोधकों (prepositions) का कोई विशेष वर्ग नहीं है, संज्ञाओं को शासित करने के लिये शब्द का कोई समूह नहीं है । किन्तु उपर्युक्त क्रिया विशेषण शब्दों में से बहुतों का प्रयोग संज्ञाओं के साथ इसप्रकार किया जाता है कि वे प्रयोग की दृष्टि से दूसरी भाषा के अधिक और पूर्ण विकसित सम्बन्धबोधकों के समीप जान पड़ते हैं।" ब्रील[2] ने इस बात को और भी आगे बढ़ाया है। वे कहते हैं " सम्बन्ध बोधक अव्यय क्रिया विशेषण की अपेक्षा और भी आधुनिक है। जिस समय हमारी भाषाओं का विच्छेद हुआ, उस समय एक भी शुद्ध सम्बन्धबोधक अव्यय नहीं था ।" यदि ऐसा है तो सम्बन्धबोधक उत्पन्न ही कैसे हुए ? इसका उत्तर ब्रील[3] ने सावधानी से विचार करके दिया है, "यह सर्वविदित है कि आरम्भ में हर संज्ञा निर्भरता, आन्तरिकता, साधन इत्यादि के सम्बन्धों को अपने रचनात्मक अक्षर (formal syllable) में परिवर्तन करके व्यक्त किया करती थी। किन्तु यह प्रक्रिया बहुत जटिल एवं अपर्याप्त थी। इस जटिलता का कारण यह था कि संज्ञाएँ, जिन सबकी रचना समान नहीं

१. Sanskrit Grammar, पृ० ४१४
२. Semantics, पृ० १८३
३. वही, पृ० १७ तथा १८३

होती थी, एक ही कारक में विभिन्न रूपों में प्रकट हुआ करती थीं (सम्बन्ध कारण domini, rosae ārboris)। अपर्याप्त इसलिए कि, संज्ञा-रूप सख्या में इतने थोड़े थे कि वे उन सभी सम्बन्धों को जिनकी मानव मस्तिष्क कल्पना करने में समर्थ था, अभिव्यक्त नहीं कर पाते थे। यही कारण था कि कारकों के साथ उन सम्बन्धों को स्पष्ट करने के लिए क्रिया विशेषणों को रखा गया। किन्तु विशिष्ट कारक के साथ विशिष्ट क्रियाविशेषण को बार-बार रखने की प्रवृत्ति ने आगे चलकर मानव के मन पर एक प्रभाव उत्पन्न किया, जिसके अन्य उदाहरण अभी दिए जाएगे। कारकरूप तथा समय अथवा स्थान-दर्शी अव्यय शब्द के बीच किसी विशेष सम्बन्ध, किसी कार्यकारण-सम्बन्ध के अस्तित्व का अनुमान किया गया। क्रियाविशेषण को केवल कारक निश्चित करने वाला अवयव समझने के स्थान पर लोगों की सामान्य बुद्धि ने उसमें कारक का यथार्थ कारण देखा। यह एक सर्वविदित तर्काभास है, दर्शनशास्त्र जिसका निर्देश "cum, hoc, ergo, propter hoc" के नियम से करता है। किन्तु जब कोई तर्काभास सर्वमान्य हो जाता है तो वह सत्य-सा माना जाने लगता है। भाषा में भी, जो जनविश्वास होता है, वही सत्य माना जाने लगता है। ápó, peri, èpi, prós metá, pára जैसे स्थान और समय-दर्शी क्रिया-विशेषण सम्बन्ध, सम्प्रदान अथवा कर्म कारकों के साथ लगे होने के कारण इन कारकों के कारक बन गए। क्रिया-विशेषण होने के कारण वे बाद में सम्बन्ध-बोधक अव्यय बन गए। मनुष्यों के मस्तिष्क ने उन्हें सकर्मक शक्ति प्रदान की।"

समुच्चयबोधक अव्यय—यह तथ्य महत्त्वपूर्ण है कि ग्रीक और लैटिन भाषाओं में अनेक समुच्चयबोधक उपलब्ध होते हैं, किन्तु संस्कृत में समुच्चय-बोधकों का एक वर्ग के रूप में अभाव है। इससे यह पता चलता है कि उनमें से अधिकांश मूल भारोपीय भाषा के नहीं हैं। अन्य भाषाओं में इनके द्वारा वाक्य-खंडों को जोड़ा जाता है, किन्तु सस्कृत भाषा[1] में शब्द-सघटना, जिरंड (gerund) 'इति' एवं भाववाचक संज्ञाओं (कारक रूपों में) से ही संतोष कर लिया जाता है।

संस्कृत के सर्वाधिक सामान्य समुच्चयबोधक यत्, तत् 'यदि', 'तर्हि', मूल-रूप में सर्वनाम (सम्बन्धवाची इत्यादि) हैं। ऐसे ही लैटिन ut, ne quominus, quin और ग्रीक os हैं। ये, सभी, किसी समय पूर्ण शब्द थे। इनका अपना शब्दरूप था और अपनी अर्थ-सूचकता थी। किन्तु इनके ये गुण बाद में लुप्त हो गए और सर्वनाम को समुच्चयबोधक समझा जाने लगा।

१. ह्विटने, Sanskrit Grammar पृ० ४१६

संज्ञाओं से प्राप्त होने वाले कुछ समुच्चयबोधकों में एक "कारण" है। "मला तेथे ये तां, आले नाहीं, कारण मीगुंतलों होतों" में 'कारण' संज्ञा का स्पष्टतः ही समुच्चयबोधक अव्यय के रूप में प्रयोग किया गया है।

इसप्रकार ये तीन प्रकार के शब्द क्रिया-विशेषण, सम्बन्धबोधक अव्यय और समुच्चयबोधक अव्यय—पुरानी सामग्री से बने नए रूप सिद्ध होते हैं। उनकी रचना की प्रक्रिया धीमी और क्रमिक थी। उसका सम्बन्ध ऐतिहासिक काल से है। विद्यमान तथ्यों के निरीक्षण द्वारा प्राप्त परिणामों के अनुसार तो यह भी असम्भाव्य नहीं है कि मूल रूप में संज्ञा, विशेषण और क्रिया का भी अस्तित्व नहीं था। ये विकास की क्रमिक और धीमी प्रक्रिया का परिणाम थे। एक समय ऐसा अवश्य रहा होगा जब आदिम असभ्य मनुष्य केवल पदार्थों एवं स्थितियों का ही द्योतन कर पाते होंगे और उन्हीं से, संज्ञा, विशेषण और क्रिया इत्यादि का विकास हुआ होगा। किन्तु संज्ञा से पूर्व भी संभवतः सर्वनाम की सत्ता थी। ग्री० 'dídōmi' सं. 'ददामि' (मैं देता हूं) के 'मि' प्रत्यय में कर्त्ता की भावना निहित थी और किसी भिन्न कर्त्ता की आवश्यकता का कभी अनुभव नहीं हुआ। किसी जंगली व्यक्ति के लिए, वह स्वयं, अर्थात् "मैं", उसका अहं ही सर्वाधिक महत्वपूर्ण है, शेष सभी "अन्य" हैं। इन अन्यों में कुछ उसके अपेक्षाकृत निकट हैं, जिन्हें वह 'तुम' कहता है,; शेष 'वे' हैं। इसलिए सर्वनाम ही वह पहला व्याकरणिक शब्द है जो सबसे पहले औरों से अलग पहचाना गया। यह संज्ञा से पहले रहा होगा, क्योंकि यह संज्ञा की अपेक्षा, अधिक आदिम, अधिक स्वाभाविक और संकेत द्वारा अधिक सरलता से व्यक्त करने योग्य है।

सर्वनामों का विवेचन करते समय सम्बन्धवाचक सर्वनाम की व्युत्पति विचारणीय है। यह वाक्यरचना-सम्बन्धी रूपांतरण का भी उदाहरण है। क्रिया-विशेषण, संबंधबोधक अव्यय तथा समुच्चय बोधक अव्यय में रूपान्तरण एक वर्ग से दूसरे वर्ग में हुआ था ; यहां वह उसी वर्ग में होता है। ब्रील ने रूपान्तरण का निर्देश इसप्रकार किया है : सर्वनाम विशेष जो दूसरों से बाहरी दृष्टि से किसी प्रकार भी भिन्न नहीं होता, अपने प्रयोग के कारण संयोग की ऐसी शक्ति ग्रहण कर लेता है जो उसे दो कथनों को संयुक्त करने में समर्थ बनाती है। व्याकरणिक भाषा में इसको इसप्रकार प्रकट किया जाता है। निश्चय-वाचक से यह सम्बन्धवाचक हो जाता है। इससे यह स्पष्ट हो जाता है कि निश्चयवाचक 'वह' किस प्रकार संबंधवाचक 'वह' बना होगा। यहां यह अवश्य स्मरण रखा जाना चाहिए कि सम्बन्धवाचक की धारणा भारत-जर्मनिक लोगों के विच्छेद से पूर्व अवश्य रही होगी। सम्बन्धवाचक धारणा को व्यक्त करने

का कोई ढंग था, उदाहरणार्थ संस्कृत कहावत "बुद्धिर्यस्य बलं तस्य" अथवा "यद्दासि तत्ते वित्तम्" द्रष्टव्य है।

उपपद (article) की भी यही स्थिति है। इसक अस्तित्व केवल कुछ भारत-जर्मनिक भाषाओं में है सब में नहीं। यह पुराना निश्चय-वाचक सर्वनाम है। अंग्रेजी 'the', जर्मन 'der' ग्रीक (संबन्ध वाचक) 'ós', फ्रेंच 'le'. ये सभी मूलतः निश्चयवाचक हैं, यद्यपि इनमें कुछ अर्थभेद है। इनकी स्वतंत्र सत्ता नष्ट हो चुकी है और ये वाक्यरचना में प्रयुक्त एक साधन मात्र रह गए हैं।

सहायक क्रिया अंग्रेजी 'to be', जर्मन sein, फ्रेंच etre, मराठी असणें के पीछे भी यही इतिहास है। यह मूलतः एक अपूर्ण क्रिया थी और सामान्यतया अस्तित्व का अर्थ देती थी। किन्तु इससे अन्य क्रियाओं की सहायता का कार्य लिया गया और अब यह उन स्थितियों को छोड़कर जब इसका स्वतंत्र प्रयोग होता है, प्रायः एक सहायक क्रिया बन चुकी है। अं० He is dead, जर्मन er ist tot मराठी 'तो मेला आहे' जैसे वाक्यों में यह वाक्यरचना का एक साधन मात्र है। जब हम "तो मेला नाहीं, तो आहे" कहते हैं तो हम इस शब्द का संयोजक क्रिया और अपूर्ण क्रिया दोनों ही रूपों में प्रयोग करते हैं। अन्य सहायक क्रियाओं की भी यही स्थिति है। अंग्रेजी have, "He has lost all he had" इस तथ्य का उतना ही सुन्दर उदाहरण है, जितना कि ऊपर का मराठी वाक्य।

क्रियाओं के प्रसंग में हमें (अकर्मक) तथा सकर्मक क्रियाओं में भेद मिलता है। अकर्मक क्रियाएं वे हैं जो अपने भाव की पूर्ति के लिए किसी कर्म को ग्रहण नहीं करतीं। वे आत्मनिर्भर होती हैं और इसप्रकार वे सकर्मक की अपेक्षा पहले की हैं। सकर्मकता का भाव अवश्य ही बाद की प्रक्रिया होगा, क्योंकि प्राचीन आदिम अवस्था में विचारों या भावों के पारस्परिक आदान-प्रदान के लिए यह आवश्यक था कि शब्द अपने आप में पूर्ण हों या अपना अर्थ पूरा-पूरा दें। कुछ अकर्मक क्रियाएं प्रायः ऐसे शब्दों के साथ संयुक्त करदी जाती थीं जो उनका निर्धारण करते थे, अथवा किसी विशेष पदार्थ की ओर उनके कार्य का संकेत करते थे। जब मस्तिष्क इस प्रक्रिया का अभ्यस्त हो गया तो उसे अधिकांश क्रियाओं के साथ ऐसे शब्दों (पूर्णताओं) की आवश्यकता हुई। इसप्रकार "स गच्छति" एक पूर्ण अर्थ देता है, किन्तु वह प्रायः 'ग्रामम्', 'गृहम्' जैसे शब्दों के साथ सम्बद्ध कर दिया जाता था। विचारों[1] के स्थानान्तरण से—

१. ब्रील, Semantics, पृ. १९०

जिसके समान उदाहरण भाषा विज्ञान के अतिरिक्त अन्य विज्ञानों में भी मिलते हैं, हमारे मस्तिष्क में यह धारणा बन गई, कि स्वयं शब्दों में ही उस बात की अनुभूति होती है जो हमारे स्वभाव अथवा विचार का परिणाम मात्र है। तभी से ऐसी क्रियाओं का जन्म हुआ, जिन्हें पूरक की आवश्यकता हुई। इसके दो परिणाम निकले : क्रियाओं के अर्थ में थोड़ा परिवर्तन हो गया, और कारक विभक्तियों का अर्थसूचक गुण सीमित हो गया। उदाहरणार्थ 'ऋ धातु का अर्थ है केवल "जाना"। किन्तु कर्मों के साथ इसके अर्थ में थोड़ा परिवर्तन आ जाता है जैसे सं० "स मरणमृच्छति" (वह मृत्यु को प्राप्त होता है)। यही स्थिति 'पत्' (गिरना) धातु की भी है— "नरकं पतति" का अर्थ है "नरक में गिरता है"।

संस्कृत 'अधि' जो मूलतः क्रिया-विशेषण है, उपसर्गात्मक हो गया और कर्म को अनुशासित करने लगा। बाद में यह धातुओं में मिला दिया गया और इसका कर्म धातु का कर्म हो गया। संस्कृत "अर्थम् अधिगच्छति" (वह धन प्राप्त करता है) मूलतः "अधि अर्थं गच्छति" (की ओर जाता है इत्यादि) था। वैदिक भाषा में उपसर्गात्मक क्रियाविशेषण की स्वतन्त्र सत्ता है। 'या' धातु का अर्थ है "जाना"। पीछे द्वितीया आने पर इसका अर्थ हो जाता है— "प्रार्थना करना" : तत्वा[1] यामि ब्रह्मणा वन्दमानः। ब्रील ने लैटिन और ग्रीक से इसप्रकार के रोचक उदाहरण दिए हैं। जर्मन शब्द abtreten (आराम करना) एक अकर्मक क्रिया है जो "Jemandem etwas abtreten" जैसे वाक्य में पुरुष की चतुर्थी से मिल कर सकर्मक हो जाती है। अंत में हम संज्ञा, विशेषतः उसकी कारक-रचना की ओर ध्यान देंगे। सभी भारोपीय भाषाओं में सात कारक थे। फिर भी कुछ भाषाओं में, प्राचीन समय में भी समान कारकों का परस्पर विलय हो जाता था, जैसे ग्रीक और लैटिन भाषाओं में सम्प्रदान और करण, अपादान और अधिकरण का। करण एवं अधिकरण का स्थान ग्रीक में संप्रदान ने, तथा लैटिन में अपादान ने ले लिया है। ग्रीक में करण और अपादान पूर्णतया लुप्त हो गए हैं और अधिकरण तथा संप्रदान का प्रायः परस्पर, विलय हो गया है। वास्तव में इन कारकों की कार्यकारिता में बहुत अधिक भेद नहीं था, और उनके ऐतिहासिक विकास में ही उनकी समाप्ति या विलय के बीज वर्तमान थे। कई अवस्थाओं में रूपसादृश्य ही सारी भ्रान्ति का मूल था : उदाहरणार्थ ग्रीक में प्रातिपदिक के करण बहुवचन की भ्रान्ति oikois oikoisi जैसे शब्दों में अधिकरण की विभक्ति ois-(i) के साथ हो जाती थी।

---

1. ऋग्वेद १. २४.११

कारकों के एकीकरण के कारण :—पहला कारण वाक्य-रचना सम्बन्धी है, क्योंकि एक कारक, दूसरे के क्षेत्र को छोटा करके अपने व्यवहार क्षेत्र का विस्तार कर लेता है। इसका उदाहरण ग्रीक संप्रदान और लैटिन अपादान है। दूसरा कारण ध्वनि-संबंधी है, जैसे ग्रीक में करण एवं अधिकरण। तीसरा कारण है किसी कारक का अपेक्षाकृत अधिक या कम प्रयुक्त होना। द्विवचन और बहुत से बहुवचनों के रूपों की उतनी आवश्यकता नहीं पड़ती जितनी कि एकवचनों की, इसी कारण द्विवचनों और उसप्रकार के बहुवचनों का लोप हो रहा है। पश्चिमी वर्ग में तो अधिकांशतः उनका लोप हो चुका है। द्विवचन का तो संस्कृत को छोड़कर बहुत सी पुरानी भाषाओं में भी लोप हो गया था और अनेक कारकों के बहुवचनों का एक ही रूप था : उदाहरणार्थ संप्रदान एवं अपादान बहुवचन के लिए संस्कृत में रामेभ्यः; करण, संप्रदान, अपादान द्विवचन के लिए रामाभ्याम्; सम्बन्ध एवं अधिकरण द्विवचन के लिए रामयोः, कर्त्ता, कर्म तथा संबोधन द्विवचन के लिए रामौ।

किन्तु वस्तुतः ऐसे बहुत से अन्य वाक्यरचनात्मक सम्बन्ध हैं जिनका कि कारकों द्वारा पृथक् द्योतन भली प्रकार नहीं किया जा सकता। करण की ही ग्रीक तथा अन्य भाषाओं में दुहरी विभक्तियां हैं, जिन्हें देख कर विद्वान् इस निष्कर्ष पर पहुंचे हैं कि वे मूलतः दो भिन्न कारकों की थीं। हर्ट[१] ने इसे "Casus Indefinitus" कहा है। फिनिश और तुर्की जैसी भाषाओं में कारकों की संख्या बहुत अधिक है और इसीकारण वे भारत जर्मनिक भाषाओं की अपेक्षा अधिक निश्चितता से सम्बन्ध की अभिव्यक्ति कर सकती हैं। इसके अतिरिक्त, वे सम्बन्ध जिनकी कि अभिव्यक्ति की गई, उतने निश्चित नहीं जान पड़े जितनी कि आवश्यकता थी, और फल यह हुआ कि क्रिया–विशेषणों की प्रचुर मात्रा में सहायता ली गई। यहाँ तक कि प्राचीनतम भारत जर्मनिक भाषाओं में भी यह प्रवृत्ति पाई जाती है। समय के साथ-साथ इसका विकास होता गया क्योंकि यह बड़ी सुविधाजनक प्रतीत हुई। यह प्रवृत्ति यहां तक बढ़ी कि आज हमें ऐसी भाषाएं दिखाई पड़ती हैं, जिन्होंने अधिकांश कारकीय रूपों का त्याग कर दिया है और वे क्रिया-विशेषणों अथवा परसर्गों का व्यवहार करने लगी हैं। वे संयोगात्मक से वियोगात्मक हो गई हैं। अंग्रेजी भाषा इसका सर्वोत्तम उदाहरण है। एक ही रूप 'me' का समुचित पूर्वसर्गों (prepositions) के साथ सभी कारकों में प्रयोग होता है : 'by me', 'to me', 'for me', 'in or at me of me',। यहां तक कि द्वितीया 'me' को भी परोक्ष कर्म के सम्बन्ध के द्योतन

---

१. Hirt, Handbuch पृ० ३०५.

में अपर्याप्त समझा गया और उसके पूर्व भी 'to' पूर्वसर्ग जोड़ दिया गया, जैसे 'he gave me a book' के स्थान पर 'he gave a book to me'. इस प्रसंग में फ्रेंच भाषा की अंग्रेजी से अच्छी तुलना हो सकती है। उसमें कारक अधिक लचीले हैं और अनेक सम्बन्ध अपेक्षाकृत अधिक सुविधा से व्यक्त किए जाते हैं। जर्मन भाषा ने उपपद (article) तथा कुछ संज्ञारूपों में चार कारकों को सुरक्षित रखा है। किन्तु भारत की आधुनिक बोलियों की स्थिति भिन्न है। वे, जैसी कि सहज संभावना थी, उतनी वियोगात्मक नहीं हो रही हैं, जितनी कि फ्रेंच और अंग्रेजी भाषाएं हुई हैं। इसके विपरीत, उनमें नए विभक्तियुक्त कारकीय रूप आ गए हैं। अंग्रेजी ने, फ्रेंच ने, जापानी तथा चीनी भाषाओं की भांति, शब्द-क्रम अथवा शब्द की वाक्य में निश्चित स्थिति को कारकीय सम्बन्ध के व्यक्तीकरण में सर्वोत्तम साधना के रूप में स्वीकार किया है। "Rāma defeated Rāvaṇa" केवल इसी क्रम में इच्छित अर्थ की अभिव्यक्ति करेगा। यदि इसे उलटा दिया जाए तो यह बिल्कुल विपरीत अर्थ देगा। किन्तु दूसरी ओर मराठी में "राम रावणाला मारतो" को "रावणाला राम मारतो" के रूप में भी प्रकट किया जा सकता है। इससे अर्थ में कोई अन्तर नहीं आता। इसप्रकार भारतीय भाषाओं ने स्पष्टतया ही भिन्न पथ का अनुसरण किया है। इनकी प्रवृत्ति नितान्त वियोगात्मकता की ओर नहीं है, वरन् थोड़ी-बहुत किसी न किसी रूप में संयोगात्मकता की ओर है। इस प्रकार पुराने संस्कृत कारकों के साथ, ग्रीक और लैटिन की भांति पूर्वसर्ग जोड़ दिए गए, किन्तु वे इसप्रकार एकीभूत थे कि शीघ्र ही उन्हें नया रूप समझा जाने लगा। गुजराती 'गाममां' अथवा हिन्दी "गांव में," "गाम मज्झा" से होकर संस्कृत "ग्राममध्यात्" से बना है; मज्झि, माहि अथवा महि, मइ, मां इत्यादि। आज 'मां' 'में' को अधिकरण की विभक्तियां समझा जाता है। वही स्थिति "गांवांत" की भी है, जो मूल गांव-आंत है। इसमें आंत 'अंत;' क्रिया विश्लेषणात्मक परसर्ग से है। किन्तु अब किसी का भी ध्यान इस ओर नहीं जाता कि यह क्रिया-विशेषण है। अब यह नियमित विभक्ति बन गया है। संप्रदान 'ला' का सम्बन्ध 'लागी' से है, जो मध्यकालीन मराठी रूप है। 'लागी' का सम्बन्ध १३६७ ई० के नगाँव शिलालेख में प्राप्त एक क्रिया रूप "लागौनि" से जोड़ा जाता है। "ला" का सम्बन्ध लाई, लागी से भी हो सकता है। इस प्रसंग में मैथिली 'लै' तुलनीय है।

भाग २

भाषाओं के परिवार

पुस्तक के पहले भाग में भाषा-विज्ञान के सामान्य सिद्धान्तों का विवेचन किया गया। हमने भाषा को बाह्य रचनात्मक और आंतरिक या अर्थ विषयक दोनों ही पक्षों से देखा। भाषा के रचनात्मक पक्ष का विवेचन करते समय, 'भाषा किस प्रकार बनी', 'किस प्रकार इसका विकास हुआ', 'किन नियमों के अनुसार यह विकसित हुई', 'स्वन-नियम क्या थे' 'वे सिद्धान्त कौन से थे' जो इनके विरोधी प्रतीत होते हैं, तथा, इसीप्रकार की अन्य बातों पर हमने विचार किया। भाषा की सामग्री और उसके आन्तरिक पक्ष पर विचार करते समय, हमने अर्थ-विज्ञान (शब्द के अर्थ का विज्ञान) तथा वाक्य-विज्ञान,—यदि इसे इस नाम से अभिहित किया जाय,— अथवा किसी वाक्य में शब्दों के पारस्परिक सम्बन्धों के विज्ञान पर प्रकाश डाला।

२० **भाषा-वर्गः**— भारोपीय भाषाओं एवं उनके इतिहास पर विचार करने से पूर्व भाषाओं के आकृतिमूलक या रचनात्मक वर्गीकरण पर विचार किया जाएगा। यह आकृतिमूलक वर्गीकरण भाषाओं के पारिवारिक वर्गीकरण से अलग है। आकृति के आधार पर भाषाओं के चार वर्ग होते हैं :

(१) योगात्मक या प्रत्ययप्रधान भाषाएं— योगात्मक के लिए अंग्रेजी शब्द agglutinative है। इस शब्द का सम्बन्ध लेटिन gluten (चूना), glutinare (चूने से चिपकाना) से है। शब्दों के रूप प्रत्ययों से बनते हैं और दोनों एक सीमा तक परस्पर 'चिपके हुए' प्रतीत होते हैं। फिर भी मूल शब्द और प्रत्यय सदैव अपना अस्तित्व अलग रखते हैं और उनको मिलने के बाद भी स्पष्टतः अलग-अलग देखा जा सकता है। प्रत्यय जोड़ने पर यदि कोई ध्वनि-परिवर्तन होता भी है तो वह वैसा आवश्यक नहीं है जैसा कि भारोपीय भाषाओं में है। इनमें प्रत्यय मूलशब्द से अलग किये जा सकते हैं और उन्हें स्वतन्त्र शब्द समझा जा सकता है। इसका एक लाभ यह है कि एकवचन और बहुवचन के लिये पृथक् संबंध तत्त्वों की आवश्यकता नहीं होती; उसके लिए मूलशब्द और सम्बन्धतत्त्व के बीच में प्रत्यय का परिवर्तन ही पर्याप्त है।

भाषाओं के परिवार

रेड इंडियन	सेमेटिक	हेमेटिक	एकाक्षर या दक्षिणी पूर्वी एशियाटिक:	यूराल अल्ता-इक या तूरानी	आर्य अथवा भारोपीय	द्रविड़	मलायन पालिनीशियन	आस्ट्रेलियन और पापुआ या नेग्रिटो	काकेशियन	बास्क	अमेरिकन इंडियन भाषाएं	मध्य अफ्रीक भाषा
	हिब्रू	प्राचीन मिस्री	चीनी	जापानी	हिट्टाइट	कन्नड़						
	फ़ोनीशियन	बर्बर	स्यामी	मगियार	वैदिक	तेलुगु						
	असीरियन	लिबिय	बर्मी	फिनिश	प्राचीन फारसी	तमिल						
	सीरियन	हौसा	तिब्बती		संस्कृत							
	अरबी				ग्रीक							
					लैटिन							
					हिन्दी							
					बंगला							
					जर्मन							
					अंग्रेजी							
					जिप्सी							
					रूसी							
					मराठी							

तुर्की भाषा योगात्मक है। योगात्मकता दिखाने के लिए तुर्की का 'e' (=घर) शब्द प्रायः उद्धृत[1] किया जाता है :

	एकवचन	बहुवचन
कर्त्ता	ev	ev-ler
कर्म	ev-i	ev-ler-i
सम्प्रदान	ev-e	ev-ler-e
अपादान	ev-den	ev-ler-den
सम्बन्ध	ev-in	ev-ler-in
अधिकरण	ev-de	ev-ler-de

मूल शब्द के अक्षर e अथवा a के अनुरूप ही e अथवा a अक्षर जोड़ा गया है (जैसे ler अथवा de में)। इसप्रकार यहां एक प्रकार की स्वर-संगति है। इसमें ऐसी अनेक बातें हैं, जो भारत-जर्मनिक भाषाओं में नहीं मिलतीं। इच्छानुसार अक्षरों को जोड़ने अथवा घटाने की प्रक्रिया से योगात्मक भाषाओं में एक प्रकार की शक्ति आ जाती है। उपर्युक्त उदाहरण के अतिरिक्त एक अन्य उदाहरण यह है:— el (हाथ) el-im (मेरा हाथ) el-im-de (मेरे हाथ में) el-im-de-ki (मेरे हाथ में होने पर)। तुर्की के अतिरिक्त हुंगेरियन और फिनिश भाषायें भी इस वर्ग के अन्तर्गत हैं।

(२) श्लिष्ट योगात्मक (agglutinative inflectional) भाषाओं में शब्द-रचना के लिए प्रत्यय और भारत-जर्मनिक भाषाओं की भांति विभक्ति होती है। पहले वाले वर्ग से और इससे, भेद यह है कि इसमें मूल शब्द या प्रातिपदिक में प्रत्ययों से पूर्व विभक्ति अवश्य होती है। दोनों में समानता यह है कि दोनों में प्रत्यय जोड़े जाते हैं। सेमिटिक भाषाओं में धातु में स्वर-परिवर्तन होता है। शब्द व्यंजनों से सम्बद्ध स्वरों में एक विशेष प्रकार के परिवर्तन से बनाए जाते हैं। ऐसा अंशतः उपसर्गों द्वारा होता है और अंशतः प्रत्ययों द्वारा। उदाहरणतः स्-ज्-द् धातु से मस्जिद बनता है। स्-ल्-म् धातु से 'सेलिमा', 'सलाम 'इस्लाम' 'मुस्लिम', 'सेलिम', और 'सुलेमान' आदि बनते हैं। तिब्बत की भाषा भी योगात्मक भाषा का उदाहरण है।

(३) तीसरा वर्ग ऐसी भाषाओं का है जिनमें पूर्ण शब्द-रूप नहीं होते। ये धातु-प्रधान अथवा अयोगात्मक भाषाएं कहलाती हैं। चीनी भाषा इसका उदाहरण है। इसमें किसी वाक्य में शब्द का स्थान ही उसकी विशेषता

---

१ Porzezinski, Einleitung पृ० १३५ Giles, Manual of Comparative Philology पृ० ४१।

या उसकी व्याकरिणक कार्यकारिता को निर्धारित करता है। अर्थात् कोई शब्द क्रिया, संज्ञा अथवा विशेषण इसलिए नहीं होता कि उसमें इनकी विशेषताएं होती हैं, वरन् इसलिए होता है कि उसका वाक्य में एक विशेष स्थान होता है। स्थान एव सुर (Tone) से ही वाक्य में शब्द का अर्थ निश्चित किया जाता है। पुरानी चीनी और बर्मी अयोगात्मक भाषाएँ हैं। ये धातु भाषाए कहलाती हैं, क्योंकि जो अन्य भाषाओं में धातु हैं, इनमें वही पूर्ण और स्वतन्त्र शब्द हैं। ये शब्द अमिश्र (simple) अथवा समस्त (compound) हो सकते हैं। इनका दूसरा नाम अयोगात्मक भाषाएँ हैं।

(४) श्लिष्ट (inflectional) भाषाएं:— भारत-जर्मनिक या द्रविड़ भाषाए इसी वर्ग की हैं। ये भाषाएं अपनी पूर्णतः स्पष्ट श्लिष्ट प्रकृति के कारण अन्य भाषाओं से सर्वथा भिन्न हैं। तुर्की से ये भाषाएं कई बातों—जैसे विभक्ति का कार्य करने वाले मध्यम अक्षर का अभाव, कारकों की अपेक्षाकृत कम संख्या (हमने देखा है कि इन्हें और भी कम करने की प्रवृत्ति है जैसे अग्रेजी, फ्रेंच आदि में), समस्त शब्दों का प्रयोग जिनका कि योगात्मक भाषाओं में अभाव है, विभिन्न व्याकरणिक शब्दों (parts of speech) के बीच स्पष्ट सीमा-रेखा, (दूसरी ओर हुंगेरियन के निम्नतम रूप में संज्ञा और क्रिया में प्रायः भेद नहीं है)— में भिन्न हैं। बाद वाली भाषा में "मेरा" को व्यक्त करने के लिए प्रथमपुरुष के अंतिम अंश का संज्ञा में प्रत्यय के रूप में प्रयोग किया जाता है। hal-unk[१] का अर्थ है "हमारी मछली" और var-unk' का "हम बोते हैं"। द्रष्टव्य "ur-am"[२] (मेरा स्वामी) "ur-unk" (हमारा

(१) Giles, Manual of Comparative Philology पृ० ४२
(२) Caldwell, Comparative Grammar of the Dravidian Lanugages पृष्ठ ३०७

प्रख्यात डेनिश भाषा वैज्ञानिक आटो जेस्पर्सन ने किसी चीनी व्यक्ति द्वारा किए गए किसी तीन मस्तूल और दो चिमनी वाले यत्रचालित जहाज के वर्णन में से निम्नलिखित उद्धरण दिया है, "तीन सख्या बांस, दो सख्या पफ-पफ़, चलना- और अन्दर, कोई नहीं सकता देख।" आज झुकाव अश्लिष्ट भाषाओं की ओर है जिनमें सरलता से सयुक्त हो सकने वाले अवयव हों। डा० चटर्जी ने आधुनिक हिन्दोस्तानी (जिसे वे बाजारी हिन्दोस्तानी कहते हैं) में इसका बड़ा स्पष्ट विवेचन किया है। उनका विद्वत्तापूर्ण ग्रन्थ 'Indo-Aryan and Hindi' (१९४२) द्रष्टव्य है। अंग्रेज़ी अश्लिष्ट स्वतन्त्रता की दृष्टि से चीनी से साम्य रखती है। — संपा०

स्वामी)। तुर्की भाषा में क्रिया की रचना अधिकांशतः कृदन्त से, प्रथम एवं मध्यम पुरुष में पुरुषवाचक सर्वनाम जोड़कर की जाती है। अन्य पुरुष के लिए केवल कृदन्त का प्रयोग होता है।

(५) पूर्णतः श्लिष्ट और योगात्मक-श्लिष्ट भाषाओं में अन्तर :— भारत जर्मनिक और सेमेटिक (जिसके अन्तर्गत असीरियन, हिब्रू, आर्मेइक और अरबी वर्ग की भाषायें आती हैं) परिवारों की भेदक विशेषताए ये हैं– (१) भारत-जर्मनिक में धातुओं एवं प्रातिपदिकों में अपश्रुति (vowel gradation); (२) सेमेटिक धातुओं का विशिष्ट रूप। इन धातुओं में कुछ ही अपवादों को छोड़कर प्रायः तीन व्यञ्जन होते हैं। इनका स्वर परिवर्तन भारत जर्मनिक से भिन्न प्रकार का होता है। उदाहरणार्थ स्-ज्-द् और स्-ल्-म्- धातुएँ देखी जा सकती हैं। सेमेटिक भाषाओं में केवल क्रिया भी अत्यन्त श्लिष्ट होती है और उसकी रचना संज्ञा तथा विशेषण रूपों से होती है, जिनमें पुरुषवाचक सर्वनामों के अशों का उपसर्ग अथवा प्रत्यय के रूप में योग रहता है।

यह प्रश्न कि सेमेटिक और भारत-जर्मनिक भाषाओं का एक-दूसरे से सम्बन्ध है अथवा नहीं, १८२८ में क्लैप्रॉथ द्वारा उठाया गया था। तब से यह अनेक निबन्धों एवं पुस्तिकाओं का विषय रहा है, किन्तु कोई निश्चित निष्कर्ष नहीं निकल सका। अयोगात्मक तथा केवल योगात्मक भाषाओं के विषय में ऐसा प्रश्न उठ ही नहीं सकता था क्योंकि उनमें विभक्ति (inflection) की तरह की कोई चीज़ नहीं होती। किन्तु सेमेटिक भाषाओं में एक प्रकार की विभक्ति मिलती है और इसी कारण इस प्रश्न का उठना अनिवार्य था। परन्तु ध्वनि, रूप और वाक्य-रचना आदि दूसरी बातों में, जो भाषा के मेरुदण्ड हैं, इतना अन्तर मिलता है कि केवल विभक्ति के बल पर यह कह देना सम्भव नहीं है कि भारत जर्मनिक तथा सेमेटिक भाषाए परस्पर सम्बद्ध हैं। मोलर जैसे विद्वान् ने १९०७ में मूल सेमेटिक भाषा के पुनर्निर्माण का प्रयास किया था और उनके अनुसार मूल भारत-जर्मनिक कही जाने वाली भाषा से उसकी तुलना हो सकती है। परन्तु ऐसी आनुमानिक भाषाओं— जिनके विषय में कोई ऐतिहासिक प्रमाण नहीं है कि उनका कभी अस्तित्व भी था, अथवा, यदि उनका अस्तित्व था, तो उस विशिष्ट रूप में जिसमें कि उनका पुनर्निर्माण किया गया है— की तुलना स्वय अपने उद्देश्य खो देती है।

हां, सेमेटिक और हेमेटिक परिवार की भाषाओं में अत्यन्त निकट की समानता अवश्य है और उसके कारण उनमें सम्बन्ध प्रतीत होता है। सेमेटिक में मिस्री और कॉप्टिक (अब मृत) भाषाए आती हैं। कुछ अन्य उत्तरी अफ्रीकी

भाषाओं—बर्बर और अबीसीनिया की भाषा—को भी इस वर्ग के अन्तर्गत माना जाता है ।

कुछ विद्वानों का विचार है कि सेमेटिक और चीनी परस्पर सम्बद्ध भाषाएँ हैं । भाषाओं के सम्बन्ध की सारी समस्या जितनी व्यापक है, उतनी ही कठिन। भाषा-विशेष को ध्यान में रखते हुए इस प्रश्न को सामान्यतया स्वीकार किया जा सकता है। यद्यपि विभिन्न वर्गों की भाषाओं और एक ही वर्ग की भाषाओं, जैसे भारत-जर्मनिक और द्रविड़—जो दोनों ही बहुत अधिक श्लिष्ट हैं,—में इसप्रकार के सम्बन्ध को ऐतिहासिक रूप से प्रमाणित नहीं किया जा सकता, फिर भी यदि इसप्रकार के सम्बन्ध की संभावना को स्वीकार कर लिया जाये तो इसमें सम्भवतः कुछ भी अस्वाभाविक नहीं है । मनुष्यों और उनकी भाषाओं के पीछे एक लम्बा इतिहास है । यदि किसी प्रकार मान लें कि भारत-जर्मनिक और चीनी व्यक्ति (यदि दूरतम उदाहरण लें) कभी एक साथ रहते थे और एक ही भाषा अथवा घनिष्ठतया सम्बद्ध भाषाएँ बोलते थे, तो संभव है, कि विच्छेद इतने धूमिल अतीत में हुआ हो और उसने इतने भिन्न पथ ग्रहण किए हों कि किसी संभावित संपर्क के सभी चिह्न विलुप्त हो गए हों। वास्तव में अभी वह समय नहीं आया जब ऐसा कह कर कि 'यह प्रश्न एक अथवा दूसरे प्रकार से सुलझ गया है', बात को खतम किया जा सके । इसका कारण यह है कि अन्य भाषा वर्गों—उदाहरणतः सेमिटिक ही—के सम्बन्ध में अभी बहुत कुछ करना शेष है । जब तक संसार की सभी प्रमुख भाषाओं का उतना ही सूक्ष्म अध्ययन नहीं हो जाता, जितना कि भारत-जर्मनिक भाषाओं का हुआ है, तब तक किसी को यह कहने का अधिकार नहीं है कि एक अथवा दूसरे प्रकार से प्रश्न का अंतिम रूप से समाधान हो गया है ।

२१. **कुछ द्रविड़ तालिकाएँ** :—बहुत अधिक श्लिष्ट और अभी तक अंशतः योगात्मक भाषाओं में द्रविड़ भाषाओं—तेलुगु, तमिल, मलयालम कन्नड़ इत्यादि—का अपने सुविकसित रूप (जिसकी तुलना भारत-जर्मनिक भाषाओं के रूप से हो सकती है) के कारण उच्च स्थान है । सीथियन अथवा तूरानियन वर्ग के साथ इनका अत्यन्त घनिष्ठ साम्य है । कुछ विद्वानों का मत है कि इनका वास्तव में ही उनसे सम्बन्ध है ।

निम्नांकित दो तालिकाएँ उनकी प्रकृति को स्पष्टतया प्रकट करती हैं:—

एक वचन[1]	तेलुगु	तमिल	मलयालम	कन्नड़
कर्त्ता	गुर्रम्-अ (घोड़ा)	मरम्-अ (पेड़)	मरम्	मरम्
कर्म	गुर्रमुनु गुर्रम्	मरट्टेइ	मरट्टिने मरट्ट	मरमम् मरनम्
सम्प्रदान	गुर्रमुनकु	मरट्टिर्कुं	मरट्टिन्नु	मरके मरक्के
संबंध	गुर्रमु	मरट्टिनडु	मरट्टिन्ड्रे	
	गुर्रमुयोक्क	मर्रट्टिन्		

बहुवचन				
कर्त्ता	गुर्रमुलु गुर्रालु	मरंगळ्	मरङ्ङळ्	मरगल, मरंगल्
कर्म	गुर्रम्लनु गुर्रालनु	मरंगळेइ	मरङ्ङले	मरगळम्
संबंध		मरङ्गलिनडु मरङ्गळनि	मरङ्ङळुडे	मरगळ्

(२)

एनु ए, ने	मैं	यन्, नान्	नान्	यान्, आन्, ना
एमु मेमु	हम	याम्, नम् नांगल्	नाम, नम्मल ञ्ञाङ्ङगल्	आम् आवु नावु
निवु नी ईवु	तू	नी, नीय्	नी	नीन्, नी नीनु
मीरु, ईरु	तुम	नीर् नीविर् नीङ्गल्	निङ्ङल् नीङ्ङल्	नीम् नीवु
नां नन्	मेरा	एन्	एन्, इन्	एन्, नन्
नी निन्	तेरा	निन्, नुन् उन्	निन्	निन्

---

१. Caldwell, Comparative Grammar of the Dravidian Languages.
तेलुगु में संज्ञा शब्द मानु (शुद्ध रूप mrānu वृक्ष=पेड़) के शब्दरूप बहुत अनियमित हैं अतएव गुर्रम (घोड़ा) उदाहरणस्वरूप दिया गया है।

भारोपीय अथवा आर्य भाषा-परिवार

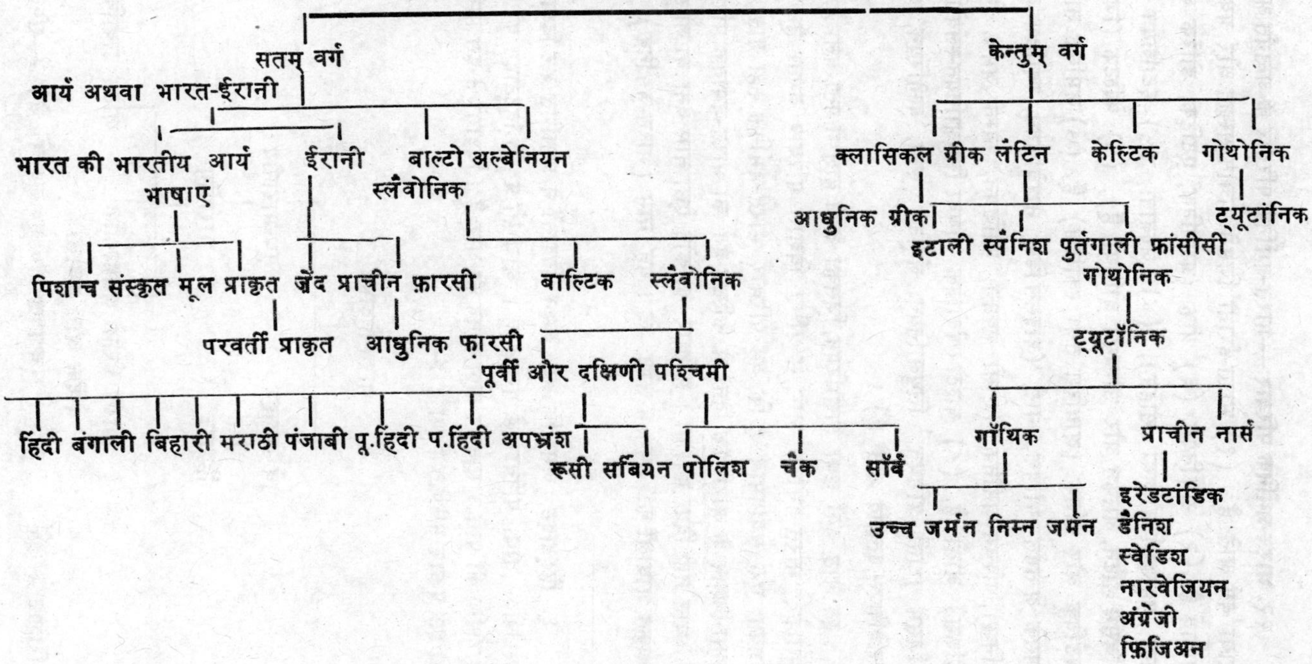

२२. **भारत-जर्मनिक परिवार**:––भारत-जर्मनिक परिवार के अन्तर्गत अनेक भाषा वर्ग आते हैं; (१) भारत-ईरानी[1] जिसमें प्राचीन संस्कृत और अवेस्ता भाषायें हैं, (२) आर्मेनियन, (३) ग्रीक (आयोनिक, एटट्रिक, डोरिक और अन्य महत्वपूर्ण बोलियों सहित), (४) अल्बानी, (५) इटालियन वर्ग (जिसमें लैटिन, ओस्कन और उम्ब्रियन बोलियाँ हैं), (६) केल्टिक (जिसमें ब्रिटैनिक और गेलिक (आयरिश तथा स्कॉटिश) हैं, (७) जर्मनिक शाखा, जिसके अन्तर्गत गॉथिक, नार्स (आइसलैंडिक, नारवेजियन, स्वीडिश और डैनिश), पश्चिम जर्मनिक (ऐंग्लो सेक्सन, फ्रीजियन, निम्न जर्मन, निम्न फ्रैंकिश) आती हैं, (८) बाल्टो-स्लैवोनिक अथवा लिथुआनियन-स्लैवोनिक (जिसमें पुरानी प्रशियन, लिथुआनियन, लैट्टिक, रूसी, बल्गेरियन, चेक, स्लावेकियन इत्यादि आती हैं)।

इन आठ वर्गों तथा तोखारियन, जिसका अभी हाल में पता चला है, को मिलाकर 'भारत-जर्मनिक' नाम से प्रसिद्ध विशाल परिवार बनता है। यह संभवतः एक संयोगमात्र है कि यह परिवार भारत-जर्मनिक कहा जाता है। भाषा-विज्ञान के आरम्भिक दिनों में केल्टिक वर्ग को भारत-जर्मनिक परिवार में स्थान नहीं दिया गया था। परिवार को कोई ऐसा नाम देना था जो सभी स्वीकृत भाषाओं को अपने में समेट ले। यह नाम (भारत-जर्मनिक) उस

---

१. हिट्टाइट, जैसा कि अब जर्मन विद्वानों ने प्रमाणित कर दिया है, भारोपीय भाषा परिवार से सम्बद्ध है। आज की प्रवृत्ति हिट्टाइट को मूल भारोपीय की पुत्री न मानकर बहन मानने की ओर है। विद्वानों ने इस सम्बन्ध को इस प्रकार संकेतित किया है :—

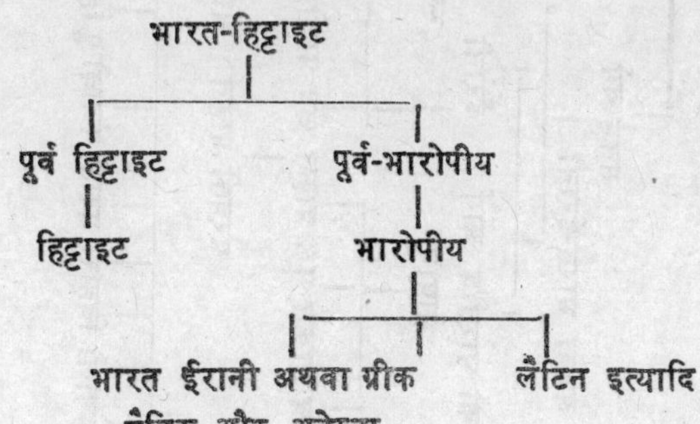

परिशिष्ट १ देखें (वंशवृक्ष डा० सु० कु० चं० से) —संपदाक

परिवार के अन्तर्गत आने वाली धूर पूर्व की तथा (तब तक) धूर पश्चिम की भाषाओं के मिलाने से प्राप्त हुआ। परन्तु केल्टिक के ज्ञात होने पर यह नाम अनुपयुक्त हो गया। कुछ विद्वानों ने इस परिवार को भारत-केल्टिक नाम देने का सुझाव रखा, किन्तु सामान्यतः यह स्वीकृत नहीं हुआ। दूसरा नाम "भारोपीय" (Indo-European) संभवतः अधिक लोकप्रिय हो गया और जर्मनों को छोड़ कर शेष सभी विद्वानों ने, इसका खुलकर प्रयोग किया। जर्मन विद्वान्, संभवतः देश प्रेम के कारण, किन्तु इससे भी अधिक आदत के कारण पुराने नाम (भारत-जर्मनिक) परही दृढ़ रहे। बाइबिल में प्रयुक्त पुराना नाम 'जफेटिक' के छोड़े जाते देर नहीं लगी। भारत-आर्य (Indo-Aryan) नाम बड़ा ही अस्पष्ट है और अधिकतर यह संस्कृत-अवेस्ता वर्ग को ही अभिहित करता है।

विभिन्न शाखाओं की एक दूसरी से तुलना से यह निश्चय करना पहले की अपेक्षा अब बहुत सरल हो गया है कि कोई विशिष्ट भाषा भारत-जर्मनिक परिवार की है अथवा नहीं। कोई विशेष बोली भारत जर्मनिक है, यह निर्णय करने से पहले हमें निम्नलिखित चार बातों पर विशेष ध्यान देना होता है[1]: (१) उस भाषा की धातुएं या भाषा के आधार अधिकांशतः वही हैं या नहीं, जो कि अन्य भारत-जर्मनिक भाषाओं में हैं। अर्थात् उसकी ध्वनि-प्रक्रिया में अन्यों से समानता है या नहीं, (२) इन धातुओं से संज्ञाएँ, क्रियाएँ और अन्य व्याकरणिक शब्द मूलतः उसीप्रकार बनाए जाते हैं जैसे कि अन्य स्वीकृत भारत-जर्मनिक बोलियों में या अन्य प्रकार से, (३) वाक्य के अन्तर्गत सम्बन्ध-तत्त्व को व्यक्त करने के लिए नाम-रूपों और क्रिया-रूपों के परिवर्तन उसी-प्रकार के हैं जैसे कि अन्य भारत-जर्मनिक भाषाओं में या नहीं, (४) भाषा में वैसे ही सर्वनाम, संख्यावाचक शब्द तथा कुछ सर्वाधिक प्रचलित शब्द—उदाहरणतः परिवार-सम्बन्ध इत्यादि—हैं या नहीं जैसे कि भारत-जर्मनिक में। यदि हैं तो वह भाषा निश्चित रूप से भारत-जर्मनिक है, क्योंकि यही वे शब्द हैं जो भाषा के लिए सबसे अधिक आवश्यक हैं और सामान्यतः जिनके स्थान पर किसी विदेशी भाषा से शब्द नहीं लिए जाते। इन सब में भी रूप-रचना विषयक समानता सबसे अधिक महत्वपूर्ण तथा निर्णायक है।[2]

---

१. Meiliet Princz, verg. Gr. १, १५.

२. Giles, Manual of Comparative Philology, पृ० १३ (यहां विरोधी मत व्यक्त किया गया है।)

निम्नांकित तालिकाएं[1] तुलनीय हैं:—

१. विभिन्न भारत-जर्मनिक भाषाओं में सर्वनाम—

	सं०	हिन्दी	अवेस्ता	ग्रीक	लै०	गॉथिक	लिथु०	प्रा० बल्गेरियन
कर्ता	अहम्	मैं	azem	egó	ego	ik	as	aze
कर्म	माम्	मुझे	mam	me emé	me	mik	...	mene
संप्रदान	मह्यम्	मुझको मुझे	mé	moi emoi	mī	(mis)	mi	me
कर्ता	त्वम्	तू	...	sù	tú	thu	tu	ty
कर्म	त्वाम्	तुझे	θwan	sè	te	puk	...	te
संप्रदान	ते	तुझको	te	soí toi	tibī	...	...	ti

								स्लाव
कर्ता	सः	वह	ho	ho	iste	sa		tz
कर्म	तम्	उसे	tem	tón	istum	thana		to
संबंध	तस्य	उसका	tahe	toio (tosioसे)	istiūs	this		...
अपादान	तस्मात्	उससे	...	tō-de	istō(d)		thamma	
अधिकरण	तस्मिन्	उसमें	...	poi teide	(is)tod		thei thamma	 teem

२. संख्यावाचक शब्द—

सं०	हि०	अवे०	ग्री०	लै०	गॉथिक	स्लाव
द्वौ	दो	dva	dúō	duo	twai	dva
त्रयः	तीन	θri	treis	tres	threis	trije
चत्वारः	चार	cathwar	tèttares	quattuor	fidwor	cetyre
						लिथु०
पञ्च	पांच	panca	pénte	quinque	finf	penki
षष्	छ	xśvaś	hex	sex	saihs	szesszi
सप्त	सात	haptá	hépta	septem	sibun	septyni

१. Brugmann, Kurze Grammatik, पृ० ४०६ तथा ४१२

अष्टौ अष्टा	आठ	aṣṭa	''oktō	octo	ahtau	asztúni प्रा० फा०
नव	नौ	nawa	ennéa	novem	niun	newints स्लाव
दश	दस	dasa	dèka	decem	tehun	deszimtis लिथु०
एकादश	ग्यारह	...	héndeka	undecim	ainlif	venûlika

एक के लिए दो या तीन शब्द प्रचलित हैं। उनमें से केवल कुछ ही कुछ भारत-जर्मनिक भाषाओं में समान हैं। (१) लैटिन 'unus' गॉथिक ains, स्लाव ino, ग्रीक oine, (एक विशिष्ट अर्थ में)। (२) अवेस्ता, aeva ग्रीक os (अकेला) सं० एक। (३) ग्रीक eis (oios से) सं० स-कृत; ग्रीक hapax, लैटिन semel।

उदाहरण के लिए इनकी तुलना द्रविड़ भाषाओं के संख्यावाचक शब्दों से की जा सकती है :

	तेलुगु[1]	तमिल	मलयालम	कन्नड़
१.	ओकटि[2], ओण्डु	ओनरु	ओन्नु	ओण्डु
२.	रेण्डु	इरण्डु	रेण्डु	इरडु
३.	मूडु	मूनरु	मून्न	मूरु
४.	नालुगु	नालु, नांगु	नाल्, नांगु	नाल्कु, नाकु
५.	एइदु	एइन्दु	अंजु	एइडु
१०.	पदि	पत्तु	पत्तु	हत्तु
१००.	नूरु	नूरू	नूरू	नूरू

---

१. Caldwell—Comparative Grammar of the Dravidian Languages पृ० ३५८.

२. मराठी पाठक इनमें अपने प्रिय खेल 'इटीदांडु' के संख्यावाचक शब्दों 'वकट' 'रेंड' 'मुंड' इत्यादि को पहचान लेंगे। यद्यपि मराठी के अपने संख्यापद हैं, फिर भी इस खेल के साथ इन दूसरे संख्यापदों को ग्रहण किया गया। ये नए संख्यापद उस खेल के लिये ही मराठी में सुरक्षित हैं।

अन्य उदाहरण के रूप में खासी भाषा (जो तुर्की की भाँति योगात्मक भाषा है) के निम्नांकित रूप मनोरंजक होंगे--

(१) सर्वनाम

nga=मैं, ia nga=मुझे, jong nga=मेरा, ngi=हम,
me, ame=तू, ia me=तुझे, jang me=तेरा phi=तुम
u, ka=वह, u=उसे, jungu=उसका maki=वे
ia ka[1]=उसे (स्त्री) uka=उसका (स्त्री),

(२) संख्यावाचक

shi या wei, ar, lai, saw, san, hinriw hinnew, phrā, khyndai, shi-phew=एक से दस; khadwei=ग्यारह।

प्रचलित तुलनात्मक पद्धति

अंग्रेज़ी	ग्रीक	सं०	फ़ारसी	रूसी	अं०	ग्री०या लै०	सं०
bid	penth-omai	बुध्	muzd	mzda (मजदूरी)	meed (पुरस्कार)	...	मीढ्म हिन्दी मजदूर
kind	....	बन्ध्	...	luc (किरण)	light	ग्री० leukos लै० lux	रुच् लक्ष्मी
birch	...	भूर्जः	...	...	...	...	
bottom	puthmen	बुध्नः	bun	...	love	लै० libido	लुभ्
bough		बाहुः					
do		धा (इंडोजर्मनिक धे)		moloko	milk दूध		मृज्
frost		पृष्वा (जमा पानी)		प्राचीन आइरिश dam (गिरजा)	timber	ग्री० domos (घर) लै० domus	दमः
feather		पत्रम् (पत्=उड़ना)	सफ़ेद		white		श्वेत
full		पूर्ण			was	लै० vesta	वस्
					raw		क्रव्यम्
kin	génos	जनः	zāda		ऐंग्लो सै० hrēaw	लै० crūdus	सं० क्रूर

२३. **प्रधान वर्गों की विशेषताएं** :—इन भाषाओं अथवा भाषा वर्गों की प्रमुख विशेषताओं को यहाँ देखा जा सकता है।

१. Roberts, Khassi Grammar, पृ० ३१ तथा ३८।

(१) **आर्य वर्ग की कतिपय विशेषताए** :—(क) मूल स्वरों e, o, a, का 'अ' में विलयन; उदाहरणार्थ ग्रीक phéro लै० fero, गॉथिक baira, प्रा० आयरिश berim स्लाव bera, के लिए 'भरामि'; ग्री० óis, ल० óvis, गॉथिक awethi जिसमें thi समूह अथवा झुण्ड का द्योतन करता है) लिथु० oves, आयरिश oi के लिए सं० 'अवि'; ग्री० agó, लै० ago, प्रा० आयरिश agat इत्यादि के लिए संस्कृत 'अजति'। (ख) भारत-जर्मनिक का इ. में परिवर्तन—सं०पितरः, ग्री०,pater, लै० pater, गॉथिक fadar, प्रा० आयरिश athir। (ग) मूल s का इ, उ, मृदु वर्णों स और क के बाद ष में परिवर्तन : तिष्ठति, अवे० hištaiti, ग्री० histemi इत्यादि। (घ) स्वरांत प्रातिपदिकों का 'नाम्' अंत-वाला सम्बन्धकारक बहुवचन।

(१) आर्मीनियन भाषा की सामग्री केवल पाँचवीं शताब्दी ईसवी से मिलती है। (क) अक्षरों में इ तथा उ का लोप (शब्दांत के अतिरिक्त), hinoy से hnoy, सं० सनः (ख) भारत-जर्मनिक ṇ,ṃ का an तथा am में परिवर्तन। (ग) मूल तृतीय वर्णों का प्रथम वर्णों में परिवर्तन; tasn सं० दश।

(३) ग्रीक भाषा से हमारा परिचय मुख्यतया होमर तथा कुछ प्राचीन शिलालेखों के माध्यम से है। (क) ṛ,ḷ का ar, ra, al, la में परिवर्तन (ख) j का dj में परिवर्तन, सं० युगम्, ग्री० zúgon (ग) सघोष वर्णों के मध्यम s का लोप, ग्री० geneos सं० जनासः (घ) k अंत वाला लिट्, ग्री० ésteka सं० तस्थौ, (५) then अंत वाला (ग्री० edóthen) लुङ।

(४) इटालियन भाषाओं की सामग्री ३०० ईसवी पूर्व से मिलती है। (क) मूल ṇ, ṁ का परिवर्तन en, em में हो गया है। (ख) ṛ, ḷ इनमें or या ol हो जाते हैं। (ग) मूल bh, dh, gh इनमें f, th, x हो गए हैं। उदाहरणार्थ fero, सं० भरामि (घ) स्वरमध्यग s, z (बाद में r) हो गए हैं जैसे ezum (अब ero) सं० असत्।

(५) जर्मनिक भाषाओं की प्राचीनतम शाखा गॉथिक का प्राचीनतम रूप प्रमुखतः पादरी उल्फ़िला द्वारा किये गये बाइबिल[1] के अनुवाद (चौथी

---

१. इसका समय चौथी शती ईसा पूर्व का मध्यभाग है। 'जर्मनिक' को कभी कभी आदिम (मूल) टयूटानिक भी कहा जाता है। ऐसा अनुमान लगाया गया है कि स्कैंडेनेवियन अथवा नॉर्स तथा ऐंग्लो-फ्रीजियन अथवा सागरसमीपस्थ टयूटानिक उसीसे निकली हैं। Gunnlaugs Saga का एक अवतरण 'ein var tunga i Englandi ek Noregi' (इंगलैंड में भी वही भाषा जैसी कि नार्वे में) स्कैण्डेनेवियन और प्राचीन अंग्रेजी भाषाओं के संबंध की ओर संकेत करता है।—सम्पादक

शताब्दी) में मिलता है। (क) ṇ, ṃ, ṛ, ḷ, इसमें un, um, ur, ul, हो गया है। उदाहरणतः उच्च जर्मन kumft, सं० गतिः (जिसमें अ सघोष ṃ का स्थानापन्न है) (ख) वे ध्वनि-परिवर्तन, जो 'ग्रिम-नियम' नाम से अभिहित किए जाते हैं, ऊपर दिए गए हैं।

(६) बाल्टो-स्लैवोनिक वर्ग की भाषाओं का परिचय ९वीं शताब्दी के पूर्व नहीं मिलता। उसी समय इस वर्ग की एक बोली में बाइबिल का अनुवाद किया गया था। (क) महत्वपूर्ण शाखाओं में से एक में ṇ, ṛ का in, ir हो जाता है। (ख) स्वरों के मध्य में आने वाले द्वित्व व्यंजन सरल अर्थात् एक में परिवर्तित हो जाते हैं। (ग) रूपों में भी कुछ विशेषताएँ हैं।

(७) केल्टिक भाषा, जो कभी समस्त पश्चिमी यूरोप और ब्रिटिश द्वीपों पर छाई हुई थी, अब केवल आयरलैण्ड, स्काटलैण्ड (जहाँ पर अंग्रेजी के लिए स्थान बना रही है) तथा मानद्वीप जैसे छोटे भू-भागों में स्थित है। इसमें भारत जर्मनिक e के लिए i तथा ṛ, ḷ के लिए ri, li मिलता है।

(८) अल्बानियन भाषा के प्राचीनतमरूप का पता १७वीं शताब्दी के शिलालेखों के अवशेषों से चलता है। रोमांस, स्लैवोनिक तथा तुर्की भाषाओं के प्रभाव के कारण अल्बानियन की मूलप्रकृति इतनी परिवर्तित हो गई है कि इसकी व्यक्तिगत विशेषताएँ प्रायः नष्ट हो चुकी हैं।

(९) तोखारियन भाषा[1] से हमारा परिचय अभी हाल, १९०२-३ और १९०४-५ में जर्मन विद्वानों के तुर्फान अभियान के फलस्वरूप हुआ है। इस नाम की एक जाति को हम यूनानियों के माध्यम से जानते हैं जो उन्हें 'तोखारोइ' कहते थे। ये लोग भारत-सीथियन लोगों के एक भाग थे। महाभारत[2] में भी उनके लिए "तुखाराः" नाम है तथा "खशाः" के साथ उनका उल्लेख है। और भी महत्वपूर्ण बात यह है कि इनकी भाषा का सम्बन्ध केंतुम् वर्ग से ज्ञात होता है। उदाहरणार्थ, känt=लै० centum (सौ); dek के लिए śak=लै० decem (दस)।

२४. **वर्गों के पारस्परिक सम्बन्ध**—इन आठ वर्गों में एक दूसरे के साथ सामान्य अनुरूपता तो है ही, इसके अतिरिक्त इनमें सभी किसी एक अथवा

---

१. तोखारियन भाषा का पता २०वीं शती के प्रथम दशक में चला था। इसका सम्बन्ध एशिया में तुर्किस्तान से था। इसके कुछ शब्दों में अघोष k पाया जाता है: ku=कुत्ता, जबकि पूर्वी वर्ग की भारत-जर्मनिक भाषाओं में उसी स्थान पर तालव्य 'ऊष्म' मिलता है: सं० श्वन्।—संपादक

२. ग्रियर्सन, The Pahāri Language, Ind. Ant. १३.१४६

कई वर्गों से अपेक्षाकृत निकट सम्बन्ध व्यक्त करते हैं। प्रथम एवं सर्वप्रमुख व्यापक भेद वह है जो इन्हें दो बड़े वर्गों में विभाजित कर देता है। यह एक स्वन-नियम पर आधारित है जो अपनी व्यापकता के कारण इसप्रकार के सभी नियमों में सर्वाधिक प्रसिद्ध है। नियम यह है कि कुछ कंठ्य ध्वनियाँ, जिन्हें विद्वानों ने मूल भारत-जर्मनिक भाषा की तालव्य ध्वनियाँ कहा है, कई वर्गों में ऊष्मों में परिवर्तित हो गईं, जबकि शेष वर्गों में उनकी ऊष्म (श)—प्रकृति बनी रही। इसे विभिन्न वर्गों में 'सौ' के वाचक शब्दों में सरलता से देखा जा सकता है। यह शब्द संस्कृत में 'शतम्', अवेस्ता में 'satəm' तथा लिथुआनियन में szimtas है, किन्तु लैटिन में centum (उच्चारण केंतुम्), ग्रीक में hekatón, केल्टिक में Cet (Kent से), जर्मन में hund, (गॉथिक में, भारत-जर्मनिक से, प्रथम वर्ण परिवर्तन द्वारा kent) और तोखारियन में kānt है। विभिन्न भाषाओं में आठ के वाची शब्दों में भी यह बात मिलती है: संस्कृत अष्टौ, लिथु० asztum, लै० octo, ग्रीक óktō प्रा० आयरिश ochtu, गॉथिक ahtau,। अन्य शब्द भी हैं: जैसे सं० श्रुतः, प्रा० स्लाव slovo (शब्द), ग्री० klutós, लै० inclutus, प्रा० आयरिश cloth, गॉथिक hliuma; प्रा० अंग्रेजी hlud; अथवा संस्कृत अश्र, आर्मी० aseln (सुई), लिथु० asztrus, ग्री० ákros, ल० ains, प्रा० उच्च जर्मन ahiv; अथवा सं० दंश, आर्मी० tasn ग्री० deka, लै० decem, प्रा० आयरिश dech; अथवा सं० श्वन्, लिथु० sunis, ग्री० kunós लै० canis; 'बीस' के वाची शब्द भी तुलनीय हैं: सं० विंशति, ग्री० eikosi, लै० viginti, तोखारियन uiki; अथवा सं० विश्, अवेस्ता vis, ग्री० oikos, लै० vicus।

इसप्रकार हम देखते हैं कि भारत-ईरानी, आर्मीनियन अल्बानियन तथा लिथु-स्लैवोनिक भाषाओं में ऊष्म मिलता है, जबकि ग्रीक, लैटिन, जर्मनिक, केल्टिक भाषाओं में तालव्य ध्वनि है (जिसे भारतीय व्याकरण में कंठ्य कहते हैं)। इन्हीं के साथ सद्यःज्ञात तोखारियन भाषा भी जोड़ लेनी चाहिये। ये वर्ग, क्रमशः 'सतम्' और 'केन्तुम्' कहलाते हैं। एक ओर अवेस्ता को तथा दूसरी ओर लैटिन को दोनों वर्गों का प्रतिनिधि माना जाता है। कंठोष्ठ्य में भी दोनों भाषावर्ग भिन्न हैं। सतम् भाषाओं में कंठोष्ठ्य के स्थान पर केवल कंठ्य मिलता है: उदाहरणतः ग्रीक Póthen (Kw के लिए p एक विशेष ग्रीक ध्वनि-नियम के अनुसार) लै० quo, quis, गॉ० hwas, (hwat के स्थान पर अंग्रेजी what), किन्तु संस्कृत क, चित् ('क' के लिये 'च', संस्कृत के तालव्य नियम के अनुसार) अल्बानियन ke (जब) लिथु० kas; ग्रीक epomai, लै० sequor, प्रा० आयरिश sechen, किन्तु सं०

सचते, लिथु० seku । ऐसा लगता है कि इस अन्तर को भौगोलिक सीमाओं में बाँध कर यह कहा जा सकता है कि जहाँ पश्चिमी वर्ग में क् (k) अथवा क्व् (k_w) मिलता है, वहाँ पूर्वी वर्ग में श् (s') अथवा स् (s) क् (k) अथवा च् (c) मिलता है। किन्तु नवज्ञात तोखारियन भाषा जो पूर्वी वर्ग में पाए जाने पर भी ध्वनि-विचार की दृष्टि से पश्चिमी वर्ग के अन्तर्गत आती है, अड़चन डालती है। उस भाषा में सौ के लिए kandh शब्द है। एक अन्य आधार पर भी वर्गीकरण किया जा सकता है, यद्यपि यह पूर्ववर्ती जैसा समवितरित नहीं है। भारत ईरानी वर्ग में मूल स्वर e, o, a के स्थान पर 'अ' मिलता है। इस बात में भारत ईरानी वर्ग शेष भारत-जर्मनिक भाषाओं से भिन्न है।

किन्तु 'उपर्युक्त नियम' जिन पर कि ये भेद आधारित हैं, फिर भी अपेक्षाकृत व्यापक है। उदाहरणतया हम संस्कृत अवेस्ता, गॉथिक को एक ओर तथा आर्मीनियन, अल्बानियन, ग्रीक, लैटिन, केल्टिक, लिथुआनियन और स्लैवोनिक को दूसरी ओर रख कर नया वर्गीकरण केवल इसीकारण नहीं कर सकते कि मूल भारत जर्मनिक o का विकास प्रथम तीन भाषाओं में समान रूप से हुआ है: उदाहरणार्थ, सं० जंम्भः, ग्री० gómphos, प्रा० उच्च जर्मन chamb; सं० तत्, ग्री० to, लै० istud, गॉथिक θata; सं० भरन्ति ग्री० (डोरिक) phéronti, ल० ferunt, गॉथिक bairand। इसका कारण यह है कि, कुछ भाषाओं (जैसे स्लैवोनिक भाषा, जिसमें सं० जंम्भ के लिए zab और सं० भरन्ति के लिए तो berant है, किन्तु, सं० तत् के लिए to है) को किस वर्ग के अन्तर्गत रखा जाय, कहना कठिन है। इसके कारण हमें अनावश्यक कठिनाई का सामना करना पड़ेगा, क्योंकि केवल कुछ ही भारत-जर्मनिक भाषाओं में न कि सभी में किसी मूल ध्वनि के मिल जाने से नए वर्गों में पुनर्विभाजन की आवश्यकता होगी। इसी कठिनाई के कारण जर्मन आर्मीनियन वर्ग——केवल इस आधार पर कि इन दोनों में क्, प्, त्, का विकास समानरूप से हुआ है——नहीं बनाया जा सकता। कई बातें विरोध में भी जाती हैं: उदाहरणार्थ सं० दश, लै० decem ग्री० déka किन्तु जर्मनिक taihum, आर्मीनियन tasn; सं० वेद, ग्री० oida, लै० video, प्रा० स्लाव० vede, किन्तु जर्मन wait, आर्म० gitem। हर्ट ने सचमुच ही पश्चिमी भारत-जर्मनिक और पूर्वी भारत-जर्मनिक में भेद किया है।[1]

---

१. Hirt : Handbuch der Griechischen Laut-und Formenlehre पृ० २२

जब तक हमें अन्य साधनों से यह निश्चितरूप से ज्ञात न हो जाय कि ये भाषाएं (जिनमें अन्य भाषाओं के विपरीत, कुछ स्पष्ट समानताएं हैं) किसी प्राचीनयुग में पड़ोसी भाषाएं थीं, अथवा कम से कम उनमें परस्पर मुक्त एवं घनिष्ठ आदान-प्रदान हुआ था, इन समानताओं को हम केवल आकस्मिक कह कर नहीं टाल सकते। विभिन्न आधुनिक भाषाओं में संयुक्त व्यंजनों के समीकरण जैसे "मुक्त" के लिए "मुक्क" में 'क्त' के लिए प्राकृत क्क, लै॰ coctus के लिए इटालियन cotto, के विषय में यह कह सकते हैं कि इसप्रकार की अनुरूपताएं सभी आधुनिक भाषाओं—जिनका मूल प्राचीन भारत-जर्मनिक भाषाएं हैं—में परिलक्षित होने वाली एक सामान्य प्रवृत्ति के कारण हैं। अत: स्वन-प्रक्रिया के मोटे सिद्धांतों के आधार पर इन विशिष्ट वर्गों को मान्यता दे देना ही पर्याप्त है।

२५. **भारत-बाल्ट-स्लैवोनिक तथा ग्रीक-इटाली-केल्टिक वर्ग :**— संस्कृत और अवेस्ता अर्थात् आर्यवर्ग का लिथु-स्लैवोनिक अथवा बाल्ट-स्लैवोनिक वर्ग से निकट सम्बन्ध अन्तिम रूप से प्रमाणित एवं सर्व-स्वीकृत है। किन्तु कुछ विद्वानों ने अन्य वर्ग—जैसे ग्रीक-इटालियन अथवा इटाली-केल्टिक —स्थापित करने का प्रयास किया है। यह सत्य है कि इन अनुरूपताओं को आकस्मिक नहीं कहा जा सकता, अथवा यह किसी सामान्य प्रवृत्ति के कारण नहीं हैं। ग्रीक और इटालियन, अथवा इटालियन और केल्टिक अथवा केल्टिक और जर्मन जैसी घनिष्ठतया सम्बद्ध भाषाओं में दिखाई पड़ने वाली अनुरूपताएं इसप्रकार टाली नहीं जा सकतीं। हम यह मान सकते हैं कि यूनानियों और इटालियों ने अलग होने और डैन्यूब के मैदानों से यूनान और इटली में आने से पूर्व कुछ नए परिवर्तनों को अलग-अलग अपना लिया था। इटालियों और केल्टिक लोगों की भी यही स्थिति है जो अलग होकर पश्चिम और दक्षिण की ओर जाने से पूर्व आल्प्स में रहा करते थे। कुछ विशेषताएं केवल ग्रीक और इटालियन भाषाओं में ही पाई जाती हैं: जैसे (१) प्राचीन भारत जर्मनिक भाषा के सघोष महाप्राणों का इनमें अघोष महाप्राणों में परिवर्तन— सं॰ नभस्, ग्री॰ néphos; भ्राता, ग्री॰ phrátor, लै॰ frater; सं॰ विभक्ति भिस्, ग्री॰ phin; लै॰ bus। (२) ā अंत वाले प्रातिपदिकों में सर्वनामों की भांति asom जोड़कर सम्बन्ध बहुवचन रूप की रचना— ग्रीक theaōn (theasōn से), लै॰ mensarum (स्वरमध्यग s के स्थान पर r); (३) o अंत वाले प्रातिपदिकों को स्त्रीलिङ्ग मानना—ग्री॰ ephegos, लै॰ haec fagus। दूसरी ओर कुछ परिवर्तन ग्रीक, इटालियन और केल्टिक में समान हैं, जिनसे पता चलता है कि ये कभी अत्यन्त समीपस्थ

थीं तथा कुछ समान परिवर्तनों को ग्रहण कर लेने के पश्चात् विच्छिन्न हो गई। इटाली-केल्ट दक्षिण पश्चिम की ओर चले गए और ग्रीक दक्षिण पूर्व की ओर। इटाली-केल्ट कुछ समय तक आल्प्स में साथ-साथ रहने के पश्चात् अलग हो गए, इटालियन दक्षिण की ओर चले गए और केल्ट पश्चिमी उत्तर-पश्चिम की ओर। बृहत् केन्तुम् वर्ग के अन्तर्गत होने के अतिरिक्त इन तीनों भाषाओं में अन्य समान विशेषताएं भी मिलती हैं, उदाहरणार्थ (१) इनमें मूल भाषा के मूल दीर्घ मृदु व्यंजन (र, ल) तथा घोष अनुनासिक —rā, lā, mā, nā हो गए हैं: सं० स्तीर्ण ग्री० strōtos, लै० stratus; सं० पूर्व, ग्री० (डोरिक) prán, prātós; सं० पूण, केल्टिक (प्रा० आयरिश) lan; अथवा सं० ऊर्णा, लै० lāna (vlāna के स्थान पर); सं० दाम्यति, ग्री० dmetós (ā से e उदाहरणत: neó-dmatos, लै० māteres, gnātus, गैलिक cintu-gnātus; सं० आति (जलपक्षी) ग्री० uessa (ā के स्थान पर e); सं० ध्वान्त, ग्री० (thnetós thfnātos के स्थान पर)। इन सबमें प्राचीन स्वरमध्यग j का लोप हो जाता है। उदाहरण बहुत कम एवं विवादास्पद हैं। हर्ट[1] ने ये उदाहरण दिए हैं: ग्री० cháskō, लै० hiare तथा ग्री० piuiō से ptúō।

(अ) **इक्की-दुक्की समानताओं के आधार पर घनिष्ठतर वर्गीकरण उचित नहीं**—यदि इधर-उधर की छोटी-मोटी समानताओं से ही दो भाषाओं में अपेक्षाकृत निकट का सम्बन्ध स्थापित करना संभव हो तो ग्रीक और आर्य भाषाओं को अन्यों की अपेक्षा कदाचित् अधिक निकट का माना जा सकता है। क्योंकि ग्रीक और आर्य भाषाओं में मूल घोष नासिक्य का विकास एक जैसा हुआ है। उदाहरणार्थ सं० शतम्, ग्री० hèkaton (दोनों में घोष अनुनासिक के स्थान पर अ (a) है, किन्तु लै० centum; सं० गम्यते, ग्री० bainō (bamio के लिए) किन्तु लै० venio; सं० दश, ग्रीक déka; किन्तु लै० decem; सं० मतम् मतिः, ग्री० matos (autó-matos में) किन्तु लै० mentis; नामन्, ग्री० ónoma, किंतु लै० nomen। इसीप्रकार ग्रीक और आर्यवर्ग में क्रियार्थक संज्ञा की रचना की समानता (ग्रीक idmenai, सं० विद्मने; संस्कृत में यह क्रियार्थक संज्ञा विरल है); ग्री० (dufenai के स्थान पर) deûnai, सं० दावने; ग्री० tithèsthai, सं० पिबध्यै इत्यादि) को भी उनके निकट सम्बन्ध के असंदिग्ध प्रमाण के रूप में नहीं लिया जाना चाहिए। लैटिन में भी इनमें से कुछ रूप मिलते हैं।

---

१. हर्ट, वही पृ० १९१

दोनों भाषाओं की इन समानताओं के सम्बन्ध में निकट-सम्बन्ध कारण न देकर यह मानना कदाचित् अधिक उचित होगा कि मूल भारत जर्मनिक भाषा में ऐसे अनेक रूप थे और केवल ग्रीक और आर्य शाखाओं में ही ये विशिष्टरूप सुरक्षित रहे, शेष में लुप्त हो गए। इसीप्रकार यदि इस साधारण तथ्य को ध्यान में रखा जाए कि ग्रीक और अवेस्ता दोनों में आद्य ऊष्म, महाप्राण द्वारा प्रकट किए गए हैं (सं०, सप्त, अवे० hapta, ग्री० hépta; सं० √स्था—तिष्ठति, अवे० histati, ग्री० histemi; सं० सूकर ग्री० hus;, लै० sus; सं० सचते, ग्री० hépomai) तो सम्भवत: इन दोनों में निकटतर सम्बन्ध मानना पड़ेगा। किन्तु ऐसा होना असम्भव है जैसा कि विभिन्न भारत जर्मन-शाखाओं के भ्रमण के इतिहास—जिसका पुर्ननिर्माण संभव है—से पता चलता है।

(आ) **तोखारी, एक केन्तुम् भाषा** :—अब नवज्ञात भाषा तोखारी का कुछ विवेचन किया जा सकता है। इसका पता पूर्वी तुर्किस्तान में जर्मन तुर्फान (turfan)—अभियान (१९०२-३ और १९०४-५) के परिणामस्वरूप अनेक बौद्ध नाटकों—बल्कि उनके अंशों—से चला था। इन्हीं से विद्वान् इन भाषा के सम्बन्ध में कुछ तथ्य संगृहीत कर सके हैं। यह केन्तुम् वर्ग की भाषा ज्ञात होती है, क्योंकि okat=8, oktuk=80; wiki=20, kānt=100 जैसे शब्द इसमें हैं। por (ग्री० pur, प्रा० उच्च जर्मन fiur अंग्रे० fire) और laks (एक प्रकार की मछली, प्रा० उच्च-जर्मन laks) जैसे शब्दों से भी पता चलता है कि यह भाषा पश्चिमी वर्ग के अनुरूप है।

इस भाषा को बोलने वालों को प्राचीन यूनानी जानते थे। वे उन्हें तोखारोई कहते थे। तोखारोई भारत-सीथियनों का एक भाग माने जाते हैं। इन्होंने दूसरी शताब्दी ईसा पूर्व के लगभग ग्रीक-बेक्टेरियन साम्राज्य के भग्नावशेषों पर अपनी सत्ता स्थापित की।

इन नौ प्रधान भाषाओं अथवा भाषावर्गों के अतिरिक्त अन्य भी हैं जिनके विषय में जानकारी अपेक्षाकृत कम है तथा जो आज पूर्णतया विलुप्त हो चुकी है। एक भाषा फ्रीजियन लोगों की है, जो आर्मीनियन लोगों के साथ यूनान के उत्तर से चलकर एशियामाइनर में आ गए। इसी प्रकार वेनेटर तथा अन्य लोगों की भी भाषाएँ हैं। इन भाषाओं पर विशेष विचार करना अनावश्यक है, क्योंकि इनके अवशेष इतनी अल्प मात्रा में मिले हैं तथा इतने अविश्वसनीय हैं कि उनके आधार पर कुछ विशेष नहीं कहा जा सकता। केवल इतना जान लेना ही पर्याप्त है कि ये भारत-जर्मनिक बोलियाँ थीं।

२६. **विभिन्न भाषा वर्गों के बोलने वालों का प्रव्रजन** (migration)–

क्रम :—विशिष्ट भाषा-वर्गों के इन सम्बन्धों के आधार पर ही भारत-जर्मनिक लोगों के प्रव्रजन (migration) के सामान्य क्रम के सम्बन्ध में हम अनुमान लगा सके हैं। उनमें से सबसे बड़े वर्ग अर्थात् जर्मनिक वर्ग का प्रव्रजन ऐतिहासिक काल में हुआ है। उदाहरण के लिए, हमें ज्ञात है कि आंग्ल और सैक्सन लोग जर्मनी के केन्द्र में स्थित अपने निवास स्थान से कैसे ग्रेटब्रिटेन में जा बसे। जब वे इंगलैंड में आए तो वहाँ पिक्ट और स्काट लोगों का अधिकार था। ग्रेटब्रिटेन के उत्तर में स्थित आइसलैण्ड भी इसीप्रकार बसा। डेनिश, स्वीडिश और नार्वे के लोग भी जर्मनी के मध्य में स्थित अपने निवास स्थान से विभिन्न प्रदेशों को गए। इतिहास से हमें ये बातें मात्र अंशत: ही ज्ञात होती हैं, किन्तु भाषाओं का तुलनात्मक अध्ययन सभी रहस्य खोल देता है। उससे हमें पता चलता है कि ये लोग कभी एक जाति थे, तथा एक सामान्यभाषा बोलते थे। भाषा-विज्ञान ने आरम्भिक इतिहास की सहायता—जहाँ भी ऐसी सहायता उपलब्ध हो सकी है—से इन प्रश्नों पर आश्चर्यजनक प्रकाश डाला है।

भारत की ओर देखने पर हमें पता चलता है कि भारतीय आर्य खैबर दर्रे से इस देश में प्रविष्ट हुए और सप्तसिंधु प्रदेश से होते युद्ध करते हुए आगे बढ़े। प्राचीनतम ऐतिहासिक तथा अर्धऐतिहासिक प्रलेखों से हमें पता चलता है कि उन दिनों, अर्थात् ईसवी सन् से कोई तीन हज़ार वर्ष पूर्व तक वे यमुना और गंगा के तटवर्ती प्रदेशों में पूरी तरह नहीं बस पाए थे। उनका विन्ध्याचल के पार के भारत में बसना तो और भी बाद में हुआ, जिसके उल्लेख प्राचीनतम पौराणिक आख्यानों में सुरक्षित हैं। वैदिक संस्कृत और अवेस्ता की तुलना हमें और भी पीछे ले जाती है और उस धूमिल अतीत की ओर संकेत करती है, जब इन दोनों भाषाओं के बोलने वाले कैस्पियन सागर और अराल सागर के बीच अथवा ईरान एवं अफगानिस्तान के उत्तर में एक साथ रहा करते थे। यह प्रदेश भी इन लोगों का मूल निवास-स्थान नहीं था। ये लोग कभी बाल्टो-स्लावोनिक भाषाएँ बोलनेवालों के साथ उत्तरी मध्य रूस में रहा करते थे, जिसका पता भारत-आर्य तथा बाल्टो-स्लैवोनिक—जो महान सतम् वर्ग के दो उपवर्ग हैं—भाषा वर्गों की समानताओं से चलता है।

लैटिन बोलियों अथवा रोमांस भाषाओं का प्रसार और भी बाद का है। हमें ज्ञात है कि किस प्रकार विजेता रोमनों की भाषा उनके— जहाँ भी उन्होंने विजय की—साथ गई और अपेक्षाकृत कम परिष्कृत बोलियों को उखाड़ फेंकने में सफल हुई। केल्टिक लोगों के अधिकार-हरण का इतिहास, चाहे वह कितना भी दुखद क्यों न रहा हो, भाषा वैज्ञानिक अध्ययन की दृष्टि

से बहुत रोचक है। किन्तु वह भाषा जो रोम से पुर्तगाल, स्पेन, फ्रांस और रोमानिया में गई, स्वयं रोम में नवागता थी। यह वहाँ तब आई जब इसके बोलने वाले तथा केल्टिक भाषा के बोलने वाले मध्य आल्प क्षेत्र से पृथक् हुए। किन्तु वह भी उनका मूल स्थान नहीं था।

उनकी भाषा तथा ग्रीक में ऐसी समानताएँ हैं, जिनसे दोनों के बीच अत्यन्त घनिष्ठ सम्पर्क का पता चलता है। यह सम्पर्क उनके लिए दक्षिणी डेन्यूब के मैदानों में ही संभव था। यहीं से यूनानी मकदूनिया से होकर यूनान के विभिन्न द्वीपों में फैले। उनका महाकाव्य इस तथ्य का साक्षी है। एक शाखा पूर्व की ओर गई और एशियामाइनर के समुद्रतट पर बस गई।

केल्टिकों के परिभ्रमण की कहानी भी उतनी ही रोचक है, जितनी कि अन्यों की। फ्रांस के अधिकांश भाग पर अधिकार करने के पश्चात् वे चैनल पार करके इंगलैण्ड, वेल्स, स्काटलैण्ड तथा आयरलैण्ड के भागों में प्रविष्ट हुए। फ्रांस के केल्टों ने अपनी भाषा छोड़ दी, उसी प्रकार जैसे भारत के पारसियों ने किया। किन्तु आयरिश लोग अब भी अपनी पुरानी भाषा बड़े ममत्व और शौक से बोलते हैं।

हमने मोटेरूप से यहाँ भारत-जर्मन परिवार की विभिन्न शाखाओं के परिभ्रमण की रूपरेखा प्रस्तुत की है। इतना ज्ञात हो जाने पर हम अपने आप से पूछते हैं, कि क्या यही सब कुछ है। निस्संदेह यह सब कुछ नहीं हो सकता। ऊपरी डेन्यूब के मैदानों के जर्मन, निचले डेन्यूब के इटालियन और यूनानी, तथा मध्यरूस के भारतीय आर्य तथा बाल्टो-स्लाव—यदि इन लोगों द्वारा बोली जाने वाली भाषाओं की आपसी समानताओं का कुछ भी मूल्य है—तो अवश्य ही ये किसी सामान्य मूल स्थान से आए होंगे। यहां स्वभावतः यह प्रश्न उठता है कि यह मूल स्थान कहाँ हो सकता है ?

२७. **सबका मूल निवास-स्थान** :—इस प्रश्न का उत्तर देने के अनेक प्रयास हुए हैं, तथा भविष्य में और भी बहुत से प्रयास होंगे, किन्तु संभवतः इस समस्या का अंतिमरूप से समाधान नहीं हो पाएगा। कारण यह है कि समाधान तक पहुँचने के साधन नहीं हैं और साधनों के अभाव में जो कुछ किया जा सकता है वह केवल अनुमान-कार्य हो सकता है। इन भाषाओं के इतिहास के बहुत अधिक संकेत सदा के लिए नष्ट हो चुके हैं, और जो संकेत मिले हैं वे अंशमात्र हैं। मूल भाषा के पुर्ननिर्माण के सम्वन्ध में भी यही कठिनाई है। कोई नहीं जानता कि कितनी बोलियाँ बिना कोई चिह्न छोड़े लुप्त हो चुकी हैं। उनका ज्ञान हमारे भाषा-वैज्ञानिक विचारों में क्रान्तिकारी परिवर्तन ला सकता था, जैसा कि यूरोप में १९वीं शताब्दी के

पूर्वार्द्ध में संस्कृत भाषा के ज्ञान द्वारा हुआ। कोई यह भी नहीं जानता कि तोखारी की भाँति कितनी भाषाओं का पता चलेगा।

फिर भी मूल निवास-स्थान के प्रश्न का नकारात्मक उत्तर दिया जा सकता है। मूल निवास-स्थान फ्रांस या भारत नहीं हो सकता, और न ईरान या मध्य एशिया ही। इस सम्बन्ध में उत्तरी सागर और अरल सागर के बीच का लम्बा भूक्षेत्र ध्यान में आता है। किन्तु संभावना यह है कि निवास-स्थान और भी छोटा रहा होगा! कुछ लोगों का कहना है कि यह रूस अथवा रूसी साइबेरिया के सुदूर उत्तर में आर्कटिक प्रदेशों में था। अन्य लोगों का विश्वास है कि यह स्कैंडेनेविया में रहा होगा, किन्तु लोकमान्य तिलक[१] ने इस सिद्धान्त का खण्डन किया है और भारत-जर्मनिक वर्ग की जर्मनिक शाखा के प्रव्रजन के अनुसार भी जिसका उल्लेख हम लोग ऊपर कर चुके हैं, यह असम्भव लगता है। कुछ भी हो, पूर्वोक्त आधार पर यह तो स्पष्ट है कि मूल निवास-स्थान निश्चय ही हुंगरी के उत्तर पूर्व और कृष्ण सागर तथा कैस्पियन सागर के उत्तर में कहीं रहा होगा। इस सम्बन्ध में अब तक जितनी जानकारी है, उसके आधार पर कुछ और अधिक कहना हमारे लिए उचित नहीं होगा। कीथ[२] ने अभी-अभी इस समस्या पर विस्तार से विचार किया है।

२८. **भाषाओं की तुलना द्वारा प्रकाश में आई सभ्यता** :—जिसप्रकार अनेक भाषाओं की तुलना से हम भारत-जर्मनिक कहलाने वाली एक सामान्य भाषा—जो उन विभिन्न भाषाओं की सामान्य उद्गम थी,—की खोज करने में सफल हुए हैं, उसीप्रकार हम यह निष्कर्ष भी निकाल सकते हैं कि वह भाषा अवश्य ही एक मानव वर्ग या जन द्वारा बोली जाती रही होगी, जिसे हम भारत-जर्मनिक कहते हैं। इन भारत-जर्मनिक लोगों की संस्कृति का भी अनुमान लगाया जा सकता है। इस उद्देश्य की पूर्ति के लिए तुलनात्मक भाषाविज्ञान पहला साधन है, क्योंकि इसी विज्ञान से उस मूल भाषा के शब्द-भण्डार का निर्धारण होता है। शब्द-भण्डार के जानने से यह जानना सम्भव हो जाता है कि उस समय कौन-कौन से विचार अभिव्यक्ति पा चुके थे।

जब हम देखते हैं, कि, हमारा शब्द 'गाय' सं० गो, जो ग्री० boûs, लै० bōs, आयरिश bō, प्रा० स्लैवोनिक govedo के; अथवा हमारा शब्द 'पिता' जो ग्री० pater, लै० pater, गॉथिक fadar, आयरिश athir के; अथवा हमारा मराठी जू, सं० युगम्, जो ग्री० Zugón, लै० Jugum, प्रा० स्लैवोनिक

१ तिलक, Arctic Home in the Vedas, पृ० ४१८

२ Bhandarkar Memorial Volume में भारोपीयों पर लेख।

igo के पूर्णतया अनुरूप है, तो यह निष्कर्ष निकालना उचित ही है, कि, इन तथा ऐसे शब्दों द्वारा व्यंजित पदार्थ विचार एवं रिवाज पहले ही भारत-जर्मनिक लोगों में थे। यहाँ हम केवल भाषा-विज्ञान से ही नहीं वरन् प्रकृति, पुरातत्त्व और समाज-शास्त्र से भी सहायता लेते हैं।

पुरातत्त्व का सहयोग :—सदैव ऐसा नहीं होता कि सभी भारत-जर्मनिक भाषाओं में समान या एक ही शब्द हो। कभी-कभी उनमें से केवल दो या तीन में ही किसी परस्पर सामान्य धारणा के लिए एक शब्द मिलता है। यहाँ पुरातत्त्व हमारी सहायता करता है। हम उसके द्वारा प्रस्तुत कालों का निरीक्षण करते हैं, और यह देखते हैं कि इस विज्ञान द्वारा प्रस्तुत प्रत्येक काल की विशेषताएँ हमारे विज्ञान के परिणामों से मेल खाती हैं अथवा नहीं।

(अ) प्रस्तर युग की विशेषताएँ :—लोग लकड़कोटों में रहते थे। उनकी अधिकांश चीजें लकड़ी की होती थीं। हथियार पत्थर के हुआ करते थे। इस युग की सभ्यता वैसी ही थी जैसी कि हमारे भाषावैज्ञानिक इतिहास के अध्ययनों से प्रकट होती है। इस युग का प्राचीन एवं नवीन प्रस्तर युग के रूप में उपविभाजन किया गया है।

(आ) **धातु युग** :—ऐसा कहा जाता है कि सर्वप्रथम आविष्कृत धातु तांबा थी : सं० अयस्, लै० aes, गॉथिक aiz-erz, जर्मन aehern। इसे पिघलाकर कुछ औज़ारों में डाला जाता था : (१) सं० परशु, ग्री० pelekus (२) सं० असि, लै० ensis (३) सं० आरा, प्रा० उच्चजर्मन ala, जर्मन apla।

उपर्युक्त बातों एवं प्रमाणों के आधार पर मूल भारत-जर्मनिक युग को प्रस्तर-ताम्रयुग की विशेषता वाला कहा जा सकता है।

इसके अतिरिक्त अनेक महत्त्वपूर्ण बातों जैसे पालतू पशुओं, बोने, कातने और बुनने इत्यादि की कला का अस्तित्व भारत-जर्मनिक भाषा के आरंभिक युग में अनेक भारत-जर्मनिक भाषाओं की तुलना द्वारा असंदिग्ध रूप से प्रमाणित हो जाता है। ऐसे अन्य पशुओं, वस्तुओं एवं पदार्थों का, (उदाहरणतः गदहा, खच्चर, बिल्ली तथा राई (rye) सन इत्यादि) जिनके इस युग में पाए जाने के विषय में प्रमाण नहीं मिल पाए हैं, भारत-जर्मनिक भाषा की प्राचीनतम अवस्था में भी अभाव ही है।

'लोहा' का इतिहास बड़ा रोचक है। ट्यूटानिक भाषाओं ने इसके लिए प्रयुक्त शब्द केल्टिक भाषाओं से ग्रहण किया : जर्मन eisen गॉथिक eisarn केल्ट० iarn, जबकि केल्ट० isarno में स्वरमध्यग 's' अभी विद्यमान था। यह बहुत सम्भव है कि लोहे के नाम के साथ ही जर्मनों ने केल्टों से भाले का नाम भी ग्रहण किया : प्रा० उच्च जर्मन ger केल्ट० gaiso, आयरिश gai।

अन्त में जर्मनों से यह शब्द रोमनों (लै० gaesum) और यूनानियों (ग्री० gaisos) में पहुंचा। पुरातत्त्व ने भी इसी के साथ यह प्रमाणित कर दिया है कि बोर्नहोम अथवा हालस्टैट की प्राचीनतम लोहे की खानें पूर्व रोमन युग की थीं और अधिक संभावना इसी बात की है कि उन पर केल्टिक लोगों का अधिकार था।

अतः इन विषयों में पुरातत्त्व और भाषा-विज्ञान को साथ-साथ रहना चाहिए और एक दूसरे की सहायता करनी चाहिए। किन्तु पुरातत्त्व का क्षेत्र निश्चित ही सीमित है, क्योंकि इसका मूल आधार वे प्राचीन वस्तुएं हैं जो सुरक्षित रह गई हैं; दूसरी ओर, खाद्य और पेय, अथवा दूध की वस्तुएँ किसप्रकार बनाई जाती थीं, या कृषि के औजारों का निर्माण किसप्रकार होता था, इन विषयों पर पुरातत्त्व निश्चय ही मौन है। सबसे महत्त्वपूर्ण है, आदिम परिवार, राज्य, विधि तथा धर्म; संक्षेप में वे सभी बातें जो मानसिक संस्कृति के अन्तर्गत आती हैं। पुरातत्त्व से इन सबके बारे में हमें निश्चित रूप से कुछ नहीं पता चला, और न कभी चल सकता है।

ऐसी बातों की जानकारी हमें एकमात्र तुलनात्मक भाषा-वैज्ञानिक अध्ययन से ही हो सकती है। उदाहरण के लिए यदि सभी भारत-जर्मनिक भाषाओं में कोई विशेष संस्था, जैसे विवाह अथवा धर्म-समाज अथवा विशिष्ट तथ्य एवं वस्तुस्थितियां––जैसे चोरी-जैसे किसी अनैतिक कर्म का उल्लेख है और उसके लिए दण्ड है, तो हम यह निष्कर्ष निकाल लेते हैं कि प्रागैतिहासिक काल में मूल भारत-जर्मनिक लोगों में ऐसा ही रहा होगा।

उदाहरण के लिए, सं० विधवा, लै० vidua, गॉथिक widuwo, जर्मन witwe अंग्रेजी widow की तुलना करें। किन्तु विधुर (widower) के लिए कोई समान शब्द नहीं है। Widower शब्द भी प्राचीन शब्द widow पर आधारित है परन्तु उसका व्यवहार स्वतन्त्ररूप से नहीं किया जाता था। सं० विधुर विशेषण है, उसका अर्थ है 'शोकग्रस्त'। इससे यह निष्कर्ष निकलता है कि एक संस्था के रूप में वैधव्य अवश्य ही भारत जर्मनिक लोगों में प्रागैतिहासिक काल से है और वह भी इसप्रकार कि या तो विधवाओं को पुनर्विवाह की आज्ञा नहीं थी अथवा उनके विवाह में बड़ी अड़चनें डाली जाती थीं। किन्तु पुरुषों के लिए ऐसा कुछ नहीं था।

सं० अविः ग्री० óis, लै० ovis, प्रा० उच्च जर्मन ou, अं० ewe को लीजिए। इससे पता चलता है कि इस पालतू पशु का प्राचीन भारत-जर्मनिक युग में ही ज्ञान था। गॉथिक hlifan, लै० cleptor, ग्री० klépto यह प्रकट करते हैं कि चोरी भी एक चिर प्रचलित बात थी। इन तथा अन्य समानताओं से हमें यह स्पष्टतः पता चलता है कि सभी भारत-जर्मनिक भाषाओं में इस-

प्रकार सामान्य शब्दों द्वारा अभिव्यक्त बातें या संस्थाएँ अवश्य ही उस प्राचीन काल की हैं, जब ये लोग अलग नहीं हुए थे, और साथ-साथ रहते थे।

अब हम उन मूल भारत-जर्मनिक लोगों की संस्कृति का एक चित्र अंकित करने का प्रयत्न करेंगे और श्रेडर (Schrader) के आधार पर जो इस विषय का सर्वश्रेष्ठ विद्वान् है, निम्नलिखित बातों का विवेचन करेंगे : (१) घरेलू एवं सामाजिक जीवन (२) आवास (३) पेय (४) उद्योग एवं वाणिज्य (५) समय-विभाग (६) परिवार (७) कबीले एवं जातियाँ (८) रक्त-प्रतिशोध (Blood-revenge) (९) धर्म।

१. **घरेलू एवं सामाजिक जीवन** :—इस सम्बन्ध में पहला महत्त्वपूर्ण तथ्य यह है कि गदहे, खच्चर और बिल्ली के अतिरिक्त, पालतू पशुओं के नाम यूरोपियन तथा एशियाई, दोनों ही भारत-जर्मनिक भाषाओं में पाए जाते हैं।

सं० उक्षन्, गॉथिक aúhsa, जर्मन ochse; अवेस्ता Staora, (बड़ा पशु), गॉथिक stiur, जर्मन stier; सं० गो, ग्री० bóus, लै० bos, जर्मन kuh; सं० सूकर, ग्री० Sûs लै० sûs जर्मन sau तथा Schwein ; 'अविः', के लिए ऊपर देखिए। सं० अश्व, ग्री० híppos लै० equus; सं० श्वा, ग्री० kúōn, लै० canis, जर्मन hund। इसके अतिरिक्त 'पशु' के लिए सामान्य शब्द संस्कृत में पशु, लै० pecus गॉथिक faihu, जर्मन vieh अं० fee है। इनसे प्रागैतिहासिक भारत-जर्मनिक लोगों के पशुपालन-ज्ञान का भी पता चलता है। 'पशु' उनके लिए 'धन' भी था। वेद में गवेषण, गविष्ठि का अर्थ है 'धन की खोज' तथा उसके 'आधिपत्य के लिए युद्ध'। लैटिन में "pecunia" का अर्थ 'धन' है। अंग्रेजी भाषा में वही 'pecuniary' रूप में ग्रहण कर लिया गया है।

अत्यन्त प्राचीन काल में दहेज गायों के रूप में दिया जाता था। ब्राह्मणों को दक्षिणा भी गायों के रूप में दी जाती थी। यहाँ तक कि उपनिषदों[1] में भी हम इस प्राचीन प्रथा को सुरक्षित पाते हैं जब जनक एक विवाद का निर्णय करने के लिए कहते हैं:—'ब्राह्मणा भगवन्तो यो वो ब्रह्मिष्ठः स एता गा उदजताम्' अर्थात् हे श्रद्धेय ब्राह्मणो ! आप में से जो ब्रह्मन् को सर्वाधिक जानता है, वह इन गायों को ले जा सकता है।

जीवन-निर्वाह के मुख्य साधन भी पशु और उनसे प्राप्त वस्तुएँ थीं। वैदिक शब्द 'गवाशिरम्' (दुग्ध-मिश्रित खाद्य), गव्य और प्राचीन उत्तरी यूरोपवासियों को दिया गया ग्रीक नाम, 'galakto-trohoûntes' (जो दूध

---

१ बृहदारण्यक उपनिषद्, ३. १. २.

पर निर्वाह करते हैं) इसी तथ्य की ओर संकेत करते हैं। विशेष प्रकार से तैयार किया हुआ पशु-माँस, संस्कृत में 'मांस', गॉथिक में mimz; सं० मज्जा, अवे० mazga, प्रा० उच्च जर्मन marg कहलाता है। खाने को पकाते और उबालते हैं; सं० पच्, ग्रीक péssō लै० coquo, जर्मन backen, अं० bake। जर्मन mark भी खाद्य के लिए प्रयुक्त होता था। दूध के लिए सामान्य शब्द केवल पश्चिमी भारत-जर्मन भाषाओं में मिलता है: ग्री० gála (दूध) और amelgō लै० mulgeo तथा जर्मन melken; किन्तु दूध की बनी वस्तुओं के लिए हमारे पास भारत-जर्मन शब्द हैं: सं० सार लै० serum, ग्री० óros; सं० आँज्य, लै० unguen, जर्मन anke; सं० सर्पिः ग्री० hélphos (मक्खन), जर्मन salbe।

पशुओं का उपयोग वे वस्त्रों के लिए भी करते थे। सीज़र ने जर्मनों को चमड़ा पहने हुए वर्णित किया है। उनके लिए प्रयुक्त ग्रीक शब्द renophoreus (=भेड़ की खाल पहने हुए) का संबंध सं० उ॑रण ग्रीक áren (मेमना) से है। वे ऊन का प्रयोग भी जानते थे: सं० ऊर्णा लै० vellus गॉथिक wulla जर्मन wolle। उसे बुनना भी वे जानते थे: ग्रीक huphainō, प्रा० उच्च जर्मन weben। सं० शब्द 'ऊर्णवाभ' में 'वाभ' भी यही है।

पशु पालन के अतिरिक्त वे खेती भी करते थे जो शायद उनके लिए नई चीज थी; ग्रीक arō लैटिन arare। यह बात ध्यान देने योग्य है कि इस विषय में, अर्थात् जहाँ तक बीज, तथा खेती के औजारों आदि के लिए शब्दों का सम्बन्ध है, आर्य शाखा और यूरोपीय शाखा में अधिक साम्य नहीं है। सं० अज्र लै० ager, जर्मन acker अंग्रेजी acre, ध्वनि-सम्बन्धी साम्य रखते हुए भी अर्थ में किंचित् भिन्न हैं। विभिन्न प्रकार के धान्य और वृक्षों के नाम भी (उदाहरणार्थ सं० भूर्ज जर्मन birke अंग्रेजी birch) दोनों वर्गों में समान नहीं हैं। इसलिए हम अनुमान कर सकते हैं कि कृषि का प्रारम्भ पूर्वी शाखा में पश्चिमी शाखा की अपेक्षा बाद में हुआ।

साथ रहने वाले प्रागैतिहासिक मूल भारत-जर्मनिक लोगों में मृगया आमोद-प्रमोद का एक सामान्य साधन प्रतीत होता है। उस काल में ज्ञात कुछ जंगली जानवर ये हैं, सं० वृ॑कः, ग्रीक lùkos, जर्मन wolf; सं० ऋक्ष; ग्री० árktos; सं० उ॑द्र, ग्री० húdros, जर्मन otter; सं० शश॑, जर्मन hase; सं० ऋ॑ष्य, जर्मन alces। पूर्व देशीय जंगली जानवरों के लिए कोई सामान्य शब्द नहीं है।

२. निवास-स्थानः—किसी देश को मातृभूमि समझने का विचार बहुत बाद का है, और उन लोगों के लिए जो अब तक प्रव्रजनशील (migratory)

अवस्था में ही थे, यह बहुत स्वाभाविक था। कबीले की धारणा, ग्री० génos सं० जॅन; संस्कृत विंश् अथवा ग्रीक oikos, अधिक प्राचीन और इसीलिए अधिक प्रमुख थी। हमें ऋग्वेद में याद्वम् जॅनम्[1] और पाञ्चजनी विंश्[2] मिलता है, इसीप्रकार हमें पहले भरत जाति का पता चलता है और तब उनके देश 'भारत' अथवा 'भारतवर्ष' का। गाँव, कस्बा और नगर आदि का विचार बाद में विकसित हुआ। सं० पूॅः, ग्रीक polis शब्द का मूल अर्थ केवल दुर्ग अथवा दुर्ग-रक्षित नगर था। उदाहरणार्थ आयसी पूः[3] (ताँबे का दुर्ग)। यही यूनानियों में ákrópolís (क़िला) लिथुवानियन में pilis तथा लेटिन में pilsseta है।

यही बात प्राचीन केल्टिक dunum (Novis-dunum जैसे नामों से मिलता है) से प्रकट होती है, जो अंग्रेज़ी town, जर्मन Zaun में भी मिलता है और जिसका अर्थ है 'बाड़'। इसी का समानार्थी है प्राचीन स्लैवोनिक gores, (=शहर; उदाहरण के लिए Ivangorod, Novgorod)। जर्मन garten और अंग्रेज़ी garden भी उसी शब्द से निकले हैं, जिसका मूल अर्थ था 'बाड़ में घिरा हुआ भू-खंड'। निष्कर्षतः उस काल में पहले-पहल 'गाँव' अवश्य ही एक निश्चित क्षेत्र के भीतर इसप्रकार के बहुत से भू-खण्ड अथवा दुर्गों का समूह रहा होगा। इसप्रकार के गाँव को गॉथिक में weihs, लै० में vicus, सं० में विंश् और अवे० में vis कहा गया है।

लोग घरों में रहते थे, जिनमें दरवाज़े और खम्भे लगे होते थे। सं० दम, ग्री० dómos लै० domus; सं० द्वार्, ग्री thúra, लै० fores, गॉथिक daür, जर्मन tür, अं० door, सं० स्थूॅणा, ग्री० stele, प्रा० उच्च जर्मन stollo, जर्मन stollen; ग्री० stégos, tégos, प्रा० उच्च जर्मन dah, जर्मन dach, अं० thatch। इससे पता चलता है कि घरों में छतें होती थीं जो खम्भों के सहारे बनाई जाती थीं। वे खुले मैदान में आग जलाते थे और मिट्टी अथवा लोहे के बर्तनों में खाना पकाते थे। सं० चॅरु, प्रा० आयरिश core, प्रा० नार्स hverr; सं० उखा (=पतीली), लै० auxilla, जर्म० ofen।

३. पेय :—इसके विषय में अधिक कहने की आवश्यकता नहीं है। सं० मॅधु, अवे० madhu, ग्री० méthu, प्रा० उच्च जर्मन metu, अं० mead सामान्य पेय था। यह अवश्य ही मीठा रहा होगा, क्योंकि विकसित शब्द मीठे का अर्थ द्योतित करता था; ग्री० méli, लै० mel, गॉथिक

---

१ ऋग्वेद ८. ६. ४८.

२ ऋग्वेद ८. ६३. ७.

३ ऋग्वेद ७. १५. १४.

milop। सं० सोम अवेस्ता haoma, अलग हैं। उस पौधे अथवा सामग्री को जानना सम्भव नहीं हो सका है, जिससे यह मादक पेय प्राप्त होता था, जिसे इतनी रुचि के साथ लोग पीते थे।

४. **व्यापार और उद्योग**:—उस प्रागैतिहासिक काल में भी जिसकी कि हम चर्चा कर रहे हैं, एक गाँव से दूसरे गाँव अथवा एक नगर से दूसरे नगर के बीच किसी न किसी प्रकार का व्यापार अवश्य होता होगा, जैसा कि पुराकालीन अनुसंधान से स्पष्टतया प्रकट है। भाषा-विज्ञान से भी इसका संकेत मिलता है। व्यापार मुख्यतः वस्तु-विनिमय[1] (barter) द्वारा और उन परदेशियों द्वारा, जिन्हें प्रायः घृणा की दृष्टि से देखा जाता था होता होगा। ऋग्वेद में पर्णि[2] को सूदखोर, पापी, इत्यादि कहा गया है। यह शब्द सामान्यतः ग्रीक pérnemi से सम्बद्ध माना गया है।

सं० 'क्रीणामि' ग्री० píamai (=बेचना); दिए गए मूल्य के लिए सं० 'वस्न', ग्री० unos, लै० venum शब्द मिलते हैं। जहाँ वस्तु-विनिमय संभव नहीं होता था, वहाँ मूल्य गायों के माध्यम से आँका जाता था। जर्मन शब्द kaufen, प्रा० जर्मन koufan का अर्थ 'खरीदना' और 'बेचना' दोनों था।

सं० 'मिमामि', ग्री० médimnos, लै० modius, (अंग्रेजी commodity में भी यही है), जर्मन messen सामान्यशब्द हैं, जिनसे पता चलता है कि लोग वस्तुओं को नाप सकते थे। सं० वितस्ति, ग्री० ōléne जर्म० fuss जैसे शब्दों से प्रकट है कि शरीर के भागों को नाप के लिए प्रयुक्त किया जाता था। प्रारम्भिक काल से ही धातुओं का ज्ञान था, किन्तु उनका प्रयोग व्यापार में होता था अथवा नहीं, यह विवादास्पद है। सं० लोह, अवे० rôd, लै० raudus। ताँबा और परशु (ग्रीक pélekus) के लिए ऊपर देखिए। भारत जर्मन लोग बहुत सी कलाएँ जानते थे और उत्पादित वस्तुओं का विनिमय करते थे अथवा उन्हें बेचते थे। बुनने के अतिरिक्त वे सीना भी जानते थे, सं० सिव्, लै० suo, गॉथिक siūjan। वे प्रत्यंचा बनाते थे; सं० ज्या, ग्री० biós। बाणों को पैने कर सकते थे, सं० ईषु, ग्री० iós। वे पत्थर अथवा ताँबे से इसप्रकार की चीजें जैसे सं० क्षुर, ग्री० xurón, सं० असि, लै० ensis तलवार; ग्री० áxine लै० ascia गॉथि० aquizi (कुल्हाड़ी), बनाना जानते थे। बर्तन बनाने के लिए गीली मिट्टी तैयार करना भी उन्हें

१. Zimmer, Altindisches Leben, पृ० २५७.

२. ऋग्वेद ८. ६६. १०. प्रमुखतः मैकडॉनेल और कीथ, Vedic Index, १. ४७

ज्ञात था : सं० दिह् लै० figulus (कुम्हार), गॉथिक deigan; तथा इससे सं० चरु, प्रा० आयरिश core, प्रा० नार्स hverr, (एक बर्तन) और सं० उखा, लै० auxilla, जर्मन ofen (चूल्हा) बनाना भी वे जानते थे। इससे यह निर्णय निकालना शायद सत्य से दूर होगा कि उद्योग-धन्धों का विकास अलग से हो चुका था और लुहार, सुनार, कुम्हार तथा अन्य कारीगर विद्यमान थे। फिर भी सं० तक्षन्, ग्री० téktōn (बढ़ई), भारत-जर्मन लोगों का बहुत प्राचीन कारीगर है। सामान्य संख्या वाचक शब्दों के लिए ऊपर देखिए।

५. **समय का विभाजन** :—वर्ष सबसे बड़ी इकाई था, किन्तु ऐसा प्रतीत होता है कि इसका नाम प्रारम्भ में ऋतु के नाम पर पड़ा होगा। पहला नाम जो इसे दिया गया वह शीत ऋतु पर आधारित था, सं० हेमन्त, हिमा, ग्री० kheimón, लै० hiems, (शीत ऋतु)। लैटिन शब्द bimus, trimus, जिनका अर्थ दो और तीन वर्ष का है, hiems से निकले हैं। यही बात ग्रीक khímaros (=बकरी) के साथ है, जिसका मूल अर्थ एक वर्षीय था। यहाँ तक कि भारतीय-आर्य लोग भी 'शतं हिमाः, (जिसका अर्थ है सहस्र जाड़े की ऋतुएँ अर्थात् सहस्र वर्ष) का प्रयोग[1] करते थे, यद्यपि अन्य स्थानों पर वे वर्ष का नामकरण शरद् ऋतु के आधार पर करना अधिक अच्छा समझते थे, उदाहरणार्थ शतं, नो रास्व शरदः[2]। ग्रीष्म ऋतु के लिए प्राचीन नाम, जिसे कि भारतीय-आर्य लोग अपने प्रवेश किए हुए भू-भाग की जलवायु-सम्बन्धी अवस्थाओं के अनुरूप 'वर्षा' कहते थे, अब भी 'समाः' शब्द (जिसका मूल अर्थ अर्ध वर्ष और बाद में एक वर्ष था) में दृष्टिगत होता है। सं० 'समा', अवे० ham, आर्मीनियन amarn आयरिश sam, प्रा० उच्च जर्मन sumar अं० summer। यह बात ध्यान देने योग्य है कि सं० वसन्त, ग्री० éar लै० ves (=वसन्त) को यह गौरव कभी नहीं प्राप्त हुआ। वर्ष के लिए सामान्य स्वतन्त्र शब्द पहले से ही विद्यमान था : सं० वत्सर, ग्री० wetós, अल्बेनियन viet सं० परुत्, वत्सर के 'वत्' से 'उत्', ग्री० péssi (अंतिम वर्ष)।

वर्ष के बाद की दूसरी छोटी इकाई 'महीना' तथा सबसे छोटी इकाई दिन और रात भी उन्हें पहले से ज्ञात थी। सं० मास्, चन्द्रमास् भी, ग्री० men, ménē (चन्द्रमा), लै० mensis, गॉथिक mēna, जर्मन monat, अं० month और moon। महीनों के नामों का विकास, प्रत्येक जाति अथवा जाति के दो वर्गों द्वारा पृथक्‌रूप से बाद में हुआ। सप्ताह के लिए भी कोई सामान्य शब्द नहीं है। रात और दिन के लिए शब्द सर्व सामान्य हैं; सं० दाघ

---

१. ऋग्वेद २. ३३. २; ५.५४.१५.

२. ऋग्वेद २. २७.१०

('निदाघ' में) जर्मन tag अं० day; सं० नक्तम्, ग्री० núkx, जर्मन nacht, अं० night।

दिन के विभागों के लिए, अभिव्यक्तियाँ कुछ आदिम ढंग की थीं, जैसे संगवं (मध्याह्न), इसका शब्दार्थ है : गायों के एकत्र होने का समय; अथवा ग्री० boulutón-de गायों के खोलने का समय; अथवा आयरिश im-buarach (प्रातःकाल) अर्थात् गायों को बाँधने[1] का समय। दिनों के नामों में एक परस्पर आदान-प्रदान हुआ है, जो महीनों के नामों में बिलकुल नहीं मिलता।

६. **परिवार** :—भारत-जर्मनिक परिवार की सभी शाखाओं में पारिवारिक सम्बन्ध और उनको सूचित करने वाले नाम समानरूप से विकसित अवस्था में मिलते हैं। जैसा कि ऊपर दिखाया जा चुका है। पिता, माता, भाई, बहन और पोते के लिए, तो सभी शाखाओं में समान शब्द हैं ही, किन्तु इनके अतिरिक्त भी कुछ अन्य शब्द उल्लेखनीय हैं।

सं०	ग्री०	लै०	जर्म०
पितृव्य,	patros,	patruus,	vetter (मूलतः चचा)
स्नुषा,	neos	nurus	schnur, प्रा० उच्च जर्मन snur
देवर	daer	levir	प्रा० उच्च जर्मन Zeihhur
यातरः	einátceres	Janitrices	

प्रागैतिहासिक भारत-जर्मनिक लोगों में ऐसा लगता है कि विवाह दो प्रकार से होता रहा होगा। (क) क्रय द्वारा—एक रूप जिसका उल्लेख मनुस्मृति[2] में मिलता है; (२) बलपूर्वक लड़की का हरण करके। इसका भी उल्लेख प्राचीन विधि ग्रन्थों[3] में मिलता है। पाणिग्रहण अथवा हाथ पकड़ना विवाह का प्रधान भाग रहा होगा। वधू अपने पिता के घर से ले जाई जाती थी, उसे सं० वधू: अवेस्ता vadhu; प्रा० रूसी woditi (जिसका अर्थ है वधू को ले जाना) कहते हैं। तुलनीय है सं० वहतु (=विवाह) अवेस्ता vaz.

प्राचीन पारिवारिक व्यवस्था में पति-पत्नी का बहुत महत्त्वपूर्ण स्थान था। पुरुष घर का स्वामी था : सं० पतिः, ग्री० pósis, गॉथिक faths

---

१. भारतवर्ष में गोरज मुहूर्त अब भी सर्वाधिक मांगलिक समय समझा जाता है। —सम्पादक

२. मनुस्मृति ३, २९.

३. मनुस्मृति ३.३३.

[bruthfaths (वर) में] ; सं० दम्पती, ग्री० des-pótes (dems pótes के स्थान पर)। इसीप्रकार पत्नी को सं० में पत्नी ग्रीक में pótnia कहते थे। उनका मुख्य लक्ष्य संतानोत्पत्ति द्वारा वंश वृद्धि करना और परलोक सुधारना था। संतान को इतना अधिक महत्त्व दिए जाने के कारण ही, प्राचीनभारत, यूनान, इटली, जर्मनी तथा स्कैन्डीनेविया में 'नियोग'[1] का प्रचार मिलता है। इस विषय के अधिक विस्तार में जाना और बहुत से सम्बन्धियों की (जिन्हें संस्कृत में बन्धु और ग्रीक में किंचित् अर्थ-भेद से pentherós कहा जाता था) परिवार में क्या स्थिति थी, यह बतलाना यहाँ अनावश्यक होगा।

७. **जातियाँ एवं लोग**:—'लोग' (People) के लिए सामान्य शब्द सं० में जन, ग्री० में génos है, जो अंग्रेजी में generic रूप में मिलता है। ग्रीक demos, ethnos, phûlon, इसीप्रकार प्रा० उच्च जर्मन liute, जर्मन leute से सम्बद्ध प्रतिशब्द आर्य वर्ग में नहीं मिलते। सं० विश्[2] ग्री० oikos का उल्लेख पीछे किया जा चुका है। इन लोगों, अथवा जातियों के, अपने मुखिया होते थे और वे जातियाँ प्रायः अपने मुखिया नामों से पहचानी जाती थीं : यद्वम् जनम् (ऊपर देखिए)। कबीले अथवा जाति का मुखिया विश्पति, कहलाता था, अवेस्ता vis-paiti, लिथुवानियन wiesz-pats। यदि कई क़बीले मिल जाते तो उनका मुखिया राज्, लै rēx कहलाता था। यह मुखिया अथवा राजा, एक सभा (जिसे संस्कृत में 'सभा', गॉथिक में sibja, जर्मन में sippe कहते थे) में प्रायः जनता द्वारा निर्वाचित[3] किया जाता था। किन्तु अधिकतर वह आनुवंशिक[4] होता था। फिर भी वह जनता की सभा अथवा समिति का, जहाँ सार्वजनिक प्रश्नों पर विचार-विनिमय किया जाता था, सम्मान[5] करता था। यह भी ज्ञातव्य है कि ये

---

१. मनुस्मृति ९. ५९.

२. जिम्मर (Altindisches L[illegible]n पृ० १५) ने विश् और जन में जिस अन्तर का निर्देश किया है, हम [illegible]से सहमत नहीं हो सकते। वेद में ये पर्यायवाची हैं।

३. ऋग्वेद १०. १२४. ८ विशो न राजानं वृणानाः राजा का निर्वाचन करने वाले लोगों के समान।

४. वध्र्यश्व, दिवोदास और सुदास् पैजवन की लम्बी परम्परा द्रष्टव्य है।

५. ऋग्वेद ९. ९२. ६ राजा न सत्यः समितीरियानः, अर्थात् सभाओं में जाने वाले अच्छे राजा के समान।

जातियाँ, जैसा कि ऋग्वेद में के दाशराज्ञ सूक्त (दस राजाओं का युद्ध) से स्पष्टतः प्रमाणित होता है, कभी-कभी आपस में युद्ध भी करती थीं।

एक दूसरा तथ्य भी उतना ही स्पष्ट है कि इन कबीलों, जातियों अथवा लोगों ने अपनी सामाजिक एकता सुरक्षित नहीं रखी, अपितु वे आदिम निवासियों से भी मिल गए। इसीलिए जाति-मिश्रण के प्रश्न पर हमें यहाँ विचार करने की आवश्यकता नहीं।

८. **रक्त-प्रतिशोध**:—यह पुराने लोगों की विलक्षण विशेषता है। एक अचूक प्राकृतिक नियम की भाँति जीवन के बदले जीवन लिया जाता था। इस बात का पता, सं० चि, चयते, अपचितिः, ग्री० tísis और अवेस्ता kaēnā. आयरिश caine, ग्रीक poine जैसे शब्दों से चलता है। निःसन्देह प्रतिशोध लेने का दायित्व कुछ अत्यन्त निकट के सम्बन्धियों का होता था; किन्तु जुरमाना अथवा wergeld देकर प्रतिशोध से बचने की संभावना भी होती थी। यह भाव सं० वैर, आधुनिक उच्च जर्मन were, प्रा० रूसी vira में मिलता है। wergeld शब्द का मूल अर्थ नर-धन है : सं० वीर, लै० vir गॉथिक wair (तुलनीय Danegeld)।

९. **धर्म**—पुराकालीन अनुसंधान और भाषा-विज्ञान से पता चलता है कि अत्यन्त आदिम लोग भी आत्मा, और मृत्यु के उपरान्त जन्म में विश्वास करते थे : सं० आत्मन्, उच्च जर्मन ātum, जर्मन atem। किसी के मर जाने पर[1] कर्मकाण्डीय अनुष्ठान किए जाते थे जो सभी भारत-जर्मन लोगों में किंचित् भेद से प्रायः समान थे। मुख्य अंतर यह था कि भारतीय लोग अपने मुर्दों को जलाते थे जबकि पाश्चात्य लोग उन्हें दफ़नाते थे।

इन आदिम लोगों के धर्म की अन्य विशेषता पितृ-पूजा है। उनके लिए की गई दैनिक पूजा को संस्कृत में पितृ-यज्ञ कहा गया है। श्राद्ध-संस्कार का प्रतिरूप कुछ प्राचीन रूसी प्रथाओं में पितृ-दिन पर ग़रीबों को खिलाने के रूप में प्राप्त होता है।

यद्यपि बहुत से देवता थे, किन्तु देव-पिता की धारणा भी उस समय

परिवार में गाय दुहने का कार्य पुत्री का था, ऐसा प्रतीत होता है; संस्कृत से लेकर स्वेडिश तक पुत्री के लिए शब्द कुछ ध्वनि-भेदों से समान है: सं० दुहितृ, ग्री० thyater गॉ० और आधुनिक अंग्रेज़ी daughter, जर्मन tochter, स्वैडिश dotter आर्मेनियन dustr डच dochter, डैनिश dotter।

—संपादक

१. ऋग्वेद १०.१४ तथा १६.

प्रचलित थी : सं० द्यौः पिता, लैटिन jupiter ग्री० Zeús-pater। देवताओं की 'माँ' भी थीं। 'अदिति' का उल्लेख ऋग्वेद में मिलता है। अग्नि का जन्म इन दोनों से था, जिसकी पूजा आहुति देकर की जाती थी : सं० अग्नि, लिथुवानियन Ugnis, रूसी ogon लै० ignis। सं० उषस्, ग्री० héos, होमरिक ग्रीक hèos, एटिक héōs लै० aurora का भी उस काल में पूजे जाने वाले अनेक ज्योतिर्मय देवी-देवताओं में स्थान था। ईश्वर के लिए सामान्य प्रचलित शब्द सं० देव, लै० deus लिथुवानियन diewas थे। दूसरे देवता जिनकी पूजा की जाती थी, सं० वरुण ग्रीक ōúrnós थे।

पूजा बलि द्वारा और बहुत विस्तार से होती थी। उसके लिए पुरोहित-वर्ग था, जिसका स्वभावतः उस समाज में बोलबाला था। देवताओं की पूजा का नैतिक मूल्य संभवतः बहुत अधिक नहीं था। कुछ ऐसा भाव था कि देवता शक्तिशाली हैं, तेजस्वी हैं, अतः उनसे डरना चाहिए, उनके प्रति सदैव श्रद्धा-मिश्रित भय का भाव होना चाहिए। सं० 'अतिथि जनानाम्' (मनुष्यों का अतिथि) और ग्री० Zeús, khenios (आतिथ्य का रक्षक) जैसी उपाधियाँ विरल हैं। सभी वैदिक देवताओं में से नैतिकता की दृष्टि से केवल वरुण ही हमें प्रभावित करते हैं।

भारत-जर्मनिक लोगों में पौरोहित्य संभवतः विद्यमान था, यद्यपि वह उतना शक्तिशाली नहीं था, जितना कि बाद में लोगों के पृथक् होने के बाद अधिकांश शाखाओं में हो गया।[1]

---

१. परिशिष्ट २ देखिए।

भाग ३

भारत-ईरानी अथवा आर्यवर्ग

२९. **आर्यवर्ग** :—अब हम अपने विषय के तीसरे प्रमुख विभाग, आर्यवर्ग को लेते हैं। इस वर्ग के अन्तर्गत जैसा कि हमने देखा है, वैदिक भाषा अपने विकसित रूपों अर्थात् पालि और प्राकृतों सहित जिन्हें मध्यकालीन भारतीय बोलियाँ कहते हैं, और आधुनिक बोलियाँ; तथा प्राचीन ईरानी, जिसमें अविस्ताक अर्थात् पारसियों या अग्निपूजकों के प्राचीनतम धर्म-ग्रंथों की भाषा, जिसे अवेस्ता कहते हैं, तथा सम्राट् डेरियस और उसके अनुयायियों की भाषा आती है।

ईरानी भाषा के खोज की कहानी विद्वानों के लिए रोचक है, यद्यपि वह हमारे प्रस्तुत विषय से कदाचित् सम्बद्ध नहीं है। अवेस्ता के ग्रन्थ १८वीं शताब्दी के प्रथम चरण में यूरोप प कन्तु कोई उन्हें पढ़ नहीं सका। अंत में आंकतील द्यु पेरों नामक एक उत्साही फ्रांसीसी १७५४ ई० में समुद्री रास्ते से भारत पहुँचा और लगभग ८ वर्षों तक, सूरत में, पारसी पुरोहितों से इस भाषा तथा इसकी लिपि का अध्ययन करता रहा। १७७१ ई० में उसने मूल पाठ एवं उसका अनुवाद काशित किया।

यूरोपीय लोगों ने इस भाषा का अध्ययन १८वीं शताब्दी के अंतिम चरण में प्रारम्भ किया। संस्कृत और अवेस्ता भाषाओं के घनिष्ठ सम्बन्ध की ओर यद्यपि विभिन्न विद्वानों का ध्यान गया था, किन्तु इन दोनों के निश्चित सम्बन्ध की ओर पहले-पहल १८२६ ई० में डैनिश विद्वान् रास्क ने संकेत किया। रास्क ने भारत और ईरान की यात्रा की थी और अवेस्ता तथा पहलवी रचनाओं की अनेक हस्तलिखित प्रतियाँ, वह अपने साथ कोपेनहैगन ले गया था। अंततः जब संस्कृत विद्वानों ने अवेस्ता का अध्ययन आरम्भ किया, वस्तुतः तभी संस्कृत और अवेस्ता का ठीक सम्बन्ध पूर्ण और निश्चित रूप से ज्ञात हो सका। उस परिश्रम के परिणामों को बॉप ने अपने तुलनात्मक व्याकरण में मूर्तरूप दिया। आजकल यूरोप में अवेस्ता के अध्ययन को उतना ही महत्त्व दिया जाता है, जितना कि पिछली शताब्दी के उत्तरार्ध में संस्कृत के अध्ययन को दिया जाता था। अवेस्ता के विद्वानों में से सर्वाधिक ख्यात डार्मेस्टेटर, बार्थोलोम, स्पीजल, हुब्शमान, जुस्ती, मिल्ज तथा गेल्डनर हैं।

अवेस्ता केवल ज़रथुस्त-ग्रंथों की भाषा है। इनके ग्रंथ-संग्रह का कुछ अंश 'गाथा-अवेस्तिक' कही जाने वाली एक बोली में लिखा गया है, जो दूसरी बोली से अधिक प्राचीन है, और वैदिक ऋचाओं की भाषा से बहुत मिलती-जुलती है। वेदों के ही समान, इस भाषा अथवा इसमें लिखित रचनाओं का समय निश्चित करना असम्भव है, किन्तु इतना निश्चित है कि इसके प्राचीनतम अंश की भाषा किसी भी दशा में वेदों से बहुत बाद की नहीं है।

अवेस्ता, अर्थात् ज़रथुस्तियों के वेद की भाषा का विवेचन करते हुए हम पुरानी ईरानी बोली की, जो डेरियस के कीलाक्षर, शिलालेखों में मिलती है, तथा जिसे विद्वानों ने केवल प्राचीन फारसी बोली कहा है, उपेक्षा नहीं कर सकते। ये दोनों प्राचीन ईरानी भाषा का क्रमशः पूर्वी और पश्चिमी रूप मानी जाती हैं। प्राचीन फारसी, दारा प्रथम (५२१-४८५ ई० पूर्व) से लेकर ईरानी शासकों की राजभाषा थी और डैरियस राजवंश, जिसे अख़ामनी (एकीमीनियन) राजवंश कहते हैं, के अनेक राजाओं के शिलालेखों में पाई जाती है।

प्राचीन अथवा हख़ामनी फारसी का अपेक्षाकृत बाद का रूप पहलवी है जो ससानी राजवंश के शासकों के शिलालेखों में सुरक्षित है। ऐसे शिलालेखों में प्राचीनतम शिलालेख अर्तसतर-इ-पापकान् अथवा अर्दशिर् (२२६-२४१ ई०) के राज्यकाल का है। पहलवी के इसी रूप में अवेस्ता की टीकाएं लिखी गई हैं। वस्तुतः सम्पूर्ण प्राचीन अवेस्ता वाङमय (यस्न, बीस्पेरेद, और वेन्दिदद), पहलवी में भाषान्तरित कर लिया गया था। इसे भाषा-वैज्ञानिकों ने मध्यकालीन ईरानी कहा है।

तीसरी आधुनिक ईरानी है, जिसका समय ९वीं शताब्दी ई० से है। इसके अन्तर्गत फ़ारसी, कुर्दिश, अफ़गान अथवा पश्तो, ओसेटिश, बलूची अथवा बेलोच, ग़लचा और कुछ गौण बोलियाँ, जिनमें पामीरी बोलियाँ सम्मिलित हैं, आती हैं।

इन तीनों अवस्थाओं का एक दूसरी से वैसा ही सम्बन्ध है जैसा कि वैदिक अथवा प्राचीनसंस्कृत का पाली और प्राकृतों अथवा मध्य-भारतीय, तथा वर्तमान भारतीय बोलियों अथवा आधुनिक भारतीय से। और भी महत्त्वपूर्ण बात यह है कि प्राचीन अथवा गाथा-अवेस्ता तथा नई अवेस्ता का सम्बन्ध वैदिक तथा लौकिक संस्कृत के सम्बन्ध के ही समान है।

संस्कृत से नितान्त भिन्न होने पर भी अवेस्ता उससे कितने घनिष्टरूप में सम्बद्ध है, निम्नलिखित अवतरण से भली भाँति स्पष्ट हो जाता है :—

तम् अमवन्तम् यज़तम्। सूरम् दामोहु सविश्तम् मिथ्रम् यज़ै ज़ओथ्रद्व्यो।

जिसमें कुछ ध्वनियों को परिवर्तित कर देने पर निम्नलिखित वैदिक रूप बन जाता है :

तं अमवन्तं यजतम् । सूरम् धामसु सविष्ठम् । मित्रं यजे होत्राभ्यः

जैक्सन[1] ने उचित ही कहा है कि 'प्रायः कोई भी संस्कृत शब्द केवल कुछ ध्वनि-नियमों का प्रयोग करके अवेस्ता के पर्यायवाची शब्द में, अथवा अवेस्ता शब्द संस्कृत में परिवर्तित किया जा सकता है।' दो भारत-जर्मनिक भाषाओं में इतनी घनिष्ट समानता केवल इसी शाखा में पाई जाती है।

३० **ध्वनि-प्रक्रिया** :—सामान्यतः अवेस्ता संस्कृत के अनुरूप है। गुण और मात्रा दोनों में स्वरों की समानता निम्नांकित तुलना से प्रकट है :

	सं०	अवे०	ग्री०
अ	अ॑श्वः	aspah	
	अ॑श्मन्	asman	akmōn
आ	मार्त॑रः	mātarō	mḗter
इ, ई	चि॑त्तिस	cistis	
	इहि	idi	
	सिं॑चति	hincaiti	
उ, ऊ	पुत्रः	puθrō	putillus
	कृणुयात्	kərənuyāt	
	उत॑	uta	
	दा॑रु,	dāvru	dóru
	शू॑रः	sūra	
	भू॑मिम्	būmīm	

अ (a) और आ (ā) (जो भारत-ईरानी शाखा में क्रमशः प्राचीन e तथा o, ē तथा ō को व्यक्त करते हैं) के उदाहरण—

(क) *e के स्थान पर अ—सं० अ॑श्व और अवेस्ता aspa सं० अ॑स्ति और अवे० asti जब कि लै० में equus और ग्रीक में esti है; सं० च, अवे० ca लै० que.

(ख) *o के स्थान पर अ—सं० दर्द॑र्श अवे० dādarəsa ग्री० dédorke, सं० भ॑रन्ति, अ॑भरन्, प्रा० फ़ारसी baranity, abaran, ग्री० (डोरिक) phéronti, épheron सं० वृ॑क, अवे० vəhrkas, ग्री० lúkos

---

१. Avesta Grammar, भूमिका, पृष्ठ २१.

(ग) *e के लिए आ—सं० अ॑धात्, अवे० dāt, ग्री० thḗsi; सं० आ॑स्ते, अवे० áste, ग्री० hestai सं० आ॑स्, अवे० ās ग्री० (होमरिक) ea

(घ) *ō के स्थान पर आ—सं० दात्र॑म्, अवे० daθrəm, didōmi में ग्री० धातु do; सं० वा॑क्, अवे० vāxs, लै० vōx, सं० द्वा॑, अवे० dvā (गाथा), ग्री० duo, लै० duō

इनके अतिरिक्त एक स्वर श्वा[1] (schwa Indogermanicum) है, जो e, ō, ā, का निर्बल रूप है। यह उलटी e (अर्थात् ə) से प्रकट किया जाता है। यह केवल भारत-ईरानी-शाखा में मूल अ से पृथक् रहा है, जहाँ पर यह इ में परिवर्तित हो गया है।

भारत-जर्मनिक ə : सं० इ, अवे० i ग्री० और लै० a : सं० पिता॑, अवे० pita, ग्री० patḗr, लै० pater; सं० शिष्ट॑ अवे० sisoit, लै० castus।

केवल संस्कृत से उदाहरण : स्थित॑: ग्री० statós सं० दुहित॑र्, ग्री० thugáter

कभी-कभी अवेस्ता में संस्कृत से मात्रा अथवा गुण में भेद दृष्टिगत होता है :

(क) मात्रा	सं०	अवे०	सं०	अवे०
अ, आ	ना॑ना	nanā	अ॑थर्वा	āθrava
	यत॑र:	yatārō	मा॑वते	mavoite
इ, ई	विश्वम्	vispem	वित॑स्तिम्,	vitastim
	अ॑नीकम्	ainikəm	ईशा॑नम्	isānəm
उ, ऊ	शु॑न:	sūnō		
	सू॑नव:	hunavo		

ये उदाहरण अपवाद स्वरूप प्रतीत होते हैं, किन्तु अधिकांशत:, मात्रा में परिवर्तन कुछ निश्चित नियमों के अनुसार होता है। कुछ नियम नीचे दिए जा रहे हैं :—

१. अंत्य म् से पूर्व संस्कृत इ और उ नियमित रूप से अवेस्ता में दीर्घ हो जाते हैं। प॑तिम्—paitīm; पितु॑म्—pitūm; धासिम्॑—dāhīm

---

१ Brugmann, Kurze Vergleichende Grammatik, पृ० ८० तथा १४१.

२. संस्कृत ह्रस्व एकाक्षर अवेस्ता में अनिवार्यतः दीर्घ मिलते हैं—हि॑—zī, नु॑—nū प्र॑—frā

३. गाथा-अवेस्ता में सभी अंत्यस्वर दीर्घ हो जाते हैं : अ॑सुर—ahurā कु॑त्र—kuθra, अ॑सि—ahī

(ख) गुण :—

न्, म् के पूर्व सं० अ, अवे० ə स॑न्तम्— həntəm, उपम॑म् upəməm; न्, म् के पूर्व सं० अ, अवे० i (ə होते) : य॑म् yim, वा॑चम्—vācim, द्रु॑हुम्—drugim

सं० अ, अवे० ə : अह॑म्—azəm

य के पूर्व, यदि i ī e ह बाद में हों : सं० अ—अवे० e रोच॑यति—rocayeti, अयानि—ayenī य॑ज्ञ—yesne

सं० अ, अवे० o : वसु—vohu, मक्षु॑—mośu

सं० अ, अवे० ō : धामसु—dōmōhu

गुण-परिवर्तन के अन्य उदाहरण[1] भी हैं, किन्तु यहाँ केवल एक और का उल्लेख किया जाएगा।

सं० ऋ, अवे० ər या ar : कृणो॑ति—kerənaoti, मृत्युः—mərəθyus, ऋष्टिः—arśtiś

सं० इर्, उर्—अवे० ar, ər हिर॑ण्यस्य–zāranyehe, गि॑रिः gairś

अवेस्ता में संस्कृत संयुक्तस्वरों के अनुरूप निम्नलिखित संयुक्तस्वर मिलते हैं।

ए—aē एत॑त्—aētat, वे॑द—vaēdá दूरेदृ॑श—dūraēdars

ōi वे॑त्थ—vōista, ये—yōi भू॑रेः—būrōis

ओ—ao ओ॑जस्—aojō, प्रो॑क्तः—fraohtō

əu क्र॑तोः—hratəuś व॑सोः—vaehəuś

चूंकि ए तथा ओ, इन दोनों स्वरों का सं० गुण और वृद्धि में बड़ा हाथ है, इसीलिए अवेस्ता में उनके अनुरूप स्वरों का भी अत्यधिक महत्त्व है।

अब हम लोग अवेस्ता के इसप्रकार के संक्षेपण अथवा लघुकरण, जैसे य् का 'इ' में, या व् का 'उ' में परिवर्तन अर्थात् संप्रसारण, या संक्षेपण (जैसे प्र॑तियन्तु—pratiyantu में) की ओर ध्यान न देकर, अवेस्ता के कुछ ध्वनि-नियमों का उल्लेख करेंगे, जो कि बहुत महत्त्वपूर्ण हैं। इन्हें अपनिहिति, आदि-निहिति तथा स्वरभक्ति कहा जाता है।

---

१. Jackson, Avesta Grammar, पृ० १३.

(१) अपनिहिति अवेस्ता की बहुत ही प्रमुख विशेषता है। इसमें परवर्ती अक्षर में i, ī, e, é, y अथवा u, v होने पर पहले अक्षर में i अथवा u का आगम हो जाता है : सं० भवति—अवे० bava^{i}ti, सं० अ॑र्वन्तः—अवे० a^{u}rvanto, सं० परु ('परुच्छेप' में)—अवे० pouru. सं० एति—अवे० aēiti, सं० अरुषः—अवे० a^{u}ruṣo, सं० भ॑रन्ति—अवे० barainti, सं० त॑रुणम्—अवे० ta^{u}runəm।

(२) आदिनिहिति—यह भी अपनिहिति की ही भाँति है। भेद यह है कि आनेवाला स्वर आदि में आता है। यह i अथवा u से पूर्व आने वाले r के पूर्व नियमतः आता है : सं० रिण॑क्ति—अवे० ^{i}rinahti, रिष्यति—irisyeiti, रो॑पयन्ति—^{u}rūpaye^{i}nti।

(३) स्वरभक्ति—यह ऐसा स्वरागम है, जो दो व्यंजनों के बीच घटित होता है, विशेषतः यदि उन व्यंजनों में एक 'र' हो। अंत्य 'र' के पश्चात् यह नियमतः आता है : सं० वक्॑त्र—अवे० vahədra, सं० स्व॑र्—hvarə, घर्मः—garəmō, नप्तार्—nafədrat, (पंचमी) यह्वी—yeziwi दद्मसि—dadəmahi, अन्त॑र्—antárə, सव॑य—havoya, मह्यम्—ma'byā।

अवेस्ता की व्यंजन-व्यवस्था[1] उतनी समृद्ध नहीं है, जितनी कि संस्कृत की। अवेस्ता में केवल दो तालव्य, च (c) तथा ज (j) हैं। मूर्द्धन्यों का पूर्णतः अभाव है। महाप्राण न तो अघोष हैं और न सघोष। अनुनासिक अंशतः संस्कृत की ही भाँति हैं। अवेस्ता में ऊष्म संस्कृत की तुलना में बहुत अधिक हैं।

(१) संस्कृत अघोष (tenues) अवेस्ता में प्रायः वैसे ही रहते हैं : सं० उप॑रि—अवे० upairi, कृ॑र्प—kərəfs, प॑तन्ति patənti, तद्—tat, अ॑ति ati, अ॑स्ति—asti, ता॑पयति—tāpayeiti, कत॑र—katārō, कः—kas, च॑रति—caraiti, चाकन्—cakana।

किन्तु वही अघोष, व्यंजन से यदि पूर्व हों, अवेस्ता में संघर्षी में परिवर्तित हो जाते हैं—सं० क्र॑तुः अवे०—hratuś, क्षत्रम्—hśaθrəm, स्व॑प्नम्—hvafnəm, स॑त्यः—haiθya प्रोक्तः—fraohtō, द्रप्॑सः—drafśō.

इसप्रकार वे उन संघर्षी वर्णों के साथ मिल गए हैं, जो संस्कृत में अघोष महाप्राणों के कारण हैं और जिनका अब हम विवेचन करेंगे।

अपवाद :—यदि पहले ऊष्म हो तो परिवर्तन नहीं होता।

---

१. Jackson, Avesta Grammar, पृ० २७.

उ॑ष्ट्रम्––uštrəm, अ॑स्फुरत्––sparat, स्थूर॑म्––staorəm (बैल), स्खलयति––skarayant; 'प्त' (pta) अपरिवर्तित रहता है: सप्त॑––hapta, सुप्तिः––hupti.

(२) अघोष महाप्राण अवेस्ता में f. θ, h. ऊष्मों द्वारा प्रकट किए जाते हैं: सं० स॑खा––haha, सप्त॑थस्––haptaθəm, कफः––kafəm, श॑फासः––safaɔahō, ख॑ा––haō, गा॑था––gaθaō.

(३) संस्कृत घोष स्पर्श के स्थान पर अवेस्ता में भी घोष स्पर्श हैं: सं० उपब्द––Av. upabda, दीर्घ––darɔga, सर्दः––hadis, उग्रान––ugrɔag, विद्वान्––vīdvaɔ. अवेस्ता के वे घोष भी जो संस्कृत के घोष महाप्राणों को व्यक्त करते हैं, इसी वर्ग में आते हैं।

(४) संस्कृत के घोष महाप्राणों को अवेस्ता में घोष अल्पप्राणों द्वारा प्रकट किया जाता है; भ्रा॑ता––brāta, भिस् तथा भ्यस्––bya, उभा॑भ्याम्––ubōibhā, म॑धु––madu, तथा घर्षति––darsis, अध––(adha)– –adā.

(५) अवेस्ता j संस्कृत ज् को प्रकट करता है: जी॑वन्तम्––jivantəm, ज्य––jyaə, ओ॑जिष्ठ––aojišto। किन्तु यह संस्कृत 'ह' को भी प्रकट करता है––हन्ता॑रम्––jantarəm, अ॑र्हति––arəjaⁱti, द्रु॑हम्––daujim.

j की यह द्विविध प्रकृति इस कारण है कि मूल घोष महाप्राण (४ देखिए) घोषों के साथ मिल जाते हैं, तथा संस्कृत में भी j तथा h की द्विविध प्रकृति है।

(६) अर्द्धस्वर एवं तरल व्यंजन प्रायः वही हैं जो संस्कृत में: य॑ज्ञम्––yasnəm, अ॑सुरस्य––ahurahyā, व॑स्त्रम्––vastrəm, वा॑त्––vātō, स्वश्व––hvaspō.

'त्व' संयुक्त शब्दों में θwa बन जाता है, किन्तु पहले ऊष्म आने पर ज्यों का त्यों बना रहता है: कृ॑त्वा––hraθwo, त्वा॑म्––θwam, किन्तु θva नहीं बल्कि varštva। संस्कृत 'श्व' अवेस्ता में sp के रूप में दिखाई पड़ता है: विश्वम्––vīspəm, अश्व––aspo, श्वेतम्––spaetəm.

(७) संस्कृत म् के लिए अवेस्ता में 'm' आता है, किन्तु संस्कृत न को विभिन्न प्रकार से प्रकट किया गया है: सं० मनः––mananha, तनु॑स्––tanuś, जंघा––zaṅga, ना॑म––nāma, भ॑रन्ति––barənti.

(८) ऊष्मः––मूल स् (s) कुछ स्थितियों में वही रहता है, किन्तु सामान्यता अवेस्ता में ह् (h) हो जाता है:––

(क) स्कम्भम्--skəmbəm, स्तोतारम्—staotārəm, स्पर्धानि--spərədani; किन्तु सप्त--hapta, सिंधु--hindu, सोमम्--haoməm, सखा--hahā, सर्व—haurva, सव्य--havoya ।

(ख) असि—ahī, नमसि--nəmahī, असुम्--ahūm; किन्तु वसनम्--vaŋhanəm अवसो--avaŋho ।

(ग) पुत्रस्--puθro, इषवः--iśavo ।

प्रत्यय में स् का यह अंतिम रूप प्राकृतों में भी समान रूप से मिलता है। अन्य व्यंजनों के साथ 's' के लिए जैक्सन का अवेस्ता व्याकरण (पृ० ४५)[१] देखिए ।

अस्य—ahe	असुरस्य--ahurahyā
सहस्रम्--hazaŋrem	दस्रः—daŋrō
स्मत्--mat	स्मसि-- mahī
किन्तु कस्मै—kahmāi	द्रप्सः—drafsō
मत्स्य– masyō	दास्व—dasva

अवेस्ता में तीन या चार अन्य ऊष्म हैं। उनके लिए जैक्सन (पृ० ४९) देखिए। जैसा कि ऊपर उल्लेख किया गया है, अवेस्ता का z संस्कृत ज् अथवा ह् को प्रकट करता है: उदाहरणतः जातं--Zātō, यजते—yazaite तथा हस्त—Zasta अहम्--azem ।

३१. रूपः--कारकरूपों में अवेस्ता संस्कृत के अनुरूप है । उसमें आठ कारक, तीन वचन तथा तीन लिङ्ग हैं। कारकों का प्रयोग भी प्रायः वही है। विभक्तियां ये हैं—

	एक०	बहु०
क०	s, ś	ō, ā, aŋho
कर्म	m	ō, ā
करण	ā	biś
संप्र०	é	byō
अपा०	(a) t	byō
सम्ब०	ō, s, he, hyā	am
अधि०	i	su, śu, hu

१. Reichelt--Awestisches Elementarbuch § ८१-१०० भी देखिए।

यहाँ एक या दो शब्दों के रूप दिए जा रहे हैं, जिनसे स्पष्टतः यह पता चल जायेगा कि किस प्रकार अवेस्ता का संस्कृत से पूर्ण साम्य है—

yasnō—यज्ञः	yasnaŋhō—यज्ञाः
yasnəm—यज्ञम्	yasna—यज्ञान्
yasna—यज्ञा (वैदिक करण)	yasnāis—यज्ञैः
yasnāi—यज्ञाय	yasnaeibyō यज्ञेभ्यः
yasnahe—यज्ञस्य	yasnanam—यज्ञानाम्
yasne—यज्ञे	yasnaēsu—यज्ञेषु
yasna—यज्ञ	

आकारान्त और इकारान्त शब्दों के केवल एकवचन के उदाहरण दिए जा रहे हैं:—

daēnā—आत्मा, धर्म	gairi—गिरि
daēna—आः	gairis—सं० गिरिः
daēnam—आम्	gairim—,, गिरिम्
daēnaya—अया	gairi—,, गिरी (वैदिक)
daēnayāi—आयै	garəe—गिरये
daēnayāt—याः	garōit
daēnayāɔ—याः	garois—,, गिरेः
daēnaya—याम्	gara—,, गिरा (वैदिक) 'गिरौ' के लिये
daēne—ए	gaire—,, गिरे

उकारान्त पदों के रूप भी इसीप्रकार इकारान्त पदों की भाँति बनते हैं। व्यजनांत शब्दों के रूप भी संस्कृत की भांति ही बनाए जाते हैं। केवल अपादान कारक में ही भेद है, जहाँ 'आत्' (āt) तथा oit (जो अकारान्त इकारान्त शब्दों में दिखाई पड़ता है) के दूसरे रूप अत् (at) (जैसा कि स्त्रीलिङ्ग अकारान्त शब्दों में दिखाई पड़ता है) सदैव प्रयुक्त होता है : अपादान vīsat सं० विंशः। शब्द के अन्य कारक-रूप हैं:—

viś, visəm, visa, vīsa, vīso, vīsī।

इस सीमित स्थान में अन्य प्रातिपादिकों का भी विवेचन करना सम्भव

नहीं है। पाठक जैक्सन[1] के सुन्दर संक्षिप्त विवरण को देख सकते हैं। dāta, dātarəm, dāθra, dāθre, dāθrat, dāθrō, datarə, dātari, ध्वनि-परिवर्तनों सहित, संस्कृत 'दातृ' के रूपों की भाँति ही हैं। केवल अपादान का नियमित at अपवाद है। airyama, airyamanəm, airyamna, airyamaine, airyamnat, airyamnō, airyamaini, airyama की तुलना स० अर्यमन् के रूपों से की जा सकती है।

(क) अवेस्ता में भी, संस्कृत की भाँति, विशेषणों के शब्द-रूप संज्ञाओं की भाँति ही चलते हैं, अतः उनका पृथक् विवेचन करने की आवश्यकता नहीं। केवल तुलना का थोड़ा सा उल्लेख आवश्यक होगा। संस्कृत की भाँति, दोनों कोटियों की रचना दो प्रकार से की जाती है :—(१) tara, सं० तर, təma, सं० तम जोड़कर और (२) -yah, सं० -इयस्, iṣta स० -ईष्ट जोड़कर :

amavant—बलवान्	amavastara	amavastəma
huyaśta—सं० स्विष्ट	huyastara	
maz— ,, मह्	mazyas	maziśta—महिष्ठ
vohu— ,, वसु	vahyah वस्यः	vasiśta—वसिष्ठ
āsu— ,, आशु	ásyah	āsiśta—आशिष्ठ

(ख) पहले भाग में, (जहाँ भारत-जर्मनिक भाषा पर विचार किया गया है) अवेस्ता के कुछ संख्यापद दिए गए हैं, फिर भी, उसकी आवृत्ति अलाभकर न होगी।

संस्कृत की भाँति ही अवेस्ता में भी गणनासूचक एवं क्रमसूचक संख्यावाचक दोनों हैं, और उनके रूप, संज्ञाओं की भाँति चलते हैं। गणनासूचक aeva, dva, θri, caθwar, panca, hśvaś, hapta, aśta, nava, visaiti θrisat आदि; sata, duye saitə, caθwārō sata आदि; hazanra baevar; क्रमसूचक fatəma अथवा proirya bitya, θritya, tuiirya, θuhda, hśtva haptaθa aśtema इत्यादि।

(ग) **सर्वनाम** :—अवेस्ता के अधिकांश सर्वनाम संस्कृत सर्वनामों के अनुरूप हैं। कुछ उदाहरण पर्याप्त होंगे—

उत्तम पुरुष क०—azəm, कर्म man mā; संप्रदान māvōya, me;

---

१. Avesta Grammar, पृ० ८२.

अपा० mat, संबं० mana, mē; बहुवचन vaēm ahma अथवा nō ahmaⁱbyā इत्यादि ।

मध्यम पुरुष क०—tūm, tū ; कर्म θwam, θwā; करण θwā ; संप्र० taⁱbyā, tē ; अपा० θwat; संबं० tava, tē; बहुवचन yūzəm vō, yūsmaoyō, hśmāvōya, yūśmākəm vō ।

अन्यपुरुष सर्वनाम hīm, hē विकृत है । इसकी कमी को अंशतः निश्चयवाचक सर्वनाम (ho, təm, ta, tahe इत्यादि) से पूरा किया जाता है । यह भी संस्कृत के अनुरूप ही है ।

संबंधवाचक सर्वनाम—yō, yim, yā, yahmāi, yahmāt, yehe अथवा yeəhe, yahmi ; बहु० yōi, ya, yāiś, yaēⁱbyō, yaēśam, yaēśū ।

उपर्युक्त उदाहरणों से यह स्पष्ट ही पता चलता है कि ध्वनि-परिवर्तनों के अतिरिक्त अवेस्ता और संस्कृत सर्वनामरूपों में कोई भेद नहीं है । अब हम अन्य सर्वनामों तथा उनके रूपों को छोड़कर, क्रिया-रूपों पर विचार कर सकते हैं ।

(अ) **क्रियारूप** : अवेस्ता वाच्य, काल, एवं प्रकार या अर्थ (mood) [लेट् (subjunctive) सहित] की दृष्टि से वैदिक संस्कृत के समान है । उनके प्रयोग में भी दोनों में कोई भेद नहीं है । तुमुन्नन्त (infinitive) एवं कृदन्तरूप भी हैं । जैसा कि होना चाहिए, पुरुष एवं वचन में भी पूर्ण समानता है ।

मुख्य या टित् (primary) और गौण या ङित् (secondary) प्रत्यय हैं ।

(अ) परस्मैपद (active)—mi, hi, ti, mahi, (मसि), θa, nti; आत्मनेपद (middle)—e əhe, te, maⁱde.

(आ) m, s, t, ma, ta, n ङित् हैं ।

लोट् या आज्ञार्थ (imperative) में di, tu, ta अथवा na, ntu सं० धि, तु तथा त और न्तु; əuha, tam, duəm, ntam, सं० स्व, ताम्, ध्वम्, न्ताम् हैं ।

धातुएँ संस्कृत की भाँति दो वर्गों में विभाजित हैं; विकरणयुक्त (thematic), यदि उनमें स्वर-विकरण (stem vowel) a (अ) हो; विकरणहीन (non-thematic) यदि उनमें यह 'अ' न हो । संस्कृत की भाँति ही इसमें भी दसों गण हैं : दो अ (a) विकरण वाले, एक य (ya) वाला, एक अय (aya) वाला, इन चारों की धातुएँ विकरणयुक्त हैं । विकरण-

हीन धातुओं में एक धातु-श्रेणी (root class), एक अभ्यासदर्शी (reduplicative) श्रेणी, एक नासिक्य श्रेणी (nasal class) तथा नु (nu), उ (u), ना (nā) श्रेणी।[१]

यहाँ bar के निश्चयात्मक (indicative) (संस्कृत भर्) के रूप दिए जा रहे हैं :—

	एक०	बहु०		एक०	बहु०
लट् (present)	barāmi	barāmahi	लङ् (preterite)	barəm	barāma
	barahi	baraθa		barō	barata
	baraⁱti	barənti		barata	barən

इसकी सं० भंरामि, भंरन्तु और अंभरम्, अंभरन् से घनिष्ठ समानता स्पष्ट ही पहचानी जा सकती है।

आज्ञार्थ रूप हैं bara bartu, barata, barəntu, जो कर्तृवाच्य में सं० भंर, भंरतु, भंरत, भंरन्तु के तथा bareᵾuha, baratam, baradwəm, barəntām जो भाववाच्य में सं० भंरस्व, भंरताम्, भंरन्ताम् के अनुरूप हैं।

अन्य वृत्तियों (moods) को छोड़कर हम केवल लेट् (subjunctive) के रूप देंगे :—

एक०		बहु०	
barāni	भंरानि	barāma	भंराम
barāhi	भंरासि	baraθa	भंराथ
barāti	भंराति	baran	भंरान्
barāt	भंरात्		

---

१. इस विभाजन के अनुसार संस्कृत के 'अ'—वाले भ्वादिगण, तुदादिगण, य-वाला दिवादिगण, अय-वाला चुरादिगण, ये चारों थीमेटिक या विकरण-सहित हैं; और शेष अदादि (root class जिसमें कुछ नहीं जुड़ता), जुहोत्यादि (re-duplicative), स्वादि (नु वाली), तनादि (उ वाली), क्र्यादि (ना-वाली), रुधादि (न वाली) नानथीमेटिक या विकरणरहित। अनुवादक इस वर्गीकरण की वैज्ञानिकता से सहमत नहीं है। वस्तुतः केवल अदादिगण की धातुएँ ही अविकरण नाम की अधिकारिणी हैं। शेष के भी कई उपवर्ग बन सकते हैं। —अनुवादक

अवेस्ता के विधिलिङ् (optative) संस्कृत विधिलिङ् के पूर्णतया अनुरूप है : barōis भरेः, barōit भरेत्, इत्यादि ।

वर्तमान कालिक कृदन्त हैं barant, barəmna, सं० भरन्त्, भरमाण ।

धातु अथवा आर्धधातुक (non-conjugational) वर्ग में से हम ah, सं० अस् धातु को लेंगे:—

	एकवचन	बहुवचन			
लट् (present)	ahmi	mahi (स्मसि		लङ (Preterite)	ās वैदिक आस्
	ahi	stā वैदिक)			
	asti	hənti			as ,, आसीत्

लेट् (Subj.)	a_vhō	असस्
	$a_v$hati	असति
	$a_v$hat	असत्

लोट् (imper.)	azdī सं० एधि	विधिलिङ् (optat.)	hyem	स्याम्
			hyaə	स्याः
	astu		hyāt	स्यात्

वर्तमान कालिक कृदन्त hant, सं० सन्त् ।

Dadāmi, kərənaomi, frināmi क्रमशः द्वित्वीकृत, nu, na वर्ग के उदाहरण हैं ।

परोक्षभूत या लिट् के रूप अधिकांशतः द्वित्वीकरण या अभ्यास (reduplication) द्वारा बनाए जाते हैं, यद्यपि कुछ स्थितियों में उसके बिना भी, जैसा कि संस्कृत में है। द्वित्वीकरण के नियम प्रायः समान हैं : didvaəsa—दिद्वेष, dādarəsa—ददर्श, vaəda—वेद, chakana—चाकन्, dadāra—दधार ।

इन प्रतिनिधि उदाहरणों से दोनों भाषाओं में रूपों की आश्चर्यजनक समानता, बल्कि प्रायः एकरूपता प्रकट हो जाएगी ।

लुङ् (aorist) के रूपों में अवेस्ता में उतनी ही विविधता है, जितनी कि संस्कृत में। असिजन्त (nonsigmatic) तथा सिजन्त (sigmatic) वर्ग हैं। किन्तु जैसा कि लङ (imperfect) में है, अवेस्ता संस्कृत से इस बात में भिन्न है कि उसमें सदैव आगम (augment) नहीं होता, यद्यपि अनेक आगमवाले रूप भी हैं, जैसे apatat और abavat इत्यादि ।

सामान्य लुङ् (simple Aor.)	dāt	अधात्	dāmā	अधाम
	darəsəm	अदर्शम्		

साभ्यास या द्वित्वीकृत लुङ् vaocəm–अवोचम्, zizanāt अजीजनत्
(Redup. Aor.)

सामान्य लुङ्	masta	अमंस्त	dāis	(da से)
(S. Aor.)	θrāzdūm	त्राध्वम्		

अंतिम उदाहरण से पता चलता है कि अवेस्ता में सिजंत लुङ (sigmatic Aor.) की रचना धातुओं से की जाती थी, जो संस्कृत में उसी काल में भिन्न रूपों से बनते थे। अवेस्ता में कर्मवाच्य लुङ के अन्यपुरुष एकवचन के 'i' में भी संस्कृत से समानता है, उदाहरणतः srāvī सं० अश्रावि।

भविष्यत् या लृट् :—संस्कृत लृट् की स्य, ष्य विशेषता अवेस्ता hya में दिखाई पड़ती है। धातु का उससे पूर्व वही रूप बनता है, जो संस्कृत में : fravahśya–प्रवक्ष्यामि, harəsyente–स्रक्ष्यन्ते। būśyant, sūśyant सं० भविष्यन्त्, सोष्यन्त् के अनुरूप भविष्यत् कृदन्त हैं।

अवेस्ता में अन्य क्रियारूपों, जैसे कर्मवाच्य (passive), प्रेरणार्थक या णिजन्त (causal), नामधातु (denominative), सन्नन्त या इच्छार्थक (desiderative), यङन्त या पौनःपुन्यवाची (frequentive), कृदंत (participle), भविष्यकालिक कर्मवाच्य कृदत या ल्यबंत (gerund), तुमुन्नन्त (infinitive) की उतनी ही विविधता है, जितनी कि ऋग्वेद में।

इन रूपों में भी संस्कृत और अवेस्ता में पूर्ण समानता है, यह दिखाने के लिए कुछ उदाहरण पर्याप्त होंगे:—

कर्मवाच्य	kiryeiti	क्रियते	maryate	म्रियते
प्रेरणार्थक	vaedayeinti	वेदयन्ते	raocayeiti	रोचयति
नामधातु	nəmahyati	नमस्यते	paipyeiti	पत्यति
इच्छार्थक	jījiśati	जिजीषति	sīśati	शिक्षति
पौनःपुन्यवाची	zaozaoti	जोहवीति	daedōiśt	अदेदिष्ट

हमने पहले ही वर्तमानकालिक कृदन्त रूप दे दिए हैं, जिनकी संस्कृत के रूपों से आश्चर्यजनक समानता है। भूतकालिक कर्मवाच्य कृदंत (Past. passive part.) की रचना –ta, –ita अथवा –na जोड़कर होती है : uhta उक्त, raodita रुदित, pərəna– पूर्ण। ल्यबंत (Gerund) केवल विरल रूपों में ही दिखाई पड़ती है : paitiricya, प्रतिरिच्य। तुमुन्नन्त (infinitive) के अनेक रूप हैं : dərədyai सं० ध्यै (पिबध्यै में),

kərətəe, सं० –तये, त्यै, (इत्यै में), avaŋhe सं० असे (चक्षसे में), vidvanoi विद्मने।

उपर्युक्त विवेचन से यह स्पष्ट हो गया होगा, कि, प्राचीन संस्कृत और अवेस्ता भगिनी भाषाएँ हैं, जो कम से कम द्वितीय सहस्राब्दि ईसा पूर्व में और बहुत संभव है, अफगानिस्तान के उत्तर और कैस्पियन सागर के पूर्व में स्थित किसी भूमि भाग में, एक दूसरे से अलग हुई थीं। वहाँ उनका अस्तित्व एक भाषा की बोलियों के रूप में रहा होगा, तथा उनमें आपस में सभी दृष्टियों से कम से कम भिन्नता रही होगी।

३२. **वैदिक संस्कृत**:—वैदिक भाषा (इससे अभिप्राय है वैदिक वाङमय के प्राचीनतम अंश की भाषा) में हमें मूल भारत-जर्मनिक भाषा की कुछ सर्वथा आरम्भिक विशेषताएँ सुरक्षित मिलती हैं। इसमें व्यंजन-व्यवस्था में प्राचीन भारत-जर्मनिक व्यवस्था ज्यों की त्यों है, यद्यपि[1] स्वरों में से कुछ का लोप हो गया है। नामरूप एवं क्रियारूप में भी, उसमें ऐसी अनेक प्राचीन विशेषताएं सुरक्षित हैं, जिनका अन्य भाषाओं में लोप हो चुका है। व्यंजनों में, संस्कृत में सघोष महाप्राण सुरक्षित हैं, जिनका ग्रीक और लैटिन दोनों में लोप हो गया है, उदाहरणतया भ्रातर् ग्री० phrátōr, लै० frater ; सं० दधामि, ग्री० títhēmi, लै० feci : सं० धेना, लै० felus ; सं० हन् (घन् से), ग्री० theínō इत्यादि। हमने ऊपर देखा है, कि किसप्रकार संस्कृत में a, e तथा o तीनों ह्रस्व स्वर मिल गए हैं। नामरूपों में, इसमें सभी आठ कारक, और द्विवचन सुरक्षित हैं, यद्यपि कुछ प्रातिपदिकों का भेद, जैसे e और o का, लुप्त हो गया है। उसमें धातुओं के दसों गण, सभी वृत्तियाँ (mood) एवं काल तथा लुङ (aorist) के विविध रूप सुरक्षित हैं।

वेद की भाषा, अर्थात् साहित्यिक भाषा, एक ऐसी बोली पर आधारित है, जो भारत-ईरानी शाखा की प्राचीनतम बोली थी। अवेस्ता की भाषा जिस बोली पर आधारित है, वह अपेक्षाकृत बाद की है। ऋग्वेद और परवर्ती संहिताओं में, भाषा की दृष्टि से, किंचित् भेद मिलता है। प्राचीनतम ब्राह्मणों–ताण्ड्य तथा तैत्तिरीय–में यह भेद और अधिक है। वस्तुतः स्वयं ऋग्वेद संहिता में, भाषा के अपेक्षाकृत प्राचीन एवं बाद के, दोनों ही रूप मिलते हैं। उदाहरणार्थ दशम मंडल की भाषा प्राचीनतर अंशो,—उदाहरणार्थ परिवार-खण्ड कहलाने वाले अंशों की भाषा—से कुछ बातों में

---

१. मितानी के हिट्टाइट अभिलेखों पर पाए जाने वाले इन्द्र, वरुण इत्यादि वैदिक देवताओं के नाम इस बात को अवश्य ही प्रमाणित करते हैं। हिट्टाइट ध्वनि-विचार की प्राचीनता के लिए परिशिष्ट नं० १ देखिए।

भिन्न है। वास्तव में दशम मंडल की भाषा, एक प्रकार से, ऋग्वैदिक भाषा और अन्य संहिताओं की भाषा के मध्य एक संक्रमण का प्रतिनिधित्व करती है।[1] यहाँ हम कुछ बातों की ओर ध्यान दे सकते हैं।

१. प्रगृह्य (hiatus), जो पूर्ववर्ती मंडलों में बहुत अधिक मिलता है, इस मंडल में बहुत कम हो जाता है। 'या ते शविष्ठ नव्या अकर्म' (५.२९.१५) या 'इयं मनीषा इयमश्विना गीः, जैसे संध्यभाव वाले अंश धीरे-धीरे समाप्त होने लगते हैं।

२. शब्द के मध्य और अन्त में इय् उव् के स्थान पर य्, व् आने लगते हैं। उदाहरणार्थ प्राचीनतर मंडलों में प्रायः 'तुवम्' मिलता है—जो इसमें 'त्वम्' हो गया है। 'य' के सम्बन्ध में भी यही बात है।

३. अभिनिहित-संधि (अर्थात् आद्य अ का पूर्ववर्ती ए या ओ में मिल जाना) इस मंडल में अधिक मिलती है। 'समानो अध्वा प्रवतामनुष्यदे' (२, १३, २), 'अव क्षिप दिवो, अश्मानम्' (१, १२१, ९), तथा 'अग्निर्जातो अरोचत' (५.१४.४) जैसे प्रयोग धीरे-धीरे समाप्त होने लगते हैं।

४. प्राचीन भारत-जर्मन 'र्' का प्रतिनिधित्व करने वाले 'ल्' (यह बहुत कम स्थलों पर 'ल्' का प्रतिनिधित्व करता है) के अधिक प्रचलित हो जाने की प्रवृत्ति दिखाई पड़ती है। प्राचीन वैदिक म्रुच्, रभ्, रोम, रोहित के स्थान पर म्लुच्, लभ्, लोम्, लोहित अधिक प्रचलित हो गए हैं। इस 'ल्' का प्रयोग पुराने मंडलों की तुलना में नयों में अठगुना तथा ऋग्वेद की तुलना में अथर्ववेद में सतगुना है। ऋग्वेद के १०वें मंडल की उपर्युक्त सभी विशेषताएं बाद की संहिताओं के अनुरूप ही हैं।

५. ग्रभ् धातु से बनने वाले शब्दों में, ऋग्वेद के प्राचीनतर मंडलों में केवल ऋ के बाद ही ह् मिलता है; जैसे हस्तगृह्य, किंतु हस्तग्राभः। क्लैसिकल संस्कृत की तरह १०वें मंडल में यह नियमित रूप से 'ह्' हो गया है, जैसे जग्राह (प्रा० वैदिक जग्राभ), गृहाण (प्रा० वैदिक ग्रभाय)। आज्ञार्थ (imperative) एकवचन मध्यम पुरुष के प्रत्यय 'धि' की भी यही स्थिति है। क्लैसिकल संस्कृत की भाँति यह परवर्ती मंडलों तथा अन्य संहिताओं में सर्वत्र 'हि' हो गया है। जैसा कि हम लोग आगे देखेंगे, यह विशेषता प्राकृतों में भी पाई जाती है।

६. प्राचीन वैदिक भाषा में 'कृ' धातु में 'नु' धातुरूपीय चिह्न के रूप में जोड़ा जाता है, जैसे कृणुमः। किन्तु १०वें मंडल में, बाद के साहित्य की

१. Wackernagel, Altindische Grammatik, XIV.

भाँति 'कृणुमः' के स्थान पर 'कुर्मः' मिलता है। अर्थात् 'नु' के स्थान पर 'उ' का प्रयोग होता है।

७. नाम-रूपों में पुराने रूपों, उदाहरणार्थ 'आसस्' वाले पुल्लिग कर्ता बहुवचन तथा 'एभिः' वाले करण बहुवचन, के प्रयोग इसमें कम हो गए और क्लैसिकल संस्कृत की भाँति 'अस्' और 'एः' वाले रूप, उसकी तुलना में अधिक प्रयुक्त हुए।

८. सबसे अधिक परिवर्तन शब्द-भाण्डार में दिखाई पड़ता है। ईम्, अवस्यु', विचर्षणि तथा बीति जैसे पुराने शब्द प्रयोग से निकल गए, और नए शब्द प्रचलित हो गए।

ऋग्वेद संहिता की भाषा बाद की संहिताओं से मूलतः भिन्न है। उर्विया, ऋक्वन्, सीम्, कन् जैसे शब्द जो ऋग्वेद में बहुत सामान्य हैं, बाद में नहीं मिलते। इत्था, इष्, ईम्, उक्थ्य, त्व, उर्दन्, उरूष्यति, ऊति जैसे अन्य शब्द भी बाद की संहिताओं में बहुत कम प्रयुक्त हुए हैं। 'वस्' तथा 'वत्' वाले संबोधक रूप एवं 'आसस्' वाले कर्ता बहुवचन रूप भी बाद में प्रायः नहीं मिलते।

जैसा कि वाकरनागल ने कहा है, सबसे कम परिवर्तन ध्वनियों में दृष्टिगत होता है। इसका कारण यह है कि विभिन्न संहिताओं के पाठ का संपादन बाद में एक-से सिद्धान्तों के आधार पर किया गया। फिर भी जैसा कि ऊपर संकेत किया गया है, 'र' के स्थान पर 'ल' के प्रयोग की प्रवृत्ति समय बीतने के साथ बढ़ती ही दिखाई पड़ती है।

यजुर्वेद तथा प्राचीनतम ब्राह्मणों में प्राप्त गद्य में भी इसीप्रकार का विकास दिखाई पड़ता है। ऐतरेय और जैमिनीय जैसे बाद के ब्राह्मणों में प्राचीन 'आ'वम्' जैसे रूपों के स्थान पर 'आवाम्' जैसे रूप मिलते हैं। इसप्रकार इनकी भाषा क्लैसिकल संस्कृत के बहुत निकट की हो गई है। आमन्त लिट् (Periphrastic perfect) में ऐतरेय ब्राह्मण में 'आमन्त्रयां आस' जैसे रूप मिलते हैं, जो संहिताओं में प्रायः बिलकुल नहीं हैं। इसके स्थान पर प्राचीन ब्राह्मणों में केवल चकार मिलता है, तथा आत्मनेपद विधिलिङ (atm. optative) में अधिक प्रचलित 'येत' वाले रूपों के स्थान पर 'यीत' वाले रूप मिलते हैं, जैसे ह्वयीत, कामयीत। ताण्ड्य तथा तैत्तिरीय ब्राह्मणों की तुलना में इनमें सामान्य या वर्णनात्मक भूत (narrative perfect) का प्रयोग अधिक सामान्य हो जाता है।

इस गद्य में रूपों की वह विविधता या संपन्नता नहीं है, जो ऋग्वेद में प्राप्त होती है, यद्यपि कारणात्मक (conjunctive) अब भी सुरक्षित है, और तुमुन्नन्त (infinitive) के विविध रूप भी हैं। यों, वाक्यरचना में प्राचीन

भाषा का अधिक सही रूप[1] इस गद्य की भाषा में मिलता है। छंदोबद्धता के कारण ऋग्वेद भी, वाक्य-रचना के इस प्राचीन स्वरूप को इतने शुद्ध रूप में नहीं प्रस्तुत कर सका है। यह विचित्र बात है कि यजुर्वेद और प्राचीन ब्राह्मणों के प्राचीनतम गद्य में वर्णनात्मक भूत या लिट् (जो बाद में बहुत प्रचलित हो गया तथा जो ऋग्वेद में भी मिलता है) का प्रयोग नहीं मिलता। यह इन दोनों भाषाओं की आधारभूत दोनों बोलियों में अंतर के कारण हो सकता है। वाकरनागल आधारभूत बोलियों के अंतर को ही एकमात्र संभव कारण मानने को तैयार नहीं हैं। उनके अनुसार इसका एक कारण छन्दोबद्ध शैली भी है।

३३. यह ध्यातव्य है कि इन परिवर्तनों के बावजूद, यह वैदिक या प्राचीन संस्कृत भाषा है। मात्र अत्यन्त परवर्ती ब्राह्मणों, उपनिषदों और सूत्र-साहित्य आदि में हमें वह भाषा मिलती है, जो स्पष्टतः उस क्लैसिकल संस्कृत के समान है, जिसको पाणिनीय व्याकरण ने सदा-सर्वदा के लिए एक स्थिर रूप दे दिया और जो विकास के अयोग्य हो गई। इस परवर्ती भाषा में, वैदिक भाषा की रूप-विविधता बहुत कुछ समाप्त हो गई। उत्तम पुरुष के रूपों [जो आज्ञार्थ में सम्मिलित हो गए हैं, और विधिलिङ (optative) को वर्तमान और प्रार्थनावाची (precative) तक सीमित कर दिया है] को छोड़कर कारणात्मक (conjunctive) के अन्य रूप इसमें नहीं हैं।

तुम् तवे, तवै, असे, ध्यै आदि एक दर्जन से अधिक तुमुन्नन्त (infinitive) रूपों में केवल 'तुम्' ही इसमें सुरक्षित है। पूर्वकालिक (absolutive) रूपों में केवल 'त्वा' वाले रूपों का ही प्रयोग मिलता है, शेष त्वी, त्वाय, त्वीनम्, त्वानम्, वाले रूप प्रायः नहीं के बराबर मिलते हैं। मस्, ध्वम् और त के साथ-साथ वेदों में प्रयुक्त होने वाले मसि, ध्व, ए अंत वाले रूप भी नहीं मिलते। अन्य पुरुष बहुवचन लिट् (perfect) का 'र्' जो वेद में अन्य कालों (अवस्रन्, अदृश्रन्) में भी दिखाई पड़ता है, यहाँ 'शी' धातु और आत्मनेपद अन्य पुरुष बहुवचन लिट् के रूपों को छोड़कर प्रायः लुप्त हो गया है। लोट् (imperative) 'ध्वात्' तथा 'धि' जो 'हि' के साथ-साथ वेद में प्रायः प्रयुक्त होते थे, 'जुहुधि' जैसे कुछ छिट-पुट रूपों को छोड़कर प्रायः विलुप्त हो गए हैं। कारकरूपों में चलने वाले दोहरे रूपों में अनेक पूर्णतः समाप्त हो गए, जैसे, कर्ता बहुवचन के 'आसस्' वाले; कर्ता, कर्म और संबोधन द्विवचन के 'आ' वाले; अकारान्त के करण एकवचन के 'अ' वाले; तथा इकारान्त के

१. Wackernagel, वही पृ० XXXI. Delbrück का Altindische Syntax भी तुलनीय है, जहाँ इसे पर्याप्त स्पष्ट किया गया है।

अधिकरण एकवचन के 'औ' के स्थान पर 'आ' वाले। इसीप्रकार जो अनियमित रूप कहलाते थे—जैसे अद्रिवः, हरिवः की तरह के 'वन्त्' अंतवाले प्रातिपदिक के 'वस्' वाले संबोधन के रूप, संबंध बहुवचन गोनाम् (गवाम् के स्थान पर प्रयुक्त), चक्रुषम् (चकृवांसम् के स्थान पर प्रयुक्त)—प्रयोग से निकल गए। युवम् तथा युर्वत् समाप्त हो गए और उनके स्थान पर युवाम् आदि प्रयुक्त होने लगे। अवस्, दर्शत, मृळीक, बभ्रि जैसे धातु-व्युत्पन्न शब्दों का एक बहुत बड़ा समूह क्लैसिकल संस्कृत में नहीं मिलता।

इस सरलीकरण और इन लोपों को वाकरनागल ने निम्नांकित रूप में स्पष्ट किया है। वैदिक युग की बोलचाल की संस्कृत, ऋचाओं की संस्कृत से सरल तथा अधिक आधुनिक या विकसित थी। इस बोलचाल की भाषा ने, जो पुरानी विभक्तियों एवं रूपों को छोड़ चुकी थी, क्लैसिकल भाषा को प्रभावित करके उसे भी सरल बना दिया। प्राचीन संस्कृत के वे रूप जो बोलचाल की भाषा में नहीं थे, धीरे-धीरे विस्मृत होने लगे। किन्तु केवल इतना ही पर्याप्त उत्तर नहीं माना जा सकता, क्योंकि एक ओर क्लैसिकल भाषा ने उन नाम तथा धातु रूपों को भी सुरक्षित रखा, जो बोलचाल की भाषा में नहीं हैं, और दूसरी ओर बोलचाल की भाषा में देवाओ, देवेहि जैसे रूप तथा रूप-श्रेणियाँ हैं, जिनसे उनके पूर्ववर्ती रूप देवासः, देवेभिः के भी कभी प्रयुक्त होने का अनुमान लगता है, किन्तु ये रूप क्लैसिकल भाषा में नहीं हैं। सभी भाषाएँ जब साहित्यिक हो जाती हैं, तो उनमें नामरूप तथा धातुरूप दोनों में ही, रूपों को सीमित कर देने, व्यर्थ के दोहरे रूपों को छोड़ देने एवं अनियमित रूपों को नियमित कर देने की प्रवृत्ति पाई जाती है। ऐसा होने में व्याकरण-शास्त्र के कारण, जो भारत में बहुत पहले विकसित हो गया था, और भी शीघ्रता हुई होगी। हम जानते हैं कि एक भाषा, जो व्याकरण-बद्ध तथा साहित्यिक हो जाती है, वह, उस भाषा की तुलना में, जो इसप्रकार बद्ध नहीं होती, धीमी गति से विकसित या परिवर्तित होती है। इसी कारण, उस काल की लोकभाषा, संस्कृत को केवल पुस्तकों और पंडितों की भाषा के रूप में छोड़कर, स्वयं बड़ी तीव्रगति से विकास कर रही थी।

यहाँ एक अन्य बात का उल्लेख भी आवश्यक है। कुछ विद्वानों ने संस्कृत पर यह आरोप लगाने का प्रयास किया है कि वह वैयाकरणों द्वारा निर्मित एक कृत्रिम भाषा[1] थी। कहना न होगा कि ऐसी मान्यता जितनी हास्यास्पद है, उतनी ही अभाषावैज्ञानिक। वैयाकरण भाषा का नियमन कर सकते हैं,

---

१ भंडारकर (Philological Lectures पृ० २७) ने इसका भलीभाँति खंडन किया है।

उसे सरल बना सकते हैं, और सम्भवतः उसके विकास को अवरुद्ध कर सकते हैं, किन्तु वे भाषा का निर्माण नहीं कर सकते। यूरोप में कुछ उत्साही आदर्शवादियों के एस्पेरेंतो अथवा इडो नामक अन्तर्राष्ट्रीय भाषा निर्मित करने के प्रयास से, और इन भाषाओं की जो दशा हुई, उससे किसी को भी इसप्रकार की परिकल्पना की निरर्थकता का निश्चय हो जाना चाहिए। भाषायें इसप्रकार से 'बनाई' नहीं जा सकतीं। बेबर हार्नले तथा ग्रियर्सन जैसे विद्वानों को कृत्रिम संस्कृत वाले इस सिद्धांत का पक्ष लेते देख अचरज होता है। वाकरनागल तथा अन्य लोग जब क्लैसिकल संस्कृत को Kunst अथवा Hoch-sprache कहते हैं, तो उनका अभिप्राय यह होता है, कि अब यह एक अश्मीभूत या मृत साहित्यिक भाषा बन चुकी है, और बहुत पहले से जन-बोलियों से इसका सम्पर्क छूट चुका है। वैयाकरणों ने क्लैसिकल संस्कृत को केवल नियमबद्ध कर दिया, जैसे कि पालि को दक्षिणी बौद्धमत के लेखकों ने।

इसप्रकार जैसा कि हमने देखा, क्लैसिकल संस्कृत प्राचीनतम वैदिक गद्य का साहित्यिक विकास है[1]। दूसरे शब्दों में यह साहित्यिक वैदिक, जो कि किसी प्राचीन भारत-ईरानी बोली पर आधारित है, का नियमबद्ध रूप है। यह स्वयं एक बोली नहीं है, क्योंकि इसमें तथा जनभाषा में बहुत बड़ा भेद है। किन्तु इसका यह अर्थ नहीं है कि क्लैसिकल संस्कृत का प्राचीनतमरूप कभी बोला ही नहीं जाता था। यह भी भाषा थी, एक बोली जाने वाली भाषा, किन्तु केवल विद्यालयों और पंडितों शिक्षितों एवं उच्च वर्गों की। हम जानते हैं कि निरुक्त के रचयिता यास्क ने वैदिक संस्कृत तथा अपने समय की संस्कृत में भेद किया है। पहली को उन्होंने 'अन्वध्यायम्' 'दाशतयीषु' जैसे शब्दों द्वारा व्यक्त किया है, और दूसरी को 'भाषा' अथवा बोली जाने वाली भाषा के रूप में। और भी महत्वपूर्ण यह है कि, यह बतलाते हुए कि किस प्रकार धातुएं कुछ विशिष्ट लोगों में प्रचलित हैं, और केवल उनसे व्युत्पन्न शब्द ही दूसरे लोगों में, यास्क ने 'प्राच्याः' अथवा पूर्वी लोगों और 'उदीच्याः' अथवा उत्तरी लोगों का उल्लेख किया है: "दातिर्लवनार्थे प्राच्येषु दात्रमुदीच्येषु" (निरु० २. २)। इसप्रकार वे संस्कृत के प्रान्तीय रूपों के प्रति जागरूक थे, और जब तक कि हम यह मान न लें कि उनके समय में संस्कृत एक सीमा तक बोलचाल की भाषा थी, ये प्रान्तीय रूप असंभव है। पाणिनि में भी हमें वही बात मिलती है। उन्होंने भी प्रान्तीय रूपों की ओर ध्यान दिलाया है, और वैदिक भाषा, जिसे उन्होंने 'छन्दस्' नाम से अभिहित किया है, से भिन्न अपनी भाषा को 'भाषा' कहा है। कात्यायन तथा पतंजलि ने भी

१. Bhandarkar, Phil. Lectures, पृ० ३०.

ऐसा ही किया है। इसके अतिरिक्त पाणिनि ने कुछ नियमों का निर्देश किया है, जो केवल बोलचाल की भाषा के विषय में ही लागू होते हैं : पाणिनि के नियम, "नादिन्याक्रोशे पुत्रस्य"[१] (जब 'आदिनी' शब्द बाद में आए और वाक्यांश भर्त्सनासूचक हो तो 'पुत्र' शब्द का उच्चारण संयुक्त 'त्त' के साथ नहीं किया जाना चाहिए) अथवा 'एक श्रुति[२] दूरात्सम्बुद्धौ', अथवा 'प्लुति' के नियम[३] 'वाक्यस्य टेः प्लुत उदात्तः' तथा 'दूराद्धूते च'। पतंजलि ने भाषा के सन्दर्भ में अपनी भाषा का उल्लेख 'वेद' और 'वेदे' के स्थान पर 'लौकिक' अथवा 'लोके' के रूप में किया है।

३४. अब हम संक्षेप में वैदिक भाषा की ध्वनि-प्रक्रिया का विवेचन करेंगे, जिसे जर्मन विद्वानों ने das Altindische कहा है।

(अ) स्वर—अ, इ, उ, ऋ ह्रस्व और दीर्घ दोनों तथा लृ संस्कृत में सुरक्षित मूल स्वर हैं। हमने देखा है कि किस प्रकार पश्चिमी भारत-जर्मनिक भाषाओं के मूल स्वर e, o संस्कृत 'अ' में समाविष्ट हो गये हैं। सं० अंजति, ग्री० ágei सं० अश्व लै० equus, तथा सं० 'पतिः ग्री० pósis; इन प्रतिनिधि उदाहरणों से पता चलता है कि किसप्रकार अकेला संस्कृत 'अ' अन्य भारत-जर्मनिक भाषाओं के a, e, और o को व्यक्त करता है। इस सम्बन्ध में एक बात ध्यान देने योग्य है कि भारत-जर्मन e को व्यक्त करने वाले 'अ' से पूर्व अन्य भाषाओं की कंठ्य ध्वनि के स्थान पर संस्कृत में अनिवार्यतः तालव्य ध्वनि दृष्टिगोचर होती है : उदाहरणतः 'अंजति', जिसमें ज् के बाद का अ मूल e को व्यक्त करता है, जैसा कि ग्री० ágei से प्रकट है; तथा सं० च, लै० que ग्री० te।

यह 'अ' अन्य भाषाओं के उन a, e, o को व्यक्त नहीं करता, जो मूल ā, ē, ō की निम्नश्रेणी (low grade) बनाते हैं। उस स्थिति में संस्कृत में 'इ' हो जाती है, उदाहरणार्थः सं० पितर् ग्री० patér जो 'पा' और प्रत्यय 'तर्' का निर्बल अथवा निम्नश्रेणी है।

m̥ अथवा n̥ जिसे भाषाविज्ञानवेत्ता[४] घोषनासिक्य (आक्षरिक नासिक्य, Sonant nasal) कहते हैं, को भी संस्कृत 'अ' प्रकट करता है, उदाहरणार्थ (क) न्स् के न् के अतिरिक्त कर्म बहुवचन का 'अस्', जहाँ 'अ', विभक्ति के

१. पाणिनि, १. ४. ४८.
२. पाणिनि, १, २. ३३.
३. Paṇini 8.2.82 ff. See Wackernagel, op. cit. XLIII.
४. Wackernagel, Altindische Grammatik ७-११.

ध्वनियाँ — स्वर-व्यवस्था					आर्य ध्वनियाँ						
1. ह्रस्व	a	ie	u	o							
2. दीर्घ	ā	īe	ū	ō	au	eu	ou	पहला अंश ह्रस्व	अग्र	मध्य	पश्च
3. संयुक्त	ai	ei	oi		āu	ēu	ōu	पहला अंश दीर्घ			
4. स्वर	āi	ēi	ōi						↓ 1	2	3

	ओष्ठ्य	दंत्य	तालव्य	कंठ्य	वर्त्स्य	स्वर यंत्र मुखी
व्यंजन स्पर्श	p, b प्, ब्	t, d त्, द्	c, च्	k, g, gw, kw	t, d, त्, द्,	
अनुनासिक	m, म्	n, न्	γ ङ	ʒ, ण्	n, ं	
संघर्षी	ph bh f v फ्, भ् फ़् व्	θth, dh, d थ्, ठ्, ढ्, द्	G. S.	kh, gh, x हिट्टाइट में	s, z, ʃ ʒ ṛ r	h
अर्द्ध स्वर	w, व्		j,	उपलब्ध नहीं (w)	P 1, स् झ् ॰	
लंठित	...	...	...	...	ṛ, r ऋ, र्	

स्पर्श-संघर्षी-व्यंजन-वर्ग — दर्शक शब्द

g	give	गिव्ह	z	measure	मेझर
γ	long	लॉङ्ग्	j	yes	येस्
θ	thin	थिन्	ts	chin	चिन्
ð	then	देन्	dz	jan	जॅम्
s	ship	शिप्			

बाद वाले रूप में आये हुए नासिक्य को प्रकट करता है; (ख) अन्य वर्गों के—अन्ति, —अन्तु के अतिरिक्त, तृतीय क्रियापद से सम्बन्धित धातुओं के अन्यपुरुष बहुवचन रूप, अति, अतु; (ग) जहाँ अन्त्, मन्त्, इत्यादि के अन्त वाले प्रातिपदिक होते हैं, वहाँ 'अ' नियमित कारकों (weak cases) के अनुनासिक को व्यक्त करता है, जैसे 'सन्ती, किन्तु सता, सद्भिः; (घ) अन्, मन् तथा वन् अंत–वाले प्रातिपदिकों में अनुनासिक केवल स्वरों के पूर्व आता है, 'अ' व्यंजनों के पूर्व आता है, जैसे नाम्ना, किन्तु नाम, नामभिः; (ङ) अन्, अम् अंतवाली धातुओं की निर्बल श्रेणी (weak grade) में, 'अ' अनिवार्यतः आता है, जैसे तनोति, किन्तु तत, वितत्य, अतथाः; गाम् के गहि, गत्वी, अगस्महि हैं; (च) घोष अनुनासिक प्रतिनिधित्व के अन्य प्रतिनिधि उदाहरण अक्तु तथा नक्ति, अभ्र तथा नभस् ग्री० aphrós तथा néphos हैं।

२. 'इ', भारत-जर्मनिक 'i' का उपयुक्त प्रतिनिधि है, जैसे अविः लै० ovis; पतिः ग्री० pósis। किन्तु जैसा कि ऊपर उल्लेख किया गया है, यह मूल ā (ē, ō) की निर्बल श्रेणी का भी प्रतिनिधित्व करती है, उदाहरणतः 'स्था' से स्थिर, स्थित, 'धा' से 'धित्'; 'सा', 'सन्' से असिन्व, असिन्वन्, सिन। तुलनीय गॉथिक sōθa (सन्तोष)। संस्कृत की यह i ग्री० a के अनुरूप हैं, उदाहरणतः 'पा' (रक्षा करना) से पितर्, ग्री० patér, दुहितृ, ग्री० thugátēr।

३. इसीप्रकार 'उ' प्राचीन u को प्रकट करता है। उदाहरण के लिए सं० पुत्र, लै० putulus; सं० श्रुतः, ग्री० Klutós; सं० नु, ग्री० nu। यह o, au तथा v की निर्बलश्रेणी भी बनाता है : सं० युग और योग, स्वप्न, स्लाव० supati.

'उ' कभी-कभी ऋ के लिए भी आता प्रतीत होता है, जैसे 'क्रोष्टृ' के लिए क्रोष्टु में; मूल 'त्वष्टृमन्तः' के लिए 'त्वष्टृमन्तः'। यह उन बोलचाल की बोलियों से सम्बन्ध होने के कारण है, जिनमें संस्कृत ऋ को निम्नप्रकार से प्रकट किया जाता है, जैसे 'ऋतु' से 'उडुप'। यह प्रवृत्ति प्राचीनतम भाषा में पाई जाती है।

४. स्वरों के रूप में ऋ तथा ऌ केवल संस्कृत में सुरक्षित हैं। अन्य भाषाओं में वे ar, ur, or, ar, al इत्यादि हो जाते हैं, जैसे सं० मृत, आर्मेनियन mard, लै० mortuos; सं० दृष्ट, ग्री० drakeīn, सं० वृकः गॉथिक wulfs, सं० मृदु, लै० mollis.

दीर्घ मृदु (long liquids) ध्वनियाँ अधिकांशतः परिवर्तित हो जाती हैं, उदाहरणतः सं० स्तीर्ण, ग्री० strōtós, सं० पूर्व, ग्री० prōtos, सं० पूर्ण,

गॉथिक fulls, अंग्रेजी full; सं० ऊर्णा लै० lana गॉथिक wulla. संस्कृत 'नृणाम्' जैसे रूपों में ये ध्वनियाँ अपरिवर्तित दिखाई पड़ती हैं।

५. 'ए' तथा 'ओ' सर्वथा आरम्भ से ही, यहां तक कि प्रातिशाख्यों में भी, असंयुक्त या मूल स्वर समझे गए हैं। किन्तु अधिकांश अवस्थाओं में वे 'अ' अथवा 'आ' तथा (संयुक्त स्वर के दूसरे घटक या दूसरे स्वर के रूप में) 'इ' अथवा 'उ' के संयुक्तरूप, अर्थात् संयुक्तस्वर हैं। संस्कृत वैयाकरणों ने उन्हें 'अ' और 'इ' तथा 'अ' और 'उ' इत्यादि की संधि माना है।

वे 'इ' और 'उ' के साथ श्रेणीबद्धता (gradation) में भी दीख पड़ते हैं, जिसे भारतीय व्याकरण में 'गुण' नाम दिया गया है, जैसे, सिद्ध किन्तु सेधति तथा सिषेध, जो ग्रीक की श्रेणीबद्धता lipeín, leípō, leloipa के अनुरूप हैं, अथवा भुजम् किन्तु भोक्ष्यते तथा बुभोज।

कुछ शब्दों में घोष अल्पप्राणों, घोष महाप्राणों और 'ह' से पूर्व ए और ० प्राचीन भारत-जर्म० az, áz को प्रकट करते प्रतीत होते हैं, जैसे सं० नेदीयः, अवे० nazdyo; 'सद्' का लिट् (perfect) रूप सेद, भारतआर्य sazd से अवे० hazdyāt. sazd सद् है, जैसे कि (वैदिक अपप्तत्) पत्। अस् से 'एधि' में मध्यवर्ती अवस्था azdhi पूर्वानुमानित है, जो वस्तुतः अवेस्ता में 'अ' के बिना प्राप्त होती है। सं० मेघ ग्री० masthós, देहि तथा धेहि अवे० dazdi; तृणेढि तृणह+धि से 'तृणझ्धि' होते बना है।

ओ, 'ड' अथवा 'ठ' से पूर्व 'अ' का स्थान भी ग्रहण कर लेता है, जैसे षोडश किन्तु षष्टि, वह् से वोढुम्, सह् से सोढुम्।

६. ये स्वर एक दूसरे के अत्यन्त समीप होने पर विभिन्न प्रकार से संयुक्त हो जाते हैं; और यह संयोग संधि कहलाता है। किन्तु जैसा कि हमने देखा है प्राचीन वैदिकसंस्कृत में इन संधियों का पालन उतनी कड़ाई से नहीं हुआ है, जितना कि परवर्ती साहित्य में। अभिनिहित सन्धि के लिए ऊपर खंड १४ (२ तथा ३) देखिए।

७. इन स्वरों की मात्रा विभिन्न अवस्थाओं में परिवर्तित हो जाती है: (क) वैदिक भाषा में र् से पूर्व स्वर दीर्घ हो जाते हैं जैसे गीर्भिः, पूर्षु में। यों यह कोई निश्चित नियम नहीं था, इसीकारण हविर्भिः उर्वरा इत्यादि जैसे रूप भी उपलब्ध होते हैं। (ख) स्वर प्रायः किसी लोप की पूर्ति के लिए भी दीर्घ हो जाते हैं। उदाहरणार्थ जब कोई संयुक्त व्यंजन सरल हो जाता है तो उससे पूर्व आने वाला स्वर दीर्घ हो जाता है, जैसे तक्ष् से ताढि; सह् से अषाढ्; यज् अथवा इष् से ईड्; भारत जर्म० nizda से नीड अंग्रे० nest, पिष्+द से पीड, भारत-जर्म० sizdeti से सीदति, वह् से ऊढ, गुह्

से गूढ। (ग) कई अन्य कारणों से भी स्वर दीर्घ हो जाते हैं जैसे प्रत्यय, 'य' से पूर्व क्षि से क्षीयते, सु से सूयते; अथवा नामधातु के 'य' से पूर्व इ, उ, जब मौलिक न हों, तो दीर्घ हो जाते हैं, जैसे जानीयते, वल्गूयति।

८. हम ऊपर स्वरानुक्रम (vowel gradation) अथवा जैसा कि ग्रिम ने कहा है, ablaut (अवश्रुति) का उल्लेख कर चुके हैं। वही संस्कृत में भी प्राप्त होता है जिसे संस्कृत वैयाकरणों ने 'गुण' तथा 'वृद्धि' के रूप में स्वीकार किया है। यों इस तथ्य का उनका अध्ययन कुछ भिन्न था। वे इ, उ, ऋ, लृ को मूल स्वर मानते थे जो विशिष्ट परिस्थितियों में बलशाली अथवा दीर्घ (strengthened) हो जाते थे, जैसे, जब उनके पूर्व 'अ' आवे। इसमें सन्देह नहीं कि कुछ स्थितियों में इ, उ, ऋ, लृ मूलस्वर हैं, जैसे 'विवाह' से 'वैवाहिक', या 'उर्णवाभ' से 'और्णवाभ'। किन्तु प्रायः सभी अवस्थाओं में वे ए, ओ, अर्, अल् की निर्बल श्रेणी (weak grades) हैं। यह पॅतामि, अॅपप्तम् और अॅपाति जैसे रूपों से स्पष्ट हो जाएगा। यहाँ पॅतामि ग्री० petomai के अनुरूप है, और इस प्रकार e अथवा पूर्ण श्रेणी (full grade) को व्यक्त करता है। दूसरा रूप, जिसमें 'अ' जो ग्री० e के अनुरूप है, का लोप हो जाता है, शून्य अथवा निर्बल (nil या weak grade) कहलाता है। अंतिम रूप में सबल श्रेणी (strong grade) मिलती है। अवश्रुति (ablaut) की कुल मिला कर ६ श्रेणियाँ हैं, e अथवा सं० अ श्रेणी, o अथवा सं० अ श्रेणी, a श्रेणी और ē, ō, ā की तीन दीर्घ श्रेणियाँ।

निम्नलिखित उदाहरणों[1] से यह स्पष्ट हो जायेगा—

१. e श्रेणी

साधारण	निर्बल अथवा शून्य	दीर्घ अथवा सबल
सं० पद्	सं० उप-ब्द्	सं० पादम्, पात्
	ग्री० epíbda	ग्री० pós
सं० पितॅरम्	सं० पितृॅषु	सं० पिता
ग्री० patèra	ग्री० patrási	ग्री० patér

२. ē श्रेणी

सं० दॅधामि	सं० दद्मः, हितः
ग्री० tithēmi	ग्री० thetós

---

१. Meringer, Indogermanische Sprachwissenschaft पृ० ८९ Uhlenbeck, Sanskrit Phonetics पृ० १०–१४; Wackernagel, Altindische Grammatik पृ० ८३।

३. a श्रेणी

अंजामि	(परि)-ज्मन्	आर्जि:
ग्री० ágō		ग्री० strategós

४. ā श्रेणी

सं० तिष्ठामि	सं० स्थितः
ग्री० hístēmi=histami	statós

५. o श्रेणी ग्रीक में भी, जहाँ तीनों स्वरों a e और o का भेद वर्तमान है, अत्यन्त विरल है।

६. o श्रेणी

सं० ददामि	सं० आत्तः (देव) त्तः
ग्री० didōmi	ग्री० dátos

किसी मूल रूप या धातु के सामान्य स्वर के ह्रस्व या निर्बल हो जाने का कारण है बलाघात का स्थानान्तरण अथवा उसका निर्बल[1] हो जाना।

इस मात्रिक अवश्रुति के अतिरिक्त एकगुणीय अवश्रुति भी थी, जिसमें सामान्य स्वर, जैसे e अन्य स्वरों o, e, a में परिवर्तित हो जाता था, ग्रीक phrénes, āphrones। किन्तु चूंकि संस्कृत में मूल अमिश्र (original simple) स्वरों e तथा o का भेद बहुत पहले ही समाप्त हो चुका था, अतः उसमें इस अवश्रुति की खोज संतोषजनक रूप में नहीं हो सकती। यद्यपि पितरः और त्वंपितारः जैसे समीकरणों[2] से, जो ग्री० patères और apátores के बिलकुल अनुरूप है, प्राचीन संस्कृत में इस परिवर्तन का पता चल जाता है।

भारत-जर्मनिक अवश्रुति (ablaut) के सम्बन्ध में यह अवश्य स्मरण रखना चाहिए यद्यपि, सामान्यनियम के रूप में e, o अथवा शून्य वाली एकाक्षर धातुएं, संख्या में बहुत अधिक हैं, किन्तु दो अक्षरों वाली धातुएँ भी हैं। उनमें सामान्यतया दीर्घ ē अथवा ō मिलता है, जो ə में परिवर्तित हो जाता है। प्रथः और पृथुः के अतिरिक्त प्रथिमन्, पृथिवी; जनस् के अतिरिक्त जनिता, ग्री० venètōr जैसे रूपों की श्रृंखलाओं से प्रथ् और जन् के साथ plethə और genə धातुओं की परिकल्पना आवश्यक हो जाती है। इसीप्रकार जब परीमन् की तुलना अप्राः और पूर्णः से की जाती है तो परीमन् का

१. Brugmann, Kurz Vergleichende Grammatik, पृ० १४१

२. Wackernagel, Altindische Grammatik, पृ० ७५।

सम्बन्ध द्वयाक्षर धातु pelə से ठहरता है। 'पवित्रम्' pewə इत्यादि धातु की ओर संकेत करता है। परवर्ती उदाहरण महत्वपूर्ण है, क्योंकि यह वही दिखलाता है, जिसे सोस्यूर (F. de Saussure) ने अपनी Memoire sur systèm primitif voyelles des les langues indo-europeennes में प्रमाणित कर दिया है : दीर्घ 'ऊ' अमिश्र या मूलस्वर नहीं है, बल्कि, v और ə का संयुक्त रूप है, ठीक उसीप्रकार जैसे संस्कृत 'ओ' अ तथा उ का संयुक्त रूप है। पुनः, 'उ' स्वनन्तीकृत व्यंजन (sonantised consonant) v के अतिरिक्त कुछ नहीं है। इस नये स्वर ə का ज्ञान, जिससे, जैसा कि ऊपर देखा गया, कुछ धातुएं द्वयाक्षर हो जाती हैं, अन्य लोगों के साथ, ब्रुगमान (Brugmann) और सोस्यूर (Saussure) के अनुसंधानों का परिणाम है। वे आ, η ω अंत वाली धातुओं की निर्बल श्रेणी से इसकी खोज में समर्थ हुए, जैसे सं० स्थितः ग्री० statós लै० status जिसमें संस्कृत इ ग्रीक और लै० a के अनुरूप है, जो कि असामान्य है। अतः इ और a (दीर्घ स्वरों वाली धातुओं की निर्बल श्रेणी होने के कारण) का सम्बन्ध विद्यमान ध्वनियों के अतिरिक्त किसी अन्य भारत-जर्मनिक ध्वनि से रहा होगा। इस ध्वनि को श्वा (schwa) कहा गया, और यह ə द्वारा व्यक्त की गई। 'धा' से 'हित' तथा 'पा' से, 'पिता' भी तुलनीय हैं। अतः स्वयं अवश्रुति (ablaut) के कारण ही यह खोज हो सकी।

(आ) **व्यंजन**—संस्कृत भाषा में स्वरों की तुलना में मूल भारत-जर्मनिक व्यंजन बहुत ही अच्छी तरह सुरक्षित हैं। इसमें अघोषों (tenuez) घोषों (mediae) और महाप्राणों (aspirates) की मूल प्रकृति लैटिन और ग्रीक की अपेक्षा अधिक अच्छी तरह सुरक्षित है। पश्चिमी वर्ग की अकेली भाषा, जिसमें महाप्राण सुरक्षित हैं, ग्रीक है, किन्तु इसने भी घोष महाप्राणों को अघोष महाप्राणों में परिवर्तित कर लिया है, जैसे, सं० भू, ग्री० phúō; धा, the; नभस्—néphos। लैटिन में वे अघोष संघर्षी हो गए हैं, जैसे धा, लै० facio। यह स्मरण रखना चाहिए कि, ये संयुक्त व्यंजन हैं,[१] जो घोष अथवा अघोष स्पर्श और महाप्राण 'ह' से बने हैं। ऋक्-प्रातिशाख्य में भी, जो वैदिक ध्वनि-विज्ञान की प्राचीनतम कृति है, इनकी संयुक्त प्रकृति को स्वीकार किया गया है।

---

१. Wackernagel, Alt. Gram. पृ० ११५; Uhlenbeck, Sanskrit Phonetics, पृ० ४४

(१) संस्कृत भाषा में व्यंजनों की पांच श्रेणियाँ अथवा वर्ग हैं। ये उच्चारण-स्थान के अनुसार अत्यन्त प्राचीनकाल से भली-भाँति श्रेणी-बद्ध कर दिए गए हैं : क् अथवा कंठ्य वर्ग, च अथवा तालव्य वर्ग, त् अथवा दंत्य वर्ग, प् अथवा ओष्ठ्य वर्ग और अंत में ट् अथवा मूर्द्धन्य वर्ग। इनके अतिरिक्त अर्द्धस्वर य्, व्, र्, ल् और तीन ऊष्म श्, ष्, स् हैं। इनमें से कंठ्य, दंत्य, तथा ओष्ठ्य वर्ग अन्य भारत-जर्मनिक भाषाओं के वर्गों के अनुरूप हैं और मूल भारत-जर्मनिक वर्गों का नियमितरूप से प्रतिनिधित्व करते हैं। किंतु संस्कृत के कंठ्य वर्ग में प्राचीन भाषा के दो अन्य वर्ग, पश्च कंठ्य (velar gutturals) तथा पश्चकंठोष्ठ्य (labiovelor gutterals) समाविष्ट हो गए हैं। इस प्रकार संस्कृत की पश्चिमी भारत-जर्मनिक भाषाओं के k तथा qu दोनों ध्वनियों का प्रतिनिधित्व करता है। उदाहरणतः

(क) क्रविः, लै० cruor; कारुः ग्री० kērux, अंग्रेज़ी herald; शाखा, लिथु० szaka (शाखा), गॉथिक hoha (हल)। आदिम जर्मनिक कृषि में, पेड़ की टहनी से हल का काम लिया जाता था। सं० भगः, ग्री० phageīn, प्रा० स्लैवोनिक boge; स्थगयति, लै० tego, आइस-लैंडिक θak, (अंग्रेजी thatch), जो thak का एक बोलीगत रूपान्तर है। जंघा, गॉथिक gaggan (उच्चारण गंगन), प्राचीन उच्च-जर्मं० gangan, जर्मं० gang; दीर्घः ग्री० dolichós गॉथिक tulgus।

(ख) कः, लै० quo गॉथिक has सचते (क् के लिये च्, तालव्य नियम द्वारा), लै० sequor; चक्रम्, ग्री० kuklós ऐंग्लो-सेक्शन hweol, अं० wheel; गम् (लै० venio), गॉथिक qiman रंजः (क् के लिए ज्), गॉथिक riqis.

(२) भारत-जर्मनिक तालव्यों का संस्कृत तालव्यों से कोई संबंध नहीं है। संस्कृत तालव्य, जैसा कि हम देखेंगे, मूल पश्चकंठ्य (velar gutturals) हैं, जिनका पश्चात्वर्ती i अथवा e के कारण तालव्यीकरण हो गया है। किन्तु मूल भारत-जर्मनिक तालव्य, संस्कृत में परिवर्तित हो गए हैं। वे श्, ष्, स् ऊष्म और ज्, झ् स्पर्श-संघर्षी हो गए हैं। उदाहरणतः—

(क) श्रुतः, ग्री० klutós, लै० in-clutus; ऐंग्लो-सैक्शन hlud (उच्च, जोर का), प्राचीन आयरिश cloth (प्रसिद्धि), प्रा० बुलगरियन sluti; दश, ग्री० déka, गॉथिक taihun, अंग्रे० ten; अश्रिः लै० acus, प्रा० उच्च जर्मन ahil; शंसति, लै० censeo; विशम् लै० vicus, ग्री० oîkos; छाया, ग्री० skiā, गॉथिक skeinan जर्मन; scheinen अंग्रेजी shine.

(ख) जरन्त्, ग्री० géron; जनस्, ग्री० génos, गॉथिक kuni; ज्मा, लिथु० zeme, प्राचीन स्लै० zemlja (जैसे Nova Zemla); यजतः, ग्री० hágios; जोषः, लै० gustus, गॉथिक kiusan, अंहस् (घ् के स्थान पर ह्) लै० ango, गॉथिक aggwus (उच्चारण angwus), लिह्, जर्मन lecken.

इस प्रकार सं० ज् वस्तुतः तालव्य नहीं है, बल्कि एक स्पर्श-संघर्षी है जिसका संबंध मूल भारत-जर्मनिक तालव्य से है। (इसे संस्कृत व्याकरण के अनुसार कंठ्य कहा जायेगा)।

(३) संस्कृत का समग्र तालव्य वर्ग नवागत है। यह प्राचीन कंठ्य वर्ग है, जिसका तालव्य स्वरों इ अथवा ए और अर्द्ध स्वर य् से पूर्व तालव्यीकरण होता भी है और नहीं भी होता। यही तालव्य नियम है। उदाहरणः—

(क) चरुः, आइसलै० hverr, ग्री० kérnos, चत्वारः, लै० quatuor; पञ्च, ग्री० pénte; रोचते, लै० lucet, तुलनीय हैं: शुचिः किन्तु शुक्रः, रोचते किन्तु रोकः; लोकं।

(ख) जठर, गॉथिक Kilθei जरते, प्रा० उच्च जर्म० quirit, अग्रे० quoth; जानि, गॉथिक gens; जामि, लै० geminus; ओजस्, लै० auges, गॉथिक ankan; तुलनीय है: ओजस् किन्तु उग्र।

(ग) हन्मि, अवे० janmi; हन्तारः, jantāro, ग्री० theinō; हरः, ग्री० thérsos; कर्कः; कारुः कालः, कतरः, कक्षः, युगम्, गौः, गिरिः, यकृत् तथा अन्य कई शब्दों में कंठ्य उपलब्ध होता है, क्योंकि कोई तालव्य स्वर इसके बाद नहीं है, जैसा कि अन्य भाषाओं में इनके प्रतिरूप शब्दों, जैसे ग्री० karkínos, kárux, kālōs, pōteros, आयोनियन kóteros आधु० उच्च जर्म० hahse, गॉथिक juk, (अंग्रे० yoke), ग्री० boûs, लिथु० giria, लै० jecur.

४. दंत्य तथा ओष्ठ्य वर्ग शुद्ध रूप में प्राचीन वर्गों को प्रकट करते हैं, जैसा कि निम्नलिखित समीकरणों से स्पष्ट हो जाएगा।

(क) तनुः लै० tenuis, जर्म० dün, अंग्रेजी thin; त्रयः ग्री० treis, लै० tres; वर्तते, लै० verto; पत्नी, ग्री० pótnia; वेत्थ, ग्री० oīstha.

(ख) दश, ग्री० deka; द्रु, ग्री० drus, dóru, गॉ० triu, अंग्रे० tree; द्वा, द्वौ, ग्री० dúō, लै० duo; सदः ग्री० hèdos, लै० sedeo, गॉथिक sitan, अं० sit; धूमः ग्री० thumós, लै० fumus; मधु, ग्री० mèthu; धारुः ग्री० thelus.

(ग) पतिः, ग्री० pósis; पिता, ग्री० patér, गॉथिक fadra, अंग्रेजी father; नपात् लै० nepos; स्वप्नः, ग्री० hupnós। संस्कृत फ् के भारत-जर्मनिक ph से सम्बन्ध के उदाहरण उपलब्ध नहीं होते। सं० कफ, अवे० kafa; शर्फ अवे० safa.

(घ) बलम्, लै० de-bilis; बर्बर, ग्री० bárbaros; पिबामि, लै० bibo; जम्बाल, जम् (भूमि), ऐंग्लो-सैक्शन pol, अंग्रे० pool; भरामि, ग्री० pherō; भू, ग्री० phùō; भ्राता लै० frater; भ्रूः ग्री० ophrus, अंग्रे० brow; जम्भ, ग्री० gómphos।

(५) संस्कृत ध्वनियों में मूर्द्धन्य सर्वाधिक महत्त्वपूर्ण हैं, क्योंकि भारत-जर्मनिक परिवार की किसी अन्य भाषा—यहां तक कि अवेस्ता में भी, वे नहीं हैं। सौभाग्यवश स्वयं संस्कृतभाषा इस प्रश्न का समाधान कर देती है कि केवल उसी में वे किसप्रकार आए। संस्कृत का एक नियम है कि दंत्य न् के पूर्व यदि उसी शब्द में ऋ, र् अथवा ष् हो, तो वह मूर्द्धन्य ण् में परिवर्तित हो जाता है, जैसे उष्ण, ऋण, कीर्ण; अथवा दंत्य ऊष्म स्, मूर्द्धन्य ऊष्म ष् में परिवर्तित हो जाता है, जब उसके पूर्व इ, ई, उ, ऊ, ऋ, ए अथवा ओ स्वर हों, जैसे करोषि, मातृषु इत्यादि। इससे विद्वानों को संकेत मिल गया और बहुत से मूर्द्धन्यों का समाधान इसप्रकार किया गया कि, यदि मूल शब्द में दंत्य के पूर्व र् अथवा ल् हो तो दंत्य, मूर्द्धन्य में परिवर्तित हो जाता है। यह समाधान पूट (Poot) ने प्रस्तुत किया था। कृत से विकट, संकट इत्यादि; काट (गहराई), वैदिक कर्त (गड्ढा), अवट (गड्ढा), वैदिक अवर् (नीचे की ओर); कृत, चृत से कट (चटाई); तुलनीय हैं; ग्री० kártalos (टोकरी); वैदिक ऋध् (समृद्ध होना) से आढ्यः, वैदिक पृथति, प्रथयति (जताना) से पठति, वैदिक मृद् (कोमलता से मलना) से मुण्ड; कटी, तुलना करें कृमि।

भिन्न शब्दों में यही नियम एक विद्वान् फार्तुनेतोव (Fortunatov) के नाम से प्रचलित हुआ जो इसप्रकार है: मूल l अथवा ḷ+दंत्य के फलस्वरूप दंत्य मूर्द्धन्य में परिवर्तित हो गया, और l अथवा ḷ का लोप हो गया; और दूसरे, r अथवा ṛ+दंत्य अपरिवर्तित रहे। l अथवा r निस्संदेह मूल भारत-जर्मनिक रहे होंगे।

---

१. नभस् (=मेघ) प्रा० बुलगारियन nebo, ग्री० néphos, वेल्श nef (=नभ), लै० nebula; भरति, प्रा० बल्गा० bera लै० fero; बलीयान्, (बलवान), प्रा० बल्गा० boliji (=अपेक्षाकृत बड़ा या अच्छा), ग्री० belgog (अपेक्षाकृत अच्छा)।

(अ) ल (l) **अथवा ऌ** (ḷ) **तथा दन्त्य:—**

सं० पटु: ग्री० platus वट: लिथु váltis
स्फट्, उच्च जर्मन spaltan जठरम्, गॉथिक kilθei
किण, लै० callus आणि:, ग्री० ōléne
पाणि:, ग्री० paláme पण:, लिथु pêlnas (paláme)
लै० palm
पट:, पटलम् प्रा० स्ला० platino
भाषते लिथु० balsas, पाषाण: ग्रीक Pella-lithos
कुठार, लै० culter

(आ) र (r) **अथवा ऋ** (ṛ) **तथा दन्त्य:—**

कर्तामि लिथु० kertu वर्तामि लै० verto, गॉथिक wairta
अर्ध: लिथु० ardyti गर्ध:, गॉथिक gredus
मर्दामि, लै० mordeo पर्दामि, जर्मन farzen

परन्तु कई स्पष्ट कारणों से वाकरनागल, ब्रुगमान तथा बार्थोलोमे आदि भाषा-वैज्ञानिकों ने इस सिद्धान्त को स्वीकार नहीं किया। एक कारण तो यह था कि इस सिद्धान्त का अधिकांश अपवादों से दूषित है। उदाहरणार्थ सं० गल्दा, फुल्ल, पृथु, ग्री० platús; सं० मृदु, लै० mollis; सं० गर्दभ, अं० colt जहाँ 'ल' तथा दन्त्य ध्वनियों का विकास मूर्धन्य में नहीं होता। इसके विपरीत कट, भट तथा नट में, जिनके पूर्व रूप कृत, भृत तथा नृत् हैं, र तथा दन्त्य ध्वनियों का विकास मूर्धन्य ध्वनियों में हुआ है।

इस परिवर्तन को स्वयं संस्कृत भाषा में भी खोजा जा सकता है—

(इ) उडुप, उडुराज : वैदिक ऋतुप, तडित्, वैदिक तळित् तद्
कुट्टिम : ,, कृत्रिम, भट्ट, भट्टि : भर्तृ
घटते, निघण्टु : ,, ग्रंथ्, निर्ग्रंथ्, हाटक : हिरण्य
वाट, वाटि क्लैसिकल सं० वृत्ति
कुट (कूट ? भी) : कृत
निरुक्त ५, २४ पिता कुटस्य चर्षणि:

: इन शब्दों का प्राकृत मूल स्पष्ट है। प्राकृत भाषा में संस्कृत ऋ का रि अथवा अ, इ, उ हो जाता है :

रिद्धि, रिण, महरिसि : ऋद्धि, ऋण, महर्षि; रि : ऋ
इसि, किस, गिद्ध : ऋषि, कृश, गृध्र; इ : ऋ
कअ, मअ, वई : कृत, मृत, वृति; अ : ऋ

उदु, उज्जु, उसह : ऋतु, ऋजु, वृषभ

मराठी ऊत, ऊजू, उजवा : उ : ऋ

'र' या 'ऋ' के पश्चात् आने वाली दन्त्य ध्वनियों का मूर्धन्य ध्वनियों में परिवर्तन प्राकृत भाषाओं में बहुत सामान्य रहा है:—

(अ) वुड-वृत, कड—कृत, मड—मृत ।

(आ) पुढ्म–प्रथम, अट्ठ–अर्थ, पडिमा–प्रतिमा ।

'क्वथति' का परिवर्तन भी 'कढइ' में हो गया है।

प्रथम तीन उदाहरणों से हम देख सकते हैं कि कैसे प्राकृतों में दन्त्य ध्वनियाँ मूर्धन्य ध्वनियों में परिवर्तित हो गई हैं। पूर्ववर्ती ध्वनि ने लुप्त होते समय अपनी मूर्धन्यता परवर्ती दन्त्य ध्वनि को दे दी। ऐसा तब भी हुआ जब 'र' और दंत्य ध्वनि पार्श्ववर्ती नहीं थी, और उनके बीच में कोई स्वर था, जैसे सं० प्रथम, पाली पढम, सं० प्रति, शिलालेखी प्रा० पटि। यह प्रवृत्ति एक बार उत्पन्न होकर ऐसी साधारण बन गई कि पूर्ववर्ती 'र' या 'ल' के अभाव में भी दन्त्य ध्वनियाँ मूर्धन्य ध्वनियों में परिवर्तित होने लगीं जैसे—

(अ) पडति-पतति, पडाआ-पताका, वेडिस-वेतस, कढइ-क्वथति;

(आ) ढक्केहि, पालि थकेति, सं० स्थगयित; डहइ, मराठी डाह, सं० दहति; मराठी ढापण 'धा' से।

वैदिक भाषा के साथ-साथ पालि और प्राकृतों की प्राचीनतम अवस्था—

ऊपर के विवेचन से यह स्पष्ट है कि वैदिक एवं परवर्ती संस्कृत में मूर्धन्य ध्वनियों का आविर्भाव या विकास प्राचीन प्राकृतों के प्रभाव के कारण हुआ। इन प्राकृतों का अस्तित्व निश्चितरूप से वैदिक बोलियों के साथ-साथ वर्तमान था। इन्हीं प्राकृतों से परवर्ती साहित्यिक प्राकृतों का विकास हुआ।[1] वेदों एवं पंडितों की भाषा के साथ-साथ, यहां तक कि मंत्रों की रचना के समय भी, एक ऐसी भाषा प्रचलित थी, जो पंडितों की भाषा से अधिक विकसित थी। इस भाषा में मध्यकालीन भारतीय बोलियों की प्राचीनतम अवस्था (जिसे पालि-अवस्था कहते हैं) की प्रमुख विशेषताएँ वर्तमान थीं। पालि को प्राचीनतम प्राकृत कहने में डा० भण्डारकर[2] भी वाकरनेगल से सहमत हैं।

वैदिक तथा परवर्ती संस्कृत के वे शब्द भी, जिनमें 'न' के स्थान पर 'ण' का प्रयोग हुआ है, इसी श्रेणी से सम्बन्ध रखते हैं। इनको प्राकृत-रूप (Prakritisms) कहा जाता है।

---

१. Wackernagel, Altindische Grammatik पृ० XVIII

२. Philological Lectures पृ० ५ ।

(ई) आणि, पुण्य, फण्, अन्वापनीफणत्,[१] काण, कर्ण, निपुण, घोणा, वणिज् (जर्मन waare), गण् (ग्री० ageirō), कुणार (ग्री० kúllos), स्थाणु (जर्मन still), पण् (ग्री० pérnēmi), कण (क्लैसिकल सं० कला, एक भाग)।

अण (ग्री० aleō), एण् (ग्री० elaphos), तूण, वेणु (लैटिन wallus), वेणी (लै० willus)।

'शिथिल' में 'इ' का होना यह प्रकट करता है कि यह एक प्राकृत-रूप है। मूल (धातु) में 'र' है जो 'ऋ' रूप में स्वरान्वित होने पर प्राकृत में 'इ' में परिवर्तित हो जाता है। तुलनीय है प्राकृत का शिढिल; शृङ्घ से शिङ्घ (मराठी सुँगणें, हुंगणें,) समृद्ध से समिद्ध तथा अंगार से इंगाल (नैषध, १.९), मराठी इंगळ भी। ये सभी प्राकृत रूप हैं। कृच्छ्र तथा गुच्छ भी प्राकृत-रूप हैं, जिनमें च्छ, सं० प्स का विकास है; तुलनीय सं० अप्सरा के लिए पालि अच्छरा। तितसु के लिए तितउ, प्रयुग के लिए प्रउग, गवय से महाराष्ट्री गउओ; ये सभी भी प्राकृत-रूप माने जाते हैं। परवर्ती प्राकृतों में तो ऐसा होना नियम ही बन गया था। वेद में इनके प्रयोग को समझाना कठिन है। केवल यह अनुमान लगाया जा सकता है, जैसा कुछ विद्वानों ने अनुमान लगाया भी है, कि ये एक प्राचीन प्राकृत से, जो कि मध्यकालीन प्राकृतों का आधार थी, वैदिक भाषा में प्रविष्ट हो गए हैं।

३५. **रूप**—प्राचीन संस्कृत की रूपरचना के विषय में अधिक कहने की आवश्यकता नहीं है। वह हमारे सुपरिचित क्लैसिकल संस्कृत से बहुत भिन्न नहीं है। फिर भी, अन्य भाषाओं में भी समानरूप से पाई जाने वाली कुछ विशेषताओं पर यहां संक्षेप में विचार किया जाएगा।

(अ) पश्चिम की क्लैसिकल भाषाओं के विपरीत संस्कृत में केवल तीन या चार स्वरों से अन्त होने वाले प्रातिपदिक हैं। : अ इ, उ, ऋ (ह्रस्व तथा दीर्घ)। इनमें ग्रीक तथा लैटिन की तरह 'ए' तथा 'ओ' मूलस्वर नहीं हैं, क्योंकि संस्कृत में मूल भारोपीय अ, इ, ओ में कोई भेद नहीं है। जहाँ तक व्यंजनांत प्रातिपदिकों का प्रश्न है, पुरानी भाषा में बहुत-से हैं, जैसे च्, क्, त्, थ्, मौलिक द्, घ् तथा भ्, स्, श् अंत वाले। इन मूल प्रातिपदिकों के अतिरिक्त वत्, तात् (उद्वत्, निवत्, सर्वतात्, देवतात्), ग्रीक tét, इत्, उत्, त् (यकृत्), अत्, अन्त्, मन्त् और वन्त्, अन्, मन्, इन्, मिन् एवं विन्, अर् तथा तर् अंत वाले साधित प्रातिपदिक भी हैं।

१. ऋग्वेद ४-४०-४।

सस्कृत में ग्रीक एवं लैटिन की भाँति ही तीन लिंग एवं तीन वचन हैं, (ग्रीक तथा लैटिन के dúō आदि शब्दों में द्विवचन के चिह्न मिलते हैं; यद्यपि इनके प्राप्त रूप में द्विवचन परित्यक्त हो चुका है) किन्तु इनके विरुद्ध सभी आठ कारक हैं। ग्रीक भाषा ने करण कारक एवं अपादान कारक को पूर्णतया छोड़ दिया है, और अधिकरण तथा सम्प्रदान को एक में मिला दिया है। (कारणों के लिए ऊपर देखिए।)

तीनों लिंगों में कारक-विभक्तियां समान हैं। केवल नपुंसकलिंग के कर्त्ता, कर्म तथा सम्बोधन की विभक्तियां भिन्न होती हैं, जहां एकवचन में तो कुछ नहीं लगता और बहुवचन में 'इ' आती है। ये इसप्रकार हैं:—

	एकवचन के लिए	बहुवचन के लिए
कर्त्ता	शून्य अथवा स्	अस्
कर्म	म अथवा अनुस्वार	न्स्, अस् (व्यंजन के पश्चात् ण्स् से)
करण	भि, अनुस्वार, जो 'आ' हो जाता है।	ऐस्, तथा[1] भिस्
सम्प्रदान	ऐं, ए	भ्यस्[1]
अपादान	अस्, अत् (अकारांत प्रातिपदिक के लिए)	,,
सम्बन्ध	अस्, स्, स्य ,, ,,	आम्, नाम् (स्वरों के पश्चात्)
अधिकरण	इ, अंतिम-अक्षर के दीर्घ होने पर अन्त में कुछ नहीं लगता।	सु

विभक्तियाँ प्राचीन भारत-जर्मन भाषा से रिक्थ रूप में मिली हैं और इसीलिए उचित ध्वनिपरिवर्तनों के साथ ग्रीक तथा लैटिन और अंशतः गॉथिक में भी पाई जाती हैं। तुलना के लिए कुछ रूप द्रष्टव्य हैं:

१. अकारांत-ओकारांत के एकवचन

	संस्कृत	ग्रीक	लैटिन	गॉथिक
कर्त्ता	वृ॑कः	lűkos	luups	wulfs
सम्बोधन	वृ॑क	lúke	lupe	wulf
कर्म	वृ॑कम्	lûkon	lupum	wulf
करण	वृ॑का / वृ॑केण	ponō (क्रिया वि.) (होमर द्वारा बहुप्रयुक्त)	sacro (sanctus)	wulfa

१. तुलनीय लैटिन omnibus, virginibus.

सम्प्रदान	वृ́काय	lúkō	lupō	wulfa
	पत्ये			wolfe (प्रा० उच्च जर्मन)
अपादान	वृ́काद्	Foíkō (क्रि० वि०)	lupō (d)	haθrō (अवेस्ता)
	राज्ञः	lúkoio		wulfis
सम्बन्ध	वृ́कस्य:	lúkoiō	lupī	wulfis
	राज्ञः	lúkon		
अधिकरण	वृ́के	oíkoi (क्रि० वि०)	bellī (क्रि० वि०)	wulfa

२. बहुवचन

	सं०	ग्रीक	लैटिन	गॉथिक
कर्त्ता	वृ́काः	lúkoi	lupī	wulfōs
	वृ́कासः (वैदिक)			
कर्म	वृ́कान्	lúkons	lupōs	wulfans
		lúkous		
करण	वृ́कैः	lùkois (i)	lupīs	wulfam
	वृ́केभिः	lúkoisí		
सम्प्रदान अपादान	वृ́केभ्यः	[lúkois (i)]	lupīs	wulfam
सम्बन्ध	चर्थाम्	lúkōn	deum	wulfe
	वृ́काणाम्		deorum	
अधिकरण	वृ́केषु	lukoisi	lupīs	wulfam

उकारांत

	३. एकवचन		४. बहुवचन	
	सं०	ग्रीक	सं०	लैटिन
कर्त्ता	सू́नुः	pēchus	सूनवः	manūs
कर्म	सू́नुम्	pēchun	सू́नून्: पश्वः	manūs
करण	क्रत्वा	pēchei	सूनुभिः	manubus-ibus
सम्प्र०	सूनवे, शिश्वे	péchei	सू́नुभ्यः	,,
अपा०	सूनो́: पश्वः	pécheos	,,	,,
सम्ब०	सूनो́:, पश्वः	pēcheos	सूनूनाम्, पश्वाम्	manuum, manum
अधि०	सूनौ́, सूनवि	pēchei	सू́नुषु	manubus

त (ग्री० ter) अंतवाला

	५. एकवचन		६. बहुवचन	
	सं०	ग्रीक	सं०	ग्रीक
कर्त्ता	मार्ता	Metẹr	मार्तरः	Metéres
कर्म	मार्तरम्	Metera	मातॄः	Metéras
करण	मात्रा	Metéri	मातृभिः	Métrásī
सम्प्र०	मात्रे	Metéri	मातृभ्यः	Metrási
अपा०	मातुः	Métros	मातृभ्यः	,,
सम्ब०	मातुः	Metros, Metéros	मातॄणाम्	Meterōn
अधि०	मार्तरि	Meteri	मातृषु	Metrási

न्त (ग्री० nt) अंतवाला

	७. एकवचन		८. बहुवचन	
	सं०	ग्रीक	सं०	ग्रीक
कर्त्ता	सन्	ón	सन्तः	óntes
कर्म	सन्तम्	ónta	सतः	ótnas
करण	सता	ónti	सद्भिः	oûsi
सम्प्र०	सते	ónti	सद्भ्यः	oûsi
अपा०	सतः	óntos	,,	
सम्ब०	सतः	óntos	सताम्	ónton
अधि०	सति	ónti	सत्सु	oûsi

आ—क्रियारूपः—संस्कृत के क्रिया-रूप भी उतने ही समृद्ध हैं जितने कि संज्ञा-रूप। संज्ञा-रूपों की ही भाँति क्रिया-रूपों में भी संस्कृत में भारत-जर्मन की अधिकांश रूप-सामग्री सुरक्षित है। क्रियारूपों की प्राचीनता एवं समृद्धि की दृष्टि से इस परिवार की अन्य भाषाओं में केवल ग्रीक ही किसी सीमा तक संस्कृत की बराबरी कर सकती है। ग्रीक की भाँति संस्कृत में भी परस्मैपद तथा आत्मनेपद वर्तमान है। संस्कृत का कर्मवाच्य सम्भवतः बाद की उपज है, और यह मूल भारत-जर्मन भाषा में नहीं था। ग्रीक भाषा की तरह ही वैदिक संस्कृत में भी कई वृत्तियाँ (moods) थीं, जिनमें से कुछ परवर्ती संस्कृत में नष्ट हो गईं। ये वृत्तियाँ (moods) हैं—निश्चयार्थ (indicative), इच्छार्थक (optative), आज्ञार्थक (imperative) तथा सम्भावनार्थक (conjunctive या subjunctive) इनमें से अंतिम केवल प्राचीनतम संस्कृत में ही उपलब्ध है। विधिलिङ और लोट् क्लैसिकल संस्कृत में ही हैं, किन्तु इनका प्रयोग केवल वर्तमान काल में किया गया है। काल चार हैं:—लट्

(present), लिट् (perfect) लुङ (aorist), लृट् (future)। जहां तक धातु तथा रचना का प्रश्न है, लङ (imperfect) लट् से बहुत भिन्न नहीं है। इन कालों के कुछ विशेष प्रयोग भी हैं, जिनको संस्कृत के वैयाकरणों ने बड़े विस्तार से समझाया है।

संस्कृत तथा ग्रीक भाषाओं की काल-रचना में 'अ' (a) आगम का बहुत महत्वपूर्ण स्थान है। आर्मीनियन के अतिरिक्त इस परिवार की अन्य किसी भाषा में इस प्रकार की कोई चीज़ नहीं मिलती। बलाघात प्रायः इसी पर होता था और यही गुण तथा वृद्धि का कारण बनता था। यह लङ (imperfect) तथा लुङ (aorist) के मूलरूप बनाने में प्रयुक्त होता था। ग्रीक तथा वैदिक के असम्पन्न भूत (plu-perfect) की रचना भी इसी से होती थी, इससे भूतकालिक क्रिया का निर्देश होता था।[1] लिट् (perfect) का मूलरूप आगम द्वारा नहीं अपितु अभ्यास (reduplication) द्वारा बनता था। यह द्रष्टव्य है कि किसी-किसी लुङ की रचना में आगम और अभ्यास (reduplication) दोनों रहते हैं।

संस्कृत और ग्रीक की सभी धातुएँ दो बड़े वर्गों में विभाजित हैं:— विकरणरहित (non-thematic) तथा विकरणसहित (thematic)। ग्रीक में विकरणसहित धातुओं में प्रत्यय और मूल धातु के बीच में a, e या o विकरण आता है। विकरणसहित धातुओं को सार्वधातुक (conjugational) तथा विकरणरहित को आर्द्धधातुक भी कहते हैं। विकरणसहित के चार उपवर्ग हैं: दो अ (a) वाले, एक य (y) वाला तथा एक अय् (ay) वाला। विकरणरहित के अन्तर्गत छः उपवर्ग हैं: धातुवर्ग, साभ्यासवर्ग, उ वर्ग, नु वर्ग, ना वर्ग और न् वर्ग। विभिन्न प्रत्ययों के साथ यह अंतर, संस्कृत को सीखने वालों के लिए अत्यन्त कठिन बना देता है।

परस्मपैद (active) तथा आत्मनेपद (medial) के लिए प्रत्यय भिन्न-भिन्न हैं। इस अन्तर के अतिरिक्त टित् और ङित्, प्राथमिक और द्वितीयक या अविकृत और विकृत रूप में भी प्रत्यय दो प्रकार के होते हैं। पहले पूर्ण हैं, और दूसरे उन्हीं के संक्षिप्त रूप। लिट् (perfect) और लोट् (imperative) के लिए अलग-अलग प्रत्यय हैं। इस जटिलता की दृष्टि से ग्रीक भाषा भी संस्कृत के समान है।

आगे दी गई तुलनात्मक तालिकाओं से संस्कृत और ग्रीक की इस दृष्टि से समानताएँ स्पष्ट हो जायेंगी।

---

१. Brugmann, Kurze Grammatik, पृ० ४८४

१. पुरुषबोधक प्रत्यय

परस्मैपद (active)

अविकृत या प्राथमिक (Primary)		विकृत या द्वितीयक (Secondary)	
सं०	ग्री०	सं०	ग्री०
मि	mi,ō	अम्	n (m के लिए)
सि	si, s	स्	s
ति	ti	त्	t!
मस्	men	म्	men
थ	te	त्	te
अन्ति, अति	nti	रन्, उस्	n (t)

आत्मनेपद (Middle)

प्राथमिक (Primary)		**द्वितीयक** (Secondary)	
ए	mai	इ, अ	men
से	sai	थः	so
ते	tai	त	to
महे	metha	महि	metha
ध्वे	sthe	ध्वम्	stha
अन्ते, अते	ntai	अन्ते, अत, रम्	nto

लिट् (Perfect)				**लिट्** (Perfect)			
परस्मैपद		**आत्मनेपद**		**परस्मैपद**		**आत्मनेपद**	
अ	a	ए	...	महे	men	महे	...
थ	tha	से	...	अ	....	ध्वे	...
अ	e	ए	...	उस्	ati	रे	...

२. सं० 'अ' तथा ग्रीक e,o अर्थात् सविकरण के रूप—

लट् परस्मैपद

भरामि	phérō	**भरामः**	phéromen
भरसि	phéreis	**भरथ**	pherete
भरति	phérei	**भरन्ति**	phéronti

आत्मनेपद

भ́रे	phéromai
भ́रसे	phéresai
भ́रते	phéretai

लङ परस्मैपद

अ́भरम्	ĕpheron	अ́भराम	éphèromen
अ́भरः	épheres	अ́भरत	èphèrete
अ́भरत्	èpheret	अ́भरन् (त्)	èphron

आत्मनेपद

अ́भरे	epherómēn
अ́भरथ	ephéreso
अ́भरत	ephéreto

४. विकरणरहित क्रिया के रूप

लट् परस्मैपद

द́धामि	títhēmi	दध्म́ः	tithemen
द́धासि	títhēs	धत्त́	títhete
द́धाति	títhēsi (ti)	द́धति	títhenti

आत्मनेपद

दधे	títhemai	द́ध्महे	títhemetha
धत्से́	títhesai	द́द्ध्वे	títhesthe
धत्ते́	títhetaí	द́धते	títhentai

लङ परस्मैपद

अ́दधाम्	etíthēn	अ́दध्म	etíthemen
अ́दधाः	etítheis	अ́धत्त	etítheto
अ́दधात्	etíthei	अ́दधुः	etíthen

आत्मनेपद

अ́दधि	etíthemen	अ́दध्महि	etíthemetha
अ́धत्थाः	etítheso	अ́दध्वम्	etithestha
अधत्त	etítheto	अ́दधत	etithento

४. धातु क्रिया[1] (root verb) के रूप

लट्

अ॑स्मि	eími, eismi	स्म॑:	esmén
अ॑सि	ei, ési	स्थ॑:	esté
अ॑स्ति	ésti	स॑न्ति	enti

लङ्

आ॑सम्	ea	आ॑स्म	emen
आ॑सी:	estha	आस्त	este
आ॑सीत्	es (t)	आ॑सन्	en

५. लुङ :—ग्रीक की भाँति ही संस्कृत में भी लुङ कई प्रकार का होता है : धातु लुङ (root aorist), सिजागम लुङ (S aorist), कर्मवाच्य लुङ (passive aorist)। संस्कृत में साभ्यास लुङ (reduplicated aorist) भी होता है। इन सबकी रचना एक प्रकार से नहीं होती। सभी में नाम की समानतामात्र इसलिए है कि सभी एक विशेष प्रकार की क्रिया द्योतित करते हैं। इनकी दृष्टि से भी संस्कृत और ग्रीक की समानता द्रष्टव्य है :

धातु लुङ (root-aorists)—अ॑स्थात् éstēn, plēto; ज्ञा धातु से ग्रीक में धातुलुङ égnōn बनता है, संस्कृत की तरह सिजागम लुङ नहीं। सं० अ॑धात्, अ॑दात् ग्री० étheke, édōka। ग्रीक का k सं० में नहीं है। यहाँ कहाँ से आया कहना कठिन है।

सिजागम लुङ (s—aorist)—अ॑प्रा: (अप्रास्+स् से), अ॑प्रा: (अ॑प्रास्+त्) अ॑प्रास्म, अ॑प्रास्त, अ॑प्रासु: ग्री० édeixa, édeixas, édeixe, édeixámen, edeíxate, edeixan.

आत्मनेपद—अ॑रुत्सि, अ॑रुत्था:, अ॑रुत्त, अ॑रुत्स्महि, अ॑रुद्ध्वम्, अ॑रुत्सत, ग्री० edeixámēn edeixa (so) edeixato, edeixámetha, edeixásthe, edexanto.

बॉप के समय से ही भाषाविज्ञानविद् लुङ प्रत्यय की व्युत्पत्ति पर विचार करते रहे हैं। बॉप ने इसे मूल भारत-जर्मनिक धातु (Verbum Substantivum) esṃ से सम्बद्ध माना। अन्य भाषाओं से भी इसके प्रमाण मिलते

---

१. इन्हें धातुवर्ग (root class) या धातुक्रिया (root verb) इसलिए कहते हैं कि इनके रूप बनाने में धातु और प्रत्यय के अतिरिक्त और कुछ नहीं जुड़ता। संस्कृत का अदादिगण ऐसा ही है। —अनुवादक

हैं : लै० तथा गॉथिक में भूतकाल के प्रत्यय क्रमशः भू और do (सं० धा) धातुओं के भूतकाल के रूप ही हैं। लै० ama-bam, ama-bat; गॉ० huggride, प्रा० उच्च जर्मन hungerede, अं० hungered। s लङ का अवशेष है, बॉप के मत में यही एक दोष है।

६. **लिट् परस्मैपद** (perfect active)

	एक०		बहु०
वेद	Foida	विद्म	Fidmen
वेत्थ	Foistha	विद	Fiste
वेद	Foíde	विदु:	Fisasi

गॉथिक

wait	witum
waist	wit-up
wait	wit-un

आत्मनेपद

उत्तम पु० तुतुदे लै० tutudi

अन्य पु० तुतुदे

यह स्पष्ट है कि लिट् (perfect) केवल एक प्रकार (type) का है, जबकि लट्-लुङ (present aorist) कई प्रकार का। लिट् सीधे धातु से बन जाता है। उसमें किसी विकरण या मध्यसर्ग (infix) की आवश्यकता नहीं होती। कुछ बहुत थोड़े अपवादों को छोड़कर हर धातु के लिट् बन सकते हैं। लिट् बिलकुल ही विकरणरहित है। विशिष्टताएँ ये हैं कि प्रथम अक्षर का अभ्यास (reduplication) कर दिया जाता है, तथा जहाँ अभ्यस्त (reduplicated) अक्षर में e सं० अ होता है, धातु में ओ श्रेणी (o grade) होती है। चंकार जंघान जैसे रूपों (जहाँ प्रथम अक्षर में तालव्यीकरण है) से यह स्पष्ट है। तुलनीय हैं ग्री० gégona, dédorka.

७. भविष्यत् :—भविष्यत् या लृट् ग्रीक की तरह ही सं० में भी स् (s) प्रत्यय जोड़कर बनाया जाता है। ग्रीक मे कहीं-कहीं यह लुप्त हो गया है, जिसका परिणाम यह हुआ है कि एक दूसरे प्रकार का भविष्यत् वहाँ विकसित हो गया है। दिश्, deik से सं० देक्ष्यामि, गी० deíxō; रेक्ष्यामि ग्री० leipso। लिथु० में भी यह स्– भविष्य है : gelu (हानि करना) से gélśu, duru से durśu लुङ की तरह यहाँ भी लैटिन सहायक (auxiliary) की सहायता लेती है, और उसमें amabo amabis, amabit जैसे रूप हैं। गाँथिक में प्राचीन लुङ की तरह प्राचीन लृट् भी लुप्त हो गया है। अधिकांश यूरोपीय

भाषाओं ने प्राचीन लृट् छोड़ दिया है, और 'चाहना'-वाचक सहायता-क्रिया ग्रहण कर ली है : रूमानियन[1] volo, जर्म० wollen, अं० will.

८. कालात्मक (temporal) तथा प्रकारात्मक (modal) मूलरूपों (stems) का अंतर समझना कठिन नहीं है। कैसे विभिन्न कालात्मक मूलरूप बनते थे, इस बात को हम स्पष्टतः देख चुके हैं। चार वृत्तियों या प्रकारों (moods) में निश्चयार्थ (Indicative) में कालात्मक मूलरूप में कुछ और नहीं जोड़ा जाता। सं० भर् ग्री० phéro, phére, बभर्, gegon; लट् लुङ तथा लिट् के मूलरूप (stem) निश्चयार्थ (indicative) के भी मूलरूप हैं। ऐसा होना स्वाभाविक भी है, क्योंकि यह सरलतम अर्थ या वृत्ति (mood) है, जिसमें या तो संनिश्चय कुछ कहा जाता है, या अस्वीकार किया जाता है। लोट् का भी कोई विशेष मूलरूप नहीं होता। प्रायः संस्कृत की तरह ही, यह, अन्य अर्थों या प्रकारों का मूलरूप अपने लिए प्रयुक्त कर लेता है।

सम्भावनार्थक (conjunctive) तथा इच्छार्थक (optative) के विशेष मूलरूप हैं। प्रथम के लिए कालात्मक मूलरूप (temporal stem) में अ, e, o विकरण जोड़ते हैं तथा दूसरे के लिए, मूलरूप में बिना किसी विकरण के 'या' 'इ' को द्वितीयक प्रत्यय के रूप में जोड़ देते हैं।

विकरणरहित वर्ग की धातुओं से कारणात्मक बनाने के लिए, उनमें सीधे अ e, o जोड़ देते हैं :

लट् निश्चयार्थ—सं० अस्ति लै० es-t संभावनार्थक सं० असति अवे० aŋhaiti लै० er-i-t

लुङ संभावनार्थक—नेषति, नेषत्, (परस्मैपद की भांति 'नै' नहीं; धातु-स्वर के साथ 'ने' जैसा कि आत्मनेपद में होता है।); ग्री० teís-o-men, teís-e-te (यहाँ सं० 'नेष्' ग्रीक teís सिजंत लुङ् के मूलरूप हैं।)

लिट् संभावनार्थक ततंनति, ततंनत्, ग्री० pepoíth-o-men; होमर eídete या eídomen.

विकरणसहित धातुओं में प्रकार-चिह्न (modal sign) अ, (a) e o मूलरूप के अंतिम स्वर के साथ जोड़ दिये जाते हैं :

संभावनार्थक भरान्, भराति, ग्री० phérō-men, phérē-te लै० ferēs निश्चयात्मक भरति, ग्री० phéromen आदि।

विकरणरहित धातुओं के विध्यात्मक चिह्न या, य हैं, जो धातुओं की निर्बल श्रेणी (weak grade) से जोड़े जाते हैं। विकरणसहित धातुओं के लिए 'ई' है, जो विकरण स्वर में जुड़कर संयुक्त स्वर बनाती है। इसप्रकार बने मूलरूप,

१. Zauner, Romanische, Sprach-geschichte, भाग १ पृ० १६५

में फिर गौण, या द्वितीयक पुरुषबोधक प्रत्यय (secondary personal endings) जोड़ दिए जाते हैं।

सं० स्यात्, स्युः; सियात्, सियुः भी, लै० s-ie-s, s-ī-mus; सं० दद्यात्, दद्युः, ग्री० dido-íē-n, dido-ī men, सं० भरेत्, ग्री० phéroi, गॉथि० bairai, दृशेत्, ग्री० drákoi।

९. अब गौण क्रियारूप आते हैं, जिनमें सन्नन्त (desiderative), यङन्त या पौनःपुन्यात्मक (intensive या frequentative), प्रेरणार्थक (causative) तथा नामधातु (denominative) हैं, जो किसी भी वर्णनात्मक व्याकरण में मिल सकते हैं। (तुलनीय Macdonell : Vedic Grammar पृ० ३८७)

क्रिया से बननेवाले अन्य रूप संस्कृत और ग्रीक दोनों में ही अनेक प्रकार के हैं। ऊपर हम देख चुके हैं, कि वैदिक संस्कृत में तुमुन्नन्त रूप आधे दर्जन से ऊपर थे, पूर्वकालिक रूप भी तीन या चार थे, तथा वर्तमानकालिक कृदंत तीन थे। क्रियार्थक संज्ञाएँ भी इसी प्रकार थीं। (इनके लिए Whitney, Sanskrit Grammar पृ० ३४१ देखा जा सकता है।)

चौथा भाग

पालि और प्राकृत

३६. **पालि का स्वरूप**—भारत-जर्मन भाषाओं की भारतीय शाखा के विकास की दूसरी अवस्था पालि है। यह नाम दक्षिणी बौद्धमत के धार्मिक ग्रन्थों की पवित्र भाषा को दिया गया है। 'पालि' नाम बहुतों के लिए उलझन का विषय है। यूरोपीय विद्वान् इसकी व्युत्पत्ति 'पालि' से मानते हैं, जिसका मूल अर्थ था किसी 'पुस्तक के पन्नों की पंक्ति'। बाद में यह शब्द 'पुस्तक' का वाचक हो गया और अंततः पुस्तक रूप में 'धर्मग्रन्थ संग्रह' और उसकी भाषा का अर्थ द्योतित करने लगा। दूसरी व्युत्पत्ति[1] जो बहुत कम संभाव्य है, प्रकट, पाअड, पाअल, पाल से है, जिसके अनुसार पालि का अर्थ है 'जन-साधारण की भाषा'। बौद्ध विद्वान् कोसाम्बी[2] का विचार है कि पालि शब्द की व्युत्पत्ति 'पाल्' धातु से है, जिसका अर्थ है रक्षा करना, सुरक्षित रखना। इस रूप में इस नाम का मूल अर्थ था ग्रन्थ अथवा साहित्य, जिसमें बौद्ध धर्म के सिद्धान्त सुरक्षित हैं। व्युत्पत्ति तो नहीं, किंतु उन्होंने यह ठीक कहा है कि 'अठ्ठकथा' के भाष्यकार बुद्धघोष ने त्रिपिटक अथवा उसके उपदेशों को 'पालि' नाम से बार-बार अभिहित किया है।

इस पालि (अर्थात् साहित्यिक पालि की आधार बोली, जिसे यूरोपीय विद्वानों ने Pāli-stufe[3] कहा है।) तथा प्राचीनतम प्राप्य शिलालेखों की प्राकृतों का सीधा-सम्बन्ध, वैदिक संस्कृत से भी नहीं जोड़ा जा सकता, यह बात ऊपर[4] उद्धृत ध्वनि-प्रक्रिया संबंधी कारणों से स्पष्ट हो जाती है। इसके अतिरिक्त कई ऐसे रूपतत्त्व भी हैं, जिनको वैदिकी बोली से नहीं जोड़ा जा सकता।

अशोक के आदेश पत्र नं० १ के धौली रूपांतर के 'तु', और महाराष्ट्री प्राकृत के 'तूण दूण' और 'ऊण' पूर्वकालिक[5] प्रत्ययों को उदाहरणस्वरूप लिया जा

---

१. राजवाडे, Introduction to Jñāneśvarī।

२. पालिभाषेचा काल-निर्णय, विविध ज्ञान-विस्तार ४१. १३९; तुलनीय : Childer की पालि डिक्शनरी की भूमिका भी।

३. Jacobi, Erzählungen पृ० XI.

४. ऊपर देखिए ११२–११३

५. Bühler, Aśoka Inschriften पृ० ८९

सकता है। हम उनका संबंध सं० 'त्वा' 'त्वानम्' से नहीं जोड़ सकते, बल्कि इन्हें उससे घनिष्टतया संबद्ध किसी अन्य बोली के ही समानान्तर रूप मानेंगे। इसीप्रकार सामान्य या वर्णनात्मक लिट् (narrative perfect) जिसका उल्लेख ऊपर किया गया है, वैदिकी में तो एक सीमा तक और ब्राह्मणों की भाषा में नियमित रूप से मिलता है, किन्तु पालि और प्राकृतों में यह नहीं मिलता। 'अयाय', 'बभूव' तथा एक या दो विरल रूपों (जिन्हें संस्कृत-प्रभाव के रूप में समझना चाहिए) को छोड़कर पालि में लिट्[1] नहीं है। अतः हमें वैदिक सं० और पालि एवं प्राकृतों के सम्बन्ध को कुछ इस ढङ्ग से समझना पड़ेगा। उनका (पालि-प्राकृत का) सीधा सम्बन्ध एक ऐसी बोली से है, जो प्राचीन भारत में वैदिक बोली के साथ-साथ बोली जाती थी, तथा उससे घनिष्ठतया सम्बद्ध थी।

फिर भी प्राचीन सं० और पालि एवं प्राकृतों में इतना अधिक अंतर नहीं है, जिससे यह प्रमाणित हो कि वे वैदिक भाषा के विकास में क्रमिक सोपानों को प्रकट नहीं करती। कुछ विलक्षणताएँ, जिनका उल्लेख ऊपर किया गया है, संभवतः बोली की न होकर, प्रान्तीय अधिक हैं। शिलालेखों की भाषा भी इस मत का समर्थन नहीं करती कि उस आदिम काल में कोई ऐसी बोली विद्यमान थी, जो वैदिक बोली[2] से बहुत अधिक भिन्न थी।

क. **पालि इत्यादि में ध्वनि-परिवर्तन के कारण**—इसप्रकार यदि पालि और शिलालेखीय बोलियाँ 'वैदिक' संस्कृत से, अथवा किसी ऐसी भाषा से निकली हैं, जो उसके बहुत निकट थी, तो संयुक्त व्यंजनों के समीकरण, दीर्घस्वर के पश्चात् आने वाले संयुक्त व्यंजनों के सरलीकरण, संयुक्त व्यंजन के पूर्व आने वाले दीर्घ व्यंजन का ह्रस्वीकरण, या ऋ और लृ स्वरों के नितान्त अभाव में दिखाई पड़ने वाले ध्वनि-परिवर्तनों के क्या कारण दिये जा सकते हैं?

भारतीय आर्य लोग उत्तर-पश्चिमी सीमा से भारत में प्रविष्ट हुए और उन्हें यहाँ एक नई उपजाऊ भूमि मिली। अतः ध्वन्यात्मक विकास या विकार में अन्य कारणों के साथ-साथ भौगोलिक एवं जलवायु संबंधी परिस्थितियों का भी हाथ रहा होगा। फिर भी, निस्संदेह यह एक विचित्र बात है, कि, भिन्न वातावरण में आने पर उन्हीं लोगों को मूल भाषा में प्रयुक्त संयुक्त व्यंजनों और 'ऋ' तथा 'लृ' जैसी ध्वनियों के उच्चारण में कठिनाई का अनुभव हुआ हो।

---

१. डा. भंडारकर (op cit ५९) को कच्चायन के कारण भ्रान्ति हुई है जिन्होंने कातंत्र का अन्धानुकरण करते हुए पालि के लिए लिट् प्रत्यय दिए हैं।

२. Meillet, Einführung पृ० २६; Franke, Pāli and Sanskrit पृ० १५०

परन्तु जब हम भारतीय आर्यों के भारत में प्रविष्ट होने पर जो कुछ घटित हुआ, उस सबकी कल्पना करते हैं, तो सारी परिस्थिति स्पष्ट हो जाती है। उन्हें यहाँ आने पर कोई वीरान-सुनसान प्रदेश नहीं मिला और न ऐसी ही जगह मिली जिसमें केवल कुछ हब्शी लोग बसते हों। अधिक सम्भव यही है कि यह देश उस समय काफ़ी आबाद था और आर्यों को चप्पा-चप्पा करके द्रविड़ों से और ऐसे ही अन्य लोगों से, जिनका उनसे पूर्व इस भूमि पर अधिकार था, यह भूमि जीतनी पड़ी। इन आर्यों ने उन आदिवासियों पर अपने शासन को ही नहीं वरन् अपनी भाषा को भी लादा। ऐसी भाषा जो उनके लिए अजनबी एवं कठिन थी। उन्होंने नई भाषा को उसी प्रकार सीखा जिस प्रकार बच्चे अपनी मातृभाषा सीखते हैं, अर्थात् जो कुछ कठोर था, उन्होंने कोमल बनाया, जो कुछ कठिन था, उन्होंने सरल किया। भाषा ग्रहण करने या सीखने की यह प्रक्रिया पूर्णतः मनोवैज्ञानिक है, जैसा कि इस पुस्तक के पहले भाग में बताया गया है। यही कारण है कि विषमीकरण, विपर्यय, समीकरण इत्यादि ने ध्वनि-प्रक्रिया में एव रूप के क्षेत्र में सादृश्य-रचना ने महत्त्वपूर्ण कार्य किए। इसप्रकार मूल निवासियों द्वारा प्रयुक्त होने के कारण आर्यों की बोलियाँ विकृत हो गई, और इन विकारों या विकासों की प्रतिक्रिया आर्यों के बोलने पर भी हुई। पालि और प्राकृतों के विकास की यह सर्वाधिक युक्तियुक्त व्याख्या है।[1]

वैदिक अथवा इसकी भगिनी बोलियों की ध्वनि-प्रक्रिया ही, ऊपर कहे गए ढंग से, सर्वाधिक प्रभावित हुई। गजकुम्भजातक[2] से बिना किसी चुनाव के यों ही लिखा गया यह एक अवतरण इसका उदाहरण है :

'अतीते बाराणसियं ब्रह्मदत्ते रज्ज कारेन्ते बोधिसत्तो तस्स अमच्चरतन अहोसि। बाराणसिराजा आलसियजातिको अहोसि। बोधिसत्तो राजान बोधस्सामोति एक उपाय उपधारेन्तो चरति। अथ एकदिवसं राजा उय्यानं गन्त्वा अमच्चपरिवुतो तत्थ विचरन्तो एक गजकुम्भ आलसियं पस्सि। तथारूपा किर आलसिया सकलदिवसं गच्छन्तापि एकांगुलद्वगुलमत्तं एव गच्छन्ति। राजा तां दिस्वा वयस्स को नाम एसो ति पुच्छि। बोधिसत्तो गजकुम्भो नाम एस महाराज आलसियो, एवरूपो हि सकलदिवस गच्छन्तो पि एकांगुलद्वगुलमत्त एव गच्छतीति वत्वा तेन सद्धि सल्लपन्तो अम्भो गजकुम्भ तुम्हाक दन्धगमन इमस्सि अरञ्ञे दावग्गिम्हि उठ्ठिते किं करोथा ति वत्वा पठमं गाथं आह।

इस अवतरण की सरसरी तौर पर परीक्षा करने से भी निम्नांकित दो

1. Bhandarkar, Philological Lectures, पृ० ४६-४७.

2. Fausböll : Jātaka, III, १४०.

बातें स्पष्ट हो जाती हैं : (अ) पालि की ध्वनि-संबंधी विशिष्टताएँ, एवं (आ) पालि और सं० के शब्द-रूपों और वाक्य-रचना में असाधारण साम्य।

(अ) 'बाराणसियं' में 'व' 'ब' में परिवर्तित हो गया है, किंतु उसका स्थान वही है, इसके अतिरिक्त, 'स्याम्' में स्वरभक्ति है, जहाँ अन्त्य स्वर ह्रस्व हो गया है।

'रज्जं' में य् समीकरण द्वारा ज् हो गया है, तथा संयुक्त व्यंजन से पहले का दीर्घ स्वर ह्रस्व हो गया है। 'सत्तो', 'तस्स', 'अमच्च', 'स्सामि', 'उय्यानं' में भी समीकरण ही दिखाई पड़ता है। यह पश्चगामी है।

'अमच्च' में संयुक्त व्यञ्जन से पूर्व के दीर्घ 'आ' का ह्रस्वीकरण, 'य' का पूर्णतः तालव्यीकरण तथा इसके पूर्व आने वाले 'त' का समीकरण हो गया है। 'मत्त' भी संयुक्त व्यंजन के पूर्व ह्रस्वीकरण और समीकरण के कारण है।

'आलसिय' में व्यंजन का परिवर्तन है, जिसका प्रत्यक्षरूप से कोई कारण नहीं है। 'क्' सर्वप्रथम 'अ' हो जाता है और अर्द्धस्वर 'य' पूर्व की 'इ' तथा नए 'अ' के बीच सेतु का काम करता है। इसे परवर्ती प्राकृतों में 'यश्रुति' नाम से अभिहित किया गया है। यह ध्यान देने की बात है कि इसप्रकार के विरल उदाहरणों को छोड़कर पालि ने प्राचीन सं० व्यंजनों को ज्यों का त्यों सुरक्षित रखा है, किन्तु परवर्ती साहित्यिक प्राकृतों में बहुत से व्यंजनों के स्थान पर विशेषतः जब वे दो स्वरों के बीच में हों 'अ' आ जाता है। अधिकांश संस्कृत शब्दरूपों के सुरक्षित रहने के साथ यह तथ्य असंदिग्धरूप से प्रमाणित करता है, कि पालि प्राकृतों से अधिक प्राचीन[1] है।

'एसो' में संस्कृत 'ष्' का 'स्' हो गया है और प्रत्यय 'स्' का 'ओ', जैसे 'परिवुतो'; अंत्य 'अस्' स्वनन्त (sonant) व्यंजनों से पूर्व नियमितरूप से 'ओ' हो जाता है। (संपा०) उदाहरणार्थ 'गच्छन्तो', 'आलसियजातिको' इत्यादि।

'द्वंगुल' से, उच्चारण की दृष्टि से असुविधाजनक 'य्' लुप्त हो गया है।

'पठमं' से मूर्द्धन्य 'र' निकल गया है, किंतु उसने अपनी विशेषता अपने परवर्ती व्यंजन को दे दी है। यह बात प्राकृतों में प्रायः मिलती है। इसके कुछ उदाहरण संस्कृत में भी मिलते हैं। 'इमस्सि' और 'दावग्गिम्हि' में सं० 'स्मिन्' का द्विदिश विकास दिखाई पड़ता है। प्रथम में समीकरण के कारण '—स्मिन्' का '—स्सि' हो गया है, तथा दूसरे में पहले विपर्यय हुआ है, फिर 'स' का 'ह' हो गया है।

(आ) पालि और संस्कृत की रौपिक समानताएँ स्पष्ट हैं :—बोधिसत्तो, राजा, राजानं, महाराज, गजकुम्भ, संस्कृत के समान हैं। रतनं, रज्जं, बोधिसत्तं,

---

१. Jacobi : Āyārānga Sutta part I पृ० VIII.

दिवसं, उय्यानं, कुछ ध्वन्यात्मक परिवर्तनों को छोड़कर, इन शब्दों के संस्कृत रूपों के समान हैं।

'तं', 'तस्स', 'वयस्स', 'अतीते', 'इमस्सिं' और उट्ठिते' अपने संस्कृत मूल के पूर्णतया अनुरूप हैं।

'चरति', 'गच्छन्ति', 'आह', 'बोधेस्सामि', इसीप्रकार संस्कृत में भी होते हैं। 'अहोसि', 'पस्सि' और 'पुच्छि', यद्यपि संस्कृत से रचना की दृष्टि से कुछ भिन्न हैं, किंतु लुङ या भूत हैं और संस्कृत लुङ या लङ के अनुरूप हैं। ये कभी-कभी अडागम (augment) युक्त होते हैं, किंतु प्रायः अडागमविहीन। लिट् की तरह संस्कृत लङ आदि में प्रयुक्त, ये आगम पालिकाल में धीरे-धीरे लुप्त या समाप्त हो रहे थे, और प्राकृत तथा आधुनिक भाषाओं में पूर्णतया लुप्त हो गए। इससे भी दोनों का एक दूसरे के साथ समय-सापेक्ष संबंध स्पष्ट होता है।

'कारेन्तो', 'उपधारेन्तो', 'गच्छन्ता', 'गन्त्वा', 'वत्वा', 'उट्ठित' भी क्रिया-रूप हैं, जिनकी संस्कृत रूपों से निकट की समानता बिलकुल ही स्पष्ट है।

३७. **पालि की ध्वनि-प्रक्रिया** :—ऋ, ऌ, ऐ, औ को छोड़कर सभी संस्कृत स्वर पालि में हैं।

(१) सामान्य स्वर :—(क) अग्गि-अग्नि, अग्ग-अग्र, अच्चुत-अच्युत, अट्ठ-अर्थ, आकास-आकाश, आसङ्क-आशङ्क, आसाळ्ही-आषाढ़ी, सावको-श्रावकः।

(ख) इन्द-इन्द्र, इतिवुत्तक-इतिवृत्तक, इसिगिलि-ऋषिगिरि, ईसधर-ईशधर, गोतमी-गौतमी।

(ग) उक्कण्ठित-उत्कंठित, भिक्खु-भिक्षु, उग्ग-उग्र, उप्पलवणा–उत्पल-वर्णा, खुज्ज-कुब्ज।

(घ) एक-एक, एणी-एणी, खेम-क्षेम।

(ङ) पुरोहितो-पुरोहितः, गोपालपुत्तो-गोपालपुत्रः, कपोतो-कपोतः।

(२) संस्कृत ऋ तथा ॡ का विकास पालि में निम्नांकित रूपों में हुआ है :—

(क) 'अ' में : गह-गृह, अच्छ-ऋक्ष, मच्चु-मृत्यु, मट्ठ-मृष्ट।

(ख) 'इ' में : इण-ऋण, किस-कृश, सिगाल-शृगाल, इसि-ऋषि।

(ग) 'उ' में : उसभ-ऋषभ, पुच्छि-पृच्छ्, परिवुतो-परिवृतः। इस स्थिति में 'ऋ' के पहले या बाद में ओष्ठ्यध्वनि के कारण यह परिवर्तन हुआ है।

(घ) रि' या 'रु' में : इरित्वज-ऋत्विज, रिते-ऋते, रुक्ख-वृक्ष।

(३) 'ऐ' और 'औ' क्रमशः 'ए' तथा 'ओ' हो गए।

ए : चेतियगिरि-चैत्यगिरि, एरावण-ऐरावण, केलास-कैलास, वेदेह-वैदेह;

ओ : गोतम-गौतम, ओसध-औषध, कोरव्य-कौरव्य, सोविर (रट्ठ)-सौवीरराष्ट्र।

(४) स्वर-परिवर्तन—

(क) I. 'अ' 'ए' हो जाता है—हेठ्ठा-अधस्तात्, अन्तेपुर-अन्तःपुरः, सेय्या-शय्या, पेय्याल-परियाय, या 'इ'—तिपु-त्रपु, तिमिस्सा-तमिस्रा ।

II. 'अ' 'उ' हो जाता है—(प्रमुखतः ओष्ठ्यध्वनि के पार्श्ववर्ती होने पर)—पण्णुवीसति-पञ्चविंशति, निमुज्जति-निमज्जति, पज्जुण्ण-पर्जन्य ।

III. 'अ' कभी-कभी 'ओ' हो जाता है—सम्मोस-संमर्ष, तिरोक्ख-तिरस्क ।

(ख) I. 'आ' 'ए' हो जाता है—पारेवत-पारावत, मेत्त-मात्र, आचेर-आचार्य ।

II. 'आ' 'ओ' हो जाता है—परोवर-परावर, दोसो-दोषा ।

III. 'आ' 'ऊ' विशेषतः गा (जाना), ज्ञा (जानना) धातु से बने शब्दों में—अद्धगू-अध्वग, सब्बञ्ञू-सर्वज्ञः ।

(ग) I. 'इ' 'अ' हो जाती है (प्रायः विषमीकरण के फलस्वरूप)—घरणी-गृहिणी, पठवी-पृथिवी ।

II. 'इ' 'ए' हो जाता है—एत्त-इयत्, मज्जठ्ठ-मञ्जिष्ठ ।

III. 'इ' 'उ' हो जाता है—राजुल-राजिल, गेरुक-गैरिक ।

IV. 'ई' में भी 'इ' की तरह ही परिवर्तन होते हैं—खेल-क्रीडा, गहेत्वा-गृहीत्वा ।

(घ) 'उ' 'अ' हो जाता है—अगरु-अगुरु, या 'ओ'—ओक्का-उल्का, अनोपम-अनुपम ।

(ङ) 'ए' 'इ' हो जाती है—पसिब्बक-प्रसेवक, पटिविस्सक-प्रतिवेशक ।

(च) 'ओ' 'उ' हो जाता है—जुण्हा-ज्योत्स्ना, विसूक-विशोक । 'अव' भी संकोचन के कारण 'उ' हो जाता है—उस्साव-अवश्याय ।

५. मात्रा-नियम :—संयुक्त व्यंजनों के पूर्व दीर्घस्वर प्रायः ह्रस्व हो जाते हैं :—

अज्जवम्-आर्जवम्, पुण्ण (नदी)-पूर्ण, तित्थ-तीर्थ, पत्ती-प्राप्ती, अत्तणो-आत्मनः, सक्क-शाक्य, सन्त-शान्त, दन्त-दान्त, वन्त-वान्त, गहिस्सति-गृहीष्यति ।

(क) कभी-कभी संयुक्त व्यंजन में एक रह जाता है, और दीर्घस्वर भी बना रहता है, इसप्रकार पूरे शब्द की मात्रा घटती नहीं :—आजव-आर्जव, ऊमि (ऊम्मि भी)-ऊर्मि, अहासि-अहार्षीत्, ऊहसन-उद्+हस्, ऊहत-उद्धत् ।

(ख) कभी-कभी दीर्घस्वर ह्रस्व कर दिया जाता है और क्षतिपूरण के लिए बाद का एक व्यंजन द्वित्व कर दिया जाता है :—

बहुण्णं-बहूनाम्, निड्ढ-नीड, जण्णु-जानु, पञ्चण्णं-पञ्चानाम्, उण्हिस्स-उष्णीष ।

(ग) उपर्युक्त के उपनियम के रूप में 'ए' तथा 'ओ' द्वित्व या संयुक्त व्यंजन

के पूर्व ह्रस्व तथा एक व्यंजन के पूर्व दीर्घ माने जाते हैं—सेय्या, उपेक्खा, ओस्सजति, योब्बन, मोक्ख ।

(घ) प्रायः दीर्घस्वर बिना किसी क्षतिपूरण के भी ह्रस्व हो जाते हैं :—

आगहति-आगृहीत, संखत-संख्यात, पञ्ञावा-प्रज्ञावान्, अप्पतित-अप्रतीत, पानिय–पानीय, आचरिय ('आचेर' भी)-आचार्य ।

(ङ) ह्रस्व स्वर दीर्घ हो जाते हैं, प्रमुखतः पूर्व सर्गों (preposition) में :—

पाटिमोक्ख-प्रतिमोक्ष, पाकट-प्रकट, पावचन-प्रवचन ।

दीर्घ होने के अन्य उदाहरण हैं :—आजिर-अजिर, पायास-पायस, गावुत-गव्यूति ।

इसमें से कुछ उदाहरणों में व्यंजन-लोप होने पर क्षतिपूरणार्थ स्वर दीर्घ हो गए हैं, किन्तु सभी के सम्बन्ध में यह बात नहीं है ।

(च) अनुनासिक स्वर को, अनुनासिकता निकल जाने पर, प्रायः दीर्घ कर दिया जाता है—सीह्-सिंह, वीसति-विंशति, दाठा-दंष्ट्रा, (सं)-डास-दंश, तीस-त्रिंशत् ।

इसके विरुद्ध नासिक्यविहीन शब्दों में भी नासिक्य ध्वनियाँ विकसित हो जाती हैं । किंतु इसप्रकार के उदाहरणों में नासिक्य ध्वनि प्रायः किसी लुप्त हो जाने वाली ध्वनि का क्षतिपूरण करती है—

संवरी-शर्वरी, मंकुला-मत्कुण । तुलनीय है सं० 'अश्रु' और 'दर्शन' का प्रा० में 'अंसु', 'दंसण', सिंगाल-शृगाल, दण्ढ-दृढ़ , नांग-नाग । सं० 'नगर' से सिंधी 'नंगर' में भी नासिक्य ध्वनि किसी क्षति की पूर्ति नहीं करती । तुलनीय-परिनिष्ठित मराठी 'मागितलें' से कोंकणी लड़कों में प्रचलित 'मांगितलां' ।

६. स्वर बिना क्षतिपूर्ति के प्रायः लुप्त हो जाते हैं :—धीता-दुहिता, लंकार-अलंकार, पि-अपि, व-एव, परज्झति-अपराध्यति ।

(अ) व्यंजन :—'श' और 'ष' को छोड़कर सभी संस्कृत स्वर पालि में हैं ।

(१) (क) कण्ह-कृष्ण, कासिगामक-काशिग्रामक, खज्ज-खाद्य, खर-खर, गग्ग-गर्ग, गन्धब्ब-गन्धर्व, घटिकार ।

(ख) चक्कवत्ती-चक्रवर्ती, चेतिय-चैत्य, जम्बुदीप-जम्बुद्वीप, जेट्ठ-ज्येष्ठ ।

(ग) तक्क-तर्क, तिस्स-तिष्य, थेर-स्थविर, दक्खिणापथ-दक्षिणापथ, दुव्वच-दुर्वचस्, नन्द-नगर ।

(घ) पञ्ञा-प्रज्ञा, पदुम-पद्म, फग्गुनी-फल्गुनी, बहुक, बोधिसत्त-बोधिसत्व, भिक्खु-भिक्षु, मज्झिम-मध्यम ।

(ङ) यस-यश, रत्त-रक्त, लक्खण-लक्षण, विरूपक्ख-वीरूपाक्ष ।

(च) सक्क-शाक्य, सुदस्सन-सुदर्शन, सट्टि-षष्टि, हत्थिपाल-हस्तिपाल ।

(छ) जैसा कि स्वाभाविक है, सं० की तुलना में पालि में टवर्गीय ध्वनियों का प्रयोग अधिक हुआ है (दे० सेक्शन ३४) ।

५. मकुट, जटिल, तिकूट–त्रिकूट, कटाह, घट, दुट्ठ, पठम, चण्ड, दण्ढ, पुण्ण, जिण्ण ।

२. किंतु संस्कृत व्यंजन कभी-कभी पालि में परिवर्तित हो जाते हैं :

(अ) चुण्ड-कुण्ड, भिसक्क-भिषज्, उस्सित-उच्छ्रित, चेतक-चेटक, पज्जुण्ण-पर्जन्य, सक्कट-संस्कृत, दोहलिनी-दोहदिनी, बिलास-विलास, सब्ब-सर्व, लठ्ठी-यष्टि, एलण्ड-एरण्ड, नलाट-ललाट ।

(आ) कठोर (अघोष) व्यंजन कभी-कभी कोमल (घोष) बन जाते हैं---पसद-पृषत, उद-उत, रुद-रुत, व्यावट-व्यापृत ।

(इ) 'द' के स्थान पर कभी 'य' आ गया है। इसप्रकार अर्द्धमागधी की य–श्रुति यहाँ पहले से मिलने लगती है । गोयान–गोदान, खायित–खादित, सायति–स्वादते । ऊपर के उद्धरण में 'आलसिय' तुलनीय है ।

(ई) संयुक्त व्यंजनों में भी परिवर्तन दृष्टिगत होता है । इनमें या तो सरलीकरण (एक व्यंजन) हो जाता है, और पूर्ववर्ती स्वर दीर्घ हो जाता है (ऊपर देखिए ५ अ) या समीकरण हो जाता है :---मुत्त-मुक्त, दुद्ध-दुग्ध, उप्पतति-उत्पतति, बुब्बुल-बुद्बुद, सद्द-शब्द, लद्ध-लब्ध, उस्सुक्क-औत्सुक्य, वुच्चति–उच्यते, एकच्च-एकत्य, तप्पति-तप्यते से स्पष्ट है कि 'य' पूर्ववर्ती व्यंजन से समीकृत हो जाता है, प्रायः संयुक्त व्यंजन के बीच में कोई स्वर आ जाता है और दोनों व्यंजन अलग-अलग हो जाते हैं---आचरिय-आचार्य, सूरिय-सूर्य ।

३८. **शब्द-रूप** :---संस्कृत की भाँति ही पालि भी नामरूप एवं धातु रूप की दृष्टि से समृद्ध है । अंत्य व्यंजनों को त्याग देने अथवा उनमें एक 'अ' जोड़ देने की पालि की विशिष्ट प्रवृत्ति---जो प्राकृतों में भी पाई जाती है---का परिणाम यह हुआ है कि पालि में व्यंजनांत नामरूपों का प्रायः लोप हो गया है । फिर भी कुछ विरल रूप अपने मूलरूप में मिल जाते हैं : ऊपर उद्धृत उद्धरण में राजानं, तच-त्वच् का कर्ता बहु० तचो, वाच् का करण एकवचन वाचा, पमुद् का अधि० ए० पमुदि । परन्तु किस प्रकार व्यंजनांत प्रातिपदिक स्वरांत प्राति-वादिक बने, यह गच्छन्तो जैसे रूपों से प्रकट हो जाता है जिनमें 'अ' (सं० गच्छन्त्) जोड़कर प्रातिपदिक बना है। फिर भी अत्ता, सं० आत्मा, राजा, सं० राजा जैसे कुछ व्यंजनांत प्रातिपदिक हैं । अतः हम पालि नामरूपों को दो वर्गों में विभा-जित कर लेते हैं, स्वरांत प्रातिपदिक वाले एवं व्यंजनांत प्रातिपदिक वाले । पालि में केवल दो वचन और सात, कभी-कभी केवल छः कारक हैं; क्योंकि संबंध एवं

संप्रदान नियमतः, और करण एवं अपादान प्रायः आपस में मिल गए हैं। प्राकृतों में संप्रदान के पूर्ण लोप के लिए आधार यहीं से तैयार हो गया है। प्राकृतों में सम्बन्ध-कारक ने ही संप्रदान के कार्य को अपने में समाहित कर लिया है। गुफा-शिला-लेखों की 'दामिलाय लेण' जैसी अभिव्यक्तियों को हम इसीरूप में समझ सकते हैं, जो संस्कृत में 'दामिलस्य लयनम्' है।

(अ) स्वरान्त प्रातिपदिकों में अकारान्त, आकारान्त, इकारान्त, ईकारान्त, उकारान्त, ऊकारान्त, ओकारान्त हैं। विभक्तियाँ, उपयुक्त ध्वनि-परिवर्तनों तथा उन परिवर्तनों सहित, जिनका कि ऊपर उल्लेख किया गया है, संस्कृत के ही समान हैं। कुछ रूप हैं :

धम्म (विधि अथवा धर्म)

	एकवचन	बहुवचन
कर्ता	धम्मो	धम्मा, धम्मासे
सम्बोधन	धम्म-म्मा	धम्मा
कर्म	धम्मं	धम्मे
करण	धम्मेन	धम्मेभि, धम्मेहि
संप्र० एवं संबंध	धम्मस्स (विरल) धम्माय	धम्मानं
अपा०	धम्मा, धम्मस्मा, धम्मम्हा	धम्मेभि, धम्मेहि
अधि०	धम्मे, धम्मस्मि, धम्मम्हि	धम्मेसु

कञ्ञा (लड़की)

कर्ता	कञ्ञा	कञ्ञा, कञ्ञायो
सम्बोधन	कञ्ञे	" "
कर्म	कञ्ञं	" "
करण	कञ्ञाय	कञ्ञाभि, कञ्ञाहि
संप्र० एवं सं०	"	कञ्ञानं
अपादान	"	कञ्ञाभि-हि
अधिकरण	", कञ्ञायं	कञ्ञासु

अकारान्त प्रातिपदिकों के अपादान और अधिकरण में तीन-तीन रूप मिलते हैं, जिनमें से एक संस्कृत के समान है, परन्तु शेष दो रूप सर्वनाम रूपों के सादृश्य पर बने हैं। कर्ता बहुवचन धम्मासे, करण अपादान बहुवचन धम्मेभि, धम्मेहि वैदिक रूपों 'देवासः' तथा 'देवेभिः' का स्मरण दिलाते हैं। अतः इनका सम्बन्ध उन्हीं से जोड़ा जाना चाहिए।

आकारान्त प्रातिपदिकों के करण, अपादान, संबंध और अधिकरण एक-वचन रूप सर्वत्र एक से हैं। यहाँ पालि क्लैसिकल संस्कृत से (जिसमें कम से

कम अपादान और संबंध के लिए रूप हैं) प्रभावित दिखाई पड़ती है। उस समूह में पालि ने संप्रदान को भी सम्मिलित कर लिया है क्योंकि यह कारक विलुप्त होता जा रहा था। ऐसा प्रतीत होता है कि इन सभी ने अधिकरण को प्रभावित किया है, जिसमें शुद्ध रूप 'कञ्ञायं' के साथ-साथ 'कञ्ञाय' भी मिलता है। यों, यह परवर्ती रूप बहुत कम पाया जाता है। और भी संक्षिप्त रूप ग्रहण कर लेने पर, संप्रदान के कुछ विरल रूप आकारान्त[1] मिलते हैं जैसे एसना-एसनाय। 'आय' अंत वाले इस संप्रदान के कुछ रूप तुमुन्नन्त (infinitive) के रूप में प्रयुक्त हुए हैं; भोजनथथा, अथवा—थथाय (भोजन प्राप्त करने के लिए)।

(आ) इकारान्त एवं उकारान्त प्रातिपदिकों के रूपों में अकारान्त प्रातिपदिक ने संप्रदान, संबंध के पुंल्लिग और नपुंसकलिंग रूपों को प्रभावित किया है। इसी से हमें 'अग्गिनो' के साथ-साथ 'अग्गिस्स' मिलता है। यह सादृश्य के प्रभाव के कारण है, जिसने संस्कृत रूपों की अपेक्षा पालि और प्राकृत रूपों को अधिक भ्रष्ट किया है। अधिकरण रूप सर्वनामों के सादृश्य पर बना है, जैसे अग्गिस्मि, अग्गिम्हि। संप्र० संबंध रूप अग्गिनो इकारान्त, उकारान्त प्रातिपदिकों के नपुंसकलिंग रूप के सादृश्य के कारण है, जिनमें अक्खिनो, सं० अक्ष्णः जैसे नियमितरूप मिलते हैं। इन प्रातिपदिकों के अपादान के 'स्मात्' वाले रूप भी मिलते हैं, जैसे अग्गिस्मा अग्गिम्हा। ये भी सर्वनामों के सादृश्य पर हैं।

इकारान्त प्रातिपदिकों के, पुंल्लिग में करण एवं अपादान के लिए अग्गिना, और उन्हीं कारकों में स्त्रीलिंग 'रत्तिया' से पता चलता है कि किस प्रकार दोनों कारकों में कार्य की समानता के कारण अपादान कारक करण कारक में लीन होता जा रहा था। उकारान्त नामरूपों के विषय में भी यही परिलक्षित होता है।

(इ) यद्यपि, कर्म, करण, संबंध एव अधिकरण के लिए क्रमशः राजानं, रञ्ञा, रञ्ञो और राजिनो, रञ्ञे, तथा राजिनि जैसे रूपों से पालि में व्यंजनांत प्रातिपदिकों का अस्तित्व सिद्ध होता है, फिर भी सम्बन्ध कारक के लिए 'युवानस्स' और युवस्स, अधिकरण कारक के लिए 'युवाने', 'युवानस्मि', 'युवानम्हि' और 'युवे' जैसे अन्य रूपों से पता चलता है कि किस प्रकार यह वर्ग ह्रास की ओर अग्रसर था; इसमें दो रूप मिलते थे—एक अंत्य व्यंजन को छोड़कर और दूसरा उसमें एक 'अ' जोड़कर। इस प्रकार ये स्वरांत होते जा रहे थे।

'सखि' के रूप मिश्रण के रोचक उदाहरण हैं। कर्मकारक में 'सखानं' और 'सखं' मिलता है; पहला 'अन्' अत वाले ऐसे प्रातिपदिकों के सादृश्य पर है,

---

१. E. Müller—Simplified Grammar of the Pāli Language पृ० ६७.

जिन्होंने अपने अंत्य वर्ण को सुरक्षित रखा है और बाद वाले ऐसे सादृश्य पर हैं जिसमें उसका लोप हो गया है ।

(ई) सर्वनाम रूप उचित ध्वनि-परिवर्तनों सहित, सामान्यतया अपने संस्कृत प्रतिरूपों के अनुरूप हैं :

अहम्, मं, और ममं, मया, मं-ममं और मय्हं-अम्हं, मयि उत्तम पुरुष सर्वनाम के क्रमशः कर्ता, कर्म, करण-अपादान, संप्रदान-सम्बन्ध और अधिकरण के रूप हैं ।

त्वम्-तुवं, त्वम्-तुवं और तं-तवं, त्वया-तया, तव-तवं और तुय्हम्-तुह्मम्, त्वयि–तयि मध्यम पुरुष सर्वनाम के सं० के अनुरूप रूप हैं ।

अन्यपुरुष के लिए निश्चयवाचक सर्वनाम के रूपों का प्रयोग होता है और वे प्रायः संस्कृत रूपों जैसे हैं :

सो, तं, तेन, तस्मा-तम्हा, तस्स, तस्मि-तम्हि ।

(उ) पालि विशेषणों के संज्ञारूप एवं तुलनारूप संस्कृत जैसे हैं । सं० तर, तम तथा इयो-यो, इष्ठ की भांति दोनों कोटियों के प्रत्यय हैं । संस्कृत की ही भांति तुलनारूपों में अनियमितता है—

अप्प=अल्प	कनीयो
अन्तिक	नेदियो
पसथ्थ=प्रशस्य	सेय्यो=श्रेयः
	कनिट्ठ
	नेदिट्ठ
	सेट्ठ=श्रेष्ठ

(ऊ) पालि संख्यापद संस्कृत संख्यापदों का पूर्णतया अनुसरण करते हैं, जैसा कि एक, ति, छ, द्वादस अथवा बारस, वीसं अथवा वीसति, तिंस अथवा तिंसति, पञ्ञासं अथवा पञ्ञास इत्यादि से पता चलता है। कारक रूपों में वे संस्कृत के अनुरूप हैं, जैसे तयो, तीभि, तिण्णं, तीसु (त्रिषु, त्रयः, त्रिभिः, त्रयाणाम्)। क्रमसूचक संख्याएँ पठम, दुतिय, ततिय, चतुत्थ, छट्ठ इत्यादि हैं ।

धातुरूप :—पालि में धातुओं के उतने ही गण मिलते हैं जितने कि संस्कृत में। कुछ धातुएँ ऐसी हैं, जिनमें प्रत्यय लगने के पूर्व, धातु-स्वर (root vowel) का गुण हो जाता है और कुछ मे नहीं होता है। इसीप्रकार कुछ में विकरण लगता है और कुछ में नहीं लगता। कुछ धातुओं में द्विरुक्तीकरण (reduplication) मिलता है, जबकि अन्य धातुओं में 'णा', 'णु' अथवा 'णो' मध्य-सर्ग जोड़ा जाता है। 'उ' तथा 'अय्' गण भी हैं ।

यद्यपि कच्चायन प्रभृति पालि वैयाकरणों के अनुसार, पालि में परस्सपद और अत्तनोपद, दो वाच्य हैं, किंतु पालि साहित्य में पहले का ही प्रयोग अधिक

है। 'अम्हसे' ('अस्' से), ददाम्ह, अभिकीररे जैसे रूपों से पता चलता है कि यद्यपि इन्हें प्रायः परस्सपद ही समझा जाता है, फिर भी अत्तनोपद विद्यमान है। प्राकृतें एक पग और आगे बढ़ गईं और उन्होंने आत्मनेपद का सर्वथा त्याग कर दिया।

पालि में, लेट् सहित चार क्रियार्थ (mood) हैं और चार काल हैं, लट्, लुङ-लङ, लृट्, लृङ। जैसा कि ऊपर निर्देश किया गया है, पालि में लिट् नहीं है।[1] नामरूपों की तरह ही क्रियारूप में भी पालि ने द्विवचन का त्याग कर दिया है।

यह अवश्य ध्यातव्य है कि अनेक पालि धातुओं ने अपना गण परिवर्तित कर लिया है, जैसे 'या' (जाना) से यायति, अयाय (यह 'या' के लुङ का रूप है, न कि 'इ' अथवा 'या' के लिट् का जैसा कि कुछ विद्वानों ने माना है), 'स्था' से, तिट्ठति के अतिरिक्त 'ठाति', 'दा' से दाति; 'जि' से जयति-जेति के अतिरिक्त जिणाति, 'हन्' से हनति, 'भी' से भायति, इत्यादि। वे 'पद' को भी परिवर्तित कर लेते हैं, जैसे 'शी' से सेमि, यद्यपि वर्तमानकालिक कृदन्त 'सेमान' में अब भी वह बना हुआ है।

(क) तिङ प्रत्यय संस्कृत की ही भाँति हैं। कुछ उदाहरण रूपों से पालि-क्रियारूपों का अनुमान हो जाएगा :—

हू—सं० भू

होमि	होम
होसि	होथ
होति	होन्ति

ब्रू—परस्मैपद

ब्रूमि	ब्रूम
ब्रूसि	ब्रूथ
ब्रूति, ब्रवति	ब्रवन्ति

अस्

अस्मि, अम्हि	अस्म, अम्ह
असि	अत्थ
अत्थि	सन्ति

---

१. E. Mūller (पृ० ९६ Simplified Grammar of Pāli Language) कच्चायन के कारण भ्रम में पड़ गए हैं जहाँ वे पालि में लिट् होने की बात करते हैं।

आत्मनेपद

ब्रवे	ब्रूमहे
ब्रूसे	ब्रूव्हे
ब्रूते	ब्रवन्ते

विशेष :—ऐसा प्रतीत होता है कि पालि में सबल एवं निर्बल प्रत्ययों का कोई भेद नहीं है। इसप्रकार यदि एकवचन प्रत्यय के पूर्व धातु-स्वर (root vowel) को सबल कर दिया जाता है तो बहुवचन प्रत्ययों से पूर्व भी उसे वहीं रखा जाता है, जैसा कि होमि एवं होम, अम्हि एवं अम्ह, ब्रवति एवं ब्रवन्ति से स्पष्ट है। 'सन्ति' रूप संस्कृत के प्रभाव के कारण है। संस्कृत के प्रभाव ने प्रायः पालि और प्राकृतों की ध्वनि-प्रक्रिया एवं रूपों में अव्यवस्था उपस्थित की है। यह प्रभाव कभी तो कम था, और कभी अपेक्षाकृत अधिक। यह कहना संभवतः एक अत्युक्ति है कि यह प्रभाव दूसरी अथवा तीसरी शताब्दी ईसवी[1] के बाद तत्कालीन कृत्रिम गौण संस्कृत का था।

कृ

करोमि	करोम
करोसि	करोथ
करोति	करोन्ति

मन् से मुनाति बनता है

प्राप् से पापुणति बनता है

पलाय् से पलेति बनता है—मरा० पळतो

(ख) लोट् में वैसे ही रूप मिलते हैं, जैसे कि संस्कृत में। प्रथम पुरुष एक० और अन्य पुरुष बहु० के मि, न्ति अपवाद हैं, जो कि लट् के ऐसे ही रूपों के सादृश्य पर हैं। 'हि', जिसका सम्बन्ध प्राचीन संस्कृत 'धि' से है, ऐसे स्थल पर दिखलाई पड़ता है, जहाँ कि यह संस्कृत में असामान्य है, जैसे गण्हाहि, गच्छहि। मध्यम पुरुष आत्मनेपद के—स्व से बना—स्सु, परस्मैपद की धातुओं के साथ भी

---

1. O. Franke, Pāli and Sanskrit पृ० ५६–५७। पृ० ५४ (अ) पर का खरोष्ठी शिलालेखों से संबंधित तथ्यों का विवरण उनके अपने सिद्धान्त के विरुद्ध जाता है। फ्रैंके के विपरीत, देखिए Windisch, Sprachlicher Charakter des Pāli, २१-२२।

दिखाई पड़ता है जैसे भवस्सु, सं० भव। ऊपर उद्धृत अवतरण में 'करोथ' द्रष्टव्य है।

(ग) पालि में लेट् (Subj.) की खोज पिशेल ने की थी। जैसा कि संस्कृत में है, पालि में भी यह प्रत्ययों से पूर्व 'अ' के दीर्घीकरण से बनता है, जैसे हनासि, दहासि, दहाति।

(घ) विधिलिङ के प्रत्यय हैं, एकवचन के लिए एय्यामि, एय्यासि, एय्य, तथा बहुवचन के लिए एय्याम अथवा एम, एय्याथ अथवा एथ, एय्युं। इसे संस्कृत प्रत्ययों 'ईय' इत्यादि का बढ़ा रूप माना जा सकता है अथवा धातुरूप चिह्न 'अ' और 'ईय' की सन्धि के कारण यह हो सकता है। इनके अतिरिक्त तीनों एकवचनों के लिए 'ए' भी प्रचलित है, जैसे रोदे, आनये इत्यादि। इस 'ए' का सम्बन्ध संस्कृत के प्रथम पुरुष एकवचन लोट् के 'ए' से है। उदाहरण—भवेयामि, हुवेय्यामि, अहरेय्यासि, जानेमु, (म के लिए), पस्सेमु। इनके अतिरिक्त आत्मनेपद रूप[1]—एय्यं-एय्यामहे इत्यादि हैं।

(ङ) सामान्यतः लङ और लुङ में दो-टूक भेद नहीं किया जाता, केवल 'स' ही स्पष्टतया लुङ से सम्बन्धित है। अडागम जो प्रारम्भ में दो कालों (ऊपर देखिए) की भूतकालिक विशेषता प्रकट करता था, पालि में अनिवार्य नहीं है, और प्राकृतों में तो इसका सर्वथा लोप हो गया है।

उदाहरण—'भू' से अन्य पुरुष एक० अहुवा अद्दस, उत्तम पुरुष एकव० अवचम, अद्दसं और अहुम; उत्तम पुरुष और मध्यम पुरुष बहु० अहुम्ह, अहुवत्थ; 'श्रु' से, अन्य पुरुष बहुव० अस्सुम; दृश् से अदक्खुं। अन्य पुरुष बहुवचन का उम् सं० उस् से है।

'स'—लुङ के प्रत्ययों का विकास अस् धातु से हुआ है। इसप्रकार इषम्-इष्म, ई:-इष्ट, ईत और इषु: से पालि में इम-इम्ह, इ-इत्थ, इ और इंसु अथवा इसुं हो जाते हैं।

उदाहरण—अदस्सि, अग्गहि; अस् का लङ-लुङ एकवचन आसि और बहुव० आसिम्ह, आसित्थ, आसिंसु।

(च) नियमित ध्वनि-परिवर्तनों के साथ, भविष्यत् की रचना सं० के अनुकरण पर बड़ी सुगमता से की जा सकती है।

उदाहरण—विचेस्सति, दक्खति–सं० द्रक्ष्यति, दस्सामि, जिनिस्सति; दक्खिस्सति स्पष्टतः दोहरा भविष्यत् है।

(छ) सामान्य मूलरूपों (base) के अतिरिक्त पालि में णिजन्त

१. E. Müller, Simplified Gram. of the Pāli Lang. पृ० १०८

(प्रेरणार्थक), सन्नन्त (इच्छार्थक), यङन्त (अतिशयतार्थक), नामधातु भी हैं। संस्कृत की तरह पालि में णिजन्त, अय् और म् वाले हैं। पालि में 'प' संस्कृत से कहीं अधिक प्रयुक्त हुआ है; नी से नायेति, श्रु से सुणापेति, श्रु से जिनापेति।

यह ध्यान देने की बात है कि प् के पहले धातु का पूर्ण तिङन्ती (conjugational) मूल (base) आता है।

पिपासति, बुभुक्खति, प्रहंसति, सन्नन्त हैं।

लप् क्रम् और गम् से लालपत्ति, चंकमति, जंगमति यङन्त हैं।

पब्बतायति, गणीयति, थेनेति, विभिन्न प्रकार की नामधातुएँ हैं।

(ज) संस्कृत की भाँति वर्तमान, भूत, भविष्यत् और विधिलिङ कृदन्त (potential participle) हैं।

उदाहरण—लभ्, कृ और शी से लभन्तो, कुब्बाण, सयमाण वर्तमानकालिक कृदन्त हैं। प्राप्, इष्, बध् और पिनह् से पत्त, इट्ठ, बन्ध, पिलन्ध, भूतकालिक कर्मवाच्य कृदन्त (अंतिम विषमीकरण से) हैं।

दिन्न, जीन, शीन, 'न' अन्त वाले भूतकालिक कृदन्त हैं।

जि, कृ और हृ से, जिनितब्ब, कतब्ब, हीर विधिलिङ कृदन्त है।

(झ) तुम्, तवे, तये और तुये अन्त वाले तुमुनन्त हैं, जिनसे पता चलता है कि पालि और वैदिक संस्कृत में घनिष्ठ साम्य है।

उदाहरणार्थ—जि, हा और गण् से जिनितु, पहातवे, गणेतुये।

वैदिक संस्कृत की भाँति ल्यबंत की भी विविधता है : त्वाः गन्त्वा, दिष्ट्वा, त्वानः चेत्वान, जिनित्वान; तून : कातून सोतूनम्; यः हृ से आहच्च; 'प्रति' सहित इससे पतिच्च।

त्वान का सम्बन्ध वैदिक संस्कृत से है, किन्तु तून और तूनं का शायद नहीं, जब तक कि कोई उनको त्वान के ही निर्बल रूप न स्वीकार कर ले।

ध्वनि और रूप की दृष्टि से पालि के इस संक्षिप्त परिचय से यह स्पष्ट हो जाता है कि प्राकृतों की अपेक्षा पालि सब प्रकार से प्राचीन संस्कृत के अधिक निकट है। यद्यपि प्राकृतों की भाँति, कुछ स्वरों का लोप हो जाता है, किन्तु प्राकृतों की भाँति, व्यंजनों का निर्बलीकरण नहीं हुआ है। पालि में रूपों का इतना अधिक लोप नहीं हुआ है जितना कि प्राकृतों में हुआ है, अतः पालि भाषा, जैसा कि प्रसिद्ध[1] है, प्राकृत से पूर्व की है।

३९. **पालि भाषा का उद्भव** :—इस साहित्यिक पालि का आधार क्या है? इस प्रश्न ने विद्वानों को बहुत परेशान किया है, और शायद अब भी सुलझा नहीं है। यह प्रश्न और पालि के स्थान का प्रश्न इतने अधिक परस्पर-सम्बद्ध

१. Wackernagel, पृ० XVIII

हैं कि हमें इन दोनों को केवल एक साथ ही न लेना चाहिए, अपितु दूसरे प्रश्न को पहले लेना चाहिए।

इस अनुश्रुति के आधार पर, कि उज्जयिनी में उत्पन्न अशोक के पुत्र महिन्द, अपने साथ धर्मदेशों को लंका ले गए, जब उज्जयिनी मालव देश की राजधानी थी; कुह्न (Kuhn) का कहना है कि साहित्यिक पालि का आधार उज्जयिनी की बोली है। दूसरी ओर ओल्डनबर्ग का विचार है कि पालि कलिंग की जनपदीय भाषा थी और वहीं से बौद्ध लोग लंका गए होंगे। खंडगिरि के शिलालेखों से पालि की तुलना के उपरान्त वह इस निष्कर्ष पर पहुँचा। ई० म्यूलर भी यद्यपि भिन्न आधारों पर, इस निष्कर्ष से सहमत हैं[1]।

फ्रैंक (Franke) ने अपनी पुस्तक (Pāli und Sanskrit) में इस प्रश्न पर विस्तार से विचार किया है। उसने विभिन्न प्राकृत-शिलालेखों की भाषा, जिसे वह शिलालेखीय पालि कहता है, की तुलना की है और इस निष्कर्ष पर पहुँचकर कि साहित्यिक पालि खरोष्ठी शिलालेखों—पूर्व-दक्षिण और दक्षिण-पश्चिम के शिलालेख की भाषा से भिन्न है, वह यह परिणाम निकालता है, कि साहित्यिक पालि का स्थान, अवश्य ही प्राकृत-शिलालेखों में घिरे प्रदेश—अर्थात् उज्जयिनी के आसपास का प्रदेश—में होगा।

विंडिश का कथन उचित ही है कि पालि, शिलालेखों की किसी प्राकृत से मेल नहीं खाती, क्योंकि यह बहुत पहले ही किसी प्रान्त विशेष की बोली नहीं रह गई थी, अपितु कोइन (Koine) अर्थात् साहित्यिक भाषा बन गई थी, ठीक उन्हीं कारणों से, जिनसे कि लूथर की बोली उच्च जर्मन बन गई थी। कोई भाषा ज्यों-ज्यों सर्वसामान्य की भाषा बनती जाती है, वह धीरे-धीरे अपनी प्रारम्भिक बोलीय विशेषताओं को छोड़ती जाती है। किन्तु साहित्यिक भाषा का आधार अवश्य ही किसी प्रदेश की बोली होती है, और विंडिश के अनुसार जिससे ग्रियर्सन भी सहमत हैं, पालि का आधार मागधी थी। इसमें कोई सन्देह नहीं कि पालि में मागधी की विशेषतायें नहीं मिलतीं : उदाहरणार्थ अकारांत प्रातिपदिकों का प्रथमा एकवचन पुल्लिंग रूप का अंत्य ए, और र् के लिए सर्वत्र ल्। कभी ये बातें पालि में रही होंगी किन्तु जब यह लगभग राष्ट्रभाषा बन गई तो—उनके स्थान पर 'ओ' और 'र्' को इसने प्राथमिकता दी जो अन्य बोलियों

१. E. Müller, पृ० IV

२. O. Franke, पृ० १३१–१३२। उसके तर्कों का सालोचन सार E. Windisch की पुस्तक 'Uter den sprachlichen Charakter des Pāli' पृ० २३ में मिलेगा। तुलनीय ग्रियर्सन भी : Bhandarkar Commemoration Volume का 'Home of Literary Pāli' पृ० ११७।

में अधिक प्रचुरता से विद्यमान थे। पालि की उस पुरानी प्रकृति की कुछ बातें अब भी शेष हैं। उदाहरणार्थ—कर्ता के आधार पर बना हुआ सम्बोधन रूप 'भिक्खवे' अब भी सुरक्षित है, क्योंकि बुद्ध ने अपने वक्तव्यों में सम्बोधन के रूप में बार-बार इस शब्द का प्रयोग किया है। जनश्रुति है, कि पालि 'जिन वचनं' अथवा 'बुद्ध वचनं' का प्रतिनिधित्व करती है, और बुद्ध मागधी में बातचीत किया करते थे। मागधी का विशिष्ट 'ल्', संस्कृत रुद्र, अगह, परिवेष्ठयति, ऋषिगिरि के लिए पालि लुद्द, अगलु, पलिवेठेति, इसिगिलि जैसे शब्दों में मिलता है। मारुत के लिए मालुत भी तुलनीय है। विंडिश उचित ही कहता है कि 'ल' और 'ए' केवल मागधी की ही विशिष्टता न थे, वे कपिलवस्तु में भी प्रचलित थे, जैसा कि पिपरावा शिलालेख से प्रकट है। पालि ने अन्य बोलियों के अधिक प्रचलित रूपों को अपनाया और इसप्रकार उसका स्वरूप मिश्रित बन गया, जैसा कि एक कारक के लिए प्रयुक्त विभिन्न रूपों से प्रकट होता है: जैसे धम्मे, धम्मस्सि, धम्मम्हि।

४०. **शिलालेखी प्राकृत** :—इनके विषय में हमें सम्राट अशोक के स्तम्भों एवं चट्टानों पर लिखित राजघोषणाओं से ज्ञात होता है। इन शिलालेखों का महत्त्व, वस्तुतः ऐतिहासिक दृष्टि से तो महान् है ही, साथ ही भाषा वैज्ञानिक दृष्टि से भी कुछ कम नहीं है। चौदह प्रधान राजघोषणाएँ चट्टानों पर प्रख्यापित की गई हैं, और सात राजघोषणाएँ स्तम्भों पर। चट्टानों की राजघोषणाएँ दो लिपियों—खरोष्ठी और ब्राह्मी—में लिखी हुई हैं। शाहबाजगढ़ी—(जिसे पहले कपुर्दिगरि कहते थे, जो अटक के पास है) और मानसेहरा (उत्तरी पंजाब में एबटाबाद के निकट) के शिलालेख खरोष्ठी लिपि में लिखे गए हैं। गिरनार (काठियावाड़ में), सूर्पारक अथवा सोपर (थाना जिले में), कालसी (देहरादून जिले में), धौली (कटक में) और जौगढ़ (गंजम जिले में), के शिलालेख ब्राह्मी लिपि में हैं। राजघोषणा-स्तम्भ, सिवालिक, मेरठ, इलाहाबाद, राधिआ, माथिया, रामपुरवा आदि में पाए गए। इनके अतिरिक्त इनके भाषान्तर भी हैं जो स्तूपों पर और गुफाओं में प्राप्त होते हैं। उदाहरणार्थ सांची, भाब्री, बराबर (नागार्जुनी गुफाएँ)। अशोक के उत्तराधिकारियों के भी शिलालेख हैं, किन्तु आगे चलकर प्राकृत का प्रयोग शिलालेखों की भाषा के रूप में समाप्त होने लगा और इसका स्थान संस्कृत, ने ले लिया। फ्रैंके[1] ने दिखाया है कि शिखालेखों की भाषा के रूप में संस्कृत, प्रथम शताब्दी ई० पू० से ही प्रगट होने लगती है, और गुप्तकाल तक आते-आते मात्र यही शिलालेखी भाषा बन जाती है।

---

१. Franke, पृ० ५०

शिलालेखों को पढ़ने वाले प्रथम योरोपीय प्रिन्सेप थे। कनिंघम ने उनका अनुगमन किया और उन्हें 'Corpus Inscriptionum Indicarum' नाम से १८७७ में प्रकाशित किया। उसका संस्करण अब पुराना पड़ गया है। बाद में सेनार्ट ने इस काम को लिया और १८८१ से (अपनी पुस्तक Les Inscriptions de Piyadasi में) उनका सम्पादन प्रारम्भ किया। ग्रियर्सन ने (Indian Antiquary भाग ९, १०, १२, १७-२१ में) इसका अनुवाद किया।

इन राज्य घोषणाओं का आदर्श सम्पादन, बूलर के Epigraphia Indica १ तथा २ में हुआ है[1]। बूलर का Contributions to the Explanations of the Aśoka-Inscriptions (१९०९) भी इसप्रकार का सर्वोत्कृष्ट कार्य[2] है।

राज्य घोषणाओं की गौण चट्टानों और स्तम्भों को छोड़कर हम केवल मुख्य राज्य घोषणाओं पर ही यहाँ विचार करेंगे। वे उत्तर-पश्चिम और उत्तर में शाहबाजगढ़ी, मानसेहरा और कालसी में, पश्चिम में गिरनार में और पूर्व में धौली और जौगढ़ में मिलते हैं। इनमें उस बोली का प्रयोग माना गया है, जिसे पिशेल ने 'लेणा' कहा है। यह एक अशुद्ध नाम है; क्योंकि शिलालेखों द्वारा बोलियों में भिन्नता के प्रमाण मिलते हैं, जैसा कि आगे की तुलना से प्रकट हो जाएगा। उदाहरण के लिए प्रथम राज्यघोषणा को लिया जा रहा है, जैसा कि यह गिरनार (पश्चिम में) और जौगढ़ (पूर्व में) प्राप्त होती है।

क—प्रथम राज्य घोषणा का गिरनार रूपान्तर[3]:—

इयं धंमलिपी देवानं प्रियेन प्रियदसिना राञा लेखापिता। इध न किंचि जीवं आरभित्पा प्रजूहितव्यं न च समाजो कतव्यो। बहुकं हि दोसं समाजम्हि पसति देवानं प्रियो प्रियदसि राजा। अस्ति पि तु एकचा समाजा साधुमता देवानं प्रियस प्रियदसिनो राञो। पुरा महानसम्हि देवानं प्रियस प्रियदसिनो राञो अनुदिवसं बहूनि प्राणसतसहसानि आरभिसु सूपाथाय। से अज यदा अयं धंमलिपि

---

१. Bühler १. २. ४४८। नए पाठ Hultzsch के संस्करण में देखे जा सकते हैं।

२. अशोक के शिलालेखों के दो अच्छे संस्करण : Corp. Ins. Ind. भाग १ (१९२५) E. Hultzsch का और J. Bloch का Les Inscriptions D' Asoka (१९५०)। अशोक सम्बन्धी ग्रंथ-सूची के लिए तुलनीय बम्बई विश्वविद्यालय से प्रकाशित एम० ए० मेहन्दले की Aśokan Inscriptions in India (१९४८) पृ० ६०–९९।

३. Franke पृ० ५०

लिखिता ती एव प्राणा आरभरे सूपाथाय द्वो मोरा एको मगो । सो पि मगो न धुवो । एते पि त्री प्राणा पछा न आरभिसरे ।

(ख) उसी का जौगढ़ रूपान्तर[1] :—

इयं धंमलिपि खपिगलसि पवतसि देवानं पियेन लाजिना लिखापिता । हिद नो किछि जीवं आलभितु पजोहितविये । नापि च समाजे कटविये । बहुकं हि दोसं समाजस दखति देवानं पिये पियदसी लाजा । अथि पि चु एकतिया समाजा साधुमता देवानं पियस पियदसिने लाजिने । पुलुवं महानपसि देवानं पियस पियदसिने लाजिने अनुदिवसं बहूनि पानसतसहसानि आलभियिसु सूपठाए । से अज अदा इय धंमलिपी लिखिता तिंनि येव पानानि आलभियंति दुवे मजूला एके मिगे । से पि चु मिगे नो धुवं । एतानि पि चू तिंनि पानानि पछा नो आलभियिसंति ।

सर्वप्रथम दोनों रूपान्तरों में[2] ध्वनिसंबंधी असमानता है । गिरनार के शिलालेख में पालि की भाँति र् है, किंतु जौगढ़ के शिलालेख में मागधी की भाँति 'ल्' : राजा और लाजा, आरभितु, आलभितु; जहाँ गिरनार में संयुक्त व्यंजन हैं, जौगढ़ में उन्हें स्वरभक्ति (अथवा anaptyxis) के द्वारा सरल (अलग-अलग) कर लिया गया है : कतव्वो (कतव्यो के लिए दोषयुक्त पाठ) और कटविये; गिरनार में मूर्धन्य 'र' की क्षतिपूर्ति नहीं की गई है, किन्तु जौगढ़ में आगे आने वाले 'त' के मूर्धन्यीकरण के द्वारा क्षतिपूर्ति की गई है : सूपाथाय, सूपठाये । गिरनार में सं० ऋ, अ द्वारा प्रकट की गई है, किन्तु जौगढ़ में 'इ' द्वारा; मगो और मिगो । इध और हिद उसीप्रकार का वैभिन्य प्रकट करते हैं जैसा कि मराठी इथें और हित्ते में देखा जाता है । गिरनार में ण्, ञ् और न् हैं, किंतु जौगढ़ में केवल न ।

दोनों रूपान्तरों में रूप-सम्बन्धी भी स्पष्ट अन्तर है। गिरनार में पालि की भाँति 'पियो' है, जौगढ़ में मागधी की भाँति 'पिये' । मगो-मिगे, सो-से; गिरनार में म्हि अंत वाला अधिकरण एकवचन है, जौगढ़ में सि अंत वाला। समाजम्हि, महानसम्हि, किन्तु महानससि, पवतसि । प्रथम में अन्यपुरुष बहुवचन का 'रे' है, जो कि वैदिक दुह्रे, शेरे में देखा जाता है, जबकि दूसरे में पालि और प्राकृतों का नियमित 'अंति' : आरभिसंरे, किन्तु आलभियिसंति ।

---

१. Bühler ZDMG ३७ पृ० ८९ ।

२. अशोक के समस्त शिलालेखों के व्याकरण के विवरण के लिए देखिए E. Hultzsch edn. और तुलनात्मक विवेचन के लिए देखिए एम० ए० मेहन्दले की Aśokan Inscriptions in India.

उपरोक्त उदाहरण यह दिखाने के लिए पर्याप्त है कि पश्चिमी और पूर्वी रूपान्तरों में इतना अन्तर है कि उन्हें अलग बोलियों की संज्ञा दी जा सकती है। अब हम उत्तरी रूपान्तर का एक उदाहरण लेंगे और उसकी तुलना उपर्युक्त दोनों उदाहरणों से करेंगे।

(ग) उसी राजघोषणा का मानसेहरा रूपान्तर[1] :—

अयि ध्रमदिपि देवन प्रियेन प्रियद्रशिन रजिन लिखपित। हिद नो किचि जिवे अरभितु प्रयुहोतविये। तो पि च समज कटविय। बहुक हि दोष समजस देवनं प्रिये प्रियद्रशि रज देखति। अस्ति पि चु एकतिय समज सघुमत देवन प्रियस प्रियद्रशिने रजिने। पुर महनससि ते देवन प्रियस प्रियद्रशिस रजिने अनुदिवसं बहुनि प्रणशतसहस्रनि अरभिसु सुपथये। से इदनि यद अयि ध्रमदिपि लिखित तद तिनि येव प्रणनि अरभियंति दुवे मजुर एक म्रिगे। से पि चु म्रिगे नो ध्रुवं। एतनि पि चु तिनि प्रणनि पच नो अरभिसंति।

सरसरी तौर पर देखने से यह स्पष्ट हो जाएगा कि ध्वनि की दृष्टि से यह अंशतः गिरनार से और अंशतः जौगढ़ से मिलता है। गिरनार से समानता 'र्' को सुरक्षित रखने में है : 'रजिन' 'पुरः'; किन्तु 'कटविये' जौगढ़ के अनुरूप है। रूपरचना में यह पूर्णतया जौगढ़ के अनुरूप है, उदाहरणतः कर्ता एकवचन पुंलिंग का 'ए', अधिकरण एकवचन का 'सि'। एक महत्त्वपूर्ण बात है तालव्य ऊष्म 'श' तथा 'ष्' का सुरक्षित रहना, जो उपर्युक्त दोनों में नहीं है। यह संभवतः संस्कृत के अपेक्षाकृत अधिक प्रभाव के कारण है, जो कि इस पाठ में आरम्भ से अंत तक मिलता है, जैसे 'अस्ति', 'प्राणा', 'ध्रम' (दिपि), प्रियदर्शिन। संस्कृत का असामान्य प्रभाव भी शाहबाजगढ़ी के पाठ पर दिखाई पड़ता है।

(क) शिलालेखों में कम से कम दो से अधिक बोलियाँ मिलती हैं—उपर्युक्त बातों से यह स्पष्ट हो गया होगा कि शिलालेखों में बोलीय विभिन्नताएँ मिलती हैं। गिरनार के आसपास के प्रदेश में एक बोली प्रचलित थी; जौगढ़ में एक दूसरी, और मानसेहरा के चारों ओर एक तीसरी। दूसरे शब्दों में, मगध की प्रधान केन्द्रीय बोली के अतिरिक्त, जिसमें कि मूलतः राज्य घोषणाएँ की गई होंगी, उत्तरी, पश्चिमी और पूर्वी ये तीन बोलियाँ और थीं। इस मगध की केन्द्रीय बोली का, पड़ोसी अर्थात् जौगढ़ और धौली बोलियों पर, अन्य अपेक्षाकृत दूर (अर्थात् गिरनार) की बोली के, अधिक प्रभाव रहा होगा। गिरनार के 'र्' तथा 'ओ' और धौली-जौगढ़ के 'ल्' और 'ए' का यही कारण है।

शाहबाजगढ़ी और मानसेहरा के पाठों को देखने पर हमें पता चलता है कि यद्यपि ध्वनि की दृष्टि से दोनों में महत्त्वपूर्ण अनुरूपता है, फिर भी कम से कम 'ओ' और 'ए' विभक्ति में, समविचार की दृष्टि से, शाहबाजगढ़ी पाठ गिरनार

१. Bühler पृ० ४४९।

के अधिक समीप है, और मानसेहरा जौगढ़ के। संभवतः रूप के इसी साम्य के कारण सेनार्ट ने शिलालेखी प्राकृतों के दो बड़े वर्गों का उल्लेख किया है। एक वह, जिसमें गिरनार और शाहबाजगढ़ी के शिलालेख हैं, और दूसरा वह जिसके अन्तर्गत कालसी, मानसेहरा, धौली, जौगढ़ के तथा अन्य सभी गौण शिलालेख हैं। इस दृष्टिकोण (अर्थात् बोलीय भिन्नताओं) से पियदसी के अभिलेख दो मुख्य वर्गों में विभक्त हो जाते हैं। एक में मूर्द्धन्य ण् और तालव्य ञ् नहीं है, आद्य 'य' का लोप हो गया है, 'र' 'ल' हो गया है, कर्ता पुंलिंग और प्रायः कर्ता नपुंसकलिंग के अन्त में 'ए' विभक्ति और अधिकरण के अन्त में 'असि' है; दूसरे में मूर्द्धन्य 'ण्' तथा तालव्य 'ञ' हैं, आद्य 'य' सुरक्षित है, 'र' अपरिवर्तित है, पुंलिंग अकारान्त का कर्ता एकवचन रूप ओकारान्त और अधिकरण रूप 'आम्हि' या 'इ' अंत वाला है।[1]

किन्तु गिरनार और शाहबाजगढ़ी के शिलालेखों की भाषा द्वारा प्रकट उपर्युक्त समानता के अतिरिक्त कुछ ऐसी भिन्नताएँ भी हैं, जिनके कारण उन्हें पृथक् बोलियों के रूप में वर्गीकृत करने की आवश्यकता होती है। विभिन्नताएँ ये हैं :—

(क) गिरनार में केवल एक ऊष्म 'स्' है, जबकि शाहबाजगढ़ी और उसी के साथ मानसेहरा में भी तीनों ऊष्म, 'श्' 'ष्', 'स्' हैं, जैसे 'दोष', 'प्रियदर्शि', 'प्रिअस';

(ख) संयुक्त व्यंजन 'त्प'[2], एवं 'स्ट' केवल गिरनार में ही हैं :—'आरभित्पा', तिस्टन्तो;

(ग) गिरनार में 'र्थ' का 'थ', और शाहबाजगढ़ी में 'ठ' मिलता है जैसे सूपथाय और सूपठये;

(घ) गिरनार में कर्ता एकवचन नपुंसकलिंग रूप 'म्' अंत्य है, और शाहबाजगढ़ी में 'ए' अंत्य, जैसे जीवं और 'जीवे';

(ङ) गिरनार में अन्य पुरुष बहुवचन '—रे' अंत्य है और शाहबाजगढ़ी में '—सु' अंत्य।

(च) गिरनार में अधिकरण एकवचन के अंत में —म्हि (—ए भी) आता है, किंतु शाहबाजगढ़ी में '—सि' (—ए भी) आता है, '—म्हि' कभी नहीं आता।

---

१. Senart, IA 21, 171-2

२. बुहलर (Aśoka Inschriften पृ० ३) का विचार है कि यह 'प्त' का असावधानीपूर्ण लेखन है।

(छ) गिरनार में 'इन्' अंत वाले प्रातिपदिकों का संबंध कारक एकवचन 'इनो' अंत्य है, और शाहबाजगढ़ी में 'इस' अंत्य । उदाहरणार्थ प्रियदसिनो और पियदसिस ।

सेनार्ट ने स्वीकार[1] किया है कि कुछ मात्रा में इन दोनों शिलालेखों में अवश्य ही बोली के विभिन्न रूप प्रतिबिम्बित होते हैं। किन्तु दूसरे वर्ग के विषय में, जिस पर कि उस वर्ग की अपेक्षा, जिसका अभी विवेचन किया गया, अधिक मागधी प्रभाव है, वे यही बात स्वीकार करने को तैयार नहीं हैं। गिरनार और शाहबाजगढ़ी पर भी मागधी प्रभाव हैं, यह एकारान्त कर्ता एकवचन से प्रकट हो जाता है; उदाहरणतः गिरनार अभिलेख १२, पंक्ति प्रथम, जिसमें 'प्रिये' बिलकुल स्पष्ट है, तथा शाहबाजगढ़ी अभिलेख १०, पंक्ति प्रथम । इस दूसरे में भी यह उतना ही स्पष्ट है ।

यह ध्यान देने योग्य है कि धौली-जौगढ़ और कालसी के पाठों की समानता इनके बीच बहुत दूरी होने के कारण महत्त्वपूर्ण है। इसका समाधान इसप्रकार किया जा सकता है कि ये दोनों प्रदेश कटक-गंजाम और ऊपरी यमुना प्रदेश साम्राज्य के केन्द्रीय प्रदेश से इतने अधिक सम्बद्ध थे, कि इनकी विशिष्ट बोलियों ने अपनी निजी विशेषताओं का त्याग कर उनके स्थान पर राजभाषा (Court language) की विशेषताओं को अपना लिया ।

फ्रैंके ने इस तथा इसके एकदम बाद के समय की बोलियों को पालि पर आधारित प्रमाणित करने में बड़ा परिश्रम किया है।[2] यह कह देना पर्याप्त होगा कि अशोक के तथा उनके परवर्ती शिलालेखों पर मिलने वाली बोलियाँ, बुद्ध के समय में बोली जाने वाली बोलियों का स्वाभाविक विकास हैं। इनमें से एक साहित्यिक पालि के रूप में सुरक्षित है। कोई भी उनको सीधे वैदिक संस्कृत से संबद्ध करने की कल्पना नहीं कर सकता ।

साहित्यिक प्राकृतों पर विचार करने से पूर्व हम शिलालेखीय प्राकृतों की ध्वनि एवं रूपसम्बन्धी कुछ विशेषताओं का उल्लेख करेंगे ।

४१ **ध्वनि-प्रक्रिया**—शिलालेखीय बोलियों की ध्वनि की दृष्टि से पालि से पूर्ण समानता है। स्वरों में से ऋ, लृ, ऐ और औ का लोप हो गया है। व्यंजनों में अभी तक विकार होना आरम्भ नहीं हुआ है, जैसा कि आगे चलकर साहित्यिक प्राकृतों में मिलता है। हम यहाँ स्वरों और व्यंजनों के परिवर्तनों का उल्लेख मात्र करेंगे[3] :—

---

१. वही, पृ० १७२

२. Pāli and Sanskrit, पृ० ६६

३. Senart, वही, भाग II. Indian Antiquary २१.२

(क) मात्रा में परिवर्तन :—दीर्घीकरण (जिसका कोई स्पष्ट कारण नहीं है) : चिकीछ, (गिरनार २)—सं० चिकित्सा; सर्वता (गिरनार २)—सर्वत्र, मितासंस्तुत (गिरनार ३)—मित्रसंस्तुत; पियसा, पियदसिसा (कालसी २)—प्रियस्य, प्रियदर्शि—(स्य); अदमनसा (कालसी ६); ह्रस्वीकरण (जो संयुक्त व्यंजन अथवा अनुस्वार के कारण हैं) : धंमनुसथिया, (कालसी ३)—धर्मानुशस्त्या । यह ह्रस्वीकरण प्रायः घटित नहीं होता; किन्तु संयुक्त व्यंजन सरल अर्थात् एक कर दिया जाता है और स्वर दीर्घ : वासाभिसितेन (गिरनार ३)—वर्षाभिषिक्तेन, रजिन, राज्ञा, लिखपित (मानसेहरा १)—लेखापिता, दनेन (शाह० १२)—दानेन, देवनं (शाह० ११)—देवानाम् ।

(ख) गुण में परिवर्तन :—चु (गिर० १)—च; मगो (गिर० १) मृगः; लिखापिता, (जौगढ़ १)—लेखापिता, कता (गिर० १)—कृते; यारिसे (गिर० ४)—यादृशे; पिरिंद (गिर० १३)—पुलिन्द ।

(ग) स्वरभक्ति :—गलहा (कालसी १२)—गर्हा; इथी (गिर० १२)—स्त्री; प्रापुणोति (गिर० १३)—प्राप्नोति; वियंजनते (कालसी, जौगढ़ ३) व्यंजनतः ।

(घ) मध्य वर्ण लोप :—ओलोवनसि (कालसी ६)—अवरोधे; थेरे (गिर० ४) (थइरे होते हुए)—स्थविरे । स्वर मध्यग व्यंजन का लोप अभी इतना प्रायिक नहीं हो पाया है, जितना कि परवर्ती काल में हो गया ।

(ङ) व्यंजनों में परिवर्तन :—पवजितानि (कालसी १२)—प्रव्रजितानि—संपटिपति (गिर० ४)—संप्रतिपत्तिः । यहाँ पूर्ववर्ती र् का लोप हो जाने पर दंत्य के स्थान पर मूर्द्धन्य दिखाई पड़ता है; यारिस, तारिस (गिर० ४), जिसमें 'त्' का परिवर्तन र् में हो गया है; लहुका, (गिर० कालसी १२)—लघुका; होंति, अहुंसु (कालसी ४ इत्यादि)—भवन्ति, अभवन्, इसमें 'भू' को 'हू' के रूप में सरल कर दिया गया है । संयुक्त व्यंजनों का सरलीकरण अनेक रूपों में होता है, जैसे अभिसित (गिर० ३)—अभिषिक्त; अतिकंतं (कालसी ४)—अतिक्रान्तं; व्रछा (गिर० ३)—लुखानि (कालसी)—वृक्षाः, अगिकंधानि (कालसी ४), अगिखंधानि (गिर० ४)—अग्निस्कन्धानि; आप्तपासंड (गिर० १२); अत्तपाषंड (कालसी १२)—आत्मपाषंड; घरस्तानि (गिर० १२) अथवा गहथानि (कालसी १२)—गृहेस्थानि अथवा गृहस्थानि; वढी (गिर० कालसी १२)—वृद्धि; अज (गिर०, जौगढ़ १)—अद्य; उयानेसु (गिर० ६) उयानसि (जौगढ़ ६)—उद्यानेषु; ब्राह्मणसामणानं (गिर० ४), बंभवसमनान (कालसी) ब्राह्मण-श्रमणानाम् । उपर्युक्त सभी उदाहरणों से यह स्पष्ट हो जायेगा कि संयुक्त व्यंजनों में पहले समीकरण दिखाई पड़ता है और फिर पूर्व स्वर के दीर्घीकरण के बिना भी सरलीकरण हो जाता है ।

४२ **शब्द-रूप**—(क) पालि की भाँति व्यंजनांत प्रातिपदिकों के रूपों के स्वरों (मुख्यतया अकारान्त) के रूपों जैसे हो जाने की प्रवृत्ति है। फिर भी लाजिना, लाजिने, राजा, राजो, भ्राता, मातरि, पितरि, यसो तथा अन्य रूपों से पता चलता है कि कुछ व्यंजनांत प्रातिपदिक भी सुरक्षित हैं।

पुंल्लिग अकारांत प्रातिपदिकों का कर्ता एकवचन गिर० और शाहबाजगढ़ी शिलालेखों में ओकारान्त मिलता है और शेष में एकारांत। परन्तु पहले वालों में भी एकारान्त होने की मागधी प्रवृत्ति, परिलक्षित होती है, जैसे सेनार्ट के पाठ के अनुसार रजुको (शाह० ३) के साथ राजुके (गिर० ३), धर्मसंभिवागों (शाह० ११) के साथ धर्मसंस्तवे तथा 'देवानंपियो' के अतिरिक्त देवानंपिये।

नपुंसक संज्ञाओं में 'म् पूर्ववत् मिलता है, जैसे जीवं (गिर० १), किन्तु पुंल्लिग अकारांत धातुओं के सादृश्य पर यह प्रायः एकारान्त हो जाता है, जैसे जिवे (शाह० १); अञ्ञे, बहुविधे, धंमचरणे (गिर० ४)। यदि सेनार्ट[1] का पाठ शुद्ध है, तो लिंगभेद इसप्रकार बहुत कम हो जाता है और 'हिरणपटिविधानो'[2] गिर० ८ जैसे रूप मिलते हैं। बुहलर के पाठ में 'पटिविधाने' है जो (शाहबाजगढ़ी १ के) 'जिवे' से समानता रखता है।

सम्प्रदान के रूप 'अय' अथवा 'अये' अंत वाले हैं: एताय अथाय (गिर० ३), एतये अठये (शाह० ५)। यहाँ तक कि स्त्रीलिंग संज्ञाओं में भी 'य' है: इमाय धंमानुसस्टिय (गिर० ३)।

अपादान आकारान्त है, क्योंकि अन्त में व्यंजन कभी नहीं आता; सर्व-लोक-हितत्पा, (गिर० ६) स्त्री० तंबपंणी, (गिर० २)।

संबंध का अंत 'स' (स्य<स्स से) में होता है। 'इ' अंत वाले प्रातिपदिकों के विषय में भी यही बात है। प्रियदशिसा, (कालसी १) [प्रियदसिनो (गिर० १) और प्रियदसिने (जौगढ़ १) के अतिरिक्त]। षष्ठी 'राञो' का 'ओ' सं० 'राज्ञः' में अस् के कारण है।

अधिकरण गिरनार–शाहबाजगढ़ी शिलालेखों में 'म्हि' और 'ए' अंत वाला है, तथा दूसरे वर्गों में 'सि' (स्मिन् से स्सि होते विकसित) और ए अंत्य, विजितम्हि (गिर० २), विजिते (गिर० ३), विजितसि (जौगढ़ २)।

बहुवचन प्रायः व्यवस्थित हैं। जो थोड़ा बहुत अंतर दिखाई पड़ता है वह ध्वनि-परिवर्तनों के कारण है: महामाता, (गिर० ५)—महामात्राः, ओसधानि (जौगढ़ २)—औषधानि, ञातिनं (गिर० ४)—ज्ञातीनाम्, ञातीसु (गिर० ४)—ज्ञातिषु। 'पादेसिके' (गिर०, जौगढ़, कालसी ३)—प्रादेशिकाः में

---

१. Inscriptions de Piyadasi, Ind. Ant. २१.५

२. Aśoka Inschriften, पृ० ५२।

एकारान्त कर्ता बहुवचन मिलता है। सेनार्ट[1] ने 'बहुहि वससतेहि' (गिर० ४) को पंचमी बहुवचन माना है।

सर्वनामों में अधिकांश अभिलेखों में मिलने वाले निम्नलिखित रूप उल्लेख्य हैं :—

'ममया', 'मम'; 'अञ्ञे', कर्ता एकवचन, 'अंञानि,' 'अन्नानि', बहु० 'अयम्' (स्त्री० एवं पुल्लिग दोनों), 'इमं', 'इमाय', 'इमिना', 'इमस', 'इमम्हि', 'एस', 'एतम्', 'एताय', 'एताये' इत्यादि। 'किंचि'; 'सो', 'ताय', 'तम्हि'; 'यं', 'यानि' इत्यादि।

(ख) क्रियारूपों में भी शिलालेखी प्राकृतों की पालि से बहुत समानता है, जैसा कि निम्नलिखित रूपों से प्रकट हो जाएगा :—

(१) 'भवति', 'भोति', और 'होति', (मानसेहरा १२)। 'भवति', संस्कृत का प्रभाव है। 'मनति', 'गलहति', 'पुनाति', 'पसति', 'दखति', 'कलेति', 'पापुणोति'='प्राप्नोति', 'पस्सति', 'करोति', 'आरभरे'[2] कर्मवाच्य है। बुहलर ने इसे आरब्भरे द्वारा 'आरभ्यन्ते' से माना है; जौगढ़ में कर्मवाच्य 'आलभियंति' है।

(२) 'नियातु' अथवा 'नियांतु' 'युजंतु' लोट् हैं और गछेयम्, तिस्टेय, वासेसु, सिया अथवा शिया (स्यात्), पटिपजेय-प्रतिपद्येत. असु (=स्युः) विधिलिङ् हैं।

(३) अहुंसु आरभिसु, (सेनार्ट के अनुसार 'आरब्भिसु' से), आलभियिसु (जौगढ़), लुङ् हैं। इन शिलालेखों में केवल एक लिट् 'आह' दिखाई पड़ता है।

(४) 'लिखापयिसं', 'आरभिसरे' (कर्मवाच्य) 'अनुवतिसरे', (अनुर्वतिष्यन्ते), 'अनपयिसंति' (प्रेरणार्थक) 'अनुसासिसंति', वधियिसति (जो 'वर्धयिष्यति' से विकसित है), निखामयिसामि लृट् हैं।

(५) प्रेरणार्थक 'प्' जोड़कर बनता है। 'लेखापिता', 'हारापिताः'। 'रोपापिताः' दोहरा प्रेरणार्थक है; 'अञापयिसंति'। 'य्' प्रेरणार्थक के भी कुछ चिह्न शेष हैं, जैसे, आलोचेत्पा—आलोचयित्वा।

(६) सभी प्रकार के पूर्वकालिक, तुमुन्नन्त और कृदन्त हैं। उदाहरणतः 'आरभित्पा' (=त्वा) (गिर० १), 'आलभितु' (धौली १) पूर्वकालिक हैं। 'आराधेतुम्'; 'खमितवे', (गिर० ३) तुमुन्नन्त प्रतीत होते हैं।

---

१. Aśoka Inschriften, पृ० ६।

२. वही, पृ० ३।

'कट' 'कत', 'वधित', 'मत', 'विजित', 'खानापित' भूत कृदन्त हैं।

'करतं' (शाह० १२), 'कर' (गिर० १२) सेनार्ट[1] के अनुसार (कुर्वन), 'करोंतो' (गिर० १२) 'तिस्टंतो' (गिर० ४) वर्तमानकालिक कृदन्त हैं। 'कटविये', 'कतव्यो', 'पजूहितवियं' विधि कृदन्त हैं।

हमने ऊपर स्थान-स्थान पर शिलालेखी प्राकृत में मिलने वाले संस्कृत रूपों का उल्लेख किया है। फ्रैंक ने स्वीकार किया है कि ये शाह० शिलालेख में अपेक्षाकृत अधिक संख्या में हैं, जिसका कारण संभवतः यह है कि यह, तथाकथित गौण संस्कृत के स्थान, काश्मीर, के बहुत अधिक निकट था। किन्तु 'प्राण' 'सहस्र' 'बहुगं' 'अनुदिवसं' 'नास्ति' 'आह', 'मातरि', 'पितरि' 'संस्तुत', 'भूतं' 'अविहिंसा' 'अनारंभ' 'भवति' जैसे केवल गिरनार के प्रथम चार अभिलेखों में आने वाले शब्दों और रूपों से यह प्रकट हो जाता है कि जैसा कि परवर्ती शताब्दियों में था, उस समय भी संस्कृत परम्परा प्रचलित एवं अविच्छिन्न थी और विकासमान बोलियों को प्रभावित करती थी। आज की साहित्यिक मराठी, हिन्दी अथवा बंगाली में भी यही बात दृष्टिगत होती है।

---

३. वही, पृ० ८।

पाँचवाँ भाग

साहित्यिक प्राकृतें एवं आधुनिक भारतीय आर्यभाषाएँ (आ० भा० आ०)

१. प्राकृतें

४३. नाम एवं उत्पत्ति :—'प्राकृत' नाम के अंतर्गत वैयाकरणों के अनुसार कई भाषाएँ आती हैं। सबसे प्राचीन वैयाकरण वररुचि हैं, जिन्होंने चार का उल्लेख किया है : माहाराष्ट्री, पैशाची, मागधी और शौरसेनी। १२वीं शती के अंत के जैन लेखक हेमचन्द्र ने तीन और प्राकृतों का उल्लेख किया है : आर्ष, जो अन्य लोगों की अर्द्धमागधी ही है, चूलिका, पैशाचिका और अपभ्रंश। परवर्ती वैयाकरणों ने सामान्यतया हेमचन्द्र का अनुसरण किया है।

वररुचि ने अपभ्रंश को एक पृथक् प्राकृत नहीं माना है और संभवत: यह ठीक है। यह वही है जिसे बहुत से काव्यशास्त्रियों ने 'देशभाषितं' कहा। 'देशभाषितं' का अर्थ है देश में अथवा लोगों द्वारा बोली जाने वाली भाषा। दण्डी[1] से हमें पता चलता है कि काव्य में अपभ्रंश से अभिप्राय है 'चरवाहों और इस प्रकार के अन्य लोगों की भाषा'। व्याकरण अथवा छन्दशास्त्र की पुस्तकों में जो कुछ भी संस्कृत से भिन्न था, अपभ्रंश कहा जाता था। प्राकृत के अंतर्गत उन्होंने माहाराष्ट्री, जो श्रेष्ठ प्राकृत[2] है, शौरसेनी, गौड़ी और लाटी को लिया है। गौड़ी प्रत्यक्ष ही मागधी का दूसरा नाम था; लाटी से उनका क्या अभिप्राय है, यह पूर्णतया स्पष्ट नहीं है।

सभी प्राकृत वैयाकरणों ने माना है कि इन भाषाओं का मूल संस्कृत थी, किंतु हम जानते हैं कि बात ऐसी नहीं हो सकती। ये साहित्यिक भाषाएँ बोलियों अर्थात् अपभ्रंशों से निकली हैं, जो शिलालेखों की बोलियों, पालि और 'वैदिक' संस्कृत से मिलकर एक अखंड श्रृंखला स्थापित करती हैं। शिलालेखी बोलियों से उनका विकास कुछ नीचे दिये जा रहे तथ्यों से स्पष्ट हो जाएगा :—

प्राकृत लिहावइश्शम्—गिरनार लिखापयिसम्

प्राकृत सयणिज्जयम्मि, पुत्तंसि—गिरनार समाजम्हि, महानसम्हि

---

१. काव्यादर्श १, ३७।
२. वही, १, ३४।

प्राकृत अग्गिणो और अग्गिस्स—शिलालेखी प्राकृत पियदसिनो और पियदसिस ।

प्राकृत पुत्तेहिं—शिलालेखी प्रा० बहुहि ।

इसके अतिरिक्त ध्वनि-प्रक्रिया की सामान्य समानता भी, जिसे हम नीचे देखेंगे उसी दिशा की ओर संकेत करती है । हाँ, रूपों में हम समानता के अधिक लक्षण नहीं खोज सकते, क्योंकि निश्चिततः प्राकृतें वियोगात्मक अवस्था में हैं ।

निम्नांकित तथ्यों और रूपों से यह स्पष्टतः प्रकट हो जाता है कि प्राकृतों का सीधा सम्बन्ध, शिलालेखीय बोलियों से होकर वैदिक भाषा[1] से है :—

(क) सन्धि के नियमों में शैथिल्य और स्वरभक्ति जो प्राकृतों में अति सामान्य है । भार्या, कष्ट, स्नान के स्थान पर प्राकृत भारिया, कसट, सनान (तुलनीय बोलचाल की मराठी सनान) ।

(ख) ध्वनि-प्रक्रिया में, प्राकृतों में वैदिक की भाँति दो स्वरों के मध्य के 'ड', 'ढ' का परिवर्तन ळ्, ळ्ह् में हो जाता है : वै० ईळे; प्रा० गुळ, मरा० गूळ; प्रा० सोळस, मरा० सोळा; वै० गूळह, समूळह, प्रा० गोळहा; वै० संयुक्त व्यंजन 'स्क' प्रा० में 'ख' रूप में दिखाई पड़ता है, जैसे स्कम्भ, प्रा० खम्भ । इसका सम्बन्ध क्लैसिकल संस्कृत के 'स्तम्भ' से नहीं हो सकता । वै० 'सघ्रीम' प्रा० 'सद्धिम'; वै० 'कथा' प्रा० 'किध' 'किह' ।

(ग) रूपों में, कुछ का सम्बन्ध वैदिक संस्कृत से है : उदाहरणतः कर्ता बहुवचन 'आहो' वै० 'आसः', 'पुत्ताहो'; वै० देवासः; षष्ठी स्त्री० एक० 'आए' वै० 'आयै०' (तुलनीय तज्जायायै जायात्वम्) प्रा० 'मालाए'; तृतीया बहु० 'एहिं', वै० 'एभिः' (तुलनीय देवेभिः); पालि 'बहुहि' प्रा० 'पुत्तेहि' लोट् मध्यम पुरुष एक० 'होहि', वै० 'बोधि', प्रा० 'कुणदि', वै०कृणोति । 'अए' और 'त्तए' अन्त वाली तुमुन्नन्त वै० 'तवै'; तुलनीय प्रा० वत्थए, वै० वस्तवै ।

(घ) शब्द-भंडार में, प्राकृतों में कुछ ऐसे शब्द हैं, जिनका सम्बन्ध केवल वैदिक संस्कृत से ही जोड़ा जा सकता है : उदाहरणतः वै० पश् से पासो; वै० 'तात्', 'यात्', 'इत्था', से 'ता', 'जा', 'एत्थ'; वै० घ्रंस से घिंसु ।

माहाराष्ट्री को छोड़कर अन्य प्राकृतों में बहुत अधिक साहित्य नहीं है, किन्तु संस्कृत नाटकों में कुछ सीमा तक इनका प्रयोग मिलता है । नाटकों में शौरसेनी गद्यभाषा है, यद्यपि इसमें संदेह नहीं कि यह केवल निम्नवर्ग के पात्रों और स्त्रियों द्वारा ही बोली जाती है । कर्पूरमंजरी में आदि से अंत तक यह गद्य की भाषा है । अर्द्धमा०में—जो कि मागधी और शौर० के बीच की सीमान्त भाषा है, अतः जिसमें दोनों की विशेषताएं मिलती हैं—विपुल साहित्य है । यह जैनियों के पवित्र

---

१. पिशेल, वही, पृ० ४ ।

धर्मग्रन्थों की भाषा है, और उनके 'आयारंग' 'उवासगदसाओ' और 'कप्पसुत्त' जैसे सभी अंग और उपांग ग्रंथ इसमें लिखे गए हैं। मागधी की स्थिति सबसे बुरी है। मृच्छकटिक तथा कुछ अन्य नाटकों में कुछ गौण पात्रों द्वारा इसका प्रयोग मिलता है, और वैयाकरणों के अनुसार शाकारी, चाण्डाली वाह्लीकी इसकी उपबोलियाँ हैं।[१] पैशाची का साहित्य आज उपलब्ध नहीं है। एक अत्यन्त प्राचीन जनश्रुति के अनुसार गुणाढ्य की बृहत्कथा पैशाची में लिखी गई थी। हेमचन्द्र[२] ने एक बोली 'चूलिका पैशाचिकम्' का उल्लेख किया है। दण्डी ने इसे 'भूतभाषा'[३] कहा है, जिसका आशय यह है कि उन्होंने नाम का ग़लत अर्थ समझा है। इन सब प्राकृतों में माहाराष्ट्री सर्वाधिक महत्त्वपूर्ण है। जिस समय प्रथम ज्ञात नाटककार ने अपने नाटकों की रचना की, उससे कुछ पूर्व अवश्य यह साहित्यिक भाषा बन चुकी होगी, क्योंकि सभी नाटकों में प्राकृत कविता केवल माहाराष्ट्री में ही लिखी गई है। उदाहरणतः नायिकाएं सामान्यतया शौरसेनी का प्रयोग करती हैं, किन्तु जब वे पद्य में बोलती हैं तो वे केवल माहाराष्ट्री का व्यवहार करती हैं। 'कर्पूरमंजरी' का सम्पूर्ण पद्य भाग इसी में लिखा गया है। भाषा और काव्य-रूप का पारस्परिक गहरा सम्बन्ध था। इसमें पद्य की रचना हुई, क्योंकि इसमें काव्यरचना के अनुकूल सहज लोच था और इसका प्रयोग प्रायः काव्यरचना मात्र के लिए ही किया गया, इस कारण इसका लचीला स्वरूप पनप उठा। इसप्रकार यह काव्यरचना की सर्वश्रेष्ठ भाषा हो गई। दो गीतिसंग्रह सत्तसई और वज्जालग्ग, दो महाकाव्य 'रावणवहो' और 'गौड़वहो' और नाटक कर्पूरमंजरी (अंशतः) इस भाषा की सुविख्यात रचनाएँ हैं।

जैसा कि हमने देखा अप० से अभिप्राय है, साहित्यिक प्राकृतों में से किसी से भी सम्बद्ध बोलचाल की बोली। इसी कारण, भाषाओं की गणना करते समय वैयाकरण इसे सं० और प्रा० के साथ एक पृथक् स्थान देते हैं। साहित्य का वर्गीकरण करते समय दण्डी[४] ने 'संस्कृत', 'प्राकृत', 'अपभ्रंश' और 'मिश्रम्' का उल्लेख किया है। मूलतः अप० जनभाषा रही होगी और इसमें साहित्यरचना बाद में हुई होगी, इसी कारण दण्डी ने इसप्रकार का वर्गीकरण किया है। वैयाकरणों[५] के अनुसार अप० के नागर, व्राचड़, उपनागर और वारेन्द्री जैसे भेद पश्चिम में सिन्ध और पूर्व में बंगाल जैसे प्रान्तों में बोले जाते थे। हेमचन्द्र

---

१. Pischel Grammatik पृ० २४।
२. पिशेल (वही पृ० २७) ४.३२५ से ३२८।
३. काव्यादर्श १, ३८।
४. वही १, ३२
५. पिशेल २७।

द्वारा अपने व्याकरण में उद्धृत पद्यों के अतिरिक्त अपभ्रंश के साहित्य के उदाहरण केवल पिंगल के 'छंदस्सूत्र' और 'विक्रमोर्वशीय' के चौथे अंक की प्राकृत हैं।

इन तथ्यों से पिशेल[1] ने यह निष्कर्ष निकाला है कि, 'अतः हमें शूरसेनों की प्राचीन जनभाषा शौर० अप०, जिसकी कि आधुनिक गुज० और मारवाड़ी शाखाएँ हैं, और शौर० प्रा०, जो कि एक साहित्यिक भाषा है, इन दोनों में भेद करना पड़ेगा'। इसीप्रकार एक माहाराष्ट्री अप० थी, जिससे आधुनिक मरा० का विकास हुआ है, और एक मागधी अप० थी, जिससे बिहारी और बंगला का विकास हुआ है। यहाँ यह फिर उल्लेख्य है कि साहित्यिक भाषा किसी व्यक्ति द्वारा 'निर्मित' कृत्रिम भाषा नहीं होती, वरन् एक अथवा दूसरी बोली ही साहित्य की सामान्य भाषा के गौरवपद पर प्रतिष्ठित हो जाती है, और इसप्रकार उसका एक मान्य एवं निश्चितरूप बन जाता है, जिसमें आगे विकास सम्भव नहीं होता।

यह द्रष्टव्य है कि इन भाषाओं के नाम, उन प्रदेशों से, जिनमें कि वे प्रचलित थीं, अथवा उन लोगों से, जिनके द्वारा वे बोली जाती थीं, लिए गए हैं। इस प्रकार माहाराष्ट्री महाराष्ट्र की भाषा थी, जो विन्ध्य के दक्षिण और नर्मदा नदी के उत्तर में स्थित है। शौर० का सम्बन्ध मथुरा के आसपास, जिसमें पूर्वी पंजाब का कुछ भाग भी सम्मिलित है, के प्रदेश 'शूरसेनाः' से था। अर्द्ध मा० का क्षेत्र शूरसेनी के पूर्व, इलाहाबाद आदि ज़िले में था। मागधी का प्रदेश मगध अथवा बिहार था, जिसकी राजधानी पहले राजगृह और बाद में पाटलिपुत्र थी। इसप्रकार ये भाषाएँ सारे उत्तरीभारत—सतपुड़ा की पहाड़ियों के उत्तर और हुगली नदी के पश्चिम—में फैली हुई थीं।

किन्तु पैशाची का प्रदेश कहाँ खोजा जा सकता है?[2] वैयाकरणों और काव्यशास्त्रकारों को इसका पता नहीं था। उन्होंने इस नाम को ग़लत समझा और उनकी यह धारणा थी कि यह प्रेतात्माओं और राक्षसों की भाषा है। महाभारत[3] में पिशाच लोगों का उल्लेख उन जातियों में है, जिनकी जन्मभूमि स्पष्टतया ही उत्तर-पश्चिम प्रतीत होती है। ये जातियाँ हैं : काश्मीराः, उरसाः (ग्रियर्सन[4] के अनुसार आधुनिक पश्चिमी पंजाब का हज़ारा ज़िला), पैशाचाः,

---

१. पिशेल पृ० ३

२. पैशाची के प्रदेश पर S. Konow ZDMG ६४ पृ० ९५-११८ भी द्रष्टव्य है।

३. ७, ४९९।

४. Indian Antiquary ४३. १४४।

काम्बोजा: (जो हिन्दूकुश की एक जाति है), दरदा: (अथवा दरद लोग) और शका: (सीथियन)। इसप्रकार के संकेतों एवं भाषा-वैज्ञानिक साक्ष्य के आधार पर ग्रियर्सन ने असन्दिग्ध रूप से यह प्रमाणित किया है, कि हिन्दूकुश के एकदम दक्षिण में, सीमान्त उत्तर-पश्चिम[1] की असभ्य जातियाँ प्राचीन पिशाच लोगों की आधुनिक प्रतिनिधि हैं। कुछ वैयाकरणों ने लिखा है कि पैशाची के केकय, शूरसेन और पंचाल भेद[2] थे। इसका अभिप्राय यह होगा कि पिशाच लोगों और उनकी भाषा का आधुनिक पंजाब के काफ़ी भाग पर अधिकार था, और उनके सीमा-प्रदेश पर इन मिश्रित बोलियों का विकास हुआ। पैशाची और शौर० का संबंध, जिसका कि उपर्युक्त तथ्य से पूर्वानुमान होता है, महत्त्व-पूर्ण है और वररुचि[3] के इस कथन को, कि शौर० पैशाची 'प्रकृति' अर्थात् आधार है, इसके प्रकाश में ही समझना चाहिए। इसका अभिप्राय केवल इतना है कि निजी विशेषताओं को छोड़कर, दोनों भाषाओं में समान परिवर्तन हुए थे और सम्भवत: पैशाची ने शौर० शब्दभंडार से बहुत कुछ ग्रहण किया था[4] जैसा कि संस्कृत से। उपर्युक्त विवेचन से हार्नले[5] का यह सिद्धान्त कि पैशाची द्रविड़ आदिवासियों द्वारा बोली जाने वाली भाषा थी, अमान्य हो जाता है।

उपर्युक्त बातों से एवं प्राकृतों की ध्वनि-प्रक्रिया से, जिस पर हम विचार करेंगे, यह स्पष्ट हो जाएगा कि प्राकृतों के सम्बन्ध में वैयाकरणों द्वारा व्यक्त परम्परागत धारणा उचित ही है। इस संबंध में तनिक भी सन्देह नहीं कि प्राचीनतम प्राकृत वैयाकरण वररुचि, नो सम्भवत:[6] वार्तिककार कात्यायन ही थे, चन्द, जो हेमचन्द्र तथा १०वीं शताब्दी ईस्वी के प्राकृत कोशकार धनपाल से बहुत पूर्व के हैं, और हेमचन्द्र ने प्राकृत का चतुर्विध अथवा पंचविध वर्गीकरण ठीक ही किया था। हार्नले का प्राकृत के केवल दो भेदों—शौर० प्रा० और मागधी प्रा०—वाला सिद्धान्त[7], जिसे ग्रियर्सन[8] ने भी स्वीकार किया है,

---

१. ZDMG ६६, ६९, ७४।

२. मार्कण्डेय, Pischel, Grammatik में उद्धृत पृ० २७।

३. प्राकृत प्रकाश १०, २।

४. ग्रियर्सन Paiśāci, Piśacas, and Modern Piśāca, ZDMG LXVI पृ० ६५।

५. Gaudian Grammar पृ० १९।

६. Pischel, Grammatik पृ० ३४।

७. Gaudian Languages पृ० १८।

८. Seven Grammars of the Bihari Language पृ० ५।

वस्तुतः निराधार है। प्रधान प्राकृतों की ऐसी निजी भेदक विशेषताएँ हैं (नीचे देखिए) जिनसे उपर्युक्त प्रकार के पुनःवर्गीकरण की सम्भावना का मार्ग अवरुद्ध हो जाता है।

४४. **प्राकृतों की ध्वनि-प्रक्रिया** :—ऋ और लृ (जो विभिन्न प्रकार से परिवर्तित हो जाते हैं) तथा ऐ और औ (जो पालि की भाँति ए, ओ हो जाते हैं) को छोड़कर स्वर प्रायः वही हैं। व्यंजन संस्कृत जितने ही हैं, किन्तु उनमें बहुत परिवर्तन हो गया है।

(क) स्वर :—माहा० और अन्य प्रा० में ऊपर उल्लिखित चार को छोड़ कर सभी स्वर विद्यमान हैं। यहाँ हम केवल उन परिवर्तनों पर ध्यान देंगे, जो प्रायः स्वर में गुण अथवा मात्रा की दृष्टि से दिखाई पड़ते हैं।

(अ) गुण में परिवर्तन[1] :—'अ' 'इ' हो जाता है। ईषत्, वेतस, अंगार, ललाट, मध्यम से माहाराष्ट्री (म०) ईसि, वेडिसो, इंगालो (मरा० इंगळ) णिडालं (मरा० निढल) और मज्झिम।

'अ' का 'उ' हो जाता है। खण्डित, गवय, प्रथम से म० खुडिअ (मरा० खुडलेलें), गउओ, पुढम। अंतिम दो उदाहरणों में परिवर्तन से अर्धस्वर की कमी पूरी हो जाती है।

'अ' का 'ए' हो जाता है। शय्या, सुन्दर, आश्चर्य, उत्कर और कन्दुक से म० सेज्जा (मरा० शेज), सुन्देरं, अच्छेरं, (बोलचाल की मरा० आच्छिर), उक्केरो, (मरा० उकिरडा) और गेन्दुअ (मरा० गेन्द)।

'अ' का 'ओ' हो जाता है। बदर, मयूर, लवण और अर्पयति से म० बोर (मरा० बोर) मोर (मरा० मोर), लोण (मरा० लोणा, जमिनीला लोणा लागला), ओप्पइ (मरा० ओपणें) यह ध्यान देने की बात है कि 'ओ' पहले उदाहरण में 'द' की कमी को पूरा करता है और अंतिम दो उदाहरणों में अर्धस्वर की कमी को।

कहीं-कहीं 'आ' का 'इ' हो जाता है। तदा और यदा से म० तइ (मरा० तैं) जइ (मरा० जैं)।

'आ' का 'ए' हो जाता है। ग्राह्य और मात्र से म० गेज्झ, मेंत्त।

'आ' का 'ओ' हो जाता है। आलि से म० ओली (मरा० ओळ)।

'इ' का 'अ' हो जाता है। पथि और हरिद्रा से म० पहो, हलद्दा (मरा० हळद)।

'इ' का 'ए' हो जाता है। नीड, कीदृशं और ईदृशं से म० णेड्डं केरिसं एरिसं।

---

१. वररुचि, प्राकृत-प्रकाश I और हेमचन्द्र I 46, 47, 53, 54, 57।

'उ' का 'इं' अथवा 'ए' हो जाता है। पुरुष और नूपुरम् से म० पुरिस णेउरं।

आदि ध्वनि होने पर 'ऋ' का 'अ' 'इ' 'उ' 'रि' हो जाता है। कभी-कभी 'रु' भी हो जाता है। तृण, वृषभ, दृष्टि, वृश्चिक, कृपा, प्रावृष्, मातृष्वसा, ऋण, ऋक्ष, वृक्ष से म० तण, वसह (मरा० तण, बसो), दिठ्ठी, विंछुओ, किवा (मरा० दिठी), विंचू, कींव, पाउसो माउस्सिआ, (मरा० पाउस), माउशी रिणं, रिच्छो, रुक्ख (मरा० रीण, रीस, रूख महारूख में)।

'ए' कभी-कभी 'इ' हो जाती है। वेदना से म० विअणा अथवा वेअणा (मरा० वेणा); देवर से दिअरो (मरा० दीर)।

'ऐ' अनिवार्यतः 'ए' हो जाती है। शैल, त्रैलोक्यम् और शैत्यम् से म० सेलो, तेलोक्कं, सेच्चं। किन्तु कुछ अवस्थाओं में यह 'ऐ' अपने अंशभूत भागों में खंडित हो जाती है, जैसे दैत्य, चैत्र, भैरव, स्वैर से दइच्च, (मरा० 'दइत्य' स्त्रियों आदि की बोली में) चइत्तो (गँवारू मरा० चइत) भइरव, सइर (गँवारू मरा० सइरट)। सिंधवं में सैंधव का 'ए' निर्बल हो जाता है, जो संभवतः मात्रा को प्रभावित करने वाले अनुस्वार के कारण है। मरा० 'शेदेलोण' में 'ए' नियमानुरूप है। 'धीरं' से धैर्यम् में 'ऐ' की निर्बलता प्रकट होती है।

इसी तरह से 'औ' का 'ओर' हो जाता है। कौशाम्बी, यौवन से कोसंबी, जोव्वण, (हिन्दी जोबन)।

कौरव, पौरुष से कउरेव, पउरिस में 'औ' भी निर्बल होकर 'उ' हो जाता है।

(आ) मात्रा में परिवर्तनः—प्राकृतों में अक्षरों की मात्रा पर समीकरण और संयुक्त व्यंजनों में एक के लोप का प्रभाव पड़ता है।

जब भी कोई संयुक्त व्यंजन सरल (एक) किया जाता है—और कभी-कभी मागधी को छोड़कर अन्य प्राकृतों में ऐसा प्रायः होता है—तो मात्रा को सुरक्षित रखने के लिए पूर्व का स्वर दीर्घ हो जाता है। इस नियम को हेमचन्द्र[1] ने संक्षेप में इसप्रकार दिया है। 'लुप्त हो जाने वाले य्, र्, व्, श्, ष् अथवा स् से पूर्व का स्वर दीर्घ हो जाता है'

उदाहरणार्थ कश्यपः, विश्रामः, विश्वासः, पुष्यः से म० कासवो, वीसामो (मरा० विसांवा) वीसासो, पूसो (मरा० पूस)।

अन्य उदाहरण हैं, प्रतिपत्, सदृक्ष, दक्षिण, जिह्वा, महाराष्ट्र से पाडिवाआ (मरा० पाडवा), सारिच्छो (मरा० सारिखा अथवा सारखा), दाहिण, जीहा (मरा० जीभ), मरहट्ट।

---

१. १, ४३।

इसके विपरीत यदि संयुक्तता बनी रहती है, तो पूर्ववर्ती दीर्घस्वर ह्रस्व[1] हो जाता है।

उदाहरणार्थ, आम्र मुनींद्र, चूर्ण, नरेन्द्र, अधरोष्ठ से म० अम्बं, अम्बा, मुणिन्दो, चुण्णो, नरिन्दो, अहरुट्ठं।

चूँकि अनुस्वार के कारण अक्षर में संयुक्त व्यंजन जैसी मात्रा आ जाती है, इसीकारण इसका लोप होने पर दीर्घीकरण हो जाता है।

जैसे सिंह, विंसति, त्रिंशत् से सीहो, वीसा, (मरा० वीस), तीसा (मरा० तीस)। यही बात विसर्ग के सम्बन्ध में है; जैसे 'दुःसह' से 'दूसहो'।

यों प्रायः स्वर बिना किसी प्रत्यक्ष कारण के भी ह्रस्व अथवा दीर्घ हो जाते हैं, जैसे पाणिअं, गहिरं (बोलचाल की मरा० गहिरा) आणिअं, मरा० आणि—(लेलें), सूहवो।

कभी-कभी 'ए' और 'ओ' 'अय' अथवा 'अव' का प्रतिनिधित्व करते हैं, जैसे स्थविरः और त्रयोदश से 'थेरो', 'तेरह' तथा 'अवग्रह', 'अवसर्पिणी' से 'ओग्गह', 'ओसप्पिणी'।

ऐसा 'ओ' कभी-कभी और भी निर्बल हो जाता है, जैसे 'अवग्रह' से 'उग्गह'; 'ओष्ठ' से 'ओट्ठ' के लिए 'उट्ठ'। संयुक्त व्यंजनों से पूर्व 'उ' का स्थान प्रायः 'ओ' ले लेता है। जैसे 'तुण्ड' से 'तोण्ड' (मरा० तोण्ड) या शुण्डा से मरा० सोण्ड।

टिप्पणी—उदाहरण केवल महाराष्ट्री (म०) से चुने गये हैं, क्योंकि, इस सम्बन्ध में प्राकृतों में सामान्यतः एकरूपता है।

(इ) प्राकृतों में बिना किसी प्रत्यक्ष कारण के स्वरों का प्रायः लोप हो जाता है। 'अरण्यम्' से 'रण्णं', अपि से 'वि' और 'पि' (यद्यपि वाक्य के प्रारम्भ में नहीं); 'इव' से 'व', संधियों में भी : किसी शब्द के बाद 'ति' अथवा 'त्ति', 'इदानीम्' से दाणिं। यह संभवतः बलाघात के अभाव के कारण हो सकता है। अर्द्धमा० में 'उदक' से 'दक', 'अगार' से 'गार', 'अधस्तात्' से 'हेट्ठा', 'अपक्रामति, से 'वक्कमइ' जैसे शब्द मिलते हैं। मरा० में भी 'अरघट्ट' से 'रहट्ट' 'अवतंस' से 'वअंस' मिलते हैं।

(ख) **व्यंजन**—विभक्तियों की तरह इनसे विभिन्न प्राकृतों में परस्पर अंतर का स्पष्टरूप से पता चल जाता है। स्वर इस दृष्टि से अधिक उपयोगी नहीं हैं। व्यंजनों में म०, अर्द्धमा० और शौ० में परस्पर अधिक साम्य है। तथापि म० में व्यंजन अर्द्धमा० से भी कहीं अधिक विकृत स्थिति में हैं।

---

१. हेमचन्द्र १, ८४।

(अ) शब्दों के आदि में आने वाले व्यंजनो में सामान्यतः परिवर्तन नहीं होता। किंतु कुछ अपवाद भी हैं।

'त्' शौ० और मागधी (मा०) में 'द्' हो जाता है। जैसे दाव-तावत्। 'द' म० में कभी-कभी ड् हो जाता है, जैसे डहइ, (मरा० डाह), डसइ (मरा० डसतो)। 'क' के 'च' हो जाने का केवल एक ही उदाहरण मिलता है, और संभवतः वह भी उधार लिया हुआ है—चिलाओ; किरातः। क का ख (जैसे खुज्ज—कुब्ज) अथवा ग भी (जैसे गेन्दुअ-कन्दुक) हो जाता है। कभी-कभी प्, त्, न्, म्, में भी परिवर्तन हो जाता है, जैसे फाडेइ-पाटयति, टगर–तगर, णअरं–नगरं, लिम्ब–निम्ब, ण्हाविअ (मरा० न्हावी)–नापित, बम्महो–मन्मथः इनमें अन्तिम स्पष्टतः विषमीकरण का उदाहरण है। म० अर्द्धमा० और शौ० में 'य' निश्चिततः 'ज' हो जाता है। जत्थ-यत्र, जसो-यशः, जाव-यावद्, जहा-यथा, जोव्वण-यौवन, जुहुट्ठिल-युधिष्ठिर।

(आ) अधिकांश प्राकृतों में मध्यग असंयुक्त व्यंजन क्, ग्, च्, ज्, त्, द्, प्, य् और व् का प्रायः लोप हो जाता है। जैसे लोओ-लोकः, नयर-नगरं, कयग्गाहो—कचग्रहः, गओ-गजः, रसायलं-रसातलं, मयणो-मदनः, रिऊ-रिपुः, विओओ—वियोगः,। 'म' के संबंध में भी यही बात है, किन्तु यह अनुनासिक रूप में अपना अवशेष छोड़ जाता है। जैसे जँउणा-यमुना। लुप्त व्यंजनों का स्थान लेने वाला 'य' श्रुति मधुरता के लिए है। कभी यह लिखा जाता है, कभी नहीं। इसे प्राकृत वैयाकरणों ने 'यश्रुति' कहा है।[1]

(१) किंतु कुछ अवस्थाओं में लुप्त होने के स्थान पर इनमें से कुछ व्यंजन अन्य वर्गों के व्यंजनों में परिवर्तित हो जाते हैं, जैसे फलिह-स्फटिक, वेडिस-वेतस, पडिवन्न-प्रतिपन्नम्, दोहर-द्रोहल, कदम्ब-कलम्ब।

२—'प्' बहुत से स्थानों पर 'व्' हो जाता है, सावो-शापः, पाव-पाप; कभी-कभी (यद्यपि बहुत कम) यह 'म्' भी हो जाता है जैसे आमिलो-आपीडः (सम्भवतः आवेलः होते)।

३—'ट्' का 'ड्' हो जाता है; घडो-घटः, घडइ-घटति; कभी-कभी 'ल्' भी जैसे 'स्फटिक' और 'पाटयति' से 'फलिह' और 'फालेइ' में। 'ठ्' का 'ढ्' हो जाता है जैसे—पीढ-पीठ; मढो-मठः; ड् की तुलना में ट् अधिकतर ल् हो जाता है, और 'ड्' ल में परिवर्तित होता दिखाई देता है; तलायं-तडागः, कीलइ-क्रीडति, दालिमं मरा० दालिम्ब-दाडिमं।

४—पैशाची अन्य प्राकृतों से इस बात में भिन्न है कि इसमें घोष

---

१. हेमचन्द्र १,१८०

अघोष में परिवर्तित हो जाता है। जैसे मतन-मदन, नकरं-नगरं, किरि-गिरि, तामोतरः-दामोदरः।

५——सभी प्राकृतों में अघोष महाप्राण और घोष महाप्राण प्रायः ह् हो जाते हैं, जैसे साहा-शाखा, मेहो-मेघः, नाहो, (प्राचीन मरा० नाहो)-नाथः, बहिरो (मरा० बहिरा)-बधिरः, सहावो-स्वभावः। इसके अपवाद बहुत कम हैं, जैसे पुधं-पृथक्, केढवो-कैटभः। 'छ्' और 'झ्' वैसे ही बने रहते हैं, और फ् का भ् अथवा ह् हो जाता है।——रेभो-रेफः, मुत्ताहलं-मुक्ताफलं, सभरी और सहरी——शफरी। पैशाची में पुनः घोष महाप्राण, अघोष महाप्राण हो जाते हैं। मेखो-मेघः, काठं-गाढं, मथुरं-भधुरं, रफसो-रभसः, ताठा-दाढा-दंष्ट्रा।

६——अनुनासिकों में म०, शौ० और मा० में न, ण्, मिलते हैं। ञ बहुत कम मिलता है। पैशाची में केवल न् है, जो सभी अनुनासिकों का काम देता हैं। म० में आदि न् वैकल्पिक रूप से तथा अन्य न् निश्चितरूप से ण् हो जाते हैं। अर्द्धमा० तथा अन्य प्राकृतों में आदि न् यथावत् रहता है।

उदाहरणार्थ, म० नअरं, णअरं, अर्द्धमा० नयरं; किन्तु नाणी, नाणं। म० में भी करण कारक एकवचन का 'न' अपरिवर्तित रहता है जैसे पुत्तेन। नयणं-नयनं, मदणो-मदनः। अर्द्धमा० में 'नाणं' के साथ 'अनल' मिलता है।

७——'र' सभी प्राकृतों में वैसा ही रहता है, किंतु मा० अपवाद है, जहाँ यह अनिवार्यतः 'ल्' हो जाता है। मा० दलिद्दचालुदत्ते, पुलिशे। म०, शौ० और अर्द्धमा०, 'चारुदत्तो', 'पुरिसो', 'तारिसो', 'नयरं', 'रयणी'। यों कुछ ऐसे भी उदाहरण हैं जहाँ अन्य बोलियों में भी 'र्' के स्थान पर 'ल्' मिलता है, जैसे 'हरिद्रा', 'चरणः', 'वरुणः', 'अङ्गारः', 'जठरं' से 'हलिद्दा, 'चलणो', 'वलुणो', 'इंगलो', 'जढलं', । म०, अर्द्धमा० और शौ० में प्रत्यक्षतः इन्हें मा० के रूप या उसका प्रभाव समझना चाहिए।

प्राकृतों में ल् कभी-कभी 'ण्' या न् हो जाता है; नलाट अथवा णटाल——ललाट, णंगल-लांगल। 'किर' में यह 'र्' हो गया है। वैयाकरणों के अनुसार पैशाची में यह 'ल' भी हो जाता है, जैसे सीलं, कुलं।

८. सभी बोलियों में तीनों ऊष्म अनिवार्यतः स् हो जाते हैं। मा० इसका अपवाद है जिसमें इनके स्थान पर सदैव 'श्' मिलता है। 'पुरुष', 'यादृशः', 'शोभते', 'शेषः' के लिए 'पुरिस', 'यारिसे', 'सोहइ', सेसो। किंतु ऐसा लगता है कि वे प्रायः ह् में भी परिवर्तित हो जाते हैं, जैसे दह (मरा० दहा)——दश, पाहाण-पाषाण, सोण्हा, (मरा० सून)——स्नुषा; धनुह-धनुष्, तण्हा-तृष्णा, दिअह-दिवस, हत्तरि-सप्तति। 'ष्' कभी-कभी छ् हो जाता है जैसे छट्ठो-षष्ठः,

छम्मुहो-षण्मुखः, (तुलनीयः कप्पसुत्त[1] में षट्पद, शोषयन्त, शैक्ष, सौम्य के लिए छप्पय, सोसयन्त, सेह, सोम मिलते हैं।)

९—संयुक्त व्यंजनों का या तो समीकरण हो जाता है अथवा वे सरल (एक) हो जाते हैं, इस अवस्था में पूर्व का स्वर प्रायः दीर्घ हो जाता है, अथवा अंततः उनके बीच कोई स्वर आ जाता है और वे खंडित हो जाते हैं।

(अ) प्रायः संयुक्त व्यंजन के प्रथम व्यंजन का, बाद में आने वाले व्यंजन से समीकरण हो जाता है, जैसे सक्क-सक्त, मुक्क-मुक्त, थंभ-स्तंभ, 'रक्त' से 'रत्त' तथा 'रग्ग' भी। अर्द्धस्वर 'ल्', 'र्' का समीकरण सदैव अन्य व्यंजनों के साथ हो जाता है, जैसे 'चक्रं', 'वल्कलं' से 'चक्कं', 'वक्कलं'; अपवाद है 'उद्विग्न' से 'उव्विग्ग'।

(आ) 'य्' और 'व्' प्रायः 'च्' में परिवर्तित हो जाते हैं और प्रथम वर्ण का अपने ही अनुरूप समीकरण कर लेते हैं; पच्चूस-प्रत्यूष, चच्चर-चत्वर, शेज्जा-शय्या, वेज्जो-वैद्यः, कज्जम्-कार्यम्, मज्झ-मध्य, ज्झाणं-ध्यानं। इन अवस्थाओं में मा० में य् यथावत् रहता है, जैसे, विद्याधरः, अद्य, सूर्यः से विय्याहले, अय्य, सुय्य।

(इ) संयुक्त व्यंजनों में यदि दूसरा अनुनासिक हो तो वह पूर्व के व्यंजन से समीकृत हो जाता है जैसे उव्विग्ग-उद्विग्न, अग्गि-अग्नि, जुग्ग-युग्म। 'य' का समीकरण पूर्ववर्ती अनुनासिक से हो जाता है: रण्ण-अरण्य; अन्न-अन्य, किलम्मइ-क्लाम्यति। यों इन अवस्थाओं में मा० और पै० में 'ञ्ञ' मिलता है, जैसे अञ्ञ, पुञ्ञ, अहिमञ्ञू। 'ल्य' से 'ल्ल' हो जाता है, जैसे कल्ल-कल्यम्।

(ई) दंत्य के साथ 'र्' से द्वित्व मूर्द्धन्य बनता है; कवड्ड (मरा० कवडी)—कपर्द, गड्ढह—गर्दभ, तुट्टइ—त्रुटति।

(उ) 'ष्क' और 'ष्व्' 'ख्' हो जाते हैं। निक्खमदि-निष्क्रामति, चउक्ख (मरा० चौक)—चतुष्क; 'ष्ट' और 'ष्ठ',[2] 'ट्ठ' हो जाते हैं, जैसे अट्ठ अष्ट, दिट्ठि-दृष्टि। 'ष्ट' और 'ष्ठ' के लिये मा० में 'स्ट' मिलता है, जैसे 'चिस्ट', 'भस्टालिका'। मा० में 'स्त' यथावत् रहता है, किन्तु अन्य प्राकृतों में वह 'त्थ' हो जाता है; 'हस्त' से 'हस्त' और 'हत्थ'। सभी बोलियों में 'स्ना' से 'ण्हा' हो जाता है। 'क्ष्' का 'क्ख' अथवा 'च्छ' हो जाता है; 'उच्छू' और 'इक्खू'; 'सारिच्छ' और 'सारिक्ख'।

---

१. Ed. Jacobi, 1878.

२. Grammatik, पृ० १८५

संयुक्त व्यंजनों के पूर्ण विवेचन के लिये पिशेल देखिए।

(ऊ) संयुक्त व्यंजनों का स्वर के द्वारा प्रायः दो अक्षरों में विच्छेद हो जाता है। यह अधिकांशतया अर्द्धमा० में मिलता है। उदाहरणार्थ अर्द्धमा० में उसिन-उष्ण, कसिन-कृष्ण, सिनान-स्नान। किंतु अन्य बोलियों जैसे म० में 'उण्ह', 'कण्ह', 'ण्हाण' मिलता है। पैं० में भी 'भार्या', 'स्नानं', 'कष्टम्' से 'भारिया', 'सिनानं', 'कसटं' जैसे शब्दों में स्वरभक्ति मिलती है। ग्रियर्सन[1] का यह मत संभवतः ठीक है कि इसप्रकार के शब्द स्पष्टतया संस्कृत रूप हैं, जिनमें कोई स्वर जोड़कर उच्चारण के लिए आसान बना लिया गया है।

म० और अन्य बोलियों में भी स्वरभक्ति मिलती है, जैसे 'किलम्मइ', शौ० किलम्मदि-क्लाम्यति; म० और शौ० मिलाण-म्लान; म० शौ० 'वास' के साथ वरिस-वर्ष।

(ए) क्षतिपूरक दीर्घीकरण सहित सरलीकरण (एकीकरण) के उदाहरण ये हैं :—'वीसामो'-'विश्रामः'; 'नीसासो'-'निःश्वासः', 'वीसत्थो'-'विश्वस्तः', 'सीस'-'शिष्य', 'सीह'-'सिंह'; 'ऊससिय'-'उछ्वसित'।

(ऐ) सभी बोलियों में शब्दों के अन्तिम व्यंजनों का सामान्यतः लोप हो जाता है; जाव, दाव-यावत्, तावत्, पच्छा-पश्चात्; अभू-अभूत्; अकासी-अकार्षीत्। कर्ता एकवचन का 'स्' 'ओ' हो जाता है। मा० और अर्द्धमा० अपवाद हैं, जहाँ यह केवल 'ए' हो जाता है।

अप० में यह और निर्बल होकर 'उ' हो जाता है, 'पुत्तो', पैं० 'मेखो', अप० पुत्तु। 'स्', समासों में 'अ' हो जाता है : जसवम्म-यशोवर्मन्। कभी-कभी यह 'ओ' हो जाता है, जैसे मा० 'शिलोलुह' में।

इनके अतिरिक्त प्राकृतों में ऐसे व्यंजन हैं, जिन्हें पिशेल ने सन्धि-व्यंजन कहा है। जैसे अर्द्धमा० अन्नमन्नम् अथवा अण्णमण्णम्—अन्योन्यम्; म० एक्कमेक्क, मरा० एकमेक, अर्द्धमा० एगमेक-एकैक में 'म्'। यह 'म्' अन्य स्थानों पर भी मिलता है; गोणमाई-गवादि, हयमाई-हयादि, एसमाघाओ-एष आघातः। दुयाहेण, तियाहेण, चउयाहेण जैसे उदाहरण जहाँ पर कि पिशेल[2] के अनुसार संधि व्यंजन 'य्' है, निम्नलिखित रूप में संभवतः अधिक स्पष्ट हैं। 'दुयाहेण' में 'य' नियमानुरूप है, क्योंकि इसे द्व्यहेन से स्वरभक्ति के कारण माना जाना चाहिए; उसीप्रकार तियाहेण के 'य्' की व्याख्या आसानी से की जा सकती है। यों चउयाहेण में इसे पूर्व के दोनों उदाहरणों के सादृश्य के कारण मानना चाहिए।

---

१. ZDMG ६६, ४९-८६ (१९१२)

२. Grammatik पृ० २४०

इनके 'य्' को रूप से सम्बन्धित समझा गया, अतः जहाँ नियमतः इसकी आवश्यकता न थी वहाँ इसे जोड़ दिया गया। 'द्व्यंगुल' और 'स्वाख्यात' से 'दुयङ्गुल', 'सुयक्खाय' की व्याख्या भी इसी रूप में की जानी चाहिये। 'अन्वागतम्' से अर्द्धमा० 'अणुरागयं' को पिशेल ने 'वायुरिव' 'सिहिरिव' के सादृश्य पर बना माना है, जहाँ र् प्रथम शब्द के कर्ता रूप की विभक्ति के कारण है। किंतु इन संज्ञारूपों और क्रियाविशेषण 'अनु' में शायद ही कोई सादृश्य है। इसके अतिरिक्त सादृश्य इसप्रकार कार्य नहीं करता। दो रूप एक दूसरे को प्रभावित कर सकें इसके लिये उनका सम्बन्ध अनिवार्यतः एक व्याकरणिक वर्ग से होना चाहिए। इसीलिए 'अणुरागयं' की 'सदृशता' 'वायुरिव' पर आधारित नहीं हो सकती। यह 'पुणरवि'[2] के सादृश्य पर बना है। 'पुनः' प्रायः 'पुण' हो जाता है, किंतु संधियों में इसका 'र्' सुरक्षित रहता है। 'र्' की इस सुव्यवस्थित प्रकृति को भुला दिया गया और यह संधि-व्यंजन समझा जाने लगा। अणुरागयं के 'र्' का यही कारण है। अर्द्धमा० रूप 'दुरङ्गुल' भी 'चउरासीहम्',[3] 'चउरन्त' जैसे रूपों से प्रभावित माना जाना चाहिए, जहाँ 'र्' नियमानुरूप है।

४५. **शब्द रूप :**—संज्ञारूपों और क्रियारूपों की दृष्टि से प्रायः सभी प्राकृतों में एकरूपता मिलती है। जो थोड़ा बहुत अंतर है, वह ध्वन्यात्मक परिवर्तनों के कारण है।

व्यंजनान्त कारकरूप नहीं है, लिट् तथा कारणात्मक (perfect और conjunctive) भी नहीं है। और भूत (preterite) में, जिसमें कि अडागम का लोप हो गया है, तीनों पुरुषों के लिये एक ही प्रकार के प्रत्यय 'इत्था' और 'इंसु' मिलते हैं। 'अम्' और 'सी' 'सीत', अंत वाले कुछ रूपों को प्राचीन क्रियारूप के विरल अवशेष अथवा संस्कृत के प्रभाव स्वरूप मानना चाहिए।

जैसा कि हमने देखा है संस्कृत का पालि और शिलालेखों की भाषाओं पर सदैव प्रबल और प्रायः अनियमितकारी प्रभाव रहा है। यही बात प्राकृतों के संबंध में भी है।

(अ) संज्ञारूप :—जैसा कि ऊपर कहा गया है, प्राकृतों से व्यंजनांत वर्ग लुप्त हो गया है, क्योंकि उनमें पालि की तरह शब्द के अन्त में व्यंजन नहीं आता। व्यंजनांत वर्ग के कुछ विरल रूपों को प्राचीन् अवशेष समझना चाहिए।

---

१. Grammatik पृ० २४०

२. कप्पसुत्त, Ed. Jacobi, पृ० १६०

३. वही पृ० ७२

म० विअआ-विपदा; अर्द्धमा० धम्मविओ-धर्मविद्, तेजो-तेजस् मनसा-मनसा, वयसा-वचसा; सरअ-शरद् ।

लिंग में प्राय: भेद नहीं किया जाता। पुल्लिग की तरह नपुंसक संज्ञाओं के रूप चलाने की प्रवृत्ति बढ़ती दिखाई देती है। यों संस्कृत में भी प्रथम दो कारकों को छोड़कर सभी में नपुंसक संज्ञाओं के रूप पुल्लिग के समान होते थे। प्राकृतों में उन दो में भी रूप समान हो गए। तुङ्गो मणो—तुङ्ग मन:, तवो कओ-तप: कृतम्, अर्द्धमा० तमे-तम:, मणे-मन:, । ये अस् अंतवाली नपुंसक संज्ञाओं के कारकरूप हैं। अकारांत नपुंसक संज्ञाओं में भी यही प्रवृत्ति मिलती है, इसकी प्रेरणा कर्ता बहुवचन से मिली जो प्राकृतों में, वेद के समान प्राय: आकारान्त है, और इसप्रकार पुल्लिगरूपों से अलग पहचानने योग्य नहीं थे। इसका आगे भी विकास हुआ और एकवचन के रूप भी पुंल्लिग के अनुकरण पर चलने लगे। जैसे अर्द्धमा० जीविए-जीवितम्, कम्म-कर्म, वीरिए-वीर्यम्; शौ पवहणो-प्रवहनम्। यह प्रवृत्ति अर्द्धमा० में प्रचलित है, मा० में उससे कम है, और अन्यों[1] में विरल रूप में दिखाई देती है। वैयाकरणों के अनुसार अन् अंतवाली नपुंसक संज्ञाएँ पुंल्लिग अकारान्त में परिवर्तित कर ली गई हैं। जैसे 'जम्मो' 'कम्मो' 'वम्मो' इत्यादि। वररुचि[2] एक नियम देते हैं, जिसके अनुसार अन् और अस् अंतवाली संज्ञाएँ एवं प्रावृष् और शरद् शब्द पुंल्लिग समझे जाने चाहिएँ। हेमचन्द्र इनका समर्थन करते हैं, जैसे 'पाउसों', 'सरदो'। 'सिरं', 'णहं' स्पष्टतया इसके अपवाद हैं। सर्वनामों पर भी प्रभाव पड़ा है। और 'अयं' पुंल्लिग, स्त्रीलिंग, नपुंसकलिंग का काम देता है, अयं दही-इदं दधि, तुलनीय शिलालेखों का 'अयं धंमलिपी'। हेमचन्द्र[3] के अनुसार अपभ्रंश में लिङ्गों में भेद नहीं है; लिङ्गमतन्त्रम् (४.४४५)—लिंग की गणना नहीं होती। जैसे अब्भा-अभ्राणि, अन्त्रडी-अन्त्राणि। यों यह छंद के कारण हो सकता है।

प्राकृतों में द्विवचन नहीं है। केवल 'दो' और 'बे' ही द्विवचनरूप में सुरक्षित हैं।

सभी वर्गों अर्थात् अ, इ, उ आदि के लिये निम्नलिखित विभक्तियाँ हैं[4]:—

---

१. Pischel, Grammatik, पृ० २४३
२. प्राकृतप्रकाश ४. १८. Cowell द्वारा संपादित, पृ० ३४
३. १, ३१, ३२
४. वररुचि, प्राकृतप्रकाश ५; Cowell पृ० ३९

	एकवचन	बहुवचन
कर्ता	ओ, ए, शून्य	आ, ओ (इ, उ के लिए)
कर्म	म्	ए, णो (इ, उ के लिए)
करण	(ए) ण या णं	हिं
	णा (इ और उ के लिए)	
अपादान	आ, दो, दु, हि	हिंतो, सुंतो
संबंध	स्स, णो (इ, और उ के लिए)	(आ) ण

प्राकृतों में वस्तुतः सम्प्रदानकारक नहीं है।

सभी प्रातिपदिकों के नपुंसक संज्ञाओं में कर्ता, कर्म एकवचन के लिए 'म्' है, जैसे वणं दहिं महुं।

कुछ तृ प्रातिपदिक प्रायः अपने संस्कृत प्रतिरूपों के समान हैं। 'जामाअरेण', 'भाअरेण' जैसे कुछ रूप इसके अपवाद हैं। प्रातिपदिक 'राजन्' ने 'राआणो', 'राइणो', अथवा रण्णो, रण्णा जैसे कुछ प्राचीनरूपों को सुरक्षित रखा है। इसके अतिरिक्त व्यंजनान्त संज्ञारूप के कुछ और उदाहरण हैं, जैसे 'अप्पा', 'अप्पाणोः' 'आतमा' 'आत्मानः', 'जुवा' और 'जुवाणो', युवा, युवानः।

प्राकृत संज्ञा-रूप के उदाहरण :—

अ वर्ग

	पु.एक०	बहु०
कर्ता	पुत्तो, पुत्ते, अर्द्धमा०; म०ा,	पुत्ता सभी बोलियों में;
	पुत्तु अपभ्रंश	पुत्ताओ अर्द्धमा०
कर्म	पुत्तं	पुत्ते, पुत्ता, केवल म० अर्द्धमा०
करण	पुत्तेण, पुत्तेणं	पुत्तेहिं सभी में; पुत्तेहि
	(केवल शौ०, मा० और पै०)	म० अर्द्धमा०
अपादान	पुत्ता, सभी बोलियों में,	पुत्तासुंतो, पुत्ताहुंतो इत्यादि,
	पुत्ताउ, पुत्ता, शौ०	अर्द्धमा० पुत्तेहि भी;
	के अतिरिक्त सभी;	अप० पुत्तहु
	पुत्ताहि, पुत्ताहिंतो केवल मा०;	
	पुत्तादो केवल शौ० मा;	
	अप० में पुत्तहे, पुत्तहु;	
	पै० पुत्तातो	

सम्बन्धकारक—	पुत्तस्स सभी बोलियाँ, मागधी पुत्तश्श, पुत्ताह; अपभ्रंश पुत्तस्सु, पुत्तहो, पुत्तह	पुत्ताणं सभी, पुत्ताण शौरसेनी मागधी को छोड़कर सभी, पुत्ताह अपभ्रंश

अधिकरण—पुत्ते, सभी बोलियाँ; पुत्तम्मि, पुत्तेसु सभी, पुत्तेसु शौरसेनी को छोड़कर; मागधी माहाराष्ट्री और शौरसेनी पुत्तंसि, पुत्तम्मि; पुत्तही, अपभ्रंश, अर्धमागधी; पुत्तहिं, मागधी; पुत्ति, पुत्तही, अपभ्रंश

यह साफ दिखाई देगा कि म्मि और अंमि अंतवाला अधिकरण एकवचन सर्वनामों से ग्रहण किया गया है, इसीप्रकार एकारान्त कर्म बहुवचन भी। करण बहुवचन एहिं, एहि का संबंध वैदिक एभिः से है। अपादान बहुवचन संयुक्त अंतवाला है, यह करण (एहि+तस्) से बना है और अपादान सुन्तो का संबंध भी अधिकरण सुं+तः से है। इससे पता चलता है कि तीनों कारक वस्तुतः अन्योन्याश्रित हैं, क्योंकि उनके कार्य बहुत समान हैं।

२. आकारान्त स्त्रीलिंग

	एक०	बहु०
कर्ता	माला	मालाओ, मालाउ (शौरसेनी, मागधी को छोड़कर)
कर्म	मालं	,,
करण—	मालाए, (माहाराष्ट्री में मालाइ, मालाअ भी)	मालाहिं, मालाहि (शौरसेनी, मागधी को छोड़कर)
अपादान—	मालाओ, मालाउ माहाराष्ट्री, अर्धमागधी, मालादो शौरसेनी, मागधी	मालाहिंतो, मालाहु, अपभ्रंश
संबंध और संप्रदान	मालाए, माहाराष्ट्री मालाइ मालाअ भी, अपभ्रंश मालाहे	मालाणं, मालाण (शौरसेनी मागधी को छोड़कर)
अधि०	संबंध के समान	मालासु, मालासुं

३. इकारान्त प्रातिपदिक

	एकव०	बहुव०
कर्ता	अग्गी	अग्गिणो, अग्गी, अग्गीओ
कर्म	अग्गिं	,, ,, ,,
करण	अग्गिणा	अग्गीहिं, अग्गीहि (शौरसेनी, मागधी को छोड़कर)

अपादान	अग्गिणो, अग्गीहिंतो, अग्गीओ; शौरसेनी मागधी अग्गी	अग्गीहितो, अग्गीहुं अपभ्रंश
संबंध	अग्गिणो, अग्गिस्स (शौरसेनी मागधी को छोड़कर)	अग्गीणं, अग्गीण (शौरसेनी मागधी को छोड़कर)
अधिकरण	अग्गिम्मि; अग्गिसि, अपभ्रंश अग्गीहि	अग्गीसु, अग्गीसुं

४. उकारान्त[1] प्रातिपदिक

	एक०	बहु०
कर्ता	वाऊ	वाउणो, वाउओ, वाऊ, वाउओ भी
कर्म	वाउं	वाउणो, वाऊ
करण	वाउणा	वाउंहि, वाउहि, (शौरसेनी मागधी को छोड़कर)
अपादान	वाउओ, वाऊउ इत्यादि	वाउंहि, वाउहिन्तो-सुन्तो भी
संबंध	वाउणो, वाउस्स	वाऊणम्, वाऊण (शौरसेनी मागधी को छोड़कर)
अधिकरण	वाऊसु, वाऊसुं	वाउम्मि, वाउसि

इकारान्त और उकारान्त स्त्रीलिंग प्रातिपदिकों के निम्नलिखित रूप द्रष्टव्य हैं :—बुद्धीओ, धेणूओ कर्ता बहुवचन; बुद्धी, धेणू कर्ता एकवचन और कर्म बहुवचन; बुद्धि, धेणू, कर्म एकवचन; बुद्धिंहि, धेणूंहि करण बहुव०; बुद्धीअ, धेणूअ, संबंध एकवचन; बुद्धीअ, धेणूअ, करण एकवचन; बुद्धीअ, बुद्धीआ, बुद्धीइ, बुद्धीए, करण अपादान, संबंध और अधिकरण के रूप हैं। (हेमचन्द्र ३.२९)

स्त्रीलिंग उकारान्त प्रातिपदिकों के रूप जैसे धेणूअ, धेणूआ, धेणूइ, धेणूए भी उसी के समान हैं।

किन्तु इस बड़े वर्ग का, प्राकृतों की विशिष्ट-ध्वनि प्रक्रिया के लिए, जो कि अंत्य ह्रस्व को दीर्घ करने की ओर प्रवृत्त रही है, त्याग कर दिया गया है। साहित्य में, उदाहरणतया कर्पूरमंजरी में निम्न रूप मिलते हैं :—

---

१. वररुचि ५.१४–१८, हेमचंद्र ३.१६–२६, पिशेल २६२–३.

दिट्ठिं (१.१८), दिट्ठी (१.२८), विडूरभूमिं (१.३४), मञ्जरीओ (३.१३), मुट्ठीअ (१.३०) करण एकवचन; रइं (४.९), रुच्चिस्स (३.१४), रीईओ (१.१) कर्ता बहुवचन; रीदीणं (१.२०), केदईलट्ठीए (२.६) संबंध एकवचन; 'दिट्ठि' का नियमित करण एकवचन 'दिट्ठिया' अव्यय बन गया है।

५. ऋकारान्त प्रातिपदिक विरल हैं, क्योंकि प्राकृतों ने इसे परिवर्तित कर दिया है, किंतु इस संज्ञारूप के कुछ रूप अब भी विद्यमान हैं:—

	एक०	बहु०
कर्ता	भत्ता (कर्पूरमंजरी २.८) शौरसेनी भट्टा	भत्तारो, भत्तू भत्तूणो[1] भी
कर्म	भत्तारं, मागधी भस्टालम्	भत्तारे
करण	भत्तुणा, भत्तारेण	भत्तारेहिं, भत्तूहिं
संबंध	भत्तुणो (कर्पूरमंजरी १.११) भत्तुणो (कर्पूरमंजरी १.११) भत्तारस्स	......
अधिकरण	भत्तारे	भत्तारेसु, भत्तूसु

किन्तु मादाए संबंध एकवचन (कर्पूरमंजरी १.२०)) जैसे रूपों से इन रूपों के बनने का पता चलता है। हेमचन्द्र,[2] मातृ के कर्ता, कर्म, संबंधरूपों के लिए माआ, माअरी; माअं, माअरं; माआए, माअराण अथवा माईण देते हैं। इसीप्रकार पितृ में दोहरे रूप हैं। एक वर्ग उ प्रातिपदिकरूप है जैसे पिउणो, पिउणा, पिऊहिं, पिऊसु और दूसरा वर्ग ऋ प्रातिपदिक का, जैसे पिअरं, पिअरेण, पिअरेहिं।

'गो' और 'नौ' के रूप संस्कृत के संज्ञारूपों के ही समानः गावः गोभिः, गवाम् से गाओ, गोहिं, गवं। 'नौ' का करणकारक 'नावाए', और कर्म 'नावाओ' है, जो संस्कृत का अनुसरण नहीं करते।

६. (क) त् अथवा अन्त् और न् अथवा अन्, मन्, वन् अन्तवाले प्रातिपदिक किसी सीमा तक सुरक्षित हैं, किन्तु यहाँ भी उनको अकारांत में परिवर्तित कर देने की प्रवृत्ति है, अ स्वर को अन्त में जोड़कर अथवा कुछ लोप करके।

---

१. हेमचंद्र ३.४४
२. २.४६

	एक०	बहु०
कर्ता	राजा	राआणो; राआ भी
कर्म	राजानं; किन्तु रायं भी	राआणो; राए, राआ भी
करण	रण्णा, राइणा; राएण भी	राआहिं, राएहिं
अपादान	रण्णो, राइणो; किन्तु राआदो, राआहिन्तो भी	रायाउ, रायाहितो
सम्बन्ध	रण्णो, राइणो; रायस्स भी, पालि राजिनो	राईणं, राआणं
अधिकरण	राइम्मि, राअम्मि, राए	राईसु इत्यादि

(अर्थात् व्यंजनांत प्रातिपदिक से कोई रूप नहीं)

आत्मा, ब्रह्मन् युवन् और अन्य व्यंजन प्रातिपदिकों के लिए, देखिए हेमचन्द्र ३.५६, पिशेल Grammatik पृ० २८१। विरल रूपों, जैसे मघोनो और इसके साथ-साथ मघवं, से प्रकट होता है, कि, सर्वथा लुप्त होने से पूर्व इस वर्ग ने कितना घोर संघर्ष किया होगा। संस्कृत ने ऐसे विरल रूपों को सदैव प्रोत्साहन दिया है।

स्त्रीलिंग[1] व्यंजनांत प्रातिपदिक आ वर्ग में समाहित हो गए : दिश् का दिसा। पडिवआ, वाचा, धुरा इसके अन्य उदाहरण हैं। विद्युत् को विज्जू हो जाता है, और ऊ संज्ञारूप का अनुसरण करता है जो पूर्णतया नियमबद्ध है।

(ख) कारकरूपों में, विशेषण संज्ञाओं का अनुसरण करते हैं। संस्कृत की भाँति उनमें तुलना की दो कोटियाँ हैं, जो यथोचित ध्वनि-परिवर्तनों के साथ तर, तम, ईयस्, इष्ठ प्रत्ययों द्वारा बनते हैं।

मागधी उज्जलअर	अर्धमागधी पियथम,
अर्धमागधी दढयर	शौ० पिअदम
शौर० भूओ-भूयस्	शौर० इट्ठ भूजेट्ठ
पेज्ज-प्रेयस्	

(ग) प्राकृतों में पालि के समान सर्वनाम हैं। उनके रूप भी पालि की तरह ही चलते हैं।

प्रथम पुरुष अहम्, माग० हगे; मं, ममं, मे; मए, मइ; ममाओ, ममाहिन्तो; मम, मह, मज्झ मज्झं, अर्धमा० महु; मइ, ममम्मि, एकवचन के कतिपय उदाहरण हैं। अम्हे, माग० हगे, अम्हे, अम्ह, णो, णे भी; अम्हेहिं; अम्मतो, अम्हेहिंतो; अम्हाणं, अम्हं, अम्ह अथवा म्ह; णो, णे भी; अम्हेसु, अम्हासु, बहुवचन के उदाहरण हैं।

---

१. वररुचि ४.७ स्त्रियामात्

यह ध्यान देने की बात है कि हेमचन्द्र (३.१०५—) ने इस सर्वनाम के प्रत्येक कारक के कई वैकल्पिक रूप दिए हैं। सम्भवतः वे बोलीय रूपान्तर हैं। इसका कोई अन्य समाधान संभव नहीं है। इससे यह भी संकेत मिलता है कि साहित्यिक माहाराष्ट्री और अन्य प्राकृतें वस्तुतः जनपदीय बोलियों पर आधारित थीं। वे कृत्रिम भाषाएँ नहीं थीं। अब तक के उपलब्ध प्राकृत साहित्य में इन रूपों का ठीक से पता नहीं चलता, किंतु केवल इसी कारण हेमचन्द्र की ईमानदारी अथवा योग्यता पर सन्देह नहीं किया जा सकता।[1]

मागधी के 'हगे' का संबंध अवश्य ही अहकम् से है, इसमें आद्यक्षर का लोप तथा अघोष 'क' का घोषीकरण हो गया है। यह आधुनिक बोलियों में हिन्दी 'हम्' अथवा कोंकणी मराठी हाँव जैसे रूपों में दिखाई पड़ता है। ममं, ममाओ, ममाहि, ममस्स में, संस्कृत संबंध कारक को गौण आधार (secondary base) के रूप में ग्रहण किया गया है।

मध्यम पुरुष :—तुमं तु अपभ्रंश तुहु; तुमं, ते; तए, तइ, तुए, तुमए; तत्तो, तुमाहि तुमाहिंतो; तव, तुज्झ, तुह, तुब्भ इत्यादि; तइ, तुमम्मि, तुमे। इसके अतिरिक्त वैकल्पिक रूपों को हेमचन्द्र (३.९०–१०४) में देखिए।

यह स्पष्ट है कि इन रूपों के मूल में दो मूल हैं, सं० त्वम् जो यथोचित ध्वनि-परिवर्तन के साथ तुं-तु और तुम हो जाता है। पहले से तु, तुए, तत्तो इत्यादि बनते हैं, दूसरे से तुमं, तुमए, तुमाहि इत्यादि। तुम, मराठी में सर्वनाम के बहुवचन रूपों का मूल है; तुम्हीं और तुमचा इत्यादि। प्रथम पुरुष के विषय में भी ऐसा ही है।

बहुवचन—तुम्हें, तुब्भे, अपभ्रंश तुम्हइ, जिससे मराठी में तुम्हीं बनता है। ये सब और वो; तुम्हेहिं, तुब्भेहिं, भें भी; तुम्हत्तो, तुज्झत्तो, तुय्हत्तो इत्यादि; तुम्हाणं, तुम्हं, तुम्ह इत्यादि; तुम्हेसु, तुज्झेसु इत्यादि।

अन्य पुरुष—इस पुरुष के लिए केवल 'सो' और 'से' ही मूल रूप हैं। अन्य कारकों के लिए और कर्ता रूपों के बहुवचन के लिए भी निश्चयवाचक मूल 'त' के रूपों का प्रयोग होता है।

ते; तेण, तेणं, स्त्रीलिंग ताए, तीए; ताओ, तत्तो, तदो; तम्हा, तस्स, तश्श, तह, स्त्री० तिस्स, तीए, ताए; तम्मि, तंसि, तश्शि। तत्थ और तहिं का प्रयोग स्थानवाचक क्रियाविशेषणों के रूप में होता है, किन्तु वे उसी मूल आधार के अधिकरण कारक हैं।

इसके अतिरिक्त इदम् एतत् मूल (base), सम्बन्धवाचक सर्वनाम यत्

---

१. इस विषय में देखिए Pischel (पृ० २९३)

और प्रश्नवाचक सर्वनाम किम् हैं, जिनसे इमो, इमे, इमं, इमें; इमेण, इमस्स, इमस्सि, एहि, एसु और स्त्रीलिंग आहि, आसु जैसे रूप मिलते हैं। किम् से को, के, कं, के; केण, कओ, कम्हा, कदो, कस्स इत्यादि हैं। (इनके लिए हेमचन्द्र ३.६३–८५ देखिए।

(घ) प्राकृत संख्यापद हैं, एक्क, तुलनीय मराठी एक्का; दो, दुबे, बे, दोणि; तओ, तिण्णि; चत्तारो, चदस्सो, चत्तारि; पञ्च, छ, सत्त, अट्ठ और अढ भी; नव, दस-दह-दश। इनके रूप नियमित रूप से चलते हैं।

ग्यारह से ऊपर के संख्यापद भी संस्कृत की भाँति बनते है :—एक्कारस, अथवा इक्कारस, अर्धमा०, एआरह महा० ; एकातस पैशाची; अर्धमा० बारस माहा० बारह (जिससे मरा० बारह निकला है); अर्धमा० तेरस, महा० तेरह; चोद्दह चउद्दस, चउद्दह, (तुलनीय मरा० चौदा); पण्णरस, पण्णरह अप० (तुलनीय मरा० पन्धरा, जिसमें 'ध' श्रुति मधुरता के लिए है); सोलस सोलह; सत्तरस, सत्तरह, अट्ठारस, अट्ठारह, (हि० अट्ठारह, मरा० अठरा)। उन्नीस, अर्धमा० एगूणवीसं, अप० एगूणविंसा है; (तुलनीय मरा० एकूणीस अथवा एकोणीस)। अर्धमा० में अउणवीसई अथवा वीसं भी है। आगे की नौवाली संख्याएँ इसीप्रकार बनती हैं। वीसई अथवा वीसं। तीसई अथवा तीसं (तुलनीय तेत्तीसमा) (मरा० तेत्तीस), चत्तालीसं अथवा सा, चायालीसं, जो जन माहाराष्ट्री (Jacobi, Erzahlungen पृ० १०) के संकुचित शब्द 'चालीस' का पूर्वरूप है। दो, तीन जैसे अंकों को उपसर्गत: जोड़ने पर यह संख्या सभी भाषाओं में और भी संक्षिप्त हो जाती है, जैसे अर्धमा० बायालीसं, तेयालीसं इत्यादि। चाली इसी शब्द का एक अन्य संक्षेपित रूप है। जब बच्चे पहाड़े याद करते हैं तो हमें यह रूप मिलता है जैसे एकेचाल, बेचाल। पण्णासं, पण्णासा अथवा पन्ना, आगे के अंकों में पण्णं अथवा वण्णं (तुलनीय मरा० बावन, त्रेपन इत्यादि)। सट्टिं, सट्ठी, समासों में संक्षिप्त। सत्तरिं अथवा सत्तरि; तुलनीय बहत्तर के लिए बावत्तरि; असीइं अथवा असीइ, तुलनीय चौरासी के लिए चोरासी; णउइं, णउई (तुलनीय मरा० पञ्चाणव)। सौ के लिए माहा० शब्द सअ है; तुलनीय मरा० श। अर्धमा० सय, शौर० माग० सद; हजार के लिए सहस्स है। आधुनिक भाषाओं में प्रयुक्त 'हजार' शब्द ईरानी शाखा से उधार लिया गया है।

(१) धातुरूप :—प्राकृतों में कारकरूपों की अपेक्षा धातुरूपों में अधिक विकार आया है। कारकरूपों में परिलक्षित होने वाली, 'अ' लगाकर व्यंजनांत शब्द को स्वरांत बना देने की प्रवृत्ति ने क्रियारूपों को भी अस्त-व्यस्त किया

है, जिससे यह अधिक सरल और एकरूप हो गया। आत्मनेपद का पूर्णतया लोप हो गया है। कुछ बोलियों में इस पद के विरल कृदन्त मिलते हैं। स्वभावतः द्विवचन नहीं है। जहाँ तक वृत्ति-भेदों (moods) का सम्बन्ध है, लेट् का पूर्णतया त्याग कर दिया गया। कालों में लृङ, लङ (आसि, अथवा आसी-आसीत् जैसे विरल अपवादों को छोड़कर) और लिट् छोड़ दिये गये। उनके स्थान पर, Verbum Substantivum के साथ कृदन्तों के प्रयोग (जिसे भंडारकर[1] ने Nominal construction कहा है) की प्रवृत्ति है।

तिङ प्रत्ययों के लिए देखिए हेमचन्द्र (३.१३९–१४७)। उन्होंने से, न्ते; इरे जैसे कुछ आत्मनेपद प्रत्यय दिए हैं, परन्तु जैसा कि ऊपर कहा गया है, उनका साहित्य में प्रयोग बहुत कम मिलता है।

हेमचन्द्र के अनुसार, उत्तमपुरुष के लिए मि, अथवा म्हि, मो अथवा म्ह, म्हो; मध्यमपुरुष के लिए सि, हि, से, त्था, थ, ध और ह; तथा अन्यपुरुष के लिए इ, ए, दि, न्ति, न्ते, इरे। अस्ति से निकले हुए 'अत्थि' का प्रयोग सभी पुरुषों और वचनों के लिए होता है।

१ वट्ट धातु (सं० वृत्) के लट् के धातुरूप

		अपभ्रंश में
वट्टामि	वट्टामो	वट्टउं वट्टहुं
वट्टसि	वट्टह, वट्टध शौर० मा०,	वट्टसि-हि,
	वट्टथ पैशा०	वट्टहु
वट्टइ, वट्टदि मा० शौर०	वट्टन्ति	वट्टइ
वट्टति पैशा०		वट्टहिं

आत्मनेपद रूप होंगे :—वट्टे, वट्टसे, वट्टए अथवा वट्टदे, और वट्टन्ते, शेष उपलब्ध नहीं हैं।

विरल आत्मनेपद रूप साहित्य में मिलते हैं जैसे, जाणे, मन्ने, लहे, सोहंसे मण्णदे, लपते, बिहन्ते। (अधिक उदाहरणों के लिए पिशेल[2] देखिए)

वैदिक और पालि की भाँति, इरे अन्तवाले रूप भी मिलते हैं, जैसे पुप्फिरे, हसिरे।

---

१. Phil. Lectures पृ० २१-२२

२. Grammatik पृ० ३२४-२५

२. विधिलिङ् में भी वही धातु (stem)। (तुलनीय हेमचन्द्र ३.१७७, १७८)।

वट्टेज्जा, वट्टेज्ज	वट्टेज्जाम
वट्टेज्जामि	
(वढेज्जा, हस्सेज्जा, हेमचन्द्र में)	
वट्टेज्जासि, वट्टेज्जाहि,	
—ज्जसि और ज्जहि भी	वट्टेज्जाह
	—ज्जह
वट्टेज्जा, वट्टेज्ज	वट्टेज्जा-वट्टेज्ज

यहाँ उत्तमपुरुष एकव० और अन्यपुरुष एकव० तथा बहुव० के रूप एक हैं। शौर० वट्टेअं, वट्टे उत्तमपु० एकव०; अर्धमा० वट्टे, अप० वट्टि, मध्यमपु० एकव० और अर्धमा०, शौर० मागधी वट्टे अन्यपुरुष एकव० तथा बहुव० जैसे रूप भी हैं। साहित्य (अधिकांशतः जैन साहित्य) में प्रयुक्त रूपों के लिए पिशेल (Grammatik पृ० ३२६-३३०) देखिए।

पिशेल के अनुसार यह वृत्ति (mood) अर्धमा० और जैन माहाराष्ट्री में बहुत प्रचलित है; किन्तु माहाराष्ट्री में इसका अधिक प्रचलन नहीं है, और अन्य बोलियों में तो यह बहुत कम प्रयुक्त हुआ है।

३. उसी धातु के लोट् के रूप (द्रष्टव्य हेमचन्द्र ३.१७३-१७६)

हेमचन्द्र में हसामु पेच्छामु	अर्धमा० के अतिरिक्त अन्य बोलियों में वट्टामो, वट्टम्ह भी हसामो, हसाम, हसेम (हेमचन्द्र में)
वट्ट, वट्टसु, वट्टेसु	वट्टह, वट्टध, शौर० माग० वट्टहु-ट्टेहु अप०, वट्टथ पैशा० हसह, हसत, (हेमचन्द्र में)
वट्टेहि; वट्टाहि भी अर्धमा०	वट्टन्तु, तुवरन्तु-सन्तु (हेमचन्द्र में)
अप० वट्ट; वट्टहि, हससु, पेच्छसु	
(हेमचन्द्र) वट्टउ, शौर०	
माग० वट्टदु, हसउ, पेच्छउ	
(हेमचन्द्र में)	

हसामु और पेच्छामु, 'वट्टसु' के सादृश्य पर चलते हैं। स्वयं वट्टसु का संबंध सं० मध्यमपु० आत्मनेपद 'स्व' से है। अन्यपुरुष के 'उ' तथा 'दु' के विषय में भी यही बात है। उत्तमपुरुष के बहुवचन ने अपना प्रत्यय, लट् से उधार लिया

है। यों, 'म्ह'—जिसका उल्लेख हेमचन्द्र ने नहीं किया है, किन्तु जो साहित्य में उपलब्ध होता है, लोट् का नियमित प्रत्यय प्रतीत होता है।

४. स—लुङ (जो प्राकृतों में उपलब्ध होने वाला एकमात्र लुङ है) का प्रथम और अन्यपुरुष में, एक ही रूप मिलता है। सबल लुङ (strong Aorist) लुप्त हो गया है, कुछ बहुत विरल रूप अपवाद-स्वरूप हैं। अडागम प्रायः लुप्त हो गया है।

अकासि—अकार्षम्	वुच्छामु-सं० अवात्स्म
कासि और वयासी—सं० अवादीः	
अकासि, काहेसी, पचारी, भुवि, अहोसि,	पुच्छिसु, करिसु
अन्नेसि,—सं० अज्ञासीत्	—सं०, अकार्षुः
अर्धमा० समुप्पजित्था	

परन्तु रूपों में पार्थक्य की स्पष्ट धारणा पहले ही मिट गई थी और एक ही रूप से उत्तम तथा अन्यपुरुषों अथवा एकव० और बहुव० तक का काम लिया जाता था। जैसे उत्तमपुरुष एकव० के लिए करिसु, वाहं। अन्यपु० एकवचन के लिए 'वयासी' का भी प्रयोग होता है[1]। अर्धमा० में अन्यपु० एकव० के लिए सदैव 'त्था' मिलता है।

५. प्रत्यय जोड़ने से पहले धातु में 'इस्स' अथवा 'इह' जोड़कर लृट् की रचना की जाती है

हसिस्सं, हसिस्सामि, हसीहिमि, होहिमि	करिस्मायो, होहिमो, होस्सामो
('भू' से)। 'इ' से एस्सामि	(भू से), लभिस्सामो
भविश्शशि	गच्छिहिह, होहित्था (भू से),
मलीहिश, मागधी	नइस्सध (कर्पूरमंजरी १-३३)
भविस्ससि	विसुमरिस्सध (शकुंतला)
भविस्सदि, गच्छिस्सदि	हसिस्सन्ति, हसिहिइरे
पराजिणिस्सइ, अर्धमा०	भविस्सन्ति, एस्सन्ति
होहिइ (भू से)	
(कर्पूरमंजरी २-३९)	

६. कर्मवाच्य की रचना धातु में इज्ज, शौर० माग० ईअ जोड़कर की जाती है। ह्नु ने णिण्हुविज्जन्ति, शौर० णिण्हुवीअदि; ज्ञा से णज्जइ; रु से रुव्वइ, रुव्वसु, रुविज्जइ, पू से पुणिज्जे, स्मृ से सुमरिज्जइ, रम् से रम्मइ, रमिज्जइ, रुद् से रोदिअदि, वच् से वुच्चइ।

---

१. Pischel, Grammatik पृ० ३६०

(विस्तार के लिए देखिए पिशेल Grammatik ३७०–३७६)

७. सं० और पालि की ही भाँति णिजन्त, सन्नन्त, यङन्त और नामधातु हैं।

(क) णिजन्त की रचना, धातु के सबल आधार (root) में ए—संस्कृत अय्, वे—सं० पय्, अप० अ, व जोड़कर होती है।

कारेइ-कारयति, पाढेइ-पाठयति, ठावेइ-स्थापयति, दावेइ—बोलचाल की मराठी दावतो-दर्शयति, हसावेइ-हासयति, जीवावेदु-जीवयतु, मोआवेमि-मोचयामि, अप० पाडइ-पातयति, उद्दालइ-उद्दालयति, घडावइ-घटयति।

(ख) सन्नन्त की रचना बिलकुल संस्कृत की भाँति की जाती है। जुगुच्छइ-जुगुप्सते, शौर० बुभुक्खिद-बुभुक्षित, अर्धमा० सुस्सूसइ-शुश्रूयते।

(ग) यङन्त की रचना संस्कृत की भाँति होती है।

चक्कम्मइ-चाक्रम्यते, लालप्पइ, ढण्ढोलइ, चंकम्मिअ।

(घ) सामान्य नामधातु की रचना संज्ञा में सीधे 'अ' लगाकर की जाती है, जैसे जम्मइ-जन्मति; दुःख और सुख से दुक्खामि, सुखामि अथवा मूल में 'आ' लगाकर, जैसे चिलाआदि-चिरायते, सुहाअदि-सुखायति। कुरकुराअसि, खलखलाअसि।

८. प्राकृतों में कृदन्त उतने ही प्रकार के हैं, जितने कि संस्कृत में, तथा तुमुन्नन्त और ल्यबंत भी हैं।

(क) वर्तमानकालिक कृदन्त के अन्त में 'अन्त' अथवा 'माण' आता है। जैन साहित्य में पहले की अपेक्षा बाद वाला अधिक प्रचलित है। वर्तमान के कर्मवाच्य कृदन्त में 'मीण' प्रत्यय मिलता है।

सन्त और असन्त; स्त्री० असन्ती, किन्तु असती भी; (अस् से) गच्छन्त, हुवन्त, सनाणी (प्रायः कप्पसूत्त में), ओहीरमाणी, एज्जमाण (इ से) आगममीण निक्काममीण—निष्क्रम्यमाण।

(ख) भूत-कृदन्त 'त' अथवा 'न' अन्तवाची हैं। यों शौर० और माग० में 'द' और 'न' अन्तवाची हैं। प्रत्यय या तो सीधे जोड़ा जाता है या 'इ' के बाद। वस् से वुत्थ, पवुत्थ, उसिअ भी, शौर० उववसिद, त्रुट् से, तुट्ट, गृह् से गहिअ और गहिय, शौर० गहिद, जणित-जात असहिअ-असोढ़, वीसरिअ, वीसरिद, विसुमरिद—विस्मृत।

'न' प्रत्यय सं० की अपेक्षा अधिक प्रचलित है: खन् के खण्ण, उक्खणिद, दा से दिण्ण, रुद से रुण्ण, ओरुण्ण। इस 'न' अथवा 'त' का अपने से पूर्ववर्ती व्यंजन

से समीकरण हो जाता है। मील् के उम्मिल्ल, मुच् से मुक्क, रञ्ज् से रग्ग, सिच् से सिक्क। खडिअ-क्षुण्ण, छइअ-छन्न में संस्कृत की भाँति 'न' नहीं मिलता। संस्कृत की भाँति कर्तृवाची भूत-कृदन्त दिखाई पड़ते हैं, परन्तु पिशेल ने उन्हें स्वीकार नहीं किया है। पिशेल के अनुसार (Grammatik पृ० ३८७) पुट्ठवं-स्पृष्टवान्, भणिदवन्तो, किदवन्तो आदि परवर्ती लेखकों और कुसंपादित संस्करणों में मिलते हैं।

(ग) विधि कृदन्त धातु में तव्व, अथवा अणिज्ज, अणीय जोड़कर बनाए जाते हैं।

हसिअव्व, होयव्व, शौर० माग० होदव्व; अणुचिट्ठिदव्व, पुच्छिदव्व, सअणिज्ज-शयनीय, दंसणिज्ज, शौर० रक्खणीअ, कज्ज तथा कय्य—कार्य।

(घ) प्राकृतों में केवल एक तुमुन्नन्त 'उम्'(यदि बोली म०, जैन माहाराष्ट्री अर्धमा० से सम्बद्ध हो) अथवा दुम् (यदि बोली मा० शौ० वर्ग की हो) अंतवाला है।

प्रच्छ से पुच्छिउम्; पुच्छिदुम्, 'धृ' से 'धारिउम्', 'धारिदुम्'; 'चिट्ठिदुम्', 'थादुम्', 'उट्ठिउम्', 'गच्छिदुम्' अथवा 'गमिदुम्' से पता चलता है कि प्रत्यय सीधे धातु के साथ जोड़ दिया गया है या फिर वर्तमानकालिक मूल के साथ। अर्द्धमा० में 'त्तए' अंत्य तुमुन्नन्त का एक विशिष्टरूप है, जो 'उम्' अंतवाले तुमुन्नन्त की अपेक्षा अधिक प्रयुक्त हुआ है। इस 'त्तए' का संबंध स्पष्टतया ही वैदिक 'तवे' अथवा 'तवै' से है, जिनमें दूसरे से अधिक संभावना है :—भोत्तए—भोक्तवे, वत्थए-वस्तवे। द्वित्व 'त्त' पिशेल[1] के अनुसार 'तवै' पर आने वाले बलाघात के कारण है। (पाणिनि : 'अन्तश्च तवै युगपत्' ६. १.२००)

इसप्रकार कप्पसुत्त[2] के 'इत्तए' का मूल 'एतवै' है। पायवे पातवे इत्यादि। पुच्छितए, सइत्तए, एसित्तए अन्य रूप हैं। वैयाकरणों के अनुसार अप० में 'अण', 'एव', 'एप्पि', 'एप्पिणु' आदि अंतवाले विशिष्ट तुमुन्नन्त हैं। एच्छण—एष्टुम्, करण—कर्तुम्। स्पष्ट ही यह तुमुन्नन्त के रूप में प्रयुक्त 'अन' अंत्य संज्ञा है। मरा० तुमुन्नन्त का संबंध इसी से होना चाहिए। 'एवम्' वाला एक रूप (जैसे देवम्—दातुम्) से संभवतः गुज० देवुं, करवुं का संबंध है। पिशेल के मतानुसार यह 'दावने' इत्यादि के 'वने' के कारण है।

(ङ) अर्द्धमा० में अनुनासिकों के पीछे आने वाला पूर्वकालिक प्रत्यय 'त्ता' 'ता' है, जो सीधा धातु से जोड़ दिया जाता है, अथवा वर्तमानकालिक मूल में :—

---

१ Grammatik पृ० ३९२ २ Ed. Jacobi, ८९

वन्दित्ता, वसित्ता, गन्ता । अन्य भी: अणुगच्छिता, भवित्ता, जिणित्ता, पासिता (पशु से), चत्ता---त्यक्त्वा ।

इसके अतिरिक्त अर्द्धमा० में एक पूर्वकालिक त्ताणम् (वैदिक त्वानम्) अंतवाला भी है : पासित्ताणम्, चिट्ठित्ताणम् । अर्द्धमा० काव्य में तूण, ऊण, दूण अंतवाले रूप दिखाई पड़ते हैं । यों ये रूप म०, जैन म० और पै० में अधिक मिलते हैं : 'जि' से जेऊण, जिणिऊण, 'पा' से पाऊण, 'लभ्' से लद्धूण, मुच् से मोत्तूण, भिद् से भेत्तूण, कृ से काऊण, गृह से गहिऊण, घेत्तूण ।

तूण, दूण, ऊण रूपों का संबंध पूर्व-पाणिनि[1], त्वानम् त्वीनम् से जोड़ा जा सकता है । लद्धूण लब्धवान् से तुलनीय है । अर्द्धमा० में च्चा च्चाणं भी मिलता है, जिसे हेमचन्द्र[2] ने 'त्वा' से जोड़ा है, जैसे भुक्त्वा से भोच्चा, ज्ञात्वा से णच्चा ।

'विद्वान्' से 'विज्जं,' उनकी व्युत्पत्ति की पुष्टि करता है । इसका संबंध 'त्या' से नहीं जोड़ा जा सकता जो वैकल्पिक प्रत्यय 'त्य' का केवल छंदपूर्ति के लिए किया गया दीर्घ रूप है ।

होच्चा–भूत्वा, अपिच्चा–अपीत्वा, किच्चा–कृत्वा, सोच्च–श्रुत्वा, दच्चा–दत्त्वा आदि ।

प्पि, प्पिणु अंतवाले अप० रूपों के मूल में वैदिक के त्वी, त्वीनम् वाले रूप हैं । 'जेप्पि' 'जि' से है, 'देप्पिणु' 'दय्' से और 'दिक्खिवि' 'दृश्' से । इनका तुमुन्नन्त के रूप में भी प्रयोग होता है । शौ० में 'गदुअ' म० में 'पडिअ' पेक्खिअ मिलते हैं। 'उअ' का संबंध 'त्वा' से तथा 'इअ' का 'य', 'त्य' से है : निक्खमिअ-निष्क्रम्य, ओदरिअ-अवतीर्य, आरुहिय-आरुह्य ।

४६. **देशी शब्द**:---प्राकृत भाषाओं के अधिकांश शब्द ऐसे हैं जो ध्वन्यात्मक दृष्टि से संस्कृत से विकसित हुए हैं । वैयाकरणों ने ऐसे शब्दों को 'तद्भव' कहा है । इनके अतिरिक्त बहुत से संस्कृत से गृहीत शब्द भी प्राकृतों में प्रयुक्त हुए हैं, 'जो 'तत्सम' कहे गए हैं । जिस भाषा पर संस्कृत का जितना ही प्रभाव पड़ा है, उसमें तत्सम शब्द उतने ही बढ़ते गए हैं । आधुनिक भारतीय आर्यभाषाओं--विशेषत: उनके साहित्यिक रूप पर संस्कृत का बहुत प्रभाव पड़ा है; जैसे बंगला भाषा में । संस्कृत के प्रभाव के कारण इसका स्वरूप इतना परिवर्तित हो गया है, कि यदि धातु और नामरूप भिन्न न होते तो इसे संस्कृत का विकृत रूप ही समझा जाता ।

---

१. Gune, Die Altindischen Absolutive पृ० १२

२. २.१५

किंतु प्राकृतों में तद्भव और तत्सम शब्दों के अतिरिक्त देश्य या देशी (या देहाती शब्द) भी बहुत मिलते हैं। हेमचन्द्र ने अपनी 'देशीनाममाला' में ऐसे शब्दों को संकलित किया है। इनमें से कुछ देशी शब्द धनपाल की 'पाइअलच्छीनाममाला' में पहले ही संगृहीत हो चुके थे। यद्यपि इनमें से कुछ शब्दों को तद्भव सिद्ध किया जा सकता है, परन्तु उनमें से बहुशः संस्कृतेतर स्रोतों से आए हैं।

जिन शब्दों को हेमचन्द्र ने भ्रांति से देशज शब्दों में रखा है उनमें से ये हैं :—

अक्कंद (१-१५)—आक्रन्द, अम्बिर (१-१५)—स्वरभक्ति द्वारा आम्र से, अग्गवेग (१-२९)—अग्रवेग, घरं (१-५३) गृह से विपर्यय द्वारा अवडो, (१-५३)—अवटः वैदिक अवतः, अइराणी (१-५८)—अधिराज्ञी, उल्लूढ (१-१००)—उद् और रूढ, ओज्जल्ल (१-१५४);—ओजस् और प्राकृत प्रत्यय अल्ल से, ओसित्तम्, (१-१५८)—अवसिक्तम्, कन्तू—(२-१)—कम् से, कट्टारी (२-४) कृत से, कद्दमिओ (२-१५)—कर्दम से, कणोवअं (२-१७)—कवोष्णं से सम्बन्ध जोड़ा जा सकता है, कडिखंबो (२-१७)—कटि एवं स्तम्भ से, कारिम (२-२६)—इम प्रत्यय सहित कृ से, कुडिआ, कुडीरं, (२-२४)—कुटी से संबद्ध, कुक्खी (२-३४)—कुक्षि, कोडिल्लो, (२-४३)—कुटिल से, खड्डा, (२-६६)—खन् से, खज्जोअ (२-६९)—खद्योत से, खंधयट्ट, (२-७१)—स्कन्धयष्टिः, खुंपा (मरा० खोपटी, २-६३)—क्षुम्प, गणेत्ती, (२-८१)—गण् से, गामेणी, (२-८४)—ग्राम और एणी से, गयणरई, (२-८८)—गगन और रतिः से, गोवी (२-९६)—गोपी से, इत्यादि।

धनपाल एवं हेमचन्द्र द्वारा संगृहीत देशी शब्दों के ध्यानपूर्वक परीक्षण एवं अध्ययन की आवश्यकता है, क्योंकि उनसे केवल प्राकृतों के ही नहीं वरन् आधुनिक भाषाओं के भी शब्द-भंडार एवं उनके अनार्य तत्त्व पर बहुत प्रकाश पड़ेगा। कुछ शब्द स्पष्टतया ही द्रविड़ हैं।

४७. **प्राकृतों का काल :**—इन साहित्यिक प्राकृतों और उनकी बोलियों के काल की दो सीमाएँ हैं, ऊपरी सीमा पालि और शिलालेखी प्राकृतों की तथा निचली आधुनिक भाषाओं की। हम देख चुके हैं कि शिलालेखी बोलियों का काल ईसवी सन् की प्रथम शताब्दी के काफी निकट पहुँच जाता है। इसप्रकार इनका विस्तार बुद्ध के पूर्व काल से लेकर आठ शताब्दियों तक पहुँच जाता है। साहित्यिक प्राकृतों का आविर्भाव बृहत्कथा से होता है, जिसका काल यदि और पहले नहीं तो प्रथम शताब्दी ई० के लगभग है। वररुचि के व्याकरण

'प्राकृत प्रकाश' से यह अनुमान लगता है कि कम से कम बोलचाल की भाषा के रूप में प्राकृतें पहले से ही प्रचलित थीं। उस समय प्राकृत साहित्य था या नहीं और यदि था तो किस परिमाण में, इस सम्बन्ध में कुछ कह सकना संभव नहीं है। परम्परा के विरुद्ध कॉवेल, मैक्समूलर, पिशेल[1] और कोनोव से सहमत होकर हम वार्त्तिककार कात्यायन से वररुचि को अभिन्न न मानें, फिर भी उनका समय कम से कम प्रथम शताब्दी[2] ईसा पूर्व था। इसप्रकार हमें प्राकृतों का आरम्भ उसी काल से मानना होगा। निचली सीमा ११वीं शती ई० के लगभग होगी जिसके बाद आधुनिक भाषाओं का शिलालेखों और साहित्य में प्रयोग आरम्भ हो जाता है। अतः प्राकृतों का समय, मोटेरूप से ईस्वी सन् की प्रथम तथा दसवीं के बीच पड़ेगा। चालुक्य सम्राट् विजयादित्य सत्याश्रय के बादामी में प्राप्त शक ६२१ अर्थात् ६९९ ईसवी अथवा लगभग आठवीं शती के आरम्भ में शिलालेख[3] पर की अंतिम संस्कृत पंक्ति स्पष्टतया ही उस समय किसी रूप में प्राकृत के अस्तित्व की ओर संकेत करती है। पंक्ति इस प्रकार है: अतः परं प्राकृतभाषया पद्यान्येतानि दत्तानि। दुर्भाग्यवश आगे की पंक्तियाँ जिनमें हमें प्राकृत के वास्तविक रूप का पता चलता, मिट गईं हैं। फिर भी इतना निश्चित है कि सातवीं शताब्दी के अन्त और आठवीं के बीच एक प्राकृत का किसी रूप में शिलालेखों में प्रयोग हुआ था।

---

१. Grammatik, ३४

२. Hoernle, Gaudian Languages, पृ० XVIII

३. Indian Antiquary X. 10, 60

आधुनिक भारतीय भाषाएँ

४८. आज की प्रमुख आर्यभाषाएँ उन प्राकृतों (अर्थात् म०, शौ०, अर्द्धमा, मा० और पै०, जिनका कि हमने ऊपर विवेचन किया है) से संबद्ध आधुनिक भाषाएँ हैं, जो भारत के विभिन्न भागों में बोली जाती हैं। इस-प्रकार मराठी, माहाराष्ट्र अपभ्रंश से निकली है। गुज० राज० (अनेक बोलियों का समूह) पंजा० और पश्चिमी हिं० (कई अत्यन्त संबद्ध बोलियों का वर्ग) का संबंध शौरसेन अप० से और पूर्वी हिं० (कई बोलियों का समूह) का अर्द्धमागध अप० से है। उड़िया, बंगला, बिहारी (कई बोलियों का एक समूह) तथा असमी, मा०, अप० से सम्बद्ध हैं। सिंधी ब्राचड़ से तथा लहंदा-काश्मीरी संभवतः पैशाच अप० से निकली हैं। इनके अतिरिक्त गढ़वाली, कुमाऊनी, और नेपाली हिमालय की बोलियाँ हैं, जिन्हें ग्रियर्सन ने पहाड़ी भाषाएँ और हार्नले ने उत्तरी गॉडियन कहा है। डा० भंडारकर उनकी गणना हिं० की बोलियों के अन्तर्गत करते प्रतीत होते हैं।

मरा० की उत्पत्ति पा० से हुई है[1] अथवा नहीं इस प्रश्न पर यहाँ विचार करने की आवश्यकता नहीं। मरा० की ध्वनि-प्रक्रिया का म० अप० अथवा दाक्षिणात्य, जैसा कि बाद के वैयाकरणों ने इसे नाम दिया है, से बड़ी गहरी समानता है, जैसे अप० कुम्भआरो, मरा० कुम्भार, अप० कअलअं, मरा० केलें, अप० कअ, गअ, मरा० के (लें), गे (लें) आदि।

किसी भी आधुनिक देशभाषा का सीधा सम्बन्ध पा० से नहीं जोड़ा जा सकता। संस्कृत से तो और भी नहीं जोड़ा जा सकता।

४९. **आ० भा० आ० का क्षेत्र और उनकी उपबोलियां** : आधुनिक देश-भाषाओं का क्षेत्र-निर्धारण कठिन नहीं है।

(क) मरा० दक्षिण में कन्नड़ प्रदेश से दक्षिण-पूर्व और पूर्व में तिलंगाना (हैदराबाद दक्खिन) और छोटा नागपुर से और उत्तर में विंध्य एवं सतपुड़ा शृंखलाओं से घिरी हुई हैं। विद्वानों ने इसकी कई उपबोलियाँ मानी हैं। विशेषतः हार्नले[2] ने कोंकणी और दक्खनी का उल्लेख किया है

१. Frankfurter, Handbuch des pāli, Introduction, अन्य विद्वानों का भी यही मत है।

२. Gaudian Language पृ० ३।

और बीम्स का अनुकरण करते हुए उसने एक और बोली भी मानी है, जो कोल्हापुर और रत्नागिरि में तथा उनके आसपास बोली जाती है। किन्तु इनमें ध्वनि-प्रक्रिया एवं व्याकरण रूपों में अभी इतनी उल्लेखनीय विभिन्नताएँ विकसित नहीं हो पाई हैं, कि इन्हें पृथक् बोलियों के रूप में वर्गीकृत कर दिया जाए। यदि कोई भेद है तो वह केवल उच्चारण का ही है। कोंकणी में पूर्ण अनुनासिकता की प्रवृत्ति दृष्टिगत होती है। यदि इन्हें बोलियाँ माना जाए तो हमें कारवारी, गोआनी, मालवणी, सावंतवाड़ी, चितपावनी, सालसेत्ती जैसी अन्य अनेक को भी मानना पड़ेगा। डा० भंडारकर[1] ने इसका उल्लेख किया है और सूची में खानदेशी को भी सम्मिलित किया है, किन्तु उन्होंने भी यह स्वीकार किया है कि ये मरा० के मूलरूप से केवल गौण बातों में ही भिन्न हैं। इन्हीं में पूना की बोली (अथवा केन्द्रीय बोली जो महाराष्ट्र की टकसाली भाषा (Koine) बनती जा रही है, तथा बरारी को जोड़ा जा सकता है। इनमें से कुछ में भेद अधिकांशत: शब्द-भंडार में है, क्योंकि कोंकणी में कन्नड़ शब्दों का बहुत अधिक मिश्रण है, बरारी में भीली, तथा कुछ तेलगू शब्दों का तथा पूना मरा० में फ़ारसी शब्दों का। जैसा कि पहले ही उल्लेख किया जा चुका है, ध्वनियों में भी थोड़ा भेद है; उदाहरणतया बरारी का उच्चारण बड़ा अपरिष्कृत और खुला हुआ है। भंडारकर ने खानदेशी का भी उल्लेख किया है। उसे ग्रियर्सन[2] ने एक मिश्र गुज० माना है, जिसमें उनके अनुसार मरा० एवं भीली शब्दों का अत्यधिक सम्मिश्रण है। कुछ भी हो, इसे एक ऐसी मिश्रित बोली मानना चाहिए जो किसी एक बड़े वर्ग की दो स्पष्टतया भिन्न भाषाओं के सीमा प्रदेश पर विकसित हो जाती है। यह बात माणुस-ले, दोन, बापले, धाकला, दिदी, पडनी, त्याले, राजीखुषीथी, मिलस, मरस, देखा, अंगमा, मोठा भाऊ, आर्जव करी लागस, मना पासशे, मेजवानी करस जैसे रूपों और शब्दों से स्पष्टत: प्रकट हो जाती है। गुजराती प्रभाव खानदेशी के पश्चिमी भागों में और बरारी प्रभाव सुदूर-पूर्वी भाग में प्रबलतर होता गया है।

(ख) गुजराती दक्षिण और पश्चिम में मरा० और खानदेशी बोलनेवाले जिलों से उत्तर में राजस्थानी और पश्चिमी हिं० बोलने वाले मारवाड़ और मध्यभारतीय राज्यों और पश्चिम में कच्छी और समुद्र से घिरी है। गुजरात में कोई भी महत्त्वपूर्ण बोलीय रूपान्तर नहीं है। गुजरात उपजाऊ प्रदेश है,

---

१. Philological Lectures पृ० १२०

२. The Languages of India पृ० ९०, Linguistic Survey खंड ९, भाग ३, पृ० १, २

इसी कारण उसने अत्यन्त प्राचीनकाल से ही बाहर से आकर बसने वालों को आकर्षित किया है। महाभारत में, हमें द्वारिका में यादवों के आकर बसने का पता चलता है। यह लगभग १४०० ई० पू० में हुआ होगा। ईसवी सन् के आरम्भ की कुछ शताब्दियों पहले और बाद में, यूनानियों, मौर्य एवं शकों के आक्रमण हुए थे। इनमें कुछ वहाँ बस भी गए थे। ऐतिहासिक काल में, हमें गुर्जरों[1] के पंजाब, राजस्थान, और मालवा से होकर गुजरात (जिसे कि उन्होंने अपना नाम दिया) में आने का पता चलता है। यहाँ का पुराना नाम 'लाट' था और यहाँ की भाषा थी 'लाटी'[2]। इनके अतिरिक्त बहुत से अरब, पारसी और तुर्क भी गुजरात में आकर बस गए। इसप्रकार गुज० एक मिश्र भाषा है, जिसमें 'लाटी' (जिसे दण्डी ने प्राकृत कहा है) शौ० अप० और यहाँ तक कि विदेशी तत्त्व भी हैं, जिन्हें कि इसने भिन्नजातीय प्रवासियों की भाषा से ग्रहण किया।

(ग) गुज० और मारवाड़ी एक ही बोली से निकली हैं, जिसे तेसितोरी[3] ने प्राचीन पश्चिमी राज० कहा है। ग्रियर्सन ने अपने भाषा-सर्वेक्षण में राजपूताने की सभी बोलियों को सम्मिलित रूप में राज० नाम[4] से अभिहित किया है।

यह नाम उन्हीं का दिया हुआ है जैसा कि उन्होंने स्वयं स्वीकार किया है। राज० की बोलियाँ हैं—मारवाड़ी, जयपुरी, मेवाती, मालवी और दो-एक गौण बोलियाँ। तेसितोरी का मत है कि 'मारवाड़ी' अन्य किसी की अपेक्षा गुज० से अधिक निकट का संबंध रखती है। अतः उन्होंने इसे (मारवाड़ी को) गुज० के साथ रखा है और इन दोनों को प्राचीन पश्चिमी राज० से विकसित दो रूप कहा है। अन्य राज० बोलियों को उन्होंने किसी अप्रमाणित प्राचीन पूर्वी राज० अथवा प्राचीन पश्चिमी हिं० के अन्तर्गत वर्गीकृत किए जाने के लिए छोड़ दिया है।

राजपूताने की बोलियाँ, पश्चिम में सिंधी और लहंदा से, उत्तर में लहंदा और पंजाबी से, पूर्व में ब्रज, बुन्देली (पश्चिमी हिं० की बोलियाँ) और दक्षिण में मरा०, खानदेशी और गुज० से घिरी हुई हैं।

(घ) सिंध नदी के सुदूर पश्चिमी तटवर्ती क्षेत्र को छोड़कर, जो

---

१. Linguistic Survey खंड ९, भाग २, पृ० ३२४

२. काव्यादर्श १–३५

३. Ind. Ant. ४३, पृ० २१

४. Ling. Survey IX, II, पृ० १

लहंदा का क्षेत्र है, पंजाबी भाषा पंजाब में बोली जाती है। हॉर्नले तथा अन्य विद्वानों ने लहंदा को 'मुल्तानी' नाम से पंजाब की बोलियों के अन्तर्गत स्थान दिया था, किंतु अब यह एक स्वतन्त्र बोली के रूप में प्रमाणित हो चुकी है, जिसका सम्बन्ध पंजा० की अपेक्षा सिंधी से अधिक है। पंजा० की दो सुस्पष्ट बोलियाँ हैं : अमृतसर की परिनिष्ठित बोली, और दक्षिण पूर्वी पंजाब की मालवी।

(ङ) पश्चिमी हिं० अनेक भाषाओं जैसे हिन्दुस्तानी, बाँगरू, ब्रजभाषा, कनौजी, और बुन्देली के एक समूह का नाम है। मोटेरूप से, पूर्वी पंजाब का कुछ भाग, उत्तर प्रदेश का पश्चिमार्ध, बुन्देलखण्ड एवं उत्तर प्रदेश और बुन्देलखंड सें लगे हुए सिंधिया राज्य का कुछ भाग, इन बोलियों का क्षेत्र है। बुन्देली का क्षेत्र मध्यप्रदेश में भी, छिन्दवाड़ा तक (जबलपुर को छोड़कर) जाता है। सुप्रसिद्ध कवि सूरदास की रचनायें और बिहारीलाल की सतसई ब्रजभाषा में लिखी गई हैं। ब्रज और कन्नौजी वस्तुतः बहुत अधिक भिन्न नहीं हैं। ब्रजभाषा का प्रदेश मथुरा और उसके आसपास का क्षेत्र है, जो पश्चिम में बुलन्दशहर के उत्तर तक, पूर्व में बरेली तक, तथा दक्षिण में ग्वालियर राज्य में ऊपरी भाग तक फैला हुआ है। पश्चिमी हि० वर्ग का विकास शौरसेन अप० से हुआ है, जिसपर अन्य सभी प्राकृतों की अपेक्षा संस्कृत का प्रभाव अधिक है। यह भी महत्त्वपूर्ण है कि यह वर्ग प्राचीन मध्यदेश में स्थित है, जो कि हिंदू संस्कृति का केन्द्र था।

(च) पूर्वी हिं० ऐसी बोलियों का समूह है, जो उत्तरप्रदेश के पूर्वी भाग तथा नागपुर और उसके पूर्व, तथा पश्चिमी छोटानागपुर को छोड़कर मध्य, प्रदेश में बोली जाती हैं। ये बोलियाँ हैं :—(१) अवधी अथवा पूर्वी; जैसा कि इसे प्रायः कहा जाता है। यह अवध प्रान्त में दक्षिण में बनारस तथा इलाहाबाद तक बोली जाती है, (२) बघेली जो रीवाँ और गोंडवाना में बोली जाती है, (३) छत्तीसगढ़ी जो छोटा नागपुर के कुछ भाग और मध्य प्रदेश के बिलासपुर एवं रायपुर जिलों में बोली जाती है।

भंडारकर आदि प्राचीन विद्वानों ने इन दोनों बड़े वर्गों में भेद नहीं किया था, वरन् वे इन्हें केवल 'हिंदी' कहते थे, तथा ब्रज, अवधी इत्यादि का उसकी बोलियों के रूप में उल्लेख करते थे। किंतु परवर्ती अनुसंधान से यह प्रमाणित हो गया है कि, जिसे प्रायः हिं० कहा जाता है, वह वस्तुतः दो ऐसे वर्गों (पश्चिमी और पूर्वी) में विभाज्य है, जिनकी आपसी समानताएँ, कभी-कभी पश्चिमी वर्ग से पंजा० की, और पूर्वी वर्ग से बिहारी की समानताओं से कम होती हैं। यह प्राकृत भाषाओं के विभाजन के भी अनुरूप है, जो हमारी आधुनिक देश-

भाषाओं की जननी हैं। ऊपर जो कुछ कहा गया है, उसको प्रमाणित करने के लिए कुछ उदाहरण पर्याप्त होंगे।

निम्नलिखित तुलना में हम ब्रजभाषा को पश्चिमी हिं० के प्रतिनिधि के रूप में, और अवधी को पूर्वी हिं० के प्रतिनिधि के रूप में लेंगे। इस संदर्भ में उच्चारण और शब्द-भंडार व्याकरण की अपेक्षा कम महत्त्वपूर्ण हैं।

(१) परसर्ग या कारक विभक्तियों में बहुत स्पष्ट विरोध है। ब्रज में द्वितीया और चतुर्थी के लिए 'कू', 'कौं', 'कैं', 'कें', है, जबकि अवधी में 'का' अथवा 'कां' है। ब्रज छोरे कूं (पुत्र को) अवधी 'छोरा का'। ब्रज कर्तृवाचक के लिए 'नें' अथवा 'नैं' है, किन्तु अवधी में 'से' है। षष्ठी के लिए ब्रज में 'के', 'की', हैं किंतु अवधी में बिहारी और बंगाली की भाँति 'केर्', 'कर्' भी है। 'नैं' के कर्ता रूप में होने से पंजाबी में ब्रज से समानता है। हाँ षष्ठी के लिए पंजा० में एक भिन्न विभक्ति 'दा' है।

उत्तम एवं मध्यमपुरुष सर्वनामों के षष्ठी रूपों में ब्रज में 'ए' मिलता है, जबकि अवधी में 'ओ' है, जैसे :—ब्रज मेरो तेरो, अवधी मोर। यहाँ भी एक ओर ब्रज और पंजा० में तथा दूसरी ओर अवधी और बंग० में समानता है, जैसे पंजा० मेरा, तेरा, बंग० मोर, तोर। संबंधवाचक एवं निश्चयवाचक सर्वनामों के विषय में भी यही भेद दिखाई पड़ता है, हाँ केवल क्रम उलट गया है, अर्थात् यहाँ ब्रज और पंजा० में 'ओ' है और अवधी और बंग० में 'ए' जैसे ब्रज, पंजा० जो अथवा जौ, सो; अवधी और बंग० जे, से।

(२) पश्चिमी हिं० की पंजा० आदि से यह समानता क्रियारूपों में और भी अधिक स्पष्ट है।

ब्रज में क्रियार्थक संज्ञा अन्, नौ अंतवाली हैं, अवधी में 'ब्' अंतवाली। पंजा० में क्रियार्थक संज्ञा ण्, णा अंतवाली होती है। इस विषय में बंग० की अवधी से समानता नहीं है, किन्तु मैथिली की, जो पूर्वीवर्ग की बिहारी की एक बोली है, समानता है, जैसे देखब (देखना)।

जहाँ तक भूतकाल का सम्बन्ध है, पूर्वी हिं० की पश्चिमी हिं० से केवल मूल के रूप अर्थात् भूत कृदन्त में ही समानता है; लेकिन पुरुषदर्शी प्रत्यय यह पूर्व की भाषाओं की भाँति ही ग्रहण करती है। भूतकालिक रूप में पूर्वी भाषाओं की भाँति अवधी में 'ल्' नहीं आता, जैसे अवधी मार्यौं, बिहारी मारलों, ब्रज मारा। भविष्यत् में अवधी की पूर्वी भाषाओं से स्पष्ट समानता है, जैसे अवधी देखब, करब, बंग० देखब, करिब; परन्तु ब्रज 'करिहौं', (इसमें इह संस्कृत इष्य् का प्रतिनिधित्व करता है), 'मारिहौं'। पंजा० में हिन्दुस्तानी की भाँति भविष्यत् रूप की रचना 'गा' प्रत्यय की सहायता से होती है : देखूँगा, करूँगा।

यों ब्रज में एक रूप 'देखिहैं' भी मिलता है, जिसमें पुरानी भविष्य काल की विभक्ति अब भी सुरक्षित है।

ये कुछ मोटी बातें, यह दिखाने के लिए पर्याप्त हैं, कि पश्चिमी और पूर्वी हिं० को दो पृथक् वर्ग मानना आवश्यक है। इन दोनों वर्गों की परस्पर वैसी ही समानताएँ और विभिन्नताएँ हैं, जैसी कि उनकी अन्य वर्गों से हैं।

(छ) उड़िया आधुनिक उड़ीसा में बोली जाती है। इसे उस प्रदेश के प्राचीन नाम के आधार पर उत्कली या ओड्री भी कहते हैं। यह दक्षिणी मिदनापुर, बिहार के सुदूर दक्षिणी कोने, छोटानागपुर के एक छोटे से भाग, सम्बलपुर और गंजाम जिले के ऊपरी भाग की भी भाषा है। इसके उत्तर में बिहारी और बंग०, पश्चिम में पूर्वी हिं०, दक्षिण में तेलुगु और पूर्व में समुद्र है। उड़िया में उल्लेख्य बोली—रूपांतर नहीं मिलते।

(ज) बंग० अथवा बंग भाषा निचले बंगाल प्रदेश की भाषा है। किंतु यह छोटानागपुर के एक भाग और आसाम की घाटी में भी बोली जाती है। बंग० भाषा में दो बोलियाँ सर्वथा स्पष्टरूप में मिलती हैं : शिक्षित वर्ग की संस्कृतनिष्ठ बंग०, और साधारण जनसमुदाय की बोली। पहले वाली के विषय में लिंग्विस्टिक सर्वे[1] में लिखा है "प्रत्येक दशक में यह पहले की अपेक्षा संस्कृत की अधिक गुलाम होती जा रही है।" इसकी प्रवृत्ति अत्यन्त संस्कृत-निष्ठ अभिव्यंजनाओं या शब्दों को अपनाने तथा उनकी तुलना में शुद्ध बंगला शब्दों की उपेक्षा करने की है। यों बंग० की बोली के रूप में एक अन्य और संभवतः अधिक अच्छा वर्गीकरण इसप्रकार है, (१) कलकत्ता और उसके आसपास के क्षेत्र की केन्द्रीय बोली, (२) रंगपुर, मेमनसिंह, ढाका, बरीसल की, पूर्वी बोलियाँ, (३) नदिया और चौबीस परगना की पश्चिमी बोली। इनकी उपबोलियाँ भी हैं, जिनके प्रचलित नाम खड़ियाठार, कोच, चाकमा इत्यादि हैं।

(झ) 'बिहारी' बिहार में बोली जाने वाली बोलियों के वर्ग का नाम है। इसके पश्चिम में पूर्वी हिं०, दक्षिण में उड़िया और बंग० और पूर्व में बंग० हैं। पूर्व में यह हिमालय की बोलियों से घिरी है। पश्चिम में अवध और फैजाबाद इसकी सीमा से बाहर हैं, किन्तु बनारस और मिर्जापुर इसकी सीमाओं में हैं। यह छोटानागपुर के कुछ भागों में भी बोली जाती है। इसकी मुख्य बोलियाँ तीन हैं, मैथिली, मगही (अथवा मागधी) और भोजपुरी। इनमें से मैथिली सर्वाधिक महत्त्वपूर्ण है। यह मुजफ़्फ़रपुर, दरभंगा, चम्पारन, पूर्णिया और भागलपुर जिले के ऊपरी भाग में बोली जाती है। इसकी उत्तरी

१. खड V, पृ० १६

सीमा हिमालय का दक्षिणी निचला भाग है, और दक्षिणी सीमा मोटेरूप से, गंगा नदी। माग० पटना, गया और हजारीबाग जिलों में बोली जाने के कारण प्राचीन बिहार के केन्द्र की बोली है। भोजपुरी बिहारी बोलियों में सर्वाधिक पश्चिमी है। छोटानागपुर के कुछ भागों के अतिरिक्त, गोरखपुर, गाजीपुर, बनारस, मिर्जापुर, छपरा वे बड़े नगर हैं, जिनमें और जिनके आसपास यह बोली जाती है। इन प्रधान बोलियों की उपबोलियाँ भी हैं,[१] जिनसे हमारा यहाँ अधिक संबंध नहीं है।

(ञ) असमी भाषा भारत-जर्मनिक भाषाओं में है और यह आसाम के बिलकुल उत्तरी भाग तथा ब्रह्मपुत्र नदी की घाटी (उसके बंगाल में प्रविष्ट होने से पूर्व) में बोली जाती है। इसकी मुख्य बोलियाँ दो हैं, एक पूर्व में शिवसागर के आसपास और दूसरी पश्चिम में।

(ट) सिंधी, सिंध प्रदेश में सिंध नदी के दोनों ओर बोली जाती है। इसके पश्चिम में बिलोचिस्तान, उत्तर में मुल्तान का जिला, पूर्व में राजपूताने का मारवाड़ी बोलने वाला क्षेत्र, और दक्षिण में समुद्र है। इसके तथा गुज० के बीच में कच्छी है जिसे एक मिश्रित सीमा प्रान्तीय बोली मानना चाहिए। कच्छी ने अंशतः दोनों की विशेषताओं को अपनाया है। सिंधी[२] ने फारसी से बहुत कुछ ग्रहण किया है, क्योंकि इसको बोलने वाले अधिकांशतः मुसलमान हैं। इसकी तीन मुख्य बोलियाँ हैं—सिरैकी, लारी और थरेली। पहली ऊपरी सिंध में बोली जाती है, दूसरी निम्न सिन्ध में और अन्तिम थार के मरुस्थल में। सिंधी व्राचड़ अपभ्रंश से निकली है, जैसे लहँदा, (जो इससे बहुत संबद्ध है) पैशाची से।

(ठ) लहँदा पंजाब में सिंध नदी के दोनों ओर बोली जाती है। पहले विद्वान् इसे 'मुल्तानी' कहते थे, और पंजा० बोलियों में इसे सम्मिलित किया जाता था। किन्तु अब इस धारणा का त्याग कर दिया गया है। इस भाषा की भूमि वही है, जहाँ प्राचीन कैकेय लोग बसे थे। स्वर मध्यग त् जहाँ अन्य प्राकृतों में 'द्' हो गया और बाद में लुप्त हो गया, पँ० में सुरक्षित है। यह

---

१. तुलनीय, Grierson, Seven Grammars of the Bihārī Languages १८८३

२. यह जिस लिपि में लिखी जाती है उसे अरबी-सिंधी कहते हैं। यह नागरी और उर्दू लिपियों का एक मिश्रित रूप है। इसमें फारसी शब्दों का एक विशाल भंडार है, यद्यपि आर्य शब्द भी पर्याप्त मात्रा में मिलते हैं।

—सम्पादक

उसकी एक विशिष्ट विशेषता है। यह प्रवृत्ति लहँदा[1] में भी है, और अंशतः पंजा० में भी पाई जाती है।

लहँदा की कई बोलियाँ हैं, जिनमें कुछ के नाम पोठवारी, छिमाली, तिनावली, उभेची, थल्ली, तथा खेतरानी आदि हैं। इन बोलियों का अभी विधिवत् अध्ययन नहीं हुआ है। ग्रियर्सन के अनुसार लहँदा सिंधी[2] के साथ बाहरी चक्र[3] के अन्तर्गत है।

(ड) इनके पश्चात् कश्मीरी है, जो काश्मीर में बोली जाती है। यह एक पैशाची बोली है[4]। इसमें यथेष्ट साहित्य है। हिं० ही की तरह इसकी दो बोलियाँ हैं, एक हिंदू बोली जिसमें संस्कृत के शब्द भरे पड़े हैं, और दूसरी मुसलमानी बोली, जिसमें फारसी और अरबी शब्दों की प्रचुरता है।

(ढ) अंत में गढ़वाली, कुमायूनी और नेपाली तथा हिमालय की अन्य भाषाएँ आती हैं, जिन्हें ग्रियर्सन ने पहाड़ी भाषाएँ और हॉर्नले[5] ने उत्तरी गौडियन कहा है। ये पश्चिम में सतलुज से लेकर पूर्व में गोगरी तक हिमालय की निचली पहाड़ियों पर बोली जाती हैं। इस समूह के पश्चिमी रूप को बोलने वाले लोग खश कहलाते हैं। ये लोग उन खशों के वंशज हैं जिनका महाभारत में विदेशियों के रूप में शबरों, शकों और यवनों के साथ उल्लेख हुआ है। इन भाषाओं का अनुसंधान अभी नहीं हुआ है।

५०. **आ भा आ की समानताएँ तथा उनके प्रस्तावित वर्ग**—इसप्रकार हमने प्रधान प्राकृतों या अपभ्रंशों के विकास का निरीक्षण एवं उनसे निकली हुई भाषाओं का सामान्य सर्वेक्षण किया। इनमें से कुछ में अन्य भाषाओं की अपेक्षा परस्पर घनिष्ठ समानताएँ मिलती हैं। ऐसी समानताओं के आधार पर ही यूरोपियन विद्वानों ने उन्हें वर्गों में विभाजित किया है। हॉर्नले[6] ने पूर्वी गौडियन (जिसके अन्तर्गत पूर्वी हिं०, बंग० और उड़िया आती हैं) और पश्चिमी गौडियन (जिसके अन्तर्गत पश्चिमी हिं०, पंजा०, गुज० और सिंधी आती हैं) का उल्लेख किया है। इनके साथ ही उन्होंने एक उत्तरी गौडियन, (जिसमें गढ़वाली, कुमायूनी और नेपाली आती हैं) और एक दक्षिणी गौडियन

१. Grierson, Languages of India पृ० ६६

२. अनेक मान्य विद्वानों के मतानुसार, आधुनिक भारतीय भाषाओं में, सिंधी, बोली के रूप में, संस्कृत के सर्वाधिक निकट है। —सम्पादक

३. Languages of India पृ० ६५

४. Grierson, Manual of the Kāśmīri Language १, ७

५. Gaudian Language पृ० ३

६. वही, पृ० १४–१७ विशेषतः अन्तिम।

(जिसमें केवल मरा० आती है) को भी माना है। यह द्रष्टव्य है कि हॉर्नले ने बिहारी को एक भिन्न वर्ग के रूप में बिलकुल ही स्वीकार नहीं किया है। उन्होंने इसकी बोलियों, जैसे भोजपुरी[1] को पूर्वी हिं० की बोलियों के अन्तर्गत रखा है।

ग्रियर्सन ने, जो लिंग्विस्टिक सर्वे के कारण विख्यात हैं, अपने सारे कार्य को एक भिन्न वर्गीकरण पर आधारित किया है। उन्होंने केन्द्रीय (जिसमें पश्चिमी हिं०, पंजा०, राज० और गुज० तथा हिमालय की भाषाएँ हैं), मध्यवर्ती (जिसमें केवल पूर्वी हिं० है), पूर्वी (जिसमें बिहारी, उड़िया, बंग० और आसामी हैं), दक्षिणी (जिसमें केवल मरा० है) और उत्तरी-पश्चिमी (जिसमें लहँदा, सिंधी और कश० हैं), इन पाँच वर्गों का उल्लेख किया है।

ग्रियर्सन ने बाहरी चक्र की भाषाओं का भी उल्लेख किया है। इनसे उनका अभिप्राय लहँदा, सिंधी, मरा०, उड़िया, बंग०, बिहारी और आसामी से है। इन सभी में कुछ विशेषताएँ समान रूप से मिलती हैं, जैसे भूत कृदन्त और भूतकाल का 'ल्'। उदाहरणार्थ मरा० उठिला, उड़िया उठिला, बंग० उठिल, बिहारी उठल्, आसामी उठिल्।

किन्तु इस सम्बन्ध में समानताओं और विभिन्नताओं की ओर संकेत कर देना ही उचित है, वर्गीकरण पुनर्वर्गीकरण की ओर प्रवृत्त होना नहीं। क्योंकि वर्गीकरण अंततः प्रधानरूप से व्यक्तिनिष्ठ ही हो सकता है और नए तथ्यों के प्रकाश में आने पर उसके गलत सिद्ध हो जाने की संभावना रहती है। यदि मरा० उन तथाकथित बाहरी चक्र की भाषाओं अथवा पूर्वी वर्ग की भाषाओं से कुछ बातों में समानता रखती है, जैसे उपर्युक्त ल में या सबल पुल्लिग संज्ञाओं के आ (घोड़ा, भला, पू० हिं० घोरा, भला) में तो इसी के साथ उच्चारण में सामान्यतया केन्द्रीय वर्ग की भाषाओं से भी उससे समानता है। मरा० में तालव्यों का उच्चारण केन्द्रीय अथवा पश्चिमी वर्ग की कश०, गुज० और राज० के उच्चारण के समान है। 'व्' और 'ब्' में मरा०, गुज०, पंजा० और सिंधी में भेद किया जाता है, किन्तु अन्य भाषाओं में नहीं। 'ळ' ध्वनि की दृष्टि से मरा० और उड़िया की केवल राज०, गुज० और पंजा० से समानता है। स्वयं मरा० में भी ऐसी बोलियाँ हैं, जिनमें तथाकथित पूर्वी विशेषताएँ मिलती हैं, तथा इसके विरुद्ध कुछ अन्य में पश्चिमी विशेषताएँ मिलती हैं, यथा कोंकणी में सबल पुंल्लिग संज्ञाओं का कर्ता एकवचन ओकारान्त है, जैसे गोरो, चेडयो, और इसप्रकार यह पश्चिमी अथवा केन्द्रीय वर्ग की गुज०, राज० और अन्य भाषाओं के अनुरूप है। यह परिनिष्ठित मरा० के

१. Gaudian Language, पृष्ठ XXXVI.

विपरीत है, जिसमें 'आ' मिलता है, जैसे 'गोरा', 'मुलगा', और जो पूर्वी बोलियों के अनुरूप हैं।

साथ ही यदि आकारान्त कर्ता एकवचन में मरा० की पूर्वी भाषाओं से समानता है, तो कर्ता बहुवचन में वह पश्चिमी अथवा केन्द्रीय भाषाओं के अनुरूप है : मरा० घोड़ा, पू० हिं० घोरा (घोड़ा), किन्तु मरा० घोड़े, प० हिं० बेटे; 'लरके' जबकि इसके विरुद्ध पू० हिं० बहुवचन के रूप 'लरका' अथवा 'लरिका' हैं। गुज० कर्ता बहु० 'दीकरा' पूर्वी हिं० के समान है। संबंधवाचक और निश्चयवाचक सर्वनामों के कर्ता एकव० में मरा० की ओकारान्त होने के कारण प० हिं० से समानता है; जैसे 'जो', 'तो' [को (-ण) भी]; ब्रज 'जौ' 'सो'; किन्तु पू० हिं० 'जे' 'ते'; बंग० जे, 'ए'। गुज० की पूर्व से समानता है जैसे 'जे' तथा 'ते'। न (नें) क्रियार्थक संज्ञा होने से मरा० की पश्चिमी हिं० से समानता है, जैसे 'करणें', 'देणें'; ब्रज 'देनउ', 'लेनउ'; छत्तीसगढ़ी में भी यह 'न' अंतवाली क्रियार्थक संज्ञा मिलती है, जैसे करन्, जान् (करना, जाना)। मरा० में गुज० की भाँति 'व' अंत्यक्रियार्थक संज्ञा भी मिलती है : प्राचीन मरा० करावें (-याला), आधुनिक मरा करावयाला, गुज० करवुँ।

उपर्युक्त विवेचन से यह स्पष्ट हो गया होगा कि आ भा आ का सम्बद्ध वर्गों में विभाजन, उतना सरल नहीं है, जितना कि सामान्यतः ऊपर से दिखाई देता है। जैसा कि ऊपर दिखाया गया है, वर्गीकरण करने में इतने अधिक विरोधी दृष्टिकोण सामने आयेंगे, कि कुछ केवल अत्यन्त महत्त्वपूर्ण को ग्रहण करना और शेष को छोड़ देना, सदैव ही बहुत कठिन होगा। तथापि सभी समानताओं और विभिन्नताओं की ओर संकेत करना भाषा-वैज्ञानिक का कर्त्तव्य है। अतः ऐसे प्रत्येक प्रयास का—आ भा आ को समुचित ढंग से समझने एवं उनके अध्ययन के क्षेत्र में, एक आगे बढ़ने वाले चरण के रूप में—स्वागत होना चाहिए।

७१. **आधुनिक भारतीय आर्य भाषाओं की ध्वनि-प्रक्रिया**—आधुनिक भा० आ० में ऋ, लृ के अतिरिक्त सभी स्वर मिलते हैं। उनमें से कुछ में संयुक्त स्वरों 'ए' और 'ओ' के अतिरिक्त ह्रस्व 'ए' तथा ह्रस्व 'ओ' भी मिलते हैं। हॉर्नले के अनुसार पू० हिं० में चौदह अथवा पन्द्रह स्वर हैं। हम प्राकृतों में संयुक्त व्यंजनों के पूर्व ह्रस्व 'ए' और 'ओ' को पहले ही देख चुके हैं। यहाँ केवल प्रमुख आ० भा० आ० के स्वर-परिवर्तन ही लिए जायेंगे।

(क) स्वरों में परिवर्तन—संयुक्त व्यंजनों के पूर्व 'अ' दीर्घ हो गया है, और संयुक्त व्यंजन के स्थान पर केवल एक व्यंजन रह गया है। यह प्रक्रिया प्राकृतों में ही आरम्भ हो गई थी। किन्तु कभी-कभी संयुक्त व्यंजन बना भी रहता है, जैसे कातडें, प्रा० कत्ति, संस्कृत कृत्तिः; कान्हा, कण्हो, सं० कृष्णः।

'अ' का परिवर्तन 'इ' में भी हो जाता है, जैसे अवधी 'छिनु' बोलचाल की मरा० खिण, सं० क्षण। इसका कोई स्पष्ट कारण नहीं है।

संयुक्त व्यंजनों से पूर्व 'इ' और 'उ' का परिवर्तन 'ए' और 'ओ' में हो गया है। प्राकृतों में ही यह प्रवृत्ति दृष्टिगत होने लगी थी; किन्तु कई आ भा आ में यह बहुत सामान्य हो गई, जैसे मरा० शेंदूर, हिं० सेंदूर,[1] प्रा० सिंदूरो या सेंदूरो, सं० सिन्दूरः; पोथी (मरा० गुज० में) पोथा भी (हिं० और पंजा० में); प्रा० पोत्थअं, सं० पुस्तकम्। मरा तोंड, प्रा० तुण्डं, तोण्डं, सं० तुण्डम्; मरा० घोस, प्रा० गोच्छ सं० गुच्छ। फिर भी यह द्रष्टव्य है कि कुछ आ भा आ में 'इ' और 'उ' सुरक्षित है। जैसे गुज० और बंग० सिंदूर, सिंधी सिंधुरु, बंग० पुथी-पुस्तकं, कुखि-कुक्षि, उड़िया भुकुळ, प्रा० मोक्क-मुक्त। प्रा० में 'ए' और 'ओ' संयुक्त व्यंजनों के पूर्व ह्रस्व हैं, जबकि आ भा आ में संयुक्त व्यंजन के स्थान पर केवल एक व्यंजन रह जाने की प्रवृत्ति है, और ऐसी स्थिति में ये स्वर दीर्घ हो गए हैं।

'इ' और 'उ' प्रायः 'ए' और 'ओ' हो जाते हैं, यद्यपि मूलतः शब्द में कोई संयुक्त व्यंजन नहीं है। जैसे मरा० मेहुण, प्रा० मिहुण, सं० मिथुन; गुज० मोहडुं, प्रा० मुह—सं० मुख; ग्रामीण मरा० भोय—परिनिष्ठित मरा० भुई; हिं० नेवता, प्रा० निमन्त, सं० निमन्त्र।

जब अन्तिम अक्षर पर बलाघात होता है तो 'ई' और 'ऊ' प्रायः ह्रस्व हो जाते हैं, जैसे मरा० किडा, प्रा० कीडओ, सं० कीटकः; गुज० कुवो, प्रा० कूवओ, सं० कूपकः, हिं० कीला, मैथिली किला, प्रा० कीलओ, सं० कीलकः। यह मरा० कारकरूपों में सर्वाधिक स्पष्ट दिखाई पड़ता है। इनमें यदि बलाघात को आगे ले जाया जाता है तो उससे पूर्व आने वाला दीर्घस्वर हो जाता है, जैसे मरा० रीत–रितीचें, मूळ–मुळास, बीळ–बिळास।

'ई' और 'ऊ', 'ए' और 'ओ' भी हो जाते हैं: मरा० तांबोळी–सं० ताम्बूल; उड़िया भोक, मरा० भूक; किन्तु अधिकतर वे 'अ' अथवा 'आ' बनते हैं: हिं० बभूत, सं० विभूति; पंजा० निरखणा, सं० निरीक्षण; गुज० लखवुं, सं० लिख्; गुज० माणस, मरा० माणूस, सं० मनुष्य; गुज० परशोत्तम–पुरुषोत्तम। अन्य आ भा आ की अपेक्षा गुज० में यह प्रवृत्ति अधिक व्यापक है।

आ भा आ में पालि, और प्राकृत की भाँति 'ऐ' और 'औ' का लोप हो गया है। 'अय' और 'अव' की भाँति ही, उनके स्थान पर मूलस्वर 'ए' और 'ओ' मिलते हैं: मरा० गेरू, सं० गैरिक; मरा० गोरा, सं० गौरः; हिं० बंग०

---

१. हिन्दी में 'सिंदूर' है। हिन्दी की कुछ बोलियों में अवश्य यह 'सेंनुर' रूप में मिलता है।—अनु०

उड़िया, सोहाग-सौभाग्य। मोती (सभी बोलियाँ), सं० मौक्तिकम्। मरा० तेत्तिस–त्रयस्त्रिशत् ओळंबा–अवलंबकः में संकोच बलाघात के कारण है।

कुछ शब्दों में जो 'ऐ' और 'औ' दिखाई पड़ते हैं, वे या तो 'अ', 'इ', और 'अ' 'उ' के संयोग के कारण हैं, जब उनके बीच के व्यंजन का लोप हो गया है, अथवा संस्कृत के प्रभाव के कारण, उदाहरणतः हिं० भैंस, मरा० म्हैस, सं० महिषी, हिं० और पंजा० मैल, मरा० मैला (एक उधार लिया हुआ शब्द), सं० मलिन; मरा० बैल, प्रा० बइल्ल, सं० बलीवर्द, तैसा (अधिकांश बोलियों में) अप० तइस, प्रा० तादिस, सं० तादृश; मरा० चौथा, प्रा० चउत्थ, सं० चतुर्थ; उड़िया बौ, अप० बऊ, सं० वधू, चौगुणीनें, सं० चतुर्गुण। नैन–सं० नयन, हिं० और पंज० धौला–धवल जैसे शब्दों में वे 'अय' और 'अव' के कारण हैं।

समीकरण के उदाहरण हैं: मरा० ऊंस, हिं० ऊख, प्रा० उच्छू, सं० इक्षु, सेज और शेज, प्रा० सेज्जा, सं० शय्या, मिरीं, गुज० मरची, प्रा० मरिअं, सं० मरिचम्, हिं० इमली, सं० अम्लिका। विपर्यय आगे दिए गए उदाहरणों में दिखाई पड़ता है: हिं० उङ्गली–अङ्गुली, मरा० हिरडा–हरीतकी, हिं० अकेला–एकल्लक, हिं० बूँद–बिंदु।

भंडारकर[1] ने एक ऐसे ध्वनि-परिवर्तन की ओर ध्यान दिलाया है जो बलाघात के कारण है। जब उपान्त्य पर बलाघात होता है (जैसा कि सभी आ० भा० आ० में अधिकांशतः होता है) तो बलाघात वाला पदांश दीर्घ हो जाता है, और अन्तिम स्वर का लोप हो जाता है: मरा० पद्धत—पद्धति, कीर्त–कीरत–कीर्ति, रास–राशि, मध–मधु। जहाँ अक्षर पहले से ही दीर्घ होता है वहाँ वह बलाघात के साथ उच्चरित होता है। यह दीर्घीकरण बोलचाल की भाषा में बहुत हो जाता है और हमें परिनिष्ठित रूप पातळ के स्थान पर पाताळ, ओंगळ के स्थान पर वंगाल, जतन के स्थान पर जतान जैसे शब्द मिलते हैं।

गुज० और हिं० में स्वरों का ह्रस्वीकरण और लोप जैसे कुवो, सस्रो, सीक्यु इत्यादि भी बलाघात के पीछे चले जाने के कारण हैं। इसीप्रकार मरा० 'बैस' 'उवइस' से है।

बलाघात के अभाव में आद्य स्वरों का भी लोप हो जाता है: मरा० रान, प्रा० रण्ण, सं० अरण्य; मरा० भीतरीं, सं० अभ्यन्तरं, मरा० और हिं० रहाट—प्रा० अरहट्ट–सं० अरघट्ट। यह परिवर्तन स्वयं प्राकृत अवस्था में ही आरम्भ हो गया था, जैसा कि 'रण्ण' जैसे रूपों से प्रकट है। अंत्य लोप मरा० तेरा, चौदा–त्रयोदश इत्यादि में दिखाई पड़ता है।

---

१. Philological Lectures पृ० १५२

(ख) व्यंजन-परिवर्तन—शक्ति से रहित या बहुत निर्बल हो जाने के पश्चात्, व्यंजनों को और कोई क्षति प्राकृतों में नहीं उठानी पड़ी।

(अ) अघोष प्रायः घोष हो जाते हैं, जैसे मरा० सगळा, सं० सकल; मरा० बगळा, सं० बकः, गुज० कागडो, पू० हिं० काग्, सं० काक; हिं० लोग्, लोक; पू० हिं० एग्यारह, गुज० अग्यार, सं० एकादश; मरा० निवडणें, पू० हिं० निवाडै, प्रा० नव्वट्टइ, सं० निर्वर्तयति; मरा० कवाड, प्रा० कवाडअ, सं० कपाटक; मरा० घडणें–घटयति, सिंधी, पंजा० पंजा, सं० पञ्च, बोलचाल की मरा० पिढें, सं० पीठम्। फिर भी यह ध्यान देने योग्य है कि कोमल (घोष) बनाने की यह प्रक्रिया प्राकृतों में पूर्ण हो चुकी थी: मरा० भादवा प्रा० भाद्दवअ–सं० भाद्रपद। मरा० गुज० बावडि, सं० वापी।

'य' और 'व' को 'इ' और 'उ' के रूप में कोमल बना लिया जाता है। 'व' के 'उ' हो जाने के अनेक उदाहरण हैं[1]: मरा० अडोशी, पडोशी, सं० प्रतिवेशी, पंजा० जनेऊ, सिंधी जनोई, सं० यज्ञोपवीत; मरा० भोंवरा, भोंवळ, प्रा० भंवर, सं० भ्रमर, मरा० सोंपणें, अप० सवंप्प, सं० समर्प, मरा० भे-सूर, सं० स्वर।

ड् का कोमल रूप ळ मिलता है: डाळिंब–दाडिम पिळणें–पीड्, गूळ–गुड। ११ से १८ तक के संख्यावाचक शब्दों का 'र' 'द' के कोमल रूप 'ड' के कारण है—मरा० बारा, गुज० बार–द्वादश।

प्राकृतों की अपेक्षा 'न' का 'ल' आधुनिककाल में अधिक हुआ है, जैसे मरा० लिंब—निंब, हिं० लोटके–सं० निवर्त, म० लवणें, हिं० लौना–म० नमन, मरा० गुज० नांगर–लाङ्गल।

'र' और ळ, परस्पर परिवर्तनशील हैं। फिर भी हिं० विशेषतः पू० हिं० और ब्रज में 'र्' अधिक मिलता है। ब्रज धौरा, बोलचाल की मरा० ढवला–धवल; सांवरा, मरा० सांवला–सं० श्यामळः। मरा० में सांवरी (किन्तु शेंवरी रूप भी है) सं० शाल्मलि जैसे शब्द विरल ही मिलते हैं।

कुछ आ भा आ में स् अथवा श् (मूल अथवा विकसित) ह् बन जाते हैं। मरा० में यह परिवर्तन केवल दहा (सं० दश) में दिखाई पड़ता है: हिं०[2] और सिंधी में यह प्रवृत्ति केवल दस और बीस के बीच के संख्यापदों में ही मिलती है। हिं० ग्यारह, तेरह, सोलह, सिंधी कारहं, तेरहं, सोरहं। गुज० परं, दहाड, पंज दिहं। किन्तु मरा० में 'दिस' है। यों 'दिह' रूप ज्ञानेश्वरी

---

१. Bhandarkar, Philological Lectures, पृ० १६८

२. हिन्दी में ७१ से ७८ तक भी हैं।—अनु०

में लगभग ६ बार आया है। सिंधी और पंजा० में 'ह' है। पंजा० सहुरा सिंधी सहुरो–सं० श्वशुर।

बोलचाल की गुज० में इस विषय में इनसे समानता है—गुज० हमजे (समझना) मरा० समज, हात, हाडा, मरा० सात, साडे, सं० सप्त, सार्धम्।

अनेक आ भा आ में म् का परिवर्तन 'वं' में हो जाता है। यह परिवर्तन प्राकृत अवस्था में ही आरम्भ हो गया था : प्रा० भंवर, सं० भ्रमर; मरा० नांव–नाम, गांव–ग्राम, तुलनीय सिंधी नाउं; गुज० गांम, या हिं० गाम में 'म' संस्कृत प्रभाव, बल्कि तद्भव शब्दों पर पड़े तत्सम शब्दों के प्रभाव के कारण है।

कुछ आ भा आ में 'व्' के स्थान पर 'म्' मिलता है जैसे गुज० ठाम–मरा० ठाव। सिंधी और पंजा० मिनत, बंग० मिनति, मरा० विनंति, पद्य में विनति।

मूल अथवा क्ष्, त्स्य या त्स् से प्राकृतों में विकसित 'छ' आगे मरा० में 'स' में बदल जाता है, जैसे मरा० मासा, हिं० माछ, सं० मत्स्य, मरा० ऊस-उच्छू, सं० इक्षु, वास-(रूव) च्छ-वत्स, सण (वार)–छण-क्षण; घोस–गोछ–गुच्छ।

महाप्राण, कोमल (घोष) अथवा कठोर (अघोष) अधिकांश आ भा आ में अल्पप्राण में परिवर्तित हो जाते हैं, जैसे मरा० शिकणें, प्रा० सिक्ख, सं० शिक्ष्। किन्तु हिन्दी में वे बने रहते हैं, जैसे लिखना, सीख, भीख, हाथ।

'ख्', 'घ्', 'थ्', 'ध्', और 'भ्', घिसकर 'ह्' बन जाते हैं। यह परिवर्तन भी प्राकृतों में ही हो गया था। इसलिए हमें प्राकृतों को अवश्य ही किसी न किसी रूप में प्राचीन संस्कृत और आधुनिक भा० आ० के बीच की कड़ी माननी चाहिए।

बोलचाल की मरा० मोहरें, परिनिष्ठित मरा० समोर, गुज० मोढुं, हिं० मुह, सं० मुख; गुज० सिंधी मेह, महु-मेघः, माहर-माइघर-मातृगृह हिं० नैहर-नाइघर-ज्ञातिगृह।

प्राचीन मराठी नाहो, हिं० नाह–नाथ;, मेहुण–मिथुन; कहाणी, बंग० कहिनी-कथानक, मरा० उड़िया, बहिरा-बधिर, हिं० गुज०, सिंधी, वहू-वधू; बोलचाल की मरा०, पेहरण; हिं० पहेरना, गुजं० पेहरवुं–परिधा।

मरा० पहाट–प्रभात, गुज० वाल्हो–वल्लभ, हिं० दुल्हा–दुल्लह–दुर्लभ (बीम्स और भंडारकर[1] द्वारा दी गई एक अन्य व्युत्पत्ति 'उद्वढक' से है जो कि सन्देहास्पद है; तुलनीय प्राचीन मरा० वाल्हें दुलें, जो ज्ञानेश्वरी में अनेक बार आया है)।

व्यंजन-परिवर्तन के विस्तृत विवेचन के लिए भंडारकर[2] और हॉर्नले[3] को देखें।

---

१. Philological Lectures पृ० १६५

२. वही पृ० १३३ से १९७

३. Gaudian Languages पृ० ३१ से ४५

संयुक्त व्यंजनों के संबंध में अधिक कहने की आवश्यकता नहीं है। उनमें प्राकृतकाल में ही परिवर्तन—या तो समीकरण हो जाता था या सरल (अर्थात् एक व्यंजन) कर लिए जाते थे—हो गया था। आधुनिक देशी भाषाओं में सरलीकरण की प्रवृत्ति और भी हो गई है: मरा० काज, प्रा० कज्ज, सं० कार्य; मरा० हात, गुज० हाथ, प्रा० हत्थ, सं० हस्त, बोलचाल की मरा० दीठ; प्राचीन मरा० दिठी, सं० दृष्टि, मरा० बीज, प्रा० विज्जुआ, सं० विद्युत्, मरा० माथा, गुज० माथुं, बंग० माथा-मस्तक; मरा० शिजणें, पंजा० सिज्जाणा-स्विद्यति, मरा० सिंघी बांझ, उड़िया, बंग० बांझ–वंध्या; मरा० बुझावणें, हिं० बुझना–बुध्यति; वाखाणणें-व्याख्यान।

संयुक्त व्यंजनों से बचने की एक अन्य विधि थी, उनके मध्य स्वरभक्ति अर्थात् एक स्वर का आगम। यह प्रवृत्ति जैसा कि हमने देखा है, अत्यन्त प्राचीन-काल से कार्य कर रही है, जैसे बोलचाल की मरा० वरीस, हिं बरस-वर्ष; पंजा० अग, बंग० आगुन, बोलचाल की मरा० आगीन–अग्नि। शिलोक, किलस, नखेतर अन्य उदाहरण हैं। यह बात रोचक है कि विदेशी शब्दों में भी यह प्रवृत्ति कार्य करती है; पिलेग, अंग्रेजी plague, सिलेट, अंग्रे० slate, पलाटफारम, अंग्रे० platform, बखत, फारसी-अरबी वख्त्, मुलूख-मुल्क् इत्यादि।

अधिकांश संयुक्त व्यंजन जो आ भा आ में शेष रह गए हैं, वे संस्कृत के प्रभाव के कारण हैं। कुछ विदेशी शब्दों में है जैसे वक्तशीर, तत्कनशीन इत्यादि। उनमें से कुछ गृहीत हैं, जैसे सं० हंस से हिं० हंस, वंसी–वंश इत्यादि।

५२. **कारकरूप**—हम पहले ही देख चुके हैं कि आ भा आ वियोगात्मक अवस्था में आ गई है[1]।

इसप्रकार इन भाषाओं में प्राचीन प्राकृत कारकरूप समाप्त हो गये हैं, और कारक-विभक्ति के स्थान पर परसर्गों के प्रयोग होने लगे हैं, जैसे मरा० लागीं, पाशीं, ला, बोलचाल की मरा० प, जैसे माह्याप-मजपाशीं, गुज० नें, थी, नो, मां (मध्यात् से), ब्रज नें, कू अथवा कौं अथवा कें, में, मैं, लौं, तुलनीय

---

१. हिन्दी आधुनिक भारतीय भाषाओं की इस विकासात्मक प्रवृत्ति की दृष्टि से अपवाद नहीं है। उसके उस स्वरूप में भी यह प्रवृत्ति दिखाई पड़ती है, जिसे सुविधा के लिए 'बाजार हिन्दोस्तानी' कहते हैं, और जो संभवतः आज (१९४७) देश के विस्तृततम भाग में जनसाधारण द्वारा बोली और समझी जाती है, तथा जिसका क्षेत्र बड़ी तेजी से बढ़ रहा है। 'भारतीय आर्यभाषा और हिन्दी' में डा० सु० कु० चैटर्जी ने इसे 'जा-मे-पर-से-इस-किस-मिस-जिस' भाषा कहा है।

—संपा०

मरा० ला, अवधी का, से, केर अथवा कर, में, पर, बंग० के, रे, ते, अर् अथवा एर् इत्यादि। फिर भी कुछ भेद है। कुछ भाषाओं में इन परसर्गों को प्रायः शब्द का अंग ही माना जाता है, अर्थात् वे पुनः संश्लेषात्मक अवस्था में जा रही हैं, अन्य भाषाओं में वे अब भी उस प्रातिपदिक से, जिससे कि वे जोड़े जाते हैं, सर्वथा अलग माने जाते हैं।

आ० भा० आ० में, पा० और प्रा० की भाँति द्विवचन नहीं है।[1] कुछ में तीन लिंग हैं, किन्तु अन्यों में, पू० हिं०[2] और बंग० की भाँति केवल दो हैं, अर्थात् इनमें संज्ञा पुंल्लिग है अथवा स्त्रीलिंग। कुछ आ भा आ में बहु० की रचना 'बहुत' अथवा 'लोग' अर्थ देने वाले शब्द को जोड़कर की जाती है जैसे बंग० कुक्कुर सकल (कुत्ते), बिहारी छोकरालोक। इसकी एक झलक मरा० दोघेजण, सर्वजण में मिलती है।

व्यंजनांत प्रातिपदिक नहीं हैं। उनमें से अधिकांश में या तो अंत्य व्यंजन का लोप हो गया है या उसमें एक 'अ' जुड़ गया है। मूलतः ऋ अंत वाले कुछ प्रातिपदिकों ने संस्कृत प्रथमा से अकारान्त रूप ग्रहण कर लिया है जैसे मरा० पिता-पित्यास, माता-मातेस; कुछ में 'उ' है मरा० भाऊ-भावास जाऊ-जावेस। इसप्रकार वस्तुतः सब केवल अकारान्त आकारान्त, इकारान्त, ईकारान्त, उकारान्त, ऊकारान्त और एकारान्त, प्रातिपदिक ही हैं।

(क) आधुनिक भा० आ० ने अप० की केवल कुछ ही कारक विभक्तियों को सुरक्षित रखा है। प्राचीन मरा० में कर्ता एक० का 'उ' और करण एक० के 'एं' 'नें' सुरक्षित हैं। बिहारी ने केवल 'एं' विभक्ति को सुरक्षित रखा है। गुज० में यह अनुनासिक के बिना है—गुज० छोकराए (लड़के द्वारा)। इसीप्रकार ये भी सुरक्षित हैं; तृतीया बहु०, संप्रदान का 'स'[3] (जो कुछ विद्वानों के अनुसार षष्ठी के स्स, स्य से निकला है) और सप्तमी एक की 'इ' सि-स्मिन् से। बहुवचनों में मरा० ने नपुंसक संज्ञाओं के प्रथमा बहु० के रूप (कमलइं से कमलें) तथा देवीं के तृतीया बहु०, (जो० अप० हिं से निकला है) को सुरक्षित रखा है। सिंधी और पंजा० में आंकारान्त और

---

१. राजवाडे ने (ज्ञानेश्वरी व्याकरण पृ० २०) कहा है कि अकारान्त संज्ञाओं का द्विवचन ज्ञानेश्वरी में मिलता है। उन्होंने ज्ञानेश्वरी के केवल एक पद (७३२) को प्रमाणस्वरूप दिया है जिसमें कि यह, यदि अप्रामाणिक नहीं तो अत्यन्त सन्देहास्पद अवश्य है।

२. Hoernle, Gaudian Languages पृ० १८१, १८५

३. भंडारकर के अनुसार प्राचीन मरा० में यह 'स' नहीं है। Phil. Lectures पृ० २०४

ओंकारान्त का पंचमी ह्मा-स्मात् सुरक्षित है, एवं हिं० और उड़िया में एकारान्त अधिकरण।

ये और नई विभक्तियाँ जैसे मरा० 'ला', 'लागीं', 'हून', 'आंत', गुज० 'थी', 'मां', 'नें', 'तों', ब्रज 'कूं', 'कौं', 'सूं', मैथिली 'कें', और 'सौं', 'कर्', 'मां', बंग० एर्, देर्, दिगेर् इत्यादि आ भा आ में बंग०, उड़िया के अतिरिक्त विकारी रूपों में जोड़ दिए जाते हैं। यह विकारी रूप प्राचीन संबंधकारक[१] ही है।

(ख) ऐसी विभक्तियों की व्याख्या जिनका संबंध सीधे अप० अथवा प्रा० से जोड़ना संभव नहीं है, विद्वानों ने भिन्न-भिन्न प्रकार से की है। काल्डवेल ने भिन्न देशभाषाओं के 'क' का संबंध द्रविड़ 'कु' से जोड़ा है। यह, जैसा कि डा० भंडारकर[१] ने उचित ही संकेत किया है, असंगत है। आ भा आ विशेषतः मराठी ने कुछ सीमा तक द्रविड़ शब्द-भंडार से सहायता ली है, किन्तु उन्होंने अपने व्याकरण को अक्षुण्ण रखा है। यदि तर्क के लिए माना जाए, तो भी उधार लिया गया एक विरल रूप भाषा में लिए जाने वाले उधार का विचित्र उदाहरण है। एक अन्य संभव व्युत्पत्ति 'कृते' से है, किन्तु इससे अनुस्वार का समाधान नहीं होता। डा० भंडारकर[२] ने उन्हें अप० परसर्ग 'केहिं' से माना है। इसीप्रकार 'तें', 'तईं', इत्यादि का सम्बन्ध अप० 'तेहिं' से है।

मरा० के सम्प्रदान 'ला' पर अन्य भाषाओं में प्राप्त समान परसर्ग के साथ विचार किया जाना चाहिए। तुलनीय पंज, 'लइ', सिन्धी 'लाइ', नेपाली 'लाय' जिनका अर्थ है 'लिए'। इसको 'लग्' धातु से सम्बद्ध किया गया है; लागी लाई-ला। बहु० 'ना' को भी 'ला' से सम्बद्ध मानना चाहिए। इस परिवर्तन पर पूर्ववर्ती अनुस्वार (जो आ० भा० आ० में अनिवार्यतः बहुवचनों के साथ सम्बद्ध है) का प्रभाव है। मरा० की एक उपबोली में 'त्यान्ला' मिलता है जो 'त्यांना' तक के विकास की मध्यवर्ती कड़ी है। यह विचार कि 'ला' का संबंध फारसी 'रा' से है[३] उतना ही असंगत है, जितना कि 'क' विभक्ति को द्रविड़ 'कु' से उद्भूत मानना, जिसका उल्लेख ऊपर किया जा चुका है।

गुज० नों, नीं, नु, अप० प्रत्यय 'तण' से व्युत्पन्न हैं। सम्प्रदान का 'ने'

१. Philological Lectures पृ० २३४ और २४१

२. वही पृ० २४७ अथवा Beams Comparative Grammar II पृ० २५५।

३. Rajwade, Jñāneśvarī Grammar पृ० १२ और २६. Hoernle, Gaudian Grammar पृ० २४४।

भी इसी से सम्बद्ध है। इसे 'लो'[१] 'ला' से विकसित नहीं समझना चाहिए, क्योंकि इस परिवर्तन के लिए गुज० में कोई कारण नहीं बतलाया जा सकता।

मरा० में अपादान प्रत्यय 'हून' तथा 'सून' हैं और प्राचीन मरा० में 'हूनियां' है। भंडारकर ने इसकी व्युत्पत्ति पूर्वकालिक 'होऊन' (होकर) से मानी है, किन्तु यह सन्देहास्पद है। यूरोपीय विद्वानों का विचार है कि यह अप० रूपों हिंतो-सुंतो के विलयन के कारण है, जो स्वयं अपादान 'तस्' को जोड़कर करण और अधिकरण विभक्तियों द्वारा बने संश्लिष्ट रूप हैं। संभवतः इसका संबंध अप० अपादान एक० एवं बहु० विभक्तियों 'हु' और 'हुं' से जोड़ा जा सकता है। दूसरे रूप की अनुनासिकता ही पूर्ण अनुनासिकता के लिए उत्तरदायी है। यह आगे ज्ञानेश्वरी मरा० में 'ऊन' और 'ऊनियां' 'औनियां' बन जाता है। मैथिली 'सौं', ब्रज 'सों', 'सूँ' अवधी 'से' 'सेनी' इत्यादि का संबंध अप० अधिकरण 'सुं' से है जो अप० अपादान 'सुंतो' में भी दिखाई पड़ता है। गुज० 'थी' पंजा० 'थी', 'थों' का संबंध अप० 'तहिं' से है। यहाँ महाप्राण पीछे स्थानान्तरित हो गया है।

मरा० संबंधकारक कोई वास्तविक कारक नहीं है। 'च' प्रत्यय संज्ञा को संबंधवाचक विशेषण बना देता है, जो लिंग, वचन एवं कारक में संज्ञा के अनुरूप होता है। इसप्रकार मरा० में 'चा' 'ची' 'चें' गुज० में 'नो' 'नी' 'नुं', सिंधी में 'जो', 'जी', प० हिं० में 'का', 'की', ब्रज में 'कौ', पू० हिं० में 'कर', 'केर', पंजा० में 'दा', 'दी', बंग० में 'इर्' 'एर्', उड़िया में 'र' हैं। अंतिम दो में स्पष्टतया ही कोई परिवर्तन नहीं होता। सिंधी, हिंदी और पंजा० में केवल दो रूप हैं, क्योंकि उनमें केवल दो लिंग—पुंलिंग और स्त्रीलिंग—हैं। मैथिली में 'क' मिलता है जैसे 'पानिक' (पानी का)।[२]

जब यह ध्यान में आता है कि इनमें से कोई भी यथार्थतः कारक विभक्ति नहीं है, तो इनकी संस्कृत और अप० व्युत्पत्ति का सरलता से निर्णय हो जाता है। मरा० 'च' का संबंध प्रा० 'स्स' सं० 'स्म' से नहीं जोड़ा जा सकता। इसके अतिरिक्त ध्वनि की दृष्टि से यह असंभव है। और न तो इसकी व्युत्पत्ति हिं० 'का' 'केर'[३] से ही मानी जा सकती है। संभाव्य व्युत्पत्तियाँ केवल हैं:—(१)

---

१. Beams, Comparative Grammar II पृ० २६०

२. Hoernle, Gaudian Grammar. पृ० २२१, Bhandarkar, Philological Lectures, पृ० २५६

३. हॉर्नले (Gaud. Gram. पृ० २३८) ने इसकी व्युत्पत्ति निम्न प्रकार मानी है। उनका यह सिद्ध करने का प्रयास कि अम्हेच्चयं, तुम्हेच्चयं केवल अम्हक्केरं, तुम्हक्केरं के ही अन्यरूप हैं, पूर्णतः व्यर्थ सफल हुआ है।

प्रत्यय 'त्य' से जो संस्कृत में कुछ अव्ययों के साथ लगता है। यह प्रा० में 'च्च' होगा और मरा० में केवल 'च'। (२) प्रत्यय 'ईय' से। भंडारकर[1] पहली व्युत्पत्ति के पक्ष में हैं और कृष्णशास्त्री चिपलूणकर और कृष्णशास्त्री गदबले दूसरी के। हम भी दूसरी के ही पक्ष में हैं[2]। 'ईय' से सिंधी में 'जो' 'जी' बनता है। 'इज्ज' 'ईय' का 'ज' किस प्रकार 'च' बना, इसका अनुसंधान करना पड़ेगा। गुज० 'नां', 'नी', 'नु' की व्युत्पत्ति 'तण' (संस्कृत त्वन) से है। स्वयं पुरानी गुज० में भी 'तण' वाले रूप मिलते हैं, जैसे चित्ततणा (मन का)। कर, केर, इर्, एर्, प्रत्ययों का संबंध अप० 'केरक', 'केरअ' से है जैसे मृच्छकटिक—'तुह बप्पकेरके उय्याणे'। बाद वाले उदाहरण में जब 'क' को परसर्ग न मानकर शब्दों में जुड़ने वाला प्रत्यय माना जाए तो वह विकसित होकर मात्र स्वर बन गया। इसप्रकार यह सघोष बन गया और प्रा० के सुविदित नियम के अनुसार फिर इसका लोप हो गया। संबंधकारक विभक्तियों के दूसरे वर्ग 'का' 'कौ' आदि को भंडारकर ने 'कअ' से होते हुए 'कृत' से व्युत्पन्न माना है। यही 'कृत' शौर० अप० में 'कद' बनता है और इससे 'क' के लोप होने से पंजा० 'दा' 'दी' बनते हैं। हॉर्नले[3] ने इसकी व्युत्पत्ति 'दा' धातु से मानी है। वर्तमानकालिक कृदन्त सन्त-सन्दो-हन्दो-दो से बीम्स[4] द्वारा दी गई व्युत्पत्ति तो बिलकुल ही अविचारणीय है।

अधिकरण के लिए प्रत्यय हैं— मरा० में 'आंत', बंग० और पंजा० 'ते' गुज० 'मां', ब्रज 'मे', 'मैं', 'पै', और 'लौं', अवधी 'में', सिंधी 'मे'। इनकी व्युत्पत्ति उतनी कठिन नहीं है जितनी कि संबंधकारक के परसर्गों की थी। 'आंत', संस्कृत क्रियाविशेषण 'अंतः' से है। 'मां' 'में', 'मैं' संस्कृत मध्ये से अप० माहिमाइं-मैं' अथवा 'माइ-मे' होते निकले हैं। 'पैं' 'पार्श्व' से है। मरा० 'पाशीं' हिं० 'पास' और गुज० 'पासे' भी इसी से हैं, जो परसर्गों के रूप में प्रयुक्त होते हैं। 'लौं' की व्युत्पत्ति मरा० 'ला' और नेपाली, हिं० 'लाई' की भाँति ही है।

(ग) विशेषण संज्ञाओं का लिंग, वचन और कारक की दृष्टि से अनुसरण करते हैं। केवल बंग० और उड़िया अपवाद हैं, जिनमें वे बहुत कम परिवर्तित होते हैं। किन्तु अधिकांशतः वे विकारी रूपों में प्रयुक्त होते हैं; मरा० 'चांगल्या घोड्यास'। तुलना 'अधिक' 'बहोत', 'सबसे' जैसे तथा अन्य शब्दों द्वारा की जाती है। सं० 'ईयस्', 'इष्ट' का प्रयोग अब नहीं होता, और 'तर' और 'तम' का प्रयोग केवल संस्कृतनिष्ठ भाषा-शैली में ही होता है।

(घ) सर्वनामों के विषय में बहुत कहने की आवश्यकता नहीं है। यहाँ

१. बीम्स भी Comparative Grammar II पृ० २८९
२. ऊपर देखिए पृ० २३, २४
३. Gaud. Gram. पृ० २३९
४. Comp. Gram. पृ० २९१

केवल देशभाषाओं के केवल पुरुषवाचक सर्वनाम और उनके कारकरूप ही दिए जायेंगे।

मरा०:—'मी' 'मला' 'मजला' 'मज' 'माझा' 'माझ्यांत'; 'आम्हीं' 'आम्हांस' 'आमचा', 'आमच्यांत'; 'तूं' 'तुला' 'तुला' 'तुज' 'तुझा', 'तुझ्यांत'; 'तुम्हीं' 'तुम्हांस' 'तुमचा' 'तुमच्यांत'।

गुज०:— 'हुं' 'मने' 'मारे' 'हूं थी' 'मारेथी' 'मारो' 'मारामां'; 'अमे' 'अमने' 'अमारो', 'अमथी' 'अमारामां' इत्यादि; 'तूं' 'तने', 'तुं थी-ताराथी', 'तारो' 'तारामां'–'तुजमां' इत्यादि; 'तमे' 'तमने', 'तमाराथी–तमथी', 'तममां–तमारामां'।

ब्रज :—'हौं', 'मैं', 'मोहि' 'मोइ' 'मेरउ'; 'हम्'; 'हमैं' 'हमारौ' 'हमार्‌यौ'; 'तू' 'तैं', 'तेरौ' 'तेर्‌यौ, 'तुम्' 'तुम्हैं', 'तुम्हारौ', 'तुम्हार्‌यौं'।

मैथिली :—'में,' 'मोहि', 'मोर'; 'हम्' 'हमार्'; 'तोंह', 'तोहार्'; 'सब्'।

बंग०:—'मइ' 'मोर', 'मोते'; 'मोरा' 'मोदेर'; 'तुह', 'तोर्' 'तोते'; 'तोरा', 'तोदेर'।

'उड़िया' :—'मुं', 'मोते' 'मारा'-मोहारा', 'मोमाने' 'मोमानक'; 'तुं' 'तोते', 'तोरा' 'तोमाने' 'तोमानक'। उड़िया में 'आम्भे' 'तुम्भे' जैसे भी रूप हैं, जो आदरार्थ प्रयुक्त होते हैं।

अवधी :—'मैं' 'मोर्'; 'हम्' 'हमार'; 'तैं' अथवा 'तूँ', 'तोर' 'तुम' अथवा 'तैं' 'तोहार' अथवा 'तोहरे'।

सिंधी :—'आंऊ' 'आ', 'असीं' 'तूं' और 'तव्हां', 'असांखे' 'अवांखे' 'तोख' 'तवांखे', 'मोंखे' 'माखे' 'मुँझो' 'तुँझो' 'अवांजो' 'तवांजो'।

इन रूपों के विषय में कुछ बहुत कहने की आवश्यकता नहीं है। केवल इतना ही कहना पर्याप्त होगा कि सं० मूलरूप 'अहकम्' मागधी 'हगे' से, गुज०, ब्रज अर्थात् प० हिं०, पंजा० और सिंधी के उत्तम पुरुष के रूप निकले हैं। शेष मरा०, पू० हिं०, बिहारी, बंग० और उड़िया सभी में मूल 'म' है जो सं० के अन्य कारकों में निहित है।

(ङ) क्रियारूप :—इसी दृष्टि से आधुनिक आर्य भाषाओं को बहुत अधिक क्षति पहुँची है। कालों में केवल प्राचीन वर्तमान (लट्) ही सुरक्षित रहा है, और वह भी एक विशिष्ट अर्थ में। कृदन्ती कालों के एक नए वर्ग का विकास हो गया है। वृत्तियों (moods) में केवल आज्ञार्थ (Imperative) ही बचा रहा है। यों सामान्य कृदन्ती रूप हैं।

क्रियारूपों के भेद प्रा० काल में ही लुप्त हो चुके थे, किन्तु विभिन्न वर्गों में सं० धातुओं में जो योग हुए, वे आ भा आ की कुछ क्रियाओं में दिखाई

पड़ते हैं। जैसे मरा० 'बिहिणें'—सं० 'बिभी', 'शिजणें,–स्विद्य', 'माजला'–सं० 'माद्य', जाणणें–जाना इत्यादि। हिं० सुण–शृणु।

(१) प्राचीन वर्तमान (प्रा० लट्) अधिकांश आ० भा० आ० में सुरक्षित हैं :—

मरा०	अप०
हसें–हसों अथवा हसूं	हसउं–हसहुं (हसामो के स्थान पर)
हसस–हसा	हसहि-(सि)-हसहु
हसे–हसत	हसइ-हसहिं-हसन्ति

गुज०	हिं०	बंग०
करू–करिये	करूं–करें	करि–करि
करे–करो	करे–करो	करिस–कर
करे–करे	करे–करें	करे–करेन

उड़िया	सिंधी	पंजा०
करइं–करु	हलां–हलूं	करां–करय
करु–कर	हले–हलो	करे–करो
करइ–करन्ति	हले–हलनि	करे–करण

ये रूप इतने पारदर्शक हैं कि इन पर एक दृष्टि डालने से ही यह निश्चित रूप से स्पष्ट हो जाता है कि ये पुरानी भाषाओं के रूपों के अवशेष हैं। सभी कारकों में अप० 'ह' लुप्त हो गया है, और स्वर संयुक्त हो गये हैं। कुछ भाषाओं जैसे बंग० और उड़िया में उत्तमपुरुष की अनुनासिकता का लोप हो गया है। मरा०, हिं और गुज० में अन्यपुरुष में अनुनासिकता लुप्त हो गई है। मरा० के मध्यमपुरुष एक० रूप 'हसस' का संबंध अप० 'हसहि' से नहीं है। वह महाराष्ट्री प्रभाव है, क्योंकि उसमें सं० की भाँति 'हससि' रूप मिलता है। उड़िया का 'करन्ति' भी एक उधार लिया हुआ है।

(२) प्राचीन वृत्तियों (moods) में केवल आज्ञार्थ ही शेष रहा है।[१] उदाहरणार्थ मरा० में उत्तमपुरुष के लिए 'करूं' और 'करूं–करों', मध्यमपुरुष के लिए 'कर-करीं' और 'करा' तथा अन्यपुरुष के लिए 'करो' 'करोत' है। बंग० और उड़िया में भी यह वृत्ति (mood) है : शेष भाषाओं में केवल मध्यमपुरुष ही सुरक्षित है। 'करुं' और 'करां' 'करामु', 'करामो' से निकले हैं। इनमें नासिक्य व्यंजन अनुनासिकता में परिवर्तित हो गया है। 'करों' अप० का रूपहै। 'करो' 'करउ' से विकसित हैं, जिसमें 'अ' और 'उ' के मिलने से 'ओ' हो गया है।

१. भंडारकर Wilson Philological Lectures पृ० २१३

बंग० और उड़िया रूपों और उनकी व्युत्पत्ति के लिए विलसन 'फिलॉलाजिकल लेकचर्ज़'[1] देखिये।

हिं०, गुज० और पंजा० में मध्यमपुरुष एक० के लिये मरा० की भाँति 'कर' और बहु० के लिये 'करो' है। इन भाषाओं में वर्तमान के लिये भी यही रूप है। पंजा० 'ईं' सिंधी 'इ' और 'उ' अप० रूपों का अनुसरण करते हैं। 'जो' वाले प्राचीन मरा० रूप 'जैसे अवधारिजो, दीजो, भोगिजे, अपकीजे, कर्मवाच्य के आज्ञार्थ से हैं, और उनका संबंध 'अवधारिज्जइ' 'दिज्जइ' 'किज्जइ' इत्यादि से है।

(३) प्राचीन भविष्यत्, गुज० और हिं० जैसी भाषाओं में तो पूर्णतया, तथा कुछ अन्य भाषाओं में अंशतया सुरक्षित हैं। गुज० 'करीश–करिशु', 'करशे–करशो' और 'करशे–करशे', प्राचीन गुज० 'करीस' इत्यादि में भविष्यत् की विशेषता सूचित करने वाले 'स्य' 'स्स' मिलते हैं। यही ब्रज में 'ह' हो गया है, जिससे : करिहौं–करिहैं, करिहैं–करिहो; करिहै–करिहै आदि रूप बने हैं।

(४) अधिकांश आधुनिक भारतीय आर्यभाषाओं में वर्तमान काल की रचना वर्तमानकालिक कृदन्त को मूल मानकर और पुरुष एवं लिंगबोधक प्रत्यय जोड़कर की जाती है। मरा० 'करतों', 'करते'; 'करतोस', 'करता'; और 'करते', 'करतात'।

पुरुषबोधक प्रत्यय उत्तमपुरुष बहु०, मध्यमपुरुष एक० एवं बहु० में दिखाई पड़ते हैं। डा० भंडारकर के अनुसार इनका संबंध प्राकृतों के 'इत्था' से है। अन्य भाषाओं में विशेषण के प्रत्यय ने इनका स्थान ग्रहण किया। हिं०, बंग० और उड़िया में भी इसप्रकार का वर्तमान मिलता है, किंतु अब उसने आभ्यासिक वर्तमान (habitual present) का अर्थ ग्रहण कर लिया है, जैसा कि प्राचीन वर्तमान ने मरा० में किया है।

(५) भूतकाल के विषय में भी यही बात है। सभी आधुनिक भारतीय आर्यभाषाओं में इसे भूतकालिक कृदन्त में कुछ पुरुषबोधक प्रत्ययों को जोड़कर व्यक्त किया जाता है। यह एक प्रकार का विशेषणात्मक काल भी है। मरा० 'केलें' 'केलेंस' 'केलें' अथवा 'गेलों', 'गेलास', 'गेला' और 'गेले' स्पष्टतया ही भूतकालिक कृदन्तों 'के' और 'गे', प्रा० 'कअ' और 'गअ' के रूप हैं, जिनमें 'ल' जुड़ा हुआ है, जो कि अब भूतवाची अर्थ देने लगा है, यद्यपि मूलतः उसमें यह भाव नहीं था। इस 'ल' की व्युत्पत्ति के लिये जो मरा० के अतिरिक्त

---

१. पृ० २१३

बिहारी, बंग० उड़िया, आसामी और सिंधी में भी पाया जाता है, पीछे पृ० १९–२१ देखिए।

बिहारी और बंग० में मरा० की भाँति 'ल' में कुछ जोड़ा जाता है, जिसे ग्रियर्सन[1] ने अवशिष्ट सार्वनामिक अंश (enclitic pronoun) कहा है। इसप्रकार भोजपुरी में 'मारलो' 'मारलास' हैं, जो मरा० 'गेलों' 'गेलास' के अनुरूप हैं।

अन्य भाषाओं में केवल भूतकालिक कृदन्त ही काल के मूल का कार्य करता है : गुज० 'लीधुं', 'कीधुं', 'दीधुं', 'लब्ध', 'कृत' 'दत्त', 'गया-गअ-गत'; अवधी 'कीन्ह' 'दिये', 'मिली', 'कृत', 'दत्त', 'मिलित-मिलिअ'। पू० हिं० में बिहारी आदि भाषाओं की भाँति कृदन्त में अवशिष्ट सार्वनामिक अंश (enclitic pronoun) जोड़ा जाता है। इस दृष्टि से वह अन्य भाषाओं से भिन्न है।

(६) भविष्यत् के लिए मरा० में 'न' 'ल' प्रत्यय है, जो प्राचीन, वर्तमान रूपों के साथ जोड़ दिया जाता है। उदाहरणार्थ 'मी करीन', 'तूं करशील', 'तो करील', 'तुम्ही कराल', 'ते करतील', 'आम्ही करुं' ठीक प्राचीन वर्तमान की भाँति है। ऐसा प्रतीत होता है कि 'प्राचीन वर्तमान' भविष्यत् का भी कार्य करता था, किंतु अर्थ की गड़बड़ी से बचने, अर्थात् दोनों में भेद करने के लिए, एक प्रत्यय जोड़ लिया गया। बंग० और उड़िया में 'तव्य' अंत वाले संभाव्य भविष्य या विधिकृदन्त (potential participle) से सहायता ली गई है। पूर्ववर्ती धातु में जुड़ने पर इस 'तव्य' के 'त' का लोप हो गया, और समीकरण के कारण 'व्य' का 'व्व' 'ब्ब' हो गया। जैसे बंग० करिब, करिबे, करिबेन्, उड़िया देखिबि, देखिबु, देखिब, बिहारी देखब, देखबह इत्यादि। पू० हिं०, अधांश में मागधी बोली होने की अपनी विशेषता के अनुरूप ही है, अतः उसमें से एक साथ 'देखबूँ', 'करबूँ', 'देखबस' और 'देखे', 'देखिहै' जैसे रूप मिलते हैं। ब्रज और पंजा० में भविष्यत् के 'गा' वाले रूप हैं, जैसे 'करूँगा', 'बोलूँगा' और सिंधी में 'दा' वाले। ये साधारणतया प्राचीन वर्तमान के रूपों में जोड़ दिए जाते हैं। ये 'दा' और 'गा' 'दा' और 'गम्' धातुओं के भूतकालिक कृदन्त[2] माने जाते हैं।

(७) कृदन्त वर्तमान, भूत एवं विधि (या संभाव्य भविष्यत्) हैं, जैसे मरा० 'करित', 'धांवत', गुज० 'करत', बंग० 'करित', 'देखित', हिं० करता, उड़िया 'करन्त' और सिंधी 'मारींदो'। अनुनासिक केवल अंतिम दो में ही

---

१. Linguistic Survey ५.५

२. भंडारकर पृ० २७१, हॉर्नले ३५७

सुरक्षित हैं। भूतकालिक कृदन्त वही हैं, जो प्राकृतों में थे : हिं० 'गया', 'दिया', गुज० 'लीधं'। मरा० में भूतकाल से भेद करने के लिए भूतकालिक कृदन्त में एक और 'ल' जोड़ लिया गया है : 'घेतलेलें' और 'केलेलें' मरा० 'करावें', गुज० 'करवुं', ब्रज 'करवौं', सिंधी 'करिबो' संभाव्य भविष्यत् कृदन्त हैं।

पूर्वकालिक (absolutive) की रचना भाषा की उत्पत्ति के अनुसार भिन्न-भिन्न प्रकार से होती है। इसप्रकार मरा० में करून, देऊन, प्रा० काऊन, दाऊण; गुज० में 'करीने' 'लईने' हैं, जो कि अप० 'एविणु' अथवा प्रा० 'इअ' तथा 'ने' पूर्वाधारी (enclitic) के कारण संश्लिष्ट है। हिं० में 'देखि' 'सुनि' 'करि' हैं, जिनका संबंध प्रा० पूर्वकालिक कृदन्ती 'इअ' से है। 'करि', 'कर' के रूप में और भी संक्षिप्त हो जाता है, और यह स्वतः ही एक पूर्वकालिक कृदन्ती प्रत्यय बन जाता है, जैसे 'सुनकर' 'जाकर'। उड़िया में 'इ' है, बंग में 'इ' 'इया' हैं।

केवल मरा० ने ही प्रयोजनार्थी तुमुनन्त (infinitive of purpose) को सुरक्षित रखा है। करूं, बोलूं का संबंध प्रा० करिउम् इत्यादि (सं० कर्तुम्) से है।

क्रियार्थक संज्ञाओं (verbal nouns) की रचना 'अन' के विभिन्न रूपों द्वारा होती है, जो कि सं० और प्रा० दोनों ही है; मराठी 'करणें', हिं० और पंजा० 'करना', सिंधी 'करणु', बंग० और उड़िया 'करन'। गुज० में 'वुं' अंतवाली क्रियार्थक संज्ञा है—'करवुं', 'तेदेवुं', 'लेवुं'।

(८) मरा० में प्रेरणार्थक की रचना धातु में 'ईव' 'अव' जोड़कर की जाती है : 'करिवणें', 'कराववुं' 'लगाववुं' सिंधी 'वाइणु', 'धोआइणु'। हिं० में नचाना, पढ़ाना, पढ़वाना तथा दिलाना, 'दिलवाना' है। दो बाद वाले स्पष्ट ही दोहरे प्रेरणार्थक हैं। बंग० और उड़िया में 'देखाइ' इत्यादि हैं। इन प्रेरणार्थकों के अतिरिक्त सं० की भाँति धातु-स्वर को पुष्ट करके बनाये जाने वाले प्रेरणार्थक भी हैं : 'मारणें', 'तोडणें', 'फोडणें', 'मरणें', 'तुटणें', 'फुटणें'।

(९) प्राचीन कर्मवाच्य केवल पंजा० और सिंधी में 'मारीए', 'मारीअव', जैसे रूपों में सुरक्षित हैं। यह प्रा० के 'इअ' (कर्मवाच्य) से है। 'पीजणूं' में 'ज' कर्मवाच्य भी है। प्राचीन मरा० में कुछ पुराने कर्मवाच्य के रूप मिलते हैं।

ज्ञानेश्वरी में 'सांगिजति', 'वधिजति', 'नाशिजल' 'किजसी' हैं। प्राचीन हिं० में भी उनमें से कुछ मिलते हैं, जैसे 'पूजियत्', 'चाहियत्'। आधुनिक

मरा० में एक वक्रतापूर्ण कर्मवाच्य या वाग्विस्तारी कर्मवाच्य (periphrastic passive) है, जैसे 'दिलें जातें' 'घेतलें गेलें'।

५३. **आ भा आ (देश भाषाओं) का आरम्भ**—प्राचीनतम उपलब्ध मरा० साहित्य 'ज्ञानेश्वरी' है, और उसका काल शक संवत् १२१२ अर्थात् ईस्वी सन् १२९० है। इसके अतिरिक्त मरा० (के अस्तित्व) के लिए शिलालेखीय प्रमाण भी हैं। १२०८ ई० का पाटन[1] शिलालेख है, जिसमें मरा० की कुछ पंक्तियाँ हैं, जिनका आरम्भ 'इयां पाटणीं जें केणें उघटे तेहाचा' इत्यादि से होता है। इससे प्राचीन एक अन्य शिलालेख भी है, जो परेल[2] में प्राप्त हुआ था। यह ११८७ ई० अर्थात् ज्ञानेश्वरी से सौ वर्ष पूर्व का है। इसमें लगभग तीन ही पंक्तियाँ हैं, जो 'जो कोणि हुवि ए शासन लोपी तेच्या वेद्यनाथाची भाल सकुटुंबी आपडे' इत्यादि से आरम्भ होती हैं। इससे १२वीं शताब्दी ई० में मरा० के स्पष्टतया ही ऐसे रूप का पता चलता है, जो प्रा० (अप०) नहीं है। इसप्रकार हम बड़ी सरलता से मरा० का आरम्भ कुछ शताब्दियों पूर्व मान सकते हैं। कुछ विद्वानों[3] का मरा० को पाँचवीं शती तक ले जाने का प्रयास असफल रहा है, क्योंकि उसका कोई सुदृढ़ आधार नहीं है।

अन्य आधुनिक भारतीय आर्यभाषाएँ, इस दृष्टि से मरा० जैसी सौभाग्यशालिनी नहीं हैं। अवधी में प्राचीनतम रचना तुलसीदास की है, जो कि १६वीं शती के कवि थे। हाँ, ब्रज में एक रचना पृथ्वीराज रासो मिलती है, जिसके रचयिता चंदबरदायी १२वीं शती के अंत में विद्यमान थे। इससे भी हम उसी निष्कर्ष पर पहुँचते हैं कि हिं०, कम से कम प० हिं० का उस समय तक एक निश्चित रूप विकसित हो गया था। अतः इसका भी आरम्भ इससे कुछ शताब्दियों पूर्व माना जा सकता है।

इसप्रकार जब मरा० का, जो कि इन सभी देश-भाषाओं में सुदूरतम दक्षिण की है, इतना पहले ही एक स्वतन्त्र विकसित रूप मिलता है, तो हम यह अनुमान लगा लेते हैं, कि, अन्य भाषाओं का विकास भी उसी समय के आसपास हुआ होगा। निष्कर्षतः ११वीं शताब्दी के आरम्भ में बिना किसी शंका के आधुनिक देश-भाषाओं का आरम्भ माना जा सकता है।

---

१. Epigraphia Indica Vol. II

२. Journal of Bombay Branch of the R.A.S. १८७६, पृ० ३३४

३. राजवाडे, ज्ञानेश्वरी, भूमिका

इस सम्बन्ध में डॉ० टेसीटरी के मत का उल्लेख करना आवश्यक है। अप० से पश्चिमी राज० के अंतिमरूप में अलग होने के समय का विचार करते हुए उन्होंने उसे १३वीं शताब्दी[1] अथवा इसके लगभग स्थिर किया है। स्पष्ट शब्दों में कहें तो प्राचीन पश्चिमी राजस्थानी, प्राचीन गुज० है। टेसीटरी कुछ आवश्यकता से अधिक सतर्क हैं। गुज० की प्राचीनतम रचना 'मुग्धावबोधमौक्तिक' है और उनके अनुसार इसकी रचना—भाषा के पूर्णतया विकसित रूप में—१३९४ ई० में हुई थी। पूर्व सीमा का पता प्राकृत पैंगलम् से चल गया है जो, यद्यपि बहुत निश्चित न होने पर भी लगभग १२वीं शती का माना जाता है। यह स्पष्ट है कि यह ग्रन्थ प्रा० में परंपरा के रूप में लिखा गया था, और इसे प्रा० की उत्तर सीमा का निर्धारक नहीं माना जा सकता, क्योंकि जिस भाषा में यह ग्रन्थ लिखा गया है, वह, इसके रचयिता से पाँच शताब्दियाँ पुरानी भी हो सकती है। इसप्रकार टेसीटरी के घटाकर किए गए अनुमान से भी ११वीं शती प्रारम्भ में आधुनिक भारतीय आर्यभाषाओं का आरम्भ मानने की हमारी धारणा में कोई बाधा नहीं पड़ती। कहा जाता है कि नागरीप्रचारिणीसभा ने पुरानी हिं० की दसवीं शती की प्रामाणिक हस्तलिखित प्रतियों की खोज की है, और उन्हें अपनी पत्रिका में प्रकाशित किया है।[2]

---

१. Indian Antiquary. १९१४ पृ० २४.

२. प्रो० एच० आर० दिवेकर ने मुझे यह सूचना मौखिकरूप से ही दी है। मुझे अभी मूल पत्रिका प्राप्त नहीं हुई।

परिशिष्ट १

भारत-आर्य (Indo-Aryan) और हिट्टाइट

मूल भारोपीय की ध्वनियों एवं उनके रूपों का वैज्ञानिक पुनर्निर्माण पिछली शताब्दी के भाषा-वैज्ञानिकों का सबसे महान् कार्य था। पाँच हजार वर्ष पूर्व की मानव वाणी का स्वर फिर से सुना गया। मूल भारोपीय, संस्कृत, ग्रीक, रूसी और भारोपीय परिवार की आधुनिक भाषाओं का मूल थी।

इसकी ध्वनियों में, स्वर थे : a, e, i, o, u ह्रस्व और दीर्घ, इनमें से किसी दो की संधि से बने संयुक्त स्वर, ह्रस्व तथा दीर्घ, एवं ह्रस्व y, i और ū। व्यंजन थे : p, ph, b, bh, m ओष्ठ्य; t, th, d, dh, n, दंत्य अथवा वर्त्स्य; k, kh, g, gh, ñ तालव्य; q, qh, g, gh, ṅ कंठ्य; q^u, qh^u, g^u, gh^u, n^u ओष्ठीकृत कंठ्य; तरल अथवा आक्षरिक व्यंजन, ṛ तथा ḷ और ऊष्म s (जो परिवर्तित होकर z भी हो जाता था)। s (z) के अतिरिक्त और कोई भी संघर्षी व्यंजन नहीं था। कुछ विद्वानों की मान्यता है कि x, y, θ, δ, z, भी थे। भारोपीय संज्ञा तथा क्रियारूप सामान्यतः वैदिक के सदृश थे।

बीसवीं शताब्दी का आरम्भ एशिया माइनर में नई भाषा-वैज्ञानिक सामग्री (जो द्वितीय सहस्राब्दि ईसा-पूर्व के मध्य की थी) के आविष्कारों से हुआ। ये आविष्कार थे :

(१) मिस्र के फाराओह, अमेन्हेतेप द्वितीय के एशिया माइनर में सम्राट् अरज़वा को लिखे गए दो पत्रों को १९०२ में जे० ए० नुटज़न (Knudtzon) ने पढ़ा। इससे इस बात का पता चला कि वह भाषा भारोपीय है।

(२) १९०७ में, ह्यूगो विंकलर ने, तुर्की के बोगाज़कुइ ग्राम में, जो कि हतूसास की प्राचीन हिट्टाइट राजधानी थी, कीलाक्षरों (Cuneiform) में १०,००० मिट्टी की पट्टिकाओं पर लिखे हुए एक पूरे साहित्य को खोज निकाला। ये खत्ती साम्राज्य के राज्य-पुरालेख (मितन्नी जाति के साथ सन्धि के) हैं। इस खोज ने विद्वत्समाज के लिए सामग्री का विशाल भंडार खोल दिया। मेयर ने इन अभिलेखों में वैदिक देवताओं के नाम खोज निकाले।

(३) १९१६ में चेकोस्लोवेकियन विद्वान् बी० ह्रोजनी ने यह सफलतापूर्वक सिद्ध किया कि हिट्टाइट भाषा भारोपीय है। मारस्टैंडर ने १९२२ में इस भाषा की पूरी रूपरेखा स्पष्ट की, और १९३३ में स्टुर्टेवेंट की Comparative Grammar of Hittite प्रकाशित हुई। तबसे अमरीकी विद्वानों ने अनेक अन्य तथ्यों का संग्रह किया है।

पुनर्निर्मित मूल भारोपीय भाषा ने सभी भारोपीय भाषाओं को स्पष्ट कर दिया। हिट्टाइट के भारोपीय भाषा होने का पता तो चला, किन्तु अन्य भारोपीय भाषाओं के साथ इसका साम्य ठीक से नहीं बैठा। अतः, विद्वानों ने अनुमान लगाया कि हिट्टाइट भारोपीय मूल भाषा से अपेक्षाकृत पहले की शाखा थी। स्टुर्टेवेंट तथा अन्य हिट्टाइट विद्वान् अब इस पक्ष में हैं कि संस्कृत गॉथिक अथवा ग्रीक की भाँति, हिट्टाइट भारोपीय की वंशज नहीं है, अपितु यह भारोपीय की भगिनी भाषा है। इस मत के अनुसार हिट्टाइट संस्कृत ग्रीक और लैटिन जैसी प्राचीन भारोपीय भाषाओं की मौसी अथवा बड़ी मौसेरी बहिन है। इन विद्वानों ने इंडो-हिट्टाइट से मूल भारोपीय और हिट्टाइट को विकसित माना है। निम्नलिखित रूप में यह सम्बन्ध दिखलाया जा सकता है:

मूल इंडो-हिट्टाइट
- पूर्व-भारोपीय
  - पूर्व हिट्टाइट
    - हिट्टाइट
  - भारोपीय
    - संस्कृत
    - ग्रीक
    - लैटिन

विद्वानों में अभी तक यह परिकल्पना सर्वमान्य नहीं हुई है, किन्तु इसका कोई विकल्प भी सामने नहीं आया है। यदि यह सम्बन्ध निश्चितरूप से स्थिर हो जाय तो निस्संदेह, इससे हमें वेदों और मध्यपूर्व की भारोपीय संस्कृति के ऐतिहासिक अध्ययन के समक्ष आने वाली अनेक समस्याओं के समाधान में सहायता मिलेगी।

हिट्टाइट साहित्य—बाइबिल की पुरानी पोथी में हिट्टाइट लोगों को हेथ (Heth) की संतान कहा गया है। हिट्टाइट लोगों की जन्मभूमि का एक ऐसी भूमि के रूप में उल्लेख है, जिसमें दूध और शहद की नदियाँ

बहती थीं (Exodus)। फॉदर एब्राहम ने एफ्रन से, जो कि हिट्टाइट था, एक खेत खरीदा, जिसमें एक गुफा थी, और उनकी पत्नी सराह वहाँ दफनाई गई (लगभग १८७२ ई० पूर्व)। उनका अश्वारोही धनुर्धारियों के रूप में उल्लेख है। पैगम्बर एजेकील ने जेरुसलम से कहा है कि तुम्हारे पिता अमोराइट थे, और तुम्हारी माता हिट्टाइट। वह बृहद् हिट्टाइट आक्रमण, जिसने प्रथम बेबीलोनियन राज्यवंश का संहार किया था, लगभग १८०० ई० पू० में हुआ था। इसके तीन शताब्दियाँ पीछे (१५०० ई० पू०) पश्चिमी एशिया माइनर इन हिट्टाइट लोगों की मातृभूमि थी। हिट्टाइट उन अनेक जातियों का नाम है, जिनका उल्लेख प्राचीन मिस्री और असीरियन अभिलेखों में है। अमरीकी विश्वकोश (Encyclopaedia Americanna १९४५) के अनुसार फिलस्तीन में हिब्रू लोगों से पहले इन्हीं लोगों का निवास था। सुलेमान के समय में उत्तर-पूर्वी सीरिया में इन लोगों के राज्य थे। वह इनके साथ संधि करने को आतुर था। मिस्री और असीरियन चित्रलिपिक शिलालेखों (Hieroglyphic Inscriptions) एवं अभिलेखों से निम्नलिखित जानकारी मिलती है : उत्तरी सीरिया में हेटा लोगों ने, मिस्र के सम्राट् थुत मोसिज़ तृतीय (लगभग १५६० ई० पू० और उसके १९वें राज्यवंश के उत्तराधिकारियों, सेथोस और रेमसेज़ प्रथम और द्वितीय (लगभग १२०० ई० पू०) का कड़ा विरोध किया। कीलाक्षर शिलालेखों के हट्टियों से (११०० ई० पू० से ७०० ई० पू० तक) असीरियन लोगों के प्रायः युद्ध होते रहे। इसके पश्चात् इन लोगों का कुछ भी उल्लेख नहीं मिलता। इसप्रकार ये प्राचीन प्राच्य लोग विश्व में अपनी सत्ता जमाने की दौड़ में प्राचीन मिस्रियों और असीरी-बेबीलोनियन लोगों के प्रतिस्पर्धी थे। ज्यों ही वे एशिया माइनर के तौरुस पर्वतों से आए उन्होंने प्रथम बेबीलोनियन राजवंश को उलट दिया। इस अनुमान का कोई विशेष विरोध नहीं हुआ है कि, हिट्टाइट लोगों को 'हाइक्सोस' (Hyksos) भी कहते थे, ये लोग गडरिये सम्राट् थे, और इन्होंने मिस्र के सिंहासन पर (१८०० ई० पू०) अधिकार कर लिया था।

बोगाजकुई में प्राप्त अभिलेख

ये राज्य-पुरालेख हैं, जिनमें मितन्नी लोगों की सन्धियाँ हैं (समय लगभग १४०० ई० पू०)। जैसा कि ऊपर बतलाया जा चुका है, इन्हें बर्लिन के असीरी अध्ययन के विद्वान ह्यूगो विंकलर ने अंगोरा के १४५ किलोमीटर पूर्व में खोदकर निकाला था। बेबीलोनियन भाषा एवं लिपि का प्रयोग प्राचीन अन्तर्राष्ट्रीय सम्बन्धों में कूटनीति में होता था। यह एकप्रकार की प्राचीन

प्राच्य फ्रेंच थी। किन्तु हिट्टाइट-पुरालेख हिट्टाइट भाषा में हैं और बेबीलोनियन कीलाक्षर में लिखे गए हैं, साथ ही उनमें कई स्थलों पर मिस्रियों की चित्रलिपि का भी प्रयोग हुआ है।

बेड्रिक ह्रोज्नी

इस भाषिक खोज का श्रेय प्रो० बेड्रिक ह्रोज्नी को है। ह्रोज्नी को, हिट्टाइट में कर्ता एकवचन पुंलिंग के एक –anza अन्त्य वर्तमान कृदन्त तथा अन्य कारकों में –ant तथा –and अन्त्य से इस भाषा के भारोपीय होने का संकेत प्राप्त हुआ। (तुलनीय लैटिन ferens, ferentis ग्रीक pheron, pherontos) उन्होंने हिट्टाइट संज्ञाओं की कारक विभक्तियों का भी तुलनात्मक अध्ययन किया और उन्हें भारोपीय परिवार की भाषाओं के अनुरूप पाया :—

हिट्टाइट	khuman-za	=सभी भारोपीय	लैटिन
कर्ता	khumanza	s	ferens
सम्बन्ध	khumandash	sya	ferentis

हिट्टाइट attash (पिता) का कर्मकारक में attan है (तुलनीय, सं० रामान्)।

हिट्टाइट में 'पानी' के लिए 'vadar' शब्द है। ह्रोज्नी का सर्वाधिक महत्त्वपूर्ण सूत्र इसी शब्द के कारकीय रूपों से प्राप्त हुआ। उन्हें यह शब्द इस हिट्टाइट वाक्य में मिला :—

nu ninda–an ezzatteni, vadar–max-ekutteni। इसमें सुमेरो-बेबीलोनियन चित्रशब्द (ideogram) ninda (रोटी) का अर्थ ज्ञात था। अतः nind–an को स्पष्ट ही 'रोटी' अर्थ वाले शब्द का कर्म एकवचन रूप कहा गया। रोटी खाई जाती है, अतः ezza का स्पष्ट अर्थ हुआ 'खाना'। इसीप्रकार ad तथा adanzi (वे खाते हैं, अन्य स्थानों में) भी। तुलनीय है, लैटिन edo प्राचीन उ० जर्म० ezzan और अंग्रेजी edible सं० अद् (खाना)। अन्य अवतरणों से पता चला कि -teni मध्यमपुरुष एकवचन की विभक्ति है। इन शब्दों के आधार पर ह्रोज्नी ने सहज ही यह सोचा कि हिट्टाइट लोगों को रोटी खाने के बाद पानी पीने की आदत थी। हिट्टाइट vadar, अंग्रेजी water तथा प्राचीन सैक्शन water से आश्चर्यजनक रूप से समान है। आक्सफोर्ड शब्दकोष में आधुनिक अंग्रेजी शब्द water का निम्नांकित स्रोत दिया गया है: प्राचीन अंग्रेजी water, जर्म० wasser, ग्री० hudor, लै० unda (लहर)। इनके साथ में संस्कृत 'उदन्' 'समुद्र' और

'अद्भ्यः' की भी तुलना करने का सुझाव देता हूँ। [रूसी वदा (voda) भी इस प्रसंग में उल्लेख्य है।---अनुवादक]।

हिट्टाइट वाक्य का शेष अंश है 'ekutteni'। इसमें धातु स्पष्टतया ही eku (पीना) है : तुलना कीजिए लैटिन equa। भारोपीय के प्रचलित रूप में यह पूरा वाक्य इसप्रकार होगा :

Now (nu) you eat bread; further you drink water [अब (nu) तुम रोटी खाओ; इसके बाद तुम पानी पियो]। हिट्टाइट में vadar के रूप इसप्रकार चलते हैं :---

एकवचन

कर्ता	vadar	संप्रदान अधिकरण	vedeni
कर्म	vadar	अपादान	vednaz
करण	vedenit	संबंध	vadenash
			(तुलनीय लै॰ femui feminis)

eku, ekuzi (वह पीता है) : तुलना कीजिए तोखारियन ma jokalle (किसी को पीना नहीं चाहिए)।

प्रो॰ ह्रोज्नी ने हिट्टाइट-सर्वनामों और भारोपीय सर्वनामों में भी अनुरूपताएँ स्थापित कीं :

	हिट्टाइट	लैटिन	ग्रीक	जर्मन	डच	गॉथिक	संस्कृत
उत्तमपुरुष	ugs (में)	ego	ĕgō	ich	ik	—	अहम्
एकवचन	amugga (मुझे)	emege	—	—	—	—	—
मध्यम-	zig, ziga (=तु)	śégĕ	—	—	--	—	—
पुरुष	tug, tuga (=तुझे)	—				thuk	tokhe (सिंधी)
उत्तमपुरुषबहु॰	vesh (=हम)	—	wir	—		weis	वयम्
	kash (=यह)	ओस्कन ekas		—	—	—	—
	shash (=वह)	—	—	—	—	—	सह्
	kuid	लै॰ quid —	—	—	—	—	वैदिक कद्
	kuvabikki	ल॰ ubique		—	—	—	—

---

१ तुलनीय : भारतआर्य और मराठी अमुक तथा तमुक और सिंधी मोखे तथा तोखे।

यह भी सिद्ध हुआ है कि हिट्टाइट क्रियारूप भी भारोपीय क्रियारूपों के समान हैं। प्रो० ह्रोज्नी की तालिकाओं में से एक उदाहरण है :—

	हिट्टाइट	संस्कृत	ग्रीक	सामान्य विभक्ति
उत्तमपु०	jami(=मैं बनाता हूँ)	yami(=मैं जाता हूँ)	tithemi	mi
मध्यमपु०	jashi	yasi	tithes	s, si
अन्यपु०	jazi	yati	tithensi	zi, ti
	बहु० janzi	बहु० yanti		

u, tu विभक्ति वाले विधिलिंग भी हिट्टाइट में भारत-ईरानी की भाँति ही हैं : berot–u। लैटिन, भारत-केल्टिक और तोखारियन की तरह ही हिट्टाइट में भी मध्य कर्मवाच्य (medio-passive) रूप प्रायः आता है। मध्यमपुरुष बहुवचन jadduma भी संस्कृत 'अहरध्वम्' और प्राचीन अवेस्ता mazdazdum के समान है। हिट्टाइट में –shk और –nu अंत वाली धातुएँ थीं, जैसे :

dashk–ishi=तुम ले लो, द्रष्टक लै० posco

arnu–mi=मैं बुलाता हूँ।

व्याकरण और रचना की इन समानताओं के आधार पर प्रो० ह्रोज्नी ने १९१५ (नं० ५६) में जर्मन ओरिएंटल सोसाइटी को सूचित किया कि हिट्टाइट एक भारोपीय भाषा है। उनका हिट्टाइट व्याकरण १९१६ में तैयार और प्रकाशित हुआ। हिट्टाइट में कंठ्य ध्वनियों के आधार पर उन्होंने यह सिद्ध किया कि, भारोपीय के भारत-ईरानी वर्ग की अपेक्षा, इस भाषा का झुकाव तथाकथित केंतुम वर्ग की पश्चिमी भारोपीय भाषाओं की ओर अधिक है।

इस विषय के इस साधारण विवेचन—जिसे सामान्य बुद्धि सरलता से ग्रहण कर सकती है,—के पश्चात् अब हम अपने अध्ययन के अपेक्षाकृत अधिक वैज्ञानिक पक्ष की ओर आते हैं।

स्टुर्टेवेंट के व्याकरण (Comparative Grammar of Hittite, १९३३) से पता चलता है कि बोगाजकुई की मिट्टी की पट्टिकाएँ इस्तंबूल और बर्लिन के संग्रहालयों में विभाजित हैं। अब तक उपलब्ध हिट्टाइट साहित्य काफी परिमाण में है। उसमें अश्वपालन पर और किसी जंगली अश्व को किस प्रकार पालतू बनाना और फेरना चाहिये, इस पर एक ग्रंथ है। यह ग्रंथ मितन्नी की इंडिक राज्यभाषा में है।

जब हमें किसी नई अथवा प्राचीन किन्तु अज्ञात भाषा की किसी ऐसी भाषा से तुलना करनी हो, अथवा सम्बन्ध स्थिर करना हो, जो पहले से ही ज्ञात है, तो निम्नलिखित बातों की ओर ध्यान देना आवश्यक है : ध्वनिप्रक्रिया, संज्ञाओं और विशेषणों के लिए रूप, सर्वनाम, क्रिया-रूप एवं रूप-विचार। आगे हम हिट्टाइट भाषा के इन्हीं तत्त्वों की भारोपीय भाषा के तत्त्वों से तुलना करेंगे। इससे इसका भारोपीय स्वरूप हमारे समक्ष स्पष्ट हो जाएगा। इस संक्षिप्त सामग्री के लिए हम डा० सुनीतिकुमार चटर्जी द्वारा (Indian Culture, Calcutta, Vol. VIII, No. 4 में) दिये गये हिट्टाइट के सुबोध विवरण के ऋणी हैं। डा० चटर्जी के इस लेख के रूप में हमें भारतीय भाषा तत्त्ववेत्ताओं में सर्वाधिक सम्माननीय व्यक्ति की लेखनी से इस स्थिति का प्रामाणिक एवं सांप्रतिक सारांश प्राप्त होता है। जहाँ कहीं आवश्यकता पड़ी है, स्टुर्टेवेंट के कारण व्याकरण से भी सहायता ली गई है।

स्वर

हिट्टाइट में वे ही स्वर हैं, जो भारोपीय में : a e i o u (दीर्घ एवं ह्रस्व), तथा (दीर्घ एवं ह्रस्व) संयुक्त स्वर। किन्तु कुछ बातें भारोपीय से भिन्न भी हैं। स्वर-विषयक पूरी स्थिति को संक्षेप में इसप्रकार रखा जा सकता है :

(क) a हिट्टाइट में अपरिवर्तित रहता है : हिट्टाइट harkis=शुभ्र अथवा आभायुक्त, सं० अर्जुनस्, ग्री० argos; हिट्ट० saklais=निम्न, लै० sacer=पवित्र, प्राचीन अंग्रेजी seht=सन्धि।

(ख) ā, हिट्टाइट में सुरक्षित है : हिट्टाइट tyezi=चोरी करता है, सं० (स्) तयस=चोर; हिट्टाइट arha, सं० ārāt=दूर; हिट्टाइट mema=कहना; ग्री० memnaimi।

(ग) e सुरक्षित है; r+व्यंजन के पूर्व आने की स्थिति अपवाद है : हिट्टाइट esmī, eszt, लिथु० esmi, esti (i) =हूँ, है; हिट्टाइट eshar, सं० asṛk=रक्त; हिट्टाइट hwekzi, सं० vakti।

हिट्टा० esmi, सं० asmi, लिथु० esmi=हूँ, लै० esṭ=है; हिट्टा० eszi, सं० asti, est, हिट्टा० eshar, सं० asṛk; हिट्टा० hwezi, सं० vakti; हिट्टा० hweszi=रहता है, सं० वसति; wisan=रहना, प्राचीन अंग्रेजी wesan=होना, आधुनिक अंग्रेजी was हिट्टा० kwenzi=मारता है, सं० हन्ति; चर्चस्लाव zena=हाँकना; हिट्टा० neya=नेतृत्व करना, सं० nayati, अवे० ṇayeiti=नेतृत्व करना है।

हिट्टा॰ nepes, सं॰ नभस्, ग्री॰ nephos, लै॰ nebula, भारोपीय, चर्चस्लाव nebo=आकाश; हिट्टा॰ wekzi, सं॰ वष्टि=कहता है, चाहता है, इच्छा करता है; हिट्टा॰ trepzi, सं॰ त्रपते=हल चलाता है, सकुचा गया है; हिट्टा॰ septamas सं॰ सप्तमस् हिट्टा॰ seszi, सं॰, सस्ति=सोता है।

अवश्रुति (Ablaut)

हिट्टा॰ स्वर-व्यवस्था भारत-हिट्टाइट (आगे इसे भा॰ हि॰ कहा जायेगा) स्वर-व्यवस्था का सरलीकृतरूप है। इसीकारण स्वर-परिवर्तन साधारणतया स्पष्ट नहीं होता और ऐसा प्रतीत होता है, कि वह विलुप्त हो गया है। फिर भी इससे हमें यह अनुमान नहीं लगाना चाहिये कि हिट्टाइट में अवश्रुति नहीं थी। भा॰ हि॰ *ertori (er 'हिलना' से) से भारोपीय में ore, vreuti बनते हैं, किन्तु हिट्टा॰ में क्रमश: artari, ari और arnuzi बनता है। अवश्रुति इन रूपों के बहुवचन में दिखाई पड़ती है : erteni तथा erʷwen। भा॰ हि॰ संयुक्तस्वर eu, ou, ū तथा u हिट्टाइट u के अनुरूप हैं; अवश्रुति केवल दीर्घ संयुक्तस्वरों अथवा बाद में स्वर आने पर ही संभव होती है। सर्वाधिक महत्त्वपूर्ण अवश्रुतीय परिवर्तन ये हैं :—

ēser	=होना	eszi	*a*sanzi
ēter	=खाना	etmi	*a*tanzi
		peskez	pesk*a*nzi
nai	=नेतृत्व करना	nais	ney*a*nzi, nᵉst
westen	=कपड़े पहनाना	wasanzi	uśiyanzi
ekuzi	=पीना		*a*wkw*a*nzi

सर्वनाम

हिट्टाइट में सभी कारकीयरूपों वाले सर्वनाम चार हैं : uk=लै॰ ego, zek=लै॰ tu, wes, जर्म॰ wir, लै॰ nos, सं॰ न: तथा सुमेस्, लै॰ vos, सं॰ युष्मद्।

सभी पाठों में पूर्वसर्गात्मक वाक्यांशों (Prepositional phrases) में सर्वनाम आये हैं। Kateme=मेरे साथ; starnesme उनमें।

भारोपीय में प्राप्त सर्वनामों के हिट्टाइट में बहुत कम कारकीयरूप मिलते हैं। ऐसा प्रतीत होता है कि मूल भा॰ हि॰ से अलग होने के बाद भारोपीय में कारक-व्यवस्था के पूर्ण होने की प्रक्रिया आरम्भ हुई।

हिट्टाइट में व्यक्तिवाची सर्वनाम ये हैं :—uk, अंग्रेजी I; wes, अं० we जर्म०, wir; amuk, अं० me; anzas, अं० us; zek, अं० you; tuk अं० to you; anzel, अं० us, सं० अस्मत्।

उत्तमपुरुष सर्वनाम uk (मैं) के रूपों का उदाहरण रोचक होगा :—

कर्ता : uk (एकव०) amuk (बहु०) (तुलनीय मराठी amuk); कर्म : amuk; संबंध : omel; संप्रदान amuk; अपादान : ametaz.

बहुवचन संज्ञारूपों का हिट्टाइट में अभाव है। उनका एक सामान्य बहुवचन कारक था humandaz (=सभी)।

हिट्टाइट –as (है, अं० is) में वही सार्वनामिक मूल है, जो सं० अस्य में है। इसीप्रकार स्टुर्टेवेंट ने यह सिद्ध किया है कि संस्कृत 'तस्मिन्' भा० हि० to-smi से निकला है।

अभ्यास (द्वित्वीकरण)

अभ्यास (द्वित्वीकरण) की प्रवृत्ति हिट्टाइट में पर्याप्त मात्रा में मिलती है। इसका प्रयोग संज्ञाओं और क्रियाओं, दोनों ही में मिलता है : हिट्टा० kwis-kuris= लै० quisquis; हिट्टा० awkawkas=मेंढक, संभवतः अनुकरणात्मक शब्द है। karsikarsiyaz (बिलकुल सत्यता से) के लिए द्रष्टव्य हैं मराठी खरोखराच अथवा गुजराती खरेखरज ; tutumes (बहरा हो जाते हैं) ; kuskuszi (वह मिश्रण करता है) ; तुलनीय : मराठी कुस्कर; पाली गलगलयति ; अंग्रेजी singsong, dingong सं० कलकल, मराठी, कलकलवल तथा अंग्रेजी murmur का स्मरण सहज ही हो जाता है। ऐसे ही हिट्टाइट kalkalture (एक बाजा) है।

क्रियायें

हिट्टाइट क्रियाएँ अनेक बातों में भारोपीय क्रियाओं से संबद्ध हैं :—
(क) उनमें apa, awan, kata तथा peran जैसे उपसर्ग जुड़ते हैं, जिनकी भारोपीय उपसर्गों से सामान्य समानता सर्वथा स्पष्ट है। निम्नलिखित हिट्टाइट वाक्य से इसकी व्याख्या स्पष्ट रूप से हो जाती है :—kururimu peran kata nata kwapiki, tarnas (उसने कभी भी मुझे मेरे शत्रु को नहीं सौंपा) हिट्टाइट उपसर्ग pa संस्कृत 'अभि' तथा लै० amb के अनुरूप है; जैसे हिट्टा० pe-hutezi (=लाना)।

अभ्यास (द्वित्वीकरण)

हिट्टाइट में अभ्यास (द्वित्तीकरण) की प्रवृत्वी भारोपीय की भाँति ही है। उससे धातु का अतिशयताबोधक (intensive) रूप बनता है : kat–kat–enu=नहाना; lah–lah–inu=लड़वाना (तुलनीय हिन्दी लड़ना)। अन्य उदाहरण हैं : papars=छिड़कना, सं० ववर्ष, चेक० preste=वर्षा; हिट्टाइट titiya=सौंपना, संस्कृत तिष्ठति ('स्था' से)।

वृत्ति (Mood) एवं काल

(ग) हिट्टाइट में दो क्रियार्थ एवं दो काल हैं : वर्तमान भविष्य और भूत तथा संकेतार्थ (indicative) और विधिलिङ (imperative)। दो क्रियार्थक संज्ञाएँ हैं, जिनमें से एक सकर्मक अथवा सबल है, दूसरी निर्बल अथवा अकर्मक। एक कृदन्त भी है तथा 'tai' अंत्य एक क्रियार्थक संज्ञा (sapine) भी।

(घ) इनके अतिरिक्त, एक प्रेरणार्थक।

(ङ) एक 'इटरेटिव-ड्यूरेटिव' (iterative-durative) है,

(च) लिट्

(छ) सहायक क्रिया hark (=रखना) सहित दो अन्यकाल।

(ज) एक मध्य कर्मवाच्य (medio-passive) भी है, जो कर्तृवाच्य-सा है।

इसप्रकार हिट्टाइट की अर्थ-सम्बन्धी व्यवस्था बड़ी सरल है। किन्तु रूपों की विभिन्नता से जटिलताएँ उत्पन्न हो जाती हैं। क्रिया-रूप मुख्यतया दो हैं :

(अ) mi तथा (आ) hi। इनमें एक भारोपीय लट् और लुङ के अनुरूप है, और दूसरा लिट् के।

हिट्टाइट क्रिया भारोपीय क्रियाओं की अपेक्षा अधिक प्राचीन है। विकरणरहित (Nonthematic) धातुए भारोपीय की तुलना में, हिट्टाइट में अधिक हैं।

हिट्टाइट क्रिया में केवल दो वचन हैं, और कई स्थलों पर बहुवचन उद्देश्य के साथ एकवचन क्रिया का प्रयोग भी मिलता है। भारत-आर्य भाषाओं में उद्देश्य और विधेय में प्राप्त वचनानुरूपता इसमें नहीं है। मूल भारोपीय के क्रिया-प्रयोग भारत-आर्य से भिन्न हैं।

भारोपीय में प्राप्त तीनों पुरुष हिट्टाइट में भी हैं।

हिट्टाइट में प्रथमपुरुष बहुवचन u ध्वनि के पश्चात् meni है, और अन्य ध्वनियों के पश्चात् weni। तुलनीय है संस्कृत 'वहि' तथा 'महि'। weni तथा meni, was तथा mas अन्त्य हैं, जो मध्यमपुरुष बहु० teni (जो कि वैदिक 'थन' के अनुरूप है) के प्रभाव से परिवर्तित हो गये हैं।

हिट्टाइट में वर्तमान का अन्यपुरुष बहुवचन anzi है। भारत-आर्य anti–onti–nti तुलनीय है।

भूतकाल

(क) mi वाले रूपों में भूत का प्रथमपुरुष एकवचन क्रियारूप व्यंजन धातुओं में un अंत्य है, और स्वर धातुओं में nun अंत्य। जैसे, kwenun=मैंने मारा, सं० अहनम्।

(ख) मध्यमपुरुष एकवचन s अंत्य है, जैसे taskes=तुमने लिया।
(ग) अन्यपुरुष एकवचन सदैव t अंत्य है, जैसे henkt=उसने निश्चय किया।
(घ) बहुवचन हैं: wen, ten, er; एकवचन un, s, t हैं।

विधिलिङ्

प्रथमपुरुष की विभक्तियाँ lu तथा alu हैं, जैसे peskelu=मैं दूँगा; memalu=मैं कहूँगा।

मध्यमपुरुष में विभक्ति उतनी प्रायिक (frequent) नहीं है, जितनी कि भारोपीय और संस्कृत परस्मैपद में हैं, जैसे nenk=उठना।

हिट्टाइट के t और भारोपीय dhi में कुछ सम्बन्ध अवश्य है। ऋग्वैदिक क्रियाओं में ७५ प्रतिशत अवस्थाओं में hi अथवा dhi आता है, इसीप्रकार हिट्टाइट i=जाना, it=जाओ (तुम), arnut=लाओ (तुम)।

हिट्टाइट का अन्यपुरुष भारोपीय की भाँति ही 'tu' अंत्य है, इसीप्रकार बहुवचन भारोपीय की ही भाँति antu अंतवाला है, जैसे aktu, saktu, talestu, बहुवचन, kunantu=सं० घ्नन्तु (=उन्हें मारने दो)।

et (=खाना खाना) के रूप ये हैं :—

वर्तमान	एकवचन	संस्कृत	वर्तमान बहु०	संस्कृत	भूत
etmi	–	mi	atweni	wahi	mazi
mazti	–	si	azteni		
ezzi	–	ti	atanzi	ante	ezt.

विधिलिङ् एकवचन et, संस्कृत का मध्यमपुरुष एकवचन प्रत्यय शून्य है। वर्तमान कृदन्त atanz (सं० में –अन् है, प्राचीन अंग्रेजी का वर्तमान कृदन्त –an अंत्य है, आ० अंग्रेजी का –ing अंत्य)।

क्रियार्थक संज्ञा (verbal noun) की रचना कृदन्त प्रत्यय 'nt' से होती है, जो लै० tus के अनुरूप है। अकाल क्रिया (infinitive) 'wanzi' और 'manzi' अंत्य हैं। क्रियार्थक संज्ञाओं के war तथा mar. अंत्य संबंधकारक रूपों का प्रयोग सांशिक अकाल क्रियाओं (adnominal infinitive) के रूप में भी होता है।

इसप्रकार हिट्टाइट की क्रिया-व्यवस्था सरल है; जबकि भारोपीय की अपने वाच्यों एवं कालों सहित जटिल है। भारोपीय में सामान्य एवं वियोगात्मक (periphrastic) भविष्य तथा लुङ आदि अनेक नवीनताएँ हैं।

हिट्टाइट एक प्राचीन भाषा ही है। यह बात इसके (१) 'h' को बनाये रखने, (२) इसमें m, n के वितरण (३) tst दंत्य को सुरक्षित रखने, (४) ओष्ठ्य के स्थान पर ku की विद्यमानता, (५) स्त्रीलिंग के अभाव, (६) विकरणरहित (non-thematic) धातुओं की प्राथमिकता, (७) सर्वनाम के रूपों, (८) आक्षरिक ṛ ṇ युक्त संज्ञाओं तथा (९) इसमें ts अंत वाले अपादान कारक के रूपों से सिद्ध हो जाती है।

इसमें प्राचीन शब्द भी हैं, जैसे हिट्टाइट nekuz, भारोपीय, nokt, हिट्टाइट eszi (वह बैठता है), esa, esari, सं० आस्ते, जर्मन bestaí (वह बैठता है)।

ध्वनि-परिवर्तन

(१) भा० हि० h का भारोपीय में लोप हो गया है, (२) k, kh, g, gh का तालव्यीकरण हो गया है।

कुछ महत्त्वपूर्ण शब्द और रूप, जिनसे ध्वनि एवं रूप की समानता सिद्ध होती है, नीचे दिए जाते हैं :—

हिट्टा०	e–ku–zi	=वह पीता है	भारो० लै० aqua
,,	kuranzi	=वे बिछुड़ते हैं	,, ,, cultus
,,	nekumanza	=नग्न	भारो०ग्री०gumnos, सं० नग्न; भारो० लै० noktes सं० नक्तम्, ग्री० gumnos (अं० night, रूसी नोच् —अनु०)
,,	nekuz	=शयन-काल	
,,	nekuzi	=वस्त्र उतारता है अर्थात् सोता है	
,,	nekutat	=सोने का समय था	

हिट्टा० kunanzi =वे मारते हैं भारो० सं० घनन्ति
,, tekusami =मैं दिखाता हूँ भारो० सं० दिशामि
अं० teach, token
,, hwek =शपथ देना लै० vox, सं० वक्ति-उक्तः ;
जर्मन epos
भारो०
,, kwrezi =मांस काटना सं० क्रूर : क्रविस (कच्चा)
ग्री० krepas

भारोपीय h, g, gh, kh=हिट्टाइट k, असंयुक्त और दुर्बल :

हिट्टा० kemanz सं० हेमन्त, ग्री० cheima, लै० heims चेक० zima
(रूसी भी —अनु०)
,, krap, सं० ग्रह् अं० grab
,, laki, चेक० lezati अं० lazy
,, talukaes (बहु० da-lu-ga-e-es) लम्बा, सं० दीर्घ, ग्री०
dolichos
,, parkus सं० बृहन्त, अवे० berezent
,, teepu =छोटा, वैदिक दभ्र
,, ueikzi =सं० वष्टि (माँगता है), अं० ask
,, taswanz =अंधा, वैदिक तमिस्र, तमस्, लै० tenebrae
(रूसी टमा —अनु०)
,, akukalet =घड़ा, सुराही, सं० गलति =टपकता है,
कलश अं० chalice
,, mehur (समय), सं० muhuḥ, muhūrta, मराठी महोरत्
,, pankus =सभी, समग्र, निम्नवर्ग; सं० बहुस्
ग्री० pachus=घना
,, palhis =चौड़ा; palhan (एक प्रकार का खाना),
सं० पृथु
,, arsaniya =ईर्ष्या, सं० ईर्ष्या, अवे० ardśyant प्राचीन
अं० corsian मराठी ईर्ष्या,
,, laman =सं० नामन्, ग्री० ŏnoma, लै० nomen (नाम)
सिन्धी nalo, मराठी और हिन्दी नाम
,, paszi =सं० पाति, लै० potus, ग्री० pósis
,, hastai =सं० अस्थि, ग्री० osteon, लै० os= हड्डी
,, stamar =ग्री० stoma, अवे० stamam=कुत्ते का मुँह

हिट्टाइट में संज्ञारूप का एक उदाहरण है :

Antuxas=मनुष्य

विभक्तियाँ		विभक्तियाँ	
कर्ता antuxsas as, s	(भारत-आर्य s)	अधिकरण संप्र० antuxse se	(भारत-आर्य a, smai, smin)
कर्म antuxsan an	(भारत-आर्य am)	अपादान antuxsas as, s	
करण atuxset t, ta	(भारत-आर्य ā, ena)	संबंध antunssas as, s	(भारत-आर्य s, sya);

वैदिक रूप सुरेदुहित=सुरस् दुहित (सूर्य की पुत्री) में कर्ता और संबंध एक ही हैं।

ṛ और ṇ युक्त प्रातिपदिक अनियमित हैं। इनकी तुलना संस्कृत और ग्रीक के अनियमित प्रातिपदिकों से की जा सकती है : उदाहरणार्थ

सं० असृक् (=रक्त) से संबंधकारक अस्नस् बनता है। सं० यकृत्=जिगर से यक्नस् बनता है, ग्रीक hepar=जिगर से hepatos बनता है। तुलना कीजिए :—

हिट्टा०	esXar=रक्त	संबंधकारक	esXnas
,,	stamar=कान	,,	stamanas
,,	kutur=गर्दन	,,	kutanas
,,	paXur=अग्नि	,,	paXunas

तुलनार्थ नीचे कुछ शब्द दिये जाते हैं :—

हिट्टा० ep=भारत-आर्य āp=लेना, प्राप्त करना; हिट्टा० harp=सं० अर्पय; हिट्टा० lip, ग्री० lipos=चिकनाई, चुपड़ना, सं० लिप्, लिम्पति; हिट्टा० titanu, सं० स्था–तिष्ठ; हिट्टा० mekis, ग्री० megas, अं० mickle, सं० महस्; हिट्टा० wet, ग्री० etos=वर्ष, सं० वत्स, वत्सर; हिट्टा० tarup=चुना, संग्रह करना, लै० turba, ग्री० tarbe, अं० : thorp हिट्टा० tarpesar=सभा।

फुटकर

हिट्टा० lutas=luk=खिड़की, तुलनीय अं० lattice; हिट्टा० alis =सफेद, हिट्टा०=alpas मेघ, लिथु० alvas, लै० albus; हिट्टा० anas =माता, hanas=दादी, ग्री० annis; हिट्टा० arwa=प्रार्थना करना, ग्री० ara; हिट्टा० harkis=प्रकाश, चमकीला, ग्री० argos (=चमकना), सं० अर्जुनः।

हिट्टाइट में स्त्रीलिंग नहीं है। उसमें केवल पुंल्लिग तथा नपुंसकलिंग हैं। यह भारोपीय बोलियों के अपूर्ण लिंग के अनुरूप है।

बोगाज़कुई पुरालेखों की भाषा के स्वरूप के पूर्वोक्त अध्ययन से यह सर्वथा स्पष्ट हो जाता है कि अब तक ज्ञात भारोपीय भाषाओं में हिट्टाइट प्राचीनतम में से है। इसकी ध्वनियों से भी यही बात सिद्ध होती है। "यह आश्चर्यजनक रूप से सरल एवं खरादी हुई भाषा है" (तुलनीय भारोपीय k, kh, g तथा gh के लिये k)। पुरालेखों में कुछ ऐसे शब्द हैं, जिनका संबंध आर्य-धातुओं से नहीं है। ये इन शक्तिशाली लोगों द्वारा वर्जित प्रदेशों से उधार लिये हुए, अभारोपीय शब्द हो सकते हैं। कुछ शब्दों का मूल निश्चितरूप से असीरी बेबीलोनी अथवा सुमेरी-अक्कादी है [khabalu=नाश करना, इसके अतिरिक्त pir=per, जिसका मूल मिस्री है। pharaoh इसी से बनता है; nimkhutun (=स्त्री) खत्ती शब्द है]। हिट्टाइट भाषा का एशियामाइनर की भाषाओं से लगभग एक हजार वर्षों तक संबंध रहा है। संभवतः एशियामाइनर के असीरी-बेबीलोनी उपनिवेशों से ही उन्हें अनेक प्रकार की धार्मिक और सांस्कृतिक सामग्री मिलती थी, और अपने नई विजित प्रजा से उन्होंने जो सर्वाधिक मूल्यवान वस्तु ग्रहण की वह थी कीलाक्षर लेखन-कला।

ह्रोज़नी के आविष्कारों को पहले तो विद्वानों ने निस्संकोच रूप से ग्रहण नहीं किया, किन्तु धीरे-धीरे लोगों का संशय शान्त हुआ, और १९२० में एफ़० सोमर ने घोषणा की कि हिट्टाइट अपनी रूपात्मक रचना की दृष्टि से एक भारत-जर्मनिक भाषा है। १९२४ में एस० फ्रेडरेक इस पक्ष के प्रबल समर्थक हो गये।

बोगाज़कुई अभिलेखों में एक और भी बड़ी आश्चर्यजनक बात है। हिट्टाइट शासकों ने अपने को Maryani नाम से अभिहित किया है (वैदिक मर्य=मनुष्य)। वे In-da-ra, Mi-it-tara, M-ru-waṇa और Na-sa-at-at-tiyas की पूजा करते थे, जो कि बेबीलोनियन आक्षरिक लेखन-पद्धति में लिखे हुए प्रायः ऋग्वैदिक देवताओं इन्द्र, मित्र, वरुण और दोनों आश्विनों के ही नाम हैं। इसप्रकार हिट्टाइट भाषा-भाषी, जो अपनी भाषा, एक गृहीत लिपि में लिखते थे, स्पष्टतः ही भारत-आर्य थे। एन० डी० मिरोनोफ ने इन लेखों की भाषा को वैदिक भाषा से पूर्व की माना है (Acta Orientalia)। Simalaya, Suwardatta और Aitagma नामों से पता चलता है कि पूर्व-वैदिक zh और z के साथ ही पूर्व-वैदिक संयुक्तस्वर ai भी हिट्टाइट में सुरक्षित है। राज्य-पुरालेखों में पारिभाषिक कोश अथवा व्यवहार कोश भी थे (परवर्तीकाल में शिवाजी द्वारा निर्मित राज्यव्यवहार कोश के समान), जिनसे यह प्रकट होता है कि संकलनकर्ताओं को समकालीन छः भाषायें ज्ञात थीं।

प्रो० ह्रोज़्नी ने १९३७ में, तुवन-त्यन के राजा वरपलव के हिट्टाइट चित्रलिपिक शिलालेख का फ्रेंच अनुवाद प्रकाशित किया, जिसे हिन्दी में यों रखा जा सकता है :—

तुवन-त्यना के राजा वरपलव ने, जब वह एक राजकुमार था, एक उपवन लगाया था, जो कि, ऐसा प्रतीत होता है कि उसके पितामह, वलुददस (?) द्वारा देव सन्तजस (?) को समर्पित कर दिया था। इस अवसर पर बलुददस ने देव सन्तजस को तर्पण दिया था। बाद में वरपलवस के पिता मतुसा ने भी एक इसीप्रकार का तर्पण किया, जब वह राजा बना। निस्संदेह वरपलवस ने भी संतजस को ही तर्पण दिया। उसने दोहरे परशुधारी (सन्तजस की प्रतिमा) से अपनी रक्षा की प्रार्थना की।

तुश्रत के पुत्र सुबन्धु और अर्ततम के पुत्र शुत्तरण के बीच हिट्टाइट-मितन्नी संधि में, ऐसे देवता जिनके नाम वैदिक देवताओं अग्नि, इन्द्र, तेशुब के समान थे, साक्षी थे। उनके रथ 'ऐकवर्तन्न', 'तेरवर्तन्न', 'पंचवर्तन्न' और शहोत्-वर्तन्न के थे। (चक्रवर्ती)।

(हिट्टाइट भाषा एवं उसके साहित्य के संबंध में उपलब्ध हमारी जानकारी का यह एक विवरण है, जो डा० सु० कु० चटर्जी, डा० आर० एन० डाँडेकर तथा डा० स्टुर्टेवेंट जैसे विद्वानों के अधिकारपूर्ण, किन्तु सतर्कतापूर्ण आधुनिक विवरणों पर आधारित है।)

परिशिष्ट २

भारोपीय लोगों का निवास-स्थान : एक नूतन दृष्टि

भारतीय इतिहास एक विच्छिन्न घटना नहीं है। अब धीरे-धीरे इस बात का अनुभव होने लगा है कि भारतीय इतिहास वास्तव में उससे कहीं अधिक प्राचीन है, जितना कि इसे कुछ इतिहासज्ञ मानते थे। यह प्रस्तर युग से भी पहले तक जाता है। इसके अतिरिक्त, यह कोई विच्छिन्न घटना नहीं है, अपितु विश्व इतिहास का एक भाग है। ऐसी स्थिति में हमारे प्राचीनतम अभिलिखित काल का अध्ययन, इसी अपेक्षाकृत व्यापक विश्व-सन्दर्भ में होना चाहिये। वैदिक युग का अध्ययन भी अब विश्व-इतिहास के अन्य युगों के संदर्भ में किया जा सकता है।

भारत-आर्य भाषा-भाषी अनेक संस्कृतियाँ

वैदिकभाषा और साहित्य पृथक् घटनानुक्रम नहीं हैं। वे, अन्य भारत आर्य-भाषी संस्कृतियों से संबद्ध हैं, जिनका मूल एवं आवास वोल्गा और गंगा के बीच के प्रदेशों में था। भारत से बाहर की भारत-आर्य संस्कृति का भारतीय भारत-आर्य संस्कृति पर प्रभाव है।

सिन्धु-घाटी की सभ्यता

हड़प्पा एवं मोहनजोदड़ो की सभ्यताएँ अब केवल कल्पना नहीं हैं। अब यह अनुभव किया जाने लगा है कि उनसे सामग्री और प्रमाण के नगर के नगर उपलब्ध हुए हैं। अब, इनसे वदिक संस्कृति के सम्बन्ध का अध्ययन अधिक अच्छी तरह किया जा सकता है। अन्य स्थानों की भाँति ही, यहाँ भी, भाषा-विज्ञान एवं पुरातत्त्व को एक दूसरे की सहायता करनी चाहिए। यदि ऐसा नहीं हुआ तो हमारे निष्कर्ष सही नहीं हो सकते।

वैदिक साहित्य एवं संस्कृति के अनेक स्तर

वैदिक साहित्य स्वतः ही एक स्तरीकृत (stratified) साहित्य है। अर्थात् इसमें अत्यन्त आदिम प्रकार की संस्कृति से लेकर सामाजिक जीवन के बहुत अधिक व्यवस्थित ढंग तक के विकास के अनेक स्तरों के प्रमाण हैं। ऐतिहासिक परिस्थिति की सभी अवस्थाएँ इसमें क्रमशः प्रतिबिम्बित हैं।

भ्रमणशील जीवन से अभिजातीय एवं राजतंत्रीय व्यवस्था तक तथा पशुपालन वाले साम्यवाद से वर्ग-संघर्ष तक, ऐतिहासिक अनुभूति का हर पक्ष वैदिक साहित्य में स्पष्ट दिखाई पड़ता है। जहाँ तक धर्म का सम्बन्ध है, इसमें इन्द्रजाली धर्म, अद्वैतवाद, और चुड़ैलविद्या से लेकर व्यवस्थित पुरोहिती विद्या तक के सारे धार्मिक विधानों का चित्रण है। संक्षेप में वैदिक साहित्य सहज आरम्भिक जीवन से लेकर सुविकसित जीवन के सभी रूपों को दर्शाता है।

यद्यपि वैदिक संस्कृति एकरूपा है, किन्तु यह एकान्तिक नहीं है। व्रात्यों, शूद्रों एवं दासों के प्रभाव के रूप में इसमें अनार्य अंश भी समाविष्ट हो गये हैं।

वैदिक राजा एवं राजकुमार

वैदिक राजाओं और राजकुमारों का इतिहास एक ओर तो भारतीयेतर राजाओं, और दूसरी ओर पुराणों की राजवंश-सूचियों (जिन्हें भारतविद् अब तक संदेह की दृष्टि से देखते थे) से जुड़ा हुआ है। महाभारत युद्ध का समय अब १४२८ ई० पू० अनुमानित किया जाता है (डा० अल्तेकर)। दाशराज्ञ युद्ध १९०० ई० पू० में हुआ। गृत्समद का समय अब २७०० ई० पू० निश्चित किया गया है, और शृञ्जय सहदेव का समय २०००-१८०० ई० पू०। अब वैदिकयुग से महाभारत युद्ध के सम्बन्ध को स्पष्ट किया जा सकता है तथा इसकी पूर्व घटनाओं और इसके परिणामों का अध्ययन अधिक विश्वास के साथ किया जा सकता है।

निश्चित करने योग्य चार बातें

वैदिककाल के आर्य लोग, आर्य भाषा-भाषियों की एक शाखा थे। इन आर्य-भाषा-भाषियों का मूल निवासस्थान कहाँ था? हिट्टाइट लोग कौन थे, जिन्होंने मध्यएशिया में एक साम्राज्य की स्थापना की? आर्यलोगों का प्रव्रजन (migration) कब प्रारम्भ हुआ? क्या वे टोलियों में प्रव्रजित हुए? प्राचीनकाल में, उन्होंने अपने उपनिवेश कहाँ बसाये? भारतीयआर्यों तथा ईरानियों में क्या सम्बन्ध है?

आर्य, एक संस्कृति, न कि एक जाति

भाषाविज्ञानविदों ने अब हजारों आर्य-शब्दों का पुनर्निर्माण कर लिया है। ऐसी स्थिति में मूल स्थान की खोज, अब व्यर्थ नहीं हो सकती। इसके

अतिरिक्त, पुरातत्त्व और मानवशास्त्र के प्रकाश में भाषाविज्ञानविदों (जो कि अपनी कल्पनाओं के लिए कुख्यात हैं) के अनुमान का परीक्षण भी किया जा सकता है। अतः हम सर्वप्रथम आर्यलोगों के निवासस्थान पर ही विचार कर रहे हैं।

जाति-सिद्धान्त को, आरम्भ में ही हमें अपने मस्तिष्क से निकाल देना चाहिये। ऐसे सभी विवादों में मैक्समूलर की कहावत 'रक्त-संबंध की अपेक्षा विचार अधिक महत्त्वपूर्ण (गाढ़ा) हैं, स्मरणीय हैं। आर्य वह है जो आर्यों के कार्य करता है। यह सिद्धान्त कि, मूल भारोपीय एक श्रेष्ठ जाति के रूप में आर्य ही थे, अग्राह्य है। विभिन्न भाषाओं में, 'आर्य' के समानार्थी शब्दों से यह संकेत नहीं मिलता, कि, 'आर्य' एक जाति थी। केल्टिक में दो शब्द हैं, ariovistus और ariobriga; जर्मनिक में ariobindus है; वैदिक में 'आर्य' है, ईरानी में Airya तथा harri (तुलनीय, मितन्नी अभिलेख)। 'आर्य' शब्द किसी विशिष्ट प्रकार के शरीर वाली जाति का द्योतन नहीं करता। यह सिद्धान्त कि आर्य लम्बे, गौर वर्ण एवं नीली आँखों वाले थे, घिसा-पिटा है, और इसप्रकार के वैज्ञानिक वाद-विवाद में इसके लिये कोई स्थान नहीं है। इसी सिद्धान्त ने जाति-भावना को जन्म दिया, जिसका परिणाम यह हुआ कि यूरोप में एक हिटलर उत्पन्न हुआ। नार्दिक जाति की कल्पना अब 'डिक्सन' और 'चाइल्ड' द्वारा दफ़ना दी गई है। अब यह कहा जाने लगा है, कि नार्दिक एक शुद्ध जाति नहीं थी। सुन्दर मनुष्य, यूरोप से बाहर भी पाये जाते हैं। रिपले ने अपनी पुस्तक "Race of Europe" में कहा है कि खोपड़ी का आकार और मस्तिष्क-शक्ति सदैव प्रत्यक्षरूप से ही भिन्न नहीं होते। कभी-कभी वे परोक्षतः भी भिन्न हो सकते हैं। इसीप्रकार, चाइल्ड के अनुसार, मृतकों को दफ़नाने की प्रथा भी आवश्यकरूप से किसी एक प्राचीन जाति की नहीं कही जा सकती। ऐसा अनुमान लगता है कि कई जातियों में इसका प्रचार था।

मिस्री मूर्तिकला में भारोपीय

इसप्रकार भारोपीय किसी एक जाति को नहीं वरन् कई जातियों द्वारा बोली जाने वाली भाषा को व्यक्त करती है। 'भारोपीय' नृकुलविज्ञान का शब्द नहीं है। यह कहा गया है, कि, सारे नार्दिक लोग भी सुन्दर नहीं थे। कुछ भारोपीय बोलने वाले काले भी हैं। द्वितीय सहस्राब्दि के उत्तरार्द्ध की मिस्री मूर्तिकला में भारोपीय भाषियों को ब्रेसी-सेफ़लिक (bracy-cephalic) चित्रित किया गया है। असीरिया के तिगलत पिलेसर चतुर्थ के ८वीं शताब्दी (ई० पू०) के विजयस्तम्भ पर भारोपीय लोगों को श्यामवर्ण का चित्रित किया गया है।

हिट्टाइट लोग और उनकी भाषा

हिट्टाइट भाषा के बोलने वाले मुख्यतया आर्मेनाइड जाति के थे। मूर्तियों से उनके उन्नत-ललाट, लम्बी नाक, हृष्ट-पुष्ट एवं सुगठित शरीर वाले, तथा दरमियाने कद के होने का पता चलता है।

यह निष्कर्ष प्रायः निर्विरोध है कि भारोपीय वास्तव में कोई जाति नहीं थी, वरन् अनेक जातियों जैसे नार्दिक, अल्पाइन, पश्चिमी-यूरोपीय और एशियाटक-भूमध्यसागरीय द्वारा निर्मित एक सांस्कृतिक समुदाय था। भारतीय वर्ण-व्यवस्था का सिद्धान्त भी किसी जाति-गत-उच्चता के सिद्धान्त पर आधारित नहीं है। यह श्रम-विभाजन के सिद्धान्त पर, समाज का एक विभाजन है, और इसका उद्देश्य, जन्म अथवा सम्पत्ति की अपेक्षा योग्यता, कार्य तथा गुण को, सामाजिक उच्चता का मानदण्ड बनाना है, जिससे व्यक्ति का समाज में एक स्तर स्थिर हो सके।

मूलस्थान : नये एवं पुराने सिद्धान्त

इस अत्यन्त कठिन समस्या के विषय में अनेक सिद्धान्त हैं:—(१) आर्कटिक निवासस्थान वाला सिद्धान्त (जिसके प्रतिपादक स्वर्गीय लोकमान्य तिलक थे तथा बाद में, इधर, जिसे डा० तारापुरवाला का भी अनुमोदन प्राप्त हुआ था) अब अमान्य होता जा रहा है, क्योंकि खगोलशास्त्री कुछ गणनाओं के सम्बन्ध में एकमत नहीं हैं। (२) भारतीय निवासस्थान वाले सिद्धान्त के अनेक अनुमोदक हैं, और १५ अगस्त १९४७ के बाद से उनकी संख्या और भी बढ़ती जा रही है। भारत से, आर्यों के बहुत बड़ी संख्या में, प्रव्रजन का कोई स्पष्ट एवं निर्भ्रान्त संकेत नहीं मिलता। इसके विपरीत, वैदिक आर्य, परम्परा और इतिहास दोनों में, ऐसे विदेशियों के रूप में प्रसिद्ध हैं, जिनका 'पुरंदर' नाम का एक देवता था, स्पष्ट ही जिसका अर्थ है 'गढ़ों को तोड़ने वाला'। (३) कोसीना (Kossina) का सिद्धान्त (जिसके अनुसार आर्य इतिहास के श्रेष्ठ मानव थे। संसार के हित के लिये इसे जीतना उनके लिये अनिवार्य था; ये लोग जर्मनी से, अपने युद्ध के कुल्हाड़े ले, अश्वजुते रथों में बैठ और ऐसे यज्ञपात्र लेकर निकले थे, जो कोड़े की रस्सी के चिह्नों से चित्रित थे), आर्यों (शांति के लिये जिनकी प्यास उनके द्वारा रचित साहित्य में सर्वत्र अभिव्यक्त हुई है) की अपेक्षा उसी जाति को अधिक शोभा देता है जिसने हिटलरों और मुसोलिनियों को जन्म दिया है। (४) डा० गाइल्स का विचार है कि भारोपीय संस्कृति का मूलस्थान हुंगरी था, क्योंकि हुंगरी में दाहकर्म

की प्रथा अत्यन्त प्राचीनकाल से चली आ रही है, तथा पशुओं और भेड़ों के पालन के लिये हुंगरी एक आदर्श देश रहा है। किन्तु पुरातत्त्व इस सिद्धान्त्त का अनुमोदन नहीं करता। इसके अतिरिक्त, आरम्भिक डेन्यूब संस्कृति में, मातृशक्ति की उपासना के संकेत मिलते हैं, जो स्पष्ट ही, लेशमात्र भी आर्य विशेषता नहीं है।

भारोपीय वातावरण

भारोपीयों के आरम्भिक वातावरण का भाषा में प्रतिबिम्बित चित्र, इस प्रसंग में अपेक्षाकृत अधिक उपयोगी है। यह सर्वथा स्पष्ट है कि, भारोपीय लोग घुमन्तू थे, नहीं तो कोई भी, उनके आने-जाने अथवा प्रवास की चर्चा न करता। आरम्भिक भारोपीय भाषा से स्पष्ट है कि उस पर तीन प्रभाव पड़े हैं:— (१) मेसोपोटेमिया का प्रभाव aster अक्काडियन ishter में दिखाई पड़ता है। भारोपीय 'परशु' असीरियन pilekku से संबद्ध है। भारोपीय guos, जिसकी व्युत्पत्ति अब तक सुमेरियन gu (-d) से मानी जाती थी, अब अल्ताइक kuos से व्युत्पन्न माना जाता है। इससे हमें उस क्षेत्र का पता चलता है, जहाँ भारोपीय भाषाओं और लोगों पर प्रभाव पड़ा। भौगोलिक भाषा में कहा जाये, तो यह क्षेत्र केस्पियन सागर के उत्तर में यूराल और अल्टाइक पर्वतों के बीच अर्थात् उत्तरी किर्गिज़ मैदान है। घोड़ा उत्पत्तितः अल्टाइक ही है, और भारोपीय इतिहास में इस पशु का विशेष स्थान है। डब्ल्यू० कौपर्स (W. Koppers) ने अपने 'अश्वबलि' के विस्तृत अध्ययन में (Pferdeopfer und Pferdekult der Indogermanen in Die Indogermanen und Germanen frage, Wien १९३६ पृ० २७९) कुछ मूल तुर्की और मंगोलियन स्रोतों की, इसमें खोज की है।

वनस्पति एवं पशु

उपर्युक्त तथ्यों से यह स्पष्ट है कि उत्तरी किर्गिज के मैदानों की वनस्पतियाँ एवं पशु, भारोपीय पृष्ठभूमि के सर्वथा उपयुक्त हैं। गाय और घोड़ों का वहाँ होना संगत है। प्राणिविज्ञानविद् एमश्लर (Amschler) का भी यही मत है। भेड़ों और बकरियों के पालन से एक पर्वतीय प्रदेश का स्पष्ट संकेत मिलता है। पशुजीव-विज्ञान संस्कृति के इतिहास पर कुछ प्रकाश डाल सकता है। आरम्भिक भारोपीय बोलियों में बाघ, ऊँट और चीते के लिये शब्द नहीं हैं। ऐसी स्थिति में अरब और सिन्ध के मरुस्थल, मूल निवासस्थान नहीं हो सकते।

क्या मूलस्थान में मधुमक्खियों को आकृष्ट करने वाले नीबू के पेड़ थे ? शहद 'medu' के रूप में मूल भारोपीय जीवन में पर्याप्त महत्त्वपूर्ण है, किन्तु डा० डाँडेकर ने सुझाव दिया है कि, यह 'medu' किसी रसदार फल का एक प्रकार का रस हो सकता है, न कि शहद, जैसा कि आज हम इसे जानते हैं। (I. H. Congress Proceedings १९४७, पृ० ३६। हर्ट के 'बीच' के पेड़ वाले सिद्धान्त की भी यही स्थिति है। ऐसा लगता है कि पेड़ों की मूल भारोपीय शब्दावली में 'बीच' बाद में जुड़ा है। मूल भारोपीय भाषा में फलदार वृक्षों के लिये शब्द नहीं हैं। मूल भारोपीय बोलनेवाले, यूरोपीय बनस्पतियों से पूर्णतया अपरिचित थे। पश्चिम में यूरोप में अथवा पूर्व में भारत में प्रविष्ट होने से पूर्व, प्राचीनतम भारोपीय-भाषी खेती नहीं करते थे। आदिम भारोपीयों का मुख्य व्यवसाय पशुओं का पालन और उन्हें मध्य यूरेशिया के घास के मैदानों वाले हरे-भरे प्रदेशों में चराना था। किर्गिज के मैदानों को भारोपीयों का मूल निवासस्थान मानने के बहुत बड़े समर्थक स्पेश्त (Specht) हैं। उनका विवाह की रीतियों, विधि एवं धर्म का अध्ययन बहुत गहरा और सूक्ष्म है उन्होंने मूल भारोपीयकाल के प्रसंग में हल का भी अध्ययन किया है। ऐसे विद्वान् के निष्कर्षों का निराकरण बहुत सरलता से नहीं किया जा सकता।

कुरगन्स (Kurgans) कब्रें, लकड़ी के घेरे और लाल मिट्टी के चिह्न। पुरातात्त्विक अनुसंधान से इस मत का समर्थन होता है। वी० जी० चाइल्ड (Antiquity of Nordic Culture) का यह कहना है कि आदिम काल में भारोपीय लोग मृतकों को अलग-अलग कब्रों में दफ़नाया करते थे। पास की मिट्टी खोदकर एक ढेर के रूप में उन पर डाल दी जाती थी (ऋग्वेद X. १८.४ और १८.१३)। किर्गिज के मैदानों में ऐसे कुरगन्स (Kurgan) अथवा ढेर मिले हैं, जिनका सम्बन्ध नव-प्रस्तर युग से है (बोग्दानोफ़। कई ढेरों पर, ढेरों के ऊपर बनाये जाने वाले लाल गेरू के चिह्न मिले हैं।

मिट्टी के बर्तन और युद्ध करने के पत्थर के कुल्हाड़े

उत्तरी किर्गिज के मैदानों में, कोड़े की रस्सी की डिजाइन से युक्त कुछ मिट्टी के बर्तन भी खोदे गये हैं। एक्सटेट (Eickstedt) की मानवशास्त्रीय खोजों से भी इस मत की पुष्टि होती है, कि किर्गिज में ही भारोपीय मूल-स्थान था। इन स्थानों पर युद्ध करने के पत्थर के लिए कुल्हाड़े (प्राचीनतम प्रकार के) भी पाये गये हैं।

दो अन्य क्षेत्र : बलख और बाल्टिक

यदि हम दलदली क्षेत्रों की भारोपीय भाषाओं की छानबीन करें, तो ज्ञात होगा, कि, उनमें नमी और वर्षा के वाचक शब्द बढ़ते गये हैं। ये पश्चिमी भारोपीय बोलियाँ बाल्टिक प्रदेशों में पाई जाती हैं। एस० ई० मान (S. E. Mann) ने 'मैन' (Man) में १९४३ में इस समस्या से संबद्ध भाषा-वैज्ञानिक साक्ष्यों का सार दे दिया है, जो इसप्रकार है: पश्चिमी भारोपीय बोलियों में उष्ण प्रदेशीय वनस्पतियों और पशुओं के लिये शब्द नहीं मिलते। उस क्षेत्र में पहुँचने पर भी उनका मुख्य व्यवसाय पशुपालन ही था। भेड़, सूअर, बकरी और कुत्ते से भी परिचित हैं। वे अब पहिये, धुरी, चक्के और जुए से युक्त पूरी गाड़ी बना सकते थे। वे जमीन जोतते, बीज बोते और फसलें काटते थे। ऐसा प्रतीत होता है कि तब वे घास के मैदानों की अपेक्षा उच्चतर क्षेत्रों में रहते थे। ये तथ्य बाल्टिक क्षेत्र की ओर संकेत करते हैं, जहाँ, भारोपीयों की एक शाखा, किर्गिज के मैदानों से गई प्रतीत होती है।

यह दूसरा स्थान प्रतीत होता है। मूल भारोपीय भाषा में समुद्र, मछली, नमक के लिए शब्द नहीं हैं। इसप्रकार भाषिक साक्ष्य प्रिपेट (Pripet) दलदली क्षेत्रों की ओर संकेत करता है। कम से कम भारोपीयों की पश्चिमी शाखा, वहाँ काफी समय तक बसी रही। ये लोग, वहाँ, कैस्पियन सागर के उत्तरी किनारे से, दक्षिणी रूस होते हुए वहाँ पहुँचे थे। ऐसे कारणों से, यह भी मानना पड़ेगा, कि वोल्गा-निपर भी दूसरा स्थान था।

बाल्टिक से पूर्व बलख में अधिवास

ऐसा प्रतीत होता है कि भारोपीयों का दक्षिणी-पूर्वी मुख्य प्रव्रजन (main migration) पश्चिमी प्रव्रजन से पूर्व हुआ भौगोलिक और जलवायु की दृष्टि से, बलख घास के मैदानों से भिन्न नहीं था। भाषा-वैज्ञानिक, पुरातात्त्विक और मानवशास्त्रीय साक्ष्यों से इस मत की पुष्टि होती है। बलख में लकड़ी के गोल घेरों वाली कब्रें पाई गईं हैं। आदिम आर्य, आदिम यूरोपीयनों की अपेक्षा, मूल भारोपीयों से, पहले पृथक् हुए थे। आदिम यूरोपियन, ऐसे क्षेत्रों में गए, जो जलवायु और भौगोलिक वातावरण में भारोपीयों की मूलभूमि से बहुत अधिक भिन्न थे। (अपने Archaeological Traces of the Vedic Aryans में) हीन-गेल्डन (R. von Heine-Gelden) ने (JISOA १९३६) निम्नांकित रूप में भारोपीयों का प्रव्रजन (migration) दिया है।

भारत आर्यों (Indo-Aryan.) के क्षेत्र में, भारोपीय अवश्य ही जक्सर्टस (Juxartes) और ओक्सस (Oxus) को पार करके गए होंगे। बलख़ में आदिम आर्यों का निवास था। ऐसा प्रतीत होता है कि मूल भारोपीयों के तीन गमन हुए, दो मुख्य और एक गौण। उत्तरी किर्गिज़ के मैदानों में ये लोग साथ-साथ दीर्घकाल तक रहते रहे। वहाँ से आदिम भारतीय आर्य, दक्षिण-पूर्व की ओर गये और बलख़ में बस गये, तथा आदिम भारोपीय उत्तर-पश्चिम की ओर गए और प्रिपेट और बाल्टिक में बस गए। हिट्टाइट लोगों का एशियामाइनर में गमन, तीसरा और गौण था।

प्राचीनकाल में हुए विभिन्न प्रव्रजनों (migration) का समय इसप्रकार दिया जा सकता है :—

आदिम हेलेनवासियों का यूनान में प्रव्रजन—२२०० ई० पू०।

हिट्टाइट लोगों का एशियामाइनर में प्रव्रजन—२८०० ई० पू०।

मूल भारोपीयों से आदिम आर्यों का विलग होना—२६०० ई० पू०।

आदिम भारोपीय—३५०० ई० पू०।

अभागे तोखारी लोग

भारोपीय भाषाओं का, 'सतम्' और 'केंतुम्' नामक दो वर्गों में विभाजन परम्परागत तो है, किन्तु बहुत उपयुक्त नहीं (S. E. Mann : The Cradle of IE. Speakers १९४५)। वास्तव में तोखारियन एक 'सतम्' भाषा ही थी। ऐसा प्रतीत होता है, कि ये लोग—हैमलेट की भाँति—निश्चय नहीं कर पाए, कि, पूर्व को जाएँ, अथवा पश्चिम को। उनकी भाषा में भारतीय आर्य और भारोपीय, दोनों ही की विशेषताएँ मिलती हैं।

हिट्टाइट समस्या

इस भाषा और इसके बोलने वालों की खोज की विभिन्न अवस्थाओं का पता, इसे खोजने वालों के नामों से ही लग जाता है। नुटजेन (Knudtzen) तथा विंकल (Winkle) ने इसके मनचेन के असीरी दस्तावेज खोज निकाले। असीरी विद्वान, सोमर (Sommer) ने उन्हें पढ़ा, तथा इस भाषा के आविष्कार को अंतिम रूप दिया स्टुर्टेवैंट ने, जिनका व्याकरण अब पर्याप्त प्रसिद्ध हो चुका है। इस भाषा के आविष्कार से, जो सामग्री प्राप्त हुई है, वह असामान्यरूप से प्रचुर है। ये दस हजार से भी अधिक कीलाक्षर पट्टिकायें हैं। इनमें खत्री (Chattri) साम्राज्य के राज्य-पुरालेख, एल-अमर्ना (El-

Amarna) के अर्जवा (Arzava) पत्र, तथा सुमेरी-अक्कादी आदिम भारोपीय कोश है।

जाति की दृष्टि से, हिट्टाइट लोग, मेडेटरेनियन आर्मेनाइड तथा घुमन्तू तुर्की मूल की एक मिश्रित जाति थे। पुरालेखों से आठ भाषिक टाइपों (linguistic types) के प्रमाण मिलते हैं। नीचे, इस भाषा के स्वरूप का संक्षिप्त परिचय दिया जा रहा है।

मूल साहित्य से, हिट्टाइट भाषा के एक मिश्रित भाषा होने का पता नहीं चलता। इसके विपरीत इसके भारोपीय से संबंधित होने का पता अवश्य चलता है। किन्तु, भारोपीय के भी पूर्वी अथवा पश्चिमी किसी विशिष्ट वर्ग के साथ इसके सम्बन्ध का पता नहीं चलता। हिट्टाइट एक काकेशियन भाषा नहीं है, जैसा कि कुछ विद्वानों का विचार था। इसका संबंध भारोपीय भाषाओं के केंतुम् वर्ग से है। हिट्टाइट में बहुवचन अव्यवस्थित है। केवल द्विवचन के चिह्न हैं। इसमें एक विचित्र 'ह्' ध्वनि है। क्रिया एवं कारक-रचना सरल है। वृत्ति (mood) प्रायः नहीं हैं, और कालों की संख्या थोड़ी है। इसका व्याकरणिक ढाँचा, भारोपीय परिवार का ही है, किंतु यह भाषा, स्वरूप की दृष्टि से स्पष्टतः ही प्राचीन अथवा आदिम है (डांडेकर)।

हिट्टाइट भाषी लोग अपने आदिम भारोपीय भाषी बंधुओं से लगभग २८००-२६०० ई० पू० में पृथक् हुए थे। पश्चिमी देशों में हिट्टाइट लोगों का कोई भी चिह्न नहीं मिला है। वे लोग काकेशस को पार करके, एशियामाइनर में (मानचित्र देखें) आ बसे।

ऐतिहासिक तथ्यों से भाषा-विज्ञान के अनुमान का समर्थन होता है

इतिहास में यह एक सर्वविदित तथ्य है कि मुरसाइट्स प्रथम (Mursites I) के नेतृत्व में, हिट्टाइट लोगों ने, हम्मूराबी के राज्यवंश को उखाड़ फेंका। हिट्टाइट लोगों द्वारा बेबीलोन की विजय का समय १७६० ई० पू० है। परन्तु एशियामाइनर में उस समय ऐसी भावना का पता नहीं चलता कि वे विदेशी हैं। ऐसी स्थिति में, वहाँ उनके बहुत पहले आने की संभावना है। (इसका समय २८००-२६०० ई० पू० माना जाता है)। उनकी संस्कृति स्पष्टतया ही एक मिश्रित संस्कृति है, जिसमें असीरियन प्रभाव के चिह्न हैं। सुब्बीलुलीमस के नेतृत्व में, हिट्टाइट लोगों ने, मितन्नियों से एक शांति-संधि की। हिट्टाइट साम्राज्य का पतन १२३० से आरम्भ होता है, और कुछ ही वर्षों के पश्चात् उसका कुछ भी पता नहीं चलता। हिट्टाइट पौराणिक कथाओं में

भारोपीय नाम आते हैं। उन लोगों के धर्म में मिनोअन यूनानियों के धर्म से समानता मिलती है। संस्कृति की दृष्टि से ये लोग बेबीलोनियन हैं।

कसाइट लोग

भाषावैज्ञानिकों ने कसाइट भाषा के लगभग चालीस शब्दों का पुनर्निर्माण किया है। उनका स्वरूप भारोपीय है। उनमें कुछ कंठ्य ध्वनियाँ हैं, जो वैदिक ध्वनियों के निकट हैं। कसाइट नामों को भारोपीय अथवा और भी ठीक से कहें तो, भारतीय आर्य नामों के रूप में पहचाना जा सकता है : Surias (सं० सूर्य:), Marattas (सं० मरुत), Suquimuna (सं० सुचमन), Abīrattas (सं० अभीरथ:)। नामों के अन्त में कसाइट bugas सं० 'भग' है। इसप्रकार कसाइट भाषा, भारोपीय परिवार की भाषा है, किन्तु अन्य भाषाओं की तुलना में यह संस्कृत के अधिक निकट है। बेबीलोन की कसाइट विजय का समय १८०० ई० पू० माना जाता है। प्राचीनकाल में, निकट पूर्व में इन लोगों ने रथों में घोड़े जोतने की प्रथा चलाई।

फॉरर (Forer) ने हिट्टाइट के पुरालेखों में अश्वपालन और संख्यापदों (भारोपीयों के अनुरूप) पर एक ग्रन्थ खोज निकाला। अभिलिखित संधि में, मितन्नी सम्राटों के नाम स्पष्टतया ही आर्य हैं : Dusratta, Artasmara और Subandhu.

जैकोबी, विंटरनिट्ज और हिलब्रांट जैसे पुरानी पीढ़ी के विद्वानों की धारणा थी कि, वैदिकधर्म का उद्गम भारत में ही हुआ था। उनका विचार था कि भारत से ही ये जातियाँ पश्चिम को गईं। गवाही के रूप में वे 'द्रुह्यों' वैदिक जाति द्रुह्य के प्रव्रजन (migration) का उदाहरण देते थे। पौराणिक राज्यवंशों की प्राचीनता में पार्जीटर का विश्वास, इस धारणा कोपुष्ट करता प्रतीत होता था। किन्तु अब, नवज्ञात सामग्री के प्रकाश में, इस मत में संशोधन करना ही पड़ेगा।

मितन्नी भाषा वैदिक और ईरानी से पूर्व की है। यह एक 'सतम्' भाषा है। इसमें ṛta का ārta हो जाता है। मितन्नी लोग, अपने को Harris अर्थात् 'आर्य' कहते थे। उनका क्षत्रियवर्ग Maryanni कहलाता था। वे बालों की चोटी धारण करते थे। स्वस्तिक चिह्न उनके लिए शुभ था। उनकी दफ़नाने की प्रथा, आदिम भारोपीयों-जैसी ही थी। वे उलटे त्रिभुज को रहस्य चिह्नों के रूप में प्रयुक्त करते थे। इन सबसे उनका भारोपीय अथवा आर्य स्रोत प्रमाणित होता है।

वैदिक भाषा और संस्कृति और ईरानी भाषा और संस्कृति में समानताएँ हैं, यह एक सर्वमान्य तथ्य है। उपर्युक्त उल्लिखित बलख क्षेत्र ही, दक्षिण-पूर्व में, भारतीय आर्यों द्वारा अधिकृत पहला क्षेत्र था। यहीं पर आदिम वैदिकमंत्रों का रचना हुई थी। वैदिकमंत्रों के दो स्तर हैं: पहले स्तर के मंत्रों की भाषा, एक जीवित भाषा है। यह भाषा २४०० ई० पू० की है, जब ये लोग बलख में थे। दूसरे स्तर के मंत्रों का पुरोहित संघ द्वारा 'संहितिकरण' हुआ। इस समय (१९०० ई० पू०) भारतीय आर्य बलख छोड़कर एक नेता के नेतृत्व में, जो 'पुरदर' (गढ़ों को तोड़ने वाला) नामक देवता का पूजक था, पंजाब में प्रविष्ट हो रहे थे। भारत में आकर इनका सामना हड़प्पा संस्कृति के निर्माताओं से हुआ। भारत में आने से पूर्व आर्यों ने धार्मिक उपासना की दो पद्धतियों का विकास कर लिया था। आर्य जो भारत आए, इन्द्र की पूजा करते थे तथा जो वरुण के पूजक थे, ईरान में बस गए। (और विस्तार के लिए देखिए Indian History Congress Proceedings, Alld. १९४७ में डॉ० डंडिकर का अध्यक्षीय भाषण)।

परिशिष्ट ३

ब्रान्देन्स्ताइन का मत

ए० बी० कीथ ने भारोपीयों के मूल निवासस्थान के सम्बन्ध में ब्रान्देन्स्ताइन के मत का सुबोध सार दिया है, जो कलकत्ता के Indian Historical Quarterly, XIII, I, March १९३७ में प्रकाशित हुआ था। यहाँ उसको सार-रूप में दिया जा रहा है।

ब्रान्देन्स्ताइन ने भारोपीय प्रगति के इतिहास को दो कालों में विभाजित किया है। पहले काल में भारोपीय भाषा एक थी, बोलीय विभिन्नताएँ नहीं विकसित हुई थीं। धातुओं और शब्दों में किसी प्रकार का परिवर्तन अथवा विस्तार हुए बिना, उनका मूल अर्थ सुरक्षित था। दूसरा काल विस्तार का काल है। शब्दों और धातुओं में, अपने मूल अर्थों के अतिरिक्त, नये अर्थों का भी विकास होने लगा था। यह बात निम्नलिखित तुलना से स्पष्ट हो जाती है:—

भारत-ईरानी gwer, gerau (पत्थर); सं० ग्रावन् (=सोमरस निकालने का पत्थर) का विकास भारोपीय प्राचीन अंग्रेजी cweorn आधुनिक अंग्रेजी quern (=अनाज पीसने की हथचक्की) के रूप में होता है। इसीप्रकार सं० मृज्, आधु० अंग्रे० milk मूल भारोपीय धातु sei (=किसी अस्त्र को फेंककर मारना), सं० अस्यति (सायक-तीर) हैं, किन्तु भारत-ईरानी से बाहर इसका अर्थ 'बोना' अथवा 'बीज छीटना' भी था (लैटिन se-men, जर्मन saen, अंग्रेजी क्रिया sow)।

इसीप्रकार मूल भारोपीय mel (=निर्बल करना), सं० मल् (=पीसना); भारोपीय perkon, सं० परशुः (भूमि की दरार), अंग्रेजी furrow (प्रा० अंग्रेजी furh, जर्मन furche)।

भाषावैज्ञानिक प्रमाणों के आधार पर ब्रान्देन्स्ताइन का यह विचार है कि प्रारम्भ में मूल भारोपीय लोग किसी अपेक्षाकृत सूखे पहाड़ी प्रदेश में रहते थे, जहाँ जंगल नहीं थे, केवल कुछ पेड़ थे: बलूत (oak), सरई (willow), भुर्ज (birch) कोई राल वाला पेड़ और एक लचीला पेड़। फल वाले पेड़ नहीं थे। सामान्यतः वे लोग गाय, ऊँट, गदहे से परिचित थे। केल्टों ने, जो भारोपीय आवासियों के दूसरे दल द्वारा पीछे ढकेल दिए गए थे, प्राचीन

अंग्रेजी भाषा को केवल एक दर्जन शब्द दिए हैं, जैसे ass, bannock, binn, brock, किन्तु curd, cart, gown तथा pony नहीं।

Cow शब्द उन्होंने सुमेरियन लोगों से प्राप्त किया, जो इसे gud लिखते तथा अन्त d को छोड़कर इसका उच्चारण 'gu' करते थे (२७०० ई० पू०)। इसी से मूल भारोपीय gwous, सं० गौ निकले हैं। वे बकरी, घोड़ा और सूअर से भी परिचित थे।

अंत में, वे लोग एक निचले दलदली प्रदेश, संभवतः यूराल पर्वतों के दक्षिण और पूर्व में किर्गिज के मैदानों में पहुँचे, जो जीव-जंतुओं और वनस्पतियों की दृष्टि से समृद्ध था। प्राचीनतर स्तर का प्रतिनिधित्व बाल्टिक और कार्पेथियन पर्वतों के बीच के यूरोप के समतल मैदान करते हैं। शब्द एवं अर्थ, दोनों की दृष्टियों से, भारोपीय भाषा में, आने वाली नवीनताएँ, भारोपीय निवास के नए वातावरण से मेल खाती हैं।

आरम्भिक युग में, मेसोपोटेमिया के सुमरी अक्कादी देशों से भारोपीय में शब्द ग्रहण किए गए थे, किन्तु पश्चिमी एशिया, मिस्र और एजियन यूनान से नहीं।

प्रो० सुनीतिकुमार चटर्जी ने इसे "एक युक्तियुक्त मत कहा है, क्योंकि यह वर्तमान युग की श्रेष्ठतम भाषा वैज्ञानिक और पुरातात्त्विक प्रविधियों के अनुकूल है। ऐसा प्रतीत होता है कि, यूरेशिया का मैदान जो जंगली घोड़े का आदिम निवास था, भारोपीयों का मूलस्थान था। इसका कारण यह है, कि जंगली घोड़े को पालतू बनाना तथा सिखाना भारोपीय लोगों [जिन्हें आज Wiros (सं० वीरः) कहते हैं] की भौतिक सभ्यता को, सबसे महत्वपूर्ण अकेली देन थी। ई० पू० तीसरी सहस्राब्दी के द्वितीयार्ध में केवल बैल, ऊँट और गदहे ही यातायात के साधन थे। तीव्रगामी अश्व ने (ऐतग्व) अन्तर्राष्ट्रीय संबंधों में क्रान्ति ला दी। तीव्रगामी अश्व, भारोपीय 'विकास' की विश्व सभ्यता की देन था।" घोड़े को पालतू बनाने और सिखाने के पश्चात् उन्होंने विश्वविजय का एक आन्दोलन आरम्भ किया, और अपनी भाषा तथा अंतिम विजय में अपने विश्वास के द्वारा समूचे विश्व को जीत लिया।

टिप्पणी १

ग्रीक भाषा (भारतीय विद्यार्थियों के लिये)

भाषा-विज्ञान के भारतीय विद्यार्थियों के लिए ग्रीक भाषा के स्वरूप और वर्णमाला के संबंध में यह टिप्पणी बहुत उपयोगी सिद्ध होगी। संस्कृत और ग्रीक भारोपीय भाषा की बोलियाँ हैं, और इनमें बहुत कुछ समान हैं। ग्रीक भाषा के संबंध में जानकारी के लिए, हम, हार्वर्ड विश्वविद्यालय के डॉ० चेज और फिलिप्स के संक्षिप्त सुन्दर व्याकरण, 'A New Introduction to Greek' को पढ़ने का जोरदार सुझाव देते हैं। उन लोगों ने पाठों की व्यवस्था, ग्रीक पढ़ना प्रारम्भ करने वाले के लिए, इस भाषा के अध्ययन को सरल बनाने की दृष्टि से की है। ग्रीक के लिए यह पुस्तक उतनी ही उपयोगी है, जितनी कि संस्कृत के लिए डा० भंडारकर की पुस्तकें थीं।

ग्रीक वर्णमाला में २४ अक्षर, तथा २२ स्वर (ह्रस्व और दीर्घ दोनों मिलाकर) एवं संयुक्तस्वर हैं। वे, इस टिप्पणी के अन्त में, तालिका रूप में, उच्चारण-संकेत के साथ दिए गए हैं। व्यंजनों में π, β, ϕ, μ (p, b, ph, m) ओष्ठ्य हैं, k, y, x (k, g, x अथवा ks) कंठ्य हैं, तथा τ, s, θ, σ, v, λ, ρ, (t, s, th,s,n,l) दंत्य हैं। ग्रीक में 'h' अक्षर नहीं है। यद्यपि स्वर से आरम्भ होने वाले शब्दों के आरम्भ में एक महाप्राण आता है। यदि h का उच्चारण अभीष्ट है तो इसकी ध्वनि को लक्षित करने के लिए आरम्भिक स्वर के ऊपर (') 'चिह्न लगा दिया जाता है। चिह्न (') से यह प्रकट होता है कि जिस स्वर अथवा व्यंजन के ऊपर यह अंकित रहता है, उसमें 'ह' ध्वनि नहीं है। (') चिह्न को spiritus asper कहते हैं, जैसे (ग्रीक 'ε πτ ο हेप्तो, 'ε हे ἑρα, हरा, ἁλs हाल्स=नमक)। चिह्न (') से यह प्रकट होता है कि आदि अक्षर महाप्राणताशून्य है। इस चिह्न को le nis asper कहते हैं।

किसी ग्रीक शब्द में, स्वराघात (accent) अंत के तीन अक्षरों में से केवल किसी एक पर ही हो सकता है। मूलतः यह संगीतात्मक स्वराघात था, किन्तु अब इसे बलात्मक महत्त्व भी दे दिया गया है। स्वराघात तीन प्रकार का था। अनुदात्त (acute) का संकेत था :́ ; उदात्त (grave) का : ̀; स्वरित (circumflex) स्वराघात केवल दीर्घ स्वरों और संयुक्तस्वरों पर

ही आता था और इसे इसप्रकार अंकित किया जाता था◠। शब्द के अंतिम अक्षर को ultima अंत्य कहते थे। इससे पहले penultima या, उपांत आता था और इससे पहले ante-penult। संज्ञाओं में अचल (persistent) स्वराघात था, अर्थात् कर्ताकारक का स्वराघात सभी कारकों में बना रहता था। क्रियाओं में पश्चापसारी (recessive) स्वराघात था, अर्थात् अंत्य (ultima) से पीछे की ओर पड़ने वाला। दीर्घ स्वरों और संयुक्त स्वरों से दीर्घ अक्षर बनते थे।

वचन

संस्कृत की भाँति ग्रीक में तीन वचन थे : एकवचन, द्विवचन, बहुवचन।

लिङ्ग

संस्कृत की भाँति ग्रीक में तीन लिंग थे : पुल्लिग, स्त्रीलिंग, नपुंसकलिंग। स्त्रीलिंग को सूचित करने के लिए नियमित रूप से आ (ā) का प्रयोग दिखाई पड़ता है (पुंल्लिग neos, स्त्रीलिंग neā) ग्रीक में वृक्षों के सभी नाम स्त्रीलिंग हैं। कई स्थानों पर व्याकरणिक लिंग, प्राकृतिक लिंग के विरुद्ध हैं (गाइल्स)।

कारक

संस्कृत में संबोधन को मिलाकर आठ कारक हैं। ग्रीक में पाँच कारक हैं :—कर्ता, सम्बन्ध (अधिकार, स्रोत और वियोग को प्रकट करने के लिए) संप्रदान (जो कि कर्म अधिकरण और करण का संयुक्त रूप था), कर्म और संबोधन।

वाच्य

ग्रीकक्रिया में तीन वाच्य थे, कर्तृ, कर्म तथा जैसा कि संस्कृत तथा मराठी में है, भाववाच्य, जिसमें कर्त्ता की क्रिया उसी पर होती है।

ग्रीक में सात काल थे। वे प्रधान एवं गौण दो वर्गों में विभाजित थे।

प्रधान	गौण
लट् लृट्	लङ् लुङ्
लिट् लुट्	असंपन्न भूत

ग्रीक कालों में अभ्यास है, जैसे ग्री० gegone, सं० जगाम; ग्री० dedorka, सं० ददर्श; ग्री० bebhore, सं० बभार। भूतकाल एवं लुङ ϵ, a के आगम द्वारा प्रकट किए जाते थे, जैसे संस्कृत में 'अ' द्वारा।

केवल ग्रीक ही ऐसी भाषा थी, जो प्राचीन यूनान के विभिन्न वर्गों में संबंध-सूत्र का कार्य करती थी। २५०० वर्ष पूर्व, एशियामाइनर के पश्चिमी भाग, कृष्ण सागर के इर्द-गिर्द, बल्कान प्रदेशों और, क्रीट एवं साइप्रस सहित एजियन द्वीपों में ग्रीक भाषा जानने वाली जातियों की बस्तियाँ थीं। चौथी शताब्दी ई० पू० तक ग्रीक भाषा का, लेखों एवं शिलालेखों के लिए कोई सामान्यरूप निर्धारित नहीं हो पाया था। इस सामान्यरूप को कोइने (coine) कहते हैं, और यह लगभग सारे एट्टिक यूनान और निकट तथा मध्य-पूर्व में फैला हुआ था। सिकन्दर के पश्चात् ग्रीक भाषा दो शाखाओं में विभक्त हो गई। सिकन्दरवाली यूनानी में ही यहूदियों ने बाइबिल की पुरानी पोथी का अनुवाद किया था। चौथी शती ई० तक प्राचीन ग्रीक भाषा विलुप्त होने लगी और यह कहा जाता है कि सन्त आगस्ताइन भी प्लेटो को मूल रूप में नहीं पढ़ सकते थे। जैसा कि जानते हैं, ग्रीक भाषा, तुर्कों द्वारा कुस्तुनतुनिया से निर्वासित कर दी गई थी।

ग्रीक, संस्कृत की भाँति, एक रचनापरक (building) भाषा है, अंग्रेजी अथवा मराठी की भाँति उधार लेने वाली (borrowing) नहीं। उसने अंग्रेजी भाषा को बहुत बड़े परिमाण में शब्द दिये हैं। विज्ञान ने, ग्रीक शब्दों, उपसर्गों तथा प्रत्ययों को सर्वाधिक खपाया है। जीवविज्ञान, मनोविज्ञान, शरीरविज्ञान, जीव, रसायन, और सबसे बढ़कर दर्शन को शब्द ग्रीक से मिलते हैं। अंग्रेजी ने अनेक बड़े ग्रीक शब्दों को छोटा कर लिया है। अंग्रेजी alms—ग्री० eleemosynery, जिसे हम Tom Jones में पाते हैं, आज alms के रूप में संक्षिप्त हो गया है। अमरीकन, pep, अंग्रेजी pepper, ग्री० peperi (सं० pippala) का संक्षिप्त रूप है। photo, auto तथा maths आदि का प्रयोग आज लाखों लोग संभवतः बिना यह जाने ही करते हैं कि ये शब्द सुकरात और प्लेटो, होमर और सोफोक्लस की भाषा से लिए गए हैं।

बॉडमर ने गणना की है (Loom of Language, १९४५) कि ग्रीक में एक सामान्यक्रिया के ५०७ रूप, संस्कृत में ७४३ रूप तथा गॉथिक में ९४ रूप होते हैं, जबकि अंग्रेजी में क्रिया के अधिकतर केवल ४ अथवा ५ ही रूप होते हैं। अधिकांश ग्रीक शब्दों की पहचान ph, ch-k, rh और ps [उच्चारण में (s)] ध्वनियों से हो सकती है। एक अन्य पहचान oe तथा y ध्वनि है।

ग्रीक और संस्कृत क्रियारूपों की समानता निम्नांकित जैसे साधारण उदाहरणों में भी सरलता से देखी जा सकती है :—

कर्तृ			कर्म	
संस्कृत	ग्रीक	अंग्रेजी	संस्कृत	ग्रीक
दधामि	didomi	(I) do	दधे	didomai
दधासि	didos	(you) do	धत्से	didosai
दधाति	didosi (n)	(he) does	धत्ते	didotai
भरन्ति	pheronti	bhare		phere

ग्रीकभाषा का प्राचीनतमरूप होमर के ईलियड (९०० ई० पू०) में उपलब्ध होता है। यह भाषा स्वरों में संस्कृत की अपेक्षा अधिक समृद्ध है, किन्तु संस्कृत की व्यंजन-प्रचुरता ग्रीक में नहीं मिलती। स्वर-प्राचुर्य की दृष्टि से, यह कहा जाता है कि ग्रीक मूलभारोपीय के अपेक्षाकृत अधिक निकट है (उलेनबेक)। दोनों का आरम्भ संगीतात्मक स्वराघात से हुआ, और धीरे-धीरे दोनों ही में उसके स्थान पर बलात्मक स्वराघात विकसित हो गया।

ग्रीकभाषा के इतिहास में, उसकी चार अवस्थाएँ स्वीकार की गई हैं:—(१) होमरिक अथवा प्राचीन ग्रीक (१००० ई० पू०) (२) साहित्यिक अथवा क्लासिकल ग्रीक, (३) मध्ययुगीन ग्रीक, और (४) १४५० ई० से आधुनिक ग्रीक। ग्रीकभाषा की अनेक बोलियाँ थीं। डोरिक में विवृत स्वर तथा व्यंजन थे जिनकी मिल्टन ने प्रशंसा की है। होमर ने एओलिक (Aeolic) तथा आयोनिक (Ionic) में लिखा, जबकि एट्रिक (Attic) क्लासिकल ग्रीक साहित्य का माध्यम बन गई। सुकरात, प्लेटो, अरस्तू, एस्कीलस, सोफोक्लस और यूरिपिडीज की भाषा एट्रिक थी। यह प्राचीन यूनान के क्लासिकल युग (५०० ई० पू० से ३०० ई० पू०) की परिनिष्ठित भाषा थी। सिकन्दर महान् के उत्थान के बाद एट्रिक हेलेनिस्टिक यूनान की सामान्यभाषा बन गई। नई राजधानी अलैग्जेंड्रिया इसका केन्द्र था। बाइबिल की नई पोथी इसी भाषा में लिखी गई जिसे बाद में (३०० ई०) नव-हेलेनिक ग्रीक कहने लगे थे।

डोरिक, आयोनिक और साइप्रियन ने भारोपीय विवृत स्वर ā को सुरक्षित रखा; एट्टिक में ā, ē हो जाता है, जैसे meter में।

आधुनिक ग्रीक में अनेक स्वर तथा व्यंजन परिवर्तन हो गये हैं। इसने संगीतात्मक स्वराघात छोड़कर बलात्मक स्वराघात को ग्रहण कर लिया है। इसका परिणाम यह हुआ कि, इसका माधुर्य, जो प्राचीनकाल में प्रसिद्ध था, बहुत कुछ नष्ट हो गया है।

ग्रीक ने प्राचीनकाल में एक अन्तर्राष्ट्रीय भाषा बनने का प्रयास किया था। वस्तुतः, ग्रीक को भूमध्यसागर के चारों ओर एक अन्तर्राष्ट्रीय भाषा के रूप में समझा भी जाता था। रोमन साम्राज्य के दिनों में कचहरियों एवं धर्म

संघ की भाषा लैटिन थी। परन्तु यूनान, एशियामाइनर, सीरिया तथा यहाँ तक की मिस्र में भी, व्यापारियों द्वारा ग्रीक बोली जाती थी। भारत की उत्तर-पश्चिमी सीमा पर भी ईसा के ढाई सौ वर्ष पूर्व ग्रीक बोली जाती थी।

बाद में कस्तुन्तुनिया में (१४५० ई०) अरबी और तुर्की भाषाओं ने इसका स्थान ग्रहण कर लिया।

A,	α	अलफा, दीर्घ और ह्रस्व *a* अर्थात्		अ, आ
B,	β	बीता	=b	ब्
Γ,	*y*	गामा	=g	ग्
Δ,	δ	देल्ता	=d (दंत्य)	द्
E,	ϵ	इप्सिलोन	=e (thé)	इ
Ξ,	ξ	क्सि	=x (जैसे axiom में)	क्ष् या क्स
O,	o	ओमिक्रोन	=O, ŏ अथवा ō	ओ, ओ
Π,	η	पाइ	=p	प्
P,	ρ	र्हो	=r (जैसे rhyme अथवा Rhine में)	ह्र
Σ, σ, s		सिग्मा	=s (s रूप का प्रयोग शब्द के अंत में होता है, अन्य स्थानों पर σ का)	स्
Z,	ζ	जीता	=z	ज्
H,	η	एता	=e=a (Care में)	ए
Θ,	θ	थीता	=th (दंत्य)	थ्
I,	ι	इओता	=*i* ह्रस्व और दीर्घ (जैसे stadium और police में)	इ, ई
T,	*T*	ताउ (tau)	=t	त्
Υ,	υ	यूप्सिलोन	=u ह्रस्व और दीर्घ (y)	आय्
Φ	ϕ	फाइ	=ph	फ्
X,	*x*	खाई	=(जैसे chorus में)	ख्
K,	κ	कप्पा	=*k*	क्
Λ,	λ	लम्दा lambda	=l	ल्
M,	μ	मु	=m	म्
N,	v	नु	=n	न्
ψ	ψ	प्साइ	=ps (जैसे eclipse में)	प्स्
Ω,	ω	ओमेगा	=o (जैसे ode अथवा not में)	ओ, ऑ

(१) विशिष्ट ग्रीक व्यंजनों का प्रतिलेखन इस प्रकार होता है :—

X=ch, kh, ζ=z; ϕ=ph; ξ= ; yy=ng; θ=th

(२) मूल स्वरों के समानस्वर

e=e; η=e अथवा a; *a*=*a*; *i*=*i*; o, *w*=*a*; v=y, अंत्य *ia*=अंग्रेजी में y

(३) ग्रीक में य् और फ् नहीं हैं।

टिप्पणी २

भारतीय-आर्य भाषाजर्मनिक और अंग्रेजी

अंग्रेजी भाषा की वृद्धि और विकास का हमारा ज्ञान, बहुत सीमा तक, उत्तर-पूर्वी यूरोप की जर्मनिक बोलियों के नव-विकास के हमारे समझने पर आधारित है। अब, यह एक सुप्रमाणित तथ्य है, कि जर्मनिक उस महान् भारोपीय भाषा-परिवार की ही एक शाखा है, जो कि आर्यों द्वारा अवश्य ही उनके आरम्भिक युग में बोली जाती रही होगी। किन्तु जर्मनिक में, भारोपीय स्वर-व्यवस्था पूर्णतः छिन्न-भिन्न मिलती है। जैसा कि सिल्वाँ लेवी ने कहा है, यह वहाँ बोली जाने वाली पूर्ववर्ती भाषा के, इस आक्रान्ताओं की नवागत जर्मनिक भाषा में हस्तक्षेप के कारण है। उत्तरी जर्मनी में पूर्ववर्ती भाषा का यह उपस्तर (substratum) अत्यन्त सभ्य था जो, जातियों की मिश्रित जनसंख्या से निर्मित हुआ था। उनमें, नार्दिक जाति के लोग थे, जिनकी नीली आखें और सुनहले बाल थे, और जिनमें समुद्री डाकुओं की सभी विशेषताएँ थीं। उन्होंने जर्मन भाषा को स्वीकार कर लिया, परन्तु इसके उच्चारण और व्याकरण को बदल दिया। इन परिवर्तनों के लिए अंशतः वहाँ कि जलवायु भी उत्तरदायी थी। साथ ही इन परिवर्तनों के शारीरिक कारण भी अवश्य रहे होंगे। भारोपीय से जर्मनिक में मुख्यतया तीन प्रकार के परिवर्तन हुए :—

१. व्यंजन-व्यवस्था में परिवर्तन।

२. स्वर-व्यवस्था में परिवर्तन।

३. संगीतात्मक स्वराघात के स्थान पर बलात्मक स्वराघात का आगमन।

इन परिवर्तनों के अनेक परिणाम हुए। यह स्मरण रखना चाहिए, कि पश्चिमी जर्मनिक लोग एक ओजस्वी और व्यावहारिक जाति के थे। उनके पीछे गॉथिक लोगों जैसी भाषिक परम्पराएँ न थीं। उनकी अपनी भाषा—जर्मनिक—दैनिक प्रयोग का एक असभ्य और अव्यवस्थित साधनमात्र थी। यह बिशप वुल्फिला की गॉथिक की भाँति, कोई सुगठित, साहित्यिक, अथवा कलात्मक अभिव्यक्ति की भाषा नहीं थी, जिसे विद्वान् लोगों ने अपनाया हो। अपने भारोपीय आक्रमणकारियों की भाषा को, जैसा कि स्वाभाविक है, उन्होंने, कठिन का परित्याग करके, सरल को आवश्यकता से अधिक सरल बनाकर और

अपरिचित तत्त्वों को सामान्य और परिचित करके ग्रहण किया। स्वरों और व्यंजनों को परिवर्तित करने में वहाँ की उत्तरी जलवायु ने भी कार्य किया।

स्वर एवं व्यंजन-परिवर्तनों का, भारोपीय और जर्मनिक शब्दों के निम्नलिखित उदाहरणों से अध्ययन किया जा सकता है :—

१. भारोपीय p का उच्चारण जर्मनिक में f हो गया :—

भारोपीय	जर्मनिक	अंग्रेजी
सं० पशु	fihu	fee
सं० पज	funf	fif, five
प्रि	frei	free

२. भारोपीय t का उच्चारण जर्मनिक में th हो गया :—

त्रि		three
तनुस	dunn	thin
वर्तते	werth	weorthan-worth

३. भारोपीय k का उच्चारण जर्मनिक में h, gh हो गया :—

कृद्-हृद्	herza	heart
कनीयस =नया		(be) gin
अथवा अवे० ghi =खोलना		

४. भारोपीय b का उच्चारण जर्मनिक में p हो गया :—

धुब	tief	deep

५. भारोपीय d का उच्चारण जर्मनिक और अंग्रेजी में t हो गया :—

पद		foot
दिश्		Teach, token

६. भारोपीय g का उच्चारण जर्मनिक और अंग्रेजी में k हो गया :—

भारोपीय	जर्म०	अंग्रेजी
जानु	kneo	knee
युगम्	juh	yoke
जीर्ण	chorn	corn

७. भारोपीय bh का उच्चारण जर्मनिक और अंग्रेजी में b हो गया :—

भरामि	beran	bear
भ्लो	bluomo	bloom
बन्ध	bintan	bind

८. भारोपीय dh का उच्चारण जर्मनिक और अंग्रेजी में d हो गया :—

धे		do-deed
विधवा	witava	widow
धृुस	turran	durst

९. भारोपीय gh, h का उच्चारण जर्मनिक और अंग्रेजी में g हो गया :—

हंस:	gans	goose

नये लेखकों के अनुसार, यह ध्वनि परिवर्तन ४०० ई०पू० और २५० ई०पू० के बीच घटित हुआ ज्ञात होता है। इन सभी परिवर्तनों का विवरण, ग्रिम-नियम की व्याख्या में लिखी गई फादर (Father) की पुस्तक में मिलेगा।

व्यंजन-परिवर्तनों के समान ही जर्मनिक में स्वर भी परिवर्तित हुए। उनमें कमी हो गई। a और o का परस्पर परिवर्तन हो सकता था। जर्मनिक ने भारोपीय संयुक्तस्वरों को सुरक्षित रखा, यद्यपि संस्कृत में उनमें से बहुतों का लोप हो गया। इसप्रकार, समग्ररूप से, स्वरों में क्लासिकल सस्कृत और आधुनिक भारतीय भाषाओं की अपेक्षा जर्मनिक और अंग्रेजी अधिक समृद्ध हैं। जर्मनिक में निम्नलिखित स्वर मिलते हैं :—a, e, i, o, u दीर्घ और ह्रस्व दोनों। संयुक्त स्वर: ai, au, an, am, ar, al तथा ei, eu, en, em, el इत्यादि।

जर्मनिक में एक अन्य स्वर-परिवर्तन यह दिखाई पड़ता है कि, स्वर, दो व्यंजनों के बीच, अपनी स्वतन्त्र सत्ता खो देता है, और उनकी विशेषता को ग्रहण कर लेता है। परन्तु सर्वाधिक क्रान्तिकारी परिवर्तन है, संगीतात्मक स्वराघात के स्थान पर बलात्मक स्वराघात का आ जाना। इससे वाक्य में शब्दों और नये संबंधों का पूरा ढाँचा ही बदल गया। जर्मनिक पर यह स्कॅडेनेवियन प्रभाव था। इस परिवर्तन के कारण भाषा इतनी बदल गई कि उसे पहचानना कठिन हो गया। शब्द के आद्य अंश पर बलात्मक स्वराघात पड़ता था, और परिणामस्वरूप, बाद के अंश का उच्चारण अस्पष्ट रूप में किया जाने लगा। इसप्रकार लैटिन palatium जर्मनिक में pfálz और अंग्रेजी में palace हो गया; इसीप्रकार सं० भरेत जर्म० bairái अंग्रेजी bear।

इस नए स्वराघात के कारण व्याकरण की वह सारी व्यवस्था ही परिवर्तित हो गई, जो मूल भारोपीय में थी। अवश्रुति (Vowel-gradation) और संगीतात्मक स्वराघात का महत्त्व लगभग पूर्णतः समाप्त हो गया। प्रत्यय

भी विकृत हो गए, और कारक-विभक्ति जैसे कर्म का –n छोड़ दिया गया। धातु एवं उसके द्वारा अभिव्यक्त विचार को प्रमुखता दी गई है। विभक्तियाँ अस्पष्ट या विलुप्त हो गईं। भारोपीय में संज्ञा और क्रिया का पृथक् अस्तित्व था, दोनों एक दूसरे से स्पष्टतया भिन्न थीं, किन्तु अब इस भेद को मिटा दिया गया, और संज्ञा का प्रयोग क्रिया के रूप में, या इसके उलटे प्रयोग भी होने लगे। यह विकास सर्वाधिक महत्व का था। इसके कारण जर्मनिक और, बाद में, अंग्रेजी, सम्पूर्ण भारोपीय परिवार की अन्य किसी भाषा की अपेक्षा अधिक लचीली और अभिव्यंजक भाषा बन गई।

इसप्रकार विभक्तियाँ विलुप्त होने लगीं; संज्ञा और क्रिया परस्पर परिवर्तनीय हो गईं और जर्मनिक कही जाने वाली नई भाषा में काल (Tense) समय (time) को प्रकट करने लगा। to be या to have (जैसे quithan ist=यह कहा जाता है) जैसी सहायकक्रियाओं, जो मूल भारोपीय भाषा में बिलकुल नहीं थी) और कृदंतों के सहारे क्रिया के भाव व्यक्त किये जाने लगे।

जर्मनिक में, अन्य परिवर्तनों में, द्विवचन के लोप, तथा कारकों का घट कर चार : कर्ता, कर्म, संबंध और संप्रदान, रह जाना उल्लेख्य हैं। भारोपीय में लिंग विशेषणों द्वारा प्रकट किया जाता था, किन्तु जर्मनिक में स्वयं संज्ञा के रूप में परिवर्तन द्वारा ये प्रकट किये जाने लगे। भारोपीय में व्याकरणिक संबंधों को विभिन्न विभक्तियों के प्रयोग द्वारा प्रकट किया जाता था, जर्मनिक में, उन्हें वाक्यों में शब्दक्रम की साधारण क्रिया द्वारा ही द्योतित करने लगे। मूल भारोपीय भाषा में शब्द अर्थ की दृष्टि से अपनी धातुओं से संबद्ध थे, किंतु जर्मनिक शब्दों का अपना स्वतन्त्र अस्तित्व हो गया। 'Love' शब्द का प्रयोग क्रिया के रूप में भी तथा संज्ञा के रूप में भी हो सकता है : जैसे अंग्रेजी "I love you" (मैं तुमसे प्रेम करता हूँ) My love for you (तुम्हारे लिए मेरा प्रेम); जर्मनिक Ich liebe dich, Miene liebe fur dich.

जर्मनिक संख्यापदों का संबंध भारोपीय संख्यापदों से है, जिन्हें अब 'अन्तर्राष्ट्रीय संख्यापद' (International numerals) कहा जाता है। फादर की पुस्तक में इसकी व्याख्या कर दी गई है। (भारोपीय sem, जर्मनिक और अंग्रेजी 'simplex' और अंग्रेजी "foursome" में बचा हुआ है)।

जर्मनिक शब्दभंडार पूरे महाद्वीप की भाषाओं, विशेषतः बाल्टिक, स्लैवोनिक, इटावली और केल्टिक से शब्द लेकर समृद्ध किया गया। इसप्रकार अंग्रेजी के आगमन के लिए, भूमि तैयार हो गई, जो कि मूलतः एक

भारोपीय भाषा है। अंग्रेजी का व्याकरण सरल है। यह भाषा, विचार एवं संस्कृति के विश्वव्यापी विनिमय के लिए अग्रसर है। अंग्रेजो ने अपना यह लक्ष्य कैसे प्राप्त किया, आगे बताया जाएगा।

यह सिद्ध करना सरल है, कि भारोपीय टैकनिकल क्रियाओं अथवा चेष्टाओं की शब्दावली की दृष्टि से निर्धन है। (भारोपीय tasti=बनाता है। तुलनीय अंग्रेजी textile)। मूल भारोपीय भाषी लोगों को इन्हीं पशुओं के नाम ज्ञात थे :—asva, equus, hippos, cuna, canis, hound; gauḥ, cow; तथा aviḥ। शरीरों के अंगों के नाम भारोपीय की सभी भाषाओं में समान हैं। पारिवारिक सम्बन्धों के शब्दों की भी यही स्थिति है। परन्तु भारोपीय भाषाओं में 'ईश्वर' के लिए कोई समान शब्द नहीं है। धार्मिक अनुष्ठानों के लिए भी सामान्य शब्द का अभाव है। परन्तु संस्कृत 'श्रद्धा' तथा लैटिन credo और संस्कृत ब्रह्मन् तथा लैटि० flamen संभवतः एक ही मूल भारोपीय स्रोत की ओर संकेत करते हैं। इसीप्रकार संस्कृत रथ और लै० rota तथा, सं० नौः, फा० nav, ग्रीक naus (जिससे अंग्रेजी nautical बना है), लैटिन, navis (अंग्रेजी navy) और आइसलैण्डिक nor में अनुरूपता है।

ताँबे के लिए समान शब्द हैं: सं० अयस्, जेंद ayo गॉ० aiz। (Gold) पश्चिमी भारोपीय भाषाओं में मिलता है, गॉ० gulth, प्राचीन उच्च जर्म० gold, प्राचीन स्लैवोनिक zlato। चाँदी सं० में रजतम्, जेंद में erezatum, ग्रीक में argetum है। परन्तु अंग्रेजी "silver" किसी अज्ञात अभारोपीय स्रोत, संभवतः केल्टिक से लिया गया शब्द है।

प्रागैतिहासिक ब्रिटिश सभ्यता

ब्रिटेन में, प्रस्तर युग में भी, एक अत्यन्त प्राचीन सभ्यता विद्यमान थी। ये लोग किसान थे और भारतीय आर्यलोगों को ज्ञात अधिकांश अनाजों का उन्हें पता था। वे देवताओं और देवियों की पूजा करते थे, और अपनी परिवार-व्यवस्था में वे, विशेषरूप से पितृ-प्रणाली के ही पक्षपाती न थे। नारी की पराधीनता से वे लोग अपरिचित थे, और ऐसा प्रतीत होता है कि बाद में विदेशी आक्रमण के भय से यह परम्परा उनके यहाँ आई। प्राचीन ब्रिटिश लोगों में सती प्रथा कदाचित् थी। उन्होंने अपनी राजनैतिक एवं सामाजिक प्रथाओं का भी विकास किया था। मानवविज्ञानवेत्ता उन्हें इबेरियन (Iberian) कहते (लंबी समाधि वाले लोग) हैं। ये लोग निश्चय ही उत्तरी अफ्रीका से सिसिली और जिबराल्टर के रास्ते आकर ब्रिटेन में बस गए होंगे।

ऐसा प्रतीत होता है कि ये प्राचीन इबेरियन लोग, किसी 'गोल समाधि वाली' जाति से पराजित हुए थे, जो अपने साथ सोना, सीसा, टीन और तृणमणि लाई थी। ये लोग कपड़े बुनना, मिट्टी के बर्तन बनाना तथा खेती करना भी जानते थे। उन्होंने Stone-Henge तथा धार्मिक स्मारकों का निर्माण किया। इन्हें सामान्यतया 'ड्रूइड' कहा जाता है। केल्ट लोगों का ६०० ई० पू० से पूर्व, ब्रिटेन पर अधिकार था। वे लोग, भारोपीय भाषी जर्मनिक जातियों द्वारा पश्चिम और उत्तर की ओर ढकेल दिए गए। रोमनों ने, उनके शरीर पर गोदने के चिह्न देखकर, उन्हें पिक्टी (Picti) कहा है।

ऐतिहासिक काल में ब्रिटेन पर तीन जातियों ने आक्रमण किए: (१) उत्तरी-पश्चिमी जर्मनी के ऐंगलेन (Anglen) के ऐंगल्स (Angles) या अंग्रेजों ने; (२) सैक्सनी के सेक्सन लोगों ने; और (३) जटलैण्ड के जट (Jutes) लोगों ने। ये सभी लोग एल्ब नदी के दहाने के निकटवर्ती क्षेत्र के थे। इनका आक्रमण एवं प्रवेश, अनेक प्रवाहों में, एक शताब्दी से भी अधिक समय तक चलता रहा। जर्मनिक लोग एक सैनिक अभिजात तंत्रवादी थे, और इनके सामाजिक और राजनैतिक जीवन का केन्द्र राजा था। उसके सेवक प्राणपण से उसका साथ देते थे। ये लोग राजनैतिक विस्तार के आकांक्षी थे, और अपने नेताओं का, पृथ्वी अथवा समुद्र के छोर तक अनुसरण करते थे। जर्मनिक जातियों का यह इतिहास Beowulfe, The Wanderer तथा The Sea-Farer जैसी बिलकुल आरम्भिक अंग्रेजी कविताओं में प्रतिबिम्बित है।

जैसा कि कहा जा चुका है, इन आक्रमणकारियों के नाम 'ऐंगल्स' 'सैक्सन' और 'जट' थे। ऐंगल्स का ब्रिटेन में प्रव्रजन, पारसियों के भारत में प्रव्रजन की भाँति, एक पूर्ण प्रव्रजन प्रतीत होता है। प्रव्रजन के पश्चात्, उन्होंने जर्मनी में अपने कोई भी चिह्न नहीं छोड़े। सबसे पहले आने वाले डेनिश लोग थे, जो अपने नेताओं हेंगेस्ट (Hengest) और होर्सा (Horsa) (ये लोग अपना नाम जानवर-घोड़े के नाम पर रखना बहुत पसन्द करते थे) के नेतृत्व में ४४० ई० और ४५५ ई० के बीच केंट में आए। यह समझना भूल होगी कि, ये आक्रमणकारी बर्बर थे, जिनका उद्देश्य मात्र लूटमार करना था। ये लोग चाँदी और काँसे का काम जानते थे, दयालु और दुनियादार थे, तथा घोड़े की सवारी करने एवं लिखने के बड़े शौकीन थे। कुछ भी हो, उनके समुद्र यात्रा-सम्बन्धी महाकाव्य (The Beowulfe) से हमें यही संकेत मिलते हैं। ट्यूटानिक जातियों ने, जब इंगलण्ड पर आक्रमण किया तो केल्ट लोगों को पश्चिम और उत्तर की ओर पीछे ढकेल दिया गया। इस काल में, दोनों ही पक्षों ने, एक दूसरे से काफी

संख्या में शब्द ग्रहण किए होंगे। ये आक्रमणकारी इंगलैण्ड में चार मुख्य बस्तियों में बसे, और इसी आधार पर पुरानी अंग्रेजी भाषा की चार मुख्य बोलियाँ विकसित हुईं। ऐंगल्स लोग नार्थम्ब्रिया में बसे, और उनकी बोली नार्थम्ब्रियन कहलाई। जट लोगों की बोलियाँ—केंटिश और मर्शियन थीं। सैक्सन लोग सैक्सन अथवा ऐंग्लो-सैक्सन और मर्शियन बोलते थे।

छठी शताब्दी के अंत में सेंट आगस्टाइन को पोप ग्रेगरी द्वारा इंगलैण्ड भेजा गया था। केंट के राजा एथलबर्ट ने उन्हें ईसा मसीह के गॉस्पल (Gospel) के प्रचार की आज्ञा दी। बाद में राजा स्वयं ईसाई बना और लगभग एक शताब्दी में सारा ब्रिटेन ईसाई हो गया।

स्कैंडेनेवियन जलदस्युओं द्वारा इंगलैण्ड पर डेनिस आक्रमण ७८७ ई० में आरम्भ हुआ और एक शताब्दी तक चलता रहा। एक दूसरे से बड़ा बनने के लिए सैक्सन और डेनिश लोगों का संघर्ष बहुत कड़ा था, और यह काफी दिनों तक चलता रहा। अंत में, सैक्सन लोगों ने, एल्फ्रेड महान् के नेतृत्व में, डेनिश लोगों को अपने अधिकार में कर लिया और डेनिश लोग पूर्वी ऐंग्लिया में बस गए तथा ईसाई हो गए। स्वीन के नेतृत्व में वे पुनः वापिस आए और सैक्सन शासक डेनिश लोगों को सोने से खरीदने के अनेक असफल प्रयत्न करने के पश्चात् (इसी से Dane-geld बना है) आश्रय के लिए नार्मण्डी भाग गया। नट (Cnut) ने सैक्सन शासक एडमंड से संघर्ष जारी रखा और कुछ समय के लिए देश दो भागों में विभक्त हो गया। बंटवारे के कुछ ही दिनों के बाद एडमंड की मृत्यु हो गई और नट (Cnut) ने हम्बर के दक्षिण में इंग्लैण्ड पर पुनः अधिकार कर लिया। इसप्रकार डेनिश शासकों ने इंगलैण्ड पर १०४२ ई० तक राज्य किया। इसके पश्चात् ईथलरेड और एल्फ-गिफ़ू के पुत्र एडवर्ड दि कन्फेसर आए जो आधे नार्मन थे। नार्मन विजय का समय १०६६ था, जिसके साथ इंगलैण्ड पर डेनिश-जर्मन आधिपत्य का अंत हो गया।

इस ऐतिहासिक रूपरेखा से अंग्रेजी भाषा के विकास को समझने में सुविधा होगी। अब यह सर्वमान्य है कि ये जर्मनिक जातियाँ, भारोपीय की एक शाखा, (उसके पूर्वी-यूरोपीय रूप), जिसका नाम जर्मनिक था, बोलती थीं, और इंगलैण्ड के इतिहास की आधारशिला रखने के साथ ही उन्होंने अंग्रेजी भाषा की आधारशिला भी रखी। आरम्भ में ही हमें एक बात को बहुत स्पष्ट कर लेना चाहिए। भारोपीय के अपने पूरे विवेचन में हमने यह पूर्वानुमान कर लिया है कि उसमें जातिप्रथा को कोई स्थान नहीं है। वास्तव में आर्य वह है जो आर्यों के काम करता है। इंगलैण्ड के जर्मनिक आक्रमणकारी एक

आर्य भाषा बोलते थे, जो उत्तरी सागर के इर्दगिर्द एक पेटी की तरह फैली हुई थी। अब यह ज्ञात हो चुका है कि उनकी भाषा में, कुछ अपवादों को छोड़कर प्राय: वही अथवा वैसी ही स्वर एवं व्यंजन-व्यवस्था थी। संबंध-कारक का द्योतन s, es द्वारा किया जाता था, जो कि सं० 'अस्', 'स्य' के अनुरूप था। ट्यूटानिक में क्रियाओं का मध्यमपुरुष एकवचन st, est द्वारा प्रकट किया जाता था—सं० स्थ। भूतकाल की रचना भी वैसी ही हैं :—सं० अन, अंग्रेजी en जैसे beat, beaten। ऐसे शब्दों की संख्या बहुत अधिक[1] हैं जिनके विषय में यह सिद्ध किया जा सकता है कि उनका मूल एक है। मानव शरीर के अंगों का द्योतन ऐसे शब्दों का प्रयोग करके किया जा सकता है, जिनका मूल भारोपीय स्रोत समान है। रक्तसंबंध को प्रकट करने वाले शब्द भी समान हैं। कृषि एवं ग्राम जीवन से सम्बन्धित शब्दों की संख्या बहुत बड़ी है, और ये भी समान हैं। निम्नलिखित सूची उपयोगी सिद्ध होगी :—

भारोपीय अथवा आर्य		अंग्रेजी	भारोपीय अथवा आर्य		अंग्रेजी
(anu)-swara	अनुस्वार	answer	dha-dhe	ध-धे	deed,
antar-	अंतर	inter			do
bandh	बन्ध्	प्रा०अं०bindan	duhitṛ	दुहितृ	daughter
		bind	dehas	(देहस्)	-daeza dough
bāhus	बाहुस्	bough	diś	दिश्	teach-token
budh	बुध्	bid	dāgha	दाघ	daeg-day
bhar-	भर्	bear-barn	gṛdh	गृध्	greed
cakra	चक्र	cycle-wheel	haṅsa	हंस	goose
		(पहिया)	idam	इदम्	it

---

१. स्वीट ने अन्य अनेक शाब्दिक अनुरूपताओं की ओर संकेत किया है :—eq० फिनिश sanakirja (शब्द-पुस्तक), तुलनीय सं० स्वन, आयरिश son=शब्द। सं० स्वर, प्राचीन अं० andsware, अंग्रेजी answer। फिनिश saarna, अंग्रेजी sermon। kirja=चिह्न, तुलनीय koro=कटाव। तुलनीय फा०, मराठी, संस्कृत vṛ=चुनना, अंग्रेजी will। अं० get=अवे० ghed=सं० khād। अंग्रेजी husband=hus+bua=घर में रहने वाला, सं० bhū। प्राचीन अं० swote क्रिया वि० अं० sweet सं० स्वादु। ग्री० hādus, लै० suadere, अं० persuade। अं० quick, सं० जीव, ग्री० bios, प्राचीन अं० cwicu। —संपादक

juṣ	जुष्	choose	pṛswa	frost
jīrṇa	जीर्ण	corn	paśu पशु	pecu-fee
jwal	ज्वाल्	coal	pad पद्	foot
kanyā	कन्या	hen	ratha रथ	rota
kaniyas	कनीयस्	be-gin	stan स्तन्	thunder
lubh	लुभ्	luve-love	sthiti स्थिति	stead
lip	लिप्	life-live		witan
	रूसी	lipkig	vid विद्	wit
madhu	मधु	meed	vidhavā विधवा	widow
mṛta	मृत	murder	vābha वाभ	web
nabhas	नभस्	nebulous	vartate वर्तते	worth
naptṛ	नप्तृ	nephew		प्रा० अं० weorthan
pri	प्रि	free	vāhana वाहन	waggon
pūrṇa	पूर्ण	full		wain
			vāñchā वांछा	want

ये आनुषंगिक अनुरूपताएँ मात्र नहीं हैं। इन तुलनाओं से नियमों का पता चलता है, जिनका कि शब्दों ने अपने बोलने वालों के एक महाद्वीप से दूसरे महाद्वीप में घूमते समय, अनुसरण किया है। इसप्रकार इन भाषाओं का भारोपीय वर्ग से स्पष्ट संबंध प्रकट होता है। वास्तव में ये उस महान् भारोपीय परिवार की शाखाएँ हैं, जिसके इतिहास की कम से कम ५००० ई० पू० तक खोज की गई है। जर्मनिक अथवा ट्यूटानिक वह सम्बन्धसूत्र हैं जो अंग्रेजी को भारतीय आर्यभाषाओं के परिवार से जोड़ते हैं।

ट्यूटानिक अथवा जर्मनिक लोग, जिनके उत्तराधिकारियों ने इंगलैण्ड पर ऐंगल्स सैक्सन, जट और बाद में डेनिशों के रूप में आक्रमण किया, सूर्य के उपासक थे। वे मून (Moon सं० चन्द्रमस्), थॉर (Thor इन्द्र) और वोडन (Woden बुद्ध) की भी पूजा करते थे। वे सच्चे योद्धाओं की एक नान्त्रिक जाति के थे। जैसा कि उनके महाकाव्यों से प्रकट होता है, उन्हें अश्वारोहण और खुले समुद्र पर का

ऊपर इस तालिका में दिए गए अधिकांश समान शब्द Concise Oxford English Dictionary में व्युत्पत्ति के कोष्ठकों पर एक दृष्टि डालने से मिल सकते हैं।

साहसिक जीवन बहुत प्रिय था। वे गोरे, लम्बे और हृष्ट-पुष्ट थे। उनका स्वभाव निष्कपट, स्वच्छन्द और उदात्त था, तथा वे वीरता को ही सबसे बड़ा गुण मानते थे। वे अपने आपको Wiros अर्थात् 'शूरवीर' कहते थे। स्वाधीनता उनके सांस में समाई हुई थी। रणक्षेत्र में लड़ते हुए मारे जाना वे एक सम्मान समझते थे। शत्रु की खोपड़ी से बने हुए पात्र अथवा कटोरे में सुरापान करने वाले के लिए, उनके विचार में, स्वर्ग जाना निश्चित था।

स्थानाभाव के कारण यहाँ अंग्रेजी पर पड़े लैटिन प्रभाव का पूरा विवरण देना, जो कि बहुत अधिक है, संभव नहीं है। रोमन लोगों का सर्वाधिक स्पष्ट गुण 'ग्रविटस' था और इसी से उन्हें एक राज्य एवं एक धर्म संघ को संगठित करने की शक्ति मिली। इन संस्थाओं से सम्बन्धित शब्दों को, अंग्रेजी भाषा ने, लैटिन से अपने आरम्भिक संपर्क में ग्रहण कर लिया। जब सेंट आगस्टाइन ने अंग्रेज लोगों को धर्मान्तरित किया तो वे लोग Saint (सन्त, लै० sanctus) chalice (यज्ञपात्र, लै० chalix, सं० कलश); और 'Xmas (क्रिसमस, ल० missal मैं जाता हूँ) शब्द के अन्त के 'mas' शब्दों का अर्थ पहले से ही जानते थे।

नार्मन विजेताओं ने कानून और फैशन की शब्दावली देकर अंग्रेजी भाषा को समृद्ध किया। अंग्रेजी में जानवरों के नाम ऐंग्लो-सैक्सन हैं, जैसे bull, cow (भारोपीय gows), ox (भारोपीय uxan)। परन्तु इनके मांस से बनाए जाने वाले स्वादिष्ट खाद्यों के नाम नार्मन-फ्रेंच हैं: प्राचीन अं० bull, नार्मन-फ्रेंच beef; प्राचीन अं० deer, प्राचीन फ्रेंच vension, प्राचीन अं० swine, नार्मन फ्रेंच pork। ऐंग्लो-सैक्सन लोग किसान एवं मजदूर बने रहे, जबकि नार्मन लोग उस भूमि के मधुर सुखों को भोगते थे, और वह भूमि उनके लिए दूध और शहद से भरी हुई थी।

supper, dinner, banquet, feast, lunch शब्द मूलत: नार्मन-फ्रेंच हैं, जबकि भोजन की शब्दावली को ऐंग्लो-सैक्सन देन मात्र breakfast है। नार्मन लोगों ने शासन-प्रबन्ध में क्रान्तिकारी परिवर्तन किए और फ्रेंच को अपनी कचहरियों की भाषा बनाया। ऐंग्लो-सैक्सन शब्द theod का स्थान people ने और guth का war ने ग्रहण कर किया। कानून के क्षेत्र में विशिष्ट अर्थ वाले अनेक शब्द आए : judge, juri, assize (भारोपीय sad-sīdati); तथा wedding के स्थान पर marriage (भारो० vedhu)। अंग्रेजी में अधिकांश फूलों और फलों के नाम मूलत: ऐंग्लो-नार्मन अथवा लैटिन हैं। केवल berry, gooseberry और straw-berry ही ऐंग्लोसैक्सन हैं।

प्रसन्नता एवं आनन्द के शब्द लैटिन से आए हैं, परन्तु hope शुद्ध ऐंग्लो-सैक्सन है।

अंग्रेजी शब्द-भंडार में, मानवजीवन के भौतिक स्तर और शरीर की आवश्यकताओं को द्योतित करने वाले प्यास-भूख आदि शब्द, प्राचीन अंग्रेजी से आए हैं। उग्र धार्मिक भावना एवं उपासना विषयक शब्द हिब्रू भाषा से आए हैं। बौद्धिक, सौंदर्य एवं मानसिक संस्कारों के शब्द ग्रीक भाषा के हैं। अंग्रेजी भाषा में जर्मन और स्कैण्डेनेवियन शब्दों ने वही स्थान ग्रहण कर लिया है, जो स्थान अंग्रेजी जीवन में डबल रोटी और अंडे का है। जैसा कि येस्पर्सन ने लक्षित किया है, अंग्रेज स्कैंडेनेवियन शब्दों में फलता-फूलता, बीमार होता और मरता है।

आज का सर्वाधिक ख्यातिप्राप्त अंग्रेजी वैयाकरण एक डेनिश है। उसने उस विशाल ऋण की ओर संकेत किया है, जो आधुनिक अंग्रेजी पर उत्तरी वन जातियों का है। संस्कृत शब्द 'वस्त्र' और 'कर्पट' केवल कपड़े के विभिन्न प्रकारों की ओर ही संकेत नहीं करते, वरन् इसके अतिरिक्त, उनके धारण करने वालों के स्तर की ओर भी संकेत करते हैं। अंग्रेजी सामाजिक इतिहास के लिए Costume, drapery और clothing का भी ठीक वैसा ही महत्त्व है। चॉसर ने, जो कि एक सभासद और कवि था, वस्त्रों के लिए नार्मन-फ्रेंच शब्दों का प्रयोग किया है। कलाकारों और शिल्पियों की भाषा नार्मन-फ्रेंच है : Art, colour, arch, beauty, pillar, palace, cloister, caster (कला, रंग, मेहराब, सौन्दर्य, स्तम्भ, महल, अन्तर्मठ, संवयक)। सामान्य उद्योग-धन्धों में ऐंग्लो-सैक्सन शब्दों का प्रयोग होता है; baker, miller, tailor नार्मन-फ्रेंच हैं परन्तु मोची, मछुवे और गड़रिए केवल ऐंग्लो-सैक्सन शब्दों का प्रयोग करने के ही अभ्यस्त हैं।

चीनी भाषा तथाकथित अयोगात्मक भाषा का अच्छा उदाहरण मानी जाती है। इसमें प्रत्येक शब्द स्वतन्त्र है, तथा अर्थ का निर्धारण, वाक्य में शब्द के स्थान से ही होता है, संस्कृत अथवा ऐंग्लो-सैक्सन की भाँति विभक्तियों द्वारा नहीं। उदाहरण के लिए चीनी में 'न्-गो त नि' शब्दक्रम का अर्थ होगा 'मैं तुम्हें मारता हूँ', सं० 'त्वाम् अहम् हन्मि',--परन्तु यदि क्रम को उलट दिया जाये तो अर्थ भी उलटा हो जायेगा : 'नि त न्-गो' का अर्थ है 'तुम मुझे मारते हो'। परन्तु संस्कृत में शब्दक्रम परिवर्तन 'हन्मि त्वाम् अहम्' से अर्थ में कोई परिवर्तन न होगा। ऐंग्लो-सैक्सन काल में अंग्रेजी, संस्कृत की भाँति संश्लिष्ट भाषा थी, और उसमें विभक्तियों और प्रत्ययों का प्रयोग होता था। उन दिनों अंग्रेजी में तर्क की अपेक्षा व्याकरण का अधिक महत्त्व था। अब आधुनिक

अंग्रेजी की प्रवृत्ति निश्चितरूप से विश्लेषण की ओर है । इस प्रकृति के लाने में, इंगलैण्ड से बाहर के अंग्रेजीभाषियों ने, स्वभावतया ही अधिक महत्त्वपूर्ण कार्य किया है । अंग्रेजी भाषा विश्व-भाषा बन गई है, अतः उसके लिए एक सुप्रयोग्य भाषा होना आवश्यक था। यस्पर्सन ने इस बात का एक बड़ा सुन्दर और मजाकिया उदाहरण दिया है। चीनी व्यक्ति समुद्री जहाज का वर्णन येस्पर्सन के शब्दों में इस प्रकार करेगा—three piece bamboo two piece puff puff, walk along inside, no can see (तीन बांस, दो पफ पफ, चलता भीतर, कोई नहीं सकता देख)। बम्बई में ताज की सबसे ऊपरी मंजिल पर से एक अंग्रेज महिला द्वारा फेंके गए सिक्कों के इनाम के लिए इस लेखक ने एक सपेरे को उसे इसप्रकार धन्यवाद देते हुए सुना, "Acchyā memsāhib, thank snake put water?" (अच्छा मेमसाहब, शुक्रिया, साँप डाला पानी?) यह है ऐसी भाषा, जो सभी व्याकरणिक अतिरेकों से मुक्त है । यह मूलभावना के उतनी ही निकट है, जितनी की बोलने वाले की पहुँच ।

विश्लेषण की यह प्रक्रिया उसी समय आरंभ हो गई थी, जब जर्मनिक ने बलात्मक स्वराघात के लिए संगीतात्मक स्वराघात का त्याग किया था, प्रत्ययों और विभक्तियों की संख्या में कमी की थी, कारकों की संख्या चार तक सीमित कर दी थी, और आवश्यकतानुसार सहायकक्रिया के प्रयोग का पता लगा लिया था। यह मनुष्य के किसी बनावटी आन्दोलन का परिणाम नहीं था, अपितु परिस्थितियों से उत्पन्न स्वाभाविक विकास का फल था। अंग्रेजी, तभी से संश्लेषण से विश्लेषण, परम्परा से उपयोगिता, व्याकरण से तर्क की ओर विकास करती चली जा रही है । आशय यह है कि, यह जो कुछ भी हुआ भारोपीय की प्रकृति के अनुरूप ही था, परन्तु इसके लिए किसी को प्रयास नहीं करना पड़ा, और इस विकास के परिणामस्वरूप ही पिछली शताब्दी में अंग्रेजी विश्व-भाषा बन गई। आधुनिक भारतीय भाषाओं में जिसे 'बाजार-हिन्दोस्तानी' कहते हैं, इसी दिशा में विकास करती रही है ।

विज्ञान के आधुनिक आविष्कारों ने समय एवं स्थान को परिमाण एवं अवधि में संकुचित कर दिया है। क्या हमारी दैनिक प्रयोग की भाषाओं के लिए, चिर परिवर्तनशील वातावरण के अनुसार स्वयं को ढालना, और उपलब्ध सामग्री के अनुसार ही अपना विकास करना श्रेयस्कर नहीं होगा ? जैसा कि स्पष्ट होगा, यही जीवित रहने का पथ है। अंग्रेजी इस बात को पहले ही जान चुकी है।

वे, जिन्हें बच्चों को पानी और साबुन के बने तरल मिश्रण की बूँदों से भरी शीशे की नली द्वारा बुद्बुदे बनाते देखना अच्छा लगता है, इस खेल की

दो स्थितियों को जानते हैं। पहले बच्चा नली के एक सिरे को मिश्रण में डुबो देता है और उसे बाहर निकाले बिना उसमें धीरे-धीरे फूँकता है, जिससे तश्तरी अथवा थाली का सारा तल आपस में मिले हुए किन्तु गोल साबुन के झाग के बुलबुलों से भर जाता है। दूसरी अवस्था में, इन स्थिर बुलबुलों से ही (जो कहीं जाते नहीं) संतोष नहीं होता, अतः नली को साबुन के झाग की तह में डुबो लिया, और भर लिया जाता है। इसके बाद धीरे से उसे तश्तरी से हटा लेते हैं। बच्चा धीरे-धीरे फूँकता है और बुलबुले हवा में तैरने लगते हैं। प्रत्येक बुलबुला छोटा, हलका, धुंधला एक गोला होता है। ये बुलबुलों के गोले स्वतन्त्रतापूर्वक चमकते हुए उड़ते हैं। इनका लघु और क्षणभंगुर अस्तित्व इंद्रधनुष की सारी श्री से युक्त होता है। शब्दों की स्थिति इसी के समान है। कोई छोटा शब्द अथवा छोटा वाक्य, बिना विशेष कठिनाई के थोड़े से समय में ही संसार का चक्कर लगा सकता है। वह भावी सफलता की ओर अग्रसर होता प्रतीत होता है।

टिप्पणी ३

मराठी में कुछ प्राचीन एवं अर्वाचीन विदेशी शब्द

मराठी का हिब्रू भाषा से संपर्क ७० ई० में हुआ, जब कुछ इसराईली लोग कोलाबा में उतरे। उनके अपने देश छोड़ने के कारणों में एक यह भी हो सकता है कि ईसाई उन पर अत्याचार करते थे। इसप्रकार यद्यपि उनसे हमारा संबंध बहुत पुराना है, किन्तु हिब्रू से बहुत कम ही शब्द लिए गये हैं। व्यक्तिवाचक नाम 'सरह' (sarah) (मराठी साराबाई) और सब्बथ (sabbath) के लिए सबथ (sabath) को हिब्रू से गृहीत शब्दों के उदाहरण के रूप में लिया जा सकता है। चूँकि मराठी धार्मिक एवं आध्यात्मिक अभिव्यक्ति विषयक शब्दों की दृष्टि से समृद्ध थी, इसीकारण उसे हिब्रू (जो कि इसप्रकार के शब्दों की दृष्टि से एक समृद्ध भाषा है) से शब्द ग्रहण करने की आवश्यकता नहीं पड़ी। वस्तुतः हिब्रू ने इसप्रकार के शब्दों के एक बड़े भंडार द्वारा आधुनिक यूरोपीय भाषा को समृद्ध किया।

मराठी ने, अपने विकास की काफी प्रारम्भिक अवस्था में ही, अनेक फारसी और अरबी शब्दों को ग्रहण किया। यह अरबों और ईरानियों के क्रमशः बढ़ते हुए राजनैतिक प्रभाव का सहज परिणाम था। नामदेव फारसी अव्यय व (va) का प्रयोग करते हैं। बहमनी काल में निम्नलिखित शब्द अपने समानार्थी संस्कृत शब्दों को निकालकर मराठी में प्रयुक्त होने लगे :—

काजी, फैसला, इन्साफ। कानूनी दस्तावेजों में 'पिता' के स्थान पर 'बिन' तथा 'भ्रातर्' के स्थान पर 'कोम' आ गए; 'अमात्य' के स्थान पर 'हुकुमत-पन्हा' आ गया, और 'पाइक' और 'नाइक', 'हविल्दार' और 'जमादार', हो गए। फारसी के प्रत्यय आन, वल, खोर, दार, नवीस, बन्द, मन्द अब भी लिखित एवं बोली जाने वाली भाषा के सामान्य प्रयोग में आते हैं। 'पत्र' का लोप हो गया और 'कागद' या 'कागज' ने उसका स्थान ले लिया। मराठी में आज भी अनेक फारसी उपसर्गों और प्रत्ययों का प्रयोग होता है :—

१. ई—मैत्री, तोंडी, दोस्ती।

२. गी–की—अकी—पोटगी, निमकी, पाटिलकी, गाँवकी।

३. गार—कामगार, माहितगार।

४. खाना—छापाखाना, कारखाना।

५. जी—तबलजी।

६. दाणी—मच्छरदाणी, चहादाणी।

७. दार—कंत्राटदार, (अंग्रेजी और फारसी से होकर मराठी में आया है)।

८. खोर—शंकेखोर, हेकेखोर बंडखोर।

९. मराठी में कुछ प्रत्यय भी फारसी से आए हैं: जैसे 'बेढब', 'बेताल', 'बे-अकली', 'नापीक' (बंजर), नादार (फीस न देने वाला) आदि में।

मराठी-भाषी क्षेत्र का बाहरी भाग (पश्चिमी तट तथा गोआ) १५वीं सदी में पुर्तगालियों के सम्पर्क में आया। किसी आधुनिक यूरोपियन भाषा के बोलने वालों से हमारा यह पहला आधुनिक संबंध था। परिणामतः पुर्तगाली से शब्द ग्रहण किए गए और उनमें मराठी की प्रकृति के अनुकूल परिवर्तन कर लिया गया। पुर्त० governor (गवर्नर) मराठी 'गोवरन्दर' हो गया; verandah हिन्दी 'बरामदा' है (नेहरू: मेरी कहानी: हिन्दी अनुवाद)। potato मैक्स० patata, मर० बटाटा; 'अलफांजों' hāfūsa (फल) है। इनके अतिरिक्त पाव-रोटी, लोणचे, फीता, पमेलें, गलबता आदि भी।

फ्रांसीसी (Franks) लोगों को मराठी में 'फिरंगी' कहा जाता था। उन्होंने फैशन, सैनिक-प्रबन्ध के अनेक शब्द दिए। अन्य शब्दों में लालटेन के लिए 'फाणस' और साधारण लैम्प के लिए 'फाणूस' हैं, जो पूना अथवा नगर की अपेक्षा थाना जिले में अधिक प्रचलित हैं। बाँक फ्रेंच bench है। डच से भी शब्द आए हैं: डच spehopen मराठी 'इसपिख' तथा डच spade, मराठी 'इसपिड'।

मराठी में अंग्रेजी से आए शब्दों की संख्या सबसे अधिक है। अंग्रेजी के साथ हमारा संपर्क-काल अन्य किसी भी आधुनिक भारोपीय भाषा की तुलना में अधिक लम्बा था। यह ३५० वर्षों तक फैला हुआ है; और पिछले १५० वर्षों में तो वह बहुत ही निकट का था। यों, मराठी में गृहीत अंग्रेजी शब्दों की संख्या उतनी बड़ी नहीं है, जितनी की आशा की जा सकती थी। ब्रिटिश शासन-काल के परार्ध में अंग्रेजी शिक्षा के प्रचार के कारण अंग्रेजी शब्दों को ग्रहण करते समय, उनके मूल अंग्रेजी उच्चारण को प्रायः यथासंभव सुरक्षित रखा गया है। किन्तु लोक में, अंग्रेज योद्धाओं और राजनीतिज्ञों के नामों का प्रयोग करते समय अज्ञातरूप से कुछ हास्यास्पद अंश जोड़ दिया जाता रहा है। एलफिंस्टन (Elphinstone)) का उच्चारण 'अलपिष्टण', हेस्टिंग्ज (Hastings) का 'इष्टिण' तथा गॉडर्ड (Goddard) का 'गाजर' इसीप्रकार हुआ है। अंग्रेजी

शब्दों की विस्तृत सूची यहाँ नहीं दी जा सकती, किन्तु कुछ उदाहरणों से यह बात स्पष्ट हो जाएगी कि यहाँ आने पर इन 'अतिथि शब्दों' में किसप्रकार के परिवर्तन हुए :—एक उत्तरी भारत का 'भैय्या', जो कि मेरा नौकर था, 'इन्कमटैक्स आफ़ीसर' को 'कमटिकस-हप्सर' कहा करता था। 'स्टेशन' का उच्चारण 'टेसन' और यहाँ तक कि 'टेचन' भी होता है। मराठी में 'प्लेटफार्म' 'फलाट' हो जाता है, और लैन्टर्न का 'लालटन' (अंत में 'अ' रहता भी है और नहीं भी रहता है।) मराठी का 'हडेलहप्पी', जमादार का order-arms-hordel hupps है। इसीप्रकार 'थंडा टी' रेफ्रीजीरेटर से निकालकर दी जाने वाली शीतल चाय नहीं है, अपितु stard-at-ease का मराठीकरण है।

स्पष्ट ही जर्मन भाषा से केवल आधुनिककाल में ही कुछ ग्रहण किया गया है। अधिकांश शब्द प्रथम महायुद्ध के पश्चात् ग्रहण किए गए हैं। जर्मन शब्द blitz शब्द मराठी में काफी चलता है। Luft-waffe अभी तक स्वीकृति का उम्मीदवार है। 'रिक्सा' जापानी शब्द jin-jana-riksā का संक्षिप्त रूप है, जो मराठी में पर्याप्त प्रचलित है। 'हारा-किरि' अभी-अभी लिया गया है। चीन के साथ हमारे हाल के सम्पर्क से मराठी में चाय के विभिन्न मिश्रणों के नाम आ गए हैं : जुकुजा तथा पिकोये-सोउग्गेंग। अधिक गहराई से देखने पर चीनी शब्दों की संख्या अपेक्षाकृत और अधिक होगी, क्योंकि चीन से हमारा संबंध युगों पुराना है।

दैनिक प्रयोग में आने वाले कुछ मराठी शब्दों की व्युत्पत्तियों की खोज रोचक होगी। इनसे आधुनिक भारतीय भाषाओं में आष्ट्रिक तत्त्वों का पता चलता है :—

मराठी 'मांजर' (बिल्ली) की व्युत्पत्ति सं० 'मार्जार' से मानी जाती है, यद्यपि वैदिक भाषा में इसका अर्थ 'मोर' था। विद्वानों ने आर्यों का जो निवास माना है, उसके जीव-जंतुओं में बिल्ली नहीं है। प्राकृत 'वंजार' सं० 'वनचर' से एक संभाव्य मूल होने की ओर संकेत करता है। किंतु आष्ट्रिक 'मज्जर' से इसके निकलने की अधिक संभावना है। आर्यों ने भारतभूमि पर बिल्ली को देखा और उन्होंने आष्ट्रिक 'मज्जर' का संस्कृतीकरण करके सं० रूप 'मार्जार', (मराठी "मांजर") बना लिया। इसीप्रकार मराठी 'माकड', गुजराती मन्कड, सं० मर्कट, द्रविड़ मर् अथवा मार=वृक्ष, तथा कट् अथवा कट= कूदना से बना है। ब्राहुई पिशा='बिल्ली' तुलनीय : मराठी में पालतू बिल्ली को पुनरुक्त शब्द पिस्-पिस् अथवा फिस्-फिस् कहकर बुलाते हैं, जब वह कुछ रुष्ट हो।

मराठी में 'बक्सी' शब्द उन परिवर्तनों का अच्छा उदाहरण है। अपने लम्बे इतिहास में, जिनमें से होकर यह आया है, अब इसका अर्थ हो गया है 'सेना का एक अफसर'। यह चंगेज खां और उनके तातारों तक जाता है, जो बौद्ध भिक्षुओं को 'बक्सी' कहते थे। उसके बाद इसका अर्थ मठों का मुंशी अथवा क्लर्क हो गया। बाबर के शासनकाल में इस शब्द ने सर्जन अथवा 'शस्त्र वैद्य' का अर्थ ग्रहण कर लिया। पश्चिमी तुर्की में इसका अर्थ 'दरबारी कवि' है, जबकि किर्गिज के मैदानों के कज्जाक इससे 'मंत्र वैद्य' अथवा 'ओझा' का अर्थ लेते हैं। मुगल साम्राज्य के समय में सेना में वेतन देने वालों को 'बक्सी' कहते थे।

भाषा को अश्मीभूत कविता कहा जाता है। यह बात मराठी शब्द 'मारु' में दिखाई पड़ती है। फारसी 'मह', अरबी 'मस'=चन्द्रमा और रु=मुख; मा=चन्द्रमा के समान मुख।

सं० पुत्र-पोत से पालि पोतो बनता है; नेपाली 'पोथी' का अर्थ है 'मुर्गी'। मलयालम पोवो है 'साँप का बच्चा'। द्रष्टव्य हैं ग्री० panros, लैटिन parvns। इन सभी का संबंध भारतीय आर्य 'पुत्रक' से है। सं० लटति से हिन्दी में लद-ध-ई-क और मराठी में 'लेक' बनते हैं। मलयालम में झिल्लग, झिल्ल (छोटा अथवा लघु) है, तुलनीय है मराठी 'चिल्लीं-पिल्लीं'। सं० 'कुण्ड' गोलक' का अर्थ भी संतान है' इससे तुलना करें भारोपीय 'कुणों', सं 'कुण्ड्न' सं० शिशु, भारोपीय kesi=फूलना। क्या इन व्युत्पत्तियों से हमें मराठी शब्द 'मुलगा' की व्युत्पत्ति जानने में सहायता मिलती है?

मराठी और संस्कृत 'कवि' के भारोपीय que सर्बियन cuvati, लिथु० kavoli और गॉथिक hausjan शब्द एक हैं। मराठी, हिन्दी 'किरपाण', भारोपीय qerp, ग्री० karp, लिथु० kerp मध्ययुगीन अंग्रेजी carpe (जिसका संबंध आधुनिक अंग्रेजी के harvest से है) भी एक हैं। मराठी 'आत्त्या' (बुआ) भारोपीय रूप atta, लै०atta, गॉथिक, atta, नार्वेजियन edda (परनानी) भी एक हैं।

मैं ध्वनि-नियमों की व्याख्या करने वाले कुछ और उदाहरण दूँगा। भारोपीय और संस्कृत 'दर्भ' मराठी में तद्भव शब्द बना रहता है, परन्तु ट्यूटानिक में यह turf, अंग्रेजी में turf, जर्मनिक में turba है। मराठी 'धाम', संस्कृत और भारोपीय 'धे', ऐंग्लो-सैक्सन don अंग्रेजी dome। मराठी 'पक', भारोपीय peq, लै० coq, जर्मन choh, koch, अंग्रेजी cook और cake मराठी और सं० 'पंक', भारोपीय penqes, जर्मन fanne, अंग्रेजी fen। अंग्रेजी token का संबंध ट्यूटानिक teg ग्री० deik, भारोपीय dec से है।

संस्कृत और मराठी 'आदेश', अंग्रेजी' ask, ट्यूटानिक aistan, भारोपीय ais, aissk, सं० और मराठी 'इच्छा'। मराठी 'कमर'-कमर, लै० cam (camera) भारोपीय bend (झुकाव) com-(पुल) क्योंकि cam एक घुमावदार नदी है।

मराठी में गृहीत कुछ पूर्व-आर्य और पूर्व-द्रविड़ शब्द :—

कुछ वर्ष पूर्व, सिल्वाँ लेवी ने कुछ मराठी और आष्ट्रिक शब्दों की समानता की ओर संकेत किया था। आष्ट्रिक की परिकल्पना—जो अब एक परिकल्पना नहीं, वरन् स्वीकृत तथ्य है—के उद्भावक पी० शिम्ट हैं, जिन्होंने अपनी उत्कृष्ट कृति Introduction to Pre-Aryan and Pre-Dravidian में भारतीय आर्य भाषा और आष्ट्रिक की अत्यन्त वैज्ञानिक तुलना दी है। आष्ट्रिक वर्ग (देखिए भारत का भाषिक मानचित्र) में ख्मेर, अन्नाम, खासी, निकोबारी, मुण्डा, संथाली आती हैं, और दक्षिण की अन्य प्रशान्तसागरीय भाषाओं में से पोलीनीशियन और इंडोनेशियन भी इसमें सम्मिलित हैं। ऐसा प्रतीत होता है कि इन भाषाओं के बोलने वाले भारतीय आर्य आक्रमणकारियों और उनके पूर्व आनेवालों द्वारा प्रायद्वीप में पीछे, अथवा उससे बाहर ढकेल दिये गए थे। मध्य एवं आधुनिक भारतीय आर्यभाषाओं, दोनों ही ने आष्ट्रिक वर्ग से अनेक शब्द ग्रहण किए हैं।

आधुनिक विद्वानों के अनुसंधानों के परिणामस्वरूप अब हम यह बता सकने की स्थिति में हैं, कि भारत में संस्कृत के पुनर्जीवन के तीन काल थे :— १. महाभारत का संस्कृतीकरण का काल, २. गुप्त पुनर्जीवन, ३. हेमचन्द्र सूरि का युग। दक्षिणी अथवा आष्ट्रिक भाषाओं के शब्द इन्हीं कालों में से किसी एक में प्रवेश कर आये होंगे। मराठी में आए शब्द भाषावैज्ञानिक दृष्टि से अत्यधिक उपयोगी हैं :—

मराठी	आधुनिक भारतीय आर्यभाषा अथवा संस्कृत	आष्ट्रिक
ऊंस	इक्षु-दण्ड	sau अथवा bus
तांबोली	ताम्बूल	tam-bool, valu-balu
बाण	बाणप	anan, ponha, ponaha
कापंसि, कापूस, कापड	कर्पत कार्पास	kar, pasa, sōka, tonka
केळें, केळ	कदली	kalai glu, gelai
मातंग	मातंग	tonga, tunga, danga
सालपट		selupata, slupta
मरक		makara
मर		mara
अभ्रक	अभ्रक	abharaka, bhraka

पूर्व-द्रविड़ शब्दों में संस्कृत और मराठी में हमें निम्नलिखित उपलब्ध होते हैं :—

सं० स्फ्यै, मराठी फावड़ें; मराठी काळा-कुट्टा, पूर्व-द्रविड़ herekot; मराठी उशी, सं० उपसरि; मराठी खिचड़ी, सं० कृशर (पंचविंशति ब्राह्मण); मराठी दशी, सं० दसा (शतपथ ब्राह्मण)। और भी पूर्व-द्रविड़ ohadi=पत्नी, दोशी=बूढ़ी स्त्री; कुरूप-फ-कुरुप। मराठी रामफळ=रम्बइ, रमबतुना, और मराठी हुड़कनें=हिळके।

टिप्पणी ४

मुण्डा पर एक टिप्पणी

मुण्डा (जो कि हिमालय के दक्षिणी ढालों पर और छोटानागपुर के इर्द-गिर्द बोली जाती है) का प्रभाव बिहारी की जटिल काल-रचना में दिखाई पड़ता है। प्रथम पुरुष एकवचन एवं बहुवचन सर्वनाम 'आपण' केवल हिन्दी और मराठी को ही नहीं, वरन् गुजराती को भी मुँडारी की एक देन है :

मध्य प्रदेश हिन्दी : आपण गये थे; और, हम गये थे

गुजराती : अमे गया हता; और, आपण गया हता।

मराठी : आपण गेलों होतों।

मुण्डा में 'अबोन' और 'अले' हैं, जो कि हिन्दी 'हम' के अनुरूप है। परन्तु अबोन=श्रोता+वक्ता (दोनों हैं)। लिंग, मुण्डा में व्याकरणिक नहीं है। सभी जीवित प्राणी (नर या मादा) पुंलिंग हैं, निर्जीव वस्तुएँ स्त्रीलिंग हैं।

टिप्पणी ५

तोखारियन पर एक संक्षिप्त टिप्पणी

तोखारियन : यह भाषा तुर्फान (मध्यएशिया में) की है। इसे अब सभी लोग भारोपीय परिवार की एक शाखा मानते हैं। वर्गों की दृष्टि से यह केंतुम के अन्तर्गत आती है। इसमें सर्वनाम और संख्यापद भारोपीय की भाँति ही हैं। इस भाषा में व्यंजनों की संख्या, भारतीय आर्यभाषाओं की अपेक्षा कम है। शब्द-भंडार की दृष्टि से यह संस्कृत के निकट है। तोखारियन की छठी शताब्दी की हस्तलिखित प्रतियों के अंश भी तुर्किस्तान में पाए गए थे। इस पर यूराल-अल्ताइक का विशेष प्रभाव दिखाई पड़ता है :—

संस्कृत	ग्रीक	तोखारियन
पितृ	pater	pācar
मातृ	meter	mācar
भ्रातृ	phrāter	pracar
		(तुलनीय मराठी भाचर=भतीजा)
वीर:	herōs भारोपीय विर, वीर	
श्वन् लै० ancis		ku तुलनीय मराठी कूकू (हिंदी आतू-आतू)

टिप्पणी ६

सरल हिन्दी की ओर

डा० सुनीतिकुमार चटर्जी ने अपेक्षाकृत भारी-भरकम साहित्यिक हिन्दी के स्थान पर, एक सामान्य प्रयोग की सरल भाषा के लाभों पर प्रकाश डालते समय निम्नलिखित उदाहरण दिए हैं। 'मैंने भात खाया', इस हिन्दी वाक्य को अंग्रेजी में शब्दशः इस रूप में रखा जा सकता है : 'Me–by rice he–was–eaten। इसीप्रकार 'मैंने रोटी खाई' का होगा—Me–by bread she-was-eaten। इन उदाहरणों से दोनों प्रकार की भाषाओं अर्थात् अयोगात्मक (isolating) और श्लिष्ट योगात्मक (inflectional) के भेद का स्पष्ट पता चल जाता है। सरल अंग्रेजी में इस भाव का प्रेषण करने के लिए तीन शब्द पर्याप्त होंगे : I ate bread अथवा I ate rice। और तथाकथित ('बाजार हिन्दी') में भी इसे वास्तव में तीन ही शब्दों से प्रकट किया जाता है, "हम रोटी खाया" अथवा 'हम भात खाया'। इसप्रकार भाषा अपनी प्राचीन व्याकरणिक रूढ़ियों का त्याग करके, और परम्परा की अपेक्षा तर्क को अधिक महत्त्व देकर सरल बन जाती है। जर्मनिक ने यह किया। अंग्रेजी ने यही किया। देखें हिन्दी क्या करती है ? हिन्दी का स्थान विश्व की तीसरी बड़ी भाषा के रूप, अंग्रेजी और चीनी के बाद है। वास्तव में यह अंग्रेजी की अपेक्षा अधिक बड़े जनसमुदाय की मातृभाषा है, अतः निश्चित ही, इसके आगे महान् भविष्य है।

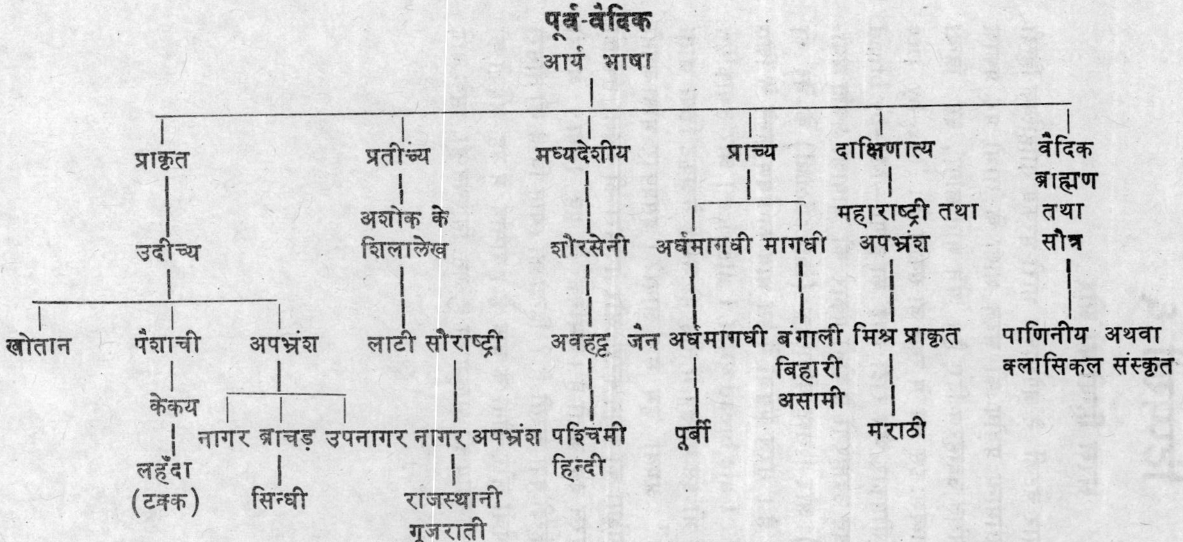
पूर्व-वैदिक
आर्य भाषा
प्राकृत
उदीच्य
खोतान
पैशाची
केकय
लहँदा
(टक्क)
अपभ्रंश
नागर ब्राचड़ उपनागर
सिन्धी
प्रतीच्य
अशोक के
शिलालेख
लाटी सौराष्ट्री
नागर अपभ्रंश
राजस्थानी
गुजराती
मध्यदेशीय
शौरसेनी
अवहट्ट
पश्चिमी
हिन्दी
प्राच्य
अर्धमागधी
जैन अर्धमागधी
पूर्वी
मागधी
बंगाली
बिहारी
असामी
दाक्षिणात्य
महाराष्ट्री तथा
अपभ्रंश
मिश्र प्राकृत
मराठी
वैदिक
ब्राह्मण
तथा
सौत्र
पाणिनीय अथवा
क्लासिकल संस्कृत

तालिका २ : ग्रियर्सन के भाषा-सर्वेक्षण के अनुसार संख्याएँ १९३१ की जनगणना पर आधारित हैं।

भाषा	बोलने वालों की संख्या
हिन्दी	१२,१२,५४,८९८
बंगाली	५,३४,६२,४६९
मराठी	२,१३,६१,३९९
पंजाबी	२,४६,६०,६८०
तमिल	२,०४,११,६५२
कन्नड़	१,१२,०६,३८०
तेलुगू	२,६३,७३,५१४
गुजराती	१,०८,५०,०००
मलयालम	९१,३७,५१५
दरद (बलोचिस्तान एवं कश्मीर)	३७,८८,९६७
तिब्बती और ब्राह्मी	१,२९,८९,६०६
मुण्डा	४६,०५,०७१
मान-ख्मेर (बर्मा और निकोबार)	७,३३,००६

पारिभाषिक शब्द

अघोष स्पर्श (tenuis)—कठोर स्पर्श अथवा कठोर व्यंजन (क्, प्, त्); thin (सं० तनु)। इसे unvoiced stop भी कहते हैं।

अवश्रुति (ablaut)—काल-परिवर्तन आदि के द्योतन के लिए सबल क्रियाओं में स्वर-परिवर्तन; sing, sang, sung। आधुनिक अंग्रेजी भाषाशास्त्र-विदों ने इसे vowel-gradation भी कहा है। कुछ लोग इसे 'अवश्रुति' कहते हैं। (—चटर्जी)।

अपिनिहित (epenthesis)—शब्द के आदि या मध्य में एक ध्वनि या अक्षर का आगम जैसे, अवेस्ता या फ़ारसी में है। सं० भवति, अवेस्ता bhavaiti। अं० school, smiles फ़ारसी ischool, ismiles।

ओष्ठ्य (labials)—प, फ, ब, भ, ओ, उ आदि जिनके उच्चारण में ओठों से सहायता ली जाती है। फ़, व 'दंतोष्ठ्य' हैं।

कलात्मक भाषा (kunsts prache)—जनता की दैनिक भाषा से भिन्न वह भाषा जो गीतों, मंत्रों आदि में प्रयुक्त होती हो।

कीलाक्षर लिपि (cuneiform writing)—प्राचीन ईरान, असीरिया (O.E.D.) तथा मोहन-जो-दाड़ो की लिपि जो कीलों, फन्नियों या नोकों के रूप में लिखी जाती थी।

कोमल तालव्य (velar)—जिसके उच्चारण में कोमल तालु (velum) से प्रमुख सहायता ली जाय। यह अत्यन्त कंठ्य (very guttural) ध्वनि है। q (क़), qh (ख़), g (ग़), gh (घ़) कोमल-तालव्य हैं। (अब क, ख, ग, घ को कोमल तालव्य, तथा क़ आदि को जिह्वा-मूलीय कहते हैं। —अनु०)

घोष स्पर्श (voiced stop)—ये मृदु व्यंजन हैं : ग, ब, ड। अधिक वायु से उच्चरित स्पर्श 'महाप्राण' (aspirates) कहलाते हैं : घ, भ, ध, ख, थ, फ। ग, ब, ड आदि को अंग्रेजी में medial भी कहा गया है। ये अकर्कश अथवा अल्पप्राण (क, त आदि) और कर्कश अथवा महाप्राण (घ, ध, भ, ख आदि) के बीच में आते हैं।

जर्मन-ध्वनि-परिवर्तन (lautverschiebung)—जर्मन भाषाओं में ध्वनि-परिवर्तन। ग्रिम नियम का संबंध इसी से है।

मृदु या तरल ध्वनि (liquid)—ल्, ऱ् तथा लृ।

तालव्य (palatal)—जीभ द्वारा उस समय उत्पन्न ध्वनियाँ, जब वह मुख के ऊपरी भाग (या तालु) का स्पर्श करे। देखिए तालव्य नियम, क, ख, ग, घ, तथा e, i। (अब कठोर तालु से उत्पन्न ध्वनियाँ जैसे, च, श आदि ही तालव्य कहलाती हैं।—अनु०)।

दंत्य (dental)—त्, द्, व्यंजन, जिनका उच्चारण जीभ की नोक और दन्तश्रेणी के सम्पर्क द्वारा किया जाता है। दन्त श्रेणी के अर्धवृत्त में यह संपर्क कई स्थानों पर होता है, इसीकारण विभिन्न भाषाओं में दंत्य व्यंजन विभिन्न हैं: त् द्, ट्, ठ्।

दैनिक भाषा (verkeher–sprache)—बोलचाल की दैनिक भाषा अर्थात् साधारण प्रयोग की भाषा। नित्यप्रति के वार्तालाप के आदान-प्रदान में भाषा परिवर्तित होती रहती है। इसप्रकार इसकी वैयाकरणिक एवं सांस्कृतिक शुद्धता अक्षुण्ण नहीं रह पाती, जो कलात्मक भाषा में देखी जाती है। यह वह भाषा है, जो नित्यप्रति के जीवन में रूप ग्रहण करती है।

ध्वनि-प्रक्रिया विज्ञान (phonology)—भाषा-ध्वनियों का विज्ञान, जिसके अन्तर्गत भाषा में ध्वनि-परिवर्तन का इतिहास एवं ध्वनि-परिवर्तन के सिद्धान्त भी आते हैं। यह तुलनात्मक पद्धतियों द्वारा किसी प्रवहमान भाषा में ध्वनियों के साथ अर्थों का संबंध स्थापित करता है।

स्वन अथवा ध्वनि-विज्ञान (phonetics)—भाषा में प्रयुक्त वास्तविक ध्वनि का, उसके उच्चारण के अनुसार विश्लेषण और वर्गीकरण का विज्ञान। ध्वनि-परिवर्तन का इतिहास एवं सिद्धांत इसके अन्तर्गत नहीं आता। प्रत्येक भाषा की अपनी ध्वनि-वैज्ञानिक विशिष्टता होती है; इसप्रकार, अंग्रेजी में मिश्रित स्वर हैं, फ्रेंच की भाँति वृत्त स्वर (round vowels) नहीं हैं, तथा यह ऊष्म ध्वनियों की दृष्टि से संपन्न है। अरबी में, गले के पीछे से उच्चरित होने वाली कंठ्य ध्वनियाँ (जैसे क़) हैं। कठोर व्यंजन अंग्रेजी और अरबी में हैं, परन्तु अरबी में शब्द के आरम्भ में वे नहीं मिलते (school स्कूल का eschool इस्कूल)। फ्रेंच में सभी अक्षरों पर समानरूप से बल दिया जाता है। अंग्रेजी में एक बलात्मक स्वराघात काफी तेज है। रूसी भाषा में स्वरों का कोई भी मात्रिक भेद नहीं है। स्पेनिश ध्वनियाँ, ह्रस्व स्वरों और अवरोही सुर-लहर के कारण, अत्यन्त कठोर एवं अपरिष्कृत लगती हैं। इसके विपरीत आरोही सुर के कारण अंग्रेजी भव्य और शक्तिशालिनी लगती है। स्वीडिश बोझिल और मधुर है।

शब्दों में, विभिन्न प्रकार के सुरों के कारण चीनी भाषा पक्षियों की चहचहाहट की तरह विशेष जीवन्त लगती है।

विशेष प्रयोगशाला-ध्वनि-विज्ञान (laboratory phonetics)—एक नया विज्ञान है, जो भाषा-ध्वनियों का लैरिंगोस्कोप अथवा एक्स-रे फोटोग्राफी जैसे यांत्रिक साधनों, तथा अन्य रिकार्ड करने वाले यंत्रों द्वारा अध्ययन करता है। इस प्रकार के रिकार्ड 'काइमोग्राफ' से बनते हैं। परन्तु केवल इसी के द्वारा ध्वनियों के अर्थों का अध्ययन नहीं किया जा सकता। यह क्षेत्र ध्वनि-विचार का है।

स्वनिम विज्ञान या ध्वनिश्रेणियाँ (phonemics)—किसी भाषा में ध्वनियों के परिवार, जैसा कि एक व्यक्ति उन्हें उच्चरित करता है। जैसे keep, cool, cot में तीनों 'क' ध्वनियाँ एक ही क परिवार या 'क' ध्वनिश्रेणी के अन्तर्गत हैं। यह भाषा ध्वनि की एक पृथक् इकाई होती है। इसीप्रकार अल्फा (alpha) ध्वनिश्रेणी बीटा (beta) ध्वनिश्रेणी या इसीप्रकार और होती हैं। ध्वनिश्रेणी की परिभाषा भाषा विशिष्ट की सम्बद्ध ध्वनियों के परिवार के रूप में दी गई है, जिनका संबद्ध भाषण में इसप्रकार प्रयोग होता है कि उन संबद्ध ध्वनियों में से कोई भी, कभी भी, उन स्थितियों में नहीं आती, जिनमें उसी भाषा में कोई अन्य आ सकती है, जैसे अं० keel, call, king, queen; pin, bin, thin, tin। डा० एस० के० चटर्जी Bengali Phonetic Reader, पृ० ८—भाषा-ध्वनि, वह ध्वनि है, जो उच्चारण-अवयवों द्वारा उत्पन्न तथा निश्चित श्रव्य गुण वाली होती है। साथ ही वह अपरिवर्तनीय होती है।

पवित्राक्षर लिपि (hieroglyph) (ग्रीक gluphe नक्काशी)—शब्द अक्षर या ध्वनि के लिए वस्तु का चित्र, जिसका प्रयोग प्राचीन मिस्री लिपि में होता था। जैसे लता का चित्र बाग के लिए।

बोली (dialect)—भाषा का किसी जिले, वर्ग अथवा व्यक्ति द्वारा प्रयुक्त विशिष्ट रूप। यह भाषा का वह सीमितरूप है, जिसका शब्द-भंडार, उच्चारण तथा जिसके मुहावरे आदि, उसी भाषा के अन्य रूपों से कुछ भिन्न होते हैं। आर्केडिअन, आयोनियन, डोरिक, एओलिक तथा क्रीटन, ग्रीक भाषा की बोलियाँ थीं।

महाप्राण (aspirates)—ये अन्य स्पर्श ध्वनियों से उस श्वास वायु के कारण भिन्न होते हैं, जो किसी अन्य ध्वनि से उच्चरित होने से पूर्व, उनके बाद में आता है। (ख, थ, फ, भ महाप्राण हैं)।

मध्यस्वरलोप (syncope)—स्वर के लोप के कारण शब्द संकोचन, जैसे राजन्-राज्ञा (राजन्=आ=राज्ञा); symbolology के स्थान पर अंग्रेजी

symbology, मराठी में म्हातारी, ओरडला, पडला के स्थान पर म्हाताल्डी, वराल्डा, पल्डा।

मूर्द्धन्य (cerebral)—वे ध्वनियाँ, जिनका उच्चारण जीभ की नोक पीछे की ओर मोड़कर होता है। जैसे ट, ठ, ड, ढ; ल और र।

योगात्मक (agglutinative) (ग्री० gluten=चूना)—ऐसी भाषा जिसमें, रूप-परिवर्तन अथवा अर्थ-लोप के बिना, मूल शब्दों से समस्तपद बनते हों। तुर्की, तिब्बती आदि ऐसी ही भाषाएँ हैं। नीचे भाषाओं के रूपात्मक वर्गीकरण के टेबुल से भाषा-रूप स्पष्ट हो जाएँगे:

भाषा

अयोगात्मक	योगात्मक	श्लिष्ट योगात्मक	अव्यक्त योगात्मक
(isolating)	(agglutinative)	(inflectional)	(incorporating)
अथवा	अथवा	फिनिश	मैक्सिकन,
विश्लेषणात्मक	संश्लिष्टात्मक	प्रा० अंग्रेजी संस्कृत	बास्क
(analytical)	(synthetical)		
प्राचीन चीनी और	तिब्बती		
बर्मी			
आधुनिक अंग्रेजी			

शब्दरूप प्रक्रिया या रूप-विज्ञान (morphology)—शब्दों के रूपों का अध्ययन। किसी वाक्य में, शब्द द्वारा किए गए कार्य को व्यक्त करने वाला, शब्द रूपों के विकास का विज्ञान। इसप्रकार शब्द दो तत्त्वों से बनता है: (मूल stem) अथवा धातु (root) और विभक्तियाँ (flection) अथवा प्रत्यय (termination) जो वाक्य में अन्य शब्दों से उसका संबंध जोड़ते हैं।

रोमांस भाषाएँ (romance languages)—वे भाषाएँ (फ्रेंच, स्पैनिश, इटालियन और पुर्तगाली), जो मुख्यतया Lingua Romance rustica अथवा सिपाहियों और ग्रामीण लोगों द्वारा बोली जाने वाली लैटिन से निकली हैं। इसप्रकार fealty शब्द fides (विश्वास) से व्युत्पन्न है परन्तु chivalry निम्न लैटिन caballus (घोड़ा) से निकला है।

वर्त्स्य (alveolars)—जीभ और वर्त्स की सहायता से उत्पन्न ध्वनि। (गुणे इसे दांतों की जड़ से उत्पन्न दंत्य ध्वनि (त, थ, द, ध, ए, इ) का नाम मानते हैं। किन्तु वस्तुतः मसूड़ों से उत्पन्न ध्वनि वर्त्स मानी जाती है। —अनु०)।

विपर्यय (metathesis)—शब्द में ध्वनियों के स्थानांतरण या विपर्यय के कारण उत्पन्न ध्वनि-परिवर्तन, जैसे मराठी बनारस, सं० वाराणसी, फाटक और फाकट। फारसी 'मशहूर', मराठी 'महसूर'।

व्यंजन (consonant)—स्वर की सहायता से उत्पन्न भाषा-ध्वनि। व्यंजनों में घर्षण सुनाई पड़ता है। व्यंजन=रुकावट; कुछ व्यंजन, जिनमें घर्षण थोड़ा होता है, अर्द्धस्वर अथवा आक्षरिक व्यंजन कहलाते हैं (लृ और ऋ)। स्वनंत आनुनासिक हैं म्, न् जैसे calm में। l m अक्षरों के समान ही हैं।

ध्वानिकी या श्रवण-विज्ञान (acoustics)—श्रवण शक्ति से सम्बन्धित। जिसप्रकार ध्वनिविज्ञान उच्चरित ध्वनि का विज्ञान है, उसीप्रकार श्रवण-विज्ञान सुनी जाने वाली ध्वनि का विज्ञान है। ध्वनि-परिवर्तन की उत्पत्ति में वक्ता और श्रोता दोनों ही का योग रहता है। भाषा-ध्वनि की तीन अवस्थाएँ हैं: (क) वक्ता की स्थिति, (ख) भाषा-ध्वनि का वास्तविक उत्पादन, और (ग) श्रोता के कर्ण-फलक पर वास्तविक कंपन।

संघर्षी (fricative)—मुँह के कम खुले होने से श्वास के घर्षण द्वारा उत्पन्न व्यंजन, जैसे फ, थ, स्काच ch। spirant का प्रयोग भी अब इसके लिए होता है।

संयुक्त स्वर (diphthong)—एक ही अक्षर में दो स्वरों (स्वनंत) का सम्मिलन। जैसे ay, ae, ou, (हिंदी ए, औ—अनु०)।

समाक्षर लोप (haplology)—जब दो समान अक्षरों में से एक का लोप हो जाए (ब्लूमफील्ड), जैसे लै० semí-módius=semodius।

सरकम्फ्लेक्स (circumflex)—ग्रीक Perispomenos चिह्न का लैटिन अनुवाद। स्वर के संकोचन, उसकी मात्रा या उसके विशिष्ट गुण के द्योतन के लिए इसका प्रयोग होता था। ग्रीक वैयाकरणों के पास इनके लिए mése, oksubáreia तथा perispóméne ये तीन शब्द थे।

सर्ड (surd)—व्यंजन ध्वनियाँ जो मात्र श्वास से उच्चरित हों। इनमें घोषत्व नहीं होता। ह, फ, स। (रव शून्य)

स्पर्श (stop अथवा mute)—वे ध्वनियाँ हैं, जिनके उच्चारण में पूर्ण निःशब्दता या मौन का एक संक्षिप्त कालान्तर होता है। (जैसे, क, ग, ख, घ, क, त, द, थ, ध, प, ब, फ, भ आदि।

स्पर्श-संघर्षी (affricate)—एक ही अक्षर में स्पर्श के पश्चात् तदनुरूप संघर्षी आने से बनी ध्वनि। जैसे जर्म० pferd, zahn और स्विस बोलियों में kx। अब च, छ जैसी ध्वनियों को भी स्पर्श-संघर्षी कहते हैं, जिनके उच्चारण में प्रथम दो स्थितियाँ स्पर्श की तथा तीसरी संघर्षण की होती हैं।

स्पिरिटस· ऐस्पर (spiritus asper)—काकल (Glottis) में ही उच्चरित एक विशेष ध्वनि जो अघोष संघर्षी (unvoiced spirant) है। ग्रीक (दे० 'ग्रीक' पर टिप्पणी) में इसे विशिष्ट चिह्न द्वारा व्यक्त करते हैं।

स्वनंत (sonant)—विशेष ध्वनियाँ (जैसे व, द, ग, ज आदि) जो घोषत्व के साथ देर तक उच्चरित हो सकती हैं। ये घोष होती हैं।

स्वर (vowel)—ध्वनि अथवा लय जो श्वास के अनवरुद्ध गमन द्वारा उत्पन्न होती है, तथा स्वर-यन्त्र द्वारा जो भाषा-ध्वनि बन जाती है। जीभ और होंठों की स्थिति से स्वर की प्रकृति का निश्चय होता है। a, e, i, o, u स्वरों का प्रतिनिधित्व करते हैं, यद्यपि अंग्रेजी में १३ मूल स्वर ध्वनियाँ हैं। सं० स्वर=ध्वनि की स्वतन्त्र इकाई। "वायु का मुँह में से, श्रव्य घर्षण-विहीन स्वच्छन्द गमन"—डेनियल जोन्स।

स्वरभक्ति (anaptyxix)—उच्चारण में कठिन संयुक्त व्यंजनों के मध्य में, किसी स्वर का आगम, जैसे संस्कृत 'चन्द्र' के लिए हिन्दी-मराठी 'चन्दर', 'इंद्र' के लिए 'इंदर'। अं० में elm के लिए elem। दर्शन के लिए दरशन। कभी-कभी व्यंजन भी सहायता करते हैं।। तुमुल-तुम्बळ।

स्वराघात (accent)—शब्द में वह तत्त्व, जो वाक्य में उसके मूल्य का निर्धारण करता है। किसी पदांश को (१) उच्चतर संगीतात्मक स्वराघात द्वारा (जैसे आर्य, ग्रीक, लैटिन और स्कैंडेनेवियन में) अथवा (२) बलाघात स्वराघात द्वारा (जैसी अंग्रेजी, जर्मन में, परन्तु फ्रेंच में नहीं) जो सुव्यक्तता दी जाती है, स्वराघात कहलाती है।

सं० प्लवस्=नाव, ग्री० plo-ós नौचालन। Pitch accent को संगीतात्मक अथवा क्रोमैटिक (chromatic) स्वराघात भी कहते हैं। तुलनीय इन्द्रंशत्रुः और इन्द्रशत्रुं:।

अनुक्रमणिका

अ

आ

इ

ई

उ

ओ

क

ख

ग

च

छ

ज

प

फ

ब

म

य

स

ह

ग्रन्थ-सूची

अंग्रेजी

(इसमें कुछ आधुनिक पुस्तकें भी हैं)

ARMOUR, J. S. *The Genesis and Growth of English*, (O. U. P. 1934).

Archiv Orientalni, Vol. IX, 1939.

Indian Culture, Calcutta, 1945.

American Journal of Philology.

BEAMES J., *Comparative Grammar of the Modern Aryan Languages of India*, 1872-79.

BHANDARKAR, *Wilson Philological Lectures*, 1914.

BLOOMFIELD, L., *Language*, (Henry Holt, New York, 1934, & Motilal Banarsidass, Delhi-6, 1963)

BODMER and HOGBEN, *The Loom of Language*, (G. Allen and Unwin, London, 1941).

BREAL, *Semantics*, 1900

BRUGMANN, K., *Kurxe Vergleichende Grammatic der Indo-Germanischen sprachen*, 1904

BUHLER G., *Beitrāge zur Erklārung der Aśoka inchriften*, 1909.

CALDWELL, *Comparative Grammar of the Dravidian Language*, 1913.

CHAKRAVARTY, P. C. *Linguistic Speculations of the Hindus*.

CHATTERJI, S. K., *Origin and Development of Bengali Language*.

CHATTERJI, S. K., *Bangla Bhasha-tattver Bhumika*, (Calcutta University).

CHATTERJI, S. K., *Indo-Aryan and Hindi*, (Gujrat Vernacular Society, Ahmedabad, 1942).

Language and the Linguistic Problem, (O. U. P. 3rd Edn. 1945)

COWELL, *Vararuchi's Prākrita Prakāśa*, 1868.

DAMLE, *Scientific Marāṭhī Grammar*.

DANDEKAR, R. N., *Linguistic Notes*, (6th AIOC Report, 1930).

DANDEKAR, R. N. *Indian History Congress Proceedings*, (Allahabad), 1947.

DANDEKAR, R. N., *Vedic Bibliography*, (Karnatak, 1945).

Der Vedische Mensch, (Heidelberg, 1938).

DIVATIA, N. B., *Gujarati Language and Literature.*

Encyclopaedia Britannica, 13th Edn.

Encyclopaedia Americana, 1945.

Epigraphia Indica, Vol. I.

FAUSEÖLL, *Pāli Jātakas.*

FRANKE O., *Pāli und Sanskrit*, 1902.

FRANKFURTER, *Handbook of Pāli*, 1883.

GHATGE, A. M., *Introduction to Ardhamāgadhi*, (Karnatak 1941).

GILES P., *A Manual of Comparative Philology*, 1901.

GRIERSON, *Linguistic Survey of India*, Vols. V i & ii, VI, VII, IX i ii & iii, Calcutta 1903, 1922.

GRIERSON, *Seven Grammars of the Bihāri Language*, 1883-87.

GUNE, P. D., *Introduction to Bhavisayatta-kahā*, (Gaekwar Oriental Series, Baroda 1922).

HALA, *Sattasai*, *Kāvyamālā Series*, 1889.

HERMANN HIRT, *Handbuch der Griechischen Laut-und Formenlehre* 1912.

HOERNLE R., *The Uvāsagadasāo*, 1888.

HOERNLE R., *Comparative Grammar of the Gaudian Languages*, 1880.

HOERNLE R., *Canada's Grammar*, 1880.

HOGARTH D. G., *The Ancient East*, (Home University Library)

Indian Antiquary, Vol. X to XVIII.

JACKSON, *Avesta Grammar*, 1892.

JACOBI H., *Kalpasūtra of Bhadrabāhu*, 1879.

JACOBI H., *Ayāraṅgasutta of the Śvetāmbara Jainas*, 1882.

JESPERSON, O., *Language, Its Nature, Development and Origin.*

Philosophy of Grammar.

Growth and Structure of the English Language.

Journal of the Bombay Branch of the Royal Asiatic Society, 1875, 1909.

KATRE, S. M., *Prākrit Languages and their Contribution to Indian Culture.*

Some Problems of Historical Linguistics in Indo-Aryan, (Bombay 1944).

A number of valuable pamphlets and reprints, (Poona DCPGRI).

KHADYE, K. M., *Wilson Philological Lectures on The Foundations of English*, (Bombay University Journal).

KERN, *Sanskrit Jātakamālā.*

KRISHNA SHASTRI CHIPLUNKAR, *Essays on Marathi Language*, 1907.

KRISHNA SHASTRI GODBOLE, *A Marāṭhī Grammar.*

KULKARNI, K. P., *Marathi Vyutpatti Kośa* (Bombay 1946).

LEFERVE A., *Race and Language*, 1894.

MACDONELL A. A., *Vedic Grammar*, 1910.

MADGAONKAR'S *Jñāneśwari edition*, Śake 1907.

MEILLET-PRINTZ A., *Einfuhrung in die Vergleichende Grammatik*, 1909.

MEILLET, A., *Introduction a la etude comparative langues Indo-Europeannes*, (3rd Edn., 1912).

Les dialectes Indo-Europeannes, Paris 1908.

MERINGER, *Indo-Germanische Sprachwissenchaft*, 1903.

MULLER E., *Simplified Grammar of the Pāli Language*, 1884.

OERTAL H., *The Lectures on the Study of Language*, 1909.

PANDIT, *Gaudavaho of Vākpatirāja*, 1887.

PARANJPE, V. G., *Marathi translation of Jules Bloch's La Formation de la Langue Marathi.*

PARTRIDGE, *The World of Words.*

PAUL, H., *Prinzipien der Sprachgeschichte*, 1909.

PISCHEL, R., *Hemacandra's Grammar*, 1877.

PISCHEL, R. AND BUHLER, G. *The Deśīnāmamālā of Hemacandra*, 1880.

PISCHEL, R., *Grammatik der Prākrit Sprachen*, 1900.

PORZEZINSKU, V., *Einleitung in die Sprachwissenschaft*, 1910.

Prabhāt, Śake 1828.

RAJAŚEKHARA, *Karpūramañjarī*, *Harvard Oriental Series*, 1901.

RAJWADE, *Grammar of the Jñāneśvarī*, Sake 1831.

RAJWADE'S *Jñāneśwarī Edition*, Śake 1831.

REICHELT, *Avestiches Elementarbuch.*

RENOU, L., *Bibliography Vedique.*

RUSSEL, G. O., *Speech and Voice.*

SCHRADER O., *Die Indò-German*, 1911.

SENART E., *Les Inscriptions de Piyadasi*, Eng. translation by GRIERSON in the Indian Antiquary, Vols. X to XVIII.

SHAW, G. B., *Pygmalion.*

STURTEVANT, *Comparative Grammar of Hittite* (Harvard, 1933).

SWEET, *History of Language*, 1900.

SWEET, *Handbook of Phonetics*, Oxford 1888.

TAILOR, *Gujarātī Vyākaraṇa* (in Gujarātī).

TAKAKUSU, *A Pāli Chrestomathi*, 1900.
TARAPOREWALLA, I. J. S., *Elements of the Science of Language.*
THUMB A., *Handbuch des Sanskrit*, 1905.
TUCKER, *Introduction to the Natural History of Language.*
TULSIDASA, *Rāmāyaṇa edited by* Y. S. JANDAR, 1913.
UHLENBECK, *A Manual of Sanskrit Phonetics*, 1898.
UPADHYE, A. N., *Kaṁsavaho.*
VENDEREYS, *Language (English Translation).*
VERMA, S., *Critical Studies in the Phonetic Observations of Ancient Indian Grammarians.*
WACKERNAGEL JACOB, *Altindische Grammatik*, I& II, 1896 & 1905
WHITNEY W. D., *Language and its Study*, 1880.
WHITNEY W. D., *Life and Growth of Language*, 1885.
WHITNEY W. D., *Sanskrit Grammar*, Motilal Banarsidass, Delhi-7.
WINDISCH *Uber den Sprachlichen Character des Pāli*, 1906.
WRIGHT, *Primer of the Gothic Language*, 1892.
WYLD H., *Historical Study of the Mother Tongue.*
ZEITSCHRIFT *der Deutschen Morgenländischen Gesellschaft for* 1912.

हिंदी

दास तथा आचार्य, भाषा-रहस्य, प्रयाग।

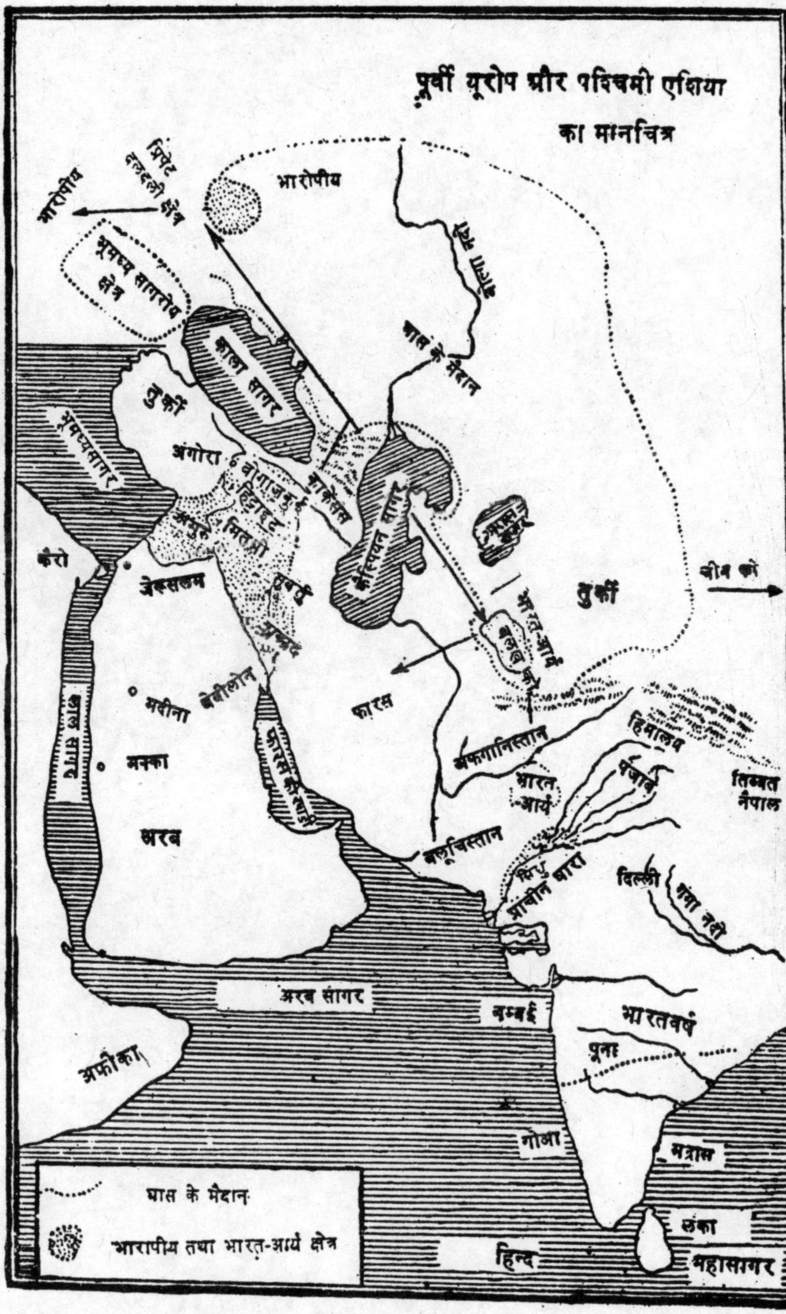

पूर्वी यूरोप और पश्चिमी एशिया
का मानचित्र
भारोपीय
भारोपीय
काला सागर
कैस्पियन सागर
तुर्की
अंगोरा
बोगाजकुई
भूमध्यसागर
कैरो
जेरूसलम
मदीना
मक्का
अरब
लाल सागर
फारस की खाड़ी
फारस
बेबीलोन
तुर्की
चीन को
अफगानिस्तान
हिमालय
पंजाब
तिब्बत
नैपाल
बलूचिस्तान
दिल्ली
गंगा नदी
अरब सागर
बम्बई
भारतवर्ष
पूना
गोआ
मद्रास
लंका
हिन्द
महासागर
अफ्रीका
घास के मैदान
भारोपीय तथा भारत-आर्य क्षेत्र